O EGIPTÓLOGO

ARTHUR PHILLIPS

O EGIPTÓLOGO

romance

Tradução
Fábio Fernandes

JOSÉ OLYMPIO
EDITORA

Título do original em inglês
THE EGYPTOLOGIST

EDITORA JOSÉ OLYMPIO LTDA.
Rua Argentina, 171 – 1º andar – São Cristóvão
20921-380 – Rio de Janeiro, RJ – República Federativa do Brasil
Tel.: (21) 2585-2060 Fax: (21) 2585-2086
Printed in Brazil / Impresso no Brasil

Atendemos pelo Reembolso Postal

ISBN 978-85-03-00927-0

Capa: Cristiana Barretto e Flávia Caesar/Folio Design

Texto revisado segundo o Novo Acordo Ortográfico da Língua Portuguesa.

CIP-BRASIL. CATALOGAÇÃO-NA-FONTE
SINDICATO NACIONAL DOS EDITORES DE LIVROS, RJ.

Phillips, Arthur, 1969-
P639e O egiptólogo: romance / Arthur Phillips; tradução Fábio Fernandes. – Rio de Janeiro: José Olympio, 2009.
il.

Tradução de: The Egyptologist
ISBN 978-85-03-00927-0

1. Romance americano. I. Fernandes, Fábio. II. Título.

CDD – 813
09-0562 CDU – 821.111(73)-3

Este livro foi impresso nas oficinas da
Distribuidora Record de Serviços de Imprensa S.A.
Rua Argentina, 171 – São Cristóvão – Rio de Janeiro, RJ
para a
Editora José Olympio Ltda.
em abril de 2009

*

77º aniversário desta Casa de livros, fundada em 29.11.1931

Para Jan, é claro

SUMÁRIO

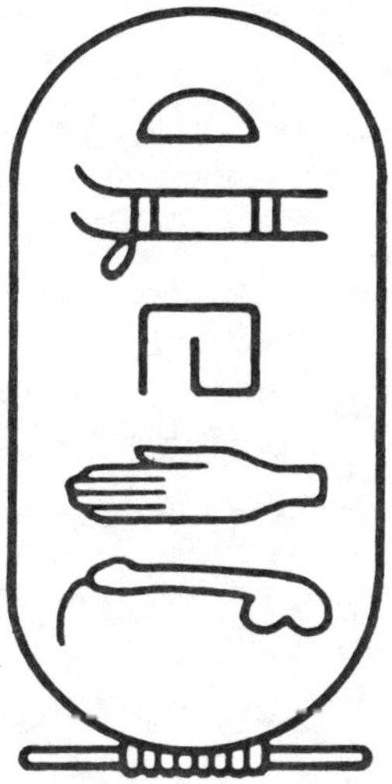

Cartucho real de Atum-hadu

("Atum-Está-Excitado"), último (?) rei (?) da XIII Dinastia do Egito.

1660 (?)–1630 (?) a.C.

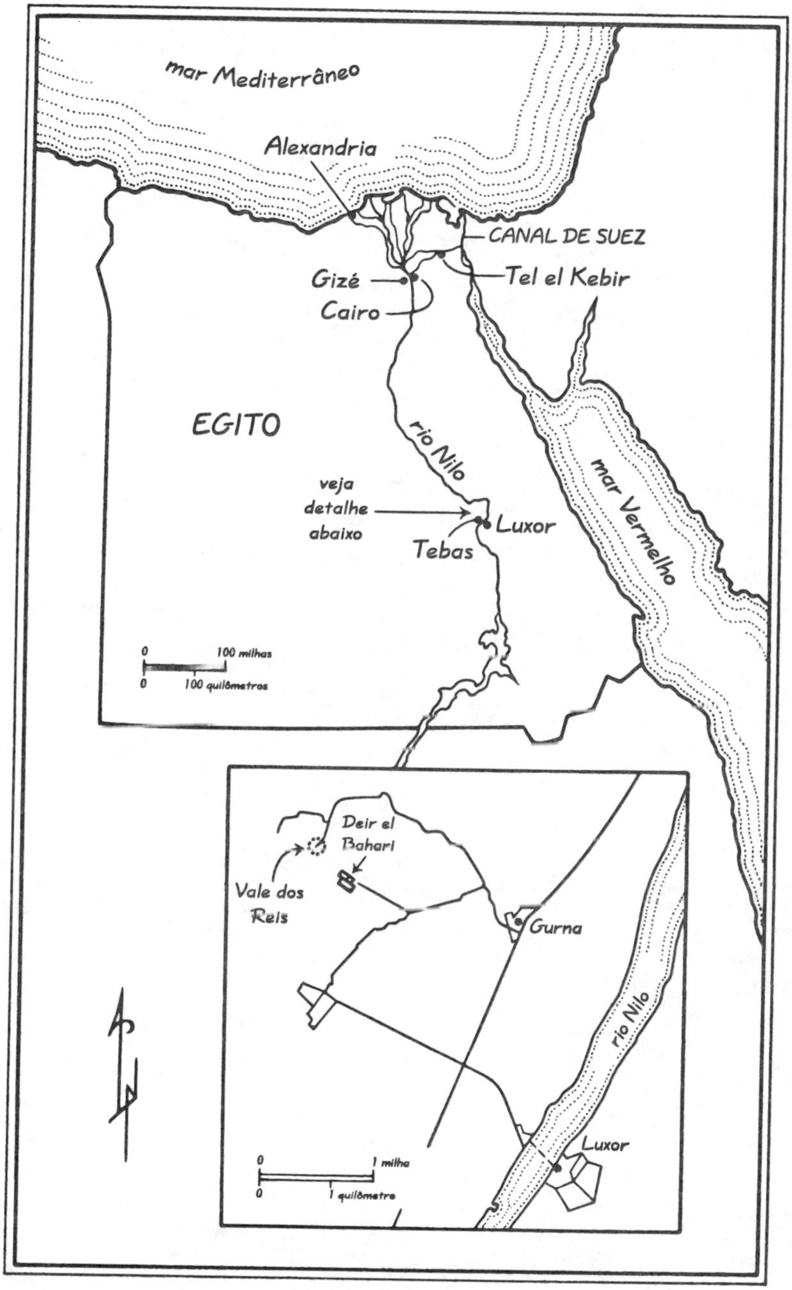

mar Mediterrâneo
Alexandria
CANAL DE SUEZ
Gizé
Tel el Kebir
Cairo
EGITO
rio Nilo
mar Vermelho
veja detalhe abaixo
Luxor
Tebas
0 100 milhas
0 100 quilômetros
Deir el Bahari
Vale dos Reis
Gurna
rio Nilo
Luxor
0 1 milha
0 1 quilômetro

31 dez. Pôr-do-sol. Do lado de fora da tumba de Atum-hadu. Na Victrola 50: "*I'm Sitting on the Back Porch Swing (Won't You Come Sit By Me, Dear?)**

Minha querida Margaret, minha eterna Rainha cuja beleza surpreende [o sol,

Seu pai e eu estamos retornando para casa amanhã, de volta para você: o luxuoso barco seguirá para o Cairo, ao norte, uma noite no Hotel da Esfinge, nessa cidade, e depois iremos de trem até Alexandria; de lá já reservamos uma passagem vitoriosa no vapor italiano *Cristoforo Colombo*, com paradas nos portos de Malta, Londres e Nova York, onde pegaremos o primeiro trem para você em Boston. Você vai abraçar seu noivo e seu pai no dia 20 de janeiro.

Após meu retorno, nosso casamento será, claro, a questão mais premente a resolvermos. Em seguida, após novos preparativos, liderarei uma segunda expedição de volta para cá, para Deir el Bahari, a fim de realizar um levantamento fotográfico das pinturas nas paredes e limpar os artefatos e tesouros da tumba. Tudo o que falta fazer esta noite é selar a parte da frente da tumba, deixando minha descoberta exatamente como a achei. E, em seguida, enviar este pacote para você. Meu mensageiro chegará a qualquer momento.

Agora não há nada em nosso caminho, minha querida. Meu sucesso aqui, as bênçãos reiteradas de seu pai — tudo está indo exatamente conforme prometi. Você ficará aliviada em saber que seu pai e eu somos bons amigos novamente. (Obrigado por seu cabograma de "aviso", mas a raiva equivocada de seu pai em Boston jamais poderia ter sobrevivido ao tempo que ele passou aqui em minha companhia!) Não, ele me parabeniza por minha descoberta ("nossa descoberta, Trilipush!", ele me corrige),

*Estou sentado no balanço da varanda dos fundos (Não vem sentar comigo, querida?) (*N. do T.*)

sonolento lhe envia seu amor, e implora, encabulado, que você desconsidere essas coisas tolas que ele disse de mim para você. Ele estava sob uma terrível tensão, cercado de gente ciumenta e intriguenta, e agora está simplesmente encantado por eu perdoá-lo por ter sucumbido, mesmo que por um instante, a tais mentiras corrosivas. E agora estamos voltando para você, assim como você voltará para mim.

Naturalmente, se estiver lendo esta carta, então, por motivos sobre os quais só posso especular, não retornei em segurança para Boston e para seus abraços. Não cheguei envolto em nuvens de glória imortal, não cingi seu pescoço branco com este fio do mais branco ouro que estou lhe trazendo da tumba de Atum-hadu. E, ao levá-la gentilmente a um canto, sob as janelas de arco duplo do salão de visitas de seu pai, não enxuguei suas lágrimas de alegria pelo meu retorno seguro, nem lhe pedi silenciosamente que me desse, assim que chegasse, um pacote (este pacote) que você receberia de mim em pouco tempo, com o carimbo da postagem sedutora do Egito distante, endereçado a mim sob seus cuidados, a ser aberto por você apenas em caso de minha prolongada e inexplicável ausência.

Não, os acontecimentos se darão justamente conforme eu previ, e você não lerá esta carta. Eu chegarei antes, a tomarei de você com gentileza antes que a abra, e nada disto será lido, porque não será necessário, uma precaução que ninguém saberá a não ser eu.

Mas... Mas, Margaret... Mas você viu com clareza a malevolência daqueles que desejavam que fracassássemos, e nunca se sabe quando acidentes fatais ou coisas piores podem acontecer. Por isso estou tomando a liberdade de lhe enviar em anexo estes diários. Queira Deus que tudo chegue em segurança.

Margaret, o que você está segurando agora, se os tentáculos malditos de meus inimigos ainda não tiverem alcançado o sistema postal egípcio, são três pacotes, arrumados cronologicamente em ordem de escrita. Eles começam em 10 de outubro, com minha chegada ao Cairo, no Hotel da Esfinge, os pensamentos em você e nossa festa de noivado ainda efervescentes em minha cabeça. Entradas de diário não planejadas para publicação estão misturadas com outras cuja intenção é serem publicadas, e também com elementos da obra acabada. Grande parte deste diário é uma carta para você, carta a qual nunca encontrei o momento certo de enviar até agora. Pretendo resolver tudo isso quando voltar a Boston. O segundo pacote começa quando esgotei meu suprimento de papéis de carta do hotel e no lugar deles confiei na generosidade dos colegas do Serviço de Antiguidades do Governo Egípcio; diversas páginas têm o timbre do diretor-geral do Serviço. Por fim, quase enchi até o final um belíssimo Lett's #46 Indian and Colonial Rough Diary, o diário predileto dos exploradores britânicos para escrever enquanto trabalham sob o calor e a areia de terras distantes, transmitindo conhecimento ao risco de suas próprias peles. Não se preocupe: as páginas arrancadas do final não são nada além das páginas desta carta. Juntos, os três documentos compõem o rascunho de minha indiscutível obra-prima, *Ralph M. Trilibush e a descoberta da tumba de Atum-hadu*.

Além disso, envio em anexo as cartas que você enviou para mim aqui, suas palavras, gentis e cruéis, misturadas. Sete cartas, dois cabogramas e o cabograma que enviei a você e que foi jogado na minha cara ontem. E os cabogramas de seu pai para mim.

Acabei de substituir a agulha do gramofone, minha penúltima. Esta canção é adorável.

Estou confiando em um rapaz para servir como meu mensageiro até o correio.

Com o tempo, Margaret, ocorre a erosão. Areias abrasam, cascalho obscurece, papiros se esfacelam, tintas se decompõem. Parte disso, claro, é destrutivo. Mas um pouco de erosão é esclarecedor, pois limpa falsas semelhanças, lapsos não característicos, detalhes confusos e que não são essenciais. Se, no curso de escrever minhas notas, cometi aqui e ali um passo em falso, não compreendi ou descrevi mal alguma coisa que tenha visto ou achado que vi, bem, com o tempo começamos a pensar, não importa, editarei isso quando chegar em casa. E é o que farei. Mas, naturalmente, caso eu seja espancado até a morte e enfiado dentro do baú de viagem de um conde esquelético e depois esquartejado e meus restos jogados descuidadamente pela amurada do barco para servir de petisco a tubarões, bem, então, será de fato uma pena que eu não tenha editado minha obra quando tive chance. Precisarei, então, de uma redatora brilhante e corajosa que possa soprar para longe a poeira da especulação e revelar a verdade nítida, fria, obsidiana e alabastrina. Você me fornecerá essa erosão esclarecedora.

E agora chegamos à tarefa crucial que confio a você, minha musa-testamenteira. Você é agora a deusa-guardiã de tudo o que realizei. Estes escritos são a história de minha descoberta, o apanhado que reuni de dúvidas pessoais e de outrem. Confio a você nada menos que minha *imortalidade*. Estou confiando em você, apesar de tudo, pois quem mais tenho? Se porventura algo acontecer ao meu corpo, então você será responsável agora — ao abrir este pacote, ao ler estas palavras — por assegurar que meu nome e o nome de Atum-hadu jamais pereçam. É o mínimo que você pode fazer por mim, Margaret.

Você supervisionará a publicação disto, minha última obra. Insista em uma grande tiragem de uma prestigiosa editora universitária. Bata seu lindo pezinho e exija um espaço nas bibliotecas de todas as maiores universidades, bem como em todos os maiores museus egiptológicos dos EUA, da Inglaterra, da França, da Alemanha, da Itália e do Cairo. E o público em geral! Tape os ouvidos, Maggie! Pois haverá um clamor como ninguém jamais ouviu quando a notícia vazar. Mas mantenha todos afastados até estar preparada. Faça o trabalho conforme estou lhe dizendo, insista em que o livro seja publicado exatamente como digo, e não dê mais nada a esses abutres.

Não tenho tempo para fazer nenhuma edição neste momento; os acontecimentos estão se sucedendo com muita rapidez por aqui. E iremos embora amanhã. Então, eu o farei por conta própria ao chegar em segurança em casa, mas me permita uma orientação condicional, caso os acontecimentos se desenrolem de outra maneira.

Por exemplo, ao vê-los como os vejo agora em minhas mãos, certamente alguns dos primeiros esboços não parecem estar inteiramente completos. O olho prega peças na luz baça, quando se está com pressa, mas os desenhos finais são inquestionavelmente precisos, portanto esses primeiros esforços podem seguir. E você irá extrair minha carta que segue para você, minhas entradas particulares ou por demais ingênuas do diário aqui e ali. O que é apenas para você e o que é para o mundo inteiro são coisas diferentes; a divisão é fácil de fazer, se você for cuidadosa. Eu fui ansioso demais como diarista, e como seu correspondente, no começo. Não há necessidade de publicar nada sobre você e eu, as festas e as sociedades. Eu estava empolgado, e por uma ótima razão, Margaret, como a história atestará. E vejo agora algumas meditações soltas, liberando um pouco de vapor acadêmico aqui e ali, meus pensamentos posteriores com um certo espaço para tropeçar apenas para sufocarem a céu aberto. Uma leitura cuidadosa, eu lhe imploro, uma leitura cuidadosa em particular, uma edição cuidadosa, e em seguida encontre um datilógrafo (chame Vernon Collins), use minhas ilustrações dos cadernos de notas, apenas o último grupo delas, quando os paradoxos de Atum-hadu se fizeram todos claros, e eu finalmente compreendi o que estava vendo.

Se vier a ser minha viúva, M., então você também será meu vento. Você irá erodir suavemente o que não for essencial. Comecei cruzando fragmentos, mas não tenho mais tempo, e eu poderia acabar cortando partes fundamentais, portanto, escute bem: vou tornar seu trabalho o mais simples que posso: o material relevante em ordem: Kent, Oxford, a descoberta do Fragmento C com meu amigo, o fim trágico dele, você e eu nos apaixonando, a solução brilhante para o Paradoxo da Tumba dele, nós selando nossa descoberta para um retorno posterior, seu pai e eu voltando para casa, nosso desafortunado assassinato. Ou não, é claro. Não poderia ser mais claro que isso. Queime o resto como sendo a marginália dos primeiros rascunhos de um acadêmico.

O crepúsculo aqui é diferente de tudo o que já vi antes. A cor, quando o sol se derrete nas colinas do deserto em constante mudança — essas cores não existem em Boston ou em Kent. Estas são as colinas e os morros onde a história de minha vida está gravada de modo indelével.

Última agulha do gramofone. Eu adoro esta canção.

Se, Margaret, você estiver lendo esta carta, soluçando, horrorizada com sua dupla perda mas preparando a si e à sua pena para as tarefas vitais à sua frente, então eu não hesito em acusar daqui, encabeçando a execução deste horripilante crime, o maníaco Howard Carter, cujo nome você quem sabe tenha ouvido nas últimas semanas, um sujeito meio louco e incrivelmente sortudo que tropeçou num degrau e caiu em cima da suspeitamente bem preservada tumba de algum reizinho menor da XVIII Dinastia de nome Tu-Tens-Comum e que, com sua inveja devastadora, já ameaçou diversas vezes a minha pessoa nos últimos meses, tanto enquanto sóbrio quanto intoxicado por uma série de inalantes narcóticos locais. Se negligenciei anotar em meus diários profissionais a incessante atitude de Carter em hostilidade e violência malcontida para comigo, essa delicadeza é apenas uma dolorosa cortesia profissional a um explorador que um dia foi grande e, além do mais, é um exemplo daquela bravura certa que sempre demonstrei e que você sempre admirou. Assim, tenho ignorado suas repetidas ameaças de fazer com que eu e meu "nobre mecenas, o sr. Chester Crawford Finneran", desapareçamos "de modo inexplicável". Obviamente, caso seu pai e eu não desembarquemos do *Cristoforo Colombo* no porto de Nova York, você pode estar certa de que fomos mortos por Carter ou por um de seus asseclas, assim como seu homem do dinheiro, um lânguido conde inglês, cujos maneirismos suaves disfarçam mal um caráter rancoroso, por mais que se esforce, ou por seu confederado de cabelos alaranjados, que você conhece muito bem.

Minha mui linda Margaret, nestes meses não faltaram desentendimentos entre nós. Mas, apesar de todas as cartas duras e do silêncio mais duro ainda que você me enviou, sei que o seu amor por mim permanece, assim como o meu amor por você; nada há nesta vida que eu valorize mais do que o seu abraço. A gravação do gramofone chegou ao fim novamente e agora ele só faz gemer de exaustão.

Esta foi a última das centenas de agulhas que eu trouxe comigo. O pensamento de que vi você pela última vez, que jamais a terei em meus braços novamente, estremecendo nas brisas que dançam no seu salão de baile quando as janelas se abrem para o jardim, que a palidez de seu colo e a cor de seus braços jamais me serão reveladas novamente, me toma com tanta violência que mal consigo escrever agora. Não consigo suportar o pensamento de que jamais a verei novamente. Não consigo suportar. Não consigo suportar que pensará em mim do jeito que seu pai me descreveu, e não como realmente sou, como sei que você me viu no começo. Por favor, pense em mim em nossos momentos mais felizes, quando sentiu mais orgulho de mim, quando encontrou o herói que procurava há tanto tempo, o único homem que você poderia imaginar, quando falávamos do mundo aos nossos pés. Por favor, pense em mim daquele jeito, minha querida.

Eu a amo mais do que pode imaginar, de maneiras que você jamais imaginará.

Eu a verei em breve, meu amor.
Seu, Ralph

Casa de Repouso Crepúsculo sobre a Baía
Sidney, Austrália
3 de dezembro de 1954

Prezado sr. Macy,

Recebi sua carta de 13 de novembro e tenho muito prazer em conhecê-lo, ainda que apenas por correspondência. Fiquei triste ao saber do falecimento de sua querida tia Margaret. Espero sinceramente que ela tenha pensado com carinho em mim de vez em quando. Nós nos conhecemos em um momento de crise, muito dramático. Esses momentos não se esquecem, isso eu posso lhe garantir. Ela era uma mulher linda e vibrante quando a salvei, em 1922. Nunca mais tornei a vê-la depois que levei à justiça o homem que a fez sofrer.

Eu estou definitivamente muito intrigado com sua "pequena solicitação para ter acesso à [minha] sem dúvida excelente memória". Sim, senhor, é verdade que ela ainda está excelente, e farei um esforço extraordinário para prová-lo ao senhor. No meu tempo, eu era conhecido por ter uma perfeita capacidade de memorização.

Eu também poderia acrescentar que o senhor não é nenhum detetive insignificante, já que conseguiu me localizar nesta casa de pensão que é um buraco infernal, esta lixeira humana, trinta anos após os fatos, jovem sr. Macy. Caso o campo das investigações algum dia seja profissionalmente de seu interesse, acho que o senhor é bem talhado para isso, e o digo como grande elogio, quero dizer, vindo da minha parte. Naturalmente, talvez o senhor seja o tipo de sujeito que não precisa trabalhar, não é?

Para responder à sua primeira pergunta, que talvez tenha sido apenas devida à boa educação que revela sua estirpe, até mesmo em uma carta para um estranho, mas não obstante a resposta é: entediado. Quase morto de tanto tédio, obrigado, o que, suspeito, é a ideia por trás deste tipo de lugar. Eles sugam o resto de nossas economias e depois nos entediam até a morte para abrir a vaga do leito estreito e afundado e um dos poucos penicos fedorentos para se mijar, porque o próximo velhote da lista já não está se aguentando.

Não tenho palavras para lhe dizer como fico feliz com sua solicitação para ouvir sobre meu maior caso, para ajudar a preencher as lacunas de sua "história particular da família Macy". E você está com sorte: sabe, eu trouxe muito pouca coisa comigo para este maldito lugar, nada de roupas finas ou de grandes posses, pois eu, um homem simples, estava sempre pronto para me mudar rapidamente se as circunstâncias assim o exigissem, mas quando vi claramente que estava vindo para cá, disse a mim mesmo: "Ferrell, você será um magnífico idiota se não levar seus arquivos consigo e escrever os históricos de seus casos em suas muitas horas vagas. Isso será um grande, brilhante aviso para os tipos criminosos lá fora, uma bela ferramenta de ensino para outros detetives, e uma história cativante para os leitores em geral." E é por isso que sua carta me deixa tão feliz.

Você deseja recordações claras? Bem, eu sou a própria verdade histórica, sou mesmo, mas preciso de um sujeito exatamente como você para deixar de ficar sentado em cima dessas histórias que são dinamite pura e abri-las ao público. Tenho certeza de que você deve conhecer gente no mercado editorial em Nova York, não? Revistas policiais, talvez? Vamos pensar um pouco nessa possibilidade. Eu sei que você disse que está apenas pedindo um "histórico pessoal familiar", mas estou perto demais da linha de chegada para ficar de joguinhos, sr. Macy. Estou vendo aonde podemos chegar com isso, e acho que temos um vencedor aqui. Sabe, eu guardo anotações, escrevi tudo tintim por tintim, como se diz, logo que podia, após uma entrevista. Não tínhamos as máquinas que eles têm hoje para fazer uma gravação em fita, então compensávamos. Os jovens detetives de hoje, com suas máquinas de rolo, nem sequer sabem o que não sabem mais fazer hoje, mas no nosso tempo tínhamos uma boa memória e escrevíamos rápido. Se eu não tiver cada palavrinha bem ali na minha frente, ora, eu tenho uma excelente memória do tipo de coisa que as pessoas disseram ou quiseram dizer, então posso fazer uma ótima reconstrução. Só precisa de cor, pontos de interrogação, firulas literárias, datilografia. Eu forneço a parte heroica, você faz o resto, certo?

Mesmo que, se no final, parte da história não estivesse inteiramente clara para mim, ainda acho que este caso é o meu melhor, então, se estiver pronto para ser o meu sr. Watson, vamos começar aqui, e depois desta, calculo que devo ter mais uma dúzia para resolvermos juntos.

Agora, diz o senhor que está em posse de documentos que "podem esclarecer questões pendentes" que eu possa ter, e isso é uma suculenta isca para se pendurar na frente de um sujeito como eu. Eu sou quem eu sou, e mesmo trinta anos depois fico curioso para ouvir qualquer coisa que você queira revelar. Quando se refere a encontrar os papéis particulares de Margaret após a morte dela, o que está incluído nisso? O que ela disse a meu respeito? Ela realmente gostava de exagerar um pouquinho as histórias.

Quando conheci sua família, em 1922, você ainda nem era nascido, pelo menos acho que não. Quando foi que sua tia conheceu seu tio? Sabe, ela tinha uma quedinha por mim, sua tia. Ela chegou a lhe contar isso? Acho que não, e tenho certeza de que seu tio era um sujeito excelente. Mas quando eu a conheci, ela estava noiva daquele diabólico explorador medíocre, e acho que eu parecia a coisa certa para ela — um homem de honra impecável, sempre atrás da verdade, sempre colocando a verdade em primeiro lugar.

Por que não desenterrar esse caso? Pense nisto: tudo começou como um trabalho meio estranho ligado a uma herança, depois se transformou num caso de pessoas desaparecidas com uma dezena de clientes diferentes, depois um duplo assassinato, uma investigação de antecedentes pré-nupciais, um caso de cobrança de dívidas, e subitamente um duplo assassinato um tanto diferente. Com a prisão do maldito árabe (estranho, não consigo lembrar o nome dele), nós pelo menos solucionamos o último crime, mas alguma coisa não fechava direito, e não fecha até hoje. Você deveria rastrear aquele árabe; provavelmente ele ainda está apodrecendo em alguma prisão do Egito. Quem sabe ele não está finalmente pronto para revelar onde escondeu os corpos e o tesouro?

Tudo bem, lá vamos nós: o caso se abre em Mayfair, Londres, maio de 1922, de acordo com as anotações aqui no meu dossiê. Naquela época, um homem muito rico de nome Barnabas Davies, proprietário da Cervejaria Davies, ficou sabendo por seu médico que não tinha mais que algumas semanas ou meses de vida. Trágico. Aquele Davis era um sujeito mais velho, mas tinha uma linda esposa jovem e dois filhinhos. Com a morte a caminho, Davis resolve suas pendências com os testamenteiros. Vira daqui, mexe de lá, assine na linha pontilhada, a viúva e os filhos ficam podres de ricos e um sócio interessado vai controlar a cervejaria. Mas aí, uma semana depois, Davies, que ainda está vivo, manda chamar de volta os advogados e diz que decidiu fazer mais umas coisinhas nas quais não havia pensado antes.

Agora estamos em 7 de junho. Os advogados voltam à casa de Davies, tomam mais um pouquinho do *brandy* dele e fazem suas anotações enquanto o velho não para de falar nos ouvidos deles; a família e os negócios são uma coisa, mas agora ele percebe que mais coisas deveriam ser feitas. Ele quer que o mundo conheça o nome Davies pelo seu poder permanente de fazer o bem. Ele quer que seu dinheiro vá para a cadeira de um professor em seu nome numa universidade, quer que seu dinheiro construa um hospital, quer que seu nome esteja em uma ala de museu repleta de pinturas de artistas que recebam Estipêndios de Arte Moderna da Fundação Davies, vai financiar um monumento para algum regimento que perdeu quase todos os seus homens na Guerra, e quer que a pedra fique nos novos Jardins Davies, e um clube de futebol em alguma cidadezinha vai se chamar o Davies F. C., e ele mandou chamar um arquiteto para começar a desenhar o projeto de um zoológico em forma de D, até mesmo na hora de cair de cama, talvez pela última vez. Davies, Davies, Davies por toda parte.

E, então, ele instrui os advogados a fazerem uma coisa muito estranha. Aparentemente, o sr. Davies subiu muito neste mundo. Na mocidade, ele foi da Marinha Mercante, antes de ter sua dose de sorte aqui e ali e construir um império que guardava as batatas num fluido âmbar que não era ruim. Você provavelmente não ouviu falar da Davies Ale, filho. Acho que ela foi comprada por outra cervejaria depois da Segunda Guerra, e o nome foi mudado. Eu me lembro de uma garrafa com um navio no rótulo, talvez um navio pirata. De qualquer maneira, o velho Davies, moribundo, apresenta aos advogados uma lista — uma lista muito longa, sabe — de *mulheres* em todo o mundo. Mulheres do Canadá, dos EUA, do Equador e do Peru, da Austrália, até mesmo da Rússia, e as datas em que ele *acha* que esteve pela última vez naqueles lugares, a última vez em que vira aquelas mulheres. As datas remontam ao começo dos dias dele na Marinha Mercante, uns bons quarenta anos em alguns casos, 15 nos mais recentes. E aqui vamos nós: o sr. Davies diz aos advogados que algumas, ou muitas, ou talvez até mesmo todas aquelas mulheres poderiam ter tido filhos dele.

Encontrem as borboletas, ele diz, e descubram, com certeza, se elas tiveram *mesmo* seus moleques. Se elas tiveram, não digam mais nada, simplesmente agradeçam às mães e vão atrás dos filhos. Falem com os filhos e presenteiem-nos com a seguinte oferta: Davies vai deixar para cada um deles uma quantia em dinheiro — uma boa quantia, se você parar para pensar que tudo o que eles precisaram fazer por isso foi terem nascido fora do matrimônio, o que não é um truque tão difícil assim —, se eles concordarem com duas coisas: (a) não encher o saco da família Davies na Inglaterra em busca de mais um *penny* sequer, pois a família juridicamente constituída ainda está um degrau acima, até mesmo para aquele maníaco; e (b) concordem em assumir o nome Davies como sendo deles próprios. Isso mesmo, sr. Macy, mudar seus nomes. Os mais velhos terão 40 anos de idade, certo? Mas se um bastardo quiser o dinheiro dele, vai mudar de nome. Quanto dinheiro? A quantia é discutível, Davies diz aos advogados ao lhes apresentar uma planilha que havia feito: o ideal seria que os filhos recebessem a quantia mínima, mas os advogados podem subir até as somas mais altas, dependendo da nacionalidade, e se os filhos realizaram algo digno de nota, ou se lhes parecer que eles possuem o potencial para tanto. Me disseram que há equações na planilha dele. Um profissional francês vale 3,5 vezes mais do que um marinheiro argentino, por exemplo.

Os advogados puseram as mãos na cabeça, o que não me surpreendeu. Ressaltaram que se ninguém tinha procurado o sr. Davies até aquele momento, e ele está prestes a — não adianta fazer rodeios — encontrar são Pedro de qualquer maneira, não há necessidade de sair cavando novos problemas. Além do mais, disse um advogado bom da cachola, Davies ficaria em desvantagem se os ilegítimos subitamente assumissem seu bom nome. "De forma alguma", diz Davies. "Os senhores não estão compreendendo. Esses filhos são meus, e tudo o que eles realizarem neste mundo é meu também, e deverá levar meu nome, porque tenho orgulho deles. Quero que o nome Davies sobreviva neles e no que eles fizerem. Somos todos Davies", diz o velho, suando bastante. "Minha dinastia." "Bem, nós somos apenas advogados testamenteiros", dizem os advogados testamenteiros, "e rastrear seus filhos abandonados nos quatro cantos da Terra não é trabalho nosso", embora eles não digam isso de um modo tão brusco para seu cliente rico, acho eu. Mas ele não quer nem saber: "Coloquem detetives para fazer o serviço. Não me interessa como vocês vão fazer, simplesmente façam, coloquem isso num documento, e eu assino o negócio, mas façam isso depressa, porque o tempo está em jogo aqui, não é verdade? Se for preciso, eu assino papéis em branco e vocês podem preencher os nomes dos filhos mais tarde", foi mais ou menos como o sr. Davies colocou a questão.

E eu ouço você perguntar: "Quantas mães possíveis existiriam?" Bem, a primeira lista de Davies acabou sendo um tanto preliminar. A contagem final continuou aumentando ao longo dos dias seguintes, à medida que o cervejeiro gordo ia chamando de volta os advogados para adicionar nomes quando se lembrava deles, ou quando encontrava a assinatura de outra dama no final de algum bilhete de amor que ele está queimando antes de sair para seu almoço com o Todo-poderoso. Quando a sede me contactou no Escritório de Sidney, a 21 de junho de 1922, a contagem de Davies em potencial estava em 38, e aumentando.

Agora, "Escritório de Sidney" e "Sede de Londres": preciso esclarecer o que isso significa. Eu tinha minha própria agência, a Ferrell Detection, até março de 1922, poucos meses antes deste caso, "O caso do cervejeiro promíscuo e os assassinatos no deserto", ok? Está bom para você? A Ferrell Detection não era um empreendimento particularmente lucrativo, mas eu tinha talento para disfarces e fazer com que as pessoas dissessem a verdade ou pelo menos que demonstrassem quando estavam mentindo. Eu era um sujeito danado de corajoso, e isto é um fato. Eu conhecia a minha Sidney de alto a baixo, e não tinha tempo para criminosos que achavam que eram gênios, porque nunca nenhum deles é, sr. Macy. Não há mais do que três tipos de pessoas neste mundo, isso eu posso lhe dizer depois de anos lidando com elas, e talvez nem três.

Então, a 22 de março, recebi uma oferta para me tornar parte da Investigações Globais Tailor, uma empresa londrina em ascensão e pronta para colocar alguma verdade naquele "globais". Fiz uma pequena pesquisa do negócio deles. Quem dirigia as coisas era um tal Nicholas Tailor, que na verdade era um húngaro chamado Miklos Szabo, que havia se dado bem na Inglaterra, no papel de um sujeito que fazia investigações confidenciais para cavalheiros, com um vago sotaque continental e um ar de sabedoria de homem do mundo. Bom o bastante para mim e, portanto, com uma troca de unidades monetárias e uma discussão com o representante deles quanto à questão de quem pagaria o quê a quem, tirei da porta minha placa de Ferrell Detection e mandei um camarada que eu conhecia me fazer uma que dizia Tailor Inquiries Worldwide, Escritório de Sidney.

E pouco depois de nossa transação chegaram para mim as ordens sobre o caso Davies. Recebi a mesma carta que os homens de Tailor receberam no mundo inteiro, explicando a missão dos advogados de Londres que haviam contratado a agência do sr. Tailor. Pois, certamente, um dos portos de atracação do bom sr. Davies havia sido Sidney, e eu deveria rastrear uma senhora de nome Eulalie Caldwell, que em 1890 ou 91, ou 1892, ou quem sabe 93 (era o melhor que Davies conseguia lembrar), fora uma jovem bonita e descompromissada, vivendo sozinha na Kent Street (uma parte muito violenta de Sidney), ganhando a vida temporariamente trabalhando como lavadeira. Fim das informações.

Sr. Macy, não é todo dia que um detetive começa a procurar um herdeiro perdido e, em vez disso, soluciona dois casos de homicídio duplo, um deles ocorrido quatro anos antes. Mas foi exatamente o que eu fiz. Se eu saboreio agora os detalhes desse triunfo de uma longa e dificultosa carreira, creio que o senhor compreenderá.

A Kent Street era um buraco fétido em 1890, e não havia melhorado muito em 1922. Mas eu estava familiarizado com cortiços daquele tipo, não conseguia evitar coisas do tipo na área de trabalho que escolhi. E com esse conhecimento eu certamente não compartilhava a ilusão do sr. Davies de que sua adorável moçoila havia apenas parado ali temporariamente no caminho para realizar coisas melhores. Se ela estivesse viva, não estaria longe dali. Isso não levaria tempo algum, e eu só estava curioso para saber como eu poderia cobrar à sede de Londres pelo tempo e pelas despesas máximas, já que tudo voltaria aos advogados e ao sr. Davies no fim.

Registros públicos, uma pergunta aqui outra ali, sem dar muito na pinta para não chamar a atenção. Dois dias depois, 24 de junho, estou num sobrado vagabundo, não na Kent Street propriamente, mas duas ruas adiante. Que coisa feia de se ver, a maneira como aqueles pobres desgraçados viviam. Eu quase me senti um pouco santo — aqueles sujeitos precisavam do dinheiro de Davies, e eu estava ali para ajudar pelo menos um deles a dizer as coisas certas para obter uma parte dele. Você sabe o que pessoas assim querem? Um pequeno espaço só para ficarem sozinhos, dormirem um pouco, se lavarem. Um pouco de privacidade. Sr. Macy, o senhor não faz ideia, em sua enorme mansão em Nova York. Compaixão, sabe. Foi o que senti.

Então, lá estou eu, numa sala atulhada, tentando pra diabo tirar algum senso de uma mulher que parecia ter cerca de 65 ou 70 anos, sem dentes e assustadora, com um nariz igual a um repolho podre, e o resto do corpo disforme. O sr. Davies deve ter sido um marinheiro mercante solitário, até mesmo trinta anos antes, porque ela diz que se chama Eulalie Caldwell. (Embora ela tenha me dado uma data de nascimento que lhe conferia 49 anos. Mulheres são assim mesmo!)

O lugar tem aspecto e cheiro de que foi tomado por roedores que entram e saem à hora que bem entendem, e o barulho das outras famílias no pátio e no andar de cima faz seus dentes trincarem. Se Davies tem um moleque no meio desta multidão, ele teria cerca de 30 anos, e poucos ali se encaixavam naquela descrição, mas quem pode dizer ao certo, ainda mais com gente pra todo lado, entrando e saindo bruscamente, gritando ou carregando este ou aquele pedaço de lixo? Há crianças que não chegam aos 13 anos, outros são sujeitos nervosos que declaram que fazem trabalho noturno, mas meu faro me diz que eles se ocupam com alguma atividade ilegal. Umas duas jovens, coisinhas sujas, que reconheço como praticantes de uma profissão discreta. Não há como dizer quem é parente de quem ou sequer quem vive lá. Minhas anotações daquele dia dizem "Animais sujos", mas não sei se eu estava me referindo aos vermes, aos bichos de estimação ou àquelas pessoas.

Eu fico ali parado, tentando fazer com que Eulalie me ouça. É evidente que ela não tem mais condições de fazer trabalho algum, se é que algum dia teve. Ela é imprestável, e eu estou rezando para conseguir espremer um pouco da atividade cerebral que restou nela quando entra um sujeito baixinho, magricela, de cabelos pretos e aspecto doentio, vestindo camiseta, que tira um pedaço de pão preto de dentro de uma sacola que traz a tiracolo, tira a crosta dura de cima e o joga no colo da velha senhora. Ela olha para baixo e faz que sim com a cabeça, como se fosse para um velho amigo. O sujeito fica em pé atrás dela e me encara. Parece um candidato provável para meu herdeiro. Faço minha pergunta: "Algum de vocês dois conhece um sr. Barnabas Davies?"

Eulalie olha para mim com os olhos arregalados, mas apenas dá uma mordiscada no seu pão e olha para os pés. O sujeito abre a negociação com "E se a gente conhecer?", e eu contra-ataco com a tirada-padrão: "Bem, nesse caso eu tenho outra pergunta para você." Ele precisa posar um pouco mais, de modo que conseguimos um "E quem é você, afinal?", que sempre merece um "Isso depende, não é?". Por último, chegamos a um "Ela pode conhecer Davies. Mas se ele a quer agora, é um pouco tarde, não é?".

"Nunca se sabe, filho. Eu trabalho para homens muito poderosos", e ele digere isso por um momento, e lá vamos nós, certo, certo, Davies é um nome que o rapaz conhece, mas Eulalie ainda não disse uma palavra, apenas toma um gole da cerveja de seu homenzinho.

O camarada começa a vomitar pedacinhos da história, aqui e ali, para que eu recolha e reúna. Esse sujeito, Tommy, é um dos moleques de Eulalie Caldwell, um de 11 que viram a luz do dia e passaram do primeiro ano de vida. Tommy conhece o nome Barnabas Davies somente porque Eulalie costumava "resmungar sem parar" sobre Barnabas quando ele era menino. "Barnabas: o único verdadeiro amor da vida dela, o homem que teria feito dela uma mulher feliz em Londres, mas não era para ser. Jesus, que cantilena." Estou pensando, esse caso foi simples, eu tenho meu garoto e agora vamos mudar o nome dele, trabalho feito. Mas não: o homem *seguinte* dela é que era o pai de Tommy, e ele ficou por perto mais do que Davies havia ficado, vivendo com ela e as crianças por alguns meses da vida de Tommy, até mesmo voltando mais tarde para ser o pai do filho número 4, mas nunca teve a "qualidade" do misterioso Davies, que ia e vinha como o vento, prometendo, quando partia para o mar, voltar para buscar a linda garota de 19 anos com a qual havia passado um fim de semana. Não, aconteceu que Tommy era o filho número 2. Ele tem uma irmã de mesmo pai (filha 4) e existe um bando de meios-irmãos, histórias trágicas que ele agora quer compartilhar comigo, já que estou ali e ele acha que eu perguntei, e as quais escutei sem nenhum interesse porque não tinham nada a ver com meu negócio: um longo e tedioso recital de natimortos, fome, promessas não cumpridas de dinheiro deste ou daquele cafetão, aqui uma prostituta contra a vontade mas que dava lucro, ali um casamento ruim, um filho morto em Gallipoli, outro trabalhando num posto ao norte, tudo indo até a menina de 13 anos em pé bem ali na minha frente (nenhum nome nos meus registros).

É claro que isso tudo foi muito chato, porque a pobreza sempre é chata, e quando Tommy acabou de cantar assim, voltamos à questão principal. Onde estava o irmão mais velho de Tommy, filho de Davies, a criança número 1 de Eulalie? E só então Eulalie levanta a cabeça e olha para mim, e começa a fazer um som estranho e daí já está chorando, e com isso eu quero dizer que o nariz dela está pingando feito uma torneira e os lábios estão tremendo, mas não sai lágrima alguma. "Ah, Paul", ela diz, e você não pode sequer imaginar a cara de zangado que Tommy faz — não para mim, mas para a bruxa bêbada sentada à frente dele, que só naquele momento conseguiu dizer duas palavras em sequência. "Por que é que você não cala essa boca? Levanta e vai limpar alguma coisa, sua piranha desgraçada", e a mulher, chorando, consegue sair do quarto arrastando os pés, com a menina mais nova atrás, xingando Tommy.

Voltando à história do baixinho nervoso e com tosse: Paul Barnabas Caldwell era "um ano ou dois mais velho" que Tommy, o que queria dizer que ele havia nascido em 1892 ou 1893, o que batia com minha descrição. Tommy odiava

Paul. Ele crescera adorando o irmão, claro — é mais velho, você o adora, e fica triste quando ele apanha da mamãe ou do homem da casa (um título rotativo, ao que parece) ou por Bowlex (Dowlex? Não sei se estou lendo isto direito) —, mas Paul cresceu rápido e começou a exibir sua força também: começou a bater em Eulalie para revidar, antes de fugir pela última vez. E Paul ia bem na escola, coisa surpreendente, mesmo quando era pequeno. Mas Tommy não gosta disso: Paul era o único que tivera uma chance na escola, uma chance de verdade, já que Eulalie ainda podia trabalhar um pouco na época, podia ganhar um pouco de dinheiro, e por isso Paul teve que ir para a escola "regularmente, e não apenas de quando em quando", enquanto os outros viviam entrando e saindo, ajudando a mãe no trabalho, largando os livros quando o Estado dizia que eles estavam fora. E o pior: Eulalie sempre dissera a Tommy e aos outros filhos que Paul era especial porque o pai de Paul era um sujeito especial, e ela jogava isso na cara do pai de Tommy também: "Você não é Barnabas Davies", Tommy me disse com um espanto silencioso e zangado. "Mas Paul nem sequer agradecia por isso", ele costumava chamar Eulalie de prostituta e dizer que ela era uma desgraça, dizia que ela não era mãe dele, não era nem sequer uma mulher direita, e saía porta afora para visitar seus outros amigos, "e nunca me levava", diz Tommy, "nunca, nem uma vez me levou, nunca me mostrou seus livros e quadros, me olhava como se eu fosse o pó da estrada porque meu pai não era o seu sr. Davies, mas apenas o coitado do velho Tom lá do pub. Mas um dia eu peguei ele" — Tommy ri, mostrando os poucos dentes que tem. "Peguei ele direitinho. Um dia peguei um dos livros de biblioteca dele, um livro bem sem-vergonha,. peguei ele e levei pro Rowler (Bowlex?). Naquele dia Paul apanhou pra diabo Foi uma coisa bonita de se ver."

Bem, sr. Macy, o senhor pode imaginar que aquele foi um espetáculo cansativo — mentiras vingativas, lembranças incompreendidas de autopiedade —, mas isso eu conseguia compreender e suportar desde que meu trabalho fosse feito. Precisei escutar muito antes de conseguir que o jovem Tom se acalmasse o suficiente para me responder: onde estava Paul Davies *agora*? Minha resposta acionou outra tempestade: "Ele não é Paul *Davies*, ele é Paul *Caldwell*, está ouvindo? O nome Caldwell é bom o bastante para ele, ele tem sorte de ter esse nome." "Então, está bem, Paul Caldwell, Tom — onde está ele?" Acontece que Paul abandonara o lar desde que Tommy tinha 13 ou 14 anos. Não deu um aviso sequer quando foi embora. "Isso arrasou Eulalie", diz

Tommy. "Ela precisava dele. Ele ia ser o homem desta casa, e agora eu ainda tenho que ouvir que não sou filho de Barnabas Davies."

"E desde então, desde, digamos, 1907?"

"É, aquela bolchevique, qual é mesmo o nome dela, a moça maluca da biblioteca, ela aparece um dia, em 1918 ou 19, toda arrumadinha e com nojo da gente, e nos mostra a carta do Exército dizendo que Paul estava desaparecido, ele era cabo, e não se sabe mais 'nenhuma informação posterior'. A gente nem sabia que ele tinha ido pra Guerra. Com ele desaparecido e Mick morto naquela praia turca, mas que diabo, Eulalie chorou um mês inteirinho. Agora, *o quê*, em nome de Cristo, você quer com a gente?"

Minhas anotações dizem: "Duas horas e meia com esses animais, cobrar Londres por dez horas." Até aí nenhum crime, Macy, já que Londres se vira e cobra aos advogados por vinte e os advogados cobram Davies por quarenta, e para aquele bastardo estava muito bom, deixando mulheres desesperadas do jeito que ele deixou. Pode imaginar isso, Macy? Por todo o mundo, detetives como eu estavam se metendo nas feridas abertas de famílias infelizes e mulheres abandonadas. Devia haver o equivalente a uma cidade inteira de cenas patéticas e chorosas como aquela acontecendo no mundo inteiro ali, naquele instante, porque o velho sr. Davies havia sido um canalha na juventude e queria ser amado por isso na velhice.

Minhas anotações dizem também: "Assumi o compromisso com Tommy Caldwell de dar notícias do endereço ou do túmulo de Paul Caldwell, com pagamento contra a entrega da informação." Eu estava com meu segundo cliente sobre o que agora era o caso Paul Davies/Paul Caldwell, embora eu duvidasse muito da intenção dele em pagar.

Sr. Macy, dormi como um bebê noite passada, não o velho pesadelo, nem sequer me remexi na cama. Só por isso eu já lhe agradeço. Só o fato de saber que o senhor e eu estamos trabalhando juntos nessas memórias, abrindo o antigo caso, explicando sua lógica e estrutura, dizendo ao mundo o que consegui. Eu me sinto um novo homem. Cheguei até a comer um desjejum inteiro esta manhã, botei pra dentro aquele veneno todo e o gosto estava ótimo. Noite passada, antes de dormir, retirei minhas outras caixas de arquivos de baixo da cama de ferro, e li uns dois dos melhores, embora o patife ao meu lado ficasse resmungando a respeito da luz e até chamou um dos sujeitos durões da casa para me forçar a apagá-la — mas não faz mal. Depois que eu e você resolvermos esse caso, acho que aquele que chamo de "A Linda Morta" cairia bem para os nossos leitores. ("Não percam outra aventura de Ferrell e Macy no próximo mês!")

Então, o caso Barnabas Davies estava encerrado, não é? Tínhamos o nome do filho de Davies em Sidney, Paul Caldwell, nascido em 1893. Tínhamos um esboço de personalidade dele até a idade de 14 anos: possivelmente uma inteligência acima da média, mas com a raiva de filho abandonado e aprisionado na pobreza. Além disso, não sabíamos que tipo de filho o sr. Davies deixara para trás quando entrou no seu barquinho e abotoou as calças. Sabemos que o rapaz fugiu para lutar na Guerra e não voltou para casa. *Desaparecido*, sr. Macy, queria dizer que eles não conseguiram identificar os corpos destroçados na lama francesa, na praia turca ou no canal de Suez. E, depois de algum tempo desaparecido, Melbourne simplesmente declarava você morto. Acho que foi em 1919, ou em 1920, que eles disseram que não havia mais *ninguém* desaparecido — todos os arquivos de *desaparecido* foram reetiquetados como *morto*. Então, até onde os registros oficiais tinham conhecimento, Paul estava morto, embora por algum motivo ninguém ainda tivesse contado a Eulalie e Tommy. De qualquer maneira, caso encerrado, eu supus.

Mas, então, pensei novamente, sr. Macy, e foi um momento único e dramático, como o senhor e nossos leitores verão. *Por que* encerrar esse caso? Eu podia passar muitas horas tentando obter detalhes da vida e do serviço militar de Paul Caldwell para enviar ao seu orgulhoso papai. É verdade, não havia nenhum herdeiro para se dar dinheiro, provavelmente, mas "desaparecido" não é *exatamente* "morto", e, então, por que não ver o que eu podia encontrar? E, se ele estivesse morto, quem sabe não seria um herói de guerra, e pudesse ser rebatizado postumamente, se tornar o valente Paul Davies, mártir galante das Ardennes, então o cervejeiro gordo moribundo compraria para si mesmo um belo de um filho-herói morto, e *quanto* isso valeria em sua planilha, e quem ficaria com a herança em dinheiro dele? Minha mente estava trabalhando rápido, o velho jogo continuava de pé, e o pagamento final de Londres renderia umas belas férias.

Agora eu tinha de mexer os pauzinhos para dar uma olhadela no dossiê militar de Caldwell. Ele estava guardado a sete chaves em Melbourne, nem mesmo as famílias tinham permissão para ver os arquivos. Até hoje não podem. Até mesmo Davies, em Londres, só conseguiria uma carta sucinta declarando a morte e o posto final. Mas se é detecção que o senhor deseja, sr. Macy, o senhor precisa de uma rede de pessoas que possam ajudá-lo. Com isto, a coisa mais simples do mundo: um camarada me deve um favor, conhece outro camarada que gerencia algumas garotas em Melbourne e uma delas trabalhou para um homem que conhecia um sujeito que trabalhava no escritório do historiador no Ministério da Defesa e esse sujeito devia ao primeiro homem um favor, ou o primeiro mencionaria ao Ministério que o segundo camarada havia passado momentos de intimidade com esta ou aquela garota inadequada (para não dizer explicitamente aborígine), e um pouco de dinheiro (tão passível de cobrança quanto uma despesa de Barnabas Davies, sem dúvida) desceu (diminuindo a cada etapa) ao longo dessa extensa linha de indivíduos sem nome mas de muita ajuda, e algumas anotações rabiscadas passaram também, e agora estamos no dia 7 de julho, quando copio as anotações feitas à mão no meu arquivo e acrescento minhas próprias primeiras perguntas, todas as quais se encontram a seguir, *ipsis litteris*:

> Paul Caldwell. Nascido em 1890 (Tommy disse 1893). Alistou-se como voluntário na infantaria (por quê?) em outubro de 1916, com a determinação (de quem?) de que seu serviço se limitasse inteiramente ao Egito enquanto a AIF estivesse ali, devido a um conhecimento e circunstâncias especiais (quais?). Entrou como recruta (se ele tinha um contato especial, por que apenas recruta?). Despachado para a infantaria em Tel el Kebir, Egito. Promovido duas vezes e citado por distinção no serviço duas vezes com carta de recomendação incluída no arquivo pelo capt. brit. H. S. Marlowe. (Por que um capitão britânico se importaria com um cavador da Austrália?) Desaparecido durante licença, 12 de novembro de 1918. Nativos ao extremo sul em Deir el Bahari (a 800 quilômetros de seu acampamento) subsequentemente descobrem o rifle de Caldwell, plaquetas de identidade de Caldwell e o supracitado Marlowe. (Um oficial metido e um cavador de licença juntos?) Posto ao final do serviço: cabo. *Status* de "desaparecido" alterado para "morto" nos registros finais que se fecharam em 29 de junho de 1919.

Como era um oficial britânico, o arquivo do capitão Marlowe estava convenientemente localizado em Londres, por isso temos que nos contentar com isto, por enquanto, meu bom Watson. Agora, as questões que eu coloquei em minhas anotações naquele dia são apenas algumas das quais deveriam ocorrer a um investigador de olho aguçado a quem esta sinopse fosse apresentada. Vou deixar por sua conta a tentativa de montar os quebra-cabeças ocultos nessas 129 palavras, porque elas se reproduzem rápido feito coelhos. Mas aqui está um presente, caso sua história não esteja amarrada o suficiente: a Guerra terminou em 11 de novembro de 1918, um dia *antes* do sumiço de Paul.

Mais um item do arquivo do rapaz: "Parente mais próximo: sra. Emma Hoyt, aos cuidados da Flipping Hoyt Brothers Entertainment, Ltda., Sidney." Eulalie Caldwell e o irmão Tommy nem aparecem; não é de espantar que eles tenham ouvido a notícia por terceiros: eles não foram mencionados quando Paul se alistou. O parentesco parece ter sido uma questão complicada para nosso rapaz. Eu precisaria perguntar aos advogados: será que a herança de Davies pertenceria a essa nova parente, caso Paul Caldwell estivesse morto e de algum modo fosse rebatizado retroativamente como Paul Davies?

Bom dia, sr. Macy! Vamos continuar? Ótimo.

É claro que eu me lembrava do Flipping Hoyt Brothers Circus — mas, antes, já posso ouvir o impaciente sr. Hoyt resmungando: "O que é que este diabo desta história tem a ver com minha pobre tia maltratada e meu tio-avô desaparecido?" Tudo, sr. Macy, tudo. Paciência. Tenha um pouco de fé em seu contador de histórias, ok?

Bem, é claro que eu me lembrava do Flipping Hoyt Brothers Circus, mas fiquei surpreso ao descobrir que ele ainda existia quando fui investigar Emma Hoyt na cabine da bilheteria, a 8 de julho de 1922.

"Ela já está indo embora", diz o homem careca e bigodudo sem camisa da cabine. "Ela está à disposição dos admiradores após o espetáculo, mas uma dica, companheiro: pode ser que ela fale com você se souber que você viu o show dela."

"Está em exibição agora?", perguntei, olhando ao redor, para o campo que nos cercava e a tenda amarela murcha, três ou quatro pessoas vagabundeando ao redor de alguns carroções.

"Começa em cinco minutos. Você é um homem de sorte." Paguei por uma cadeira na primeira fila, e o careca saiu da cabine para rasgar o bilhete que havia acabado de me entregar, e em seguida me levou até o meu lugar, fechando a lona atrás de nós. Contei a plateia: eu era um em oito, embora houvesse bancos e plataformas vazios e uma fila de divãs grandes com mesas, cadeiras para trezentas pessoas ou mais. Meu condutor me colocou sentado e continuou andando, descendo o corredor vazio, subiu no palco de madeira vermelha descascando na minha frente, abriu um portão na cerca de metal alta que cercava o picadeiro de areia, trancou o portão atrás de si e pegou um megafone. Suas calças de veludo vermelho estavam brancas atrás. "Senhoras e senhores", ele gritou, andando em círculos, olhando por cima de minha cabeça para as multidões de outrora.

Ao terminar os comentários de abertura, ele desenrolou o chicote e levantou uma tranca na parte de trás da jaula. Três tigres monstruosos saíram. Nosso careca fez preguiçosamente com que eles pulassem uns por cima dos outros, rolassem sobre suas costas, pulassem através de um aro de metal, e tudo isso eles executaram devagar, mas com surtos súbitos de rosnados rebeldes, que o chicote não calava na hora. Chegando ao final, ele mandou e os tigres se deitaram, após uma certa resistência, e ele abriu a trava na parte de trás da jaula novamente. Ali, dramaticamente iluminado por trás, apareceu uma pequena e estranha silhueta, e em seguida entrou um pinguim. A ave deu uma volta completa ao redor dos tigres, deitados de bruços, passeou sobre suas costas e barrigas, enquanto eles rolavam como se fossem troncos. Por último, o pinguim desceu, deu uma volta no picadeiro para receber os aplausos e se aproximou dos três tigres beijando cada um deles no focinho (que sem dúvida havia sido borrifado antes com essência de arenque). As crianças perderam o fôlego de tanto rir. Era uma exibição legalzinha, imagino. Quando funcionava.

Hoje, entretanto, o terceiro felino já estava cheio: quando o beijo com fedor de peixe roçou seu focinho bigodudo, só se viu um borrão de pata laranja e preta e o pinguim olhou para baixo, para as três listras vermelhas em seu peito branco com a surpresa de um homem rico que derramou vinho tinto na própria camisa. Ele levantou a cabeça bicuda, tentou continuar a rotina que executava duas vezes ao dia, surpreso. Olhou para o preguiçoso tratador de tigres que o havia treinado e convencido a entrar naquela furada duas vezes ao dia; o próprio tratador, atordoado com a quebra de disciplina do tigre, na hora levantou o chicote e gritou com o bichano, mas era tarde.

Num relâmpago, a pata atacou de novo, e o pinguim subitamente sem cabeça bambeou mas não caiu, porque a outra pata do gato estava prendendo a nadadeira na areia. O tigre estava pronto para aproveitar o petisco cuja tampa havia acabado de abrir quando sentiu o chicote espetar suas costas, se virou com um rugido para o homem que, ao mesmo tempo, o havia chicoteado e alimentado desde seus dias de filhote. "Não rosne pra mim, garoto!", gritou meu bilheteiro, lançando o chicote com fúria. Somente agora as duas crianças da plateia perceberam que o pinguim, cujas cabriolas eles haviam acabado de admirar, não estava bem, porque sua cabeça, espantada, com olhinhos de contas, havia rolado até parar na parede de madeira vermelha a poucas fileiras de onde estavam.

Por motivos que a sra. Hoyt posteriormente explicou para mim como uma questão de disciplina para as feras e de segurança para o tratador, era exigido dos felinos que executassem toda a rotina novamente, sem falhar, antes que tivessem permissão de receber a recompensa de carne. Enquanto as duas crianças soluçavam e seus pais lhes diziam "Calma, calma, é só um truque", os tigres, grunhindo e irritados, reviam suas tarefas e tentavam dar patadas no treinador. Mais uma vez saltar, rolar, pular através de aros. Mais uma vez eles se deitaram olhando para a frente. Mais uma vez a trava da parte de trás da jaula foi levantada. Mais uma vez a dramática silhueta de um sujeito gordinho com nariz de banana. E mais uma vez um pinguim treinado entrou, esperando receber aplausos e um peixe fresco. O que pensou esse segundo pinguim, ao passar pela "bola de futebol" empoeirada e decapitada de seu colega, não sei dizer. O garotinho à minha esquerda disse: "Não! Não! Vá embora!"

Só menciono esta cena, sr. Macy, para ilustrar o estado do circo por volta de 1922, pois então vi dois contorcionistas chineses se retorcerem nas formas mais peculiares, para o desconforto da plateia. Eu vi um único trapezista, com uma roupa listrada, ficar balançando frouxo por um momento antes de simplesmente cair em sua rede e dali descer para o chão, já tirando o uniforme enquanto saía. E durante todo esse tempo, um homem cansado, com seus 60 anos, tocava um piano sem cauda nem afinação. De vez em quando, ele murmurava com uma seriedade dolorida para as crianças apavoradas: "Ah, o circo! É mágico, simplesmente mágico!"

"Ele tem formação clássica, sabia? Costumava reger nossa orquestra de dez músicos, no tempo de Paul", contou-me, depois, a parenta escolhida de Paul Caldwell, Emma Hoyt, com um rosto tristonho. Seu negócio estava no final, evidentemente. Acho que ela continuou por mais uma semana, mas eu havia testemunhado os estertores do Flipping Hoyt Brothers Circus. "Em dias melhores", ela começava a maior parte de suas frases, ou "Quando meu marido Boyd era vivo", ou, ainda mais interessante, "Paul teria detestado ver as coisas terminarem assim".

Uma mulher de cerca de 45 anos, não sem um certo charme, ela ainda estava vestida como o major de algum exército de cores vivas, os cabelos louros e comprimidos debaixo de seu chapéu vermelho cilíndrico. Acendia um cigarro atrás do outro, mas não os fumava. Sua carroça particular tinha cheiro de perfume, de seus cachorros amestrados, de estrume de animais selvagens.

Ela estava louca para falar de Paul Caldwell. Eu lhe disse que talvez ela tivesse herdado algum dinheiro dele, mas ela me admoestou: "Isso é impossível. Ele está apenas desaparecido." Minhas anotações podem ser facilmente compiladas para o senhor, mais ou menos como devem ter sido ditas. (O senhor acha que deveríamos apresentar histórias mais elaboradas, com longas falas, ou apenas os fragmentos de minhas anotações? Estes últimos são mais "reais", suponho, mas o leitor quer sentir que o negócio está acontecendo com ele, se entende o que eu digo, Macy.)

"Tantas lembranças duras foram avivadas por sua visita, sr. Ferrell. Paul foi a coisa mais maravilhosa que já aconteceu a este circo, o amor que ele tinha pelo que fazíamos aqui. Eu pensava nele todos os dias, lá longe, na Guerra, lutando simplesmente por isto aqui, pela magia do nosso circo. Ah, não me entenda mal, eu sei que os alemães também têm ótimos circos, mas tenho certeza de que o Kaiser não gostava. Nós, pessoas livres, apreciamos coisas que pessoas como ele jamais poderiam tolerar.

"Eu escrevi para Paul quando Boyd foi convocado para sua recompensa, disse a ele que eu faria tudo para que seu circo estivesse pronto para ele. Era dele à hora que quisesse, se quisesse, depois da Guerra. Ele poderia tê-lo transformado. Quanta dedicação!

"Naturalmente, o senhor vai querer saber tudo desde o começo. Paul veio a nós quando tinha 19 ou 20 anos. Boyd o descobriu, disse que ele tinha um talento natural extraordinário. Ele havia avistado Paul no mercado e o seguira um pouco, sem que ele percebesse, fingindo se abaixar para amarrar os sapatos, e quando se levantou novamente, simplesmente segurou Paul pelo pulso e pegou sua carteira de volta. Claro que, por um momento, Boyd fingiu ser um guarda, para assustar Paul. Mas depois Boyd se sentou, apontou para pessoas e perguntou se Paul conseguia fazer aquilo sob encomenda. Boyd ficou animado quando o trouxe para nosso acampamento naquele dia. E que garoto lindo ele era, e mais inteligente do que qualquer pessoa que já conheci. Ele havia sido bibliotecário, tenho certeza de que o senhor sabe disso.

"E naquele instante, quando Boyd o levou para nós! Você vê, às vezes, um rosto se iluminar em ambientes como o nosso, sr. Ferrell. Alguma coisa verdadeiramente *intoxica* determinadas pessoas. Paul era como um garotinho. Ele queria tocar todos os animais, até mesmo os tigres. Isso era o que o tornava encantador, sabia? Ele sabia tanto sobre algumas coisas, era inteligentíssimo, mas também não conhecia as coisas mais simples. Ele ficou vagando pelo acampamento. Entrou na tenda, e eu fui atrás dele. Ele ficou olhando os trapézios amarrados, as cadeiras. 'Você nunca viu um circo, Paul Caldwell? Gostaria de trabalhar conosco?' Você nunca viu um rosto mais feliz, e tão bonito! 'O circo?', ele me perguntou se eu conhecia algum homem forte italiano, um artista do qual ele havia ouvido falar certa vez. 'O circo', ele não parava de murmurar, como se tivesse pousado na lua. Eu sabia exatamente como ele se sentia."

"E quando foi que ele se tornou seu amante, sra. Hoyt?"

"Eu era casada com Boyd, sr. Ferrell."

"Mas tive a impressão de que o sr. Boyd era muito mais velho."

"Boyd era um palhaço, sabia? Quero dizer, profissionalmente, por ofício. Ele fazia as pessoas rirem muito. Ele fazia sua 'cara de vergonha' quando, por exemplo, era flagrado tentando roubar a gravata de um homem, e fechava os olhos numa longa piscadela e dava de ombros como se fosse um palhaço muito mau, e as pessoas simplesmente adoravam. As pessoas o adoravam. Fora do picadeiro ele era bem mais frio.

"Boyd mandava Paul limpar as jaulas, vender bilhetes, conduzir as pessoas aos seus lugares. Isso era necessário, claro, conduzir as pessoas. Isso permitia que ele colocasse os que levavam as carteiras nas calças para cadeiras elevadas, de modo que ele pudesse enfiar a mão nelas por baixo durante o show. Ele se apresentou algumas vezes, um ato chocante de magia e drama para as apresentações da noite. Boyd achava que devíamos tentar coisas mais sofisticadas, e então, para abrir o show após o entreato, Paul aparecia vestido de explorador da selva e fazia uma espécie de pantomima em que fingia lutar contra inimigos que o atacavam, cinco dos sujeitos maiores fantasiados de negros da selva. Eles levam a melhor, o amarram e aí um deles traz uma cobra. Nada perigoso, apenas uma das pítons maiores, e aí dançam ao redor dele rapidamente e balançam a cobra e se curvam sobre ele, para que a plateia não pudesse ver o que estava acontecendo, mas nós havíamos liberado a força da imaginação delas! Então, lá se iam os vilões negros, um dos quais ocultando a cobra dentro de sua túnica, para que a plateia não pudesse vê-la, e ela via apenas Paul amarrado, contorcendo-se em tormento, você entende, e ele luta e consegue soltar um dos braços, e depois dá unhadas no peito, abre a camisa e... seu peito se abre numa explosão e de dentro sai a cabeça da cobra! Ah, era uma visão horrível, e as mulheres desmaiavam, e as luzes se apagavam, e quando elas tornavam a se acender, Paul fazia mesuras para a plateia. Ele precisava fazer isso, antes do fim do espetáculo, para que as pessoas soubessem que ele estava vivo e bem. Nós costumávamos nos apresentar para multidões assim, antes da estupidez de Boyd. E Paul trazia tanto dinheiro! Ele conseguia colocar as bolsas de volta aos seus lugares depois de esvaziar uma parte delas, sabia?, e por isso raramente tínhamos reclamações.

"Mas Boyd pensava como o senhor. Ele tinha certeza de que aquele rapazinho era meu amante. E isso nunca aconteceu, por isso ele só passava seus dias com os tigres, jogando carne para eles com uma cara feia. Mas o que é que ele achava que acontecia? Que a polícia levaria Paul para longe de mim só com a palavra de Boyd mas não diria ao público que, no Flipping Hoyt, ladrões andavam sorrateiros por baixo das cadeiras?

"Eles o prenderam durante o show, sem fazer alarde, eu nem sei como foi que aconteceu. O primeiro sinal foi quando os homens-cobra nativos tiveram de fazer alguma dança uns com os outros, e depois se mandaram com a cobra enquanto a multidão parecia confusa e verificava suas carteiras, e em seguida Wang e Songchuck já estavam no mastro, um se contorcendo em cima do outro. 'O que acha que aconteceu com Paul?', perguntei a Boyd depois do show, e ele simplesmente ficou ali fumando e olhando para mim de um modo estranho. E eu soube. 'O que você fez com ele?' Tive medo de que ele tivesse feito alguma coisa horrível com os tigres. 'Seu velho desprezível, o que foi que você fez?' Ele não quis falar comigo, e levei dias para encontrar Paul, mas aí a polícia não queria me deixar vê-lo. Fiquei no pé deles durante semanas, batendo todos os dias na porta daquele inspetor brutamonte. Mas não me deixaram vê-lo. E então, um dia, semanas depois, eles me disseram que ele havia ido embora, fora lutar na Guerra para evitar a prisão."

"A senhora escreveu para ele quando seu marido morreu."

"Isso foi em 1917. Também foi para dizer que eu não o havia traído, que não fui eu quem o havia entregado. Eu sofria com medo de que ele me culpasse. Eu não sabia para onde enviar a carta. Simplesmente a mandei para o Ministério da Defesa. Nunca tive uma notícia sequer, até receber a notificação de que ele estava desaparecido. Ele me colocou como sua parenta, sabia? Naquele momento, finalmente, eu soube que ele não estava com raiva de mim, que ele ainda me amava. E naquele mesmo momento me disseram que eu o havia perdido.

"Mesmo assim, achei que deveria encontrar sua família verdadeira. Fui até aquela bibliotecária horrorosa, Paul havia me contato tudo a respeito dela. Eles haviam sido, ah, *íntimos*, o senhor sabe, não fora o primeiro *amor* dele, era mais um caso de uma mulher mais velha se aproveitando de um pobre rapaz necessitado. Mas ela pelo menos saberia onde encontrar seus parentes consanguíneos. Mais tarde, recebi uma segunda carta da Defesa dizendo que eles haviam mudado sua situação de Desaparecido para Morto, mas eles não tinham corpo nem nada. Parecia uma ação apenas para fins de arquivamento, eu queria tanto que ele encontrasse o circo do jeito que estava quando partiu... coitadinho do pinguim..."

Sr. Macy, nossa história hoje se encerra com uma senhora do circo chorando por seu amante morto, seu circo morto e uma ave morta. Esperei mais um pouco para ver se ela recuperaria a compostura, mas depois de alguns minutos aparentemente aquilo não ia terminar tão cedo, por isso tomei o meu rumo.

Dois ou três dias depois recebi uma carta:

> Sr. Ferrell. Sua visita ontem foi um tônico para uma mulher cansada. O senhor faria minha cabeça descansar com qualquer informação definitiva que descobrisse a respeito do destino de Paul. Eu gostaria de contratá-lo, se é assim que se costuma proceder normalmente nesses casos. Caso o senhor o encontre com vida e se ele estiver se mantendo distante de nós, entre os desaparecidos, por razões pessoais, por favor assegure a ele de que não o traí, jamais faria isso, e que eu o amo. Se ele desapareceu para sempre, por favor me diga o que aconteceu a ele. Aqui não há muita coisa para mim. Irei a qualquer lugar por ele — por favor, diga isso a ele. Logo me tornarei uma vendedora de tigres, pelo menos temporariamente, e depois disso, não sei dizer.

Com isso, sr. Macy, eu tinha um terceiro cliente no mesmo caso!

Mas o que é que eu tinha de Paul (Caldwell) Davies para apresentar a Londres? Bem, infelizmente, crime. Isso provavelmente afetaria negativamente as disposições testamentárias finais de Davies. E seu entusiasmo voluntário pela Guerra, ao que parecia agora, pode ter sido um produto das circunstâncias: a Força Imperial Australiana era mais convidativa do que cumprir pena com trabalhos forçados.

Mas eu também tinha duas novas pistas: o inspetor Dahlquist, que havia prendido Paul Caldwell e o mandado para morrer no Egito em vez de apodrecer na prisão, e a srta. Catherine Barry, a bibliotecária que havia aparecido na nossa história duas vezes até o momento, a primeira amante de Paul. O Caso Davies estava rapidamente se tornando um uso lucrativo do meu tempo.

O que me faz lembrar: enviei a você o que escrevi até agora, para não atrasar seu progresso nas conversações com os editores. Enquanto espero sua resposta por via aérea, continuarei a transcrever minhas anotações e cartas.

Seu humilde correspondente,
Harold Ferrell,
Investigador Particular (aposentado)

Terça, 10 de outubro de 1922. Hotel da Esfinge, Cairo

Diário: Chegada ao Cairo, vindo de Alexandria, via trem. Comecei a trabalhar imediatamente. Marquei cinco dias no Cairo para logística e preparação de escritos sobre a região antes de ir para o sítio ao sul.

Anotações: Para um começo apropriado, o livro finalizado deverá ter um frontispício, protegido por uma sobrecapa transparente de papel vegetal. Frontispício: "O cartucho real de Atum-hadu, último rei do Reino Médio do Egito, XIII Dinastia, 1660-1630 a.C." Supor apenas leitores acadêmicos? Não — esclarecer para os leitores em geral que um cartucho é o selo real, um dos cinco nomes do rei (o nome do Filho de Ra) escrito em hieróglifos e fechado dentro de uma oval.

Epígrafe após o frontispício:

"A inteligência e a determinação do homem em superar a dificuldade física são a fonte de nosso prazer e o tema de nosso louvor." John Ruskin, *The Stones of Venice*;

Ou: "Embora ainda não tenhamos descoberto a tumba de Atum-hadu, podemos estar bem certos de que isso está ao nosso alcance." Ralph M. Trilipush, *Desejo e desengano no Antigo Egito* (Collins Amorous Literature, 1920; nova edição da Harvard University Press planejada para 1923);

Ou: "Ralph Trilipush jamais convencerá ninguém que tenha um cérebro de que o rei Atum-hadu algum dia existiu, quanto mais escrever as chamadas *Advertências* Atum-haduanas." Prof. Lars-Philip Thurm, no *Jornal de Estudos Egiptológicos*, 1921. Esta epígrafe teria um efeito divertido quando colocada ao lado de uma fotografia minha em pé à frente da tumba do rei Atum-hadu, segurando um papiro completo de suas *Advertências*;

Ou talvez um excerto das *Advertências*, da profunda mente e da pena lasciva do próprio rei Atum-hadu. Por exemplo, a primeira linha da Quadra 30 (encontrada nos Fragmentos B & C somente): "Atum-hadu sorri para seu irmão." Na verdade, isso está um pouco equivocado quanto ao contexto original, pois a Quadra 30 completa descreve a descoberta de um impostor afirmando ter parentesco com o rei:

Atum-hadu sorri para seu irmão;
Feliz por encontrar outro saído da mesma mãe!
Até que ele descubra que isso não passa de mentira,
E agora com fogo e áspides o mentiroso morrerá.

(De *Desejo e desengano no Antigo Egito*,
Collins Amorous Literature, 1920; nova edição
da Harvard University Press prevista para 1923.)

Não, melhor ainda, para iniciar esta aventura no seu começo devido, vamos abrir o livro com um vislumbre tantalizante da descoberta por vir, e oferecer como epígrafe um episódio emocionante não muito distante no futuro, um excerto de eventos descritos no próprio livro. Extrairemos um momento triunfante e o colocaremos no início, uma joia chocante na coroa, um saboroso aperitivo para mexer com a língua do leitor e prepará-lo para o grande banquete que está por vir e preparar sua digestão, forrando seu estômago com riquezas para as quais o dinheiro que ganha normalmente não o preparou. Vamos usar provisoriamente os eventos de — para fazer uma estimativa conservadora e me apresentar nessa data com um ótimo presente de aniversário — 24 de novembro, daqui a seis semanas e meia, nem muito otimista nem pessimista demais, alguma coisa do tipo: "*página ii. 24 de novembro de 1922. No sítio de Deir el Bahari. Afastei as pedras soltas e desci de quatro, e comecei a avançar lentamente — muito lentamente, apesar de meu coração bater acelerado — para alargar o buraco na pilha de escombros de milênios de idade. A luz balançava nas mãos do irracionalmente apavorado Abdullah. 'Está tudo bem, homem. É só me dar a lanterna', murmurei, e olhei pela abertura estreita. 'Sim, sim...' 'Por favor, o que está vendo, meu senhor?' 'A imortalidade, Abdullah, estou vendo a imortalidade.*'"

<u>Desenho de capa</u>: foto de RMT em pé ao longo do sarcófago dourado (pode-se projetar isso com segurança) de Atum-hadu. Trabalhadores nativos com suas túnicas de trabalho em pé mais para o lado. *Ralph M. Trilipush e a descoberta da tumba do rei Atum-hadu por Ralph M. Trilipush*. Subtítulo: Incluindo o diário particular, anotações e esboços do arqueólogo. Harvard University Press, 1923.

<u>Página de dedicatória</u>: "Uma descoberta desta magnitude simplesmente não pode ser feita sem a incansável ajuda e o exemplo

inspirador de vários outros colaboradores. Para a minha equipe de quase quinhentos trabalhadores egípcios, cuja diligência só encontrava páreo na devoção que eles tinham por mim e por nosso esforço comum, que suspendeu o que para eles deve ter sido uma excruciante descrença e, disso, em vez, exibiu uma fé simples de que os objetos que eu desenterrei possuíam um significado além do brilho reluzente, ofereço minha mais sincera gratidão. E, em particular, para meu capataz, Abdullah, que sabia como distribuir aos homens a disciplina e o dinheiro na proporção exata, e cuja feroz lealdade para comigo e os grandes esforços para lutar com as complexidades do idioma inglês me comoveram e me divertiram em igual medida durante nossas semanas de grande labor e perigos, ofereço um sincero *salaam*! O sr. Chester Crawford Finneran, do Magazine Fino Finneran, é um cavalheiro de magnífica estatura, um inteligente colecionador de arte antiga, um homem de força mas também de finesse, nem de longe o que se teria esperado encontrar em um americano, quanto mais num "capitão do comércio" abastado. Mas nosso "CCF" provou ser digno do nobre e ancestral título egípcio de Senhor da Fartura, aquele generoso e confiável poço de sabedoria e riqueza em tempos de necessidade, e o título que o próprio Atum-hadu utilizou em suas poéticas *Advertências* para se referir ao seu próprio primeiro-ministro de confiança. A tumba de Atum-hadu é conhecida por nós graças a CCF, meu Senhor da Fartura, assim como meus outros sócios na Mão-de-Atum Explorações, Limitada. Para minha amada noiva, Margaret Finneran, palavras são insuficientes para expressar meu amor, minha admiração e minha gratidão. Para meus colegas exploradores, que labutam nas areias quentes de nossa adorada mãe adotiva, ofereço a vocês meu agradecimento por seu exemplo coletivo, sua dedicação incansável e frequentemente não recompensada. Em particular, desejo mencionar aquele campeão da exploração egiptológica, meu caro amigo, o sr. Howard Carter, que, enquanto escrevo estas linhas, está imerso em sua sexta temporada em uma busca aparentemente infrutífera por uma tumba quimérica, a de um rei menor da XVIII Dinastia chamado Tut-ankh-Amen. Eu agora declaro publicamente nestas páginas que — fracassando ou sendo bem-sucedido — a dedicação quase sem sentido do sr. Carter (seis anos!) é um modelo para todos nós, e por isso eu o admiro, mesmo antes de conhecê-lo e de chamá-lo de amigo. Eu saúdo meu camarada-em-pó mais velho, meu mentor e a figura dominante da geração que ora se vai, e que relutantemente nos passa o bastão. Por último, este livro precisa certamente ser dedicado ao grande rei Atum-hadu, e ao seu deus-pai, o primeiro Criador, Atum. A existência da tumba de Atum-hadu (e do próprio Atum-hadu) foi posta em dúvida por muitos, mas sua genialidade, seu reino, sua poesia: a tudo isso eu presto homenagem e o saúdo num abismo de mais de 3.500 anos, eu, que nunca duvidei dele. Majestade, o mundo vos observa agora, em vossa tumba dourada, entre vossos vastos tesouros, em vossas bandagens quebradiças e marrons de múmia. O mundo se maravilha com vossa vida, vossas palavras, vosso brilho. O mundo olha com admiração respeitosa vossos nobres órgãos em seus vasos canopos. Esta é a própria imortalidade que perseguiu e mereceu, glória e celebridade eternas."

Sobre o autor: O professor Ralph M. Trilipush nasceu em 24 de novembro de 1892, filho único do renomado soldado e explorador Ecgbert Trilipush, e foi criado como filho único muito adorado, se não positivamente mimado, no conforto verdejante e idílico de Trilipush Hall, em Kent, Inglaterra. Educado em casa por tutores, ele exibiu precocemente uma aptidão surpreendente para idiomas e um interesse único pelo Egito Antigo. Aos 10 anos de idade, ele já dominava as três formas escritas do egípcio antigo, e começou a traduzir documentos antigos para o inglês. Aos 12, ele havia recalculado as datas aceitas das dinastias egípcias e dos reinados, localizando com maior precisão do que qualquer acadêmico reconhecido as lacunas na moderna compreensão egiptológica. Admirado por seus pares, visto com respeito por seus superiores mais velhos, ele foi cedo para Balliol, Oxford, onde foi amplamente considerado a maior esperança da egiptologia, juntamente com seu querido amigo, Hugo St. John Marlowe. Em Oxford, os dois estudantes trabalharam sob a orientação do falecido professor Clement Wexler, participando de seus esforços para provar ou negar definitivamente a existência do então apócrifo rei da XIII Dinastia e poeta erótico Atum-hadu. Com a obra de seu mestre completada, os estudos de doutorado de Trilipush foram interrompidos pela Grande Guerra, durante a qual ele e Marlowe ficaram acantonados no Egito como oficiais da contrainteligência. Ali, sob o fogo inimigo, os dois exploradores conseguiram desenterrar o Fragmento C das *Advertências* de Atum-hadu de um caminho à beira de uma encosta perto de Deir el Bahari, dando um passo de gigante na direção da prova da existência e da identidade desse rei como o poeta dos anteriormente traduzidos Fragmentos A e B. Pouco após essa descoberta, Trilipush foi enviado para servir como conselheiro das forças australianas que invadiam Gallipoli, em cujo combate ele foi ferido e por algum tempo foi considerado desaparecido e, depois, dado como morto. Inteiramente só, ele voltou caminhando para o Egito, chegando após o Armistício, somente para descobrir que seu grande amigo Marlowe havia sido morto durante uma expedição em uma parte perigosa do deserto egípcio. Após a baixa, Trilipush se apoderou do Fragmento C, trazendo-o para os Estados Unidos da América, onde iniciou uma brilhante carreira acadêmica. Ele produziu a definitiva, ainda que controvertida, tradução e análise de todos os três fragmentos de Atum-hadu, publicados sob o título de *Desejo e desengano no Antigo Egito* (Collins Amorous Literature, 1920). A extraordinária vendagem dessa pequena obra-prima confirmou a posição única de Trilipush como acadêmico sem mácula e, ao mesmo tempo, um intérprete popular de estudos egípcios.

Seu título de professor e a subsequente e rápida ascensão à cadeira do Departamento de Egiptologia da Universidade de Harvard aconteceram depois da descoberta, no seu 30º aniversário, a 24 de novembro de 1922, da tumba do próprio rei Atum-hadu, e da publicação da obra, excitante mas academicamente perfeita, que você segura em suas mãos transpirantes. A descoberta da tumba de Atum-hadu foi imediatamente aclamada como inédita, como a descoberta mais compensadora, financeira e cientificamente, na história das escavações egípcias.

O professor Trilipush recebeu o título de Cavaleiro em 1923 e vem recebendo homenagens de governos e universidades em todo o mundo civilizado.

Ele é casado com Margaret, *née* Finneran, de Boston, Massachusetts, EUA, a fantasticamente rica herdeira da loja de departamentos do mesmo nome.

Quarta, 11 de outubro de 1922

Diário: Levantei tarde. Tomei o desjejum na cidade. Refresquei minhas memórias calorosas do esplêndido Cairo. Explorei mercados. Adquiri mapas do Cairo, de Luxor, do Vale de Tebas. Adquiri dominós extras. Barracas de frutas incríveis, as frutas redondas empilhadas em fileiras multicores perfeitas como o ábaco de um gigante. Tâmaras amarelas frescas. Ameixas quase pretas cujas peles lembram mapas do céu noturno, nuvens vagas e estrelas reluzentes. Descobri uma loja que vende agulhas de gramofone que o bizarro homem do bazar dizia que se encaixariam em meu modelo Victrola 50 de valise, mas que, na verdade, não fizeram nada além de arruinar os primeiros segundos de *You're a Dream (and If I Wake I'll Cry)*.* Voltar aos meus escritos; continuar a preparar documentação e planos, editar o trabalho de ontem.

Carta ao Leitor: O livro que você tem em mãos agora é diferente de qualquer outro na história da Egiptologia, pois para fornecer um contexto para a descoberta que nossa equipe fez, este volume oferece tanto uma introdução histórica para o reinado do rei Atum-hadu quanto o verdadeiro diário que escrevi durante a expedição, diariamente — quase de hora em hora —, desde minha chegada ao Cairo até limparmos, limparmos e catalogarmos cada tesouro de prender o fôlego da tumba de Atum-hadu.

Leitor, enquanto estou aqui sentado, na intrigante conclusão dessa aventura, com meu querido amigo e colega, o explorador Howard Carter, ambos convidados na casa de nosso querido amigo Pierre Lacau, o elegante diretor-geral do Serviço Egípcio de Antiguidades, a cerca de 6 quilômetros do Hotel da Esfinge, onde iniciei minha jornada em outubro, há três meses, olho para o Nilo lá fora no ar da noite e convido você a se juntar a mim na magnífica aventura de uma vida, que levou 3.500 anos para chegar até você.

---

*Você é um sonho (E se eu acordar, vou chorar) (*N. do T.*)

Professor Ralph M. Trilipush
18 de janeiro de 1923
Residência do diretor-geral do Serviço de Antiguidades
Cairo, Egito

[RMT — Verificar 24 de novembro e 18 de janeiro antes da composição tipográfica.]

Diário: 11 de outubro, acabei de terminar de compor certos elementos necessários de fundo desta obra, para serem reunidos na ordem adequada posteriormente. Agora posso começar meu diário desde o início, dando a você, Leitor, as boas-vindas ao Egito.

Cheguei ao Cairo ontem, minha primeira visita a esta cidade maravilhosa desde 1918. Vim de trem de Alexandria, depois de desembarcar do *Cristoforo Colombo*, navio que me trouxe até aqui (depois de uma viagem de trem de Boston), de Nova York, via Londres e Malta, onde passei uma semana muito relaxante em preparação para meu trabalho vindouro. Agora estabeleci minha sede temporária aqui, na Suíte Faraônica em ouro e rosa de mármore estriado do Hotel da Esfinge, no Cairo. Embora o luxo não me atraia, preciso de um espaço razoavelmente grande para executar a miríade de tarefas que tenho em mãos, e os milhões de outras tarefas que ainda virão, e o consórcio dos mais sábios e ricos especialistas em Egiptologia e colecionadores que está financiando esta expedição não gostaria que o líder ficasse reduzido a um trapo — antes mesmo de nos mudarmos para o sítio, ao sul — por residir em uma habitação abaixo do padrão.

Pois a extensão das tarefas de um arqueólogo, às vezes, surpreende o leigo. À guisa de exemplo, eu serei, quando estiver no sítio, o diretor de um grande empreendimento, comandando um batalhão de operários, responsável pelos salários deles, pelo comportamento, pela honestidade, pela eficiência e pelo bem-estar. Farei as medições, os diagramas, a catalogação e, na maior parte das vezes, a preservação, com alguma pressa, de centenas de objetos, variando em tamanho, desde uma joia usada como brinco até as paredes exoticamente esculpidas e pintadas de um gigantesco sepulcro. Negociarei com birôs do governo egípcio, que, para sua própria proteção, ainda é supervisionado sempre que necessário pela sábia orientação e probidade financeira dos governos francês e inglês. Simultaneamente, comporei uma obra acadêmica, detalhando acontecimentos de três milênios e meio de idade, e provavelmente estarei traduzindo recém-encontrados textos eróticos, políticos e de finíssima ironia escritos por um gênio em um idioma que não se usa normalmente há bem mais de dois mil anos. E prepararei relatórios detalhados para a sábia Sociedade que está financiando toda esta frenética labuta. Assim, se comecei minha viagem com certo estilo, ele é ditado pela necessidade científica.

Isto posto, apesar de todo o luxo de que se ufana, o Hotel da Esfinge exibe a assustadora decadência do Egito. É um hotel para turistas (em uma terra que para mim sempre foi a fronteira de um explorador ou um posto avançado de um soldado), e representa a moderna necessidade egípcia inata aparentemente insuperável de trocar seu nobre patrimônio por um *shilling*. O emblema do hotel — costurado em todas as superfícies imagináveis — exibe um grupo sem sentido de abutre, esfinge e cobra naja, encimados por um lema — um extrato de hieróglifos que alertam (quem, não posso imaginar, pois quem dentre os hóspedes do hotel saberia ler hieróglifos?): HÓRUS CONSOME OS CORAÇÕES DOS MAUS.

Hórus, antigo deus celestial egípcio com cabeça de falcão incorporado por todos os reis egípcios, talvez hesitasse em recomendar este hotel, e no entanto, mesmo aqui no meio dos enfeites pseudofaraônicos de uma antiguidade luxuosa, através das janelas abertas do pátio, por sobre o Nilo, o cheiro e as sensações do verdadeiro Egito — *meu* Egito — se insinuam, e todo o *luxe* moderno da suíte se desvanece e perece sob o hálito quente do reino como ele era, suspirando para mim do outro lado de milênios. Atum-hadu, em seu poder e em sua glória, me chama até mesmo aqui, enquanto beberico (sem a preocupação que se sente, até mesmo no bar particular de Finneran, com os homens da lei seca americana) limonada com gim em copos de cristal da Baviera na varanda de frente para o *meu* Nilo, e girando 78 vezes por minuto na lindíssima e colossal Vitrola XVII modelo gabinete que instalei ao lado da porta da varanda, é *He's a Fella Who Gets His Way (and Who Can Blame Him?)**

*Ele é um sujeito que consegue o que quer (e quem pode culpá-lo?) (*N. do T.*)

Neste intervalo de meus labores, acaricio com alegria renovada a recordação de meu recente bota-fora em Boston, embora pareça ter acontecido há séculos, uma festa cujos convidados incluíram os patrocinadores financeiros da expedição e suas senhoras, comemorando tanto nossa aproximação da boa sorte no Egito quanto meu noivado com a filha da casa. As imagens se fundem na memória límpida: trajes impecáveis para noite e os novos vestidos finos, lanternas de papel brilhantes e uma orquestra de jazz formada por negros posicionada no pátio do jardim, sua música indo e vindo pelas portas e janelas abertas da mansão de Chester Crawford Finneran na Commonwealth Avenue no calor fora de época do começo de setembro:

Canis and man is
A grand combination.
*Gee, my dog is swell!**

A decoração egípcia já densa da casa dos Finneran proliferou para a festa: CCF havia instalado na cabeceira do salão de baile dois tronos dourados sobre um pedestal de tijolos falsos. No auge dos eventos da noite, ele subiu comigo e com Margaret os três degraus até nossos assentos antes de colocar em nossas cabeças incríveis (e estruturalmente inadequadas) coroas faraônicas, e depois fez uma careta para o *bandleader*, disse a ele para "dar um descanso aos ruídos da selva" e ergueu sua taça, trazendo uma lágrima alcoolizada a um olho ou dois com as palavras "Agora, deixando de lado as areias do deserto, não há tesouro em todo este mundo que signifique para mim mais do que aquela garotinha ali em cima, no trono, que é o seu lugar de direito". Uma onda de "Ahhs" e "Ohhs" e "CC é tão carinhoso" flutuou no ar antes que o velho urso sorridente batesse palmas com suas patas e eliminasse o ruído. "Mas isso não quer dizer que você esteja voltando de mãos abanando, Pushy!" Todos se divertiam. "Não, amigos, amigos, agora, falando sério, que pai simplesmente não saltaria para agarrar a chance de ter um genro como este, hein? Um cavalheiro inglês, de fina educação, explorador. Honestamente, Margaret e eu concordamos plenamente em uma coisa: ambos nos sentimos a garota mais sortuda do mundo! Então, agora, vá buscar nosso ouro, Pushy, meu rapaz, e se você voltar

*Cães e homens/combinam muito bem./Puxa, meu cachorro é sensacional! (*N. do T.*)

com pilhas de ouro, lingotes, joias e coroas, ora" — um olhar maroto por entre as espirais da fumaça do charuto —, "isso dará justo o preço do dote de Margaret!" A esplêndida oratória dele cobrava sua justa homenagem do grupo reunido, ao passo que minha noiva e eu acenávamos debaixo de nossas coroas que escorregavam, e eu apertava a mão de Margaret para mantê-la acordada, pois a empolgação a havia, o que não era de surpreender, deixado exausta, com sua saúde frágil. Ela sorriu por entre pálpebras pesadas e murmurou: "Isso está bom demais, não está, meu amor? Toda esta festa. Estou até com vontade de tirar uma sesta." Mesmo fatigada, ela era celestial, e estava grata a seu pai e a mim. A multidão delirava comemorando nosso noivado e o sucesso de minha missão, talvez não exatamente nesta ordem, pois CCF havia forçado diversos participantes da festa a se tornarem sócios da Mão-de-Atum Explorações, da qual ele é presidente e eu sou consultor técnico acionista. A banda recomeçou com um foxtrote peculiar, presumivelmente adequado à exploração egípcia e uma peça antiga de *trivia* zoológica:

If you prefer not to bump on just one bump
Then you'd best be wary of the dromedary.
But if you'd like to jump and scrump and pump
*Between two big lumps...**

"Não tão rápido, rapazes", CCF interrompe, e a música silencia aos trancos e barrancos, um instrumento de cada vez, um prato empolgado foi o último a receber a mensagem, "porque temos uma surpresinha", e CCF chama Kendall e Hilly Mitchell, colegas animados de Beacon Hill que eu havia conhecido numa reunião de investidores e depois vi novamente quando, a pedido de CCF, fui a alguns discretos coquetéis com Kendall em seu clube extremamente reservado, onde ele me entrevistou sobre minha formação e o Egito com uma tenacidade e um sigilo alarmantes, um interrogatório que eu simplesmente não consegui entender até aquele exato momento, em que Hilly, com uma gargalhada, derrubou o negro do banco do piano com um meneio de seus quadris pouco cobertos, e Kendal afrouxou

---

*Se você prefere não montar num monte só/Então tome cuidado com o dromedário./Mas se quiser pular, apertar e agarrar /Entre dois grandes melões... *(N. do T.)*

sua gravata e fez pose de *boulevardier*. Enquanto Margaret lutava para manter abertas suas pálpebras pesadas, eu ouvi nosso tributo musical, composto por essas duas personalidades festeiras, delirantes de tanto dinheiro e propriedades herdadas, doadores impenitentes de letras de canções personalizadas para eventos de gala em Beacon Hill e em Back Bay. Transcrevo aqui da dedicatória com marca de copo de bebida a letra com a qual fui subsequentemente presenteado ("Para Ralphie! Esperamos que você desenterre uma múmia para o seu novo 'papai'! Muita, mas muita sorte mesmo, de seus colegas ianques H. & K. Mitchell!"). Kendall cantarolava enquanto Hilly subia e descia as escalas do teclado com mãos desajeitadas:

Pushed early down from Oxford,
With his trousers 'round his ankles,
Came young R.M. Trilipush
And he'll admit the mem'ry rankles.

Well, off he went to Egypt
Where he was meant to fight the Kaiser,
But after several years at war
He left the Kaiser none the wiser.

Instead he sweated in the Orient
Upon his knees and hands.
(Now, try not to be prurient,
I mean that he was digging in the sands!)

He dug and dug with another limey
Until, as Boche guns assailed them,
Those two Brits, they shouted "Blimey!"
*For their spades had sure not failed them.**

*Vindo lá de Oxford/Com a calça arriada/Veio o jovem Trilipush/Que diz que não lembra de nada.//Lá se foi ele pro Egito/Para o Kaiser combater/Mas depois de anos de guerra/Ele voltou sem nada aprender.// Então, no Oriente, ele suou /E de quatro ele ficou/(Se eu fosse você, não maldava/era na areia que ele cavava!)// Com outro inglês ele cavava/Quando os boches atacaram/E os dois britânicos gritaram/Pois suas picaretas não falharam. (*N. do T.*)

["Ao contrário das nossas!", lembro-me de CCF gritando a essa altura, referindo-se, creio eu, a alguns garçons que estavam demorando para lhe dar mais um drinque. "Ora, pai, francamente", minha Margaret gentilmente o admoestou, com os joelhos abraçados sob o queixo.]

What they found that day
All of us surely know
It keeps our wives awake at night
And makes our (ahem!) imaginations grow.

They found terrific hieroglyphics,
The writings of some Pharaoh,
Which Pushy published in plain English,
*And thrilled the market to its marrow.**

[Em seu clube, eu havia corrigido Mitchell diversas vezes, explicando com frustração cada vez maior que *hieroglífico* era um adjetivo, e que *hieróglifo* era o substantivo, e que o uso que ele fazia do termo *faraó* para um rei egípcio anterior à XVIII ou XIX dinastias era completamente anacrônico, e, francamente, irritava meu ouvido. O Atum-hadu da XIII dinastia teria sido tratado por "rei", e não pelo dispositivo metonímico hebraicizado *per-o*. Eu repeti isso tranquilamente umas dez vezes enquanto uma coqueteleira atrás da outra seguia para a mesa, cheias (o garçom anunciava em alto e bom som a cada vez, para o prazer de quem, não sei dizer) com "seu chá gelado, sr. Mitchell!". Isto dito, o uso que ele fazia do termo *hieroglífico* quando queria dizer *hieróglifo* eu hoje admito mal e mal como uma dívida possível para com a rima.]

Well, old dr. R.M.Trilipush made some money and his name,
And found across the pond a place to build his worldly fame.
Harvard gave him fresh-faced youths to teach, and then he met a gal,
And now the rest of us know all too well he's CCF's best pal!

* O que eles acharam naquele dia/Todos sabem de cor/Deixa nossas mulheres acesas/E faz crescer nosso (aham!) valor. //Acharam hieroglíficos incríveis/Escritos de algum faraó/Que o Pushy publicou em inglês/E sacudiu o mercado sem dó. (*N. do T.*)

So back to the Nile our Pushy goes with Margaret's heart in tow
As well as Chester's cash,
[a música para, Kendall grita a letra]
"And mine, too! And mine, too!"
"And mine, too! And mine, too!"
[apontando para convidados que, assim como ele, haviam investido na Mão-de-Atum]

For he sure came to implore us,
And for an hour or so did bore us,
But now, by Isis, Ra, and Horus,
*Ol'Pushy will reward us!**

[Eu deveria discutir a palavra *implorar*, pois se ela não foi usada tão-somente para tornar a tarefa de rimar de Mitchell mais gerenciável, merece um esclarecimento. No mínimo. Voltarei depois a este ponto, para explicar exatamente quem estava implorando a quem.]

By Isis, Ra, and Horus,
Ol'Pushy will reward us!

A multidão logo decorou este refrão e começou a cantá-lo num coro animado por alguns minutos enquanto, para meu prazer infinitamente mais profundo, Margaret brilhou e reluziu sob a lua cheia que se derramava através do telhado de vidro do salão de dança, a luz prateada lambendo suas pálpebras azuis e brilhantes (um efeito digno de Cleópatra que ela e Inge haviam desenvolvido para aquela noite), e se ela havia adormecido ou se simplesmente saboreava a diversão por trás dos olhos fechados, sua beleza era então, como sempre, avassaladora. Naquele instante senti como se tivesse alcançado alguma coisa com a qual jamais havia sonhado. Um

*Bem, o velho dr. R. M.Trilipush ganhou dinheiro e nome/E achou do outro lado da poça um lugar para fazer sua fama./Harvard lhe deu jovens para ensinar, e ele conheceu uma garota/E agora todos sabemos bem que ele é o maior chapa do CCF!//Então, de volta ao Nilo, nosso Pushy vai com Margaret a reboque/E com a grana do Chester também"/"E a minha também! E a minha também!"/"E a minha também! E a minha também!"//Pois ele veio nos implorar/E por um tempão nos chatear/Mas agora, por Ísis, Rá e Hórus/O velho Pushy vai nos recompensar! (*N. do T.*)

paradoxo, com certeza, pois eu ainda não havia partido nesta expedição. Aninhei sua mão delicada e macia na minha, cada um de seus dedos longos e finos articulados no arco gracioso de narcisos de beira-rio, e ela era, então, em seu langor sonolento, como sempre, a personificação de tantos desenhos antigos, beldades nostálgicas esculpidas em calcita e calcário para decorar os salões de palácios, as serviçais de dedos compridos e as deusas pintadas nas paredes de túmulos para chamar, para excitar, para acompanhar os mortos com saudades do lar para o mundo do além.

Após levar minha beldade exausta para cima e beijá-la ao lhe desejar um bom sono, puxando suas cobertas até seu queixo cinzelado em marfim, tornei a descer e dancei com Inge e com as esposas dos sócios, algumas dos quais acharam o contato íntimo com um legítimo explorador do Egito um tanto pesado demais para sua modéstia natural de Boston, e mais de uma vez senti a necessidade firme e reconfortante de lembrar às madames das posições adequadas de suas mãos em certas danças populares.

Depois da meia-noite, a festa extravasou o salão de baile de Finneran e atravessou a rua Arlington. (Uma imagem para guardar para sempre na memória: meu futuro sogro, autodescrito como sendo "manso como um cordeiro", chutando com grunhidos de exaustão e alegria juvenil a figura prostrada de um homem que, quando a festa atravessou a rua até o Jardim Público, tentara roubar o relógio de bolso de Finneran na confusão. O larápio arrependido pediu socorro à polícia. "Aqui estamos, filho, não se preocupe", imediatamente gritaram quatro membros da polícia de Boston que Finneran havia convidado à festa para proteger a si mesmo de qualquer inspeção de controle de bebidas. E, dizendo um "Obrigado" em voz baixa, Finneran se afastou e deixou que os *bobbies* aplicassem uma surra mais "profissional" no punguista, interrompendo-os só uma vez, para retirar do bolso de seu assaltante choramingão dinheiro suficiente para cobrir "o polimento dos meus sapatos manchados de sangue, seu arruaceiro.")

CCF havia mandado levar barracas e espetos de churrasco para o Jardim Público; os aromas perceptíveis de leitão na brasa se elevavam na direção das finas nuvens azul-acinzentadas, e os convidados circulavam pelas garçonetes vestidas com seus trajes sumários de serviçais egípcias, agarrando — dependendo do tipo de apetite que os dominava — suas bandejas ou suas nádegas, ao passo que outros participantes alcoolicamente mais calmos vagavam até a lagoa dos patos para comandar os barcos de pedalinho públicos em forma de cisnes gigantes, ou — com as mangas das camisas e anáguas arregaçadas — vadeavam na água fria, caindo nos braços enrugados e arrepiados uns dos outros.

Eu fiquei de lado, contente com meu papel natural de explorador observador, liberto, por um momento, de minhas tarefas como convidado de honra, e estava feliz, bastante feliz, quando da minha esquerda, na sombra entre salgueiros de galhos baixos que balançavam como águas-vivas verdes gigantes, ouvi meu nome sendo chamado num tom rouco. Embaixo de uma cúpula de galhos de salgueiro, tão completamente cercado como se nós fôssemos anões de circo esperando a deixa para emergir de baixo da saia rodada e suja da mulher barbada, encontrei-me agradavelmente hipnotizado pelo perfeito círculo laranja pulsante da ponta do charuto de Finneran, iluminando no seu auge alguns filamentos de fumaça azul (e provavelmente meu próprio rosto), porém mais nada. "Queria lhe desejar boa sorte", disse meu mecenas invisível, e o círculo laranja se desvaneceu em uma espiral de cinza levemente brilhante. "Todos nós o ajudamos. Não nos decepcione." Círculo laranja incha e desincha, incha e desincha. "Jamais farei isso, CC." "Eu sempre farei o que for melhor para minha Margaret, você sabe, sou pai e mãe daquela garotinha." "É claro, CC, é claro." "Fico feliz por ter você na família." "Muito obrigado." "Ela escolheu você e eu aprovei, eu escolhi você e ela aprovou. Não importa a ordem, você sabe." "Claro, CC." O brilho do círculo laranja aumenta e esmorece. "Não sei nada sobre a gente da Inglaterra, mas em nosso país família é coisa séria." "É claro, CC." Círculo laranja. Pausa. "É só não se esquecer disso." "É claro, CC." "As pessoas estão contando com você, Ralph. Muitas pessoas. Muita gente está de carona com você. Depositando muita confiança em você." Tudo isso era o preâmbulo tímido de CCF para me presentear com um grande humidor de madeira, decorado com ornamentos de volutas pretas e repleto de charutos, cada qual escolhido pelo melhor especialista de Boston e com o anel de rótulo preto e monograma de prata: *CCF*. E o círculo laranja da ponta de seu charuto esmorece e se ilumina, esmorece e se ilumina...

... exatamente como nesta manhã, neste amanhecer de 12 de outubro, uma luz laranja está aparecendo agora em cima da margem leste do Nilo. Eu passei a noite trabalhando aqui na minha varanda, sustentado por limonadas com gim e chá de menta doce em copos de vidro pintados de ouro, traçando com meu dedo as volutas de ébano incrustradas em meu humidor, que agora contém um conjunto de pincéis finos e tintas para copiar as ilustrações das paredes que espero encontrar na tumba de Atum-hadu. (Não fumo charutos, mas eles devem servir como uma bela propina, e a caixa é linda.) Estou sentado na varanda ainda quente, vejo meu sol nascer, e examino o torrão de açúcar semidissolvido no meu chá, que por incrível que pareça se assemelha às fundações destruídas das ruínas de pedra de um templo.

Em cerca de seis semanas, farei 30 anos, uma idade que eu há muito esperava comemorar aqui, no país dos meus sonhos, alcançando, neste marco etário, a necessária vitória sem paralelo para justificar 30 anos de vida. E enquanto penso na festa de minha despedida de Boston, enquanto penso no rei que ficou 3.500 anos sem ser descoberto, eu quase pude desejar que este momento — aqui na varanda que rapidamente esfria de meu hotel no Cairo — jamais pudesse terminar.

Com este desabafo, pretendo dizer mais do que meramente reclamar que não gostaria de envelhecer, que eu preferiria não ser obrigado a chegar à corpulenta meia-idade e ao encanecido outono da vida. Em vez disso, o que quero dizer é que, aqui, no início do verão da vida de uma pessoa, com a glória dos preparativos ainda retumbando no caminho já percorrido e os sismos do triunfo talvez a meras semanas de distância, essa pessoa deseja ouvir o soprano do canto daquele mosquito específico na sua orelha *para sempre*: ver esses insetos precisos flutuarem eternamente em sua indecisão nervosa, hipnotizados pelo próprio sol que em breve irá escaldá-los, sentir as agulhadas de calor deste copo de chá de menta, aquecendo cada reentrância das pontas de três dedos para sempre, ver a pausa de desintegração deste açúcar *para sempre*. Nosso sangue ferve com o desejo de que, de algum modo, este instante de possibilidade e potencial seja agarrado e mantido, vibrando num glorioso laranja no punho fechado suavemente dessa pessoa. O fato de que alguém pudesse acariciar e examinar esse momento capturado, sentir seu rastro aveludado na palma da mão, o fato de que eu pudesse permanecer trêmulo na beirada em vez de mergulhar de cabeça no futuro, até estar cheio do presente. Ou, pense só nisto, Leitor: uma pessoa sobe uma colina alta e íngreme. Então, depois de anos e anos de escalada, vê o cume ao seu alcance e percebe que, ao atingir aquele cume, restam apenas duas possibilidades: para cima e acabou, é começar uma descida acelerada, ou... continuar seguindo na mesma direção à qual se acostumou e passou a gostar, *continuar* pelo caminho pelo qual se veio, subindo e subindo, ignorar a terra falível que deixa de subir, mas subir ainda assim.

E caso você por um momento se levante de sua poltrona macia e confortável e se pergunte: Por quê? Por que o Egito? Por que o desejo de escarafunchar a terra? Só posso sugerir que os reis do Egito continuaram escalando. Eles dominaram aqueles momentos simples e passageiros, eles os aprisionaram em pequenas gaiolas. Em seus corpos enrolados com seus órgãos engarrafados em vasos canopos, e em seu alfabeto de imagens e em seus deuses com cabeça de animais, os melhores egípcios viveram com a certeza de que lhes era devida a eternidade, que eles viveram e viveriam para sempre em um presente de sua própria escolha, sem serem assombrados pelo passado, sem serem ameaçados pelo futuro, luxuosamente entretidos em um presente que poderiam estender pelo tempo que desejassem, liberando esses momentos saborosos em seus próprios termos, não na demanda imperiosa de meros dias, noites, sóis, luas.

Margaret, posso compartilhar com você uma recordação mais negra de minha mocidade iluminada? Não é do tipo das que você prefere, mas há um motivo para isso. Quando garoto, lembro-me do vigário de um vilarejo me admoestando pelo meu interesse obsessivo pelos egípcios. (Isto, naturalmente, só acontecia quando meu pai estava no exterior, em expedições, e incapaz de me proteger do vil clérigo, e eu saía vagando da sacristia, caminhando sem rumo para o vilarejo perto de nossa propriedade. Um lugar onde o vigário não sabia quem eu era, tão longe das terras de minha família.) De qualquer maneira, de tempos em tempos, ele aparecia sem ser anunciado. Eu era fácil de ser pego de surpresa, pois desde uma idade muito tenra eu geralmente ficava concentrado demais em meus afazeres, maravilhosamente ignorante de tudo o que acontecia ao redor. E ele tirava bruscamente meu trabalho de mim, amassava hieróglifos obtidos a duras penas. Com uma ameaça barulhenta e alcoolizada, ele vinha com a ladainha de sempre: "Rapaz, como você pode pensar que é sábio brincar com essa cultura de morte?" Mesmo aos 10 anos eu já sabia a resposta correta a esse catecismo cataclísmico: "O senhor tem razão, Padre. É muito melhor ficar com as imagens cheias de vida de um culto que adora um cadáver ensanguentado pregado a pedaços de madeira." Claro que eu tinha que estar preparado para apanhar, ou coisa pior, se escolhesse esse caminho.

Mas a questão, que eu compreendia mesmo com aquela idade: o Egito não era — preciso repetir isso para Leitores que ainda não o saibam — uma cultura voltada para a morte, apesar de todas as múmias e pulmões engarrafados, os homens-chacais e as rainhas-serpente. Os egípcios foram os inventores da imortalidade, os primeiros homens que viram que podiam viver para sempre.

Atum-hadu escreveu:

Os deuses e eu caminhamos lentamente de braços dados
E às vezes não caminhamos,
Mas nos sentamos sobre uma rocha e ficamos vendo o charme
De duas cabras f...dendo atrás do muro da casa de um camponês.

(Quadra 13, Fragmento C somente, de *Desejo e desengano no Antigo Egito*, de Ralph M. Trilipush, Collins Amorous Literature, 1920)

Casa de Repouso Crepúsculo sobre a Baía
Sidney, Austrália
6 de dezembro de 1954

Sr. Macy,

Em minha experiência com o comportamento humano (e eu já vi tudo o que há para se ver, é justo dizer isso), concluí que não existem mais do que cinco motivações para um homem fazer qualquer coisa. Elas não são exatamente misteriosas, o senhor sabe: dinheiro, fome, desejo, poder, sobrevivência. Isso é tudo o que há. Você ouve nos tribunais e no cinema toda sorte de explicações elaboradas sobre por que alguém se torna primeiro-ministro ou mata seus vizinhos. Mas se o senhor escutar bem, são sempre apenas as cinco bolas, equilibradas no ar, decoradas com palavras para distrair. Ninguém jamais fez uma maldita coisa que não fosse por uma dessas cinco.

O que nos leva à história de Paul Caldwell e Catherine Barry, bolchevique e ex-bibliotecária, uma história de uma traidora sedenta de poder, uma mulher manipuladora que brincou com as emoções de um jovem vulnerável, levando o fraco à corrupção. A história da trágica morte de Paul no Egito começa exatamente aqui, quando ele tem 8 ou 9 anos de idade em Sidney, empurrado para seu destino por Catherine Barry, fria, perigosa, terrivelmente bonita.

Estou cercado por minhas reconstituições das palavras da srta. Barry (10 de julho de 1922), uma carta tipicamente autojustificativa de sua autoria, uma entrevista que fiz com o irmão dela (11 de julho de 1922) e o sumário que escrevi para meu relatório final em Londres. Também tenho a carta de Ronald Barry (o irmão), instando-me a procurar alguma evidência da sobrevivência de Paul Caldwell e, se ele estivesse vivo, a procurar seu endereço com discrição. Tenho certeza de que Ronald queria matar Caldwell. As coisas, obviamente, não se deram assim, e é justo ressaltar que ninguém jamais me contratou para *proteger* Paul Caldwell.

Então, minha memória está se sentindo no auge, não importam os gritos de alguns de meus colegas de casa, batalhando sem muita força por controle de um conjunto parcial de cartas de baralho rasgadas. Se você levar em conta o fato de que eu tomei notas, expandi-as para que se tornassem discursos inteiros quando cheguei em casa, reescrevi tudo novamente e estou agora dando forma a elas mais uma vez para o senhor aqui, nossos leitores deverão ter uma apresentação convincente, mas sinta-se à vontade para acrescentar o que achar que esses textos ainda necessitem.

Aqui estamos, então. Paul está com 8, 9 ou 10 anos. Isto acontece antes de ele ganhar o coração da sra. Hoyt, aos 19 anos, antes dos atos com cobras no circo, antes de aliviar bolsos no mercado. Esse é um garotinho indo para a escola pública. Ele é um sujeitinho calado e mal-humorado, o que não surpreende. Ele engole seu quinhão de surras de Eulalie e do homem que ela sustenta. Mas não tem sentimento algum por seus colegas de infortúnio, seus meios-irmãos, porque, quando Eulalie não está batendo nele, está segurando-o no colo e lhe dizendo que aqueles outros garotos sujos não são do nível dele, já que ele é filho do grande cavalheiro Barnabas Davies, perdido no mar, afogado ao voltar para a Austrália para levar Eulalie e Paul para Londres. "A mãe de Paul estava tão cega por seu respeito pelos ricos que começou a dar ao garoto conceitos de superioridade de classes, até mesmo no meio de sua pobreza e opressão brutais", disse um dos Barry, não anotei qual. Sabe, Macy, ambos eram Vermelhos radicais, e não é para chocar você que digo isso, mas nós temos isso aqui embaixo também. Uma filosofia negra e infecciosa na qual os Barry bolcheviques se embeberam, e dela se regozijaram, mesmo depois que ela os afundou.

Paul não era — a não ser por uma coisa estranha — nem um pouco especial na escola, segundo seu professor, Ronald Barry. Ele ficava quieto. Sujo, é claro, como a maioria dos garotos muito pobres, mas disciplinado o bastante para se sentar em silêncio e fazer o que lhe mandavam. "Na maioria das vezes, nós estávamos apenas tentando fazer com que os pobres desgraçados evoluíssem e ficassem longe de problemas", disse Ronald. "Na verdade, não tínhamos permissão de educá-los. Era apenas a opressão por outras vias, fingindo ensinar-lhes alguma coisa, para deixá-los emburrecidos o bastante para aceitar as condições que a classe dominante tinha em mente para eles."

Então, num dia, eles dão uma pequena aula sobre o Egito. O Egito é um lugar que fica no deserto, com prédios muito velhos e pontudos, e os pagãos de outrora ainda não conheciam Nosso Senhor, então, quando os seus reis morriam, eles os enrolavam em lençóis e diziam que viviam para sempre. "Eu provavelmente acrescentei alguma coisa do tipo 'As pirâmides foram construídas por trabalhadores, forçados a labutar para seus reis brutais'", diz o Ronaldinho Vermelho. E aí eles passam de mão em mão um livrinho com figuras, e em seguida passam para a aula de aritmética do dia.

Bem, chega o fim do dia e os vagabundinhos se dirigem para a porta, e Ronald Barry está arrumando a sala, e não consegue achar o livro de figuras do Egito, o que é muito ruim, já que ele o havia tornado emprestado com a irmã na biblioteca pública. Obviamente, um dos canalhinhas o havia surrupiado, e na manhã seguinte Ronald está pensando em como conduzir suas investigações quando o pequeno Paul Caldwell chega mais cedo. O garoto parece pior do que de costume, mas ele devolve o livro que estava desaparecido. Acontece que ele não havia ido para casa na noite anterior, havia ficado fora a noite inteira simplesmente olhando para aquele livro; na verdade ele dormiu na rua. Ele não diz o que tornou o livro uma leitura tão magnética, na verdade não diz muita coisa, "nem sequer pediu desculpas, o ladrãozinho", diz o sr. Não-Acredito-em-Propriedade-Privada. Então o garoto pergunta, baixinho, se haveria ali algum outro livro igual àquele?

"Sr. Ferrell, em poucos momentos de minha carreira senti um verdadeiro orgulho pelo que estava fazendo. Mas eu me lembro claramente de como me senti naquele momento. Aquela criancinha queria aprender. No mesmo instante, eu me esqueci do roubo: aquele ali seria o que poderíamos salvar. Evidentemente, se eu soubesse naquela época o que sei hoje, teria pulado em cima da víbora enquanto ainda podia pôr as mãos no pescoço dela."

Naquela tarde, Ronald Barry leva seu prezado pupilo a um dos menores setores da biblioteca pública. E qual bibliotecária o cumprimenta naquele dia senão Catherine Barry, a adorável irmã do professor? "Mana, aqui está um jovem que realmente promete e deseja aprender como obter mais livros sobre o Egito Antigo, veja você." "Olá, Paul Caldwell", a srta. Barry diz docemente, um pequeno brilho no olho ao dizer: "Não me leve muito a sério, sou uma boa camarada, se você quiser", toda cheia de uma gentileza fingida, cabelos encaracolados apropriadamente *vermelhos* e um rostinho doce. (Mesmo em 1922, mesmo depois do que ela havia passado, devo confessar que ela era uma coisinha linda. Como são traiçoeiras as aparências!) O garoto não tem qualquer traquejo social, mal consegue falar, olha para o chão, provavelmente nunca esteve em um prédio tão limpo e oficial como nossa pequena biblioteca, provavelmente nunca ninguém havia falado assim tão delicadamente com ele antes, provavelmente nunca nem *viu* alguém tão bonita e aparentemente amigável quanto a srta. Barry. Tudo porque ele havia sido cativado por uma coisa em um livro com figuras.

"Bom, sr. Ferrell, decidimos abrigar o rapazinho debaixo de nossas asas", Catherine Barry me disse com orgulho e um certo charme. "Vamos ver se fazemos de você um membro de nossa biblioteca", diz a agente Vermelha para o garotinho. Naquele primeiro dia, a srta. Barry mostrou tudo a ele, e embora ele não tivesse falado quase nada, ela se sentiu incentivada a ver os olhos dele se arregalarem quando viram todos aqueles livros, as mesas arrumadas, as luminárias e as cadeiras. "Isto é tudo seu para usar como cidadão, igual a qualquer homem rico", posso ouvi-la dizer ao pequeno estudante.

"Ele era de cortar o coração", ela me contou, e eu escrevi isso e sublinhei, anotando: "Por que ela não tem filhos?" "Aquele garoto havia sido traído por todo mundo: família, Estado, Igreja. Quase não consegui fazer com que o pobre sujeito falasse comigo, e não foi de surpreender. Mesmo então, a única coisa sobre a qual ele realmente falava era o Egito. Alguma coisa sobre como aquele livro que Ronnie havia lhe mostrado realmente mexera com ele. Bom, uma coisa de cada vez: achei para ele um livro diferente, *A Boy's Own Book of Egypt*, lembro da capa. Ele imediatamente pegou uma das cadeiras do canto e não tornou a levantar a cabeça até eu chegar perto dele e lhe dizer que a biblioteca estava fechando, mas ele podia voltar no dia seguinte, depois da escola, e ler mais um pouco, se quisesse. 'Não tem ninguém esperando você em casa?', perguntei. Pobre criatura. Dava para ver que a casa não tinha significado para ele, mesmo naquela idade tão tenra.

"Ele não queria ir para casa, nem dizer o porquê. Então perguntei a ele: 'Você comeria um pedaço de torta de rim, então?', e o pobre sujeitinho praticamente deu um pulo." Eu posso imaginar aquele garoto, Macy, com ela em pé atrás dele, colocando suavemente as mãos nos seus ombros, vendo-o ler, com um cheirinho tão gostoso, tudo promessas falsas. "Sr. Ferrell, era um crime de classe, um garoto tão bom, deixado à míngua por uma Igreja diabólica e por um Estado corrupto. Eu mostrei a ele como colocar o livro na estante, e depois o levei de volta ao escritório. Ele não era tão tolo a ponto de recusar comida, provavelmente mais do que ele via em uma semana, mais do que ele podia roubar em dias. Ah, sim, não se iluda, ele já roubava com aquela idade. Os ricos precisam de ladrões, sr. Ferrell, e eles tomam cuidado para criá-los desde cedo. 'Normalmente agradecemos aos outros', eu disse a ele. Ele conseguiu murmurar um 'Obrigado, madame', enquanto enchia a boca.

"Ronnie e eu discutimos o assunto no dia seguinte, e concordamos plenamente um com o outro. Como pessoas caridosas, nós faríamos o que pudéssemos por aquele pequenino que Deus colocara em nosso caminho. Como pessoas politizadas, nós devíamos a ele e ao futuro provar que a classe operária tinha tanto cérebro e valor quanto os endinheirados. E, como educadores, ora, não havia o que discutir: aquele ali queria aprender tanto quanto queria comida. Nós iríamos alimentá-lo, Ronnie e eu, e dividir as despesas."

(As palavras de Ronald sobre o assunto: "Cassie decidia, Cassie ditava. A Falácia de Pigmaleão, se você me perguntar, mas ela não fez isso. O Partido aconselhava contra.")

Pergunte a mim, Paul Caldwell não tinha chances de escapar à atração dela, Macy. Ele conheceu Catherine Barry quando ela tinha provavelmente 26 anos, e ele era um garotinho. Eu a conheci em 1922, e mesmo lá pelos seus 45 anos era uma mulher poderosa e encantadora, tinha um cheiro bom, um sorriso doce.

Eu era um homem do mundo, tive meu quinhão de amigas, você sabe, e eu sabia o jeitinho certo como o tipo dela usava seus charmes para propósitos nefandos, mas até mesmo eu a achei um tanto atraente demais, quase me vi implorando a ela para que discutisse minhas questões comigo num jantar. O sorriso dela — é claro, eu podia resistir a isso, mas um garotinho? Sem chance. É um sorriso muito seguro, o sorriso de alguém que pensa que é tão mais esperta que você que acha que pode ver e manipular seus próprios pensamentos. Elas brincam com você, fazem você pular para diverti-las. As mulheres têm dessas coisas. As Vermelhas têm dessas coisas. As Vermelhas são as piores.

"'Sua casa não é boa? É por isso que você fica sentado aqui o dia todo lendo sobre pirâmides?', perguntei a ele alguns dias depois, quando ele voltou, ainda tímido. Ele havia corrido direto até onde eu estava e pedido o mesmo livro sem me olhar nos olhos, como se nunca tivesse me conhecido. Eu lhe dei o livro, e depois que ele leu eu lhe dei de comer mais uma vez. E ofereci levá-lo para casa, mas ele disse que não, e foi embora.

"Depois de três ou quatro semanas, ele havia aparecido uma dezena de vezes e lido quase tudo o que tínhamos sobre o Antigo Egito, o que não era muita coisa mesmo. A cada vez, lia até fecharmos, e então eu lhe dava comida, e ele se recusava a que eu o levasse para casa. Ele estava ficando mais amigável, mas não muito rapidamente. O que quer que tivesse sido feito a ele fora o bastante para fazer com que ficasse desconfiado de todas as pessoas por algum tempo. Pedi a Ronald que descobrisse o endereço dele por intermédio da escola, e fui eu mesma à casa dele. Quando a vi, era a cena de um crime, um estupro do trabalhador pelo capitalista, nada menos. O fato de que humanos fossem tratados daquele jeito, e especialmente um garotinho com a qualidade e o potencial que ele guardava... Bem, o mais próximo que chego de perdoá-lo é quando penso em como ele foi criado. Experiências desse tipo tornam você ou muito forte ou muito fraco, e no caso de Paul, isso enfraqueceu a fibra moral dele além de qualquer coisa que pudesse ser feita para consertá-la. Acredito que todos possam aprimorar a si mesmos, mas da última vez em que o vi ele ainda era um sentimentaloide egoísta.

"Ele olhou para cima e me viu parada em pé na porta de seu lar pavoroso, e tenho certeza de que meu rosto revelou o que eu achava do cenário. Acho que foi a primeira vez que ele me olhou nos olhos. O garotinho deu um pulo, ignorando o caos e o barulho ao seu redor, e pegou minha mão. 'Por que é que você veio aqui?', ele perguntou, me puxando porta afora e subindo a rua comigo o mais rápido possível, enquanto a família dele metia as cabeças para fora para espiar. 'Para poder ver se você estava bem', respondi, 'porque me preocupo com as pessoas de quem gosto.' 'Eu estou bem', ele disse, 'mas você não devia voltar mais aqui. Essa não é a minha família, não é a minha família de verdade.' Ele começou a falar mais do que havia falado durante todo o tempo em que eu o conhecia. 'Meu pai desapareceu no mar, e *aquela* mulher, ela não é minha mãe de verdade.' Eu não sabia se isso era verdade, mas duvidei.

"Uma vez ele me perguntou por que Ronnie não era casado, e então, bem baixinho, quando pensei que meu coração iria explodir, ele me perguntou 'como irmã dele' se quem sabe Ronnie não queria um filho."

No dia seguinte, Macy, perguntei a Ronald Barry se ele se lembrava de Paul Caldwell querendo ser seu filho. "Isso não durou muito. Quando ele fez uns 13 anos, estava brigando contra tudo e contra todos, exceto Cassie e o Egito. Eu havia feito algo que o ofendera. Na época não percebi, mas foi apenas o seguinte: eu disse a ele que havia desejado um dia ser um professor universitário, mas naturalmente essa tarefa árdua era reservada para 'os bem-vestidos'. Eu estava dizendo a ele que o cérebro não contava, apenas a família, e que os ricos cuidam uns dos outros. Paul levanta a cabeça do livro que está lendo — um livro sobre o Egito, claro — e pergunta: 'Seus inimigos estão impedindo seu aprimoramento? Por que você não acaba com eles?' Eu achei que ele estivesse brincando, sr. Ferrell, digo isto ao senhor como um fato: ele não estava brincando. Era assim que o bichinho de estimação de Cassie estava se desenvolvendo. Eu devia tê-lo estrangulado ali mesmo, e nos poupado de todos os problemas posteriores. Ele me diz assim: 'Se você não é forte o suficiente para derrotar seus inimigos, o que é você?' Um garoto de 13 anos, Ferrell!"

Agora a srta. Barry: "Quando ele leu tudo o que tínhamos sobre o Egito, tentei levá-lo para outras áreas, até mesmo outras áreas de arqueologia ou história, ou simplesmente bons livros de história, e ele tentava lê-los, como um garotinho experimentando verduras, mas depois não queria mais saber deles. Mas no dia em que ficou sabendo que eu podia *encomendar* livros para ele, você devia ter visto seu rosto. Ele pediu títulos que havia visto nas bibliografias ou notas de outros livros sobre o Egito.

"Ele era divertido, o pequeno pesquisador aos 11, 12, 13 anos. Ele entrava na biblioteca, respirando muito fundo, e eu sabia que ele havia corrido o caminho todo desde o prédio da escola. Eu costumava mexer com ele: 'E o que traz o senhor ao nosso humilde estabelecimento hoje, sr. Caldwell? Alguma coisa em particular que deseje ler? Quem sabe algumas histórias sobre cavaleiros medievais? Tenho um adorável *Ivanhoé*. Não? Quem sabe uma história dos bravos pioneiros da Austrália, aqueles monstros estupradores? Que tal um guia sobre ovelhas e a criação delas?' Eu continuava falando sem parar só para ver o rostinho dele se contorcer, tentando se lembrar do que eu havia lhe ensinado sobre boas maneiras. Finalmente, ele explodia: 'Por favor, srta. Barry. Já chegou? Chegou?' 'O que teria chegado, sr. Caldwell? Vamos precisar nos comportar como um cavalheiro neste mundo, cuidado com os modos.' 'Por favor, srta. Barry, me desculpe interromper a senhora, mas estou esperando que *Cultos de Ra*, dos professores Knutson e Anderson, tenha chegado.' Ou alguma outra obra, o trabalho de Champollion sobre a tradução da pedra de Roseta. Os pedidos que ele fazia! As encomendas que eu fazia para ele! O tempo que passei justificando à bibliotecária-chefe esses volumes obscuros como sendo parte do apetite insaciável da população local pelo Egito." Ela me pediu para aguardar um momento, foi até um armário ao lado de sua cama e voltou com um pedaço de papel: "Eu costumava fazer uma lista", ela continuou. "Escute: a obra de Pásint sobre os registros jurídicos das cortes das necrópoles. As tribulações do ex-artista circense Belzoni com o cônsul britânico Henry Salt. Mattison sobre o uso da música nos ritos fúnebres. O panfleto de Oskar Denninger, *A química e a função da mumificação de felinos no templo de Bastet*. Fosse qual fosse o mais recente título estranho, ele implorava: 'Já chegou, srta. Barry? Chegou?' 'Bem, certamente eu não sei dizer assim, agora', eu dizia, mordendo os lábios. 'Vou ter de examinar o departamento de Aquisições Recentes e depois a pilha que chegou do correio, o que pode me custar um bocadinho de tempo. Sabe, eu estou terrivelmente ocupada.' 'Por favor, srta. Barry', quase soluçando, ele dizia. 'Bem, sente-se naquela mesa ali do canto e vou dar uma olhada.' 'Obrigado, madame.' E quando ele chegava ao canto onde ficava a mesa, ele encontrava o livro pelo qual havia esperado com tanta ansiedade, pronto para ele, em um círculo formado pela luz da luminária, ao lado um lápis e papel, uma cadeira puxada para trás com duas almofadas para ajudá-lo a se sentar na altura adequada, e um prato de digestivos. Eu amava aquele garotinho."

"Mesmo?"

"Como uma tia, sr. Ferrell. Ou uma camarada. Espero que isto esteja claro."

"A senhora faz alguma ideia de por que o Egito, srta. Barry?"

"Eu me perguntei isso muitas vezes, e perguntei isso a ele muitas vezes. Ele não queria ou não sabia dizer. Um dia Paul me ensinou que no Antigo Egito as pessoas do povo podiam se tornar faraós em alguns casos, portanto isso, provavelmente, o atraía mais do que o mundo em que vivemos, onde o rei está bem distante em Londres e o pequeno Paul não tem tanta chance de governar alguém quanto eu ou o senhor. Eu poderia acrescentar que o Antigo Egito estava tão distante quanto possível da vida miserável dele. Quando ele tinha cerca de 8 ou 9 anos, não muito antes de nos conhecer, voltou para casa com um cachorro abandonado. Louco de animação, ele mostra o cachorro à mãe, que reclama das despesas, que o dinheiro mal dá para alimentar as crianças, como é que irão cuidar de um vira-lata e assim por diante. Bem, o homem que estava vivendo ali naquela época cuidou da situação. Deu parabéns a Paul por fazer alguma coisa de útil, arrastou o cachorro para o quintal e o matou, e depois fez a mulher cozinhá-lo para seus filhos famintos. Na Austrália! No século XX. E você se pergunta por que raramente ele ia para casa, por que ele negava que aquelas pessoas eram seu pai e sua mãe, e por que ele desejava ter sido um egípcio antigo? No dia em que ele me contou essa história, anos após o acontecido, estava no meu escritório, soluçando como o garotinho que ele era quando aquilo aconteceu. Esse também foi o momento em que ele tentou me beijar. Mas estou me adiantando.

"Quando ele tinha cerca de 14 anos, eu lhe dei um emprego, seu primeiro trabalho honesto, e muito provavelmente seu último. Um pequeno salário para arrumar as coisas, empilhar livros, encomendar novos títulos. Eu ainda tentava fazê-lo interessar-se por coisas além do Egito, o que continuava sendo infrutífero, por isso decidi me concentrar em sua consciência política, e deixar o resto como estava. Ele teria pelo menos duas dimensões: Egito e consciência de classe. A concentração dele era notável. Ele estava aprendendo sozinho a escrever hieróglifos, simplesmente estudando pelos livros, pedindo que eu encomendasse novos assim que eram publicados. O senhor está me entendendo, sr. Ferrell, está entendendo cada palavra? Aos 15 anos de idade esse rapaz sabia escrever hieróglifos. Mas para estudar materialismo dialético, o que tentei introduzir devagar, relacionando-o às circunstâncias óbvias de sua vida, ele não tinha jeito. Eu lhe disse que olhasse sua casa e visse o que aquilo era: um crime cometido contra ele por pessoas que deveriam pagar por isso. Ele me olhou de forma neutra. 'Capitalistas e monarquistas.' Nada. 'A instituição da Igreja.' Ele simplesmente ficava me pedindo mais papel para praticar o desenho daquele alfabeto bobo."

Ronald Barry se recorda de Paul na escola. "Isto é, vamos ver, quando está com cerca de 13 anos. Aparentemente, ele havia aprendido alguma coisa a respeito de táticas políticas assertivas com Cassie, porque ele escreve uma carta anônima para o diretor, denunciando um dos professores como criminosamente ignorante, um insulto para o proletariado da Austrália, um parasita social, um corruptor capitalista da juventude. Naturalmente, a carta dificilmente consegue manter o anonimato quando ele lista os seis lapsos específicos do professor, todos os quais são confusões do Reino Médio e Novo do Egito. Ele apanhou até quase morrer."

Catherine: "O padre de sua paróquia, só Deus sabe o que o homem achava que estava fazendo pelos seus paroquianos. Resumindo, nada. Mas ele, com certeza, apavorou Paul terrivelmente. Esse tal de padre Rowley descobriu de algum modo sobre Paul, a biblioteca e o Egito. E só agora ele se interessa pela família. Um a menos de seu rebanho levado pela bebida ou pelo pecado, você pensaria, um sucesso e tanto, esse rapaz estudioso? Não: ele informa à mãe de Paul que o filho dela está aprendendo sobre Satã e paganismo na biblioteca, e deve ser mantido longe desses livros e desse lugar. Mal consigo acreditar que ela soubesse o que o homem queria dizer com aquilo, ou até mesmo qual dos filhos doentes e traiçoeiros era. Mas, na frente do padre, ela, de maus bofes, proíbe Paul de se envolver com livros ou bibliotecas. Ele tinha 14 anos, eu acho, quando foi me ver naquele mesmo dia com uma sacola contendo seus pertences, me contou a história do padre e a do cachorro, e chorou como uma criança. Eu o consolei. Ele era um garoto, e eu senti pena dele. Mas, então, ele tentou me abraçar, do jeito que um homem abraça uma mulher.

"Eu tinha uma tarefa difícil, sr. Ferrell, e o senhor deve me julgar com justiça. Fiquei chocada, naturalmente. As coisas haviam sido terrivelmente confundidas no coração de um rapaz já muito confuso e solitário. Ele ofereceu palavras de amor e devoção, a maioria das quais foram usadas pela última vez para cortejar alguém no Antigo Egito. Imagine um rapaz tentando conquistar o coração de uma mulher uns 12 anos mais velha, dizendo a ela que seu pescoço é como o de um ganso. Ele me disse que seus rins iriam explodir, que eu era o disco solar com chifres dele, sua vaca de turquesa, que as cores da minha carne foram roubadas de Hórus e pintadas por não-lembro-quem. Eu sei, é de morrer de rir. Vá em frente e ria, sr. Ferrell, é engraçado *mesmo*. Eu entendo isso. Mas, *naquele momento*, ah, foi um momento estranho, e fico orgulhosa por não ter rido na cara dele. Talvez devesse, mas isso aconteceu apenas minutos depois que ele chorou pelo assassinato de seu pobre cachorrinho, o senhor se lembra. Então eu fiz a coisa certa. Afirmo isso até hoje."

(Ronald: "Ela nos matou a ambos naquele exato instante. Se eu estivesse lá, teria surrado o romeuzinho até ele ficar roxo e o mandaria de volta para o padre.")

"Eu lhe disse que se ele realmente, mas realmente me amava, deveria servir a mim e às causas que importavam a mim. Disse a ele que podia manter seu emprego na biblioteca, todos os privilégios que ele tinha ali, seus livros, papéis para desenho e cadernos de anotações. Ninguém poderia tirar nada dele. Eu disse a ele que um amigo nosso lhe daria uma cama por quanto tempo ele precisasse, e nós iríamos garantir que ele continuasse na escola. E, em troca, Paul me serviria, servindo à causa. Ele estudaria o que eu lhe desse, iria às nossas reuniões, faria o que seus superiores lhe ordenassem, e seus talentos naturais — que eram muitos — o ajudariam, fariam dele um líder e uma ajuda para as pessoas que precisassem de sua ajuda, bem ali na Austrália. E, quanto ao que ele chamava de manter seu 'amor' por mim, bem, eu admito que simplesmente disse que quando ele tivesse 21 anos nós veríamos isso. Quero dizer, francamente, aquilo era obviamente uma paixonite temporária de um rapazinho buscando uma mãe substituta, e quando ele tivesse mais coisas do mundo para ver, passaria. Eu estava apenas utilizando as ferramentas de que dispunha, para o próprio bem dele."

Macy, eu estou fazendo o melhor que posso para apresentar os crimes dessa mulher nas próprias palavras dela, da melhor maneira que consigo reconstruí-las. Ela admitiu abertamente que utilizou sua beleza incomum e os afetos naturais do já por ela para forçá-lo a trabalhar para o bolchevismo, e que jamais contou à família dele onde ele estava. E ela tinha orgulho do que havia feito, continuava convencida de que o destino que se abatera sobre ele havia sido um "crime de classe", em vez de exatamente o que ela merecia por manipular um garoto à traição contra uma Austrália livre por conta dos tiranos sedentos de sangue da Rússia soviética. E mesmo então, com 45 anos e desgraçada, ela esnobou um simples convite para jantar.

Estou ouvindo você perguntar, uma pergunta que não é de todo irrazoável, por que ela falaria comigo sobre tudo isso? Bem, os desvios dela não eram o menor dos problemas: ela era surpreendentemente parecida com um bocado dessas senhoras de alta classe que fazem caridade, apesar de suas convicções políticas. Ela era uma *senhora* salvando os pobres, não deles próprios, mas dos capitalistas monstruosos, quem quer que eles fossem, mas ainda assim uma adorável senhora da salvação, para os pobres admirarem mas jamais tocarem. E ela tinha seus próprios conceitos do que era um romance, não duvido, embora ela própria fosse uma rainha da virtude, acolhendo o pobre órfão, deixando que ele trabalhasse na cozinha até crescer e se tornar Lancelote, simplesmente a partir do farol de guia do exemplo de castidade que ela dava. E, sem dúvida, ela queria que eu limpasse o nome dela um pouquinho, que contasse as mesmas histórias decoradas para todos, com os mesmos olhares tímidos e a pose virginal, para que ela pudesse dizer que *não havia* feito algumas das coisas mais podres das quais era acusada nos tabloides escandalosos. Mas, Macy, é a coisa mais estranha, o sentimento mais forte que tenho agora, copiando por sobre minha taquigrafia e acrescentando minhas recordações, percebo agora: ela me contou a maioria disso como uma *mãe* orgulhosa. Ela falava em seu tom professoral sobre Paul, mas poupou as palavras mais duras para Eulalie Caldwell, a quem vira apenas de relance duas vezes. E nossa srta. Barry também havia guardado diários, ela leu algumas dessas cenas para mim direto deles. E, lembre-se, ela havia guardado e acarinhado aquela lista de livros que seu homenzinho havia solicitado a ela naqueles primeiros meses. Fico surpreso que ela não tenha guardado um retrato de seu querido Paul para chorar, agora que ele estava morto num deserto em algum lugar e ela estava vivendo em um apartamento minúsculo, disposta a pegar qualquer emprego que conseguisse. Certamente se pode dizer que Paul Caldwell destruiu a vida dela (ou a ajudou a destruí-la, para ser mais preciso), e era assim que Ronald via isso, mas, apesar de tudo, a maior parte disso era orgulho — na criação dela, no rapaz dela.

Bem, por alguns anos Paul vive no espaço exíguo e nu de um agitador Vermelho, dormindo em um catre. Ele termina a escola. A própria família dele nunca mais o procura, nunca parece se importar com o fato de que ele fugiu para entrar numa biblioteca bolchevique. Ele vai a reuniões bolcheviques no porto, arma cadeiras dobráveis, distribui panfletos, serve de boi-de-piranha para os líderes enquanto eles mentem para trabalhadores do cais ou operários das fábricas. Paul faz 16, 17 anos, idolatra Catherine Barry, mas, pelo menos ela diz, ele não recebe incentivos em troca. Ele lê sobre o Egito, até mesmo envia cartas para estudiosos de Egito no mundo inteiro, pedindo uma vaga para trabalhar em escavações. Nenhuma palavra em retorno, e Catherine diz a ele ("embora parta meu coração lhe mostrar a verdade") que ele seria para sempre excluído pelas classes ricas que se permitiam essa espécie de esporte, os nobres, capitalistas e "criptocapitalistas", porque ele era um rapaz da classe operária, e os capitalistas não o deixariam chegar perto de seus jogos elitistas. Sem a intenção de ser dissuadido, Paul continuou lendo, cada vez mais, foi ver as poucas relíquias que eles tinham no museu em Sidney, e viajou até Melbourne para ver a pequena coleção que havia ali. A essa altura, a srta. Barry já está genuinamente enjoada de tanto Egito, como qualquer pessoa em seu juízo perfeito teria ficado. Ela não perguntava mais por que aquilo interessava a ele, e ele falava cada vez menos sobre o assunto para ela. De um tímido menino de 8 anos de idade a um quase amigável garoto de 11 até um rapaz de 14 anos cheio de desejo, Paul voltou a ficar em silêncio, um diligente jovem de 17 anos de idade. Ele ficava sob as vistas dela durante a maior parte do tempo, ou na biblioteca trabalhando e estudando, ou em reuniões comunistas.

Chega o dia em que nosso jovem saudável decide que já fez o suficiente para conquistar o coração da bela dama que deseja. Que ele havia ficado confuso com ela é óbvio para homens do mundo como eu e você. Mas veja isso do ponto de vista dele: ele tem 17, 18 anos, é um homem crescido. Ela é uma mulher solteira que o conhece, que foi gentil com ele, que lhe pediu para servi-la. Ele chega àquela idade — nós já estivemos lá, hein, Macy? Eu lembro como era, falando sério — quando ele vê o que quer e estende os braços para conseguir. Não culpo o garoto nem um pouco.

Ele estende os braços para ela, e (o que não me surpreende, porque passei algum tempo com ela) recebe uma resposta fria: "Ah, ele era tão bobinho. Ele havia economizado dinheiro suficiente para me levar a um restaurante. Eu jamais deveria ter aceitado, mas ele disse que queria conversar sobre socialismo, dúvidas que só eu poderia esclarecer." Paul providenciou um músico tocando à mesa, flores. "Ele estava se exibindo, as pessoas estavam olhando para nós, foi ridículo. Eu fiquei tão furiosa que quase dei um grito. Eu tinha tanta certeza de que tudo isso havia terminado, que ele havia transferido seus afetos para o Partido. 'Eu pensei que você queria discutir assuntos sérios, Paul.' 'A coisa mais séria do mundo para mim é você, Cassie.' Acho que foi a primeira vez em que ele me chamou de alguma coisa além de srta. Barry ou Camarada." Ela o interrompeu friamente, disse que ele tinha responsabilidades agora, compromissos para com uma coisa maior do que ele próprio. "Eu disse aquilo para salvar a dignidade dele. Mas ele insistiu: 'Não tenho interesse em nada sem você.' 'Paul, você precisa trabalhar pela justiça pela própria importância que ela tem, não por mim. É aí que seu coração maravilhosamente gentil encontrará a realização.' 'Eu sou um homem e você é uma mulher, Cassie.' Oh, céus! 'Nós dois somos pessoas, Paul. Temos dívidas a saldar. Você deve *tudo* à causa, percebe? Nós — Ronald e eu — fizemos o que fizemos por você devido às nossas crenças.' Veja bem, esta *era* a resposta correta. Mas ele... Certas pessoas não se comportam segundo a lógica do que está obviamente em função dos seus melhores interesses. 'Você só me ajudou em nome de sua causa?', lembro que ele me perguntou, e o rosto dele, ele parecia aquele menininho pedindo um livro, ou chorando por seu cachorro. 'Você não me ama nem um pouquinho?' Agora, sr. Ferrell, o que é que eu podia dizer? Se o senhor me perguntar, acho que dei a ele um verdadeiro presente naquele momento: eu poderia ter lhe dito umas boas mentiras. Eu sabia disso. Aquele rapaz triste pedindo romance tem a honra de trabalhar em prol do movimento mais romântico da história humana. Tudo o que eu queria era fazer com que ele continuasse trabalhando pela justiça, e eu podia ter tido o que quisesse mentindo para ele. Mas não menti, sr. Ferrell, gostaria que o senhor anotasse isso no seu caderninho agora, e vou esperar enquanto o senhor anota isso, palavra por palavra. O senhor vai desempenhar seu papel retificando todas as coisas que estão tortas, mesmo 12 anos depois. Eu disse: 'Paul, você tem uma dívida para com a causa. Como um homem honrado, como um humano de compaixão, você não tem escolha senão continuar seu bom trabalho até que o mundo inteiro tenha democracia e igualdade. Eu vou caminhar ao seu lado de braços dados, não de mãos dadas.' E aí ele se levantou e foi embora, deixando-me na mesa com um chimpanzé cheio de dentes tocando rabeca." Ela estava confiante em que o veria em breve, quem sabe ele não precisasse de uma semana para recuperar a compostura. "Eu supus que ele estivesse dando um passo difícil porém vital no seu desenvolvimento, uma transferência de amor. Será que cometi um erro? É óbvio. Eu deveria ter dito a ele que o amor que ele sentia não era sem esperanças, ou que eu o amava, e talvez devesse *mesmo* tê-lo amado, nos termos dele, só um pouquinho, até que ele pudesse superar isso, se tornar um bom homem e um bom comunista, ambos os quais estavam certamente dentro dele, e de ambos os quais nosso mundo precisa desesperadamente, sr. Ferrell.

"Eu nunca mais tornei a vê-lo, claro, a não ser uma vez. Alguns anos depois, Ronnie me contou que Paul estava num circo, e nós fomos e assistimos a algumas tolices infantis, sentados bem distantes, onde ele não nos veria. Então, em 1916, claro, ele fez o que fez, arruinando as vidas de algumas dezenas de heróis dedicados. E em 1917, quando podia ter estado ao nosso lado, comemorando o maior evento da história humana, estava, em vez disso, lutando numa guerra de nobres alemães contra banqueiros ingleses, e em 1918 ele morreu por ela, tornando o mundo seguro para o capital. E esta é a história sórdida, sr. Ferrell. Diga a quem quiser ouvir. Eu nunca tive a oportunidade nesta nossa pequena democracia de contar isso a ninguém, e a polícia e os jornais escolheram contar seus próprios contos de fadas em vez disto."

Pode acreditar, Macy, que existem mais coisas nessa história. Ronald explicou os eventos de 1916, até onde ele sabia, e que os recortes de jornais em anexo descrevem razoavelmente, embora o Ronaldinho Vermelho, naturalmente, tenha dito que eles eram desonestos. "Houve uma noite de prisões", ele me disse, apagando seu cigarro com o sapato. "Os acontecimentos mundiais estavam esquentando — a Guerra, os russos — e estávamos bem no meio daquilo tudo, e as autoridades passaram um tanto dos limites. Uma de nossas reuniões foi invadida, e nós fomos levados para o xilindró, apanhamos um pouco. Eu fiquei preocupado por Cass, porque a perdi de vista bem no começo e ela foi levada por uma rota diferente. Agora, não era crime falar sobre o comunismo — a Austrália não era tão radical quanto os EUA —, mas fazer conspirações para derrubar o governo, bom, aí a história já era outra. É claro que não estávamos fazendo uma coisa dessas. Mas a polícia disse que haviam encontrado explosivos e os endereços de políticos e policiais que estavam na nossa mira de assassinato, e que nós estávamos *corrompendo* a juventude, e que Cass e eu tínhamos um tipo peculiar de relacionanento irmão-irmã impossível de mencionar." Ronald nega isso com pouca veemência: "Agora eu lhe pergunto, Ferrell, nós não éramos malucos. Organizar greves, incentivar resistência, lutar contra a proposta de obrigatoridade do alistamento para a Guerra, mostrar o Estado corrupto como ele realmente era — tudo isso eram nossos objetivos. Mas esse inspetor de polícia, um tal de Dahlquist, diz para os jornais que desbaratou um círculo de assassinos comunistas que sequestravam criancinhas. Fotos nossas com nomes, e fotos dos explosivos *muito* velhos que ele encontrou embaixo das tábuas do assoalho debaixo do tapete na sala onde você-sabe-quem havia vivido por anos. Foi aí que eu fiquei sabendo que ele havia feito isso para nós, mesmo não tendo ouvido falar dele havia anos, mesmo que Cassie tentasse negar, me dizendo que eu estava confuso por causa das minhas emoções. Nem um pouco: o canalha havia contado uma história para a polícia, e se você me perguntar, tudo isso era apenas uma carta de amor para Cass, era apenas a maneira dele dizer que ainda pensava que ela era a melhor garota em todo o mundo, seis anos depois que ela partira o que supúnhamos acreditar que era o coração dele." Uma dezena deles passou um mês na prisão, e um membro do grupo deles está lá até hoje, o que realmente procurou e armazenou os explosivos. "Deus sabe por quê", disse Ron. "E, naturalmente, essas coisas malditas jamais foram usadas, ficaram simplesmente embaixo do piso por meia dúzia de anos. Sabe, Ferrell, Cassie e eu não éramos sequer líderes do movimento. Éramos apenas pessoas idealistas. Cassie ainda é. Eu já tive o bastante." Assim falou o professor que se tornou barman, falando comigo atrás do balcão do pub onde estava trabalhando em 1922, um dos poucos lugares que o empregariam.

A polícia tinha seu próprio bombardeador, mas eles também haviam exagerado, aceitado muita gente como os Barry, que se escondia por trás das leis dizendo que podiam pensar e dizer o que quisessem, e no fim não havia muito o que argumentar perante um júri, e as acusações de sequestro de crianças eram uma coisa um tanto arriscada para tribunais públicos, especialmente quando Eulalie Caldwell pretendia ser sua principal testemunha, e a sedutora Catherine Barry está preparada para se defender com uma conversa de caridade cristã. Fosse como fosse, a sociedade tinha o consolo de ver os Barry despachados de seus cargos de confiança pública. Um pouco de trabalho proletário de verdade não faria mal algum àquela gente. Em 1922, no seu quartinho apertado, ela ainda estava decantando as realizações imortais do camarada Lenin que ecoariam eternamente pela história, e de onde você e eu estamos sentados, Macy, é difícil dizer que ela não apoiou um vencedor, mesmo que ele fosse diabólico.

Então vamos dizer adeus aos Barry, 10 e 11 de julho de 1922. Ronald volta a limpar o bar. Catherine aperta minha mão com secura, como se eu estivesse com veneno, volta para fora para podar os cabos das rosas dos clientes. Eles amaldiçoam Paul Caldwell e o empertigado inspetor Dahlquist quando deveriam amaldiçoar sua própria arrogância. (Não fiz com que eles se lembrassem disso, claro, pois Ronald havia me contratado para descobrir se Paul ainda estava vivo. Procurando pelo endereço de um homem que está morto, que maneira demeritória de ganhar o pão de cada dia, admito.)

Consegui uma audiência com o inspetor S. George Dahlquist no dia seguinte, para compreender a relação entre a prisão de Caldwell no circo e as prisões dos Barry, ambas as quais ele realizou.

Macy, tive um sono esquisito a noite passada, isso eu posso lhe dizer. Fiquei trabalhando na minha história para você desde o comecinho da manhã de ontem até tarde da noite, e mesmo quando não estava escrevendo, eu relia as conversas transcritas que estava recriando, minhas antigas anotações, e os recortes de jornais de 1916 que eu havia apanhado com Ronald, alguns deles talvez um pouco fortes ("Irmão e Irmã Vermelhos aprisionavam nossos filhos", por exemplo, e "Biblioteca Pública abriga terroristas bolcheviques"). Achei um deles estranhamente comovente, para ser honesto, do *Herald*, em que a chefe da biblioteca declara que o sistema é um defensor leal da Comunidade e afirma que ele hoje está completamente livre de elementos traiçoeiros, e Catherine Barry, recentemente demitida, é chamada pelo jornal de um exemplo do vírus maligno que infecta e contamina as bases da sociedade democrática nos lugares mais surpreendentes. Certamente, era tudo verdade. Isso foi até mesmo empolgante, em sua defesa de nossos princípios comuns, e mesmo assim alguma coisa parece faltar quando leio isso agora.

Sonhei com Catherine Barry ontem à noite, senti até mesmo o cheiro dela no sonho, um cheiro um pouquinho melhor do que este lugar à noite, sr. Macy-em-sua-mansão-em-Nova-York. Ela não me disse nada, não estava zangada, não flutuou nem me transmitiu mensagens do além. Ela simplesmente ficou sentada pacientemente diante de mim, alisou a saia, sorriu, pigarreou, continuou olhando para mim de sua cadeira, e eu sabia que ela estava esperando que eu dissesse alguma coisa, mas sei lá o que eu deveria dizer. Ela levantou as sobrancelhas, riu um pouquinho do meu silêncio intrigado, deu de ombros, recostou-se em sua cadeira, cruzou as mãos sobre o colo e ficou simplesmente me encarando, com aquele meio-sorriso maluco, parecia dizer que tinha todo o tempo do mundo para esperar e ver se eu ia dizer a coisa certa. Ela ficou sentada ali uma eternidade — uma eternidade, porque no sonho eu sabia que aquilo não ia acabar nunca.

Então segue esta carta para você, e vou trabalhar agora em Dahlquist e minha viagem à Inglaterra.

Sinc.,
Ferrell

Quinta, 12 de outubro de 1922

Para Margaret: Acabou de amanhecer. Você está sempre comigo aqui. Eu levarei presentes desta expedição que não pode imaginar. Você, naturalmente, estará nadando em ouro antigo, você, naturalmente, partilhará da minha fama, você, naturalmente, se casará comigo em circunstâncias que farão suas amigas invejosas e fofoqueiras arrancarem os próprios olhos imediatamente após a cerimônia. Mas também acho que você merece ter seu próprio diário de nossa longa separação, juntamente com um diário de meu amor e entretecido com o diário de meu trabalho; as duas coisas estão por demais unidas para serem desenlaçadas agora, no calor da ação. Em alguns meses, haverá esta longa carta-diário para você, para adicionar às cartas postadas que receberá (semanas depois que eu as enviar, infelizmente), e para comparar com aquela carta que todos lerão, *Ralph M. Trilipush e a descoberta da tumba de Atum-hadu*, por Ralph M. Trilipush. Parte da minha entrada de ontem é destinada a você, não a eles, percebo agora. Também percebo que seu pai merece um certo polimento na versão publicada desses diários, e você pode confiar que farei esse serviço.

Uma discussão do financiamento das modernas expedições egiptológicas: Como em *implorar*, retirado da letra inteligente de Kendall Mitchell, sinto que não é inadequado, nem deixa de ser interessante para os leitores em geral, descrever um pouco de como as expedições arqueológicas são financiadas. *Implorar*, espero que seja escusado dizer, não tem nada a ver com isso. E, embora eu esteja tão ansioso quanto você, caro Leitor, para prosseguir direto para a nossa exploração, também hesito em levá-lo comigo até que esteja qualificado para entender o contexto dos eventos que nos acontecerão lá no deserto.

Junte-se a mim, pois, na primeira de uma série de reuniões de investidores com conhecedores de arte de Boston e homens de finanças, em junho deste ano, no escritório de Chester Crawford Finneran, que me convidou para sua luxuosa (e *Luxorosa*) casa de campo, onde reuniu alguns amigos para me fazerem perguntas. E embora eu fosse me casar com sua filha sem esse dinheiro, e eu pudesse ter financiado esta expedição com outros meios, ele ainda assim estava oferecendo seu dinheiro, e pelo menos como um gesto para a mulher que amo, eu dei a ele e a seus amigos esta oportunidade de serem os financiadores de uma expedição sem precedentes.

A sala de estar de CCF é decorada — por modas americanas de agora — com tanto *décor* egípcio e faraônico *fake* que Kendall Mitchell começou a dizer que estava se sentindo "esfinxiado". O trocadilho normalmente cairia mal em ouvidos irritados, mas CCF arranjou sabiamente tanto "chá gelado" que todos estão começando a se sentir muito à vontade. Estou me dirigindo a CCF, Mitchell, Roger Lathorp, Julius Padraig O'Toole e Heinz Kovacs. Lathorp é dono de uma enormemente lucrativa empresa de construção de algum tipo. Os dois últimos convidados foram apresentados de modo muito vago, sócios financeiros de CCF em outros empreendimentos. Falam muito pouco, embora Kovacs tenha uma tosse brava que é alta o bastante para acabar com todas as conversas no salão sempre que começa. Quando ele fala, por outro lado, sua voz é tão baixa que todo mundo (até mesmo O'Toole, que está imediatamente à sua esquerda) precisa se inclinar em sua direção. Os olhos de Kovacs lacrimejam de modo quase constante, resultado de alguma infecção, e ele usa diferentes lenços de bolso no decorrer de nossa reunião, jogando cada pano de seda com monograma encharcado na boca preta escancarada da lata de lixo de colosso de Ramsés de CCF. O'Toole, irlandês de profissão indefinida, passa a maior parte da reunião lixando as unhas e ocasionalmente fazendo anotações com um pequenino lápis de ouro em uma caderneta de couro. Eles, todos eles, *vestem* seu dinheiro — roupas e sapatos. Não são acadêmicos, claro, mas a paixão que têm pela arte está além de qualquer dúvida. Há um lado negativo em se lidar com instituições como certos grandes museus, e frequentemente o investimento privado oferece benefícios únicos para o explorador.

"Cavalheiros", eu começo, "vamos por um instante colocar a questão do dinheiro de lado para que..."

"Eu nunca faço isso!", espanta-se Kendall Mitchell, explosivo, para seu prazer e o de Lathorp. Kovacs tosse.

"O senhor se vende por pouco, sr. Mitchell. Vamos colocar o dinheiro de lado só por um momento e levar em consideração o que essa expedição pode trazer para vocês acima da recompensa financeira. A história do Egito nos leva de volta à própria aurora da história humana registrada, há quase 5 mil anos."

"Certíssimo. De volta à época de Jesus Cristo em pessoa."

"Isto certamente oferece um contexto, sr. Lathorp, e mostra sua aptidão para o método histórico, pois é muito sábio abordar o passado por meio de marcadores históricos. Mas considere que Jesus nasceu há 1922 anos, e Atum-hadu reinou 1.640 anos antes disso, e que o Egito em toda a sua glória existiu 1.500 anos antes *disso*, e aí começamos a compreender os vastos períodos de Tempo que estamos discutindo."

"É claro", Lathorp concorda. "Marcadores familiares."

"Agora escute, Pushy", Kendall começa, interrompendo quase imediatamente a cuidadosa apresentação que eu havia delineado. "Ouvi dizer que o Egito Antigo já foi todo escavado. Nada restou debaixo da areia. Todos os outros grandes sujeitos já beliscaram o que havia de bom. O que você tem a dizer a respeito?"

Peço a eles que abram seus prospectos na página de nome "Chances de Sucesso". "Acho que isso é extremamente improvável. Conhecemos os nomes de várias centenas de reis antigos, e encontramos as tumbas de apenas algumas dezenas. Existem expedições descobrindo tesouros extraordinários neste exato momento, enquanto conversamos, embora a temporada de escavações esteja em sua maior parte terminada devido ao verão egípcio. No caso de Atum-hadu, três fragmentos de seus escritos foram encontrados aproximadamente na mesma área, mas nenhuma relíquia de seu funeral jamais apareceu em qualquer mercado de antiguidades. O que implica que sua tumba está intacta, luxuosamente equipada, e na região de Deir el Bahari mostrada neste mapa." Eu os ajudei a abrir os prospectos no mapa, que correspondia à versão maior que eu tinha montado sobre um cavalete se equilibrando em frente a um grande quadro a óleo de Margaret segurando um coelho ou uma bolinha com pelo de coelho.

Os homens olharam para o mapa, o que me deu, nas garras de minha recorrente maldição pessoal, a oportunidade de visitar o faraônico lavabo de CCF, onde sofri um violento e inesperado ataque de diarreia de explorador, que tem me atormentado desde a Guerra; disenteria é um cruel colega de acampamento no Egito.

Quando voltei, CCF ainda estava olhando o mapa, linhas e legendas indecifráveis para ele, mas os outros haviam se dividido em dois grupos distintos: Mitchell e Lathorp, rindo entre si ao lerem um exemplar (não surpreendentemente aberto na Quadra 42, "Atum-hadu favorece quatro irmãs acrobáticas") de *Desejo e desengano no Antigo Egito* (Collins Amorous Literature, 1920; nova edição da Harvard University Press planejada para 1923); O'Toole e Kovacs estavam sentados de lado, totalmente silenciosos.

"Por que é que Harvard não financia você nisto, hein, Pushy?", o próprio CCF perguntou, e eu sabia que ele não estava realmente preocupado com essa dúvida; ele simplesmente não desejava parecer que havia sido convencido com muita facilidade aos olhos de seus sócios. "Foi apanhado fornicando com a esposa de algum reitor, foi?"

Orientei-os até os esboços individualizados que eu havia incluído em seus livretos na página de "Coleções pessoais". "Ora, cavalheiros, vocês querem que Harvard seja dona do que eu encontrar? Vocês querem que esta seja a Coleção Harvard da Tumba de Atum-hadu? Quando a Coleção Lathorp, a Coleção O'Toole, a Coleção Kovacs poderiam encher seus próprios lares com o ouro de um rei egípcio e, depois que vocês morrerem, levarem seus nomes eternamente na ala privada do museu de sua preferência? Saibam o seguinte: cada museu do país vai lutar feito um condenado para abrigar as coleções de vocês, *com os nomes de vocês*, nas galerias deles para sempre, conforme tomei a liberdade de imaginar nesses esboços. E aqui chegamos à questão principal, cavalheiros: a longevidade de seus nomes. Isto é algo de que nosso amigo Atum-hadu entendia bem. Se eles falarem de seu nome depois que você está morto, então você *não* está morto. Pensem bem nisso. O dinheiro de vocês pode comprar precisamente o que o dinheiro de Atum-hadu comprou para ele, o que cada rei do Egito sabia que era o bem mais valioso que poderia possuir: *imortalidade*. Agora, quando o dia chegar, o que vocês vão deixar para trás? Uma loja de departamentos? Uma empresa de construção? Um fundo de truste? Uma série de indiciamentos enviados por um ministro da Justiça invejoso? Ou vocês vão fazer com que o *nome* de vocês continue vivendo *para sempre*, o prêmio definitivo da humanidade?"

"Agora pare só um instantinho, professor." Talvez eu tenha ido longe demais; todo mundo se inclina para ouvir o murmúrio de Heinz Kovacs. "Se me permite dizer uma coisa, andei dando uma fuçada por aí, sabe, um pouquinho de arqueologia por conta própria. Gosto de saber o que é o quê, antes de começar a assinar cheques polpudos para exploradores ingleses malucos e pornógrafos." (Explicarei este erro de conceituação daqui a pouco.) "Agora, meu filho vai para Harvard e o professor dele me diz que seu faraó nem sequer existiu. Que história é essa, então?"

Admito que senti naquele instante uma pontada de inveja, nada mais, apenas um único latejar, porque eu estava entre os *nouveaux riches* de Boston e respondia às suas dúvidas de pessoas sem experiência. Pensei em Howard Carter, verificando tranquilamente seu saldo bancário no Cairo, e depois simplesmente mandando um telegrama para seu plácido e nobre mecenas na Inglaterra, exigindo uma bela soma e esperando sua conta no Cairo inchar de acordo. Pensei em Oskar Denninger, lindamente equipado pela rica República de Weimar, e em Giancarlo Buoncane despejando nas areias do Sudão os lucros trimestrais da Cassini Distillatori, ebriamente disposta a bombear o barril até um gêiser fumegante de ouro jorrar de dentro daquela terra sudanesa morta. E pensei em meus próprios "colegas" em Harvard, tirando um tempo de suas agendas ocupadas educando mal os universitários para confundir minha obra e se meter no meu apoio financeiro para gastar a bolsa imortal de Harvard profanando as tumbas de sacerdotisas adolescentes.

"Assim como qualquer pessoa que tenha visão, ambição e um senso de tomada de riscos, sr. Kovacs, o senhor entende o que significa estar cercado por inimigos de mentalidade mesquinha que o odeiam não porque você os odeie, ou porque lhes tenha feito mal, mas porque você os ignora, já que eles são patéticos demais para suscitarem algum interesse da sua parte. Sinto pelos professores ter Breuggen e Fleuriman o mesmo que o senhor sente pela Receita Federal ou pelo ministro da Justiça, pois são eles, suponho, os que prejudicaram criminosamente seu filho. Cavalheiros, eu estudei idiomas orientais e Egiptologia na Universidade de Oxford. Eu retirei os escritos desse rei — esse rei "imaginário", como Claes ter Breuggen o chama — com minhas próprias mãos debaixo da terra do Egito. Só acredito no que é real, assim como os senhores, cavalheiros. Agora, se eu fosse colocar diante de vocês as tramas do mundo acadêmico, reunidas minuciosamente ao longo de décadas e esticadas até o ponto de maior resistência em meu próprio trabalho, se os senhores examinassem esse abundante conhecimento do jeito que eu examinei, teriam, em seu simples senso comum, rido das conversinhas arrepiantes vindas dos escritórios estéreis do outro lado do rio, e diriam, assim como eu li no *Boston Mercury* recentemente, o que o senhor disse a respeito do ministro da Justiça: 'Por que é que esse homenzinho chato não se mete com sua vida e deixa Heinzie Kovacs com Heinzie Kovacs?' Bravo!, eu pensei quando li isso."

"Bravo mesmo", disse CCF. O'Toole lixava as unhas. "Sabe o que estou matutando aqui, JP?", CCF disse para O'Toole. "Atende às necessidades de todos, é o que me parece. Pushy, fale para eles sobre qual é o formato provável da tumba."

Quando for pedir dinheiro aos ricos, seja um pouco reservado. Eles querem saber que vão conseguir seu dinheiro de volta com juros, mas também querem ver que você entende que não há garantia de que isso irá ocorrer. Mesmo que você garanta. Eles querem que você seja mais inteligente do que eles, mas não em tudo, e que você reconheça a superioridade deles em questões de finanças e "senso comum". Eles gostariam de exibir um ou dois insights na sua experiência que não ocorreram a você antes. Mais que um ou dois, e eles acharão que você é um tolo; menos que isso, arrogante. Eles não querem que você peça o dinheiro deles; eles querem que você lhes apresente uma oportunidade e aceite menos investimento da parte deles do que estão dispostos a dar. Encare o dinheiro deles com dubiedade, avalie o peso dos riscos e, ao mesmo tempo, diminua o valor das recompensas. Estas, receio, são as lições que qualquer egiptólogo deve dominar. Exemplo:

"Cavalheiros. A tumba de Atum-hadu é provavelmente uma simples abertura na face da encosta do deserto propriamente dito. Aqui, acompanhando a caminhada de vocês nesta arcada coberta, vocês veem ilustrações dos eventos do reinado de Atum-hadu, e hieróglifos descrevendo suas glórias e dores, invocações aos deuses. Aqui, enquanto vocês caminham, as pinturas contam uma história, como se vocês estivessem no cinema: à sua esquerda, vamos especular, ele lidera suas tropas contra os invasores hicsos, ou os pretensos reis secessionistas do delta oriental, ou exércitos negros do sul africano. À sua direita, vocês observam enquanto ele luta contra conspiradores em sua própria corte, nobres impacientes que cobiçam seu trono, enquanto ele serenamente se aproxima mais de seus fiéis conselheiros (assim como os senhores são meus conselheiros) e de sua rainha, Sua Beleza Surpreende o Sol. Isto é o tanto que vocês e eu vemos enquanto descemos o hall de entrada. Agora passamos por uma pequena abertura pela qual devemos rastejar, e notamos um cheiro diferente de tudo o que já se cheirou antes. Não direi que seja imediatamente doce ou agradável, mas porque não é familiar — não, mais do que *não familiar* (que promete familiaridade logo adiante): é permanentemente único. Vocês nunca sentiram o cheiro disso e jamais sentirão novamente: é o primeiro hálito de ar que circula sem ser perturbado há 3.500 anos. Não sei se isso fará vocês sorrirem (assim como me faz) ou se fará vocês vomitarem, ou se os excitará. Nossos olhos mal conseguem ficar abertos com o suor, o calor e... o brilho. Sim, o brilho, cavalheiros: a luz incerta de nossas lanternas elétricas é refletida de volta para nós, magnificada em raios cegantes de ouro, vidro, marfim, contas e lápis-lazúli, e ouro, ouro e ouro. Agora vamos entrar, vocês e eu?"

"Você me convenceu", diz Finneran.

"É assim que se fala, senhor. Sabemos muito acerca de nosso anfitrião, Atum-hadu. Sabemos, por seus escritos, das pressões externas que o moldaram, da persona que ele criou para conduzi-lo ao longo de sua carreira. Sabemos de seus apetites avassaladores, que ele conseguia saciar apenas por breves períodos e com grande dificuldade. Sabemos da família que falhou para com ele, as rainhas e concubinas que o sustentavam, o confiável Senhor da Fartura que era seu maior conselheiro, e ali, diante de nós, vemos tudo isso. Na parede próxima ao sarcófago de ouro de nosso rei, vemos os mais intrincados, delicados, eróticos desenhos das aventuras amorosas de Atum-hadu, e figuras em miniatura que, depois que a tumba foi selada, ganharam vida para aquecer o rei em sua viagem para o mundo inferior. E ali, sobre uma mesa elevada e ornamentada, entre estátuas gigantescas dos deuses Atum e Anúbis, lá está: um exemplar completo das *Advertências* de Atum-hadu, os escritos do rei, enfim de autoria inegável, e nas paredes, uma descrição ainda mais completa da vida do rei, da qual se deve admitir — embora a confissão signifique que estamos sendo agora arrastados para fora, aos chutes, daquela arcada de entrada, passando pelos hieróglifos borrados e de volta até aqui, o escritório de CCF — que sabemos muito pouco, com certeza, e para alimentar meus críticos esfaimados: uns disseram que Atum-hadu e sua tumba são não somente desconhecidos, mas também que o rei tecnicamente, literalmente, não existiu. Não é verdade, é claro, mas é assustador para o investidor nervoso ou o explorador nervoso. E por isso nenhum desses dois tipos foi convidado para cá hoje."

E, então, se seguiu uma análise página por página dos livretos de prospectos: "Chances de sucesso", "Quem foi Atum-hadu?", "O Paradoxo da Tumba: generalidades". "O Paradoxo da Tumba: o caso de Atum-hadu." "O papel da poesia erótica na corte de Atum-hadu." "Evidências de localização da tumba e de seu conteúdo." "Valor de mercado estimado de itens prospectivos selecionados." "Mapas do Egito e de Deir el Bahari." "Coleções pessoais". Nem todos os sócios ficaram acordados em todas as seções de nossa conversa (J. P. O'Toole cochilou, e seu lápis dourado, ao descobrir que estava por sua conta e risco no caderninho, desenhou uma série de cachoeiras minimalistas), mas pelo menos um deles ficou atento a todos os tópicos.

"Vamos conversar em particular mais tarde, você, eu e Heinzie, CC", diz O'Toole ao se levantar e se esticar. Kovacs se levantou com esforço, ao passo que Lathorp e Mitchell estenderam a mão, como se fossem um só, na direção da otomana onde repousava o exemplar de *Desejo e desengano no Antigo Egito* (Collins Amorous Literature, 1920).

"Não há por que brigar por ele, rapazes." Estendo a mão para pegar minha maleta. "Tenho exemplares de cortesia para todos."

Casa de Repouso Crepúsculo sobre a Baía
Sidney, Austrália
8 de dezembro de 1954

Sr. Macy:

Estou trabalhando o mais rápido que posso. Nunca se sabe o que o amanhã nos reserva, se é que reservará algo. Esta é a lição nº 1 nesta residência. Eles levaram um sujeito do meu quarto esta manhã, todo coberto, direitinho, com um sobrinho com cara de enfado gastando alguns de seus preciosos minutos para assinar a liberação do corpo.

Julho de 1922. Inspetor S. George Dahlquist, um policial ambicioso, teve o maior prazer de compartilhar suas recordações agradáveis, histórias de homens-bomba Vermelhos e circos cheios de ladrões. Ele foi capaz de responder a algumas de minhas questões restantes sobre a vida australiana de Paul Caldwell, mas não tudo: desde o momento em que nosso garoto saiu do restaurante com o coração feito em pedaços por sua gélida amada Vermelha até que Boyd Hoyt viu seu talento esvaziando bolsos numa praça de mercado, eu não tinha nada sobre ele: dois a três anos sem pistas sobre ele. E, então, 1916, ele está andando sorrateiro na serragem, esticando o braço na direção das tentadoras carteiras acima dele na escuridão quando o inspetor Dahlquist pula dentre as sombras, agarra o garoto pelo pulso e quase o quebra.

Paul Caldwell tem pelo menos 23 anos, está até o pescoço em dejetos de elefante, serragem e os abraços de Emma Hoyt quando é preso por afanar os bolsos quase vazios dos espectadores enquanto eles estão sentados na semi-escuridão, seus traseiros balançando sobre as costas de bancos de madeira, aplaudindo ou vaiando o pinguim daquela noite. Agora eu sei o suficiente sobre o modo como a polícia cuida dessas coisas para saber que Paul, provavelmente, foi algemado a uma cadeira, levou uns socos, recebeu em seguida um grande copo d'água e depois o deixaram um pouco em paz enquanto o sangue secava, e então, quando ele precisa urgentemente ir ao banheiro, entra o gordo inspetor Dahlquist, que diz que ninguém irá interceder em favor de Paul, Boyd Hoyt já disse à polícia que não tem interesse no bem-estar de Paul, por ele podiam até enforcá-lo bem alto e lhe quebrar o pescoço, que ele não estava nem aí. "Um garoto magricela, o seu sr. Caldwell, mas não se assustava fácil", Dahlquist me disse. "No fim, claro, eles todos ficam apavorados, a não ser os verdadeiros monstros assassinos, mas aquele moleque até que se segurou, ficou calado. No começo, eu só queria ouvir o que ele pudesse me dizer a respeito de Hoyt, confirmar que ele estava batendo aquelas carteiras sob as ordens de Hoyt para pagar ao circo. Eu o ameacei com longos períodos na prisão, que eu poderia ter assegurado a ele, dependendo de quantas pessoas aparecessem com reclamações de furto. Mas o seu sr. Caldwell continuou calado. Será que Hoyt havia mandado que ele roubasse? Nada. Descrevi para ele a vida que teria na prisão. Nada. Eu digo que o juiz pode decidir sentenciá-lo ao Exército pelo seu papel nessa furada, e que ele irá ajudar a combater o Kaiser em algum campo distante na França, acabar com a cabeça estourada pelas confusões em que se meteu, e que tal isso lhe parecia? Nada. 'Então você estava no bem-bom com a esposa de Hoyt, hein? Porque o sr. Hoyt é um velho muito zangado. Ele odeia você. Ele me disse que você é o estuprador da esposa dele, além de ladrão.' Mas nosso Paul não reage, nem sequer choraminga, até que, bem devagar, ele se vira para mim e diz: 'Pode me mandar para o Exército se eu o ajudar?', e sou obrigado a dizer que não entendi o que ele queria dizer com aquilo, mas estava claro como o dia que alguma coisa ele queria. Então agora nossas negociações começam para valer, tenho certeza de que o senhor entende, sr. Ferrell. Nós começamos a falar através de hipóteses altamente distantes. O que eu seria capaz de arrumar para ele caso ele pudesse me dizer algo de extraordinário? O que ele seria capaz de me dizer se eu conhecesse um homem que pudesse fornecer uma solução daquelas para ele? 'Então vamos dar uma olhada na mercadoria, jovem sr. Caldwell, e acertar o preço', digo eu. Primeiro, Paul diz sim, Hoyt o treinou para roubar, forçou-o a roubar, Paul ficou apenas com uma pequena porcentagem do roubo e o resto do saque pagou o circo, alimentou os tigres. 'Hoyt me mandou fazer isso. Hoyt ficou com o dinheiro todo, e foi Hoyt quem me ensinou a bater uma carteira e Hoyt, Hoyt, Hoyt.' Interessante, eu disse, mas não o suficiente para o acordo que você está propondo. Então está bem, ele diz, e pensa em silêncio por um minuto. E que tal isto: será que eu me lembrava dos Zipping Zivkovics? Dois acrobatas famosos mortos num terrível acidente durante uma apresentação do circo de Hoyt no ano passado? Bem, e se Paul pudesse provar que eles haviam sido *assassinados* por Hoyt para aumentar a audiência do circo, já que as pessoas sempre apareciam em bandos quando havia uma chance de ver uma morte acidental? Mais interessante, admiti, mas ainda não era o bastante para assegurar a ele o pacote muito especial que ele estava solicitando. Ele se sentou e ficou olhando um tempão para os próprios pés. Eu me perguntei se ele estava dormindo, com a cabeça meio pendendo assim, e fiquei só olhando. Cinco minutos, dez minutos, eu sabia que cada minuto em que permanecia calado era alguma coisa boa que eu ia conseguir, se não fossem apenas histórias da carochinha. Eu podia ver os lábios dele se movendo, ele está pensando em alguma coisa. E, então, ele levanta a cabeça, me olha no olho e diz, com muita frieza: 'O senhor aceitaria uma trama de violentos conspiradores comunistas no coração de Sidney?' Bem, sr. Ferrell, agora ele havia chamado minha atenção.

"O acordo que ele queria levou certo tempo para ser garantido. Era um pedido daqueles, mas se o que ele estava dizendo fosse verdade, valeria a pena. Eu disse que sou um homem de palavra, mas isso levaria algum tempo para ser investigado, e ele disse, lembro-me bem disso, ele disse: 'Não tenha pressa. A revolução mundial e a destruição de todo o poder policial certamente não valem a pena se apressar.' E riu na minha cara."

O acordo, Macy, era em princípio simples, ainda que um pouco complicado de executar. Paul queria ser enviado para se juntar à Força Imperial Australiana no Egito, e ele queria uma garantia de que *ficaria* no Egito o tempo que a FIA estivesse ali. Gallipoli não, obrigado, Luxemburgo não, obrigado. Ele cumpriria seu tempo na FIA no Egito e em nenhum outro lugar. Ele disse a Dahlquist que sabia ler egípcio e conhecia a geografia do país tão bem quanto qualquer australiano, e aprendera a montar em cavalos no circo de Hoyt. Em troca, bem, os Barry e seus amigos. Naturalmente, ele segurou esses nomes um pouco mais de tempo. Falou de modo muito vago das coisas que Dahlquist encontraria, até que o policial, convencido, alegando segurança nacional, mexeu os pauzinhos no ministério da Defesa e arranjou as coisas do jeito que o seu principal informante desejava, ao passo que Paul permaneceu na prisão de Sidney, sem receber nenhuma visita. Quando a papelada ficou pronta de verdade, só então Paul deu os detalhes específicos. Bombas embaixo de assoalhos de madeira. Listas de alvos de assassinato. Nomes de conspiradores. Histórias de sequestro de crianças. Bibliotecárias incestuosas corrompendo jovens. "É claro que nem tudo isso colou, mas não vou reclamar", o inspetor me disse. "Caldwell manteve sua palavra, e eu fiz o mesmo. Ele embarcou em um navio-transporte uma semana após as prisões. Isso foi no verão, acho que em dezembro de 1916."

Se alguns dos jornais fizeram de Dahlquist um herói em 1916 e um tolo em 1917, bem, isso não o atrapalhou, de forma alguma. Ele impediu um homem-bomba anarquista, e se o preço foi uma chuva de retaliações e pedidos oficiais de desculpas resmungados e julgamentos cancelados, isso não o incomodou muito.

O senhor foi um militar, Macy, herói da Coreia ou coisa parecida? Eu já estava um pouco velho demais para cuspir fogo e me alistar para lutar nessa Grande Guerra de vocês. Aqui embaixo, a maioria dos nossos rapazes foi mostrar ao Jack Turco uma ou duas coisinhas, a glória de nós, australianos, em Gallipoli! Para ver suas entranhas mancharem uma praia turca azul-turquesa pelo bem da Sérvia, se entendi direito — eu não, obrigado, nem Paul Caldwell também, como sabemos agora. Se você não foi a Suez, Jerusalém ou Gallipoli, como ele, então o Egito era um lugar bastante seguro em 1917, quando ele lá chegou, mas é claro que ele estava indo por amor, não pela guerra. Ele havia encontrado um jeito de fazer o inimaginável para um garoto dos cortiços de Sidney: ele estava indo para a terra de seus sonhos. O que ele achava que iria encontrar lá, não sei dizer, e tenho certeza de que não valia a pena morrer por aquilo, se você me perguntar. Melhor seria se ele cumprisse pena na prisão, meu conselho retroativo, pelo menos estaria vivo hoje.

A essa altura, julho de 1922, eu havia passado algumas semanas rastreando o há muito perdido herdeiro de Barnabas Davies, e realmente não tinha muita esperança de solucionar o caso além daquilo. Eu receberia um belo e rápido pagamento pelo que havia sido um trabalho fácil e seguro. Enviei um cabograma com meu longo relatório para Londres, dando o melhor e o pior de Paul Caldwell. Graças a essa última entrevista, se você a examinasse de perto, nós fizemos com que ele trabalhasse em favor da Coroa para impedir a onda mortífera do comunismo na Comunidade. Eu mencionei (embora, reconheça, sem ênfase) que ele, provavelmente, estava morto. Entretanto, havia a opção, escrevi, de obter informações com seus companheiros de regimento e oficiais sobre seu registro de guerra que pudessem ser do interesse de Barnabas Davies. Se ele havia sido um herói, aconselhei, quem sabe os advogados de Davies pudessem mudar retroativamente o nome do rapaz, quem sabe até lhe conseguir uma medalha ou citação com o novo nome, se Barnabas Davies sentisse vontade de subornar as pessoas certas. E, por tudo o que aquilo valia, mais como piada do que qualquer outra coisa, eu propus que minha investigação sobre o heroísmo de Caldwell naturalmente me levaria à Inglaterra, onde eu deveria falar com a família e os colegas do capitão Marlowe, com o qual nosso rapaz tinha desaparecido, e que havia recomendado as promoções dele.

Eu esperava que a sede de Londres fosse me agradecer, pagar e ponto final. Achei que seria possível que eles me pagassem para escrever algumas orientações para algum outro detetive da Tailor na Inglaterra, preparando-o para conduzir as entrevistas inglesas que sugeri. Mas quatro dias depois recebi uma resposta muito surpreendente por cabograma: AUTORIZADA VIAGEM IMEDIATA PARA A INGLATERRA, DESPESAS NA CONTA DO CASO DAVIES. Agora, isso era estranho, para dizer o mínimo. Naturalmente, fiquei muito feliz com a notícia: ver o mundo, ganhar algum dinheiro com um trabalho seguro e interessante. Mas por que se faria uma coisa dessas? Não faltavam detetives da Tailor Worldwide na Inglaterra. O preço que custaria me pagar e me mandar ao outro lado do mundo era bem maior do que qualquer pagamento que Barnabas havia autorizado em primeiro lugar para convencer Paul Caldwell a se tornar Paul Davies.

Fiquei ruminando isso por duas semanas, esperando o navio deixar Sidney, ponderei muito enquanto estive doente, e depois morto de tédio, e depois indisposto novamente, de Sidney a Melbourne e a Adelaide, Fremantle, Port Aden, Alexandria, Malta e Liverpool, doente e confuso a viagem inteira (embora o devido crédito seja dado a Davies, viajei no melhor estilo disponível todo o tempo até o fim desta história). Não entendi até chegar à Inglaterra, em 12 de setembro de 1922, e àquela altura não fazia diferença. Acontece que era a coisa mais simples do mundo: Barnabas Davies queria conhecer todos nós, detetives que trabalhávamos no caso, qualquer um que tivesse conhecido os filhos ou visto as mulheres. Fiz a viagem até a Inglaterra para dar prosseguimento ao caso, sendo pago todo o tempo pela Davies Ale, porque o velho queria saber se Eulalie estava bem e com saúde, queria ver meu rosto quando falasse sobre Paul. Claro que, quando cheguei a Londres, Davies já estava frio, debaixo da terra, e o velho Miklos Tailor estava sorrindo de orelha a orelha, pois os testamenteiros haviam acabado de lhe informar que o espólio de Barnabas Davies pagaria por aquela investigação até que ela chegasse ao fim. Eu jamais havia visto Miklos Tailor até o dia em que entrei naquele escritório, mas ele me abraçou, beliscou minha bochecha, deu boas-vindas a mais um de seus "irmãos". Sabe, ele se aposentou ao final do caso Davies, vivendo muito bem com a cobrança excessiva que havia feito dos cofres do morto pelo resto de seus dias.

E, obviamente, nenhuma despesa foi poupada para seus detetives nesse caso. *Davies* era prioridade acima de qualquer outra coisa, e tudo o que nós pedíamos, recebíamos em dobro. Os costumeiros futuros divorciados e adúlteros fulano e sicrana e suspeitos de falsificação tiveram de esperar pacientemente porque a Tailor iria se certificar de que cada ponta solta daquele caso fosse perseguida, apanhada, amarrada e mergulhada em tinta dourada. O último relatório que ele submeteu aos testamenteiros, assinalado com descaso e entregue aos executores do espólio, tinha 2.500 páginas com fotografias, biografias individuais dos bastardos multinacionais, transcrições de entrevistas com eles, mapas de suas localizações, cartas de aceitação e atestados de mudança de nome etc. etc. Você pode imaginar a proporção do relatório dedicado ao falecido Paul Caldwell.

Mais sobre isso depois. A primeira coisa é nossa próxima entrevista. Que tal? O que acha dessa ideia? *Nossa* entrevista, como se fosse sua e minha, Macy! Você poderia escrever estas histórias tendo você mesmo um papel *coadjuvante*. Você poderia ser o meu Watson em cena, não apenas com a caneta. Claro que não em todas as cenas — isso não seria realista —, nem podemos nos esquecer quem é a principal atração aqui, sem ofensas. Mas, mesmo assim, um assistente, alguém para me fazer perguntas, a quem eu possa explicar meu raciocínio e deduções de modo que o leitor possa acompanhar direto algumas das viradas mais emocionantes — parece bom, não? Me diga depois o que pensa a respeito.

Londres havia procurado mais algumas informações sobre o capitão Marlowe, e arranjaram tudo para que eu fizesse uma visita aos pais do falecido capitão. Primeiro você e eu examinamos as informações que eles conseguiram, um sumário de diversos registros militares disponíveis e o trabalho de dois agentes locais da Tailor que deram uma espiada antes para me poupar tempo:

> O capitão Hugo St. John Marlowe deixou o acampamento da base no Cairo em 12 de novembro de 1918, com uma licença de quatro dias. Não retornou em 16 de novembro. Iniciaram-se as buscas em 18 de novembro, que nada revelaram. Entrevistas com oficiais, homens, não apresentaram nada de significativo. Em março de 1919, nativos apareceram pedindo recompensa, por terem encontrado os discos de identidade do capitão Marlowe e os do cabo P. B. Caldwell (FIA), bem como um rifle Lee-Enfield 303 da FIA. Os nativos reportaram terem encontrado esses objetos perto de Deir el Bahari. Novas entrevistas não revelaram nenhum conhecimento de qualquer relacionamento entre o capitão Marlowe e o cabo Caldwell, embora os registros da FIA mostrem que por duas vezes o capitão Marlowe fez um pedido incomum de recomendação de promoções de Caldwell para o capitão T. J. Leahy (FIA), o comandante da companhia de Caldwell.

"O que acha disso, Macy?", perguntei. Ambos estávamos sentados no luxuoso escritório da Tailor Inquiries Worldwide. (E bem-vindo à ação, Macy!)

"Não sei dizer, não consigo entender nada, sr. Ferrell", disse meu jovem assistente americano. "É muito peculiar."

"E assim permanecerá, até que, subitamente, a verdade, em sua pureza cristalina, se manifeste para nós, Macy, e a fraude vil se desvanecerá."

Eis aqui tudo o que sabíamos com certeza: nosso Caldwell tinha algum relacionamento com um capitão britânico que metera o nariz o suficiente nas questões australianas para fazer com que Caldwell fosse promovido duas vezes. E eles haviam saído de licença juntos. E, desaparecido juntos. E, provavelmente, morrido juntos.

Parti para Kent, e para a residência sombria dos pais desconfortáveis e tradicionais do capitão Marlowe. Eles haviam enviado uma pessoa para me apanhar na estação, e fui levado de carro até a entrada da criadagem da casa de campo deles e conduzido pelas escadas dos fundos até uma pequena biblioteca, onde os Marlowe estavam sentados em silêncio. O pai, um homem de bigode espesso e de estatura anormalmente baixa, não falou. Depois de apertar molemente minha mão sem uma palavra de boas-vindas, ele se sentou em frente a uma escrivaninha, com as mãos cruzadas em cima do colo. Ele só olhava para o chão, mas, de vez em quando, enquanto eu explicava que estava liderando uma investigação particular para determinar eventos incluindo os que cercavam o desaparecimento do filho deles, levantava a cabeça, como se finalmente estivesse preparado para olhar direto para mim; então seu olhar simplesmente continuava passando através de mim, e ele olhava para o teto. Quando eu lhes fazia uma pergunta, a esposa primeiro olhava para ele, e quando o silêncio dele não se interrompia, ela virava para mim e respondia o mais rápido possível, dirigindo-se apenas para meus tornozelos. Certos tipos de ingleses fazem isso com australianos, eu estava aprendendo rápido.

Os Marlowe haviam recebido correspondência oficial do exército britânico, naturalmente, mas, sem ter um corpo para enterrar ou uma história para contar, eles tentaram descobrir mais; havia outro filho ainda no Exército, e uma filha casada em uma família de militares, mas não haviam encontrado nada além do que eu já havia descoberto. Um pouco menos até, na verdade. Por acaso o capitão Marlowe havia se correspondido com eles durante o tempo que passara no Egito? Sim. Ele havia mencionado uma amizade com um soldado australiano, um cabo Caldwell? A mãe pareceu confusa, e o pai na verdade chegou a dar uma pequena risada, quase um latido, antes de olhar para o teto, lembrando-me de meu próprio sotaque e da improvável atração social dos outros postos australianos". Eles sabiam que a arma e a identificação do cabo Caldwell foram encontrados junto com os do capitão Marlowe? Silêncio perplexo e cabeças que balançavam em negativa. O nome Deir el Bahari significava algo para eles? Nada. Alguma ideia de por que o capitão Marlowe teria pedido uma licença de quatro dias tão longe da base após o Armistício? Sim, claro: por causa da arqueologia.

Agora, isto sim é intrigante, não é, Macy? O capitão Marlowe havia estudado arqueologia e Egito em Oxford. Tinha se dedicado bastante, e pretendia voltar aos estudos após a Guerra. Ele ficara bastante satisfeito por ter sido enviado para o Egito. O capitão Marlowe tinha amigos de Oxford com os quais eu pudesse falar? Sim: Beverly Quint, que havia dividido o quarto com ele por um ou dois períodos. "E também havia um sujeito muito estranho..." A mãe foi parando de falar e olhou para o pai. O Marlowe sênior deu de ombros, virou-se em sua poltrona e retirou um envelope marrom grande da gaveta de cima da escrivaninha. Entregou-o a mim com repugnância. Era endereçado aos Marlowe com o endereço de remetente da Universidade de Harvard nos Estados Unidos, e dentro dele havia um livrinho: *Desejo e desengano no Antigo Egito*. Era um exemplar com dedicatória, e do lado de dentro da capa encontrei uma inscrição em tinta azul, uma caneta-tinteiro de origem do leste dos Estados Unidos, se meu estudo de uma vida inteira sobre tintas e penas não me trai: "13 de agosto de 1920. Para Priapo e Safo Marlowe, que bem sabem da importância que Hugo tinha para mim, meu querido Amigo na Universidade e na Guerra, uma inspiração na Vida e na Morte. Com recordações agradáveis de tempos mais felizes em sua casa quente e aconchegante, de seu 'outro filho', R. M. Trilipush." (Parabéns e obrigado, sr. Macy, por sua paciência. Meu cervejeiro promíscuo nos levou, conforme prometido, ao primeiro noivo de sua tia.)

"Muita gentileza, decerto", eu disse solenemente aos Marlowe mudos. "E os senhores conversaram com seu amigo, o sr. Trilipush, desde o desaparecimento do capitão Marlowe?" O pai olhou para as próprias mãos, a mãe balançou a cabeça. Eu continuei, meio sem jeito: "Talvez ele pudesse lançar alguma luz sobre a vida e o passamento de seu filho."

"Nós não o conhecemos", ela disse.

"Os senhores gostariam que eu conversasse com ele no lugar de vocês?"

"O senhor não entendeu, sr. Ferrell. Eu quis dizer que jamais vimos esse homem, embora Hugo falasse dele com frequência em Oxford."

"Estou confuso, madame. O que então ele quis dizer com 'outro filho'?"

"Não fazemos ideia", respondeu ela.

"Hugo nunca o apresentou aos senhores?"

"Não."

"Ele nunca passou momentos felizes 'em seu lar quente e aconchegante'?"

"Certamente não."

"E este livro?"

Fez-se um longo silêncio antes que a sra. Marlowe falasse, com voz muito baixa: "*Obscenidade*." Ela engoliu em seco. "E no prefácio ele assegura que Hugo o ajudou."

"E também" — aquele som não era familiar, mas surpreendente — era a primeira vez que o pequeno Priapo Marlowe falava. "Além disso, estes *não são* nossos nomes cristãos." A esposa concordou, balançando a cabeça afirmativamente em silêncio.

"Estou inclinado a achar que talvez eu lhes possa ser de utilidade", eu disse, e o pai mastigou de leve a ponta encerada de seu bigode.

Mistérios sobre mistérios, Macy. O Caso Davies começa a se espalhar por todo o globo, e precisamos fazer a pergunta crucial, comum em momentos como esse, quando o sábio detetive tenta enquadrar e limitar seu campo de visão: estamos sendo desviados do rumo e levados a um território sem relação com o assunto? Ou estamos sendo sábios e mantendo a mente aberta, e talvez isso tudo nos leve a um quadro mais claro de Paul Caldwell? E também precisamos encontrar respostas para nossos clientes mais novos e potencialmente mais lucrativos, ainda que pavorosamente envergonhados — os pais chorosos de Hugo Marlowe, que desejam compreender o que aconteceu com seu querido rapaz. Temos muito a fazer, Macy, por isso afaste-se de sua busca pelo prazer em Londres, deixe de lado a taça de coquetel, diga adeus às suas adoradas e venha me ajudar; o jogo começou! (Quantos anos você deveria ter, nesta narrativa, já que, na verdade, você ainda não era nascido na época? Eu gosto da ideia de que você seria um jovenzinho, um rapaz de seus 20 anos sem nenhuma experiência particular que não uma admiração por minhas deduções e uma fraqueza para glamour de baixo nível e jazz negro.)

Então eu deixo você sóbrio e você vai a Oxford sob minhas ordens enquanto eu rastreio e interrogo alguns londrinos que serviram no Exército com o capitão Marlowe. O que os bons companheiros dizem, enquanto tomamos uma cerveja Davies nos pubs da região? Nunca ouviram falar de Trilipush, nunca ouviram falar de Caldwell. Marlowe era um *wallah* burocrata que interrogava prisioneiros.

Ainda esperando seu retorno de Oxford com a boa-nova, Macy, eu faço uma visita a Beverly Quint e, ah, sim, apesar do nome, é *sr.* Beverly Quint. O *que* os pais dele estavam pensando que o rapaz iria se tornar?

Encontro Beverly Quint, nosso amigo de Oxford do capitão Marlowe, hoje vivendo em Londres, sem nenhum belo emprego, mas mesmo assim vivendo muito bem, como um cavalheiro. Eis aqui uma sugestão, Macy: quando você reescrever isto, talvez um pouco de situações dramáticas possam ser acrescentadas se você estiver fazendo alguma pesquisa de caráter crucial em Oxford (assumindo meu lugar histórico com sua presença mais literária) enquanto eu estivesse na exótica sala de recepção oriental do apartamento de Beverly Quint no The Albany. Você está perguntando ao velho cheio de pelos nas orelhas que guarda os registros em Balliol: "O senhor tem certeza?", no exato instante em que estou fazendo a pergunta ao lascivo e arrogante sr. Quint: "E o senhor tem certeza mesmo de que o conheceu?"

"Certeza absoluta, senhor, mas não é impossível que os registros tenham se perdido ou sido removidos", diz o homem dos registros embaixo de nuvens de tempestade no céu de Oxford e de sua empolgação. "Não há registro de nenhum Ralph Trilipush residente em Balliol em qualquer período entre 1909 e 1916."

"Certeza? Se eu tenho certeza? É claro que estou certo disso, sr. Ferrell", diz o esquisito sr. Quint naquele mesmo instante, curvando-se na minha direção na luz luxuriante do sol e na poeira de seus aposentos, e examinando melancólico o livro dedicado aos Marlowe que lhe mostrei. "Ralph Trilipush, Hugo Marlowe e eu éramos um trio inseparável em Balliol", Quint, forçando a vista, se recorda. "Embora aqueles dois fossem homens do Egito e eu leia grego, é claro, meu caro. Nós três éramos amigos muito próximos, dividíamos absolutamente tudo, éramos bem os três mosqueteiros, ou três empregadinhas da escola, conforme seus gostos ditarem." Não poderia haver dúvidas quanto ao que o sr. Quint estava dando a entender naquele aposento que não ousava dizer seu nome. "Estou deixando o senhor pouco à vontade, meu charmoso colono?", ele perguntou, folheando o livro de Trilipush.

"Já vi muitas coisas no mundo, obrigado, sr. Quint, para descobrir que nada mais me surpreende."

"É claro, meu caro, você é um homem de muita ação. Por acaso não teria o endereço do caro e velho Ralph, seu homem inteligente? Perdi completamente o contato com ele desde a Guerra, e tenho tantas coisas a lhe dizer. Você irá vê-lo em breve? Precisa dizer a ele que Bevvy lhe manda todo o seu amor."

Quando solicitei fotografias de seus amigos, Quint me mostrou uma pintura de Hugo Marlowe, um busto em larga escala de um jovem muito feio, embora alguém tivesse espalhado montes de pigmento para colocá-lo na tela. Sim, ele era "reptiliano", para meu olho confessamente não-treinado. Da base de seu pescoço à ponta do que deve ter sido seu queixo havia uma linha quase reta, os cabelos pretos encaracolados grudados aleatoriamente na cabeça, aqui em pilhas instáveis, ali com espessura apenas suficiente para cobrir o couro cabeludo. Suas orelhas de elefante, translúcidas, se juntavam às têmporas em ângulos retos. Ele tinha bolsas e círculos embaixo dos olhos, e sua cor era tão branca quanto os modos do sr. Quint eram brandos. "Bonitão", consegui dizer.

"Bastante, mas só os mais refinados conseguem ver", murmurou meu anfitrião com evidente orgulho de propriedade.

O estranho, Macy, é que o Quint era inegavelmente bonito, do jeito que todos nós gostaríamos de ser e exatamente como todo sujeito empolado se imagina: queixo quadrado, olhos claros, sobrancelhas curvadas, e aquele sorrisinho de fazer as mulheres desmaiarem. Se Hugo Marlowe havia sido o amado de Quint, formavam um casal estranho, como a bela e a fera.

E será que Quint não teria uma foto de Trilipush? "Acho que sim, devo ter." Mas tudo o que ele conseguiu achar foi uma fotografia de uma pecinha de teatro infantil de Oxford, Quint ao centro e na frente, emperucado e maquiado como Maria Antonieta, um Marlowe muito branco (e mais feio ainda) como um amargo revolucionário, e, na parte de trás, numa massa de borrões idênticos, sob a ponta da unha manicurada de Quint, o terceiro camponês borrado à esquerda. "Aqui está nosso Ralph. Olhe só essa expressão inteligente!", Quint exultou. "Quem mais poderia ser um camponês revolucionário francês insuportavelmente autoconfiante? Isto é simplesmente *poesia*. Isso se adequava a Ralph da cabeça aos pés."

"Mas Trilipush chegou a conhecer seus pais? Ou os pais de Marlowe?"

"Mas é claro, meu querido. Nós apresentamos nossos amigos mais queridos aos pais. Feriados, jantares, as coisas de costume. Como é que vocês expressam amizade lá embaixo, nas profundezas da terra?"

Enquanto isso, Macy, você está lendo todos os documentos que conseguiu do velho homem dos registros em Oxford, e embora não exista absolutamente nenhum vestígio de Ralph Trilipush, há uma trilha bastante comprida das aventuras de Marlowe e Quint. Marlowe era estudante do Egito sob a tutela de um catedrático, já falecido, de nome Clement Wexler. Quint lia literatura francesa, portanto, sua referência ao grego parece ter sido mentirosa, o que deve mudar de certa maneira todo o seu depoimento. Entrevistas posteriores naquele dia nas bibliotecas Bodleian e Ashmolean, onde eles guardam o material sobre o Egito, revelam a presença regular de Marlowe, mas nem sinal de Trilipush, até você entrevistar um bibliotecário, em um desses silenciosos templos da educação desnecessária, e ficar cada vez mais convencido de que Trilipush nunca esteve em Oxford, quando um jovem excessivamente delicado atrás de você diz: "Desculpe interromper. Não consegui deixar de ouvir, o senhor disse *Trilipush*? O senhor é amigo de Trilipush? Eu não poderia imaginar..."

"Você o conhece?", você pergunta, ansioso demais, mas você é inexperiente, Macy.

"Mas claro que sim. E você? Certamente não..."

"Não, não tive esse prazer." Outro erro, Macy, você deveria simplesmente ter mentido e dito que eram velhos amigos. "Você estudou com ele?"

"Ah, sim, o Egito, com todos os seus encantos exóticos, mas eu realmente não deveria ficar contando histórias se você não o conhece." E o jovem se afasta, sem a menor disposição de dizer mais uma só palavra, mas pelo menos corroborando a presença *não-oficial* de Trilipush em Oxford, portanto, você não foi nada mal, jovem Macy. O estranho, entretanto, é que esse formando em 1922, um rapaz de 18 ou 19 anos, não teria sido velho o bastante para ter frequentado Oxford com Marlowe, Quint e Trilipush em 1914. Mistérios em cima de mistérios. Quando você sai para a chuva em Oxford, intrigado com suas descobertas, ainda estou sentado na sala de estar reluzente e empoeirada, recusando outro prato de manjar turco e tomando um café forte e estranho oferecido pelo sr. Quint, que está fumando um cigarro comprido e peculiar em uma piteira e tentando dificultar o máximo possível minha entrevista, embora eu veja muito mais do que ele gostaria que eu visse.

"Por que não serviu no Exército, sr. Quint?"

"Várias fraquezas", afirma meu robusto entrevistado.

"Você foi recrutado?"

"Mmmm, eu deveria dizer que teria me lembrado disso — parece delicioso."

"Você se correspondeu com o capitão Marlowe quando ele estava na Guerra?"

"*Bien sûr*. Eu temi muito por ele, mas sabia que ele estava com Trilipush lá para cuidar dele. Ralph e Hugo ficaram baseados perto daquelas pirâmides horrivelmente sinistras que eles tanto adoravam, combatendo os boches ou os tedescos ou quem quer que merecesse uma bela surra britânica, os sortudos, até que o coitadinho do Ralph foi combater na Turquia. Sabe, nós achamos que o havíamos perdido, mas ele é do tipo que sempre se safa."

Esta história está muito boa, mas aí está sentado o senhor, sr. Macy, de volta à sede da Tailor, coçando a cabeça ao ler a carta oficial que acabou de chegar, dizendo que o Ministério da Guerra de Sua Majestade, *exatamente como a velha Oxford*, não possui absolutamente nenhum registro de ninguém com o nome de Ralph Trilipush.

"E o que o senhor supõe que possa ter acontecido ao capitão Marlowe, sr. Quint?"

"O que eu *suponho*? Vocês, australianos, são uns cínicos terríveis. Eu suponho exatamente o que o Exército disse. Não sou do tipo que duvida da versão oficial de nada. Ele saiu em licença para procurar a tumba empoeirada de alguma rainha e provavelmente foi emboscado por bandidos barbudos e de pele escura ou por alemães desesperadamente embrutecidos e usando suíças, que traiçoeira porém masculinamente se recusaram a aceitar o Armistício. Eles o devoraram, arrotando de satisfação com a sorte que tiveram. O que *o senhor* supõe que aconteceu com ele, bravo Ferrell?"

"O senhor não teria guardado nenhuma carta do capitão Marlowe, teria?"

"Claro que guardei, e teria um imenso e profundo prazer de entregá-las ao senhor neste exato instante se elas não se tivessem arruinado quando tive problemas de encanamento há alguns meses."

"Marlowe chegou a mencionar um Paul Caldwell em sua correspondência?"

"Não me recordo desse nome."

"Australiano? Possivelmente envolvido com o capitão Marlowe em questões arqueológicas? Ou assuntos pessoais?"

"Falando como alguém que conhecia os gostos de Hugo", diz esse espécime da masculinidade inglesa, "eu deveria ficar muito surpreso se ele se envolvesse bastante pessoalmente com um australiano. Tipos pioneiros não faziam nem um pouco o gosto dele."

Eu corro de volta para você, Macy, e nos encontramos na sede da Tailor para trocar anotações. "O que significa isso tudo?", você me pergunta, não sem uma certa frustração. "É cedo demais para dizer, Macy. Paciência, velho amigo, mantenha a mente aberta." E eu mando você para agendar nossa passagem para os Estados Unidos da América, despesas pagas por nossos clientes, Hector e Regina Marlowe e Barnabas Davies. Ah, sim, é verdade,

Estados Unidos: onde certamente deveremos falar com nosso sr. Trilipush, professor da Universidade de Harvard.

E o que isso tudo significa? Trilipush, um homem que aparentemente não foi a Oxford e não serviu na Guerra, aparentemente foi a Oxford e serviu na Guerra. Um homem que não conheceu os pais de Marlowe fingia ou acreditava que os conhecia, e de modo tão confiante que fingiu isso para *eles*. Ou será que ele os conhecia *mesmo*, e *eles* mentiram para mim para esconder seus apelidos embaraçosos e o comportamento escandaloso que deve ter merecido tal nome? Além disso, Quint, que saberia, parecia dizer que Marlowe e Trilipush compartilhavam uma espécie vergonhosa de intimidade. Enquanto isso, Quint e os homens que serviram sob o comando de Marlowe jamais ouviram falar de Caldwell, mas o Ministério da Guerra e os soldados de Marlowe jamais ouviram falar de Trilipush. O que poderia ser mais claro do que isso?

E com isso, Macy, envio o mais recente capítulo de nossas aventuras para você.

Sinc.,
Ferrell

(Quinta-feira, 12 de outubro de 1922, continuação)

Anotações para o livro: A serem colocadas após a "Introdução do autor" e antes das entradas do diário: "*Egito nos tempos de Atum-hadu*: o rei Atum-hadu, ao qual devo minha reputação acadêmica e minha fortuna relativamente pequena (ficando menos, com dez dias faltando para a chegada dos primeiros reforços financeiros), reinou em

Diário: Visitar banco para me apresentar ao gerente, confirmar abertura de conta, preparação para o recebimento de crédito do exterior. Avisar minha localização para notificação imediata quando a primeira mensagem, programada para 22 de outubro, chegar de Hadn-of-Atum, Ltd. Explicar a necessidade de arranjar uma transição tranquila para a filial de Luxor do banco assim que eu fizer minha mudança para o sítio, mais ao sul. O explorador moderno, Leitor, precisa assegurar com firmeza sua linha de crédito vital.

Após ter sido bem recebido em meu banco, passei então o resto do dia 12 de outubro lutando não com portas pesadas de túmulos ou equipes de trabalho recalcitrantes ou hieróglifos desvanescentes súbita e temerariamente expostos à luz do sol que os embranquece, mas com a burocracia franco-egípcia. Ao que eles submetem um explorador nos dias de hoje! Nem sempre foi assim; antigamente, houve uma gloriosa era de ouro, em que os homens iam para o deserto sem a permissão de ninguém e sem a ajuda de ninguém. Tino e curiosidade eram os requisitos. Antigamente, nem mesmo os graus acadêmicos eram necessários: Belzoni foi um homem-forte de circo italiano; Howard Vyse, um especialista em demolições, mas o Egito os atraiu a ambos para o seu abraço, e recompensou ricamente o amor masculino deles. Belzoni simplesmente carregou sarcófagos em suas costas musculosas; Ferlini derrubou os topos de pirâmides virgens, como um urso lutando contra uma colmeia de abelhas, e desceu para os doces tesouros que estavam aninhados ali dentro. O profissional de tênis F. P. Mayer, em um esforço possivelmente mal-orientado de compreender como as pirâmides foram construídas, contratou uma equipe de trabalhadores nativos e monitorou de perto seus hábitos de trabalho, exaustão e atritos enquanto eles desmantelavam uma pequena pirâmide da VI Dinastia, pedra por pedra, levavam os blocos pesados pelo deserto num sistema primitivo de rolagem, cortavam os blocos perfeitos da pirâmide em formas brutas, aleatórias, "naturais", e os enterravam em uma pedreira a vários quilômetros de distância. Toda essa experiência provou muito pouco, mas revelou na câmara central da pirâmide quase vazia uma figura folheada a ouro e extremamente pequena de Anúbis, que, acredito, tenha sido derretida pelos filhos de Mayer, depois que o explorador morreu louco, certo de que havia um significado anagramático a ser desvendado no nome do rei Shepseka'are, da V Dinastia. De qualquer maneira, esses exploradores eram homens. Eles chegaram, eles escavaram, eles correram riscos, foram embora com suas descobertas, e seus nomes entraram no panteão. E embora eu não possa sempre endossar o valor científico de seus métodos ou resultados, eles não esperaram enquanto um pedido de "Concessão Arqueológica" era ponderado por franceses dorminhocos em um escritório no Cairo, que, em troca de exploradores mumificados nos papéis da burocracia, extorque 50% de suas descobertas para atirar às mandíbulas insaciáveis dos museus estatais egípcios.

Resumindo, minha visita ao escritório do diretor-geral do Serviço Egípcio de Antiguidades foi uma grande decepção. Em vez da pronta assistência que eu podia razoavelmente ter esperado, disseram-me que a carta de pedido que eu havia enviado semanas antes de Boston "extraviou-se, pode-se dizer?".

"Não", instruí o secretário, um francês branquelo que afirmou jamais ter ouvido falar de mim ou de meu pedido. "Não se pode dizer que meu pedido se extraviou." Ele pelejou por alguns minutos atrás da porta evidentemente à prova de som de seu chefe, e depois emergiu com a notícia de que meu pedido seria mais uma vez considerado e se eu por gentileza poderia voltar ao escritório dali a 11 dias. *Onze dias!* Vinte e quatro de outubro é agora minha data mais próxima de partida para o sítio. Minha intenção era sair em dois dias, e com o orçamento de acordo. Foi erro meu, claro, superestimei a eficiência dos outros, e agora, sob este regime infantilizador, não tenho escolha senão o adiamento. Reporto-me à agência de turismo e agendo uma passagem de primeira classe para Luxor no *Luxor Princess* para o dia 24, retorno ao hotel e estendo minha estada na Suíte Faraó, uma despesa que eu não havia previsto em minha sessão de planejamento com os sócios. O cabograma no dia 22 será, ao que parece, mais urgente do que qualquer um de nós havia tencionado.

Meu pedido de concessão é prudentemente modesto. Ao contrário daqueles que escavariam vastas extensões do país baseados em suspeitas bobas, eu pedi a licença exclusiva para explorar apenas uma faixa muito pequena da encosta da muralha na margem oeste do Nilo, uma faixa afastada de Deir el Bahari. Enquanto o professor Winlock queima o dinheiro do Metropolitan Museum of Art de Nova York jogando terra nas extensões abertas de Deir el Bahari, nada encontrou de significativo em mais de um ano, e, previsivelmente, não demonstrou interesse no ponto a algumas colinas de distância que pretendo explorar. Eu ficarei absolutamente pasmo caso o Serviço de Antiguidades hesite em alocar para mim minha porção do terreno. Afinal, o governo arrecada metade dos resultados.

Visitar os correios para ver se chegou alguma notícia dos Sócios/ Margaret na posta restante. Certificar-me de que os funcionários do correio pronunciaram corretamente meu nome. Enviar um cabograma para CCF para garantir que minhas informações bancárias sejam transmitidas com precisão para o banco dos sócios em Boston, e informá-lo de meu atraso.

Começar a procurar agentes imobiliários para aluguel de *villa* perto do sítio da escavação no sul, ver desenhos e fotografias de algumas propriedades exóticas e adequadas. O próprio Howard Carter utilizou um desses agentes, o agente me informa. Uma credencial impressionante: o homem saberá o tipo de coisa de que irei precisar. Visitar bazar: encontrar um lenço fino para Margaret, bem como a mão de um garotinho se enfiando no meu bolso. Quase parti o pequeno meliante em dois antes que uma péssima atriz desempenhando o papel de mãe dele aparecesse para implorar por sua vida.

Sentar em um *ahwa* e tomar um café para acalmar meus nervos. Anotar os acontecimentos frustrantes do dia no diário. De volta ao hotel para tomar banho.

Sexta-feira, 13 de outubro de 1922

Evidências apontando para a localização da tumba de Atum-hadu: O tempo de enrolo no Serviço de Antiguidades me permite fazer uma pergunta implícita: como é que se sabe onde procurar por uma tumba? Para responder, preciso começar por alguns anos antes, quando dei meus primeiros passos como egiptólogo ao lado e sob a grande influência de Hugo St. John Marlowe, que hoje teria sido um dos mais festejados membros de nossa fraternidade empoeirada se não tivesse sido morto na louca carnificina da Guerra.

Antes daquele trágico dia, ambos éramos jovens capitães, trabalhando por nossa grande causa lado a lado bem aqui no Egito (antes que eu partisse em 1915 para lutar na campanha do Bósforo). Nós estivemos juntos em Oxford, Hugo Marlowe e eu, e ambos falávamos árabe moderno fluentemente, além de nos virarmos bem em egípcio antigo. Nossos dons linguísticos foram malpercebidos pelo Exército de Sua Majestade, e nosso envio para o teatro de guerra do Oriente Próximo foi meramente de caráter lógico. Com nossa especialização linguística e cultural, ficamos baseados em um subúrbio do Cairo, responsáveis por interrogatórios de prisioneiros (um ou outro árabe membro de tribo suspeita carregando uma arma ou documentos alemães ou turcos) e operações de contrainteligência (tentando convencer membros de tribos árabes a carregar armas turcas sem dar a entender isso).

Eu sei que não está muito na moda dizer isso a respeito da Guerra, mas diverti-me sobremaneira, até me pedirem para aconselhar os ANZACs* naquela alegre viagem para acabar com os turcos e levar balas em Gallipoli Pois, nos meses anteriores a esse triste acontecimento, Marlowe e eu tiramos vantagem de nossa feliz estada em nosso amado Egito, varrendo as areias sempre que conseguíamos passes e, quando surgia a oportunidade, nos tornando conhecidos a alguns nomes veteranos da arqueologia ainda tentando fazer o trabalho deles, desenterrando o passado enquanto o presente desabava ao redor deles.

Meu mais querido amigo e eu passamos nossos momentos livres (mais do que você poderia pensar no que era para mim, para dizer a verdade, um teatro de guerra com um repertório muito fraco de cronogramas) em motocicletas, encontrando justificativas oficiais para visitas às pirâmides, à Esfinge, até mesmo fazendo excursões de vários dias para o sul, para ver o Vale dos Reis e o templo de Hat-shep-sut em Deir el Bahari — todos os lugares fantásticos de minha infância e de meus dias de universidade, subitamente ali diante de mim na mais extraordinária realidade. Desejar alguma coisa, desde a idade na qual as primeiras pedras fundamentais da personalidade são colocadas e cimentadas, desejar uma coisa do fundo do seu coração simplesmente porque essa coisa é mais bonita do que qualquer outra coisa em toda a vida daquela pessoa, estudá-la, louco para aprisioná-la e dominá-la, passar anos perseguindo-a, e então, de repente, por intermédio da intercessão milagrosa de uma guerra moderna e sem sentido, ter tudo aquilo entregue ao alcance das pontas dos seus dedos... e em seguida perceber com choque e arrebatamento que tudo o que você aprendeu em anos de estudo amoroso são meras superfícies, que o objeto luminoso de sua adoração é tão vasto que você poderia passar toda a sua vida e cada vida que você pudesse ainda receber lutando para sondar suas profundezas e se fundir com ele, tornar reconhecíveis seu amor e sua

*Membro (praça ou oficial) do Exército australiano-neozelandês nas duas guerras mundiais. (*N. do T.*)

presença, sabendo o tempo todo que você jamais provará sequer uma fração do que ela esconde — tudo isso eu senti nas minhas primeiras semanas e nos meus primeiros meses servindo ao rei e ao país em minha terra prometida.

Quando os deveres militares impediam a mim e a Marlowe de deixarmos nossa base para sairmos vagando entre as pirâmides, colossos, tumbas em encostas e templos, nós explorávamos, dentro de nossas tendas e escritórios — da mesma forma que fizéramos em Oxford — os furos da história egípcia, aqueles momentos excitantes em que, apesar de todo o estudo e especulação do mundo, nós simplesmente olhamos com intensidade para a escuridão e *não sabemos nada*. Olhando para dentro das sombras onde interrogações entre parênteses perseguem cada data e referência como najas vingativas se desenrolando para devorar cada certeza vaga e descuidada — como em "Atum-hadu (?) reinou (?) *circa* 1650 a.C. (?), no final da XIII Dinastia (?), da qual ele foi (?) o último rei (?)" —, o estudioso precisa lutar para discernir as silhuetas dos reis e rainhas cuja própria existência foi posta em dúvida. Esses homens e mulheres outrora grandes hoje se agarram à sua imortalidade conseguida a duras penas pelo mais fino filamento (metade de seus nomes em um papiro arruinado escrito mil anos depois de suas hipotéticas mortes) ao passo que, atravessando aquele abismo do tempo que os separa, historiadores e escavadores lutam para construir uma ponte cambaia de suposições educadas para esses heróis quase desaparecidos atravessarem.

Em Oxford, enquanto Marlowe e eu ridicularizávamos aqueles historiadores temerários que plantavam livremente demais papiros antigos em suas próprias imaginações férteis e registravam em crônicas os crescentes resultados da fantasia com amor e carinho, não obstante fomos atraídos para o halo das incertezas que cercavam o suposto herói-poeta-rei da XIII Dinastia, Atum-hadu. Marlowe e eu passamos longas noites no Balliol Junior Common Room labutando sobre as reproduções fotográficas ou desenhadas dos primeiros dois Fragmentos de Atum-hadu. Discutimos as possibilidades, mapeamos as implicações cronológicas, interpretamos os significados ocultos dos versos, e, naturalmente, rimos daqueles primeiros dois esforços para traduzir os Fragmentos: as evasões cheias de rodeios do pudico Harriman e as seduções perfumadas de Vassal.

Leitor, você saberia e me compreenderia, como homem e como explorador? Então não dê ouvidos à minha infância; apesar da influência de meu pai e do conforto de nossa família, isso na verdade não importa. Ao contrário, se você quiser conhecer minhas paixões e compreender como cheguei a procurar pela tumba de Atum-hadu, concentre sua visão intensamente em Oxford; essas sessões desgastantes de estudo apaixonado me formaram, quase, literalmente, me construíram, ao que me parece agora. Elas me deram um peso histórico, uma terceira e mais crucial dimensão, enquanto a luz fraca da aurora de inverno de Oxford se aproximava despercebida por entre as vidraças chumbadas e nós líamos Lepsius, Mariette e outros textos clássicos de Egiptologia. Marlowe e eu — 19, 20, 21 — debatíamos ferozmente os mistérios do Antigo Egito, especialmente a possibilidade de Atum-hadu. Nossa advocacia diabólica prosseguia com rigor mas sem rigidez; debatíamos como um interruptor elétrico, alternando prontamente para um lado e para o outro o bastão da dúvida, tudo numa corrida para iluminar algum recanto ensombrecido de evidência, um nicho despercebido de possibilidade. Onde, se é que ele existia, poderia Atum-hadu se encaixar nas cronologias, pois seu nome não aparecia, *definitivamente*, nas (incrivelmente incompletas) listas de reis descobertos nas décadas anteriores?

E naqueles dias e noites você teria testemunhado algo mais: o surgimento de uma certa voz, a aurora vermelha incandescente da vocação, da falta de necessidade de esforço: Marlowe tinha essas coisas, sem dúvida. Mais do que apenas um conhecimento memorizado ou a facilidade com o idioma ou uma mão firme para desenhar os hieróglifos: Marlowe tinha um jeito de dominar que costumamos ver nos homens de campo da *elite*, em um lugar profundamente sepulcral, muito abaixo de seu controle ou até mesmo da sua consciência. Mesmo que você chamasse a atenção deles para o poder que eles têm, eles não parecem sequer se importar com isso. Para os outros, os que *pelejam*, alguma coisa — não importa quantos conhecimentos gerais ou técnicas eles acumulem — falta. Eles não têm e não poderão jamais adquirir, não importa com quanta força lutem, uma certa habilidade em farejar probabilidades, uma certa graça inconsciente, uma falta de dúvida ou de preocupação, um completo e impensado preenchimento de seus papéis. Você vê homens menores, menos aclamados, viajantes experientes, balançarem as cabeças frustrados e admirados quando os verdadeiros mestres estão em ação.

Durante o período que passamos em Oxford, Marlowe e eu (sob a influência do ceticismo que era a marca registrada de Clement "Duvido" Wexler) ainda éramos descrentes quanto à existência de Atum-hadu. Era inegável que os dois Fragmentos Atum-haduanos — o Fragmento A, traduzido e publicado por F. Wright Harriman como *A Atenas do Nilo*, e o Fragmento B, traduzido e publicado por Jean-Michel Vassal como *Le Roi amant* — foram descobertos separadamente mas tinham um conteúdo sobreposto, eram cópias do mesmo texto-fonte. E era tentador concordar com Harriman e Vassal que o "rei" mencionado em alguns desses versos, o narrador-poeta-protagonista "Atum-hadu" era, de fato, uma figura histórica, não uma ficção literária. Mas ainda não éramos fanáticos por Atum-hadu, Marlowe e eu. Nós estávamos abertos a qualquer uma das duas possibilidades: a de que Atum-hadu tivesse sido real ou que ele fosse uma ficção vingativa, uma criação dos despossuídos do Segundo Período Intermediário, o herói folclórico de exilados, escravos, dissidentes ou nostálgicos que sonharam que um dia existiu, se não um conquistador, pelo menos um homem que lutou e morreu pela Glória Perdida, como *sir* Thomas Malory imaginou o rei Arthur. E ele tinha seu apelo, esse Atum-hadu, um apelo inebriante: ele era autoengrandecedor, onívoro sexual, condenado, ousado, violento, amado, temido e orgulhoso, acima de tudo, de sua capacidade de criar o mundo à sua imagem e controlá-lo de acordo com sua vontade deífica. O nome extraordinário e divertido (Atum-*hadu*!) e o potente último hieróglifo determinativo necessário para produzir um nome daqueles (vide frontispício) certamente capturou a imaginação de Marlowe e a minha, mas nenhum de nós era (conforme um crítico fraco de *Desejo e desengano no Antigo Egito* mais tarde se elevou ao me chamar) "um crente baseado no desejo, um sonhador de sonhos indizíveis, uma distração para estudiosos, e um corruptor de amadores".

O pedaço branco e murcho de papiro hoje conhecido como o Fragmento A das *Advertências* de Atum-hadu veio à luz nas mãos branquíssimas de F. Wright Harriman em 1856. Um escocês solteirão de educação religiosa incompleta que explorava o Egito com a mãe a tiracolo, Harriman é invariavelmente retratado da cintura para cima, uma manipulação delicada de sua estatura anã e do posterior notavelmente proporcionado que lhe valeu tantos apelidos infelizes em árabe.

Assim como muitos homens que lutam para atingir a imortalidade, Harriman foi abraçado pela posteridade por algo diferente daquilo que havia tencionado. Ele dedicara sua carreira a caçar evidências da estada fugitiva de Maria, José e Jesus no Egito. E, quando estava em casa, em Glasgow, escreveu um poeminha, fragmentos toscos de religião escocesa, pintados com uma ironia negra como piche:

Ateísmo, também, suponho, é um ato de fé
Que exige de seus praticantes um tipo de devoção.
Pois eles vagam por este mundo, cinzentos como espectros,
E caem direto no Inferno com tão pouca comoção!

Mas, em vez disso, Harriman foi imortalizado por uma grande e feliz descoberta casual: ao caçar o bebê Jesus, ele tropeçou em um antigo guerreiro sádico, onissexualista, guerreiro brutal, símbolo de perda e de imortalidade, o rei Atum-hadu.

Quando estava no sítio, Harriman insistia em que todos os seus trabalhadores nativos participassem de sessões de educação cristã. Certa tarde, enquanto ele irritava seus maometanos que cochilavam com a questão dos pães e dos peixes, um de seus homens — que aparentemente havia achado que seu tempo seria mais bem gasto trabalhando — veio correndo do campo trazendo aninhado nas mãos calosas e amorosas um item volumoso e peculiar. Harriman interrompeu sua aula e aliviou seu homem do rolo que ele estava oferecendo tão empolgado, depois demitiu o infeliz na mesma hora por estar cavando em vez de rezar (assim poupando inteligentemente o custo desprezível do *baksheesh*, o bônus em dinheiro que o trabalhador merecia por ter trazido sua própria descoberta). Deixando a relíquia intocada ao lado de seu chá, Harriman terminou sua palestra de uma hora de duração, enquanto sua equipe de rapazes e velhos muçulmanos cochilavam ou discretamente se voltavam para o leste e se curvavam. E, finalmente, foram enviados de volta ao campo, depois de terem sido interrompidos em seu trabalho duro pelo exemplo do colega demitido.

Não sendo nenhum grande acadêmico e sem a menor noção de hieróglifos, Harriman labutou a noite inteira tentando copiar os símbolos que achou em seu troféu que rapidamente se deteriorava, transcrevendo o que não entendia e destruindo-o, por sua ignorância de técnicas de preservação. (Bastaria ter usado um pano úmido.)

Era uma imagem gloriosa de se conjurar: o retorno à meia-noite do rei Atum-hadu ao nosso mundo. Harriman admite despudoradamente em suas memórias, *Sete anos magros*, que as referências no texto a certos atos o fizeram parar com frequência para tomar banhos frios e orações para que sua mão fosse forçada a copiar, vezes sem conta, o meu favorito de todos os hieróglifos. E quando o arqueomissionário superaquecido havia terminado, ele tinha 26 versos ou partes de versos, e o nome de Atum-hadu em um cartucho (a oval desenhada ao redor de qualquer nome real, vide frontispício). A presença daquele nome real estranho e inteiramente novo, embora fascinante, era não obstante inconclusiva, pois não ficava claro se o autor do texto e o tema eram a mesma coisa. E, além disso, não havia nenhum outro documento que se referisse a esse nome real em nenhuma parte da Egiptologia. Mas, para darmos ao idiota do Harriman o que lhe é devido, ele traduziu (mal) os versos e os publicou com um ensaio no qual ele apressada porém corretamente identificou o autor e o rei como o único e o mesmo Atum-hadu, declarando Atum-hadu uma figura histórica verdadeira, uma afirmação corajosa em 1858, baseada unicamente em seu fragmento de papiro rabiscado. Injustificavelmente correto, porém correto.

Entra Jean-Michel Vassal, um amador francês que gastou o dinheiro da família na areia e nos *casbahs*, que em 1898 reuniu diversas lascas de calcário em uma tabuleta bastante coerente. Essa descoberta, o Fragmento B, havia sido desenterrada bem perto do sítio do Fragmento A, e incluía 14 dos mesmos versos, bem como 18 "novos" versos, mas nenhuma menção implícita de Atum-hadu como autor; nem de nenhum outro autor.

Por último, o hoje lendário Fragmento C: 48 versos inteiros, dos quais 16 não apareceram em nenhum dos fragmentos anteriores, dez apareciam no A mas não no B, 12 no B mas não no C e dez em todos os três. (Evidências internas implicavam que existiam originalmente pelo menos 80.) O Fragmento C afirmava de modo mais explícito que esses versos foram escritos pelo *próprio* "rei Atum-hadu", mas ainda assim ficava o enigma histórico: embora os versos sugerissem um rei que reinava no caos que apagou o fim do Reino Médio, *nenhuma* das crônicas-padrão contém qualquer referência a Atum-hadu, embora os primeiros dois caracteres de seu nome hieroglífico de cinco caracteres — os símbolos que formam o nome do deus *Atum* ou a primeira metade do nome do rei *Atum-hadu* — aparecem de fato, chamativos, em uma das listas do rei, no final de uma seção, imediatamente antes da borda do papiro se desenrolar num oblívio que pode representar uma polegada ou um pé.

A história da descoberta do Fragmento C é de grande significado pessoal.

No começo de 1915, Marlowe e eu havíamos solicitado e recebido passes de seis dias para fazermos uma viagem ao sul. Nosso verdadeiro objetivo era explorar a margem oeste de Tebas, rica em relíquias. Oficialmente, entretanto, justificamos uma licença tão longa com a intenção de encetarmos negociações de inteligência com alguns chefes de tribos nômades. Nunca conseguimos encontrá-los, então, em vez disso, o que aconteceu foi um paraíso: dias de arqueologia fingindo que não havia guerra.

Na manhã do nosso terceiro dia, desliguei o motor da motocicleta e Marlowe pulou do carrinho lateral para descarregar alguns equipamentos, e lembro que ele estava reclamando das exigências que uma de suas muitas mulheres lhe fazia. Na época, se me lembro bem, ele equilibrava uma cantora francesa no Cairo e uma condessa russa em Alexandria, além de um número incontável das beldades locais de pele acobreada, e uma dessas sedutoras mulheres de ouro escovado andava exigindo que Marlowe lesse o Corão e se convertesse ao islamismo e se tornasse marido dela, uma ideia que o fazia rir com tanta força que ele mordia a língua, depois praguejava e levava um lenço à boca que sangrava. Acredito que eu estava contando a ele meus planos de remobiliar Trilipush Hall depois da Guerra.

Dali a pouco já estávamos trabalhando, investigando Deir el Bahari, diretamente (se a minha leitura do mapa estava correta), no lado oposto da muralha grossa de encostas do legendário Vale dos Reis, apenas a algumas colinas e vales além no deserto do templo de Hat-shep-sut, e completamente isolados da visão de ambos os lados. Não estávamos propriamente cavando, estávamos meramente vasculhando o terreno e a face da encosta à procura de vestígios de interferência provocada pelo homem. Se estávamos procurando Atum-hadu? Bem, sim, estávamos naquela área (depois de esforços anteriores infrutíferos entrando e saindo sem destino de cavernas e buracos facilmente violados) na esperança de encontrar alguma coisa que corroborasse Harriman e Vassal, mas também teríamos *negado* que estávamos procurando por Atum-hadu; ainda não estávamos convencidos de que ele houvesse existido. Apenas concordávamos que, se ele realmente tivesse existido, era razoável supor que sua tumba estivesse oculta e próxima à sua capital (?) em Tebas (?). Como o Vale dos Reis, a necrópole estatal, fora inaugurada muito mais tarde, com Tutmés I, e como Harriman e Vassal haviam feito suas descobertas não distantes um do outro, bem perto de onde estávamos, Deir el Bahari parecia o lugar mais promissor.

Depois de algumas horas de caminhada lenta seguindo padrões cuidadosos, avistei o que parecia no início ser um trecho plano de areia à extrema esquerda do caminho, como se todos os grãos mais finos tivessem se aninhado juntos entre seus irmãos mais ásperos. Esse trecho rapidamente se revelou uma pedra lisa, como se fosse o topo de uma cabeça que despontava e a própria terra fosse nossa adorada esposa dando à luz. Escovamos a areia dali até termos um perfeito círculo de pedra, de aproximadamente 60 centímetros de diâmetro. O calor era extremo, e Marlowe foi descansar um pouco à sombra, tomando um pouco da água, protegendo os olhos para ficar de vigia, pois é da natureza humana que, num momento como esse, tendamos a ficar quietos e desconfiados. Comecei a vasculhar suavemente a área ao redor da pedra com a deliberação que é a palavra-mestra de nossa arte, chata, claro, para qualquer um que não compreenda os custos potencialmente catastróficos da pressa. É precisamente esse ritmo hipnótico que torna uma descoberta uma liberação tão grande de emoção, só comparável a uma ou duas outras experiências na vida de um homem.

Algum tempo depois, após várias trocas de turno, foi novamente minha vez de cavar, e eu trouxe à superfície um jarro cilíndrico, em cujo topo branco eu havia reparado algumas horas antes. Coloquei o jarro sobre a terra entre nós, e ficamos simplesmente olhando para ele até que Marlowe se atreveu a levantar a tampa. E foi aí que ouvimos cascos de cavalos e, um instante depois, o som de um tiro. Marlowe deixou a tampa cair, esmagando-a para além de qualquer conserto, e esticou a mão para pegar a sua Webley. Meti a mão dentro do jarro e retirei um papiro volumoso, praguejando porque não havia medida de proteção que pudesse ser tomada naquele instante, e coloquei-o com o máximo de delicadeza que pude (mais tiros agora) dentro da minha camisa, entre minha barriga e meu cinto. "Tire isso daqui, meu caro amigo. É mais importante do que nossas peles", Marlowe disse, com uma calma elegante, e antes que eu pudesse detê-lo, ele começou a subir o caminho, para *longe* da motocicleta, disparando a esmo, tornando-se ocasionalmente visível, atraindo, resumindo, os quatro cavaleiros (bandidos, agentes alemães, não sabíamos dizer) para o oeste enquanto minha saída para o leste era liberada. "Vá! Eu vou arrumar um jeito de sair desta, velho companheiro. Pode contar com isso." Saí correndo para a motocicleta. Eu levava o *Fragmento C* das *Advertências* de Atum-hadu enfiado na cintura.

Virei a motocicleta para noroeste e vi Marlowe sair do meio das rochas. Corri na direção dele, as balas voando sobre minha cabeça, e ele pulou de cabeça na minha direção. Virei a moto rapidamente, a areia voou e lá fomos nós, ambos às gargalhadas até chorarmos e Marlowe começar a cantar uma velha canção de Balliol.

Paramos em Luxor. O desejo de correr e abrir nossa descoberta era poderoso, mas não tão poderoso quanto nossa disciplina. Embrulhamos o papiro em um pano úmido e passamos uma noite excruciante e insone conversando. Quando concordamos que já era seguro, examinamos o primeiro painel do rolo e percebemos imediatamente, em uma única linha, o que tínhamos: três fragmentos das *Advertências* de Atum-hadu haviam agora sido encontrados em Deir el Bahari. Um dia depois, retornamos à base mais cedo, apenas para sermos informados de que eu tinha ordens para me preparar para deixar o Egito (para Gallipoli, embora eu ainda não soubesse disso). E, assim, por necessidade, concordamos em deixar nosso tesouro aos cuidados de Marlowe, não contar a ninguém, e esperar. Acho que no fundo, no fundo, ambos achávamos que eu morreria em batalha.

Só fui ver o Fragmento C três anos depois, em dezembro de 1918, após meu inesperado e afortunado retorno da Turquia, sozinho, praticamente a pé. Cheguei à nossa reduzida base no Egito um mês depois do Armistício, só para descobrir que meu grande amigo havia desaparecido antes de meu retorno e provavelmente estava morto. Arrasado, jurei que dedicaria minha vida ao trabalho e descoberta que havíamos compartilhado. Entrei na tenda dele, peguei o Fragmento C e o levei comigo quando fui desmobilizado, pouco depois.

O fato de que Marlowe morreu enquanto eu sobrevivi a Gallipoli dificilmente poderia ser creditado a algum anjo da guarda sábio. Isso não pode, de modo algum, ser aceito, a não ser, talvez, como os tropeços de um Destino bêbado que *me* escolheu para realizar uma tarefa crucial, uma tarefa que talvez nem mesmo Marlowe estivesse qualificado para executar. Esta é a única condolência que posso encontrar em seu trágico fim.

E, em minha mistura de tristeza com ambição, decidi vagar para algum lugar novo, mudar tudo, cortar os laços com toda a ajuda fácil que me esperava na Inglaterra. Conhecendo a reputação da Universidade de Harvard, fui para os Estados Unidos, esperando esquecer as dolorosas lembranças da Guerra em uma terra estranha. Construir uma vida nova. Prestar homenagem ao meu amigo que caiu. Continuar nosso trabalho de equipe onde eu tinha somente meus próprios talentos para me apoiar.

Sábado, 14 de outubro de 1922

Uma introdução às Advertências de Atum-hadu: O autor das *Advertências* pode ter sido um rei, pode ter posado como rei, pode meramente ter imaginado um rei. Herói, fraude ou artista? Descobri que as tendências de cada qual ditam sua resposta a esta pergunta.

Outra pergunta: como se deve traduzir poesia escrita no Antigo Egito, que não é usada há mais de dois mil anos, e que não sabemos inteiramente como pronunciar, pois, assim como o hebraico e o árabe, suas vogais não eram escritas? Será que a poesia deles rimava? Tinha ritmo? Nenhuma resposta é passível de comprovação.

Agora, observem: Traduções Comparativas: Quadra 73, a mesma sequência de hieróglifos supostamente escritos por Atum-hadu (que afirma ser o rei do Egito) e traduzida por três diferentes ocidentais, dois dos quais estão ilegitimamente supondo saber o que fazem:

1. (Traduzida por F. Wright Harriman, 1858): "Perigos do amor":

O olhar e o toque de uma beleza
Pode fazer chover alegria ou tristeza
Em igual medida.

2. (Traduzida para o francês por Jean-Michel Vassal, 1899, e do francês para o inglês por Marie-Claude Wilson, 1903): "A dupla natureza dela":

Quando minha Rainha me examina
Seu olhar é tão potente quanto seu toque,
Excitando aqui os mais deliciosos arrepios
Ali os mais excruciantes tormentos.

3. (Por fim, traduzida corretamente e publicada como *Desejo e desengano no Antigo Egito*, Collins Amorous Literature, 1920): "O prazer através da dor":

A doce amante de Atum-hadu
Acaricia o membro real primeiro com os olhos
Depois com as unhas, até que elas rasgam
E tiram sangue do rígido cetro do poder dele, e ele suspira.

Observem: Harriman suavizou a passagem, conforme o excerto precedente deve deixar bastante claro. Típico do moralista vitoriano, ele não considerou nada digno de encontrar que não tivesse o cheiro de lavanda do êxtase. Tendo que encarar uma coisa que definitivamente não era nem pré-cristã, nem protocristã, ou sequer anticristã, mas simplesmente nem-de-longe-relacionada-a-ou-interessada-no-cristianismo, ele foi forçado a achar em Atum-hadu algo que não fosse Atum-hadu. Testemunhem esta passagem de sua Introdução ao seu *A Atenas do Nilo*, 1858:

Quando, tendo se exaurido para compreender o povo do Antigo Egito e a estupefação que eles expressavam face à natureza e ao universo antes da revelação cristã, os escritos de Atoom-hadoo oferecem uma maravilhosa descoberta. Pois aqui encontramos nos poemas do rei um desejo de conhecimento que a tudo consome, e é isto, acima de tudo, que o torna um governante digno em sua era e faz dele um valoroso objeto de estudo. Desta distância, "através de um vidro escuro", como Paulo escreveu para os Coríntios, podemos ver neste antigo e empoeirado príncipe um homem lutando em seu desejo pelo que em nossa era chamaríamos de iluminação cristã e sabedoria divina. Se seus temas podem, por vezes, nos chocar (e não posso recomendar que as moças sejam expostas a eles), vamos, não obstante, enfrentá-los com bravura, pois eles são as questões essenciais da própria vida.

Jean-Michel Vassal, o descobridor francês do Fragmento B, não tinha muita consideração por Harriman, e embora não conseguisse reconhecer seus próprios defeitos com a mesma rapidez com que reconhecia os de Harriman, permitirei que ele expresse sua opinião sobre seu predecessor em estudos Atum-haduanos. Do prefácio de *Le Roi Amant* (1899, traduzido para o inglês como *The Lover-King** em 1903, por Marie-Claude Wilson):

Quanto a provar para mentes dúplices de calibre duvidoso a existência de Atoumadou, devemos também confessar que nosso próprio lado nos provocou um dano inestimável na forma daqueles diletantes sem sangue nas veias cujo nome não direi e que — engasgando-se à visão de uma mulher nua, encolhendo-se como uma mocinha virginal à própria menção dos desejos mais sombrios de um homem, as iniquidades de uma divindade rigorosa, as tentações do poder, ou as motivações mais básicas dessa besta-fera que é o Homem — apresentaram ao mundo um Atoumadou frágil, amaciado como o cãozinho de uma velha, castrado, lavado e penteado, laçarotes vermelhos e azuis em seu pelo, gordo de tanto ser alimentado à base de marzipã, entorpecido pelo láudano e pela falta de exercício a céu aberto, e, como resultado, coube a mim (e aos estudiosos da França, a nação mais intimamente ligada pelo Destino à proteção e proliferação do pensamento e da escrita do grande faraó) restaurar a...

---

*Em português, *O rei amante*. (*N. da E.*)

(Esta frase, incidentalmente, continua por mais de três páginas em minha edição de Vassal. O devido crédito seja dado à sra. Wilson por sua disposição.)

Pondo de lado os protestos de intimorata honestidade de sua parte, Vassal também parou muito aquém de uma tradução precisa, preferindo, em vez disso, suas leves titilações adequadas para sussurrar ao ouvido das damas na privacidade dos *boudoirs* parisienses, mas não direto demais para fazer com que o tradutor fosse processado pelas incomodadas autoridades francesas.

Enquanto Harriman esperava encontrar a rainha Vitória em sua túnica dourada e com a coroa de naja e abutre, Vassal ansiava ver em Atum-hadu um antigo Casanova, um Maquiavel prático, um protótipo de Napoleão. Ambos os homens traduziram erradamente o necessário para chegarem aos seus retratos, pulando muito além das evidências existentes para chegar às conclusões que eles desejavam.

É vital não permitir que os desejos de uma pessoa façam com que ela deixe de observar e a faça criar. Ambos os tradutores confundiram o que encontraram com o que desejavam encontrar (um distúrbio talvez atribuível à influência do deus-Criador Atum em pessoa). Eles criaram. Os dois homens fertilizaram suas descobertas. *Fertilizar* é a palavra-chave aqui, pois lembremos àqueles que, perversamente, ainda não leram *Desejo e desengano no Antigo Egito*, onde essas questões foram completamente exploradas, que o nome Atum-hadu é traduzido como Atum-Está-Excitado. E, como qualquer jovem estudante que estudou o panteão egípcio rapidamente observaria, memorizaria, e em seguida citaria em sua própria defesa quando interrompido em solitária criatividade por um parente enxerido, Atum, o Criador, o primeiro ser (e por isso muito, muito solitário), criou todos os outros deuses e o mundo também, usando sua própria mão celestial para derramar sua própria semente celestial em solo fértil.

Atum-Está-Excitado: estamos às vésperas da Criação. Nosso rei foi assim batizado por aquele instante latejante imediatamente anterior à criação do universo. E, num ato fértil de homenagem atúmica semelhante, homens que tremiam e rangiam os dentes como Harriman e Vassal não conseguem evitar derramar suposições educadas e não tão educadas sobre o terreno infértil das evidências, produzindo grandes especulações grávidas, cada qual dando à luz um livro que certamente é a cara do pai.

(E vamos nos conceder um instante para admirar a visão de Vassal, com seu descaramento gálico, acusando Harriman das mesmas acusações de paternidade das quais ele é igualmente culpado.)

Na produção de um desenho antigo que achei quando garoto e sobre o qual passei várias horas ponderando (até que, por sobre meu ombro, a bibliotecária do vilarejo o avistou com um gritinho abafado e confiscou o livro, guardando-o na sepulcral e selada Seção de Reserva Particular dos Patronos), o solitário, incansavelmente criativo e divinamente flexível Atum executa um serviço em si mesmo que a maioria dos homens mortais não teria coragem de fazer, embora todos saibam que seria uma habilidade maravilhosamente conveniente. (Embora, no meu tempo, eu uma vez tenha visto dois irmãos gêmeos chineses, acrobatas num circo itinerante que passou por Kent, que executavam o feito do deus pendurados quase inteiramente nus e amarelo-claros em trapézios, um ato de relaxamento pós-apresentação em que eles se permitiam, de cabeça para baixo e lado a lado como duas notas oito, tarde da noite na tenda às escuras depois de cada espetáculo, enquanto do lado de fora era possível ouvir o elefante drogado sendo lavado e, nas cadeiras ocultas pelas sombras, um membro da plateia, sem ser visto, observava em segredo a exibição meditativa e, provavelmente o único em toda Kent, sabia que os dois orientais estavam, em sua autoabsorção gêmea, prestando um tributo inconsciente ao deus Atum.)

Para Margaret: Minha querida Rainha, depois de ter passado várias horas ontem e esta manhã trabalhando em ensaios acadêmicos, fiquei tão triste pensando na morte de Marlowe e na minha distância de você que decidi colocar o trabalho de lado na parte da tarde e passear pelo meu Cairo.

Meu Cairo, isso ainda me afeta de modo estranho. Hoje não foi exceção: os restos de uma falta de educação religiosa enfiada na parte mole da cabeça de uma pessoa, ou apenas uma superstição imbecil embutida em nossos organismos: seja qual for a razão, passei pelo Cairo esta tarde distribuindo comida e uma parte do meu dinheiro restante àqueles que pareciam mais desesperados — os sem pernas, as crianças de olhos grandes inocentes dos efeitos da bebida. Espero que você aprove, minha doce rainha. Talvez eu tenha feito isso por você.

Fiquei observando as mulheres, aqueles confeitos caramelados, de íris negras por trás de cílios longos. Algumas usam véus, nada além de olhos que se movem, sempre para baixo ou olhando de lado. Outras não estão cobertas, e podemos vislumbrar rostos no calor que tudo distorce e nas sombras das palmeiras que interferem. Uma dessas mulheres estava se movendo rapidamente da sombra para o sol, e nesse exato instante meu olho me pregou uma peça: pensei que ela estava coberta, da testa até o colo, com a mais intrincada tatuagem ou arte em hena, uma cobra que mostrava a língua e piscava para mim a cada movimento do rosto dela. Mas não, esse semi-instante era um jogo de luzes: quando ela saiu ao sol eu vi a fúria e a extensão da marca de nascença que ela trazia: não era naja, nem sombra, mas uma mancha púrpura no rosto dela, intrincada demais para não implicar algum conhecimento especial e uma afirmação de beleza única. Ela olhou para mim com uma altaneira certeza do efeito que provocava.

E, brincando à esquerda dela, vi uma daquelas crianças enviadas por Atum, Javé, Jesus, Alá, o Grande Cenógrafo, para partir seu coração em pedaços, sua pobreza embaçando seu potencial, seu rostinho todo olhos imensos. Chamei-a e quase esvaziei meus bolsos em suas mãos firmes, depositei uma nota atrás da outra na sua mão e vi que ele olhava para mim. Ele parecia novo o suficiente para ainda ter a fé de que alguém naturalmente cuidaria dele. Eu gostaria de poder justificar essa fé, implorar a ele que jamais a perdesse.

Andei por lugares que os turistas não frequentam, onde espreitam as espetaculares aberrações, aqueles que deslizam de pobres para deformados para artistas com uma velocidade que os torna difíceis de categorizar: claro que dou dinheiro às mães cegas que seguram nos braços seus filhos cegos ao lado dos cães zarolhos e incontinentes, e às crianças com dedos fundidos em forma de nadadeiras, mas o que dizer do homem tatuado pelo corpo todo com teias de aranha, como se ele próprio fosse a mosca aprisionada? E o homem todo feito de articulações redondas e membros escorregadios como os de uma enguia cujos joelhos repousam confortáveis em cima dos próprios ombros?

E por toda parte rapazes olham com ódio para tudo e para todos, até que me pergunto se sou capaz de apenas compreender-lhes a expressão facial; isso deve ser alguma coisa que não compreendo, já que ninguém poderia ter ódio de uma árvore, de uma nuvem, do amigo raivoso que ele abraça.

Nas ruas mais estreitas, como canais cortando entre os prédios amarelos altos, pressiono meu corpo de encontro às paredes para que os garotos de entrega, descalços, passem com bandejas sobre as cabeças. Pago um trocado para provar um pouco do pão, das frutas e das coxas de frango que passam ao nível do meu nariz enquanto ando. À minha frente, em um mercado de frutas, encontro um velho pai e seu filho crescido. O pai magro e barbudo seleciona frutas no estande de madeira, falando com o vendedor grisalho, obviamente um velho amigo. Mas, atrás dele, seu filho tem algum tipo de paralisia; suas mãos tremem e tentam voar para longe de seu corpo enquanto sua cabeça se move para a frente e para trás em um eixo desconfortável. Seu corpo inteiro balança como um metrônomo ajustado para a maior velocidade. Enquanto o pai escolhe figos, a condição do filho piora, e preciso dar um passo para trás para não ser atingido por seus membros. Suas pernas começam a vibrar, e depois seus pés se alternam, deixando o chão um centímetro de cada vez. O pai, imperturbável pelo que deve saber que está acontecendo atrás dele, paga e finalmente se vira: ele coloca suavemente a mão no braço do rapaz. Com esse toque leve ele absorve os espasmos e os tremores, compele o rapaz a ficar parado novamente, a se controlar com a ajuda da paciência e da presença de seu pai. O rapaz se acalma e vira o rosto para cima em um sorriso contorcido para desfrutar do sol e comer uma tâmara amarela e dura. Seu pai fica com a mão no braço dele por um momento ou dois a mais, dá um sorriso enrugado e depois se vira para dizer mais algumas palavras para o vendedor tranquilo, que, sem dúvida, deve presenciar essa mesma cena todos os dias há anos. Quando eles passaram por mim, enfiei dinheiro na sacola deles.

O dinheiro em si não é problema, pois o primeiro pagamento da Sociedade está para ser efetuado a qualquer momento. Há uma névoa de boa sorte, suponho, pendendo sobre os dignos ou pelo menos os pobres — como se a compensação pelos fardos deles fosse decidir sobre o seu futuro, ou como se eles fossem uma maneira fácil de limpar seu caminho mais rápido. Ou talvez não haja maneira mais certa de provar para si mesmo que os pobres não são você, se dá a eles o seu dinheiro.

E em seguida para a agência dos correios, minha Margaret, para encontrar *você* esperando por mim na correspondência restante! Cheirei o envelope bem ali na agência dos correios do Cairo. Seu precioso perfume ainda era discernível, apesar de toda a distância viajada, cada quilômetro ciumento agarrando para si um átomo de sua fragrância. Rasguei o envelope com uma imensa fome de você e encontrei sua carta (?) de 19-21 de setembro.

Confesso ter passado algumas horas ansiosas ponderando esse fragmento de correspondência, M., mas obviamente foi um erro de dosagem ou de postagem; seus períodos de sono estão seriamente perturbados, ou então você perdeu as outras páginas. Não obstante, embora eu invariavelmente termine suas cartas desejando mais, neste caso minha doença era extrema. Voltei bem devagar ao Hotel da Esfinge, amaldiçoando o Cairo por ser o lugar onde você não estava, o lugar onde eu não podia tomar conta de você como aquele pai tomava conta de seu filho.

> 19 de set. Noite
>> *Querido Ralph,*
>> *Bem, parece que você vai embora hoje.*
>
> 20 de set. Noite
>> *R, estou com saudades.*
>
> 19 de set. Nós te
>> *Meu Ralphiezinho,*
>> *Agora você está num navio, eu acho, ou em algo parecido.*
>> *Alguma coisa assim que flutua.*

Casa de Repouso Crepúsculo sobre a Baía
Sidney, Austrália
16 de dezembro de 1954

Macy,

Peço desculpas pelos dias perdidos. Estive doente, não quero incomodá-lo com os detalhes, mas hoje é o primeiro dia em uma semana em que fico de pé. Vejo nos rostos dos meus cuidadores um pouco de decepção por verem que ainda não morri, mas eles estarão no meu lugar um dia, e isto já me serve de consolo.

Escrever sobre minha viagem para Boston me assombra. Estou apenas cansado, acredito eu, devido à minha doença. Mas, mesmo quando me lembro de estar em pé a bordo do *Angel of the Azores*, me preparando para atravessar o Atlântico, agradecendo aos céus por um sujeito como eu ter a oportunidade de ver os Estados Unidos devido às minhas capacidades profissionais, estou sentado aqui no calor escorchante da sala de jogos (dois conjuntos incompletos de damas e um de xadrez, algumas cartas de baralho e um grupo de velhos babões), e estou tendo que superar alguma coisa em mim que resiste a voltar ao nosso trabalho. Não tenho nenhum prazer em recriar esse trecho de minha aventura. Lembro-me bem demais do preço que paguei por meu trabalho duro e meu coração aberto em Boston. Mas aqui está minha pilha de papéis em branco. (Terrível, aquele emblema da casa, não é? Será que eles acharam que um pequeno desenho do mar tornaria aquilo verdade? Vá por mim, você não consegue ver a baía deste prédio mesmo que pule do telhado. O que é tentador.)

Eu fiz anotações e mais anotações, catalogando minhas suspeitas e as pontas soltas do caso naquela viagem de uma semana pelo Atlântico: Trilipush, Marlowe e Quint são colegas de universidade, só que lá nunca ouviram falar de Trilipush, embora alguns estudantes de passagem tenham ouvido falar nele, anos depois. Trilipush e Marlowe são amigos. Camaradas de guerra, provavelmente alguma outra coisa indizível, e Trilipush escreve para os pais de Marlowe, referindo-se carinhosamente ao tempo que passou com os velhos, cujos nomes ele não conhece e que nunca o viram antes, embora o filho deles falasse com frequência dele em Oxford, onde, segundo os registros, ele nunca estudou. E o governo britânico afirma que não tem nenhum registro de que ele tivesse participado daquela guerra, embora o nada confiável Quint afirme que Trilipush estava ao lado de Marlowe até Gallipoli. Mas lembre-se de que ninguém tem qualquer lembrança de Caldwell, que, de sua parte, não tem razão no mundo para conhecer Marlowe, um oficial britânico, mas Marlowe o recomenda para promoções, e eles desaparecem juntos em uma missão sem nome, *depois* do fim da Guerra, ao passo que Trilipush ainda está longe, na Turquia, “se safando”. Os diagramas que fiz do caso eram mais pontos de interrogação do que conclusões.

Pedi a uma garota na sede da Tailor para enviar um cabograma para me certificar da presença de Trilipush em Harvard, usando nome falso, pois não queria lhe dar um susto ainda, não queria lhe dar tempo para fugir e cobrir seus rastros. Não, eu queria pegar aquele sujeito no susto. Mas a garota, descobri depois quando enviei outro cabograma para Londres pedindo explicações, havia idiotamente perguntado se Trilipush "lecionava" em Harvard, e não se ele "estava" em Harvard.

Então, em 13 de outubro de 1922, cheguei aos muros cobertos de hera da Universidade de Harvard, e vaguei de prédio em prédio procurando a Egiptologia, onde pedi para ver o sr. Trilipush, apenas para descobrir, por uma secretária, que ele havia partido para o Egito menos de um mês antes em uma exploração, e ficaria no exterior até meados de 1923. Então assim seria: eu descobriria o que pudesse ali e depois passaria férias no ensolarado Egito à custa dos *shillings* dos Marlowe e dos Davies. Então perguntei pelo chefe de Trilipush e fui encaminhado até o escritório de um holandês baixinho e gordinho chamado Terbroogan, chefe dos homens do Egito de Harvard. Quando eu disse a ele que estava procurando informações sobre o seu sr. Trilipush, ele retrucou com uma espécie de defeito de fala que o fazia cuspir e um sotaque chucrute: "Meu carro, sesha lá o que forr que ele possa serr, ele non é *meu* Trrilipush nem porr um decrreto."

Terbroogan tinha poucas palavras gentis (ou secas) para classificar seu funcionário, e o tom da conversa logo passou a ser ótimo e sincero, bem do meu gosto quando comparado à timidez esnobe dos Marlowe e às meias-verdades sombrias de Quint. "Insubordinado, arrogante e errado", entoa o sujeito. "Insubordinado, arrogante e errado. Quando você é arrogante, precisa pelo menos estar certo. Mas o livro dele é um papel higiênico cheio de bobagens. Espero que ele seja devorado por crocodilos lá." Por um momento eu achei essa linguagem violenta suspeita, e me perguntei como o professor Terbroogan e suas fantasias agressivas poderiam se encaixar no quadro que começava a emergir. Eu não teria me surpreendido nem um pouco se soubesse que ele havia estado no mesmo regimento de deserto ou que tinha alguma outra ligação sinistra, mas, não, foi uma nuvem passageira: a maior parte dessa linguagem, Macy, segundo acabei compreendendo, é um tipo de conversa bastante comum entre sujeitos de universidade, e admito que, embora minha intenção fosse fazer anotações cuidadosas das reclamações de Terbroogan a respeito de Trilipush, perdi rapidamente o interesse e agora estou tendo uma certa dificuldade para entender o que exatamente eu quis dizer com anotações apressadas como "O livro de RT é sobre Atumadu, que era ou não era um rei e era ou não era um poeta e está ou não está enterrado onde RT está indo e os poemas egípcios rimam ou não rimam. É isso o que esses homens fazem todos os dias? Isso é trabalho?" Talvez fosse o clima, ou o tom da conversa, mas eu já estava achando os Estados Unidos um tanto exaustivos, e me senti bastante mal. Nenhuma das palavras de Terbroogan ficou na minha memória, até que perguntei para onde no Egito Trilipush havia ido. "Deir el Bahari", respondeu Terbroogan, e eu fiz com que ele soletrasse as palavras para mim, para ter certeza. ("Está vendo, Macy?", perguntei mais tarde ao meu valoroso porém não muito esperto assistente, de volta ao nosso hotel, debruçados sobre mapas, mas ele balança a cabeça e mastiga o lábio. Você não se importa, não é, Macy? Um certo alívio cômico neste trecho.)

"E, como o senhor tem esses problemas com o professor Trilipush", perguntei ao chefe com cara de rabanete, que estava limpando a boca com um lenço, "o senhor o enviou para essa escavação? Um jeito caro de tirá-lo da sua frente, não é?"

Não havia sido ele. Fora opção de Terbroogan, e ele *recusou* a Trilipush o dinheiro para a viagem, precisamente devido a desacordos sobre a qualidade da bolsa de Trilipush. (Honestamente, Macy, aquele pessoal era muito louco.) "Até que descobrri que ele foi recusado pelo MFA, pelo Metrropolitan e pela Carrnegie." Ele está viajando por conta própria, então? "De jeito nenhum. Ele vendeu ações de sua viagem desastrrada a alguns homens de negócios locais."

Meu caro Macy, agora vamos falar em uma linguagem que você poderá não apreciar. Estive me perguntando se deveria amaciar certas verdades duras quando as encontrasse naqueles dias e talvez mostrar as coisas numa luz mais benevolente para você. Bem, não farei isso. Estou velho demais para isso, e você me pediu uma versão honesta, e, francamente, não faz meu gênero fornecer outro tipo. É uma estrada tortuosa. Eu sou um homem franco, e acho que deve ser exatamente por isso que resisti tanto hoje de manhã a começar a tratar da etapa de Boston da minha história. Então está certo: aqui peço-lhe desculpas, desta vez, e assim fechamos questão: desculpe se você leu coisas nesta crônica, sr. Laurence Macy III, que sejam dolorosas ou que perturbem a ideia que o senhor faz de sua família ou de sua pobre, falecida tia Margaret.

"De jeito nenhum. Ele vendeu ações de sua viagem desastrada a alguns homens de negócios locais, sujeitos sensaborões, se posso dizer, com reputações infelizes." Ele mencionou seu tio-avô Chester Finneran, bem como Heinz Kovacs.

Por que ele simplesmente não demitiu Trilipush, se o sujeito era um incômodo tão grande para ele? O sujeito explicou com certa entonação que "a Universidade geralmente preferia não fazer isso" (honestamente, esse pessoal...). Mas, "quando ele retornar do Egito de mãos abanando, coisa que certamente acontecerá, isso deverá ser o bastante para envergonhar o homem", ele acrescentou com uma bela dose de veneno. Ao reparar em seu tom de voz, o professor então fez um esforço visível para dar ao seu subordinado um retrato justo: "Trilipush é um ótimo professor, ele foi um soldado heroico na Turquia, e estudou em Oxford, o que constitui um acréscimo às credenciais de nosso departamento, e Atumadu não deixa de ser interessante, apenas não é definitivo, e, então, quando alguém tem problemas, é preferível simplesmente colocar as pessoas onde elas simplesmente farão seu trabalho em silêncio, mas este aqui, meu Senhor." Isso simplesmente exauriu a boa vontade do velho. "Quando ele era um novato aqui, no ano passado, ficava definitivamente correndo atrás de mim, mas isso não durou muito."

Acho que eu devo ter dito alguma coisa assim, Macy, embora naturalmente não tenha anotado as palavras exatas: "Seria útil para o senhor e para a Universidade empregar discretamente alguém que possa ser capaz de lhes fornecer um material extra sobre 'colocar o sr. Trilipush para fora', como o senhor disse. Se, por exemplo, discrepâncias em seu registro de Oxford fossem descobertas..."

"Mas eu vi as credenciais dele, tudo selado, carimbado e assinado, sem nada a se questionar."

"Documentos, professor Terbroogan, são apenas pedaços de papel que dizem apresentar a verdade. Eles não constituem a verdade em si. Certamente, em sua área de estudos, o senhor já viu documentos errados, até mesmo adulterados."

Você nunca viu um professorzinho holandês mais feliz, Macy, e nós tínhamos um novo cliente no caso Davies-Caldwell-Barry-Hoyt-Marlowe-Trilipush.

Terbroogan me conduziu pelo hall decorado com estátuas de esfinges e fotografias dele em poços de areia, e pedi para ver o escritório de Trilipush. Era um aposento pequeno e sem janelas que ficava no porão, com estantes de livros e fotos de escavadores e de relíquias. A mesa de Trilipush estava limpa, a não ser por uma pequena pilha de correspondência que havia chegado para ele desde sua partida para o Egito. E bem ali em cima? Um envelope de tamanho gigante com um endereço de devolução familiar, com o selo da postagem britânica. Ah, sim, Macy, de nosso Beverly Quint: ele havia me pedido o endereço de Trilipush e deve ter se posto a escrever no minuto em que deixei seus aposentos: um aviso ou reminiscência atrasada, certamente alguma prova de conspiração no que eu estava começando a suspeitar que haviam sido os assassinatos de Marlowe-Caldwell nas mãos de Trilipush e com o conhecimento lascivo de Quint. Esse envelope deve ter chegado no mesmo navio que eu. Quint e eu havíamos flutuado pelo Atlântico, um em cima do outro, totalmente sem nos darmos conta disso, e agora havíamos chegado ao nosso destino mútuo, a apenas centímetros de distância. Tantas coisas poderiam ter sido respondidas bem ali, mas, diabos, meu mais novo cliente estava em cima de mim, perguntando se havia mais alguma coisa de que eu precisava, e olhando para mim com uma daquelas caras que você vê de vez em quando em nossa profissão, Macy, aquele olhar de superioridade desconfiada de alguém tão afastado das realidades sujas da vida que não consegue distinguir entre a sujeira do criminoso e a manchinha no sujeito que precisou lutar com o crime para salvar o inocente. Eu poderia ter atropelado o professor ali mesmo, em pé, todo cerimonioso e arrogante, me empurrando porta afora quando poderíamos ter poupado tantas etapas intermediárias, talvez até mesmo salvado mais duas vidas, e poupado sua adorável tia Margaret de mais sofrimento. Não, nós já havíamos passado pela porta e estávamos no hall, e a porta foi trancada e o pacote de Quint permaneceu sem ser perturbado sobre a mesa de Trilipush, esperando pelo retorno dele. Aí está, Macy: do outro lado do mundo um gay podia simplesmente enviar um pacote ilícito pelo correio e contar com a proteção de algum esnobe holandês de universidade que ele jamais havia encontrado! O que quer que houvesse acontecido ao pobre Paul Caldwell — e eu tinha fortes suspeitas —, ia ser diabolicamente difícil de desvendar, porque, com a mesma velocidade que eu desenrolava o fio da meada, esses esnobes, gays e pervertidos e professores iam começar a enrolar tudo novamente, quem sabe para ocultar alguma coisa ruim, talvez apenas porque eles gostavam das coisas arrumadinhas, e isso significava não deixar que um simples trabalhador australiano fizesse seu trabalho. "O senhor precisa de mais alguma coisa, sr. Ferrell?", Terbroogan perguntou com um tom inconfundível que significava "Cavalheiros não leem as correspondências uns dos outros". Não, claro que não, ainda que esses cavalheiros sejam assassinos.

Peguei o endereço de Chester Finneran com Terbroogan. Lembro-me de ter ficado parado do lado de fora dos portões da Universidade de Harvard, tentando chamar um táxi. Devo ter ido até a casa dele do outro lado do rio, pois não tenho anotações de entrevistas entre aquelas que realizei com Terbroogan e Finneran, datadas do mesmo dia. Mas não me lembro da viagem de táxi. Me sinto tão doente agora que não sei se serei capaz de continuar. Vou postar isto o quanto antes.

HF

Domingo, 15 de outubro de 1922

Para Margaret: Já passa da meia-noite, meu amor. Estou sentado em minha varanda, dispensei os garçons e agora relaxo com uma fotografia sua ao meu lado sobre a mesa.

Sua carta abruptamente truncada me preocupou, minha querida, não por causa da evidência de problemas na medicação, mas porque sei que você andou lutando para esconder os sintomas de mim, e quando percebeu o que havia me enviado, tenho certeza de que ficou preocupada e tensionou ainda mais seus nervos, como não era para ser. E, naturalmente, como esta foi sua primeira carta após minha partida para o Egito, seu estado emocional lamentável provavelmente já havia cobrado o preço a seu corpo que ainda estava se recuperando.

Você é adorável, Margaret. Você nunca levou em conta seus dias ruins, como se eu não notasse a diferença entre você saudável e doente. Quando você finalmente admitiu sua condição para mim, no dia após a festa, eu deveria ter parecido mais surpreso. Meu amor, peço desculpas se não fui convincente, mas um dia, no verão passado, seu pai já havia me contado tudo. Não fique zangada com ele. Agora CCF é pai de nós dois. Quando pedi sua mão a ele, ele se sentiu na obrigação de contar ao seu futuro marido toda a história. Ele queria me contar o pior e ver que meu amor por você era inabalável. CCF falou com franqueza, e muito antes de seu tímido relatoriozinho eu já tinha ouvido tudo sobre os especialistas em nervos, a exaustão provocada pela medicação, a raridade de sua doença. Também ouvi seu excelente prognóstico, sua cura iminente e certa. E, Margaret, juro, jamais tive um só instante de preocupação desde então. Eu sei que você está a cada dia mais forte, e Inge é apenas uma enfermeira temporária que está administrando seus últimos medicamentos e mais nada. Se ela se juntará a nós nos primeiros dias de casamento, ou se você já estará curada totalmente — o tempo dirá. Enquanto isso, você não precisa se preocupar, e certamente não sobre a intensidade do meu amor por você, meu anjo.

Seu pai é um homem de muitas partes. Ele apresenta um exterior tão áspero para o mundo, e claro que seu ambiente empresarial não permite outra coisa, mas já o vi falar de você. Já o vi baixar a guarda e revelar sua profunda preocupação e carinho. Vi os olhos dele ficarem marejados quando falou da preocupação que sua doença provocou nele, e de sua determinação quando ele me contou: "Ralph, ela está dando uma surra nesse negócio. Você nada tem com o que se preocupar em relação a ela, como uma esposa saudável e intacta." Ele é um pai de verdade, Deus o abençoe.

Choro a perda do meu próprio pai todos os dias, e você deve pensar em CCF com carinho também, assim como eu penso, pois o amor de um pai é um dos bens mais preciosos que existem.

Lembro-me da expectativa que sentia, ainda menino em Trilipush Hall, quando ficava sabendo que papai estava para retornar de alguma expedição em breve. A essa altura ele estaria distante há semanas ou até mesmo meses, e eu não queria nada além de ser apanhado nos braços fortes dele e ser colocado no seu colo à frente da grande lareira para ouvir suas aventuras. Seria hoje o dia em que ele chegaria? Como eu perambulava pelas vastas câmaras da casa, com seus ecos!

Ah, Trilipush Hall! Lá havia maravilhas. As paredes eram atulhadas com retratos de ancestrais emperucados e sorridentes. As intermináveis armaduras e florestas de alabardas, lanças, varas, as paredes de arcos sem cordas. As tapeçarias penduradas com cenas de caçadas e bailes medievais. O armário onde papai jogava descuidadamente suas condecorações e medalhas militares, e as de nossos ancestrais. As relíquias que trouxera consigo da África, de Málaca, da China. O fogo crepitante na lareira de 3 metros de altura — um pedaço de tronco com a forma de uma rede pendurada, mas raiado de cinza e preto e com labaredas alaranjadas compridas — na frente da qual eu me deitava de bruços, solitário, e praticava hieróglifos. Em alguns dias, olhando pela janela leste do salão principal, você podia ver a chuva caindo aos borbotões e, ao mesmo tempo, pela janela oeste, o brilho do sol irrompendo por entre as nuvens, e eu corria de uma janela para a outra, imaginando estar em diferentes países, ao lado de papai, combatendo bandidos enquanto ele puxava artefatos surpreendentes de dentro da terra. Eu olhava pela janela (riscada de chuva ou reluzente com o novo sol) e ficava observando os pássaros no terreno esmeraldino — o onipresente faisão e o ganso tranquilo haviam ficado mais gordinhos e arrogantes na ausência de papai, pois nenhuma caçada acontece sem ele. E eu desejava o som das rodas da carruagem lá na frente: ele retornaria hoje? O grande salão ia ficando cada vez mais escuro até que somente as cinzas alaranjadas do fogo iluminavam meu rosto e os móveis de madeira escura com cenas de triunfos dos Trilipush entalhadas que datavam dos tempos da Conquista Normanda, e eu adormecia ali, embaixo de tapetes, ignorando os chamados dos serviçais que vagavam de um quarto para outro, subindo e descendo as escadas de carvalho.

Mas, ah, quando *o dia* chegava! Como eu corria até a grande porta da frente e a entrada de cascalho, como eu pulava para a carruagem dele quando ela ainda estava se movendo, e como a porta se abria e ele me puxava para dentro, para seu colo, e as cócegas de seu bigode que cheirava a tabaco e terras distantes, e como eu gostava da surpresa sorridente em seus olhos quando ele gritava: "O quê? O quê? Mas que negócio é esse? Quem é você, rapazinho? Eu deixei um menininho quando fui embora! Onde está meu filho? O que você fez com Ralph, seu tratante?"

"Sou eu, papai, sou eu!"

"O quê? Ralph? É você mesmo? Ora, achei que você fosse um dos trabalhadores!"

"Sou eu, papai, sou eu!"

Segunda-feira, 16 de outubro de 1922

Diário: Correio. Almoço na cidade. Correio. Serviço de Antiguidades, para ver se meu pedido foi respondido rapidamente. Correio. Visitar um fotógrafo de retratos para enviar para minha noiva a recordação exata. A tarde foi bem gasta: tenho uma dúzia de belas opções para ela.

À noite, volto ao hotel para continuar a escrever o material ao meu redor, o pacote macio e adaptável desta obra, do jeito que estava, em que seus preciosos tesouros deverão ser carregados para fora da tumba, enfim, para o mundo em geral.

Sobre imortalidade e o "Paradoxo da Tumba": Atum-hadu reinou em um

Terça-feira, 17 de outubro de 1922

Diário: O trabalho de ontem terminou prematuramente com um ataquc furioso e vingativo de diarreia de explorador, os restos brutais e ácidos da disenteria. Perdi metade de um dia para tratar dela, dormir para passar, queimando dezenas de agulhas no gramofone modelo valise da HMV que coloquei no banheiro para tornar essas tardes toleráveis. Antes de retomar o trabalho de ontem, irei até a cidade para o café-da-manhã, visitar o Serviço de Antiguidades e o correio.

22 set.

Olá, querido!

Quem é a sua garotinha? Sou eu, meu príncipe. Assumi para mim mesma o objetivo de escrever para você todos os dias enquanto você estiver "no campo", e tenho mantido minha solene promessa. Enviei-lhe esta manhã mesmo uma carta que escrevi e selei ontem à noite, mas não me lembro de tê-la escrito nem por decreto, porque Inge me deu algumas coisas bem fortes para me ajudar a dormir, porque, depois que você foi embora, eu fiquei triste, muito embora saiba que você irá dizer que eu estava sendo simplesmente absurda, *mas você é absolutamente meu Herói, e quando o Herói de uma garota deixa a cidade, tudo fica um pouco desolado, não é mesmo? E eis-me aqui escrevendo para você mais uma vez, pois esta manhã eu tinha uma coisa que queria incluir, mas a carta da noite passada já estava selada e pronta, por isso eu a dei para Inge agorinha mesmo para levá-la à rua Arlington enquanto lhe escrevo esta aqui, e depois eu vou dar esta aqui a ela para que ela volte correndo para a rua Arlington no minuto em que ela chegar, pois ela é gorda e precisa tomar ar.*

Eu tive um sonho absolutamente pavoroso ontem à noite. A verdade é que Inge me deu algo contra a dor e para dormir ontem à noite, e não me lembrei de dizer a ela que ela me estava dando aquelas coisas depois de um ou dois drinques. Sabe, ontem à noite, a verdade é que eu consegui tapear a Inge, enganei-a direitinho. Ela andou me vigiando tão de perto por tantos dias que estava ficando duro sair de casa, e eu estava me sentindo terrivelmente entediada, o que é pior do que qualquer outra coisa. Então saí de fininho ontem à noite e fui até o bar de J. P. O'Toole. Quando voltei, ela estava esperando por mim toda zangada, do jeito que ela fica quando eu lhe mostro como sou mais esperta do que ela, então ela me deu coisas para dormir e para a dor (depois daquele drinque ou dois), e pode-se ter um sono muito profundo quando se misturam as coisas assim. Quando formos só você e eu, simplesmente os velhos "marido e mulher", vou ficar muito feliz em ver Inge receber o bilhete azul. Sabia que ela teve a petulância de me dizer outro dia que você se apaixonou por mim por causa do dinheiro de papai? Quase lhe dei um tapa, a bruxa sueca, mas ela me tem sob a mira.

Naturalmente que, mesmo quando eu tiver acabado com ela, não fique surpreso se ela continuar a "trabalhar" para o papai. Eu sei aonde ela vai quando estou dormindo. Afinal, não sou assim tão bobinha. Você não iria querer uma garota bobinha como esposa, iria, meu inglesinho?

Você está feliz na sua expedição? Onde será que você está agora? Provavelmente, ainda no mar, fazendo consultas ao capitão do navio, mostrando a ele seus mapas e os poemas maliciosos do faraó. Você, provavelmente, está cercado de garotas mais uma vez, exatamente como quando eu o conheci. Mas você sabe que elas não são para você, Ralphie. Só a sua Dedicada Futura Rainha é para você, e você é só para ela.

Papai me perguntou o que você e eu estávamos pensando para nossas residências depois da expedição e do casamento, e se nós viveríamos apenas em Boston ou se mudaríamos para Trilipush Hall. Ele olhou para mim todo sentimental do jeito que ele fica, e disse que sempre quis me ver numa grande casa de campo inglesa. O que você acha? Você pensaria na hipótese de retornar à Inglaterra, ou isso ainda seria muito doloroso? Você terá dinheiro suficiente para reabrir a casa? Papai costuma ser muito idiota, mas nisso eu acho que ele pode ter razão. Eu acho que seria muito feliz como uma Dama Inglesa.

O que me faz lembrar: o sonho de ontem à noite, nas brumas da medicação. Ele se passou no futuro próximo. Você e eu estávamos casados. Eu estava me sentindo forte e saudável. Nós estávamos tão felizes, e eu nunca lhe dei nenhum trabalho com meus humores ou nada parecido. Suas escavações haviam nos tornado maravilhosamente ricos, e você era famoso, e nós éramos bem recebidos em todo lugar com absolutamente todo mundo, e você me levou para a Inglaterra para conhecer o rei e a rainha. E depois voltamos para casa e eu ia ter nosso primeiro bebê. Ralph Chester Crawford Trilipush era uma coisinha linda, e, logo depois que ele nasceu, já estava falando! No começo, ficamos muito orgulhosos, mas depois começamos a prestar atenção, e ele estava falando apenas os xingamentos mais terríveis, ele simplesmente não parava — a linguagem mais suja que você pode imaginar, e os médicos estavam balançando a cabeça e as enfermeiras soluçavam, e eu não sabia o que pensar, porque eles estavam me dando medicamentos cada vez mais fortes para tomar, e eu estava voltando a sentir aquele sono especial mais uma vez, mas antes que eu pudesse relaxar, olhei para cima e, Ralph, você, você estava apenas rindo e dizendo: "Ah, sim, este é o meu garoto, é sim."

Honestamente, este negócio de escrever cartas é absolutamente exaustivo, vou lhe contar. Aqui ainda está quentíssimo, e eu estou sonolenta como sempre. Inge vai voltar daqui a pouco, o que é bom, porque eu quero enviar isto para você, mas também preciso de alguma coisa para a dor, que está ruim hoje. Você não pode imaginar. É como uma coceira tão ruim que você tem vontade de arrancar a cabeça fora para apaziguá-la. As coisas que Inge me dá me causam coceiras por um tempo, e quando estou com sono a coceira não é tão forte. Se simplesmente parasse de coçar e eu não me sentisse sempre tão terrivelmente cansada (me desculpe por dizer isso de modo tão franco), eu teria momentos felizes na cidade com meus amigos ou com rapazes. Ah, sim, Ralphie, é melhor você voltar para casa logo todo coberto de láureas ou vou achar alguém para me levar daqui! Não pense que não vou fazer isso, inglês. Um bom americano, forte e decidido, poderia me levar num segundo.

Mas estou tão cansada!

Um beijo para você. Marco Antônio e Cleópatra também mandam beijos. E lambidas. As caudas deles não balançam muito desde que você partiu. É verdade. Eu realmente acho que eles sentem tanta saudade de você quanto eu.

Sua Margaret

(Terça-feira, 17 de outubro de 1922, continuação)

Para Margaret: Minha querida. Sua segunda carta chegou hoje, logo em seguida ao seu primeiro esforço, e meu coração ferve de gratidão. Seu charmoso sonho Atum-haduano foi delicioso e me levou de volta ao nosso primeiro encontro. Eu nunca lhe contei o que estava pensando naquele dia em abril passado, mas a lembrança me é doce em meu isolamento aqui.

Minha contribuição para as palestras de aprimoramento público da Sociedade Histórica de Boston havia sido promovida como uma discussão da antiga cultura egípcia, e, embora eu tivesse prometido aos organizadores que não o faria, sempre tivera a intenção de ler em voz alta trechos de *Desejo e desengano.* Um apresentador precisa encarar os fatos: o tamanho do público reunido não deixava dúvidas quanto à atração principal nos panfletos que anunciavam o evento da noite. Embora eu adore meu trabalho, não seria tão tolo a ponto de garantir que centenas de senhoras de Boston haviam se reunido para uma discussão genérica sobre o Egito. O fato de que o orador não seria outro senão o ousado e ligeiramente famoso tradutor *daquele rei escandaloso*, ora, não teria sido justo aos nossos seguidores lhes negar uma quadra aqui e ali, e deixar de responder às perguntas (históricas, sociológicas, anatômicas) que naturalmente surgem numa discussão de nosso rei.

Você sabe a que horas naquela noite eu reparei em você pela primeira vez, minha Rainha? Eu estava explicando a tendência crônica do Antigo Egito a uma nostalgia mórbida, uma característica que paradoxalmente apareceu *cedo* no desenvolvimento do país, uma doença que é exibida na persistente agenda política egípcia de restaurar práticas religiosas "aviltantes", repetida século após século; em sua tola memória popular de um Ocidente perdido que um dia foi de ricos pastos verdes, cheio de touros poderosos; e em sua sensação recorrente de que ele estava vivendo num fim dos tempos corrompido. Normalmente, essas sensações eram absurdas: a nostalgia por coisas que jamais existiram, restaurando uma coisa que já estava em perfeitas condições, uma paranoia de que o fim estava próximo ou que os padrões haviam caído perigosamente. Entretanto, em certos momentos dramáticos de transição, como o final do reinado de Atum-hadu, esses medos foram subitamente justificados. "No fim de sua vida, Atum-hadu deve certamente ter acreditado que o Egito iria desaparecer para sempre", eu dizia quando reparei em você na primeira fila: você estava cochilando, minha beldade, e isso não seria possível, por isso reparei em sua posição, e alguns minutos depois consegui olhar você nos olhos quando recitei a Quadra 35 (unicamente no Fragmento C):

Ela será minha, ela será minha
Ela será minha, ela será minha
E a mãe dela, as cabras dela e suas nove irmãs,
Elas serão minhas até eu me cansar delas, ótimo.

Este era sempre um momento empolgante de minhas palestras, e eu normalmente escolhia uma jovem aleatoriamente para sentir a tensão selvagem das atenções de Atum-hadu. Neste caso, meu amor, eu simplesmente não percebi o que havia liberado.

Reconheci-a mais tarde, quando você era apenas mais uma entre muitas que tentavam abrir caminho para chegar aos pés do palco e me fazer uma última pergunta, elas eram muito tímidas para perguntar na frente de toda a platéia, ou simplesmente apertar a mão do explorador inglês. Eu estava respondendo a perguntas e autografando exemplares de *Desejo e desengano*, e por isso não lhe dei atenção, mas *você* não saiu da frente do palco, lembra? Quando tornei a olhar, você ainda estava lá. Eu já havia visto aquele rosto uma vez: a mulher que havia ouvido a música do antigo rei.

"Professor Trilipush?", murmurou uma voz baixa porém de grande ressonância. "Professor Trilipush, sua palestra me interessou bastante."

"Bem, para ser estritamente preciso", eu disse, descendo até o chão, "ainda não posso ser considerado um professor *totalmente*. Distinções técnicas em Harvard, assim como em qualquer sociedade primitiva, são da mais alta importância."

"Bem, então", você respondeu com olhos apertados e os cantos da boca virados para cima, "não posso considerar que fiquei *totalmente* interessada em sua palestra. Alguns dos aspectos mais técnicos me deixaram um pouco menos atenta."

"Ah, senhorita, francamente", admoestou a beldade nórdica ao seu lado, toda composta por esferas e meias-luas.

"Feche a rolha, Inge", disse minha futura querida. "Por que é que você não vai fazer uma sauna ou coisa parecida?"

Você se apresentou ousadamente, e não pude resistir a citar os anúncios que estavam por toda parte em Boston: "A vida é mais grã-fina quando você encontra moda fina no Magazine Fino Finneran." Mas preciso lembrar a você, para que não acredite nas maldades norueguesas de Inge, que eu não sabia que a loja era de sua família. E lembre-se: você riu mas não confessou sua ligação, então supus que os nomes eram uma coincidência. Atum-hadu já estava mexendo os pauzinhos, minha cara, e lucro nunca foi a maior das preocupações dele.

Depois que a multidão havia finalmente escoado porta afora, você e eu nos sentamos e ficamos conversando ao pé do palco, e decidi confiar em você, para testá-la, e lhe mostrei como escrever Atum-hadu em hieróglifos Enquanto isso, sua gélida dama de companhia esperava na porta da frente, conversava com os funcionários da Sociedade Histórica (encantada com a multidão que eles haviam atraído, aliviada pelo fato de que a polícia não havia acabado com o evento sob acusações de falta de decência). Quais foram as minhas impressões de você então? Bem, minha senhorita Finneran era uma jovem adorável, ligeira porém não irrevogavelmente mimada, e obviamente um pouco inebriada pela sua primeira exposição a Atum-hadu. Não fiquei terrivelmente surpreso quando ela disse que ficaria honrada caso eu a acompanhasse ao Museu de Belas Artes em algum outro dia, onde ela poderia ter o prazer de minha elucidação das relíquias egípcias em exposição. Ah, sim, não permita que a desconfiada Inge reescreva a história, minha querida. Foi *sua* sugestão que nos encontrássemos novamente, meu flerte tão ousado. Desde então tenho sido sua criatura.

Naturalmente, não me enganei achando que você tivesse sido seduzida por mim exatamente. Não, eu podia ver que outra mulher do século XX havia descoberto que as palavras do rei da XIII Dinastia eram uma poderosa *eau de cologne*.

Minha querida, estou preso no Cairo, aguardando a licença do Serviço de Antiguidades para seguir em frente, e me pergunto o que você estará fazendo neste exato instante; hoje são 17 de outubro, 11h36 da noite. Como eu gostaria de ter um dispositivo que me permitisse ver você agora mesmo, um telescópio do tipo mais poderoso. Eu observaria você incessantemente, meu amor.

Quarta-feira, 18 de outubro de 1922

Diário: Nada nos correios. Quatro dias antes que meu Senhor da Fartura e os mecenas enviem um cabograma e tornem a encher os meus cofres, parti para continuar adquirindo suprimentos nos mercados e lojas especializadas dedicadas a homens em minha posição. Um dia cheio, e a atividade alivia o tédio que eu sentia por meu atraso forçado. Tintas, pincéis, lápis, cinzéis, faca, lanterna elétrica, cama de acampamento: minha lista está lentamente ficando cheia quando, numa tranquila rua lateral, reparei na vitrine da loja de um alfaiate. Vou precisar de vários outros ternos, para trabalhar e me apresentar, e alguma vestimenta formal para uma Abertura Oficial de Tumba (um evento que costuma envolver altos funcionários ingleses, franceses e egípcios, possivelmente até o general Allenby etc.).

Empurrei uma cortina de contas e entrei num espaço pequeno e bem iluminado onde um egípcio alto estava prematuramente corcunda de tantos anos passados sob aquele teto baixo, e dali a pouco eu estava sentado numa poltrona de vime estofada, tomando café com cardamomo com o proprietário enquanto dois rapazes traziam carrinhos e mais carrinhos pintados de ouro e repletos de tecidos. O alfaiate e eu sentimos os tecidos com o toque, discutimos os méritos de certas roupas para resistir ao calor e, ao mesmo tempo, continuarem atraentes ao olhar. Fiquei suficientemente impressionado por dez das amostras a ponto de encomendar ternos feitos com elas (CCF teria pago dez vezes mais em Boston) e me levantei para tomarem as medidas. Os espelhos triplos me ofereciam versões do lado esquerdo e direito de mim mesmo para brincar, perfis apenas de cuecas, com meus pés descalços alinhados do calcanhar até a ponta do dedo, enquanto embaixo de mim um serviçal agachado media minhas pernas e dizia os números para um escriba de pernas cruzadas sentado em uma almofada, as mangas dobradas para revelar braços sem pelos com veias ressaltadas como mapas em relevo de deltas de rios, e em algum lugar atrás de uma cortina que não podia ser vista ouvi sussurros de mulher e risinhos abafados.

Um pequeno depósito e os ternos estarão prontos em uma semana, no dia 26. Fui até a agência de turismo para adiar a partida, marcando um lugar no vapor *Quéops*.

E então, enquanto eu passeava, satisfeito com a compra, pensando em minha noiva, dei de cara com uma visão inspiradora numa esquina: um cavalete de madeira com duas banquetas dobráveis onde os turistas podiam pagar para terem seus rostos pintados em uma peça de cerâmica convincentemente quebrada, vestidos em trajes faraônicos, cercados por uma confusão de hieróglifos. Um egípcio gordo estava pintando o perfil de um garoto americano enquanto seus pais olhavam, riam, trocando comentários audíveis sobre o artista.

Bem, eu certamente não posarei para uma brincadeirinha de turista, mas um retrato oficial, iniciado antes da abertura da tumba de Atum-hadu e completado depois, teria uma certa qualidade de tempo, um marco em minha carreira, admirado em uma parede em Boston, Londres ou no Cairo. Com um atraso de uma semana ainda, eu tenho tempo. Ao retornar ao hotel, peço ao recepcionista que arrume o melhor retratista que puder para ir aos meus aposentos. Começarei a posar amanhã.

Uma noite no cinema. Na sala escura, mastigando tâmaras e figos, os nativos e eu ficamos igualmente estupefatos com a imagem em movimento: um inglês luta com um leão, depois entra numa tenda onde uma bela mulher com olhos amendoados o aguarda. Mais tarde, ele entra em combate com bandidos e penetra na tumba de um faraó, onde passa as mãos em montes de peças de ouro e jóias. Uma múmia se levanta como se estivesse viva e ataca os ingleses, mas ele despacha o monstro com um tiro de pistola.

Quinta-feira, 19 de outubro de 1922

Diário: As atividades de hoje incluíram duas horas de meditação enquanto o artista desenhava seus esboços a lápis sobre a tela. Também encontrei um excelente fabricante de valises, um prazer inadulterável, que sei que meu irmão Atum-hadu teria saboreado ao se preparar para suas viagens também — as escamas macias do crocodilo, a cor de cobre brilhante das áspides, o monograma queimado em preto (sendo que *A* era apenas 1/3 do custo de *RMT*, claro, mas esta é uma das vantagens dos reis). Nada no banco hoje, embora, naturalmente, o cabograma oficialmente ainda esteja a três dias de chegar.

Esta noite, eu trabalho no clamor de um pequeno cabaré onde a fumaça de *chicha* forma gênios que abraçam seus senhores de bochechas estufadas e os massageiam com seus dedos. Fico observando o fumante que está à porta: um ninho vai se formando lentamente em espiral ao redor de sua cabeça, o eco suave das bandagens de alguma múmia ancestral, mas a cada vez que a porta se abre à sua direita imediatamente a fumaça escapa para fora, para longe e para cima no céu cor de ameixa salpicado de estrelas. A porta se fecha e ele começa novamente, amortalhando-se de fumaça da cabeça aos pés; a porta se abre e saqueadores invisíveis mais uma vez desmancham seu trabalho.

Sobre imortalidade e "O Paradoxo da Tumba": Imortalidade é, naturalmente, a questão principal debaixo das areias. Os reis antigos, lembro aos meus leitores leigos, compartilhavam todos um desejo saudável de viver para sempre em uma eternidade bem equipada. Para atingir essa permanência pessoal, dois elementos eram necessários:

- A preservação de seus restos físicos, eternamente seguros
- A preservação de seus nomes, mencionados eternamente pelos vivos.

Margaret: M., uma lembrança se forma feito fumaça ao redor de minha cabeça: aquele vigário do vilarejo que aparecia quando eu me afastava de papai e da casa. "Diga-me, criança. Você crê na imortalidade da alma?" Tirando ele, não me lembro de ter sentido medo em minha infância, mas no caso do vigário posso evocar hoje as variedades e intensidades de terror infantil que eu sentia à menção do nome dele, à visão de seu rosto do outro lado da rua (calibrada antes e depois que ele me avistasse), ao som de sua voz, ao toque de sua mão maciça e cheia de pintas no meu ombro, o cheiro de seu hálito, o tempo duro e cambiável de seus modos, e aquela sensação arrepiante de medo, mais intensa, quando ele me dava algum presente.

"Sim", eu murmurava, quase engasgando de tanto suor.

"E quais são as exigências para a imortalidade da alma no paraíso eterno?" Ele se inclinava para perto a fim de ouvir minha resposta, colocava a orelha logo à frente da minha boca, onde ele deve ter me ouvido chupar e quebrar o doce com os dentes, e eu via o fundo daquela concha cheia de pelos, vermelha e descascando com o frio do inverno.

Eu *não estava* tentando fazer troça dele, não naquela idade, Margaret. Não, eu estava *aliviado*, pois sabia a resposta para a pergunta dele! Por acaso eu havia lido sobre aquilo naquele mesmo dia, absorto até bem depois de escurecer pelo livro *Reis do Nilo*, de Bendix (uma obra que não posso mais recomendar para estudiosos). Eu estava aliviado, aliviado, e falei antes que pudesse ouvir uma voz levemente gaguejante em meu cérebro me mandando parar: "A sobrevivência de seus restos e de seu nome. Seu nome em crônicas, seu corpo nas bandagens da múmia e seu coração, pulmões, intestinos e fígado em vasos canopos. Estatuetas de garotas serviçais para excitá-lo para o ato de recriação..." Minha voz abaixava com a mesma velocidade com que a orelha assustadora dele recuou e foi substituída pelo rosto bem barbeado (com uma fatia vermelho-amarronzada de sangue seco) e os olhos tão azuis, e as lascas de pele aguçadas que estremeciam em seu sobrecenho.

E, ainda assim, lembrada agora, a surra que se seguiu não parece ter sido aplicada em mim; em vez disso, posso (nesta música oriental aqui que provavelmente pouco mudou em relação àquela que se tocava há 3.500 anos) ver que a surra aplicada no garoto Atum-hadu, ainda um menino comum no turbilhão cada vez maior de seus tempos, percebendo lentamente mas com prazer que ele havia sido presenteado com dons que ninguém ao seu redor possuía, que sua ascensão ao pináculo de seu mundo (embora esse mundo estivesse desmoronando no exato momento em que ele o escalava) parecia inevitável. Se em sua ascensão ele ofendeu ou foi forçado a abandonar aqueles ao seu redor, os vigários cruéis de seu mundo, isso era de se esperar, até mesmo de se apreciar, de se apreciar até mesmo *nas próprias surras*. ("Do que você está rindo, miserável?", lembro-me de meu próprio clérigo perguntando, enquanto as pancadas do ex-boxeador-transformado-em-homem-de-Deus desciam cada vez mais fortes no garotinho, que de algum modo já era o mais forte dos dois.)

Mas a imortalidade — essa é a questão principal, e a base para o que denomino "O Paradoxo da Tumba" que, agora reparo, é um título tão bom para este livro quanto qualquer outro. *O Paradoxo da Tumba: Atum-hadu, Ralph Trilipush e a solução do enigma que durou três milênios*.

Sobre imortalidade e "O Paradoxo da Tumba": Os reis antigos exigiam uma boa quantidade de bagagem para uma jornada bem-sucedida para o além, e como grande parte dessa bagagem parecia, para o homem comum do Nilo, ser ouro, jóias e móveis luxuosos, o rei temporariamente morto certamente atrairia visitantes indesejados à sua tumba particular enquanto estivesse no estranho período intermediário entre morte e renascimento. O mel de seus ornamentos atrairia formigas suficientes para destruir seu piquenique eterno e talvez até mesmo seu cadáver. (E ladrões de tumbas em potencial tinham uma vantagem numérica significativa sobre residentes de tumbas em potencial, pois nem mesmo o Antigo Egito prometia a imortalidade para qualquer fazendeiro ou lavadeira.) Portanto, os reis ficavam divididos entre construir, por um lado, tumbas exibicionistas porém impenetráveis ou, por outro lado, tumbas completamente ocultas.

O problema do primeiro tipo: impenetrabilidade ao longo da eternidade *não existe*. Mesmo que os arquitetos da tumba real fizessem planos contra os mais inteligentes ladrões de tumbas que valessem por 500 anos... isso são apenas 500 anos, uma gota no oceano. O problema da última solução: mesmo que o rei engula em seco e aceite a humilhação de ser enterrado em uma tumba sem indicações, longe dos templos construídos para realizar os rituais que o levariam mais rápido para o outro mundo, mesmo que ele desistisse de ser visto como o tipo de rei que sabe fazer um funeral daqueles e preparar uma tumba muito bonita, tudo isso para manter o local de sua tumba um segredo (abrindo mão de um tipo de imortalidade por outro), ele então encara uma questão cruel: quando um segredo deixa de ser secreto?

Pois agora observe: o arquiteto da tumba certamente sabe onde fica seu ricamente ornamentado local de repouso transitório e como entrar nele. Por sua vez, ele usará algumas centenas de trabalhadores e escravos, no mínimo, para construí-lo, decorá-lo e abastecê-lo. Bem, isso nós podemos resolver, você e eu: use prisioneiros de guerra, e depois, quando a tumba estiver pronta para ocupação, simplesmente execute os homens que a construíram. Claro que agora precisamos enterrá-los em algum lugar distante da tumba: como transportá-los até lá, vivos ou mortos? Agora, quem mais sabe, quem disse aos seus primos que os esperassem de volta do trabalho tarde da noite, trabalho em Deir el Bahari? E os homens que, sob suas ordens, chacinaram os prisioneiros: será que eles suspeitam do motivo por que fizeram isso? Será que algum deles abriu o bico para um cunhado que precisa de dinheiro? As pontas soltas proliferam. Quanto ao arquiteto, o homem que conhece todos os seus segredos: recompense-o! Cale a boca dele com tesouros, prazer e sua própria imortalidade! Palácios, ouro e uma bela tumba só para ele, para tirar dele o incentivo de esvaziar a sua um dia depois de você passar a residir nela. Você respira mais aliviado por um momento, e então se lembra das tumbas saqueadas de seus ancestrais, todos os quais acharam que haviam conseguido vendar os olhos da eternidade. Seus poços vazios estão ali para você parar e pensar toda vez que sentir vontade de dar um passeio para fora de sua capital em Tebas, vagar pelos desfiladeiros e vales à luz do luar, para ver exatamente onde as tumbas deles foram saqueadas e as autoridades, em pânico, jogaram os restos dos corpos e bens deles em nichos construídos às pressas, sítios grupais onde homens e mulheres outrora poderosos hoje jazem em cima uns dos outros em pilhas amassadas e misturadas, torcendo pelo dia em que Osíris chegará para tentar descobrir quais são os intestinos de quem.

Portanto, fazer autoexibição não dá certo. Trabalhar em segredo não dá certo. O próximo passo natural é patrocinar uma necrópole protegida e administrada pelo Estado, o Vale dos Reis, no qual ninguém tenta guardar segredo de nada, mas as múmias confiam nos vivos bem pagos para proteger a cidade dos mortos, superlotada e fechada. "Vamos ficar juntos", dizem os reis por um período otimista. "Nós iremos construir abertamente, com exibições imortais de nossa riqueza e poder, e jazeremos mumificados lado a lado, e criaremos uma instituição, um ministério governamental de Administração e Proteção de Tumbas. Os reis que vierem depois de nós verão que a manutenção de uma necrópole segura é de seu próprio interesse futuro; cada rei confiará em seu sucessor, porque cada rei saberá que seu sucessor deverá, por sua vez, confiar em seu *próprio* sucessor para retribuir o favor." Uma regra de ouro para proteger todo aquele ouro subterrâneo. "Você também irá precisar dos falíveis vivos um dia, ah, sim, irá precisar, portanto faça isto por mim hoje e o futuro nos protegerá a ambos." Ah, só que... Só que não leva muito tempo para o presente descobrir que os clamores piedosos do passado e as necessidades hipotéticas de um futuro distante são, ambos, de pouco peso quando as necessidades mais prementes do presente começam a aparecer. Observe: para um governo necessitado de dinheiro para guerras ou monumentos, o seguro de imortalidade brilhando por baixo da areia começa a não parecer um tesouro bem localizado, e o passado parece estar se oferecendo como voluntário para financiar o presente, e os problemas com a imortalidade futura do atual rei perdulário parecem confortavelmente distantes.

Subitamente, sua imortalidade, que importa mais a você do qualquer outra coisa em todo o universo, parece horrivelmente tênue, à medida que você envelhece a cada dia que passa e seus inimigos vão chegando mais perto. Como reunir tudo o que você precisa para um futuro incerto sem perder nada ou atrair atenção indesejada para si mesmo? É o dilema de todo viajante, o meu que vou para o sul, o do rei que vai para o além: o que colocar na bagagem?

Três dias para o cabograma chegar.

As dançarinas no palco estreito aqui me lembram de um verso de Atum-hadu:

Atum-hadu admira duas irmãs.
Ele as leva para suas câmaras.
Tarde demais elas percebem o perigo
De um rei cujo amor produz bolhas.

— (Quadra 9, Fragmentos A & C, de *Desejo e desengano no Antigo Egito*, de Ralph M. Trilipush)

As contorções exaustivas que o pobre Harriman executou para navegar até mesmo por essa passagem relativamente branda! O comportamento infeliz de "duas irmãs" atrai a atenção do rei, e "A câmara de justiça de Atoom-hadoo" e "o calor da ira real" e assim por diante, o pudico ultrajado se refugiando na jurisprudência.

19 out.
Cairo, um cabaré, tarde da noite

Minha querida futura rainha,

Acabei de reler sua carta de 22 de setembro, assim como tenho feito vezes sem conta já há três dias, e vejo seu rosto para todo lugar que olho, até mesmo neste espetáculo oriental. As mulheres no palco removem seus lenços de seda ao som dos tamborins e violinos que gemem, e os véus descem como nuvens perfumadas. Elas parecem praticamente nuas quando sobem ao palco, mas então, mesmo depois de retirarem véu após véu por minutos, colocando-os em pilhas sobre o palco e a minha mesa, elas saem não muito mais nuas do que quando chegaram, embora as peles de seda que elas descascaram formem uma pilha grande como uma colina no deserto que oculta uma tumba real.

O Cairo está fervilhante de recordações de você. As palmeiras à noite lembram com muita exatidão um grande buquê, como aquele que lhe dei na primavera passada, quando você desceu do táxi, um olhar distante, mal me reconhecendo, pois eu havia acabado de passar duas horas na chuva esperando por você. Eu estava exatamente agora recordando a noite de maio em que você e eu andamos no pedalinho de cisne no Jardim Público e eu recitei os versos de Atum-hadu, e você riu de nós:

Atum-hadu vê sua mais nova rainha pela primeira vez.
Seu coração e seu corpo incham e se inflamam.
Ele enlouquecerá, cometerá algum crime,
Se não a trouxerem à sua presença imediatamente, nua, sem vergonha.

Ali estava você, sorrindo para mim com um prazer tão tranquilo. Você viu a *mim*, viu para além do choque da poesia e dos apetites do rei, e viu o verdadeiro *eu*, como eu sou. Eu soube naquele instante a extraordinária descoberta que eu havia feito, soube como se eu tivesse aberto uma tumba cheia de jóias e ouro reluzente. Você olhou para *mim*, e viu o que era valioso e digno de seu amor ali. Não há nada enterrado debaixo de qualquer areia que se compare à primavera passada com você, encontrar você, me apaixonar por você, conquistar você. Você é uma garota tão maravilhosa, Margaret. É tudo o que eu sempre quis em uma mulher.

E em breve nada ficará no caminho de nosso casamento. Imploro que você me espere, seja paciente, permaneça forte e saudável, e espere, espere por mim, espere. Estarei em casa quando você menos esperar, cobrindo você de tesouros, colocando você em uma casa além de seus sonhos mais loucos, preenchendo seus dias com entretenimentos e descanso na proporção que você desejar. Em sua carta você me perguntou onde iremos morar. Ora, moraremos num palácio, você e eu, num palácio à beira de um rio, sob palmeiras, sem nada que nos falte.

Seu rei,
RMT.

P.S.: Espero que você aceite esta expressão de minha preocupação à luz adequada: me parece que seu pai está confiando por demais em Inge para curar você. Seja qual for o diagnóstico, suas fadigas e desmaios devem ser curáveis por um médico adequado e remédios que lhe deem mais energia, mas a julgar pelo fragmento de uma carta que você me postou sob o delírio da medicação, parece que ela está lhe administrando substâncias que *exacerbam* seus sintomas. Permita-me dizer que ninguém conhece você melhor do que eu, especialmente quando você está inteiramente saudável e vibrante, e quando você for minha esposa, não pouparemos despesas para que seja atendida pelos melhores especialistas nesses assuntos. Você tem todo o meu amor. Você é minha rainha.

Casa de Repouso Crepúsculo sobre a Baía
Sidney, Austrália
24 de dezembro de 1954

Ainda estou aqui, Macy, ainda estou aqui. Embora eu deva ter deixado você na dúvida. Outra semana nas minhas costas. O Natal está chegando. Dizem que é tempo de alegria.

Fico me perguntando, Macy, se você é um homem religioso. Eu não sou nem um pouco, não eu, isso é patentemente uma tolice. Mas há uma velha por aqui que é completamente louca, como a maioria deles, não fala há séculos, fica apenas olhando para a telinha, mas ela me disse hoje de manhã — foi a primeira vez que ela me disse uma palavra —, ela disse que as pessoas são julgadas no outro mundo por todos os animais que os viram neste. Não somente as vacas que você comeu ou os peixes que pescou, ela não é uma "vegetariana", acho que não, só os bons animais que veem você enquanto você faz as suas coisas, se entende o que digo. Os gatos que ficam vendo você quando está sozinho. Os cães deitados no calor do outro lado da rua. Passarinhos do lado de fora da sua janela. Peixes dourados num aquário. Todos eles relatam o que viram você fazer, diz ela, todos eles se reúnem num parlamento e depois decidem se você vai voar ou se vai fritar. O que você acha dessa ideia? Fico pensando em todos aqueles animais de cara triste com os quais estive a sós, achando que eles estavam tirando uma soneca, sem compreender nada nem mesmo quando estão acordados. É uma ideia muito estranha, muito perturbadora. Não pode ser verdade, mas você já ouviu alguém falar nisso antes?

Sua tia Margaret, não acho que você saiba disso, lá em 1922, tinha uns cachorrinhos, talvez você tenha visto algumas fotografias. *Spaniels* tibetanos, lembro que foi o que ela me disse quando apareci na porta do seu tio-avô, em 13 de outubro de 1922. Sua tia abriu a porta, e esses cãezinhos começaram a latir para mim quando entrei. A primeira coisa que ela diz, antes que eu pudesse dizer palavra, foi: "*Spaniels* tibetanos, muito caros, excessivamente *rrrraros*." Quando ela disse *raros*, meio que soltou um grunhido e fez beicinho para mim. Opa, mas esta aqui é um colosso, eu pensei. Era uma coisa linda de se ver, sua tia, e obviamente um tipo elétrico de garota moderna. Fico pensando se ela chegou a falar algo a meu respeito a você, se existe alguma coisa que você possa me dizer, não que ela pudesse ter dito algo. Não me iludo achando que provoquei um grande efeito nela, e não que ela não estivesse acima de esticar a verdade de vez em quando para uma história, se é que aqueles documentos dela têm alguma coisa difícil de acreditar.

Seu tio-avô era um tipo de homem franco e direto, um homem admirável. Duro como um crocodilo, sujeito grande, cabelos gomalinados e penteados para trás, ofereceu-me um charuto finíssimo. Em seu estúdio imenso, ele se sentou a uma grande e reluzente mesa e me mostrou um anúncio que estava examinando, virou a placa na minha direção. "Para a temporada de férias", disse ele. "Estou tentando decidir se aprovo ou não." Um desenho de uma mulher servindo uma enorme ave assada de alguma espécie qualquer em uma bandeja enorme, e as palavras "Não sirva aves raras em louça ordinária! Confie no Magazine Fino Finneran para todas as suas necessidades de férias! (Nossos produtos duram uma eternidade, nós garantimos!)". Sabe, a mulher do desenho era sua tia, ela havia posado de modelo. "Demorou tanto", ela suspirou. "Pelo menos não precisei segurar o peru, o artista desenhou isso depois. Acho que ele era meio 'moça'."

"Olhe a língua", Finneran resmungou. "Temos visita. O que podemos fazer pelo senhor hoje, sr. Harold Ferrell da Tailor Inquiries Worldwide, que percorreu toda essa distância da Austrália até aqui?" Ele examinou meu cartão de visita e rolou seu charuto apagado entre os lábios. "Acho que nunca tive nenhum negócio na Austrália."

Eu disse a ele que estava trabalhando sobre a questão da herança de um sujeito australiano e que achava que seu sócio de negócios, o professor Trilipush, poderia ser capaz de me ajudar a encontrar esse herdeiro desaparecido, pois os dois poderiam ter se conhecido na Guerra. "Ralphie?", interrompe sua tia. "Ele é um pouco mais do que um sócio de *negócios*, Harry!" Gostei do jeito como ela me chamou logo de Harry e não parou mais.

"Este cavalheiro tem negócios comigo, Maggie, então desapareça." Ela ergueu as sobrancelhas, fez uma mesura sarcástica, pegou os cachorros e bateu a porta quando saiu. Eu já tinha entendido tudo a respeito de sua tia, assim achava: mimada, charmosa quando quer, um pouquinho esnobe, mas ela é jovem e não tem ninguém que lhe mostre como são as coisas. O dinheiro tinha cheiro de novo, sem ofensa, Macy. Não havia mordomo para atender à porta, ainda era uma casa com gente de verdade dentro. Compreenda: eu preferia assim. Gostava do jeito que Finneran falava, e gostei da casa dele de saída. Ele era um homem rico (achava eu), mas ainda compreendia o que motivava homens de verdade, compreendia os limites do dinheiro dele. Espero também com isso estar descrevendo você aí em sua mansão de Nova York, Macy.

"Menina espirituosa", diz o pai dela depois que o eco da porta morre. "Mas o que ela quis dizer foi que está noiva do professor Trilipush." Esta era uma novidade intrigante para mim, Macy. "Ele é um ótimo sujeito", continua Finneran com um certo tom de voz. "Você o conhece? Não? Bem, ele é um sujeito fino pra chuchu." Família inglesa antiga, soldado corajoso como o diabo, especialista em sua área. Uma figura e tanto. Não se veem muitos homens como ele, mesmo na Inglaterra, creio eu, e para pegar um sujeito desses em Boston, e para Margaret conquistar o coração dele, somos uma família muito feliz aqui, sr. Ferrell." Eu posso não ter registrado as palavras exatas, mas o espírito é esse. Como eu estava tentando explicar agora há pouco, seu tio-avô não tinha um verniz tão bom quanto o dos Marlowe, mas, se você me perdoar por dizer isso, eu sabia que era por isso que ele tinha tanto orgulho de Trilipush como genro. Sem dúvida, aquele casamento o faria subir um, dois ou três degraus na cena social de Boston.

Comecei devagar, apenas expliquei o caso da herança dos Davies, e perguntei se o sr. Finneran poderia me dizer onde eu podia encontrar o professor Trilipush. "Claro, claro", e, enquanto ele tirava seu caderninho de endereços da gaveta da mesa, perguntei: "Só por curiosidade, como foi que o senhor conheceu o professor Trilipush aqui em Boston?" Ele diz que Margaret os apresentou, levou Trilipush à casa deles um dia como uma garota que comprou um colar fino. Ela o vira dar uma palestra pública, conversara com ele, se tornara sua amiga, e depois realmente "deu um polimento no inglesinho". Eles já estariam apaixonados na época, quando ela apresentou Trilipush ao seu pai? "Não, não", diz Finneran. "Ela o levou até lá como um favor para *mim*. Para fazer com que ele descrevesse a expedição que estava planejando, pois ela sabia que alguns de meus sócios comerciais e eu estamos sempre procurando possibilidades de investimento, e Margaret achou que o projeto de Ralph soava promissor. Garota inteligente, daquela vez". Com certeza, o "clube do dinheiro" de Finneran havia olhado o projeto e decidido bancar a expedição egípcia. (Macy, preste atenção: Finneran havia apostado dinheiro, o dinheiro de seus amigos, o coração de sua filha e sua posição social em Trilipush.) "Durante todo esse tempo, eu dizia a Margaret, este é um ótimo sujeito, e, salvo engano, ele está olhando para você com um certo olhar. Ela não acreditou em mim. Na verdade, ela é bastante tímida, sr. Ferrell, mas dessas coisas eu conheço. Pouco tempo depois que dissemos a Trilipush que queríamos entrar em sua expedição, ele me pediu a mão de Margaret, de forma muito cavalheiresca, o velho inglês.

"Fiquei feliz com a oportunidade, financeiramente. É justo o tipo de coisa de que nosso clube gosta, um vencedor, não sem risco, mas estamos protegidos, temos nossa própria proteção. Graças à minha garotinha, tivemos a chance de investir na frente de museus, bancos etc. Qualquer um teria pulado para agarrar uma chance dessas, isso é certo, mas nós chegamos na frente. E, naturalmente, eu estava vendo Maggie se apaixonar, se é que ela entendia o bastante do que estava acontecendo para colocar um nome naquilo, e quem sou eu para discutir com o amor? Quando você tem uma garotinha e um camarada como esse aparece, você entende, sr. Ferrell." O casamento aconteceria assim que Trilipush voltasse da escavação.

Será que Finneran achava que uma escavação egípcia era um investimento seguro? Não, ha-ha-ha, é claro que não, normalmente não, mas havia circunstâncias especiais nesse caso, vantagens: "Trilipush encontrou uma coisa durante a Guerra, com um amigo dele, e isso aponta direto para uma provável tumba. Os detalhes são complexos. Não posso dizer que entenda todo esse negócio acadêmico. Não é igual a um mapa do tesouro, precisamente, é claro, você tem que saber ler as evidências históricas, o que é que há, não sou estudioso, mas Trilipush me explicou tudo e mais do que convenceu o grupo de que, nesse tipo de coisa, embora nunca nada seja garantido, tudo aponta, até onde se pode ver, para uma descoberta rápida e lucrativa."

Agora, todas essas novas informações me colocavam num certo dilema, você irá notar se parar de pensar por um instante como sobrinho-neto dele e voltar a pensar como meu assistente, Macy. Veja bem, eu sabia o suficiente para impedir aquele casamento ali, naquele instante: mentiras a respeito de Oxford, dúvidas acerca de registros militares, problemas com seu chefe em Harvard. E o que aconteceria se eu deixasse cair uma bomba dessas? Bem, vou lhe dar uma dica, Macy: nunca fica muito claro quem é que vai explodir em situações como essa. Pense um minuto, porque você já deve estar sabendo como nosso negócio opera a esta altura. Primeiro, eu precisava que minhas perguntas fossem respondidas, e não posso obter respostas de um ex-futuro sogro zangado e em pânico. Segundo, você e eu estamos num negócio que funciona pelo relógio; não podemos ganhar nosso pão de cada dia vendendo *informações*; nós vendemos *tempo*. Portanto, mais para o final da conversa, quando propusemos ao sr. Finneran que ele se tornasse nosso novo cliente, preparamos as expectativas dele de que uma investigação de fundo do noivo de sua filha levaria algumas semanas. E, por fim, as informações (e o tempo que levaria para que elas fossem coletadas) só têm valor se o comprador pagar por elas. Se eu começasse a dizer a Finneran a verdade naquele dia, ele teria me mandado porta afora, enfurecido. Estava claro para mim desde o primeiro dia que Finneran nunca quis ouvir nada de *verdadeiro* a respeito de seu Trilipush, e os acontecimentos posteriores provaram que eu estava certo nisso. Não, eu vi claramente que Finneran pagaria para que eu lhe desse uma *confirmação*. E um detetive sensato fornece aos clientes o que eles precisam e pelo qual eles pagaram. Lição de Ferrell: cliente satisfeito paga.

Finalmente, aqui entre você e eu, de homem para homem, Macy, eu não queria causar nenhuma dor, e essa é a verdade. Estava claro que eu ia ter que me dirigir para o Egito para chegar ao fundo dos assassinatos de Caldwell e Marlowe de qualquer maneira, e interrogar Trilipush a respeito deles. Então eu queria um endereço e um itinerário para Trilipush, e isso era tudo. Não havia nada a ser ganho naquele dia revelando uma palavra que fosse sobre sodomitas ingleses ou rapazes australianos assassinados no deserto enquanto capitães ingleses que mentiam sobre sua educação apareciam sãos e salvos em Boston, conquistando os corações de jovens incrivelmente lindas e gastando o dinheiro de homens honestos. Não, eu poderia voltar num barco, para Alexandria, em seis dias, e não tinha interesse em perturbar sua família mais do que o absolutamente necessário para obter minhas informações e apaziguar as preocupações de seu tio-avô por uma taxa. Finneran me deu o endereço de Trilipush no Cairo, emprestou-me uma cópia do prospecto de investidor da expedição para ler enquanto eu estava na Parker House, e apertamos as mãos. Eu disse que teria uma investigação de fundo completa para ele em alguns dias, talvez um pouco mais.

Se eu desejo que a história de sua família termine aqui, Macy? Parte de mim sim, essa é a verdade. Mas é difícil. Se eu não o tivesse aceitado como cliente, simplesmente saído porta afora, lido o prospecto no meu hotel, pedido que um entregador o devolvesse para mim, partido para Nova York no dia seguinte e para o Egito cinco dias depois, o que teria saído diferente no final? É difícil saber com exatidão, não importa o que digam as lembranças de todos, e claro que eu gostaria de ler mais alguma coisa que você possa ter encontrado depois da morte de sua tia, qualquer carta ou diário que me ajudasse a entender o que mais você sabe a esse respeito. Mas uma coisa *é* certa: se sua tia tivesse se casado com Ralph Trilipush, muitas vidas seriam construídas sobre mentiras naquela casa, e isso é pior do que qualquer coisa. Minhas ações impediram isso. Tenho orgulho disso. O sujeito que teve sorte o bastante para se casar com sua tia Margaret certamente me deve um pouco de gratidão. E estou certo, depois de algum tempo, que ela também se lembrou com carinho de meus serviços. Eu a salvei, a um grande custo para mim mesmo.

O que aconteceu foi que eu desci o salão principal, e estava pegando meu casaco quando Margaret nos interrompe na porta, aqueles cãezinhos dela correndo por entre nossos tornozelos, e ela diz que quer me oferecer uma limonada, que é grosseria de "papai" me expulsar porta afora sem beber nada, e por isso ela vai me entreter agora e me levar até a saída depois. O pai dela dá uma risada, faz a vontade dela tão fácil quanto respirar, aperta minha mão e se recolhe a seu estúdio, mas deixa a porta aberta.

Agora, sua tia tinha três estados de espírito, se posso ser honesto. Comecei a conhecê-la muito bem nos quase dois meses em que fiquei em Boston, conduzindo minhas investigações. Não sei o que ela possa ter lhe contado ao longo dos anos. Não fico elogiando a mim mesmo dizendo que deixei uma impressão permanente nela, mas, na época, não vou dizer que ela era indiferente para mim.

Três estados de espírito: às tardes, como o dia em que a conheci, ela era inteligente. Podia fazer você rir, podia encantar você com seu charme, podia tratar você como se você fosse alguém fascinante, e, claro, ela era uma jovem rica (ou assim parecia, eu ainda não havia visto as rachaduras disfarçadas com gesso no mundo do pai dela), e as atenções da mulher rica são uma coisa boa; conheço o suficiente da psicologia humana para saber que esta é uma lei razoavelmente inquebrantável. Naquela tarde, ela se sentou à frente da lareira com seus cãezinhos, todos os três enrolados juntos numa espécie de sofá comprido em frente de onde eu estava, e diz: "Agora vamos tomar uma limonada, e você poderá me contar tudo sobre a Austrália, onde todo mundo come canguru, certo?" E me deu um olharzinho, bem, ninguém poderia resistir àquele convite. E embora você não pudesse levar a sério a ignorância fingida dela, era para levá-la muito a sério como mulher, muito embora ela tivesse provavelmente apenas 20 anos ou um pouquinho mais. Quanta coisa ela poderia conhecer sobre o mundo aos 20 anos? Nada, é o que você pensaria. Mas, então, como ela poderia ter tamanho charme? Os ricos, os ricos, os ricos, até mesmo os novos. Eles têm seus costumes. Naturalmente, estou pregando para os convertidos, não é, Macy?

Ela me questionou com um olhar matreiro naquela tarde, sobre meus negócios nos EUA, e eu contei muito pouco para ela, apenas perguntei se o seu amado já havia mencionado um soldado australiano chamado Paul Caldwell. Não, ela nunca ouvira falar nesse nome. Eu lhe contei um pouco a respeito do pobre Paul, o amante do Egito, como é a vida quando você não nasce com todas as vantagens, como ela e Trilipush. "Ah, sr. Ferrell, o senhor está me deixando terrivelmente constrangida", disse ela, fingindo ficar com vergonha. "Mas papai, sabe, veio para cá com quase nada, e portanto as coisas não são como o senhor está pensando. Na verdade, nós somos pessoas muito simples." Ela sorriu, sem nenhuma simplicidade, jamais vou esquecer isso. Tinha um jeitinho, tinha mesmo.

Perguntei como ela conheceu Trilipush, como eles acabaram ficando noivos, e se ela se importava que eu tomasse notas.

"Ah, que maravilha! Sério, eu gostaria que *todo mundo* tomasse notas quando eu falasse! Ora, o senhor não conhece o Ralph? Ah, ele é simplesmente *tudo*, sabia? Os sujeitos que conheço em Boston não são talhados da mesma cepa, honestamente. Alguns dos gerentes de papai olham para mim de um certo jeito, alguns dos rapazes de cargos mais elevados na loja e alguns *jazz men* em alguns dos lugares aonde vou de vez em quando, quando papai e Inge me permitem, e alguns dos sócios comerciais de papai, J. P. O'Toole e os outros, mas Ralph, ora, ele é todo um outro *mundo*, como se tivesse saído de um livro de histórias para meninas. Todas as minhas amigas dizem que eu preciso me beliscar para ver se não estou sonhando. Sabe, ele é um explorador, e vem de uma família de exploradores, é praticamente da nobreza inglesa, mas não do tipo rico, e o sotaque dele... — quero dizer, você também tem um belo sotaque, Harry, mas diferente. E ele está sozinho no mundo, os pais dele morreram e ele era filho único, mas tinha amigos maravilhosos na universidade na Inglaterra, e um deles, seu melhor amigo, foi morto no final da Guerra, e Ralph ficou tão mal que simplesmente queria deixar tudo para trás, até mesmo sua propriedade no campo, que custa mais dinheiro do que ele possui para administrar e manter, embora ele sempre possa voltar e reabri-la se assim o desejar, e pode ser que acabemos indo morar lá por um tempo depois do casamento. De qualquer maneira, depois da Guerra ele veio para cá, para finalizar seu livro, que foi um grande sucesso, considerando, você sabe, que é História, e em seguida ele começou a lecionar em Harvard, que é a universidade por aqui, e é a melhor em todos os Estados Unidos, e agora ele prefere morar nos Estados Unidos e escrever e lecionar; e depois dessa expedição, terá *rios* de dinheiro, acredite em mim, se você soubesse alguma coisa a respeito desse negócio egípcio como Ralph sabe, você precisa saber onde procurar, mas o ouro está simplesmente lá *paradinho* embaixo da areia."

O que havia de fascinante naquele pequeno discurso, Macy, era que, embora eu não tivesse dúvidas de que ela achava que aquilo era verdade, ela o disse com um tom de voz, um sorrisinho nos lábios, como se dissesse que nada daquilo significava *absolutamente nada* para ela, não enquanto eu estava ali com ela — não que eu fosse tão impressionante, apenas que uma parte de seu charme (da tarde) era que ela nunca fazia você pensar que o próprio noivo dela era mais importante do que você, fosse você quem fosse, sentado ali com ela naquele momento. Talvez isso fosse *mesmo* apenas para mim, claro, e tenho certeza de que gostei da ideia de que fosse, na época. Sua tia era levemente estonteante.

Repeti minha pergunta: como ela havia conhecido aquele herói do nosso tempo? Na sua versão, ela fizera com que ficassem noivos antes que a pergunta sobre o dinheiro do pai dela sequer viesse à tona, antes da reunião de investimentos, mas ela sabia que Trilipush agradaria ao seu pai, e o pai dela apoiou fortemente o noivado, ainda que ela tivesse algumas dúvidas no começo. *Ela* tinha dúvidas? "Bem, claro, quero dizer, ele é de um mundo inteiramente diferente, talvez uma coisinha de Boston que nem eu..." E aqui, pensei eu, em sua falsa modéstia, ela estava revelando uma verdade oculta. Eu suspeitava de que ela pudesse ter algumas hesitações por um *bom* motivo, alguma coisa que ela conseguisse apenas sentir mas não dizer ainda. Não me autoelogio demais para dizer que minha presença a ajudou a fazer comparações, mas estava claro que se ela conversasse o suficiente com um sujeito totalmente diferente de Trilipush, poderia começar a perceber algumas coisas sobre como homens honestos reagiam a ela, e a mulheres em geral. Ela acrescentou: "E eu fiz um favor ao papai levando Ralph para o clube dele. Quero dizer, consegui mostrar Ralph a ele antes que os grandes museus o financiassem."

Quem era o pobre amigo morto na Guerra? "Ah, sim, outro arqueólogo, seu melhor amigo de Oxford. Ouvi muito este nome, Harry: capitão Hugo St. Marlowe. Bem, durante a Guerra, eles estavam sempre tirando licenças para fazerem suas escavações, e durante uma delas ele e Marlowe encontraram uma coisa juntos — um nome muito misterioso, Fragmento C — e acharam que podiam adivinhar a localização de uma tumba como resultado disso, uma tumba certamente abarrotada de ouro e de obras de arte. Eles iam procurar a tumba juntos na próxima chance que tivessem, mas então Ralph foi enviado para lutar na Turquia, o que foi simplesmente *pavoroso*, ao passo que Marlowe teve de ficar no Egito e esperar, o que ele fez, claro, porque eram os melhores *amigos* de Oxford, e irmãos de sangue, mas durante um período na Turquia Ralph foi separado de seus homens, e lá no Egito chegaram a pensar que ele estivesse *morto*. Ralph precisou voltar para casa praticamente sozinho, e quando ele finalmente retornou ao Egito, bem, apenas alguns dias antes disso, o pobre *Marlowe* é que havia desaparecido, mas tendo deixado esse Fragmento C em sua tenda. Ralph o pegou para guardar, sem saber se Marlowe estava vivo ou não, e então, quando teve de aceitar que o amigo tinha morrido, Ralph só queria colocar toda a dor da Guerra atrás de si, então levou o Fragmento C consigo para Boston, e foi isso o que fez sua reputação acadêmica e lhe conseguiu um trabalho em Harvard, e... ora, ouça só a minha conversa. Você pode imaginar o efeito de todas essas histórias de aventura em uma jovem e ingênua garota de Boston, Harry."

De fato eu podia imaginar, mas Margaret simplesmente não era uma jovem garota ingênua, e por isso tive um pouco de dificuldade para imaginar o efeito que tais histórias teriam sobre ela. Será que ela sabia que estava repetindo uma coisa absolutamente ridícula? Não ocorreu a ela que a história estava repleta de mentiras e impossibilidades e, provavelmente, ocultava dois cadáveres em suas dobras forjadas? Pessoas convenientemente desaparecidas na Turquia e no Egito? Amigos leais esperando um pelo outro antes de tentar escavar e dividir potes de ouro? Mapas de tesouro prontamente disponíveis nas tendas de homens desaparecidos? Será que ela achava que *eu* estava acreditando nisso? E, Macy, devo ressaltar que não contei a ela nenhuma de minhas suspeitas. Eu era honrado para com meus clientes e para com os inocentes. Julgue-me por isto: eu poderia ter vendido Trilipush mil vezes para sua tia, mas não o fiz.

Mas, para fins de registro, aqui vai o que *eu* estava pensando, e muito sagaz, se você me perguntar: se de fato existia uma fortuna escondida num buraco que Marlowe e Trilipush haviam encontrado, estava começando a parecer cada vez mais que Trilipush — um senhor de terras empobrecido com registros acadêmicos forjados — havia matado Marlowe por isso e depois fugido para os Estados Unidos para deixar as coisas se acalmarem. Ali, ele construiu para si uma reputação suficientemente importante entre os crédulos locais para manipular um pouco de dinheiro para voltar e desenterrar seu tesouro. E agora, em 1922, era óbvio que ele *jamais* voltaria para Boston depois daquela segunda expedição. Aquela garota havia sido usada, o dinheiro de sua família tomado com a força de suas boas maneiras inglesas, e agora ele já havia acabado de usá-la. Tirando o dinheiro, *o que mais* ele poderia querer dela? Ele, certamente, era um "invertido", assim como Marlowe e Quint, eu já sabia disso naquela época, mesmo antes de conhecê-lo pessoalmente. Então me ocorreu o seguinte: provavelmente, ele fora o companheiro de alta classe de Marlowe *antes* de partir para o Egito; provavelmente, Trilipush era a diversão discreta de Marlowe o tempo todo lá em Oxford, não um estudante, obviamente, apenas vivendo no mundo de Marlowe, tirando o dinheiro de Marlowe em troca de afetos ilícitos. Isso explicava as testemunhas de sua presença ali, mas nenhum registro oficial. Então, Trilipush se alista para a Guerra com Marlowe em troca de pagamentos constantes, e parte para o Egito com ele, onde vão se divertir à moda inglesa. Mas aí ele é enviado para a Turquia sem seu rico protetor, que pena!

E retorna (ou foge, o que é mais provável) das batalhas turcas para descobrir horrorizado que em sua ausência o pobre e jovem escavador amante do Egito, Paul Caldwell (*ainda por cima um australiano*, pensa o falido mas ainda esnobe gay inglês), se tornou o inocente objeto das obsessões amorosas de Marlowe. Vamos dar um passo adiante: quem sabe Trilipush não havia encontrado o mapa do tesouro com Marlowe, afinal: talvez Marlowe e *Caldwell* o tivessem encontrado enquanto Trilipush estava na Turquia. Trilipush, de volta de Gallipoli, surpreende o casal e, motivado pelo ciúme de sua Julieta e pela ganância pela descoberta secreta no deserto, mata tanto Marlowe quanto Caldwell, esconde seus corpos e vai para os EUA. Bem, eu teria um certo trabalho à minha frente para provar tudo isso, e ainda não estava entendendo por que os registros militares dele haviam sido suprimidos, mas isso mostra como eu já estava entendendo desde então os fatos principais da questão, Macy, conforme os expliquei a você quando nos encontramos na Parker House após voltar da casa de meu mais novo cliente.

A vítima dessa tragédia, Macy — e isto estava claro como cristal para mim antes mesmo de eu terminar meu primeiro copo de limonada —, era sua adorável e hipnotizante tia. Uma garota doce e inocente, com a cabeça virada por um pervertido assassino, usada por causa do dinheiro de sua família. Eu queria ajudar, e juro por Deus, eu via claramente que ela havia sido enganada por um sodomita e já estava abandonada, embora ainda não soubesse disso. Se eu lhe dissesse isso, ela me odiaria para sempre. Se eu esperasse que os acontecimentos se desenrolassem em seu próprio ritmo, ela seria motivo de galhofa da sociedade de Boston. Eu senti, mesmo naquele primeiro copo de limonada, que minhas mãos estavam atadas, e nenhuma das minhas chances era boa.

O segundo estado de espírito de sua tia Margaret, aprendi ao longo das semanas seguintes, era uma especialidade do início da noite. Alguns dias depois, eu estava voltando ao hotel, depois de ter conversado com mais professores de Harvard e alguns alunos de Trilipush, e descobri, para minha grande surpresa e prazer, Margaret no saguão. Ela não andara distante de meus pensamentos desde que a conheci. Eram cerca de 7 da noite, e ela não estava acompanhada. "Agora, esta noite, você vai colocar seu caderno de notas de lado, Harry, e nós vamos nos *divertir*." Ela estava no seu melhor humor assim. Ela ainda fazia você se sentir a pessoa mais importante do mundo, mas não tinha nenhuma das afetações da anfitriã rica em casa. Não, ela era exuberante e natural, uma jovem cujos olhos brilhavam, empolgada para ver a próxima coisa que a vida tinha a lhe oferecer. Tinha as brincadeiras, os comentários inteligentes à sua custa, mas você gostava, acredite em mim. Ela me deu o braço e caminhou comigo por partes de Boston que jamais teria me ocorrido visitar. "Não se preocupe, Harry, conheço meu caminho por aqui, não vamos ter problema algum."

Seguiu comigo por becos que me fizeram desejar estar armado, mas ela simplesmente brilhava sob as luzes pálidas, sorria para as figuras ensombrecidas espreitando aqui e ali, claramente se divertindo ao chocar seu amigo estrangeiro, embora eu tivesse dado o melhor de mim para sorrir o tempo inteiro. "Sabe, eu *nunca* trouxe Ralphie a este lugar, e jamais faria isso. Vamos fazer disto nosso segredinho, Harry." Para mim estava ótimo: eu também não queria que ela mencionasse nada a meu respeito para Trilipush.

Ela apertou um botão em uma parede sem marcas numa rua escura. Eu não sei nem lhe dizer onde nós estávamos. Uma pequena portinhola ao nível dos olhos deslizou para o lado, olhos negros nos examinaram, a portinhola se fechou e a parede se abriu para nos deixar entrar numa festa barulhenta, um bar, bilhar e danças ao som de jazz, homens e mulheres confortáveis em sofás, almofadas no chão, colos. "Bem-vindo ao JP's, Harry", ela disse, me empurrando para dentro. Com sua tia, era uma surpresa atrás da outra. Naquela noite, ela era toda cheia de charme, e eu pensei que era tudo para mim, e me lembro de ter pensado, naquela noite, que, fosse qual fosse o motivo, ela havia encontrado em mim algo pelo qual estava atraída. Achei ter visto uma progressão natural se desenrolando, não posso dizer que alguém pudesse ter me culpado. Agora, é claro, eu diria que ela foi apenas um pequeno flerte. Ela brincava um pouquinho com o fogo, sua tia, não sabia quando tinha ido longe demais, forçava algumas coisas. Garotas assim sempre fazem cara de surpresa quando as pessoas revelam que não são brinquedos, quando as pessoas não param o que estão fazendo para seguir as instruções delas no segundo em que seu temperamento muda.

Ela nos trouxe coquetéis, e nos sentamos em um sofá de veludo vermelho. Eu poderia estar perseguindo o caso ou meus próprios interesses, é difícil dizer desta distância, mas tornei a lhe perguntar acerca de Trilipush, sem saber ao certo o que estava procurando. "Ah, ele é um sonho", ela disse, mas olhando para o teto, sem prestar muita atenção enquanto murmurava. "Nobre inglês, explorador. Um homem e tanto..." Para o teto não: ela estava dando uma espiada no mezanino escuro que cercava o perímetro do salão antes de voltar a prestar atenção em mim. "O que é que eu estava dizendo mesmo, Harry?"

Ela me puxou, e dançamos ao som da orquestra de jazz de negros. Bebemos. Para ser mais preciso, eu bebi uma ou duas doses, e ela bebeu um pouquinho mais. Ela deu palmadinhas nas costas e me deixou acender cigarros para ela. "Ralph jamais viria para este tipo de coisa", disse ela. "Sabe, ele é muito livresco. Mas, Harry, você é um dançarino e tanto!" Agora, isto não é exatamente verdade, mas não concordei. Aqui minhas anotações não estão muito claras, lamento, Macy. Durante esse período em Boston, muitas vezes eu não me lembrava de marcar exatamente o que era dito ou em que data, e agora, sentado aqui, olhando para os tijolos de concreto verde da sala de jogos, as lembranças voltam em pedaços, surtos não-cronológicos de acontecimentos misturados com coisas que lembro que queria que acontecessem, mas que não aconteceram. Vou dar o melhor de mim para selecionar essas coisas para você.

Ela e eu nos sentamos em um sofá no JP's, aquele clube particular que ela frequentava, e ela está acariciando meu rosto. É outra noite. Ela está muito sonolenta, e eu posso ver a mim mesmo, com uma cara um pouco tristonha. Isto é um pouco surpreendente, você há de concordar, naquelas circunstâncias; mas não levei a carícia no rosto a sério. Sabe, ela havia me deixado no sofá por um momento, subiu até aquele mezanino — um homem negro gigantesco que tomava conta das escadas a deixou passar sem problemas e ela beliscou seu rosto sorridente quando subiu. Eu a via abrir uma porta sem bater e entrar numa sala no canto; acontece que aquele era o escritório de J. P. O'Toole, o dono do lugar, é o que me diz o negro. Volto ao sofá. Os minutos passam. Quando ela desce, está esquisita, rindo alto demais. Olho para os olhos dela, e sei na hora para onde ela foi. Ela ficou horas sentada ao meu lado, sorrindo o tempo todo, fazia carinho no meu rosto de vez em quando, mas não disse uma única palavra. Ouça só um velho reclamando, Macy: meu coração estava se partindo e se curando novamente a cada batida.

Mas, noutra noite, no mesmo sofá vermelho, ela se comporta simplesmente da maneira oposta, pulando com uma espécie de energia nervosa, infeliz, me explicando que ela só está se casando com Trilipush porque o pai dela quer muito isso, mas ela não está nem aí com nenhum deles, tudo o que ela quer "é que me deixem em paz para eu poder me divertir um pouco de vez em quando. Prioridades, diz papai, um bom nome, uma boa aliança. Mas Ralph pode ser um sujeito horrivelmente chato, ficar falando tanto de Egito faz você dormir, sabe, e é a mais pura verdade. Ninguém consegue ouvir aquelas coisas sobre o Egito tanto quanto ele quer falar. Ou de qualquer outro assunto. Um *tédio*, Harrry, mas os homens normalmente são assim depois de um tempo. Você também vai ser um *tédio*, Harry?"

"Você não quer se casar com Trilipush?", perguntei, pasmo com a virada nos acontecimentos, a maneira como aquela suspeita que espreitava subitamente vinha à luz, e de repente eu estava pronto para contar a ela tudo o que eu sabia a respeito de seu noivo, explodir aquela bomba e correr o risco.

"Ah, não sei", ela disse antes que eu pudesse abrir a boca. "Eu não disse isso, disse? Não vamos falar mais disso, está certo? Não seja um *tédio*, Harry. Você faz isso por mim? Não seria o máximo se você não fosse um tédio insuportável? Não seria maravilhoso? Vamos fazer isso, Harry? Ok? Ok?" Como, por exemplo, quando ela começava a falar, não parava, continuava matraqueando, a ideia que ela tivesse na cabeça na hora saía de qualquer maneira da sua boca, e ela simplesmente ficava se repetindo até ter mais alguma coisa a dizer, fazer ou gastar sua energia, e com toda a certeza, quando ela ficava sem ter o que dizer, me puxava para dançar. Talvez isso tenha acontecido uma ou duas semanas depois, quando ela disse aquilo tudo, não sei o que lhe dizer, Macy. Sabe, acho que eu provavelmente me apaixonei por ela, pelo menos é assim que me lembro agora. E ela? Bem, hoje eu sei que ela era apenas uma garota triste e doente, liberdade demais. Eu não significava muita coisa para ela, alguma coisa sim, sem dúvida, mas não muito. O que é que eu poderia ter sido para ela? Um homem de outro mundo, de outra classe, não rico, não sofisticado o bastante, nada. Isso também não chega a ser uma tragédia, não é?

Mas o que eu senti *naquela época*, isso é outra história. Talvez uma história completamente diferente. Quem sabe a "clareza da distância" não seja absolutamente nada quando comparada ao que foi esquecido. Quem sabe isso não fosse nada de inexplicável, como está começando a parecer agora, mas, em vez disso, fosse *lógico*, mesmo que eu não conseguisse reproduzir aqui no papel, uma vida inteira depois. Afinal de contas, estou escrevendo para você a partir de anotações e lembranças, e quem sabe o que escapou incólume delas? Talvez eu não tenha sido tão idiota quanto estou me fazendo ser. Talvez eu simplesmente *não consiga* me lembrar agora do que eu *sabia* na época, todas as razões pelas quais me apaixonar por sua tia não foi uma tolice, todas as pequenas coisas pelas quais ela me fazia achar que era possível. Vamos simplesmente aceitar que ela queria que eu me apaixonasse por ela, que estivesse pensando em estar comigo também, deixando Trilipush por minha conta, mas os dias se passavam e eu não era capaz de cruzar algum abismo que havia entre nós.

Parece um filme, visto desta distância. Lembro de um dia frio em que eu havia ficado e deixado de entrar num navio em Alexandria, e na minha cabeça não parava de me ocorrer o pensamento de que havia um crime terrível prestes a acontecer em Boston, e somente eu poderia impedi-lo. Não só os antigos crimes que eu estava tentando deslindar, mas alguma coisa acontecendo ali e agora debaixo do meu nariz: o assassinato da alma daquela garota, forçada a se casar pela posição social de seu pai, pai e filha fraudados por aquele inglês invertido. Eu estava dilacerado tentando manter em equilíbrio o que sabia, o que suspeitava, o que deveria revelar e o que deveria esconder, como protegê-la, como conquistá-la, ou ambas as coisas.

Naquele dia frio eu vou até a casa para encontrá-la, mas Finneran está lá, e quando ele atende à porta, acha que eu fui até lá para vê-lo, claro (não sabe que andei saindo com sua filha), e eu não consigo achar um jeito de explicar que não é isso; portanto, vamos para o estúdio dele e ficamos falando sobre Trilipush. Digo a ele mais do que pretendia, mas as circunstâncias agora são outras, pois Finneran já suspeita de Trilipush antes que eu abra minha boca.

Dois dias antes, diz Finneran, ele ficou sabendo que Trilipush estava retido no Cairo, atrasado em sua viagem para o sítio da tumba ao sul por causa de uma complicação burocrática de última hora, e queria que o dinheiro da Sociedade fosse enviado para o Cairo em vez de para a cidade mais próxima da escavação. Ótimo, pensa Finneran, convencido e pronto para obedecer, mas aí o professor Terbroogan de Harvard acabara de entrar em contato com Finneran, naquele mesmo dia frio, a notícia veio por malote especial para contar a Finneran (com sabor holandês de vingança) que Oxford acabara de confirmar por cabograma que nenhum Trilipush jamais tinha estudado ali, e, se dependesse da opinião de Terbroogan, Trilipush tinha uma chance de "zero por cento" de encontrar o que havia prometido aos seus mecenas, a expedição inteira estava condenada. "Ele disse isso, Harry. *Condenada.*" Finneran consegue manter um semblante de coragem, mas está rolando aquele charuto de um lado para o outro da boca em alta velocidade. Ele pergunta se eu sabia desse "rumor" de Oxford. Terbroogan não havia revelado que eu o havia auxiliado a descobrir essas informações (embora eu lembrasse a mim mesmo que agora poderia lhe enviar uma conta por serviços prestados), mas eu não tinha vergonha da verdade. "Sim, eu suspeitava disso", contei. "Jesus Cristo dançando na cruz!", Finneran grita, e o charuto cai em cima de sua mesa. "E de que diabos mais você suspeita? Para que ele contratou você? Para ouvir coisas de professores?" Finneran estava preocupado, e isso era compreensível: seu dinheiro, sua filha, o dinheiro de seus amigos, a possibilidade de que ele tivesse patrocinado uma fraude de modo bastante explícito. Gostei de outra pessoa ter levado a ele a má notícia, pois havia muita coisa em jogo para que eu fosse o mensageiro ali. Mas aquilo certamente queria dizer que minha investigação "pente-fino" sobre o passado de Trilipush (que estava descansando, finalizada, em meu quarto de hotel desde minha primeira noite em Boston) exigiria mais alguns dias de pensamento e edição. Minha posição estava apenas ficando mais complicada. "Vamos ver, Finneran", eu disse. "Não vamos tirar conclusões apressadas. Os registros podem estar errados."

"E se não estiverem? E os sentimentos da pobre Margaret por esse homem?", ele geme pateticamente, depois de ficar sentado em silêncio por um momento, lutando contra a necessidade de entrar em pânico. "Sabe, ela o ama, Ferrell. Não posso ficar entre os dois, com ou sem Oxford." Em outras palavras, ainda tenho dinheiro apostado nesse homem.

"Cadê sua filha agora?", pergunto. E juro a você, Macy, esse homem enorme parece que vai chorar feito uma garotinha. Ele afasta o rosto, se levanta, vira de costas para mim, mexe numa cortina. "Há alguma coisa que você queira me contar? Investigações confidenciais são a minha linha de atuação, afinal." E aí seu tio-avô desabafa para mim, que é uma coisa que as pessoas sempre fizeram. Ele explica que está tentando desesperadamente fazer o que é certo para sua "garotinha", mas ela bebe e tem tido problemas com — ele mexe a boca um pouco antes que a palavra finalmente lhe caia dos lábios — ópio, e por duas vezes ele achou que ela havia se curado. Na última vez, ele a pusera num sanatório e pagara uma fortuna para comprar uma das enfermeiras de lá (a sueca espetacular que vi circulando pela casa periodicamente) para monitorá-la em casa, e dar a ela a medicação que supostamente deveria reduzir o apetite dela pelo "hálito do dragão". Mas

Margaret voltou a sair de fininho de casa novamente, diz Finneran, desabando em sua poltrona. Inge, a enfermeira, deveria ficar de olho nela, não deixá-la sair de casa desacompanhada, mas ela tem conseguido escapulir e, obviamente, não está bem novamente, e se Trilipush descobrir isso, o noivado provavelmente será cancelado, e Finneran parece derrotado só de pensar nisso, esquecendo-se por um momento de que o bendito noivo tem mentido a eles sobre sua educação formal e talvez mais.

Essa exibição foi grotesca, Macy. O forte e rico homem de negócios estava à beira das lágrimas porque não foi bem-sucedido em suas tentativas de aprisionar a filha, que sofria, estava claro para mim, de nada além de um animado espírito juvenil e um noivado ruim com um assassino sodomita, a quem a família andava desesperadamente tentando *impressionar*. Eles andaram mentindo para *ele*, dizendo-lhe que Margaret sofria de um distúrbio raro porém curável que fazia com que ela adormecesse, mudanças rápidas de humor e coisas do gênero (como se Trilipush fosse ligar para isso, sendo que seu interesse nela não ia além da conta bancária do pai). Era a mais pura e mais doente loucura. Finneran não queria minha opinião, que teria sido simples o suficiente: salve sua filha deixando-a em paz. Você vai matá-la em um acidente de alpinismo social. E qualquer idiota que se recusasse a casar com ela por causa de uma pequena aventura animada merecia levar um tiro no meio dos olhos. Mas eu não conseguia levar minha argumentação a esse ponto, e em vez disso simplesmente falei que tentaria ficar de olho em Margaret, se ele quisesse, para ver se ela realmente estava em alguma espécie de apuro. Ele apertou minha mão. "É um grande alívio para mim, Ferrell. Obrigado, obrigado. Eu não sabia a quem mais recorrer", ele diz, como se tivesse sido ideia dele. "Sabe, ela é minha garotinha, só quero o que há de melhor para ela." Sim, é claro que quer. Humanos, meu caro Macy, são os campeões definitivos de afirmar que estão preocupados com outra pessoa quando estão apenas preocupados com eles mesmos. "Conte comigo, Chester. Vou tomar conta dela para você."

"Seu pai está preocupado com você", eu disse a ela naquela noite, sentado num sofá no JP's, antes que ela subisse. Achei que iria rir comigo, achando nossa nova situação engraçada, não sem seus charmes, e talvez isso levasse a uma discussão educada sobre as fraquezas de Trilipush, e isso levaria a...

"Harry", disse ela. "Nós estamos nos divertindo, não estamos? É bacana ter um camarada para me escoltar na cidade quando meu amado está fora, certo?

Então, por favor, Harry, estou implorando de joelhos: não seja um chato desprezível." Ela se levantou, dando o primeiro passo na direção das escadas. "Por que você não conversa com uma daquelas garotas legais enquanto estou fora?", ela sugeriu, apontando para as garotas que JP empregou para deixar *os* clientes à vontade. "Você gosta *mesmo* de garotas, Harry? Será que eles não ensinam a você como conversar com garotas lá nos confins do mundo? Só não as chateie, Harry, mesmo que aquelas dali sejam pagas para ouvir você."

Sexta-feira, 20 de outubro de 1922, Hotel da Esfinge

Margaret: Meu amor. A primeira coisa esta manhã, enquanto eu estava sentado posando para meu retratista, um garoto trouxe o cabograma mais estranho de seu pai. Foi uma coisa absolutamente estranhíssima. Li a mensagem, sem exagero, uma dúzia de vezes, e depois, finalmente, sentindo a ansiedade se espalhar pelo meu estômago, não tive outra escolha senão mandar o pintor embora. É uma comunicação de 11 palavras vinda do outro lado do oceano, mas aparentemente atravessando golfos ainda mais vastos de confusão: ESCLAREÇA OXFORD IMEDIATAMENTE. FERRELL QUESTIONA SUA VERACIDADE. MUITA COISA DEPENDE DISSO.

Onze palavras tiradas aleatoriamente de um chapéu, algum obscuro jogo de salão dos ricos de Boston? O que seu pai quer dizer, meu amor? Ele está confuso a respeito de Oxford e precisa de esclarecimento. Da existência de Oxford? De sua função? Quem é Ferrell e de que maneira concebível ele pode questionar algo em relação a mim? Um ponto é inquestionável, meu amor: muita coisa está pendente. No dia 22, domingo, entrarei no banco aqui para descobrir que minha conta foi engordada pelo crédito pré-arranjado que deve ser transmitido de Boston no dia 22 de cada mês enquanto a expedição continuar. Ah, sim, muita coisa está pendente. Não é hora de jogos de salão.

Estou confiando — nesta manhã isto está mais claro do que nunca — em homens bem abaixo do calibre que eu havia esperado. Não seu pai, claro, minha querida, mas os sócios dele, evidentemente desconfiados, que provocaram essa coisa estranha. Aceitei o dinheiro como um gesto de gentileza para com ele, pois amo você, M. Não vou afirmar que eu estava cego pelo efeito que provoco nele; esnobes ingleses e multidões irlandesas parecem empolgar igualmente nosso CCF, mas eu poderia ter encontrado meus apoiadores em círculos mais respeitáveis e tradicionais. Você sabia, e assim sugeriu isso como um presente para seu pai. Eu, sinceramente, espero que nosso favor para ele — meu favor para você — não me faça lamentar por toda a vida.

Chega. Se estou ansioso agora, é porque estou ficando sem fundos, esperando que a ajuda de seu pai chegue em 48 horas, e em vez disso ele me envia charadas. Não mostrarei nada disso a você. Tudo se resolverá.

Mas um dia serei capaz de abraçar você, em nossa própria casa, e lembrá-la do momento em que percebi que me casaria com você: maio, apenas três ou quatro semanas depois de minha palestra na Sociedade Histórica. Você está com uma saúde excelente, e tão adorável quanto qualquer coisa imaginável nesta vida. Caminhamos ao longo das margens do Charles, com a gigantesca Inge deslizando a constantes dez metros atrás de nós, primeiro à nossa esquerda, depois à nossa direita, como se fosse um cachorro. O céu rola e as nuvens retorcem seus dedos nodosos, ansiosas para chover em sua beleza. Você flutua para longe de mim quando me curvo para amarrar o sapato (e Inge se detém à mesma margem respeitável atrás de mim, fingindo cheirar um buquê de flores azuis), e um raio de sol emerge e pinta um trecho de rio e seu vestido branco com uma única pincelada, e enquanto pelejo com o cadarço da minha bota, vejo você se curvar para dar palmadinhas na cabeça de um perdigueiro marrom e branco pequenino, com um rosto maravilhosamente enrugado e sorridente. Ele acabou de passar no meio de um piquenique, apanhando uma fieira de salsichas sem diminuir o passo, desviando-se de todos os seus agressores, deixando um rastro de caos em sua passagem, mas, ao ver *Margaret*, ele para, deixa cair o prêmio aos seus pés, enquanto joga a cabeça para trás e estica o pescoço para saborear o carinho. Foi isso, meu amor: nesse instante decidi fazer de você minha consorte neste mundo e no próximo (pois você será mencionada em todas as minhas obras escritas, o que também garantirá sua imortalidade). E, naquele instante, imaginei você esculpida pelo grande artista Tutmés, curvada sobre as margens do Nilo, colocando uma mão de dedos longos sobre a cabeça macia de um enviado canino de Anúbis. "Tenho uma coisa urgente a lhe perguntar", gritei quando me levantei. "O que foi que disse?", você gritou, o vento que aumentava trazendo sua voz para mim. "Tenho uma coisa urgente para perguntar a você!", e comecei a correr em sua direção. Minha empolgação agitou o cãozinho, que começou a correr em círculos, uivando a música mais melodiosa, deixando sua salsicha na grama como se a tivesse roubado não por fome, mas pela pura alegria da brincadeira sem-vergonha. "Você precisa ser minha rainha, você precisa, precisa."

"Você será aquele que há de me resgatar?", você perguntou quando a peguei nos meus braços.

"Claro que sim. É por isso que estou aqui com você."

Dias depois você me sugeriu o clube de investimentos de seu pai, erodiu minhas dúvidas e argumentações, e algumas semanas depois disso pedi sua mão a ele. E, ainda assim, hoje sou forçado a ficar parado enquanto uma píton aperta minha barriga, e eu coço a cabeça e fico intrigado com a mensagem críptica dele, gastando uma dúzia de agulhas para o gramofone WC, e, resumindo, perdendo um dia inteiro com preocupações. Suponho que toda essa agonia seja de algum modo um tributo à sua beleza e ao seu amor, minha preocupada querida que nos trouxe todos até este ponto, mas confio em que já esteja resolvendo tudo com seu pai.

Diário: Encontrar, com muita dificuldade, uma agência de cabograma aberta e enviar uma mensagem para Boston para confirmar certos detalhes necessários para o primeiro envio de dinheiro da Sociedade, pois os recursos preliminares estão se esgotando, e estamos apenas no começo.

Banco fechado. Ninguém responde quando bato à porta.

Ligo e peço ao retratista que retorne; não há mais nada para se fazer numa sexta-feira em uma cidade maometana.

CABO. CAIRO PARA C. C. FINNERAN, BOSTON, 20/10/22, 15H18. UNIVERSIDADE DE OXFORD FICA NA INGLATERRA. NÃO HÁ NECESSIDADE DE MAIOR ESCLARECIMENTO DE MINHA VERACIDADE. NÃO CONHEÇO NENHUM FERRELL. DIA 22 ESTÁ CHEGANDO. Q3: EM TODO O REINO DE ATUM-HADU, NÃO HÁ HOMEM MAIS CONFIÁVEL/ QUE SEU SENHOR DA FARTURA. CADA MOVIMENTO DELE É DIVINO./ SUBSTITUIREI COM OURO QUALQUER COISA DELE QUE ESTEJA ENFERRUJADA/E ME CERTIFICAREI DE QUE ELE POSSA NADAR EM VINHO QUANDO LHE APROUVER. DADIAE, CAL, 1920. RMT.

Sábado, 21 de outubro de 1922

Diário: Hoje, com o tempo mordendo meus calcanhares e nada de notícias do Serviço de Antiguidades, fiz uma ligação para eles. Pois a noite passada, na clareza que antecede um sono cheio de preocupações, ocorreu-me que fui enganado a adorar um pedaço de papel. Fetiches tão frágeis, um arqueólogo sabe melhor do que ninguém, não são esculpidos na pedra. Não há motivo em fazer da permissão-antes-do-fato um deus, como Marlowe costumava dizer na questão de pedir licenças. Uma conversa de homem-para-homem com o diretor-geral, quem sabe um presente e uma negociação de termos honesta, até mesmo uma expressão de boa vontade com relação à Mão-de-Atum Ltda., para lhe oferecer uma participação honorária em nossa descoberta, e com isso deveríamos finalmente estar a caminho.

Presenteei ao secretário do D-G uma primeira edição autografada de *Desejo e desengano no Antigo Egito*. Ele ficou devidamente impressionado, grato, murmurou alguma coisa em francês. Solicitei uma audiência urgente com o próprio D-G, para compartilhar meus mais recentes pensamentos sobre a tumba de Atum-hadu.

"O senhor está querendo fazer mudança de seu pedido?", DuBois perguntou dubiamente.

"Não, eu estou querendo *aprimorar* meu pedido, meu caro." O que é verdade: estou disposto a fazer um último gesto de boa vontade com relação às regras deles.

Como DuBois aparentemente não podia sequer piscar sem pedir autorização, ele recuou devidamente para os escritórios do D-G e me deixou parado em pé à sua mesa. Os ornamentos de que esses oficiais oficiais acham que precisam! "Do escritório do diretor-geral do Serviço de Antiguidades." "Do escritório do secretário-chefe do diretor-geral do Serviço de Antiguidades." Cera e selos, formulários de telégrafo em branco, pré-assinados e pré-pagos. Frufrus.

Esperei minha vez em uma das poltronas de couro superestofadas, retirei minha papelada da maleta estufada e acabei de atualizar meu diário até o presente momento. E aguardo, torcendo para que minha visível disposição de me submeter às regras corruptas deles retire qualquer obstáculo desse sistema constipado.

E agora é mais tarde na mesma noite e estou de volta ao hotel, e é com orgulho e empolgação que escrevo estas palavras: hoje conheci e fiz amizade com um de meus grandes heróis, um homem cujo profissionalismo e dedicação eu respeito acima de todos os outros, muito embora ele esteja agora reduzido a caçar sombras fugazes no Vale dos Reis.

Sentado, esperando a resposta do D-G, e tendo terminado minha atualização do diário, e ainda sem sinal do Sapo saltitante, senti o preâmbulo estremecedor de um ataque intestinal de nível médio, e então me retirei para as instalações folheadas a ouro do toalete dos cavalheiros do Serviço de Antiguidades. Embora isso possa parecer indelicado a você, devo convidá-lo, Leitor, a se juntar a mim ali, enquanto lavo minhas mãos e olho no espelho a cor voltar lentamente ao meu rosto úmido e exausto.

Eu havia reconhecido — pelos sons de infelicidade em harmonia com os meus que haviam se elevado da porta do sanitário ao lado — um colega membro dos digestivamente amaldiçoados, um irmão do intestino assassino. E então, na pia com espelho, quando levanto o rosto da pia com o rosto pingando água morna e xingo o rapaz nativo das toalhas que levou o tempo que quis para me secar e deixou que meu colarinho ficasse encharcado, examinei, ao lado do meu reflexo, o de um homem mais velho, de bigode, ensaboando as mãos com gestos estudados. Reconheci-o de pronto: meu colega dispéptico não era outro senão o grande Howard Carter, ex-inspetor de Antiguidades, descobridor de incontáveis tumbas e tesouros, incluindo Tutmés IV e Mentuhotep I, atualmente o bem-fornido beneficiário do interesse aristocrático do conde de Carnarvon pelo Egito, pintor, autoridade e grande gênio da escavação, agora à beira de (mal se pode crer, no momento em que escrevo) sua *sexta* longa temporada procurando e não conseguindo encontrar a tumba de um rei menor da XVIII Dinastia. Seis anos gastando o dinheiro de Milorde! Não é de surpreender que o estômago do pobre sujeito esteja se rebelando abertamente.

Estudei-o pelo espelho, a graça com que ele se movia, o porte, o ar de indiferença de quem manda. Ele vestia um terno leve de sarja. Eu estava fascinado ao ver, mesmo com a senilidade dele, a óbvia relação entre seus modos e suas capacidades. Assim como Marlowe, ele é uma daquelas pessoas para quem seu trabalho é um chamado do destino, e isso é visível até mesmo no modo como ele lava as mãos, como ele se porta sob os fardos banais porém onipresentes de seu corpo. Apresentei-me.

"Trilipush?", ele repetiu. "Trilipush?" Ele lavou as mãos e olhou para meus olhos refletidos, toda a Egiptologia aninhada em sua memória, organizada e confortavelmente acessível. "'O pornógrafo'?"

Sua solidariedade com a dor que sofri com aquele epíteto idiota aplicado por mentes inferiores ao meu trabalho estava evidente em seu compassivamente amoroso tom de voz de "citação"; ambos sabíamos que até mesmo mais uma palavra sobre o assunto estaria emprestando aos ignorantes uma parcela grande demais de nosso tempo. Sua pergunta irônica era um bem-vindo "como vai você" de um de meus pares que sabia bem demais que tipo de inveja e estupidez às vezes encontramos neste mundo traiçoeiro.

"Ah, sim, é verdade! E um colega do maligno Intestinus, o Grosso, se me permite o atrevimento. A comida local não lhe cai bem, meu velho? Ou você é uma vítima crônica, independentemente da dieta? Isto aqui não é continente para os incontinentes."

Enquanto o rapaz da toalha secava minhas mãos, reparei com interesse que Carter optara por usar a toalha sozinho. Como se ele soubesse que um explorador, acostumado à vida difícil dos sítios arqueológicos, não pode se permitir ficar acostumado aos luxos sofisticados da cidade.

Sentamo-nos e fumamos na sala de espera do D-G (até mesmo o grande Carter precisa aguardar sua vez para ter as atenções dos *wallahs*-de-escritório), e ele aceitou e colocou em sua pasta meu presente para ele, *Desejo e desengano no Antigo Egito*, onde escrevi: "Para meu caro amigo, colega de sofrimento tanto de imbecis quanto de entranhas irritadas, e um grande arqueólogo, verdadeiramente o maior homem-do-Egito da última geração. Com admiração, em 21 de outubro de 1922, no anexo de espera do escritório do D-G no Serviço de Antiguidades, Cairo. Ralph M. Trilipush."

A renomada tranquilidade de Carter, combinada com — vamos simplesmente imaginar — uma certa exaustão com a perspectiva de perseguir sua presa menor porém esquiva por mais uma temporada, depois de ter colocado nas próprias costas o fardo da concessão para o obviamente drenado Vale dos Reis, era notavelmente elegante. Seus modos eram de monossílabos cheios de insights, a sobrancelha expressiva, a respiração que podia ser ajustada para as gradações mais precisas de significado, praticamente a escultura de fumaça de cigarro exalada em hieróglifos que, traduzidos para o inglês, preencheriam páginas inteiras.

Sua calma (especialmente depois daquelas barragens internas que teriam reduzido homens inferiores a nós às lágrimas) dizia volumes.

Nós conversamos por vários minutos sobre a diarreia do explorador, minha descoberta do Fragmento C, minhas perspectivas para encontrar a tumba de Atum-hadu, as próprias perspectivas dele de sucesso no Vale. Discutimos Oxford, minha infância em Kent, minha carreira militar, Atum-hadu. "Gardiner disse lá umas certas palavras a respeito da sua tradução rimada", provocou Carter, balançando a cabeça para o desonesto e medíocre filólogo que havia resenhado *Desejo e desengano* em *Crônicas da Egiptologia* como "embaraçoso para os leigos e doloroso para os acadêmicos".

"Divertido, não foi? O que me faz lembrar: preciso lhe perguntar, Howard, o que acha daqueles que mesmo ainda hoje continuam alimentando dúvidas a respeito de que Atum-hadu..."

"Ah! Mishter Cartér! Queira nos desculpar por o senhor ter esperado com todos os nossos mais sinceros corações!" E do escritório do D-G sai o secretariozinho, fervilhando de admiração e pedidos de desculpas. "O senhor está de volta de sua *villa* em Gurna? Não não o esperávamos, mas que completa felicidade em vê-lo!" E bajulações similares, que fizeram Carter e eu olharmos um para o outro com enfado.

"O quê! Carter está aí fora também? Mande-o entrar agora mesmo!", ressoa uma voz do escritório do D-G, ilustrando belamente a preferência típica do burocrata em lidar com as brasas não ameaçadoras do sucesso do passado em vez do fogo ardente das promessas do presente. A postura de Carter, mesmo nos poucos passos de sua cadeira até a porta do D-G, foi bastante impressionante. Fosse eu ainda jovem e maleável, teria procurado imitá-lo: sua convicção não dita, porém inconfundível, de que tudo de importante era de algum modo mais complicado do que poderia compreender o leigo, mas que a única necessidade era uma clara intenção, e que uma simplicidade relaxada sempre traria resultados. Embora talvez os *resultados* nem fossem a questão (sexta temporada, afinal de contas), e conduzir alguém como se os resultados *fossem* a questão seja lutar por alguma coisa ilegítima ou indigna. Em vez disso, a postura dele implica que a pessoa deve se comportar como se reconhecesse que o sucesso, muitas vezes, foge ao controle, e — acho que estou tendo dificuldades para compreender o efeito exato que Carter provocou — ele fazia a pessoa se sentir menor, tenho ouvido com frequência outras pessoas comentarem, como se ele soubesse mais que você mas não se sentisse nem superior nem pesaroso por isso, como se apenas quisesse, enquanto você estivesse na presença dele, que não se sentisse nem inferior nem lamentando nada, mas que lutasse, assim como ele o fez, não por coisas mesquinhas, mas somente por alguma grandeza inominável, e que fizesse isso com precisamente o mesmo tipo de calma sem empolgação, porém cheia de estilo. E jamais mencionar nada disso em voz alta.

Fazendo um gesto de cabeça para mim, como para reconhecer a injustiça de ele estar sendo recebido antes de mim, Carter se retirou. Antes de entrar no escritório do D-G, fizemos planos para jantar com frequência, posteriormente, em Tebas, ao longo da temporada de escavação, e ele novamente elogiou o *Desejo e desengano*.

DuBois me informou que D-G estava ocupado pelo resto do dia e que eu fizesse meu "retorno em outra temperatura".

Domingo, 22 de outubro de 1922

Diário. Planejamento logístico: Visitar banco, que está aberto, mas domingo, claro, os bancos não funcionam nos Estados Unidos. Então, amanhã, assim que o crédito for estabelecido, a primeira tarefa será acertar o aluguel da *villa* ao sul, de preferência perto de Gurna. Marcar almoço amanhã com agente. Preparar cronogramas, começar a fazer as malas. É difícil saber quais gramofones levar para a *villa* ao sul, e quais para o sítio de escavação. Por um lado, a Victrola XVII é uma excelente unidade de salão e preenche bem um aposento. O Edison Audiogram 3 é muito pequeno, ótimo para um quarto, para ajudar a dormir. Dependendo da dificuldade de transporte entre a *villa* e a tumba de Atum-hadu, eu poderia levar o Columbia Favorite. Mas a potência e o volume do XVII seriam ideais para música de inspiração para os homens e para mim. Canções populares. Velhas favoritas do Exército.

Mas, conforme Carter me recordou ontem, o grande prazer de uma escavação é ouvir as canções de trabalho dos homens, as melodias simples que essas pessoas simples cantam para manter as mentes ocupadas enquanto escavam, sem interesse nenhum na busca propriamente dita, e o som mais doce de todos é o súbito silêncio que recai magicamente por toda parte e de uma só vez quando um deles desenterra alguma coisa. Carter falou desse silêncio com um arrebatamento de nostalgia nos olhos.

Segunda-feira, 23 de outubro de 1922

Diário: Banco é a primeira coisa, mas está acontecendo alguma espécie de atraso. O gerente me pergunta se eu tenho "certeza quanto aos detalhes das minhas transações financeiras". Eu estou pronto para lhe dar um soco quando ele olha para mim do alto e detrás de seus óculos ridículos, um daqueles ingleses que no calor dos trópicos não se bronzeia nem se embeleza, não transpira com paixão, mas murcha, vira uma frutinha desidratada pelo sol, ressecada, agarrado às suas cifras e aos seus protocolos, as únicas coisas que podem salvá-lo da total desintegração.

Não importa. Os atrasos do moderno sistema financeiro são um dos obstáculos inevitáveis atirados ao nosso caminho. Fosse nossa tarefa mais fácil, qualquer um poderia realizá-la, e a imortalidade seria uma honraria barata.

Almocei no Clube dos Exploradores no Cairo, e devo admitir que achei um tanto avassalador ver a companhia que eu esperava um dia ter ao meu lado. O prédio fora um clube de oficiais na Guerra. Eu ouvira falar da transformação do local e havia esperado vagamente algum tributo desajeitado ou divertido aos pais da Egiptologia e das escavações, quem sabe alguma coisa para atrair turistas americanos, ou, de modo mais prático, uma casa de encontros bem decorada onde arqueólogos empobrecidos pudessem discretamente se misturar com patrocinadores bem de finanças, fossem eles representantes de museus americanos vazios de peças mas cheios de dinheiro ou lordes ingleses entediados e irritadiços, de preferência com neurose de guerra e narcolépticos, abanando-se com cheques assinados.

Mas não, o que encontrei foi algo inteiramente diferente, uma pequena vaidade dos cônsules-gerais francês e inglês, talvez, mas que provocou um efeito e tanto em mim, como se um panorama de meu futuro tivesse sido disposto, reluzente, à minha frente. No prédio de arenito com pilares na entrada — que à primeira vista parecia um banco

— entrava-se por um hall de madeira escura pisando em tapetes vermelho-sangue, enquanto lampiões a gás sibilavam como najas por trás de globos de lápis-lazúli e cristal. Barretes turcos esvoaçantes me livraram do peso de minhas coisas, e então fiquei sozinho, endireitando os punhos da camisa e a gravata na luz fraca sob os olhos vigilantes de uma galeria de retratos dos homens que vieram antes de mim, cada qual deixando suas grandes e indeléveis pegadas na areia. À esquerda do espelho onde examinei meu próprio rosto estava pendurado o velho Henry Salt, cujas memórias devorei quando garoto. A seguir estavam os músculos de Salt, Belzoni, o ex-homem forte de circo que abriu o templo de Abu Simbel. Então, o olhar semilouco e hipnótico de Fouéré, que tinha a reputação de ter sustentado um harém com todas as bênçãos do governo francês, pois isso o mantinha mais produtivo em seu objetivo, aceito na Era de Ouro, de desenrolar múmias para apanhar seus anéis de ouro. Em seguida, nos quadros a óleo, vinha Champollion, de colarinho branco, pescoço duro e um pouquinho vesgo, como se o esforço de decodificar a pedra de Roseta tivesse distorcido sua visão e sua razão em uma cobra coleante. E uma dezena de outros também estavam ali pendurados, quase todos prestes a se aposentar ou a morrer com o aviso para o mundo de que não havia restado mais nada sob as areias do Egito; eles próprios haviam encontrado o que sobrara. E cada qual era desmentido pelo sujeito intrépido que vinha depois, que por sua vez dizia que havia sido o último, e que por sua vez... e assim por diante.

Eu fiquei ali parado, no meio daqueles quadros, meu próprio rosto no espelho igualmente pendurado entre eles. Eu podia ver o reflexo do rosto de Carter sobre meu ombro. "Olá, Trilipush", disse o quadro, de modo tão audível que se eu não estivesse sozinho teria perguntado a algum colega se ele também não havia ouvido aquilo. Um fantasma bobo, mas entendi na mesma hora o sentido dessa visão louca, esse excesso de imaginação por tanto tempo aprisionado na cidade e nas corrupções de hotéis e clubes: eu podia ouvir o panteão me recebendo muito bem em suas fileiras.

Empolgado, retirei-me para a sala de jantar, para procurar meu convidado para o almoço em meio às mesas lotadas com o pessoal dos consulados que ali mofava. O maligno *maître-d'hôtel* teria me despachado para o escritório dos membros antes que eu me sentasse, mas minha companhia chegou em cima da hora e num instante estávamos sentados, examinando suas fotografias das villas em frente ao Nilo.

Alguns momentos depois, o Carter vivo entrou no restaurante e passou perto de minha mesa, vestido, como em seu retrato, com um terno leve de gabardine, e olhando de modo estranho para mim, acenando com a cabeça como é de seu costume. "Ah, sente-se melhor, Trilipush?"

"Até agora, tudo bem, meu velho. Evitando as invenções laticínias mais *recherchés* e qualquer coisa que venha de nossas amigas cabras, mas tirando isso nada deve me manter fora da areia, obrigado." Ele olhou algumas fotos do agente imobiliário sobre a mesa. "Seremos vizinhos", eu disse ao meu colega, e ele expressou seu prazer com a notícia.

No fim, confiante em CCF e na Sociedade, eu me acomodei em uma grande casa num subúrbio afastado de Luxor na margem leste do Nilo, em vez de em uma *villa*, perto do cruzamento de barca para a margem oeste e o caminho para Deir el Bahari. Assinei um aluguel de cinco semanas com opção de renovação mensal depois disso. A essa altura, comprar um lugar poderá ser mais lógico, mas por ora precisamos ter cuidado ao nos aproximarmos de nossa presa. Paguei o depósito com meus próprios recursos. Os pagamentos de aluguel subsequentes terão de aguardar o próximo cabograma.

Nada no banco, nem no correio.

Retorno ao hotel. Considerando o Clube dos Exploradores, uma longa sessão com o retratista é uma necessidade urgente antes de minha partida para o sul, na quinta-feira.

Terça-feira, 24 de outubro de 1922

Nenhuma notícia no banco. Por que M. não se certificou de que precisamente isto não aconteceria? Certamente não seria incomum supor que ela assumiria responsabilidade pelo que começou, a riqueza com a qual ela acenou para mim como se muitos véus fossem.

A porta do Serviço de Antiguidades ainda está impenetrável.

Nada no correio. Cabograma para CCF para pedir urgência.

Não vou negar que eu estava meio confuso, me sentindo até mesmo um pouco mal. Sua tia me provocava sem piedade. Em certos dias (meus dias de sabedoria, eu posso dizer agora), decidia que o melhor a fazer era simplesmente deixar Boston rapidamente, mas quando eu lhe contava que havia marcado minha passagem, ela fazia beicinho e dizia: "Não, como é que você pode me deixar sozinha sem ninguém para me divertir?" Eu mudava meus planos para ficar, e da vez seguinte em que a via, com um buquê para ela em minhas mãos trêmulas, ela me perguntava com desdém por que diabos eu ainda não havia partido para o Egito. Quando não conseguia encontrá-la, eu ficava vagando por Boston (uma cidade muito, muito distante de casa), incapaz de ver como avançar minhas investigações interrompidas ou o que escrever para Finneran, e agendava outra passagem Nova York-Alexandria, que naturalmente eu não iria usar. Me convencia de que meus numerosos clientes e as reviravoltas do caso exigiam minha presença em Boston. E talvez ela não quisesse Trilipush, ela já quase tinha dito isso. Você também está rindo de mim, Macy? Vá em frente, pode rir.

Eu ligaria para Finneran, diria a ele que estava de olho em Margaret (sem jamais falar de nossas noitadas no JP's, é claro, por isso jamais aceitei um tostão dele para vigiá-la, não seria correto). Eu tentaria fazer com que ele visse a situação com clareza sem precisar dizer com todas as letras, mas ele não iria ver ou acertar as coisas sozinho, por conta própria. De fato, eu ia até a casa torcendo para que ela estivesse lá. Às vezes ela estava, e a encantadora anfitriã me oferecia limonada na sala de visitas e fazia carinho nos cachorros, e ficávamos sentados em silêncio, e ela me provocava porque eu não sabia mais o que dizer sem revelar algum segredo — dela para o pai dela, o de Trilipush para ela, do pai dela para ela, ou, claro, meu, que era o mais doloroso para mim não contar. E ela me procurava em minha angústia vespertina e dizia: "Harry, você está ficando cada vez mais quieto. Tente ser engraçado, será que você não consegue? Você um dia não me prometeu que não seria chato? *Não consigo* suportar homens que quebram promessas." Mas mesmo assim ela aparecia no meu hotel (onde sabia que me encontraria esperando e torcendo) e me levava para passar as noites no JP's.

Então, uma tarde, Finneran me chamou ao hotel, convidou-me a ir lá para dar meu "conselho, como um sujeito que compreende situações complexas". Ele havia acabado de receber um cabograma de Trilipush: o bravo explorador estava se mudando do Cairo para o sítio de escavação no deserto ao sul, e precisava que o dinheiro dos investidores fosse enviado para o banco no Egito imediatamente. Parece que Finneran, quando parou para pensar sobre a história de Oxford, atrasara o envio do dinheiro com o qual haviam concordado, mas agora eu podia ver que o choque de Oxford estava passando. Não havia dúvida: Finneran estava amolecendo. Ele queria explicitamente que eu lhe dissesse que Trilipush era de confiança, afinal. Ele não desejava meus conselhos, nem um pouco. Não, ele queria que eu mentisse, isto era claro como o dia, e que ainda por cima o colocasse no colo. “Margaret ama mesmo esse camarada”, ele disse, como se isso, mesmo que fosse verdade, valesse como alguma argumentação, além de ajustar a medicação dela. “E os investidores estão contando com ele. E comigo.” Num minuto ele está mastigando seu charuto, e é como se fosse um crocodilo comendo cartilagem de tubarão, um capitão da indústria dando ordens, e no minuto seguinte ele está pateticamente perguntando a *mim* (que dificilmente sou um amigo íntimo ou participante imparcial) o que deveria fazer. Num minuto ele se enfurece, parece confuso; no minuto seguinte, discute consigo mesmo. “Muita coisa está em risco neste investimento”, ele resmunga. “Agora não é a melhor hora para o dinheiro seguir pelo caminho errado. Mas se você quiser receber o pagamento final, não pode vacilar na beira do abismo. Se você se comprometer, não pode atar os pés e as mãos de um homem por falta de alguns dólares.” O pensamento passou pela minha cabeça: Trilipush tinha toda a família Finneran no seu bolso. Não precisava sequer *existir* um tesouro enterrado!

A loucura dessa família (sem ofensa aí, Macy) me fazia sentir uma criada velha: eu pensava na filha dele lá fora na sala de visitas, na sua desgraça quando Trilipush jamais retornasse, quando toda a sociedade de Boston ficaria sabendo que ela ficara noiva de um trapaceiro e assassino, e que *ele* a havia abandonado. Quanto mais tempo Finneran continuasse pagando a Trilipush, mais longe ficaria esse dia do ajuste de contas, até que por fim Trilipush iria simplesmente desaparecer sem uma palavra, provavelmente após ter tomado dinheiro suficiente de Finneran para remobiliar a propriedade dos Trilipush em Kent, o dinheiro novo de Finneran casando lindamente com o velho nome de Trilipush. E quando esse dia chegasse, quem ficaria com Margaret depois de uma coisa assim? Eu ficaria, era o que eu via claro como cristal. Eu ficaria.

Estudei com Finneran. Disse que achava que Trilipush "*poderia* não ser um investimento prudente, as evidências certamente eram confusas". Ele aceitou isso bem. Então eu fui avançando bem devagar: quem sabe, se Finneran estivesse verdadeiramente preocupado com a saúde e a felicidade de Margaret, havia outros homens que podiam cuidar melhor dela do que aquele inglês. Havia muitos riscos vinculados a um homem que já havia mostrado ser de caráter dúbio, considerando-se as notícias de Oxford. Eu disse que minhas investigações de fundo levariam ainda mais tempo, mas talvez fosse melhor que ele procurasse para ela um homem comprovadamente honesto, ainda que não fosse um bobo inglês empobrecido. Finneran olhou para mim bem de perto, mais calmo agora, ao que parecia, para me compreender. Ele fez que sim com a cabeça, me agradeceu pelo meu tempo, disse que levaria em consideração minhas palavras. Mas, e ela, levaria?

O uso que ela fazia do ópio era um tanto preocupante, isso eu podia ver. Eu não estava tão cego assim por ela, e estou escrevendo a você, conforme disse que o faria, Macy, sem desculpas nem suavizações da verdade. Suponho que, na época em que ela se casou com seu tio, já tivesse se libertado dessas satisfações da mocidade. Mas em outubro e novembro de 1922, ela abusava. Não sei como ela administrava isso, mas ela o adquiria por meio do sombrio J. P. O'Toole lá em cima, no mezanino. E quando ela descia novamente até o sofá em que ficávamos sentados lado a lado, os olhos arregalados e as pupilas pequeninas, eu sabia que ela estava bem longe dali. "Harry, coração, como você está esquisito. Por que você nunca sobe comigo? Você faria isso, coração?" Nunca fiz. "Eu vivo um milhão de anos enquanto você vive apenas esta noite", ela me disse uma vez enquanto alucinava, alguma coisa que havia lido num livro, acho eu. "Um milhão de anos, Harry. Você não quer ser interessante, e se juntar a mim por um milhão de anos? Pode imaginar nós dois indo para a eternidade juntos, homem e mulher, dois corpos entrelaçados por um milhão de anos?" Tenho orgulho, Macy, do que eu costumava fazer por sua tia quando ela ficava nessas condições. Eu a protegia, do jeito que o pai dela gostaria. Os registros deverão mostrar quem era o cavalheiro, entre o pobre trabalhador australiano e o inglês pedante. Nós ficávamos no estabelecimento de O'Toole por quanto tempo fosse necessário, e eu esperava que sua tia retornasse de suas viagens de um milhão de anos, segurava a mão dela enquanto ela adormecia, ou fazia carinho em seus cabelos e em sua testa. Quando voltava a se juntar a nós, meros mortais, eu cuidava para que ela chegasse sã e em sigilo à sua casa. Sim, repito, eu estava preocupado quanto ao ópio, mas para mim aquilo era apenas parte dela, e quando ela me dizia em seus outros humores, durante o dia, que aquilo era apenas um brinquedo com o qual ela brincava quando queria, isso certamente não era digno de menção para o pai dela, já tão sobrecarregado, bem, não tive forças para duvidar dela. E, olhando para trás, obviamente ela tinha razão. De que outra forma teria se casado com seu tio e vivido uma vida feliz?

Quarta-feira, 25 de outubro de 1922

Diário: Hoje o mensageiro do hotel me entrega um *souvenir* digno de colar no meu diário: uma pequena nota da farsa burocrática de nossa era depravada, na qual devemos todos aceitar nossos papéis, embora sejam distribuídos aleatoriamente no elenco.

> Sr. Trilipush,
>
> Desejo esclarecer que, nas atuais circunstâncias, a totalidade da área de Deir el Bahari, conforme realçado no mapa em anexo, deve ser considerada como concessão exclusiva do professor Winlock e do Metropolitan Museum. Seu pedido foi anotado e analisado. Assim que houver alguma mudança no *status* da concessão ao Metropolitan, entraremos em contato. Caso o senhor se mude do Hotel da Esfinge, por favor nos informe onde nos Estados Unidos poderá ser contactado. Além disso, lamento informar lhe que na semana passada enviei um cabograma para o professor ter Breuggen na Universidade de Harvard para confirmar sua posição de cocandidato para sua solicitação e ele — tenho certeza de que se trata de um mal-entendido — declinou vincular o nome dele ou o de Harvard ao seu pedido, embora pedisse que eu enviasse ao senhor seu "melhor voto" [*sic*]. Humildemente me despeço,
>
> P. Lacau, diretor-geral Serviço de Antiguidades

Quanto a Claes ter Breuggen, nenhuma surpresa de meu querido diretor. Isso merece *Sup with the Devil, but Use a Long Spoon** na Victrola XVII.

---

*Tome sopa com o diabo, mas use uma colher comprida. (*N. do T.*)

Ter Breuggen. Claes ter Breuggen, o Bufão Bestalhão, o Wafer Belga, o Flamengo Fleumático, presidindo catastroficamente (por enquanto, apenas por mais alguns meses) o Departamento de Egiptologia de Harvard, como curador da coleção para adolescentes da Universidade e educando mal os filhos dos ricos de Boston, cujos pobres rapazes saem cambaleantes das palestras tartamudas e quase sempre inaudíveis de ter Breuggen e entram claudicantes no meu escritório para uma tutoria por demais necessária. "Diga lá, Pushy", começou um idiota de bochechas rosadas intrigado com uma palestra clássica de ter Breuggen, limpando a garganta molhada e o nariz, ato no qual a primeira fileira pode certamente contar que terá o rosto umedecido se a curiosidade não for incitada, "que história toda é essa de portadores de selos* faraônicos? Certamente lá era tudo quente e arenoso, deserto e tudo isso, não estou certo? Não era o clima para isso, não acha?"

Os últimos dias de ter Breuggen como sumo sacerdote da Egiptologia de Harvard têm um certo sabor de condenação, de fim-de-um-interlúdio, de um-herói-conquistador-está-chegando, pois ele arma certos esquemas por intermédio de mensagens escritas para prejudicar seus rivais em períodos de instabilidade. Um dos membros de sua corte certamente se sublevará, terá grandes vitórias em outras terras, retornará ao reino em apuros para restaurar a ordem e a glória.

Esse demônio gordo botou as garras de fora quando fiz meu mais recente apelo perante a comissão de revisão de estabilidade interdepartamental de Harvard, onde ter Breuggen disparou suas últimas acusações infundadas contra mim e preparou suas defesas despedaçadas pela última vez. Diversos dos membros da comissão — chocados com as acusações ultrajantes de ter Breuggen e sua disposição para esquecer qualquer vestígio de dignidade pessoal em sua temível campanha contra mim — me contaram depois da audiência que eu era benquisto na comissão, mas ter Breuggen ameaçou, reclamou e chorou descaradamente para me manter em um lugar inferior. Até mesmo o reitor Warren, que presidiu a terrível audiência, me chamou a um canto depois para me incentivar, desejando-me sorte em minha expedição, praticamente me

---

*Trocadilho intraduzível. No original, *seal-bearer* pode significar tanto uma autoridade (aquele que porta o selo do governo ou do reino) quanto um caçador de focas. (*N. do T.*)

garantindo a estabilidade caso eu fizesse uma descoberta que colaborasse para a glória eterna de Harvard.

Os modos odiosos de ter Breuggen podem ser explicados de modo simples: seu ressentimento porque, quando entrei para o corpo docente, recusei-me a entregar o Fragmento C a qualquer coleção que estivesse sob sua curadoria, ainda que ele tivesse arregalado os olhos e babado em cima do meu papiro. Não importa. Agora, depois de ter recebido a bola preta do sacerdote corrupto, recomponho minhas forças, luto pelo reino em outras terras, conquisto a glória e retornarei.

Banco. Nada.

Correios. Nada.

Banco. Nada.

Quinta-feira, 26 de outubro de 1922

Diário: Meio-dia, último dia da Fase 1. O QG da expedição se muda para o sul. Um novo começo, e posso sentir a força e a inspiração voltarem. Eu já estava praticamente ficando louco de tanto esperar neste hotel, meu entusiasmo diminuído pela cidade e pelo luxo. E hoje, um dia ocupado, improvisos se fazem necessários. Carta para Lacau no Serviço de Antiguidades, agradecendo-lhe por sua correspondência, e dando meu endereço na *villa* onde estarei passando férias e aguardando "alguma mudança fortuita no *status* do sr. Winlock *vis-à-vis* Deir el Bahari." A visita ao banco finalmente se dará, após o primeiro pagamento.

Mas não há notícias de lá, o que é profissional e pessoalmente decepcionante, mas claramente há algum problema no sistema, e esses são os difíceis obstáculos que nos perturbarão em qualquer viagem. Confirmo que eles têm o endereço e as informações de envio para meu banco correspondente no sul. Também chamo a atenção do escriturariozinho que me deixou tão pouco à vontade estas últimas semanas. Havia, infelizmente, barras de ferro pintadas de preto entre meu punho flexionado e a carinha sem-vergonha dele (sem dúvida, por esta exata razão; os banqueiros ingleses de classe média não são inteiramente insensíveis ao efeito que provocam em outras pessoas).

Vou apanhar meus novos conjuntos de roupas, mas descubro que, com a bagunça que é o sistema de transferência internacional de dinheiro, eu posso, depois de uma seleção terrivelmente difícil, ficar com apenas dois deles — uma sarja egípcia e um gabardine leve. Tornei a garantir ao pobre alfaiate que ele seria pago pelo restante quando eu os mandasse buscar.

O retratista ainda não acabou seu trabalho. Em sua condição atual, estou inteiramente em cores do topo da cabeça até o lábio superior, e nesse ponto eu me desvaneço em linhas marrons rascunhadas. Ele me faz olhar para um ponto diretamente para fora, mas com a cabeça ligeiramente virada para o lado. Belamente feito. Entretanto, ele imaginou uma certa frouxidão debaixo do meu olho direito que nenhum espelho confirma e nenhuma galeria tolera. Então eu lhe informei que a pintura deverá ser entregue somente após ser consertada e completada ao Clube dos Exploradores, de quem ele deverá receber o pagamento.

E, de volta ao hotel, onde o gerente da manhã — um egípcio — deseja saber por quanto tempo mais eles terão o prazer de minha estada, já que estendi o período de minha reserva original. O sistema internacional de transferência de dinheiro é de enfurecer: esses camaradas nativos estão fazendo o melhor que podem, gerenciando um hotel não-tão-ruim com o melhor de sua capacidade, e é um tanto desacorçoante que eles precisem estar tão à mercê de um banco. Mas vou precisar de uma base de operações no Cairo, é claro, mesmo quando eu estiver trabalhando ao sul — endereço para envio de correspondência, minha suíte para ocupação com pouco tempo de antecedência, um local para armazenar certos artigos, um *pied-à-terre* para minha noiva ou meus sócios de negócios quando eles vierem à cidade, uma instalação central para certas comemorações do governo projetadas para o início de dezembro. E, assim, uma excelente notícia para o gerente: sua suíte mais cara continuará ocupada até o inverno. Vou mantê-la até 1º de janeiro, por ora, e talvez até por mais tempo, vou enviar um cabograma de Luxor com as datas finais. Eu pago uma pequena porção do meu balanço para manter a suíte até lá. Distribuo exemplares de *Desejo e desengano no Antigo Egito* para o recepcionista, os carregadores, as arrumadeiras africanas etc. Suprimentos a serem deixados na suíte: a Victrola XVII, o maior dos meus gramofones. Suprimentos a levar para a viagem para o sul: mais papel timbrado para o diário, conjuntos convenientes de toalhas e roupas de cama: o emblema e o lema absurdos do hotel deverão ser motivo para bastante diversão para todos no sítio. Mandei levarem minhas malas até o cais, e desfrutei de um último drinque na minha varanda enquanto atualizo este registro. Vou sentir saudades da cama acolchoada. Vou sentir saudades do Sekhmet Bar no saguão, decorado com pinturas daquela deusa ancestral com cabeça de leão que destruiria a humanidade, se algum dia lhe permitissem ficar sóbria. Vou sentir falta do atendimento. Sabe, estou mais velho agora do que quando estava no Exército, e não posso dizer que esses confortos nada significam. Ah, não se engane, vou adorar me deitar novamente numa cama de campanha sob as estrelas, protegendo minha descoberta, tendo que lidar com o calor e com o frio em rápida alternância, cantando e jogando conversa fora com os homens nativos que me tratam ao mesmo tempo como um deles e como seu líder natural. Mas não sou tão dedicadamente rústico assim, não mais. Dezesseis noites no esplendor do Hotel da Esfinge, em meus lençóis macios com padronagem impressa do abutre, da naja e HÓRUS CONSOME OS CORAÇÕES DOS MAUS — bem, irei me aquecer com eles (e com as lembranças que eles trazem) nas noites frias do deserto.

Uma última verificação no banco: nada.

E, finalmente, minha grande viagem começou: agora estou escrevendo do convés do vapor *Quéops*. À minha frente, uma jornada 500 milhas para o sul, 500 milhas Nilo acima para o lugar onde meu rei me espera, para onde Marlowe e eu encontramos o Fragmento C, e onde ele mais tarde perdeu a vida.

Minha partida e o pôr-do-sol coincidem, e do convés branco sob o céu púrpura e sobre o Nilo negro que fervilha vejo o Cairo se afastar na distância, a multidão no convés, as luzes na praça, a fumaça subindo das casas, das *ahwas* e das lojas, misturando-se com a fumaça do barco. Quase se podem ver da distância os rostos sorridentes dos carregadores de bagagem quando se sentam no convés para começar sem demora seu estudo de *Desejo e desengano no Antigo Egito* (Collins Amorous Literature, 1920). Estou vestindo aquele terno de sarja, feito por um dos maiores alfaiates do Egito. Inclino-me sobre o parapeito de madeira polida no lado de proa de um excelente veículo. Observo com expectativa e relaxamento quando o navio passa por palmeiras narcisistas e camponeses quase nus, coisas que praticamente não mudaram desde o tempo em que foram retratados em um papiro antigo. Fico admirado pelas moças a bordo — quase todas americanas, observo — e penso em casa (tão longe) e no destino (tão próximo), e percebo frustrado a premonição de uma terrível tempestade estomacal por vir. Desço à minha cabine.

Mais tarde, com mais calma, abaixo. Em pouco tempo fui capaz de subir até o nível do salão, o deus do distúrbio alimentar me garantindo uma pausa refrescante após apenas uma hora de preces forçadas. Bebidas refrescantes acima e abaixo do convés. E um trio de jazz no salão, egípcios, na verdade, tocando com razoável competência. Enquanto eu dançava com jovens turistas que ficavam enlevadas por histórias de exploração, o *bandleader* nativo, com fez na cabeça e vestindo um paletó de smoking vermelho, dedilhava um banjo enquanto outro soprava num trompete velho e um terceiro cantava, com um sotaque maravilhoso, canções como *You're a Lucky Fellah* e *I Love That Man and I'll Keep, Just Aziz** e:

In old Pharaoh's Egypt,
The Hebrews came to stay,
Until old Moses rose up
To lead his folks away.

"Let my people go", said Moses.
And Pharaoh said: "No, sir!"
And then gave baby Jesus
*Gold, Frankincense, and myrrh.***

Desse jeito, assim. Isso e o sacolejar do barco dão à pessoa um senso de desorientação peculiar que o gim não é capaz de superar.

Margaret: Esta noite, no navio para Luxor, meus companheiros de jantar na mesinha colocada para três foram um velho casal americano, o qual supus que estivesse em sua primeira viagem ao exterior, a

*Trocadilhos intraduzíveis. *You're a Lucky Fellah* (Você é um felá [camponês egípcio] de sorte) é uma brincadeira com *Lucky Fellow* (sujeito de sorte). Já em *I Love That Man and I'll Keep, Just Aziz*, o nome próprio árabe Aziz está no lugar de *As is* (o título deveria ser "Eu amo aquele homem e vou ficar com ele mesmo assim"). (*N. do T.*)

**Tradução aproximada: No velho Egito do faraó/Os hebreus vieram ficar/Até o velho Moisés se revoltar/Para seu povo dali levar. "Deixe meu povo partir", disse Moisés./E faraó disse: "Não senhor!"/E depois deram ao Jesus menino/Ouro, incenso e mirra." (*N. do T.*)

recompensa apimentada por uma vida de economias parcas, filhos e netos levando-os para vê-los partirem em sua incrível aventura, a penúltima. Mas não, acabou que eles eram alguma coisa muito mais substancial, difícil de explicar enquanto me deito em minha cabine, tentando capturar os encantos deles enquanto o sono me morde e as lembranças do que eles me mostraram esta noite nublam meu pensamento. Eles não se pareciam com nada do que eu já conheci. Tanta *suavidade*.

Eles partiram de Minneapolis, ou uma dessas aldeotas estranhas nas profundezas cobertas de milho de sua América. Ali, Len e Sonia Nordquist são pilares da sociedade, veja você. Ele é executivo em uma empresa de moagem de grãos de alguma espécie e é fascinado pela maneira como os egípcios colhem e processam seu linho e seu painço. Ela faz parte da diretoria do museu da cidadezinha, de seu teatro, de sua escola para surdos-mudos, de toda sorte de coisas. Claro que eles não pareciam avós. No kit de viagem deles (ele usando um *tweed* de caça escocês leve, ela usando um chapéu de explorador estilizado com uma rede antimosquito estilizada amarrada no queixo), os dois passarinhos grisalhos eram peculiarmente americanos em sua amizade. Sentavam-se de mãos dadas sempre que possível, mas ela muitas vezes pegava minha mão com seus dedos velhos, ou Len me dava tapinhas paternais nas costas. Quando um deles irritava o outro, eles reviravam os olhos e balançavam a cabeça, pasmos com a burrice do parceiro, mas aí, um instante depois, já estavam segurando as mãos novamente, ou acariciando o rosto flácido do companheiro. Len sofre terrivelmente com a temperatura e com a poeira; ele era uma fonte quase constante de ruído, mas Sonia lhe entregava um lenço sem olhar para cima ou interromper uma linha de conversação. Tomar conta dele parecia ter se tornado como a respiração para ela. Era uma visão e tanto, M., um tanto magnética, e pensei em você e eu quando velhos.

Eles perguntaram sobre Oxford e sobre você, e minhas explorações e hipóteses. Eles borbulharam de entusiasmo ao ouvir sobre Atum-hadu, chegaram até a me pedir que recitasse uma ou duas quadras. "Ah, você precisa nos recitar absolutamente a mais escandalosa", Sonia pediu, e Len concordou, assoando o nariz. "Sim, por favor. Não poupe nossas sensibilidades." Comecei com uma coisa suave, o seu favorito, a Quadra 35 ("Ela será minha"), mas quando cheguei ao fim, a cara senhorinha me olhou de modo um tanto inexpressivo: "É só isso? Mesmo? Não consigo entender por que tanta confusão. Certamente eles devem ter coisas mais picantes." "Positivamente escandinavo", concordou Len. "Será que o seu Atum-hadu era luterano?" "Muito bem, então", disse eu. "Vamos tentar a 57: 'Despertada do sono, a naja encapuzada.'" Depois do recital em voz baixa (a banda de jazz estava descansando, e algumas das moças mais novas na sala de jantar pareciam estar olhando em nossa direção, inclinando-se para ouvir melhor), os anciãos simplesmente esticavam seus lábios inferiores e balançavam as cabeças de um lado para o outro, o gesto idêntico em ambos. "S-sim", disse Len ambiguamente, "suponho que algumas pessoas possam achar isso um pouco fraco, a imagem da cobra, mas pela sua descrição do homem, imaginei alguma coisa mais." "Então está certo, pessoal, vamos ler a 48." Inclinei-me ainda mais e sussurrei, pois os outros convidados do jantar haviam parado inteiramente de conversar. Agora Sonia estava convencida, a mão na boca, e Len assentia em silêncio. "Ah, nossa, ah, sim", Sonia suspira. "Você precisa encontrar a tumba desse sujeito! Ele é encantador!" "Vou ter de recitar esse na próxima reunião do meu clube", diz o velho, e Sonia concorda: "Por favor, anote-o para nós. Eu faço parte de um clube de poesia em Minneapolis, e as outras senhoras vão me achar muito inteligente por ter descoberto isso." Prometi que lhes enviaria exemplares de *Desejo e desengano* antes que desembarcassem; o prazer e a gratidão deles com o presente foi assombroso. Dali a pouco trocamos convites, para explorarmos Tebas e o Vale dos Reis juntos, e para que eu os visitasse em Minneapolis, passasse um verão na casa deles em algum lago com um nome enorme de índio.

Comemos carneiro, cuscuz e bebemos um ótimo clarete, e na sobremesa (um doce grudento com mel, gergelim e água de flor de laranjeira), Sonia passou um lenço para Len, esperou até que ele tivesse assoado o nariz novamente, e depois lhe perguntou: "Bem, devemos fazer aquela proposta ao nosso novo amigo?", e Len respondeu: "Claro que sim. Acho que Ralph vai adorar essa oportunidade. Além disso, quero conhecer esse velho sem-vergonha." E Sonia se virou para mim, deu uma palmadinha na minha mão e olhou nos meus olhos com um sorrisinho malandro e me perguntou docemente se eu gostaria de conhecer mais alguma coisa sobre meu Atum-hadu, ou sobre minhas perspectivas de encontrá-lo, quem sabe até mesmo de saber onde ele estava naquele exato instante?

Ah, que pena, pensei, com uma tristeza sincera por ter perdido algo de valor, os velhos são malucos. "Vocês têm acesso a essas informações?", perguntei, mascarando meu horror da melhor forma que podia.

"Talvez sim", disse Sonia, e sorriu com muita alegria e empolgação, ao passo que Len assentia com seriedade e repetia: "Ah, sim, nós temos, caro amigo." Seria possível que eles tivessem alguma formação acadêmica? Um dos Nordquist mais jovens poderia ter sido um egiptólogo na universidade agrícola de Minneapolis? "Paciência, Ralphie, paciência", Sonia disse matreira enquanto eu os acompanhava, bastante lépidos para os séculos que acumulavam juntos, para fora da sala de jantar, subindo a escadaria principal e percorrendo uma passagem balouçante até chegar à porta deles.

Eles haviam ocupado uma cabine que era tranquilamente seis vezes maior do que a minha, e eu já havia esbanjado (ainda confiante em seu pai e na Sociedade, como ainda confio, sem a menor dúvida). Perto de um piano, sobre uma mesa redonda com um pano de baeta verde com franjas que quase tocavam no chão, ficava um candelabro de prata com três braços que se entrecruzavam, e que Len acendeu antes de apagar as luzes elétricas do teto e cobrir a portinhola. "Sente-se, caro rapaz", disse Sonia, empurrando três cadeiras pequenas até a mesa.

Len se juntou a nós, e meus vizinhos pegaram em minhas mãos. "Ah, a noite hoje parece adorável, não é, meu querido?", perguntou ela, e Len respondeu: "Parece sim, caríssima, o ar chega a vibrar."

"Por favor, diga em voz alta seu nome e seu objetivo, meu querido", ela disse, e apertou meus dedos com uma força surpreendente. "Para todos nós ouvirmos."

"Meu nome é Ralph M. Trilipush, instrutor adjunto associado de Egiptologia, Universidade de Harvard, autor de *Desejo e desengano no Antigo Egito*, Collins Amorous Literature, 1920, nova edição planejada para sair por Harvard no ano que vem. Sou o principal estudioso do rei Atum-hadu, da XIII Dinastia do Egito. Eu vim para..."

E com isso as velas se apagaram. Nem Len nem Sonia as apagaram. E, Margaret, elas não se apagaram como se tivessem sido sopradas, a chama se inclinando primeiro para o lado oposto da fonte do vento. Não, elas se desligaram, escurecidas de cima para baixo, sem cheiro de fumaça. Fiquei bestificado, como qualquer um teria ficado, e supus que se tratasse de um truque, mas não sabia dizer o quê ou como.

"Ah, mas isso é notável!", disse Sonia, interrompendo a circulação nos meus dedos. "Você foi ouvido muito rapidamente!"

"É Sua Majestade, o grande rei Atunrradú?", entoou o vendedor-chefe da maior fabricante de alimentos de Minnesota. E, Margaret, a mesa deu um ligeiro pulo do chão. Um truque, claro, Margaret, claro, mas mesmo assim o efeito foi de fato surpreendente. E eles são velhos demais para levantar mesas com os joelhos.

"Você tem uma mensagem para nosso caro amigo, o professor?", ela perguntou, e a mesa bateu no chão mais uma vez.

"Você deseja ser encontrado pelo professor?" Tunc.

"Você deseja dizer a ele onde ele pode encontrá-lo?" Tunc.

"Ele terá sucesso em descobrir você?" Tunc.

"Alguém irá ajudá-lo?" Tunc.

"Alguém neste barco?" Tunc.

"Você deseja falar por meio da tábua?" Tunc.

"Seu desejo é uma ordem, Grande Rei", disse Len, com a seriedade e a educação de um bom cortesão.

"Por favor, aguarde só um segundo", disse Sonia, pedindo a Sua Majestade o rei Atum-hadu o Inchado para que ficasse na linha enquanto ela ia pegar um pedaço de papel para anotar uma mensagem. Ela soltou minha mão e saiu da mesa vibratória, ficou remexendo no escuro do quarto por um instante ou dois. Ela voltou a acender uma das velas e depositou sobre a mesa uma espécie de tábua, que não sei descrever direito, tão estranha que era. Era uma peça dobrável de madeira pintada com letras e números ornamentados. Em cima da tábua ela colocou um tipo de lente com uma mira no centro, grande o bastante para apontar para uma das letras pintadas de cada vez. O copo foi colocado dentro de um disco de marfim sobre pequenos rodízios, com entalhes delicados e forração de veludo para segurar com as pontas dos dedos. Sonia colocou minhas mãos no disco, e na luz baça daquela vela listrada de preto e branco as quatro mãos velhas deles pareciam extremamente pálidas e macias sobre o dispositivo peculiar, como se fossem feitos do mesmo marfim.

"Então pergunte, meu caro rapaz. Ele está esperando por sua pergunta." Eu não entendi o que deveria fazer.

"Ah, deixe que eu começo a rolar a bola", disse Len. "Grande rei Atunrradú, quem será de maior ajuda para nosso amigo Ralph em sua busca pelo senhor?" E o copo e o marfim subitamente começaram a deslizar por sobre a mesa sob nossas mãos, parando aqui e ali, centralizando com muita precisão sua mira sobre as letras A H A H R T N W.

"Ora, ora", Len chiou. "Parece que Sua Majestade está se divertindo um pouco à nossa custa."

"Majestade, não estamos aqui para sua diversão. Talvez o senhor não saiba como encaramos os reis em nosso tempo (sem a intenção de ofender ao senhor ou a você, Ralphie). Se não deseja falar conosco, que assim seja, mas não vamos admitir..." E Sonia começou a chamar a atenção do espírito do último rei da XIII Dinastia por se engajar em "cabriolas imaturas". Houve um momento de silêncio e calma, e depois o disco tornou a voar, quase tirando meus dedos dele em sua pressa: A H A H R T N W.

"Talvez ele simplesmente queira ficar no sim e no não", sugeriu Len.

"Não, não." Eu finalmente encontrei minha voz. "Deixem-me tentar. Senhor do Nilo, Mestre de Dois Reinos, onde deverei encontrar-vos?"

R X K S T.

"Ah, agora isto já é demais", exclamou Sonia, retirando as mãos do marfim, que então tombou de lado sob o peso desequilibrado dos meus dedos e dos dedos de Len. "Por favor, me desculpe, caro Ralph", ela disse ao acender a luz elétrica e nos fazer piscar ao brilho dos anos 1920. "Sabe, eu tinha esperanças."

"Por favor, achei isso tudo fascinante", eu disse. "Sou extremamente científico nessas questões, por isso não posso dizer que acredito tanto quanto vocês."

"Claro que não, querido, claro que não", disse Sonia, e sorriu precisamente como uma pessoa que deseja que sua mãe sorria quando ela permite que sua mentira passe sem castigo.

Desejei-lhes uma boa noite, deixei-os acenando para mim da porta, de mãos dadas, fiz planos para o desjejum no dia seguinte, e agora me encontro em minha cabine tremulante (irritantemente espartana depois do que agora sei que existe à disposição no navio — estou quase me decidindo a voltar para o Cairo para acertar contas com o homem da agência de viagens).

Não desejo incentivar a loucura, Margaret, mas aquelas pessoas tão adoráveis deviam ser vigaristas com muita prática e muita sincronização, e ao mesmo tempo egiptólogos amadores, e ansiosos para me verem ser bem-sucedido, pois de outro modo como explicar que A H A H R T N W, com mais alguns espaços, produz "aHA Hr Tnw", que significa "combatente pela honra" na transliteração padrão de hieróglifos para o alfabeto romano, e "rx-k st" pode ser traduzido, ao pé da letra, como um muito incentivador "você conhece o caminho"? O que posso escrever aqui, Margaret? Eu vi o que vi. Não acredito nessas coisas mais do que você. Não pode ter acontecido. Mas aconteceu.

Acabei de despertar, 4h15 da manhã pelo meu relógio. No sonho que acabei de ter, o zumbido do motor de minhas paredes de madeira se tornou o murmúrio de uma plateia impaciente em uma palestra com o salão cheio, como o aposento onde conheci você, mas infinitamente maior. Milhares de pessoas aguardam minhas observações. Estou sentado a uma mesa no palco com minha preleção à frente, várias folhas de papel com uma letra que reconheço como sendo meus próprios esforços de menino para escrever em escrita demótica. Estou pouco à vontade, devido ao peso do diadema que levo à cabeça, com o peso de figuras douradas sobre a testa representando um abutre, uma esfinge, uma naja, você, seu pai, Inge e os Nordquist. Ao meu lado nesse palco está sentado Carter, muito conversador, embora, com o som cada vez mais alto que vem do fundo da plateia de Boston, se torne cada vez mais difícil se concentrar nos elogios dele: "Da mais profunda importância, é claro, devemos sempre ressaltar, a forma pela qual procedemos de câmara em câmara dentro da tumba, minha admiração se estende para muito além de suas descobertas e abrange também seu coração." O ulular vai ficando cada vez mais alto, varrendo a multidão, fileira após fileira de senhoras de Boston subitamente se levantando para gritar com rostos contorcidos, estendendo os braços e os programas em minha direção como a implorar. "Como é que você mantém a calma em face de tantas pressões?", pergunta um Carter visivelmente nervoso. Metade da multidão está ululando agora, rasgando os colarinhos e os cintos, gargantas uivando, um ruído velho como o Egito, que ecoa das senhoras de Boston, do reitor Warren, do professor ter Breuggen, todos os sócios esnobes e criminosos de Finneran. Inge rasgou seu vestido e revelou o corpo magnífico, e até mesmo você está em pé agora, pondo de lado o inebriamento grogue dos analgésicos para gemer como todos ali gemem, e eu me levanto da mesa e avanço, nu e poderosamente tripodal, segurando minha preleção em uma das mãos e o coração ainda pulsante de Carter na outra.

Estou cansado. Meus olhos pesam, mas me sinto muito forte, estranhamente forte.

Sexta-feira, 27 de outubro de 1922

Acordei tarde esta manhã e ouvi a notícia de um dos carregadores nativos de que na noite passada houve uma briga entre dois membros da equipe da cozinha e que um dos demônios cortou o outro com uma faca de pão antes que dois garçons conseguissem detê-lo. Também fiquei sabendo que o combate havia começado por causa de um insulto por um dos negros a um turista americano, e que o outro egípcio foi levado a lutar porque não pôde suportar essa rudeza para com os ocidentais. Ele defendeu o americano insultado contra seu próprio compatriota. Um combatente pela honra.

Finalmente convenci o carregador a me levar até onde o pobre sujeito estava deitado, enrolado em bandagens, se recuperando dos talhos nos braços e nas costas. Seu inglês não era ruim, mas falamos mais em árabe. Apresentei-me, expliquei uma fração dos meus planos, presenteei-o com um exemplar de *Desejo e desengano no Antigo Egito* (dedicado a um "combatente pela honra"), e descrevi o mais ínfimo fragmento do que esperava encontrar na tumba do meu rei. Fiz-lhe algumas perguntas, e as respostas foram altamente satisfatórias: nativo de Luxor, ele conhecia os caminhos e as passagens das áreas a oeste do Nilo como a palma da sua mão cabeluda. Teria ele amigos fortes nos quais confiasse? Tinha. Desejaria ele ganhar mais dinheiro do que jamais havia visto? Desejava. Desejaria ele participar de um empreendimento mais importante do que esvaziar cinzeiros em um barco que fica atravessando o rio? Sem muito falar ou sorrir, apesar de todo o seu fogo para defender ocidentais, Ahmed me mediu de cima a baixo e concordou insolente (parecidíssimo com um sargento-ajudante que conheci certa vez, cabelos cortados rente e silêncios desdenhosos). De qualquer maneira, minha expedição agora tinha um homem forte, embora fosse necessária uma certa negociação para convencê-lo de que ele trabalharia por salário e por *baksheesh*, e não por "uma parte do tesouro". E, embora ele não tivesse dado pulos, se curvado, aceito meu sal, feito um juramento de sangue, ora, ele havia sido ferido apenas algumas horas antes.

Dei a ele o endereço de minha *villa* e instruções para compras e contratações preliminares. Reforcei a importância da discrição. Ele respondeu com acenos de cabeça. Pediu e recebeu dois dias para se recuperar, resolver problemas pessoais em terra. E nossa reunião acabou. Esperei um pouco por alguma demonstração de gratidão ou de prazer infantil, mas só recebi aquele olhar que não piscava.

Café-da-manhã com os Nordquist, despedidas carinhosas, dei-lhes o endereço de minha *villa*, convidei-os para que me visitassem com frequência, fossem visitar o sítio quando estivéssemos funcionando com uma operação pública. Eles ficaram empolgados, e com razão.

Diário: Enfim em Luxor! O representante do corretor aguarda com carroça e burros para levar minha bagagem até a *villa*, recebe o pagamento até 30 de novembro. As questões bancárias merecem mais urgência agora. Os bancos estão fechados até domingo.

Minha bagagem instalada e a chave na mão, pego a barca e cruzo o Nilo, contrato um burro e sigo até a terra sagrada que não pisava há sete anos, desde 1915, um solo sagrado para os antigos e para mim mesmo em igual medida. A emoção é difícil de expressar enquanto saio trotando por mudanças inimagináveis, turistas fazendo fila e passando por vistas que, em 1915, não eram nada, meras dunas de areia que abrigavam mistérios ocultos; guardas do Serviço de Antiguidades fazendo suas rondas com hora marcada; o complexo do templo de Hat-shep-sut em Deir el Bahari; e a terra demarcada com cordas onde Winlock, do Metropolitan Museum, estará voltando a escavar em mais alguns dias. Eu passei por tudo isso, trotei, subi e circundei o sítio de Winlock, passando por colina atrás de colina, uma depois da outra, a terra subindo e descendo suavemente ao longo da face da encosta, até que por fim reconheci as marcas no terreno que Marlowe e eu havíamos deixado para trás sete anos antes, no dia em que descobrimos o Fragmento C e fugimos alegres e apressadamente.

Esta turnê preliminar do terreno dá ao olho treinado uma ideia do desafio adiante, o escopo do problema: em quantos lugares possíveis se pode escavar o terreno, quantos homens serão necessários, por quanto tempo poderemos trabalhar, de que tipo de equipamento especializado precisaremos. Desenho um corte transversal da face da encosta em bico de pena, anotando cada reentrância possível de sua fachada, planejando uma estratégia, classificando por probabilidade de sucesso todas as áreas que posso cobrir, definindo prioridades, conforme o tempo e o dinheiro exigirem.

Supondo que meu apoio financeiro esteja assegurado, acho que uma equipe de dez homens será o bastante para as primeiras explorações, número que rapidamente crescerá à medida que a escavação for se tornando mais intensa. Não acho, se meus cálculos e os de Marlowe estiverem corretos, que isto venha a se tornar um caso de várias centenas de homens movendo vastas quantidades de terra. Eu sei onde meu rei deve estar, pelo menos acho que sei. Supondo que o apoio financeiro esteja assegurado. Um assunto para o domingo.

Hoje à noite durmo em minha *villa* nas margens protegidas do Nilo, cada vez mais próximo de meu rei e de meu destino.

Sábado, 28 de outubro de 1922

Sobre "adivinhar" onde encontrar uma tumba: O Leitor, não sem razão, pergunta como é que se pode perder uma tumba por 3.500 anos e como é que se pode saber onde procurá-la novamente.

Mesmo que uma tumba fosse reconhecida publicamente, ao longo de 3.500 anos as coisas se perdem de lugar. Até mesmo uma pirâmide, embora não seja fácil de perder, de vez em quando é encontrada onde ninguém se lembrava de tê-la deixado. Uma hipótese para a invisibilidade de Atum-hadu: estamos procurando baixo demais; sua tumba (assim como a primeira tentativa de Hat-shep-sut) foi construída numa reentrância a meio caminho descendo a face de uma encosta, e depois coberta com entulho, fácil demais de esquecer. As intempéries e a erosão podem conspirar para cobrir uma tumba com rochas e lama. Escravos construindo outra tumba podem jogar a terra que escavam em cima de uma tumba mais velha, ocultando sua parte da frente. Ou podem construir suas próprias cabanas de trabalho bem em cima da entrada de uma tumba mais antiga.

Arqueólogos desajeitados hoje podem escavar e jogar a terra *deles* em cima de uma tumba sem reparar. Ou a frente da tumba pode lembrar alguma outra coisa, uma fachada neutra que não vale a pena examinar.

E, lembre-se, talvez a tumba tivesse sido construída de modo a não ser mesmo notada pelo lado de fora, como foi claramente o caso de Atum-hadu. Levemos em conta, pois, os últimos dias de sua vida. Traído por seus nobres. Reis rivais estabelecendo-se mais acima, em outro lugar do Nilo: invasão dos hicsos ao norte e de africanos ao sul. Resumindo, o fim do mundo, e sem exagero: o fim de toda tradição, cultura, vida cotidiana, autoridade justa. Em um retrospecto bem esclarecido, nós ou algum arrivista da XVIII Dinastia, um principezinho chupador de colher de prata sempre poderá aparecer e dizer: "Que diabo, foi apenas um Período Intermediário e, olhem lá, meros noventa ou cem anos depois os sofisticados príncipes Ahmose e Kamose tomaram para si o negócio de expulsar os invasores e reinstalar um governo adequado." Mas, quando você vê seu mundo caindo, esse futuro se torna apenas uma pálida esperança entre uma multidão de terríveis destinos mais prováveis, e tudo o que você consegue ver é uma eternidade de desespero estendida à sua frente.

Atum-hadu observa com olho furioso
Os estrangeiros violentarem sua terra.
E ele levará consigo para a areia
Todo o ouro, os deuses, as esposas e [fragmento].

(Quadra 17, somente no A, *Desejo e desengano no Antigo Egito*, Collins Amorous Literature, 1920; Harvard University Press, 1923, se eles não tiverem sido absolutamente envenenados por ter Breuggen.)

Agora, observe. Atum-hadu havia claramente tencionado ser discreto com sua tumba. Ele foi forçado a ser, ao contrário de reis anteriores e subsequentes, pois não era apenas a *sua* imortalidade que ele estava levando consigo; estava carregando para seu local todo um Egito que ele achou que havia terminado. Não era só de meros ladrões de tumbas e sucessores perdulários que ele precisava defender seu lugar de repouso; toda uma raça alienígena, os chamados hicsos (um termo posteriormente dado pelos gregos), abriam seu caminho aos trancos e barrancos pela terra de Hórus, Ísis e Rá. Portanto, sua tumba seria (será) ao mesmo tempo escondida e transbordante de riqueza, artística ou não.

Ma'at me esqueceu; arranco meus cabelos.
Quando preciso dela, tenho de tê-la, para abri-la toda;
Ela prova que é uma prostituta vulgar,
Adequada somente para ser tomada por trás.

(Quadra 72, ABC, *Desejo e desengano no Antigo Egito*, Collins Amorous Literature, 1920; Harvard University Press, 1923.)

As palavras duras de Atum-hadu para Ma'at, deusa da verdade e da justiça, enquanto todo o seu mundo estava se desintegrando, nos fornecem uma visão sobre o temperamento dos tempos e do homem.

Mas talvez uma leitura menos literal desse verso mundano seja necessária (embora não precisemos ir tão longe quanto Harriman: "A ordem desaba e eu estou perdido/A justiça vira as costas para mim, infiel e cruel/Me mostrando apenas suas costas que se afastam." Vassal e Wilson: "Ah, mas essa Ma'at é astuta/Derrubando-me, provocando, *une vraie coquette*/ Exibindo para mim sua forma/Quando as questões de Estado são urgentes.")

Em parte alguma o brilhantismo de Atum-hadu é mais claro do que neste verso complexo: ouçam esse rei, furioso, gritando não por uma fuga covarde (trocando seu reino por um cavalo, um cavalo) mas, em vez disso, num combate em vão com o próprio Destino, sua vida eterna contra as maquinações amorais dela, nosso bravo herói cospe enojado perante a insensatez de confiar na verdade e na justiça, como se para dizer: "Esses ideais só merecem uma visita por trás."

Todo o Egito morre comigo
E eu nada terei para os condenados.
Covardes e invasores me perseguem
Mas eu saciarei minha sede.

(Quadra 74, somente C)

Podemos supor com segurança o seguinte a respeito de Atum-hadu:

- Ele está enterrado.
- Ele está enterrado com o máximo de riqueza e arte que coube em sua tumba, já que o ato de enterrar esse último rei coincidiu com a necessidade de preservar o máximo possível de um reino que desaparecia. Uma cópia completa de suas *Advertências* será provavelmente encontrada com ele, o que dará fim a todas as perguntas sobre sua autoria e meu grau acadêmico.
- Ele está enterrado perto dos sítios dos Fragmentos A, B e C de suas *Advertências*, todos encontrados a meia milha um do outro.
- Ele está enterrado perto de Tebas, onde ficava sua capital.
- Como ele morreu antes que o Vale dos Reis começasse a ser usado como necrópole, ele não está enterrado lá.
- A tumba dele não está marcada, está bem escondida, e talvez esteja bem acima do nível do solo, de modo semelhante à tumba vazia preparada para Hat-shep-sut na qual Carter esbarrou em 1916.
- Como nenhuma de suas relíquias jamais apareceu para venda (o que manteve seu reino e sua existência em dúvida para o prazer das discussões de ignorantes em clubes), podemos concluir logicamente que ele jamais foi encontrado por ladrões de túmulos. Sua tumba está gloriosamente intacta, a salvo para seu querido amigo, Ralph.
- Portanto, ele está em Deir el Bahari, na encosta ou contra a encosta perto de onde Marlowe e eu encontramos o Fragmento C, onde Marlowe e eu conjeturamos, mapeamos e pretendíamos voltar, antes que eu fosse enviado para a Turquia.

Eu estarei na cama de Ísis
Minha língua nadando no delta do Nilo dela,
E um intruso qualquer achará minha cabeça
Enrolada e repousando sobre a pele de um leão.

(Quadra 52, B & C)

Mas, mesmo assim, como foi que ele conseguiu isso? É um enigma enlouquecedor. Como foi que ele arranjou, no caos do fim dos dias, a construção e o armazenamento de uma tumba, e como pôde saber que seu corpo seria transportado para lá, mumificado, selado lá dentro e depois prontamente esquecido? Arquitetos, decoradores, operários da tumba, Guardiões dos Segredos (os sacerdotes especializados que fariam a evisceração, preservariam e enrolariam seu corpo) e homens fortes para selar a tumba: nenhum deles revelaria a alguém o que sabiam? Como ele sabia que sua autoridade permaneceria até o último minuto crucial, e que seu mundo então desaparecia um instante depois, em um massacre, antes que qualquer um que conhecesse o bastante pensasse em perturbar sua paz? De algum modo ele conseguiu, armando para nós o mais brilhante Paradoxo da Tumba da história da imortalidade egípcia e assegurando, apenas para os mais brilhantes e merecedores, uma descoberta como nenhuma outra.

Domingo, 29 de outubro de 1922

Diário: Acordei cedo, horas antes de o banco abrir, e encontro... gatos! Uma maravilhosa família de gatos aparece do lado de fora da vila esta manhã, e enquanto o sol nascente cobre de ouro nosso Nilo, eu divido com a maior felicidade a água e a comida que comprei ontem na cidade, toda adoravelmente lambida nos pratos da *villa* decorados com fotos romantizadas de cavaleiros árabes. São três, dois machos e uma fêmea linda de cor laranja. Dei aos gatos os nomes de Ramsés e Ramsés (II e VI, claro), mas uma criatura tão rara quanto uma fêmea laranja só pode ser Maggie. Ela tem um bom apetite, e depois de terminar o café-da-manhã imediatamente volta ao meu colo para uma rodada afetuosa de carinhos e palmadinhas. Os antigos foram sábios ao ver nessas criaturas encantadoras as artimanhas das deusas: eles sabem mais do que deixam transparecer. Quando Maggie vira seus olhos verde-dourados para mim, com seus ovais finos e afiados de antracita, estou claramente na presença de uma força eterna ocupando aquele corpo apenas por um momento. E eles sabem quem são seus amigos, sem hesitação nem erro; reconheceram na hora o meu colo como o de um adorador de gatos.

Meu pai tinha cães, é claro, canis cheios deles, mantendo sempre entre quinhentos a seiscentos *foxhounds* ingleses e americanos, *harriers*, *beagles*, *beagle-harriers* e anglo-*français*. Os tratadores do canil (uma equipe de 25 pessoas, que vestiam os trajes nada convencionais de meu pai) foram alguns dos meus melhores amigos de infância, especialmente quando papai estava em expedição. Nesses números, claro, os cães viviam praticamente como uma comunidade canina, e não como bichos de estimação domesticados, embora eu tivesse apanhado para mim dois *beagles* felizes para me servirem de companheiros na casa. Passei muitos anos ao lado dos tratadores do canil observando aquele mundo canino lotado e bem governado com o mais puro respeito e fascinação. Os uivos dos cachorros, que os mestres, com suas calças-balão de arlequim e capacetes com asas, podiam iniciar e interromper à vontade, me intrigavam, e eu implorava aos senhores para que fizessem os cães cantar. Quando, com olhos sorridentes, os mestres faziam todos os animais latirem ao mesmo tempo, o campo ecoava com o doce coro, e tão longe quanto a aldeia, as janelas das casas sacudiam e os sinos tocavam em simpatia e as crianças ficavam todas felizes, gritando: "Os cachorros Trilipush! Os cachorros Trilipush!" Era, naturalmente, um som que os animais produziam sem precisar de incentivo quando papai retornava das expedições, mesmo quando ele estava a vários quilômetros de distância, mais longe, poderíamos pensar, do que seu cheiro podia viajar, mas não mais longe do que o amor recíproco que sentiam pudesse se estender.

Não há paz em um mundo de homens que lutam,
E nenhuma mulher se sente bem sem logo depois se sentir mal.
Não há conforto que dure em [fragmento].
Para conhecer os deuses, é só coçar para fazer o pescoço se estender.

É no mínimo anacrônico, se não positivamente insano, ver na Quadra 16 (apenas no Fragmento A), como Harriman fez, "o primeiro e hesitante desejo de um primitivo pela graça de Deus (o rei-poeta-pecador estendendo *muito* o *pescoço* para os céus a fim de que sua coceira pelo amor de Deus fosse *coçada*)". E, embora admita que em *Desejo e desengano* eu não tenha interpretado de forma ilógica este verso intrigante como uma referência ao ato atúmico primordial ("coçar" para esticar um "pescoço"), hoje acredito que o verso se refira a algo inteiramente diferente, e é um caso em que o hieróglifo explicativo expressa o significado melhor do que o críptico alfabeto romano. O pescoço que se estica pertence a nada mais que um cão recebendo um afago embaixo do queixo ou um gato sendo acariciado da cabeça à cauda.

E assim, caso a imprensa um dia investigue, em seu clamor fútil e infantil por tudo saber, "Sr. Trilipush, o que o atraiu a Atum-hadu? Por que não Ramsés ou Akh-en-Aten ou esse improvável Tut-ankh-Amen?", eu poderia responder que somos ambos amantes de animais, meu rei e eu, e que vemos nos olhos escuros deles uma sabedoria e uma simpatia que muitas vezes já foi apagada dos brancos dos olhos dos homens.

Margaret: Seus *spaniels*, o pequeno cão pirata de piquenique no dia em que ficamos noivos, os cães e os cavalos de meu pai, a coleção de animais de Atum-hadu, as imagens encontradas em tantas paredes de tumbas de *salukis* ou perdigueiros: eles estão conosco desde o início. Meus três gatos aqui saíram correndo novamente após os carinhos da manhã. Espero que eles retornem amanhã, e continuem voltando enquanto eu estiver aqui. No momento em que olhava nos olhos dourados de Maggie, eu podia imaginar você despertando em Boston, acariciando as barrigas de Marco Antônio e Cleópatra até suas patas traseiras esquerdas começarem a tremer de modo incontrolável, de maneira que naquele mesmo instante você e eu estávamos nos encontrando no meio do caminho, e nossas mãos, de algum modo, se tocavam por intermédio das barrigas macias desses animais. Espero que você esteja escrevendo um diário enquanto eu estou fora. Logo depois da meia-noite, no seu horário, em 29 de outubro, você estava fazendo carinho nos seus bichos de estimação e pensando em mim?

Diário: Parti para explorar Luxor. Não estou em condições de comprar muita coisa agora, mas examino seus mercados e bazares, suas ruas escondidas e praças públicas, tento me localizar, pois, embora ela seja muito menor do que o Cairo, não posso dizer que a conheça bem. Tento mais uma vez, e em vão, não pensar no destino desta expedição se meus financiadores me faltarem agora.

Aproveito a oportunidade para visitar o banco, me apresentar, fornecer-lhes meu endereço, pedir para ser notificado assim que o crédito estiver na minha conta. Coisa que, esta manhã, ainda não aconteceu. Lembro a mim mesmo que é domingo em Boston, e os bancos estão fechados.

Pego uma barca que atravessa o Nilo e vou caminhar em Deir el Bahari, calculo o tempo da viagem a pé, tento traçar uma rota que me leve ao sítio do Fragmento C sem passar na frente das áreas de Winlock, isoladas por uma corda, ou pelos centros turísticos ao redor do templo de Hat-shepsut. Não consigo pensar em como fazer isso de modo eficiente. Lembro de Marlowe liderando o caminho, sentindo apenas o lugar para começar, colina atrás de colina. "Um pouco mais adiante, eu deveria dizer, meu velho, só um pouco mais adiante."

Volto à *villa*. Organizo minha mesa de rascunho, as mesinhas para escrever, os cadernos de notas, os diários. Coloco nas estantes textos de pesquisa, dicionários de tradução, discos de gramofone. Preparo pacotes de trabalho diário com cantis, formões, cordas etc.

Depois do pôr-do-sol nas margens do Nilo, de costas para a Villa Trilipush, não está mais claro aqui do que estava há 3.500 anos, e podemos imaginar o grande rei em pessoa, olhando, como acabei de olhar, a escuridão do outro lado do rio, imaginando, quando o fim inevitável não puder mais ser mantido à distância, como ele atravessará o rio e ocultará seus restos mortais sem ninguém para testemunhar.

Segunda, 30 de outubro de 1922

Diário: Estou instalado na Villa Trilipush, os gatos (que voltaram!) estão alimentados e completamente acarinhados, e confesso que esta manhã acordei realmente preocupado com as despesas à vista, mas jurei não perder nem mais um minuto duvidando de meus apoiadores. Em vez disso, enviei um cabograma para CCF e tornei a incentivá-lo com um retrato promissor dos trabalhos que viriam nas próximas semanas.

Segue-se um dia ocupado. Nas poucas horas antes que Ahmed esteja pronto para se encontrar comigo, compro alimentos portáteis e imperecíveis, um fogareiro, fósforos, pilhas para a lanterna elétrica etc.

Quando volto à *villa* para o almoço e meu encontro com Ahmed, os Nordquist estão lá, aquela boa gente. Faço com que Ahmed espere enquanto mostro aos caríssimos meus preparativos, os mapas, a biblioteca, faço uma excursão com eles pela Villa Trilipush com orgulho, e eles são gentis e lisonjeiros, o que é um prazer. Durante o almoço, ajudo-os a planejarem seu itinerário, aconselho quais tumbas valem a pena e quais são secundárias. Eles partem, acenando adeus para mim e meu capataz silencioso, a própria imagem dos pais doces e amorosos.

Ahmed vai ser um excelente capataz, e devo me congratular mais uma vez por tê-lo descoberto. Ele é todo profissional, sem sorrisos nem conversa fiada. Explico a ele que nosso desafio temporário porém essencial será contratar e mover homens suficientes para o nosso sítio e fazer com que eles desloquem terra, ao mesmo tempo que mantemos discrição enquanto os trâmites da política de concessão vão se desenrolando. (O sucesso certamente fornecerá uma concessão, mas nesse ínterim desconfortável devemos ter o mais profundo respeito, ainda que superficialmente, sobre como as coisas são feitas.)

Winlock e Carter ainda não começaram; Ahmed e eu fomos os primeiros a chegar ao cenário, e por isso não havia escassez de homens pobres, fortes e sem curiosidade procurando emprego. Contratamos alguns por ora, e reservamos muitos para mais tarde. Para ser franco, as poucas menções que Ahmed fez ao acaso a uma maldição de qualquer um que tentasse fazer escavações em busca de Tut-ankh-Amen, e uma observação sobre a falência de Carter e os antecedentes criminais de Winlock, e um comentário descuidado porém audível de que tanto Carter quanto Winlock usaram a chibata para manter seus nativos na linha deveriam manter o mercado de trabalho lindamente preparado para a temporada que estava se aproximando. Não aprovo tais métodos, mas não desejo condená-lo no nosso primeiro dia, e o comportamento inadequado dele era por minha conta. Assim, iniciarei nossa expedição com um pequeno e veloz núcleo de seis homens resistentes, contando com Ahmed e comigo. Ele irá se apresentar ao amanhecer de amanhã com burros e arreios, pás e picaretas de grande porte, sacos de lona e um carrinho de madeira, e começaremos, embora a rota ainda me preocupe.

<u>Margaret</u>: Hoje, no bazar, encontrei dois itens que você irá apreciar. O primeiro é um pequeno brinquedo, um ótimo presente um dia para um garoto inteligente, minha doce Rainha, um garotinho endiabrado com

gosto pelo Egito e pela companhia de seu pai (recebendo, sem saber, um treinamento para toda a vida como um futuro biógrafo!). É uma caixa de surpresas, pintada como uma tumba de tijolos. É girar a manivela e um grito ligeiramente fantasmagórico se faz ouvir, como gás escapando de uma garrafa quase totalmente selada de bebida gasosa. O ruído vai ficando mais alto até que o topo da tumba se abre e se ergue um sarcófago de pedra falsa, com um rosto de rei pintado na cabeça. Continue girando a manivela e a tampa do sarcófago se abre com um estalo, e uma caixa dourada de múmia se ergue. Gire mais um pouco e a caixa da múmia se abre lentamente para revelar uma múmia branquinha, um sorriso infantil e olhos azuis adoráveis espiando por entre as ataduras enquanto se senta.

Ainda melhor, meu amor, é um bonequinho pintado feito de argila seca, um sujeito faraônico de túnica, sandálias e coroa, uma reprodução competente de alguma obra anônima do Reino Médio. Mas a melhor característica de todas era o sorrisinho sarcástico em seu rosto, completamente inaceitável nessas peças, não o costumeiro sorriso tranquilo mas uma expressão absolutamente inadequada e encantadora de malícia consciente. É a perfeita peça para fazer companhia à outra estatueta com a qual viajo, aquela que recebi em um lanche íntimo *à deux* em Locke-Ober (enquanto Inge passava o tempo numa mesa de café do lado de fora).

Você estava radiante; o amor havia mesmo iluminado você, ainda que eu não tivesse percebido. Você estava adorável, fazendo citações do livro que eu havia lhe sugerido. "É verdade", você perguntou, gatinha manhosa, "que quando a tumba era fechada e selada, eles acreditavam que tudo lá dentro adquiria vida?"

"É isso mesmo", eu disse, orgulhoso de seu progresso.

"E as pinturas de banquetes se transformavam em banquetes, e as estátuas de belas serviçais se tornavam belas serviçais?"

"Sim, minha querida, você entendeu direitinho." Levantei a cabeça, e você estava me entregando aquela estatueta perfeita: você, nua, a não ser por um modesto lençol. "Papai conheceu um francês que estava de passagem por Boston, então ele pagou para que o sujeito me esculpisse. Eu estava pensando, quem sabe se você pusesse isso em seu quarto, quando fechasse a porta e apagasse as luzes, bem, nunca se sabe, não é?"

Amanhã irei para o sítio, mas esta noite você está aqui comigo em minha *villa*, M., bem viva ao meu lado. Boa noite, meu amor.

Terça, 11 de outubro de 1922, primeiro dia de escavação

Finalmente, ao combate! Agora é noite, e eu estou de volta à Villa Trilipush, no final de nosso primeiro dia. Finalmente estamos caminhando em bom ritmo.

Ahmed chegou esta manhã quando ainda estava escuro, e tinha o equipamento pesado e os animais prontos na margem oposta. E o mais importante: Ahmed havia solucionado meu problema geográfico. Ontem à noite ele teve sucesso na tarefa de reconhecimento que lhe designei, sujeito esforçado, e hoje pela manhã ele se curvou sobre o mapa gigante sobre a minha mesa de trabalho principal e traçou a lápis uma rota melhor do que a que eu havia pensado, levando do rio até o caminho onde Marlowe e eu encontramos o Fragmento C, sem passar às vistas de qualquer pessoa que pudesse achar nosso progresso ameaçador. (No caso de uma descoberta Atum-haduana comprovada bem em frente aos rostos deles, Lacau cortará com prazer a concessão de Winlock para me dar espaço.)

Graças ao nosso começo adiantado, Ahmed me diz que pudemos escolher as mulas e o equipamento. É precisamente por este luxo, explicou Ahmed, que ele me presenteou com recibos valendo significativamente mais do que o orçamento que eu havia planejado, mas esse é o preço de se fazer o trabalho corretamente, ele me lembrou. Na verdade, eu não sabia o que fazer; fiquei olhando para as cifras que meu capataz jogou em cima da mesa. "Por que você está com essa cara? Eu posso levar você a cada um desses mercadores para verificar." Ahmed é um pouco infantil. "A desconfiança torna os homens iguais a figos", ele me informou com intensidade corânica, e suspeito que eu não deva tê-lo compreendido, mas não posso permitir que ele ache que meu árabe é ruim, ou ele tentará toda sorte de trapaça com os operários.

Do outro lado do rio, nossos primeiros quatro membros nos aguardam montados em burros. Amanhece na margem oeste do Nilo, e nós seguimos Ahmed em um grande arco até um caminho atrás de Deir el Bahari. Todo esse percurso não levou mais do que 90 ou 100 minutos, subindo e descendo as colinas rochosas. "Aqui existe uma rota mais rápida", resmungou um membro do quarteto anônimo, mas Ahmed o silenciou com um olhar duro, bendito seja seu coração negro.

E então chegamos ao lugar onde Marlowe e eu tivemos nossa grande vitória, e para onde eu agora retornava com minha própria equipe para consumar o trabalho que meu parceiro e eu havíamos iniciado sete anos antes. Estávamos lá! Sob as encostas altas, na areia que o nascer do sol decorava como marcas de oxidação, mandei que parassem, e Ahmed concordou. Mandei que dois dos homens começassem uma inspeção preliminar da parte mais baixa da face da encosta, andando ao longo dos caminhos com terraços que se destacam em protuberâncias e se curvam subindo pela parede da encosta, examinando-a à procura de algum desnível dissonante ou suavidade excessiva, marcações simétricas, qualquer coisa que parecesse feita pelo homem. Meus outros três homens se dirigiram para cerca de 100 metros da encosta, olhando para cima enquanto o sol ainda estava baixo, para examinar os pontos mais altos da parede da encosta em busca de prováveis reentrâncias, marcando qualquer coisa que eu tivesse deixado passar no meu primeiro esboço. Enquanto isso, começando pelos marcos que Marlowe e eu havíamos feito para nos ajudar a encontrar nosso caminho por aqui, continuei mais para norte e para oeste, simplesmente tentando entender o que havia sido pisoteado por Winlock. Enquanto os homens marchavam com suas túnicas e turbantes enrolados na cabeça, cobrindo seus olhos, tocando a parede da encosta, encontrei os dois pedregulhos encostados um no outro que Marlowe e eu havíamos notado quando estacionamos a motocicleta, e a pilha de pedras menores que havíamos colocado uma em cima da outra quando percebemos que havíamos descoberto alguma coisa.

"É perto daqui", eu gritei para Ahmed em árabe.

"Ele era um rei rico?", perguntou Ahmed na hora. Eu precisaria ficar de olho nesse sujeito, sem dúvida.

Ahmed me levou por um caminho que ele conhecia até o topo da parede da encosta, a cerca de 90 metros acima do leito do vale. Levamos uma hora para chegar àquela posição, no alto, de onde meus quatro operários pareciam camundongos em um vasto campo à procura de um graveto em especial. Infelizmente, em pé naquele ponto, ficaríamos visíveis para partes do Vale dos Reis em um lado da parede, e para Winlock embaixo, na bacia principal de Deir el Bahari no outro. Então, se houvesse descobertas a serem feitas do topo para baixo, eu teria de trabalhar rápido. Obviamente, as reentrâncias altas teriam de ser nossa prioridade.

O problema com essas reentrâncias, e seu apelo como tumbas secretas, é que elas são invisíveis do caminho da encosta acima e inacessíveis do chão abaixo. Enviei Ahmed de volta para a base abaixo e depois longe o bastante para o chão do vale principal de modo a que ele pudesse fazer sinais para mim com os braços quando eu estivesse em pé diretamente sobre as reentrâncias no meu desenho, procedimento este que repetimos até que eu tivesse colocado marcadores no caminho no topo da encosta, uma dezena de posições das quais seriam penduradas cordas para que eu fizesse uma análise de perto da face da encosta. A esta altura nosso dia estava quase completo. Nós marchamos de volta para a margem do rio seguindo nossa volta ampla de segurança e desejamos *salaam* uns aos outros até o amanhecer.

No gramofone: *No Man's Land Belongs to Me, Otto*.*

Dominó: uma cobra que sobe e depois desce as escadas terminando numa formação em espiral sob minha mesa de trabalho principal. O barulhinho das peças se entrechocando atrai os gatos!

Quarta-feira, 1º de novembro de 1922

Ahmed e eu discordamos por algum tempo (ele com uma ameaça contida na voz) sobre a melhor maneira de prender uma corda a 90 metros acima de uma rocha fatal. Mesmo enquanto ele garantia uma experiência (não sem um certo orgulho inseguro), elogiava a força da parte superior do meu corpo (com exatidão) e afirmando uma contravenção maometana (que para mim era nova, mas ele foi peremptório) contra tomar qualquer ação que demonstrasse um desejo hubrístico de voar como a ascensão do Profeta ao Paraíso. Doutrina é doutrina, então, com o coração martelando nos meus ouvidos, desci 30 metros de encosta enquanto meus quatro operários desperdiçavam um tempo valioso olhando boquiabertos minha descida cheia de batidas e gritos até eu atingir a Reentrância I. Pousei em uma suave protuberância, ainda à luz do sol, mas

*A terra de ninguém pertence a mim, Otto (*N. do T.*)

descobri que ela era a varanda da frente de nada; o sol iluminava com facilidade a parede traseira distante da abertura, que não tinha mais do que um metro ou um metro e vinte de profundidade. Nada de inscrições, lascas de cerâmica, porta selada ou secreta. Passei uma hora me certificando disso, varrendo cada superfície disponível, testando com uma vara longa de metal para ver se alguma parede resistia mais ou menos do que qualquer outra, mas eu estava explorando uma reentrância erodida pela água em uma face de encosta e mais nada. Posso ter sido o primeiro homem a colocar o pé ali, ou talvez eu tenha sido precedido por eremitas medievais (embora até que eu pudesse compreender bem se eles achassem que aquele poleiro era isolado e deprimente demais), ou, quem sabe, por antigos arquitetos de tumbas, pesquisando possibilidades, balançando desanimados as cabeças ao verem outra reentrância de baixa qualidade. E mais uma manhã se vai, bastante mortal, na verdade.

Cheguei até o cume, um negócio de exaurir, repousando sempre que conseguia encontrar um ponto para colocar um pé, e meus braços repuxavam e eu estava cuspindo poeira quando subi aos trancos e barrancos chegando ao topo, onde Ahmed estava deitado, fumando debaixo de uma tela improvisada: um lençol do Hotel da Esfinge (com aquele emblema maluco de abutre, esfinge e naja) estendido e apoiado em varas de pau. Amaldiçoei a preguiça dele e mandei que ele me preparasse o almoço, que dividimos na sombra amarelo-clara. O sol atingiu o lençol e jogou seu selo com brasão em uma sombra ligeiramente mais escura sob nós. "Hotel da Esfinge", Ahmed diz em inglês, sem sorrir. "Nota dez, Jack. Você é um cavador feliz, hein?"

"Onde você aprendeu inglês?"

"Eu não falo inglês", ele respondeu em inglês.

"*Cavador* é um termo para soldados australianos", expliquei. "Eu sou inglês, logo, o termo é inadequado."

"Odeio os australianos", ele respondeu calmamente em inglês. "Eram os piores homens aqui durante a Guerra. Piores do que qualquer um dos outros, até mesmo os turcos. Eles faziam de todos umas putas. Vocês ingleses, ah, sim, vocês são problema, e os franceses, *pah*", Ahmed cuspiu. "Os americanos eu não conheço. Mas os australianos... aqueles homens eram uma desgraça." Tudo isso ele disse com uma voz estranhamente monotônica, a mão esfregando a franja curta de cabelos ao redor das têmporas. É uma coisa estranha, ouvir as lamentações e as paixões de um povo nativo, os erros de compreensão ou preocupações mesquinhas que os animam, mas que são inexplicáveis para os ocidentais. Eu posso entender os ancestrais de Ahmed melhor do que sou capaz de entender o próprio Ahmed, mas seus ancestrais eram seus próprios senhores, não Protegidos por Potências estrangeiras. Para animá-lo, descrevi alguma coisa sobre Atum-hadu e seus tempos. Ele assentiu, parecia compreender o significado do que eu estava lhe dizendo, parecia apreender uma espécie de orgulho de que aquele era *seu* povo, *sua* história.

Após nossa refeição, voltei novamente à beira da encosta; minha última visão reconfortante na superfície era o rosto reluzente de Ahmed enquanto checava duas vezes os nós que prendiam as pedras e as estacas.

Desta vez desci aproximadamente 3 metros mais fundo, até a próxima protuberância, mas encontrei algo bem mais promissor. Aquela plataforma era, indubitavelmente, a varanda de uma câmara cortada em uma face de encosta, a aproximadamente 10 metros para dentro da câmara fria após uma ligeira virada para a direita, de forma que nem mesmo um pássaro planando diretamente na frente da reentrância veria a profundidade da câmara, e meu coração começou a palpitar. Desatando-me, olhei sobre a beira da encosta e percebi, empolgado, que estava praticamente acima do ponto exato onde encontrara o Fragmento C quase sete anos antes. Aquela câmara era absolutamente feita pelo homem (ou pelo menos aprimorada pelo homem), exatamente como a tumba inacabada de Hat-shep-sut. Neste caso, entretanto, apesar de quase quatro horas tateando as paredes de cima a baixo, enfiando a vara de testes como um esgrimista bêbado, raspando minha lanterna elétrica em cada centímetro de sombra, eu só poderia concluir que tinha um *buraco seco*: um antigo arquiteto de tumbas havia iniciado um trabalho naquela primeira sala mas depois descobrira algo que não lhe agradara, ou um rei mudou de ideia e optou no último minuto por uma pirâmide bela e opulenta em vez disso. Há muitas decepções espreitando por aqui para devorar as esperanças dos demasiados ansiosos.

O sol, embora ainda cruelmente quente, estava baixando rapidamente quando tornei a amarrar minha corda e gritei para que Ahmed me ajudasse, uma solicitação que fiz várias vezes enquanto me erguia, rangendo e ofegando, com as palmas das mãos, subindo até o alto e descobrindo que não havia ninguém ali. Recolhi o equipamento, dobrei o lançol, recolhi os utensílios de cozinha sujos e desci a colina sozinho, encontrando os burros selados, mas nenhum operário.

Agora estou sentado, ao final do segundo dia, à luz do lampião da Villa Trilipush, segurando este inadvertentemente cômico cabograma de Finneran (previsivelmente confuso pelo calendário gregoriano: DINHEIRO? É CEDO DEMAIS PARA ENVIAR DINHEIRO. O QUE VOCÊ FEZ COM TODO O SEU DINHEIRO ATÉ AGORA? BOA SORTE, CCP). Posso até imaginar Atum-hadu ponderando o Paradoxo da Tumba que ele certamente deveria enfrentar. Posso imaginá-lo enviando um batedor para examinar a face da encosta de Deir el Bahari e fazer um relatório sobre possíveis locais, um batedor que talvez tivesse se pendurado numa corda sobre as exatas reentrâncias que eu vira hoje. Ou, pensando melhor na posição única de Atum-hadu, talvez não houvesse nenhum batedor, pois devemos nos lembrar que:

Eu sou o Senhor do Egito, o filho de Rá, a essência de Hórus,
Mestre do Nilo, anfitrião de todas as festas.
Amante de toda mulher, senhor de todo homem,
Toda colina, toda encosta, todo animal.

(Quadra 23, A & B somente)

Devido a tamanho orgulho e sua necessidade de segredo, será que ele teria confiado em um único batedor? Ou será que sua alteza augusta em pessoa teria vagado por estas pedras, sozinho ou com algum companheiro substituível? Será que ele levantou os olhos para olhar para estas reentrâncias protegidas, e enviou escravos sem língua e dispensáveis para entrar se arrastando lá para dentro e verificar sua adequação?

Para continuar meu dia. A equipe me encontrou com o material já empacotado e esperando ao lado dos burros, preparado para pensar as piores coisas a respeito deles. Mas Ahmed, com efusividade característica, me informou em árabe que, não tendo encontrado nada em suas contínuas investigações das paredes da encosta, os homens haviam se dirigido para mais longe ainda e testemunhado atividade tanto no sítio de Carter quanto no de Winlock, e por isso Ahmed havia descido das alturas, deixando-me pendurado. "Para evitar que o Senhor Lorde violasse um segredo", ele acrescentou em inglês com a mesma expressão facial neutra de sempre, esse homem preocupante.

Nós seguimos a rota costumeira de volta para o rio. Depois de nos despedir dos homens, deixando Ahmed para voltar aos burros e guardar o equipamento pesado, eu estava voltando para o cais da barca quando no caminho cruzei com ninguém menos que Howard Carter. Ele estava liderando um trem de carrinhos sobrecarregados de pás, filtros e outros brinquedinhos, uma orgia de excesso carnarvoniano, gritando ordens para as dezenas de homens que o seguiam em procissão, seu árabe com um leve sotaque mas transmitindo os mesmos modos dignos de comando que ele exibe em inglês.

Por mais ansioso que eu estivesse para voltar às minhas tarefas noturnas, quando dei por mim estava conversando com Carter, acompanhando-o em seu passo rápido. Ele estava em sua última viagem do dia, levando equipamento para o Vale para iniciar sua *sexta* sessão de trabalho naquela mesma busca sem sentido — um ato de desafio, quase de loucura. "Bem, bom para você, apesar de tudo", incentivei. "Não perca a esperança, meu velho." Essa foi um pouco fria, mas aprendi com um dos nativos que o acompanhavam que o plano dele para o ano é escavar uma trincheira em uma longa faixa de terra que começava da tumba de Ramsés VI. Um plano chato, mas pelo menos Carter estava fazendo um excelente trabalho de rotação da areia, dando a cada grão a chance de ver o sol um pouquinho, cavando e dando muito fertilizante *sebakh* para os camponeses.

Egito nos tempos da ascensão de Atum-hadu: Atum-hadu ascendeu ao poder em um momento de muitos problemas. O reino decaía, fracassava, morria por falta de sangue novo e de uma nova liderança. Reis de longa vida haviam deixado para trás herdeiros inseguros e distantes, sobrinhas-netas fracas cujas mãos trêmulas em casamento ofereceram as chaves a um reino trêmulo. A riqueza real havia afundado; muitas vezes, o futuro fora dado em hipoteca para pagar as necessidades ou as recreações do presente. Inimigos externos e pretendentes internos minavam as fundações da dinastia. E nesta era de problemas um líder apareceu, um último herói. Mas o que sabemos com certeza a seu respeito?

Sabemos pelos versos mais autobiográficos de suas *Advertências* que foi o último rei e que sentia que sua morte seria a morte de todo o Egito.

Sabemos que ele confiava apenas em um assessor particular, a quem chama de seu Senhor da Fartura. Sabemos que seus apetites de amor e violência eram igualmente insaciáveis. Pouco mais sabemos com certeza.

E ainda assim, ali em pé, onde ele estivera, de frente para o Nilo, imaginando o fim iminente de seu reino enquanto os invasores hicsos se aproximavam de sua capital em Tebas, não é difícil saber o que ele estava sentindo, aquele homem mortal planejando a imortalidade, esse rei de um reino condenado, herdeiro de nada, receptor de um presente sem valor, que seus ancestrais haviam visto apenas como um futuro infinitamente hipotecável. Mas o futuro não era infinito; num dia específico, em uma data determinada, o futuro tremeluziu no calor do deserto e Atum-hadu foi deixado sozinho, enquanto que do nada uma, duas, quatro, dez, cinquenta, cem, mil, 10 mil pontas de lança espetavam o ar tremeluzente logo ali na próxima duna.

Quinta-feira, 2 de novembro de 1922

Diário: limpamos mais três reentrâncias, para um total agora de cinco, embora o processo esteja sendo atrasado porque ficamos agachados e fora das vistas uns dos outros quando estamos no topo da encosta. Os homens tornam a retraçar o caminho a 200 metros em qualquer direção de onde encontrei o Fragmento C, desta vez se movendo ainda mais devagar, testando a superfície da face da encosta. Por duas vezes eles encontraram trechos planos de possível interesse e, por ordem minha, me chamaram de meu trabalho lá no alto, mas das duas vezes uma lenta limpeza da face da rocha revela apenas uma pedra antiga assolada por vento ou água. Almoço com Ahmed, discutimos Oxford, sobre a qual ele tem uma curiosidade encantadora. Tarde: mais duas reentrâncias, mais um alarme falso de rocha lisa.

Estes são os dias de uma empolgação cada vez maior, de pistas falsas, de adivinhações. Em retrospecto, elas parecerão passos na direção certa, inevitáveis e inalteráveis, mas quando você está dando esses passos, quando eles ainda são o presente e não o santificado passado, são todos possíveis passos errados na lama, chafurdando de dúvida, confiança, desespero.

Despeço-me de meus homens até amanhã, e dirijo-me até a cidade para verificar minha nova posta restante, onde encontro a seguinte relíquia de uma dinastia que desmorona:

19 de outubro, Cambridge
Meu caro sr. Trilipush,

Um dia feliz para mim, aqui em Cambridge! Após minha visita com o confiável sr. Ferrell na semana passada, entrei em contato com Oxford, e hoje, depois de receber notícias deles, passei uma hora feliz com o pai de sua noiva, um sujeito rude e ótimo que aprende rápido e compreendeu na hora o que um especialista precisou lhe contar.

Se você está surpreso por saber que Oxford diz que você jamais esteve lá, e que você não estudou com o professor Wexler, então sua surpresa não é nada comparada com a que eu próprio tive ao tomar conhecimento dessa notícia. Compartilhei minha surpresa com seu sr. Finneran, assim como minha opinião de que sua expedição não produzirá nada de valor. Você não ficará surpreso ao ouvir esta dúvida de mim, pois sua especialização especulativa sobre o suposto Atumadu muito pouco me impressionou. E, continuando sua falta de surpresa, eu ficaria surpreso se você ficasse muito surpreso ao saber que, devido a essa notícia esclarecedora, o Departamento de Egiptologia e, na verdade, a Universidade de Harvard, estimada e imortal, será capaz de sobreviver mui adequadamente no futuro sem sua presença constante no corpo docente sequer no papel mais subalterno. Por favor, aceite minha gratidão pelo divertimento que nos proporcionou com suas indelicadas traduções de passagens eróticas apócrifas e com seu currículo espúrio. Desejando melhores votos, permaneço seu superior de qualquer maneira, Claes ter Breuggen.

A algaravia indiscreta do louco choca a mente do homem são: será que ter Breuggen achou que eu não publicaria esta carta? Mas, meu caro professor de falsidades, corruptor da juventude, é claro que eu a publicarei. Publicarei na página 1, reproduzida sobre sua assinatura trêmula e infantil, e imprimirei a carta juntamente com uma foto minha segurando um diploma de Oxford em frente à múmia de Atum-hadu.

Ter Breuggen é um objeto que deve servir de lição a todos nós: um homem que afirma ser um cientista, treinado em pesar cuidadosamente as evidências, aparentemente apaixonou-se credulamente por um mentiroso aleatório, esse tal de Ferrell, um homem envolto em nebulosidade, caído das nuvens como tempo ruim. E essa mentira que ele engole com tanta sofreguidão não faz sentido; que Ralph Trilipush não tenha frequentado Oxford não faz o menor sentido. Um arquivo perdido, um nome escrito errado — seja qual for o erro que tenha se infiltrado em algum texto num porão úmido de Oxford, não passa disso: um erro. Textos adulterados não alteram a realidade, eles meramente confundem os de mentes fracas.

Ter Breuggen se agarrou a isso para me demitir, eu apostei meu emprego em Atum-hadu, então que isso recaia sobre meus ombros, que seja, e se esse ignorante deseja se agarrar às mentiras de algum criminoso para justificar sua ignorância, não me importo. Mas, honestamente, que junco frágil! Um arquivo se perde, e, logo, eu nunca fui a Oxford? Brilhante. E daí? Não conheço eu meu campo? Não traduzi os versos de Atum-hadu? Não segurei o Fragmento C em minhas mãos? Mas eu *fiz* essas coisas todas sim, eu fiz, e nenhuma perda de arquivo pode mudar isso. Se Oxford queimasse até o chão hoje e não deixasse vestígio algum dos registros de *ninguém*, será que *ninguém* jamais teria caminhado por seus graciosos salões cobertos de hera, almoçado em seus restaurantes em terraços a céu aberto entre as torres, navegado em seus lagos de água salgada, frequentado suas touradas de domingo à noite na companhia de dons e procuradores, praticado luta greco-romana nu em seus gramados verdes enquanto as jovens da cidade davam hurras e jogavam batatas? Com uma única chama purificadora, será que o mundo ficaria de uma só vez repleto de impostores de Oxford com diplomas falsos?

Essas loucas afirmações do insidioso e invisível Ferrell produzem uma revelação retroativa absurda da verdade. Se eu não estive em Oxford, como foi que conheci Marlowe? Como foi que acabamos por desenterrar um pote contendo o Fragmento C? Se eu não fosse seu colega de escola, como é que ficamos na mesma unidade no Egito? Se não nos alistamos juntos, como foi que entrei para o Exército? Contada dessa maneira, a história não faz o menor sentido. Ferrell é louco.

Reconstruir a ordem dos acontecimentos com essas cartas lentas é de enlouquecer. Obviamente, o veneno que ter Breuggen derramou no ouvido de Finneran no dia 19 explicaria os atrasos financeiros e os cabogramas enigmáticos de CCF. Seja quem for *Ferrell*, ele se lançou em uma jornada incompreensível para me desacreditar. No escritório de ter Breuggen ele conseguiu, mas o medo e a incompetência que ali reinam já constituíam um terreno fértil para isso. CCF é feito de têmpera mais forte. Ah, meu Deus, M.

CABOGRAMA. LUXOR PARA MARGARET FINNERAN, BOSTON, 2/11/22, 17H47.
MINHA QUERIDA. DESCOBRI UM MENTIROSO ESPREITANDO, UM ESTRANHO CHAMADO FERRELL. NÃO O CONHEÇO, NÃO ACREDITO NELE. IGNORE-O A TODO CUSTO. SEU AMOR CONQUISTADOR, RMT.

CABOGRAMA. LUXOR PARA C. C. FINNERAN, BOSTON, 2/11/22, 17H49
SENHOR DA FARTURA. FIQUEI SABENDO MAIS SOBRE FERRELL, UM MENTIROSO DE MOTIVOS MISTERIOSOS. PODE DESCONSIDERAR COM TRANQUILIDADE O QUE ELE DIZ E PROSSEGUIR COM SEGURANÇA E RAPIDEZ DE ACORDO COM NOSSOS PLANOS ORIGINAIS. RMT.

Margaret: Acabei de voltar à cidade e lhe enviei um cabograma pedindo que ignore esse Ferrell. Tenho certeza de que você fará isso, se é que já não o fez. Ele é uma nêmese mítica enviada para me perturbar, não posso imaginar por quais forças nem por que motivo. Mesmo assim, ele é uma nêmese patética e inócua. E, no entanto, também necessária! Grandes homens, minha querida, são frequentemente perturbados por coisinhas mesquinhas e malfeitores anêmicos. Esses homens perturbados e de aspecto doentio como roedores são motivados por uma necessidade de destruir porque não conseguem criar, a eles foi negada a fagulha de Atum, a parcela da divindade que os grandes homens desejam: o poder de criar. E com enxofre nas veias eles se agarram com garras afiadas, motivados pela necessidade satânica de destruir.

Se você já ouviu as bobajadas que ele diz — e suponho que sim, pois aparentemente ele esteve em sua casa há duas semanas —, então meu coração se entristece por você, pois as palavras sibilantes dele sem dúvida ferveram com a própria ideia que você faz de mim. O que será que você deve ter pensado ao ouvir a ideia louca e impossível de que Ralph não estudou em Oxford? Se você acreditou nisso sequer por um segundo chocante, então eu lamento muitíssimo.

Eu sei, Margaret — não sou assim tão tolo —, eu sei que o que primeiro a atraiu em mim foram meus modos e meu histórico: um explorador inglês, nascido de família nobre, com educação de Oxford e herói de guerra. Eu sei que estas foram as pedras fundamentais de nossa relação. Mas agora, meu amor, Ferrell nos oferece uma oportunidade de ficarmos mais fortes, de forjar um amor e uma compreensão mais profundos. Ambos sabemos que meu *curriculum vitae* não é o melhor de mim, nem o que há de maior em mim. E se Oxford não fosse real — como Ferrell gostaria —, o que isso mudaria entre nós? Nada. Minhas realizações foram o que nos aproximou, não o sustento a partir do qual nosso amor durará para sempre. Se o fracassado do Ferrell nos ajudou a ver isso, então nossos magnânimos agradecimentos a ele!

Depois de uma noite horrenda, estou finalmente me sentindo eu mesmo de novo. É assim que eram as "intrigas da corte", quando eram uma realidade cotidiana e não a frase seca de um historiador? Quando não se podia confiar nos cortesãos de Atum-hadu, quando conspiradores se esgueiravam e pretendentes ao seu trono subornavam os cozinheiros no calor da cozinha do palácio e sacerdotes sussurravam mentiras obscenas e promessas às sombras das tochas, será que o estômago dele se revolvia da maneira como o meu se revolve? Será que ele lutou com destruidores insidiosos em vez de fazer o que preferia, ou seja, honrar seu nome e o nome do seu deus patronímico através do ato da criação?

Sexta-feira, 3 de novembro de 1922

Diário: Estendi as buscas da parede dos homens a quase meia milha deserto adentro. Limpei quatro outras reentrâncias, e a mais promissora delas mostra algumas evidências de contato humano, mas nada de definitivo. Por duas vezes os homens encontram alguma coisa na face da parede que vale minha descida apressada do caminho acima, mas em ambas as vezes é um alarme falso. Em breve precisarei encarar a possibilidade de que o chão terá de ser limpado, a terra terá de ser retirada. Se todas as reentrâncias provarem não ter valor algum, e a face da encosta não revelar nada, então ficamos com a conclusão inescapável de que a tumba de Atum-hadu está na bacia rasa do vale, o que significa a realização de operações de escavação de trincheiras, semelhantes ao trabalho de formiguinha de Carter no outro lado da parede da encosta. A eficiência exigirá dezenas de homens, se não mais. Uma impossibilidade sem uma concessão completa e inequívoca do Serviço de Antiguidades.

Sábado, 4 de novembro de 1922

Diário: Limpei mais cinco reentrâncias, e fiz com que os homens começassem a raspar a face da encosta até uma altura de dois metros e meio, 250 metros em ambas as direções a partir do sítio do Fragmento C. É um próximo passo necessário, e espero que isso nos recompense, mas receio que o vasto e amplo chão do deserto agora pareça um esconderijo mais provável para Atum-hadu. Esta possibilidade estende de modo significativo nosso compromisso de tempo provável. Será que a Sociedade terá coragem de esperar mais um ano, se necessário? Talvez eu deva me apresentar ao professor Winlock, discutir com ele de homem para homem a concessão de uma fatia do terreno do Metropolitan Museum. Ele não tem interesse nem é um especialista em Atum-hadu, e não conseguirá cobrir muito terreno numa temporada, mesmo com os recursos obscenos de seu museu. E pode até ser que ele receba bem algumas ações complementares da Mão-de-Atum, Ltda., levando-se em conta seu sucesso obtido em meses recentes.

Fim de tarde: desço para descobrir que Ahmed e um dos homens sumiram. Eles retornam uma hora depois com a seguinte história: enquanto eu estava lá em cima, os primos de um dos meus trabalhadores apareceram para visitá-lo em nosso sítio e trouxeram notícias interessantes (primos fofoqueiros são a principal indústria deste país): Carter havia encontrado alguma coisa, e a ausência vespertina de meus homens (com direito a muitos *salaams* e "mil perdões, lorde Trilipush") se deveu ao fato de que eles se infiltraram no sítio de Carter, onde parece que Carter havia encontrado... um degrau. Bom Deus, tenho certeza de que isso é motivo de júbilo para o pobre veterano. Seis anos depois, um degrau! Bem, ele merecia encontrar alguma coisa, e o conde de Carnarvon pode agora sentir que seu dinheiro não foi inteiramente desperdiçado.

Volto para casa para relaxar com os gatos, ouvir um pouco de música.

Os Nordquist retornam para uma visita animada e jantamos juntos. Reconto meus dias, e eles contam em detalhes suas aventuras turísticas. Suas perguntas gentis e o interesse que demonstram em cada palavra que digo me aquecem, é uma surpresa bem-vinda e um tônico maravilhoso para minha confiança.

Domingo, 5 de novembro de 1922

Diário: Visitei o bazar, vestido em trajes nativos (isso faz com que eu consiga preços melhores). Comprei alguns *souvenirs* — escaravelhos feitos por um excelente ferreiro, envelhecidos de modo brilhante. O mercador afirma, tentando me tapear, que são autênticos Tutmés III. Bobagem, mas devem agradar a Carter, um presente de parabéns vindo de um colega escavador das areias.

Aventuro-me em lombo de mula até o Vale para ver o degrau de Carter. Sinto-me estranho, alternando calor e frio. Como deve ser maravilhoso para ele, se fez uma descoberta, é claro.

Seu acampamento é uma presença ridiculamente grande praticamente assentada em cima de Ramsés VI. Encontrar Carter propriamente dito deu um certo trabalho, pois ele se desloca no centro de uma multidão de trabalhadores. Só quando gritei seu nome alto consegui chamar-lhe a atenção. Ele emergiu da multidão para me cumprimentar, limpando as mãos da poeira e com seus modos normalmente frios, uma afetação fácil de se manter com o dinheiro de Carnarvon e um elenco de centenas de coadjuvantes. Ele deveria tentar sobreviver apenas com seu charme.

"Sim, Trilipush", ele diz, enfiando no bolso o presente que lhe ofereço, um raro exemplar da primeira edição de *Desejo e desengano no Antigo Egito*. "O que o traz a estas bandas?"

"Ouvi dizer que você tropeçou num degrau, Howard. Importa-se se eu der uma olhada, cortesia profissional, análise de um colega, essas coisas?"

"A notícia já se espalhou mesmo, não é?"

"Você conhece o amor que os nativos têm por compartilhar segredos."

"Sim, bem, prefiro não ter visitantes neste momento."

"Claro que não, meu velho, é cedo demais para um bando de turistas e figurões virem aqui estragar os trabalhos." E ele tem razão, o velho profissional: pensar em civis pisando numa nova descoberta — indizível. Parto na direção do ponto onde os trabalhadores dele estavam ajoelhados, uma fileira de uma dúzia de homens com peneiras, filtrando toda a areia levantada, reensacando a terra que lhes interessava, chamando um supervisor se aparecesse alguma lasca de qualquer coisa. Mas que produção! Era uma fábrica, mais uma "oficina" de um capitalista do que uma expedição científica. Um imenso desperdício arqueológico. Não me espanta que Carter tenha queimado anos nisto. Finalmente penetrei no centro da confusão e descobri que aquele único degrau que ele descobriu era duro, *à la* Atum, e havia se multiplicado com uma fertilidade exuberante: agora uma escadaria inteira descia para o interior da terra, terminando com um muro de pedras e entulho. Meu Deus, mas que visão, uma descoberta incrível, sem dúvida, mas do quê, não sei dizer.

"Um depósito de quinquilharias saqueadas?", perguntei-lhe quando ele me alcançou. "Alguma antiga instalação de armazenagem? Um celeiro?"

"Provavelmente", ele concordou. "Bem, se me der licença, caríssimo Ralph, temos dias à nossa frente para limpar este lixo e abrir gentilmente quaisquer portas que possamos encontrar." Quando me afastei, dei uma olhadela para trás, e ele era todo energia, em todas as direções, uma visão notável para um sujeito velho, especialmente se seus intestinos estavam num estado semelhante aos meus. A expressão nos rostos de seus trabalhadores era um tanto diferente de qualquer coisa que minha equipe de terceira pudesse fabricar. Claro que, mesmo com sua idade, Carter tem uma grande habilidade de fazer uma pessoa se sentir completamente invisível, sem peso. Ele não parece se dar conta de que faz isso; é precisamente como se ele constantemente, de nascença, emanasse uma luz brilhante de seu rosto que fizesse com que todos com quem ele conversa cubram os olhos para não ficarem cegos — como ele poderia saber que as pessoas não ficavam atordoadas quando ele não olhava para elas? Ainda que alguém lhe dissesse isso, ele provavelmente não acreditaria. "O quê?", ele diria, olhando incrédulo para outro rosto que o olharia forçando a vista. "Como assim? Eu sou diferente de que jeito?"

Preciso pegar um pouco de ar, verificar a posta restante.

Carta de minha noiva, com data de 13 de outubro, 23 dias atrás. O que aconteceu desde então?

Uma longa e vingativa sessão de tempo parado à força. Gramofone de nada ajuda. Febre.

13 out.

Meu Ralphie:

Estranhas aventuras a relatar, meu lorde egípcio.

Um detetive xereta de nome Harold Ferrell veio até nossa casa hoje. Ele está procurando um amigo seu. Olhe só, Ralphie: ele diz que o seu amigo é um garoto australiano pobre chamado Paul Caldwell, um egiptólogo amador que viveu o que parece uma vida positivamente triste e terrível. "Amigo de Ralph?", perguntei séria para ele ir direto ao assunto, e aí, para ter certeza de que ele entendeu, eu lhe disse que muito embora você tivesse sido forçado a se misturar com toda sorte de tipos estranhos na Guerra, esse tal de Paul Caldwell não parecia seu tipo de amigo de modo algum. *Ele também é australiano. O xereta, quero dizer. Ele também passou um tempo a portas fechadas com papai, e eu tentei ouvir através da porta, por você, mas estava muito cansativo.*

Parece que você foi embora há uma eternidade. É difícil imaginar o que você faz o dia inteiro aí na areia. É difícil lembrar como é ter você por perto. O tempo está ficando frio por aqui, e Inge me tem em tão completa vigilância que é um tédio absoluto. J. P. O'Toole aparece com um convite ou um presente de quando em quando. Ele lhe manda lembranças. Ah, sim: quase ia esquecendo de lhe dizer, ele me pediu um favor. Disse que eu deveria pedir a você que enviasse a ele "qualquer notícia" da escavação também, para não enviar relatórios apenas a papai, porque JP não quer se sentir de fora. Não é uma gracinha? Ele é um homem muito gentil, sabe, e tão generoso.

O que me faz lembrar de uma coisa: espero que você esteja tendo sucesso e que seja rápido. Acho que você é um homem heroico e maravilhoso, Ralphie, você sabe que é o que eu acho, mas não estou gostando de você longe assim esse tempo todo. Não gosto nem um pouco disso, e acho que se houver mais expedições dessas depois que nos casarmos, eu irei com você, ou ficarei esperando apenas em Trilipush Hall, com uma multidão de amigos e criados, ou em um hotel em Paris. Boston é um tédio horrível. Você é um bruto por me deixar esperando assim por tanto tempo. Papai é um tédio. Inge é um tédio gordo. O que é que eu deveria estar fazendo aqui com meu tempo enquanto você está aí, vivendo grandes aventuras? Eu sei que "é tudo *por nós", e quando você voltar, é o nosso futuro que você estará trazendo para casa, eu sei. Mas mesmo assim... Estar aqui sob as asas de papai e as garras de Inge me faz sentir uma garotinha. Eu sei que eles só querem o que é* melhor para mim, *mas isso também parece significar* me deixar entediada até a alma.

m.

Segunda-feira, 6 de novembro de 1922

Paguei uma semana aos homens, mandei-os para casa. Não estou em condições de trabalhar.

Quarta-feira, 8 de novembro de 1922

Noite. Três dias perdidos por causa da febre etc. Ao cair da noite, consigo me levantar. Os gatos foram um consolo em minha doença, especialmente a querida Maggie. Janto pela primeira vez desde domingo. Após dias de um sono nauseado e cheio de ansiedade, esta noite encontro-me, claro, incapaz de dormir. Estou curioso para saber que tipo de adega de vinho antiga e ressequida Carter encontrou no final de sua escadaria. Vou montar numa mula noturna, entrar trotando no Vale, encontrar meu colega tristíssimo no alto de sua escadaria, que leva a latas de lixo ancestrais, e o socorrerei em seu desespero de seis anos desperdiçando o bom e fácil dinheiro de Carnarvon.

Mais tarde: Vesti-me em trajes nativos, paguei um garoto com um barco para me levar para o outro lado e percorri o Vale enluarado em razoavelmente pouco tempo. Subi por um caminho vicinal, por trás da tumba da Ramsés VI, para dar uma nova olhada na preciosa escadaria. Mas, em vez disso, encontrei alguns dos trabalhadores de Carter, montando guarda e dormindo, nenhum sinal do grande homem em pessoa. E havia uma pilha de pedregulhos *em cima do lugar onde antes se localizava a escadaria*. E mais nada. Se algum dia existiu uma escadaria, se o calor, a solidão, a frustração e a febre não me levaram a ter alucinações sem sentido, então Carter aparentemente *voltou a enterrar sua descoberta*. Troquei alguns salamaleques e bati um papo com os trabalhadores dele. Meu disfarce é impecável. Pelo que me disseram, Carter colocou sua equipe para trabalhar na *outra* direção, cavando trincheiras ao redor das antigas cabanas dos trabalhadores que construíram a tumba de Ramsés VI. Mas que homem, este Carter! Que estilo! Tendo de encarar um fracasso como nenhum outro na história da Egiptologia (seis anos e uma escadaria que leva até um buraco vazio), e com seu nobre dinheirinho esperando na Casa Haw-haw lá na verde Inglaterra, Carter simplesmente tratou de enterrar sua mancada e lhe deu as costas. Nunca aconteceu! Agora parece que nosso sr. Carter é um grande ilusionista. Faz a gente se perguntar o que mais ele andou encobrindo em seu glorioso passado.

E lá fui eu, voltando para o rio e passando antes pela *villa* dele em Gurna. As janelas não estavam com as cortinas fechadas, e o luar brilhava prateado sobre um lado da casa. Um cantinho da Inglaterra depositado aqui no Egito, seus cavaletes e livros encostados em ordem no que devia ser um estúdio e sala de estar. O cavalete estava de costas para a janela, por isso não posso fazer nenhum comentário quanto às habilidades dele como pintor. Ele não limpou seu serviço de chá, sem dúvida estava bebendo algo potente para apagar a memória pavorosa de enterrar ao invés de desenterrar, cobrindo sua escadaria da década de 1890. Quem mais, além de mim, ouviu, cedo demais, falar do "triunfo" dele? A quantas almas os trabalhadores dele contaram? "Ah, sim, lorde Carter encontrou a tumba do rei Tut-ankh-Amen hoje! Ele encontrou a escadaria hoje, e amanhã encontrará a sala do tesouro! Conte a todos os primos!" Pobre Carter. Não é de espantar que o serviço de chá esteja ali, ainda sujo.

Os fundos da casa revelavam um *tableau* interessante, emoldurado pelos caixilhos das janelas, pintados de verde. Ele dormia como um homem em paz, o que é estranho, a menos que levemos em consideração a quantidade de "remédio para dormir" que ele provavelmente tomou para contra-atacar suas grandes preocupações. Seus óculos finos estavam dobrados sobre a mesinha-de-cabeceira, sobre um livro lido antes de dormir, cuja capa tinha a mesma cor de *Desejo e desengano no Antigo Egito*, o que não me surpreenderia, mas não consegui ver o título. Carter estava deitado sob lençóis brancos e uma tenda de tela. Suas mãos velhas e enrugadas jaziam próximas ao pescoço, como se ele fosse um roedor enterrado para dormir por um longo e duro inverno. Não tenho inveja das perguntas que farão ao pobre coitado.

Quinta-feira, 9 de novembro de 1922

Diário: Após perder três dias para a febre e uma preocupação sublimada desnecessária, acordei cedo hoje, renovado e pronto para trabalhar. Sinto-me absolutamente ótimo. Fui comprar comida para Maggie e os Ramsés.

Ahmed e os homens estão esperando, leais e aliviados por me verem finalmente com saúde. Eles têm vindo toda manhã, e só vão embora depois de horas de espera. Hoje a ansiedade deles para trabalhar é palpável e contagiosa. Eles me olham com entusiasmo e respeito.

Faço com que os homens continuem sua cuidadosa raspagem da face da encosta que se destaca sobre o caminho que sobe. Nosso progresso é animador, embora o progresso sem descoberta também possa ser visto como um campo cada vez menor de perspectiva, mas não me dou ao luxo desse tipo de pensamento. Limpo mais três reentrâncias. Não faltam muitas agora, e receio que seja necessário um trabalho mais difícil.

Maggie e os gatos jantam comigo em minha sala de jantar e passam a noite olhando com curiosidade o gramofone.

Sexta-feira, 10 de novembro de 1922

Diário: Distribuí duas dúzias de charutos com o monograma de CCF para os homens como *baksheesh*. Símbolos da fé que deposito em meus trabalhadores. Frequentemente se repete, de modo entediante, que Carter "inspira lealdade em seus homens". Mas "inspirar lealdade", como aprendi no Exército, é um truque do tempo das cavernas. Qualquer um pode fazer isso com presentes ou com medo.

Hoje reconheço a necessidade de começar a planejar os próximos passos. Envio dois homens para a bacia rasa desta seção do Vale, para marcar um quadrado com estacas, a 100 metros de distância da parede da encosta e com 100 metros de comprimento, tendo como centro o sítio da descoberta do Fragmento C. Se precisarmos cavar trincheiras, estaremos prontos. Perguntei a Ahmed se seria fácil contratar uma equipe de cem homens e equipá-los todos com ferramentas de escavação. Certamente a questão do tempo é possível, mas o custo exigirá que a Sociedade atue. E a Sociedade precisará estar preparada para um orçamento de equipe completa. Sem nada para mostrar ainda, eu não estou disposto a voltar a Lacau ou a Winlock, mas simplesmente não é viável introduzir uma equipe de escavação completa sem ser visto.

Sábado, 11 de novembro de 1922

Anotações para o livro: Mudei a epígrafe para 11 de novembro de 1922! O dia 24 foi generoso demais por uma diferença de 13 dias inteiros!

Diário: E hoje a sorte nos sorriu. Justo quando eu estava para mudar de estratégia, o mundo se revela a nós em uma nova luz, e vemos mais do que qualquer pessoa já havia visto antes. Agora é tarde da noite, e escrevo da minha cama de campanha sob as estrelas, do lado de fora da tumba do rei Atum-hadu. Enviei Ahmed para mandar um cabograma a CCF e dar de comer aos gatos.

Meu coração ainda bate com o conhecimento de nossa vitória, o extenuante e delicioso esforço de saborear cada instante: por onde começo? Ponho de lado a lua e devolvo ao céu a carruagem solar, e reproduzo nosso dia desde seu glorioso amanhecer:

A manhã foi passada balançando-me para dentro e para fora de duas de minhas últimas reentrâncias. Eu fui praticamente forçado a engatinhar quando estava no alto da parede da encosta, de modo a não ser visto do Vale lá embaixo, que agora é uma colmeia de escavações sem sentido e sem objetivo. Eu havia deixado Ahmed segurando as cordas lá em cima e dois homens na bacia começando a cavoucar o terreno macio, deixando os outros dois homens ainda trabalhando com lenta diligência na parede da encosta ao longo do caminho. Meus instintos eram infalíveis.

Depois do almoço, desci meio caminho até a terceira reentrância do dia, sentindo que meu inventário quase completo estava fadado à futilidade. E, pior, eu havia julgado erroneamente a quantidade de corda de que precisaria para atingir o chão da rachadura que estava tentando alcançar, e percebi frustrado que precisaria escalar até o topo e comprar uma corda mais comprida para chegar amanhã até aquela última fileira de saliências mais baixas. Eu estava no meio do caminho de subida da face da encosta, amaldiçoando minha falta de preparo, quando ouvi gritos vindos de baixo: meus idiotas a quem eu havia mandado ficar quietos a todo custo. No mesmo instante, duas bolhas se abriram nas minhas mãos, tornando a subida extremamente dolorosa. Olhei para baixo e vi os quatro homens todos reunidos no mesmo lugar, talvez a cerca de 60 metros abaixo de mim. Levei vinte minutos para chegar ao topo, esfolando a palma de minhas mãos enquanto subia, olhando para cima e procurando o persistentemente invisível Ahmed, olhando para baixo e vendo o grupo cada vez menor de meus homens, que aparentemente não faziam nada. Eu descansava e balançava, subia e me machucava. Por fim, atingi o topo, não encontrei Ahmed e percorri o caminho engatinhando. Ao que parece, Ahmed já estava a caminho do sopé, para ver o que estava empolgando os homens, e quando cheguei lá embaixo pelo menos três quartos de hora haviam se passado.

Ou seja, tempo algum, levando em conta o tempo que meu amigo está esperando por mim embaixo da terra! O que havíamos encontrado? Por Deus, o que *não* havíamos encontrado? Um dos homens — o nome me escapa agora, normalmente não consigo distinguir um do outro, quem sabe sejam irmãos — havia reparado, durante a raspagem, na parede da encosta ao nível do olho, um pedaço muito pequeno de rocha lisa e esbranquiçada, afundado alguns centímetros na terra e na pedra da face da encosta, a menos de 50 metros de onde Marlowe e eu encontramos o Fragmento C. A aberração era, quando eles a encontraram, do tamanho e do formato de um polegar, uma rocha oblonga e perfeitamente achatada onde tudo ao redor era poeira marrom irregular e pedra, bem compactadas, que só desmoronavam quando atingidas com força. Era exatamente o tipo de coisa que havia levado a uma dezena de alarmes falsos em nosso trabalho até agora, e quando cheguei eles haviam assumido para si próprios a tarefa de tentar confirmar a descoberta, batendo na parede marrom, fazendo uma alavanca contra a pedra branca com uma barra de metal, conseguindo arranhar sua superfície, triplicar seu tamanho e me enfurecer por violarem minhas instruções de não tocar em nada sem minha presença.

Mandei Ahmed explicar novamente as regras aos homens; não haveria *baksheesh* para descobertas danificadas. Examinei a pedra sob uma lente de aumento e descobri nela o que pareciam ser padrões regulares, embora fosse difícil ter certeza, levando-se em conta a abrasão que as alavancas dos homens haviam provocado. A rocha branca era, sem dúvida, uma superfície inteiramente diferente da pedra até mesmo 30 centímetros acima dela, então, se fosse grande se estenderia somente para baixo, mas não exibia a textura da erosão. Mandei os homens buscarem pás e escovas nos burros, e pus-me a trabalhar com enorme cuidado. "É isso, então? Estamos chegando perto?", pergunta Ahmed, seu primeiro sinal de entusiasmo verdadeiro.

Nem o jantar nem o cair da noite reduziram a velocidade de meu trabalho cuidadoso. E, dando-lhes o devido crédito, Ahmed e os homens não demonstraram interesse algum em deixar o sítio nem mesmo quando o sol se pôs, embora fosse difícil saber ao certo, pois o árabe deles foi ficando cada vez mais incompreensível ao longo da última semana; gírias particulares e falas mais arrastadas parecem estar substituindo a dicção normal. Usando uma série de pequenos formões e escovas especialmente fabricados, que variavam em tamanho de cinco até mais de 30 centímetros, trabalhei inabalável, como um cirurgião conduzindo a mais delicada das cirurgias. Por mais tentador que fosse utilizar aríetes e dinamite (como meus primeiros colegas fizeram há décadas), nossa responsabilidade é não apenas preservar o item lá dentro (levando-o correndo para um museu ou para um colecionador particular), mas ver tudo em seu contexto original, e mapear e recriar esse contexto para a posteridade. Pois observe: nunca sabemos o alcance de nossa ignorância. Não sabemos que significado deixamos de ver quando esmagamos apressadamente uma parede que parece vazia e sem sentido. Preserve toda pedra e fragmento, observe a relação entre cada tijolo com outro antes de remover qualquer coisa: esse é o cuidado que separa o profissional do saqueador de tumbas. E assim, se me atraso na descrição deste dia sem igual, é somente para dar a você, ansioso Leitor, uma sensação tanto da empolgação que aumenta cada vez mais quanto da estranha passagem do Tempo.

Pois, no momento da descoberta, o Tempo enlouquece, flui em todas as direções ao mesmo tempo e em cada velocidade imaginável até que o sol dispare pelo céu mesmo que você sinta que mal acabou de começar; seu trabalho jamais terá fim; você pode contar cada respiração sua; pode imaginar o que vai ver, atrás daquela porta, com os maiores detalhes (pois era uma porta, ah, sim, isso eu revelarei); pode imaginar cada bracelete de ouro, trono majestoso, roupa cheia de joias, sarcófago de alabastro, cabeça de calcita sobre uma jarra canópica de órgãos reais. E mais: você pode ver a mudança que acometerá a vida de uma pessoa naquele instante, o vestido que sua amada usará no seu casamento, o brilho do ouro na faixa no pescoço de seu soberano quando ele lhe ordenar que se levante. Sabemos, também, que nos sentiremos a apenas 30 centímetros de distância, embora o tempo que levaremos para penetrar nesses meros 30 centímetros não se saiba: qual será o instante *exato*? O fragmento de cristal estilhaçado que estará encerrado na eternidade, fazendo a ponte entre o agora e o passado prestes a ser esclarecido e o futuro fixo e inevitável? Será que 12 de novembro, às 10h14, será o momento? Será que ele se atrasará até 16h16, aquele instante em que os amigos gritarão de alegria e de amor?

Quem dará uma olhada depois de mim nesta penumbra de reflexos dourados? Que poetas, escribas, turistas? Que os estudantes pratiquem o belo cartucho de Atum-hadu em suas tabuletas de escrever, e iniciem o dia letivo com uma recitação compulsiva da inspiradora Quadra 7 de nosso rei (apenas no Fragmento C):

Quando triunfarmos sobre nossos inimigos ou sobre o destino, chamamos uma dezena de garotas
Que vêm a nós apressadas, e o traje de Atum-hadu se abre,
E elas dançam e se desnudam para nós, seus seios tão altos
Que a naja encapuzada de Atum-hadu dá um pulo, como se fosse voar.

Embora eu estivesse disposto a comemorar alegremente com meu rei esta noite de sua maneira preferida, não posso, pois minha futura rainha aguarda em sua pura beleza bem distante, e minha amante ciumenta, a Ciência, exige que eu me recline sobre esta cama de campanha, embaixo de lençóis com o brasão da naja, do abutre e da esfinge, e proteja minha descoberta dos bandidos e dos pares ciumentos que certamente chegarão quando a notícia escapar, como certamente acontecerá, ou não conheço o limiar natural de discrição do trabalhador egípcio moderno. Mas quando eles vierem, encontrar-me-ão com minha Webley de serviço (para bandidos) ou com um silêncio sorridente (para Carter). Ah, isso será delicioso. A maneira de Carter não é a única maneira; minha natureza generosa e animada serviu 10 mil vezes tão bem quanto a *hauteur* dele.

Mas me adiantei à história. O tempo, como eu disse, fará seus truques.

Então, o primeiro vislumbre que os homens tiveram foi este:

(FIG. A — VISTA DA PORTA A DA TUMBA DE ATUM-HADU POR TRABALHADOR ANÔNIMO, 11 DE NOVEMBRO DE 1922, NO MOMENTO EM QUE AS CANÇÕES DE TRABALHO SÃO SUBSTITUÍDAS POR UM SÚBITO, ASSUSTADOR E LINDO SILÊNCIO)

A terra a cobria em alguns pontos com 30 centímetros de espessura ou mais, frequentemente com a dureza da rocha. Mas ao final de várias horas de uso do formão, da escova e da peneira, nós tínhamos uma porta, de aproximadamente 2 metros de altura e 90 centímetros de largura (preciso mandar Ahmed comprar uma régua). Ela foi encontrada a aproximadamente dois terços acima do nível do caminho da lateral da encosta, e um terço abaixo dela. Depois de muito trabalho com as pás, o que revelamos foi:

(FIG. B — RALPH M. TRILIPUSH AO LADO DA PORTA A DA TUMBA DE ATUM-HADU, 11 DE NOVEMBRO DE 1922)

Preciso arrumar equipamento fotográfico depois do cabograma.

O portal está absolutamente intacto, verdadeiramente intocado. Nenhum ladrão jamais o penetrou e nenhuma autoridade posteriormente jamais substituiu um centímetro dele. Ele não era visto há 3.500 anos. Além disso, o que era significativo: não estava "selado". Quer dizer, não havia impressões na porta da pedra de quaisquer símbolos ou cartuchos reais, nenhuma marca de qualquer espécie implicando a presença de um guardião profissional de tumbas. Isto seria um tanto estranho em tempos de paz, mas, devido ao que sabemos dos últimos dias de Atum-hadu, a pureza prístina da porta é uma prova ainda maior de sua identidade. Quem quer que tenha fechado esta porta foi instruído a não marcar seu exterior com qualquer coisa que identificasse seu ocupante (portanto, assim, identificando-o para mim, com uma clareza inconfundível).

Naturalmente, se (como tenho certeza absoluta) escrevo esta noite do lado de fora da tumba de Atum-hadu, ele foi para seu descanso final no fim da XIII Dinastia, no fim de toda cultura, religião, vida, Egito, esperança, tempo. Pois embora meros cem anos depois a XVIII Dinastia se erguesse das cinzas da XIII e restaurasse o Egito em uma glória reluzente e reformada (uma restauração burguesa, o Novo Reino *kitsch*, imitador, luxuoso porém falso, território de brincadeiras de andróginos barrigudos e a fonte de pesquisas de estudiosos igualmente delicados), na época da morte de Atum-hadu, com invasores hicsos se declarando os reis em um país que jamais poderiam esperar compreender, bárbaros brincando de se fantasiar, dessacralizando os templos com seus esforços para adorar deuses que os desprezavam, não havia motivo para pisar em selos oficiais sobre a tumba de Atum-hadu, o último rei egípcio, nenhum motivo para se vangloriar da presença dele. Ao passo que a tumba de Carter, caso ele a encontre, estará repleta de selos com o equivalente hieroglífico de "Tut dormiu aqui", a porta de Atum-hadu foi deixada em branco, coberta com lama de secagem rápida, e o rei seguiu rapidamente para o mundo do além, sem um momento a perder.

Sondei o perímetro da porta e percebi que ela estava embutida na rocha da encosta. A porta parece ter pelo menos 30 centímetros de espessura e deverá sair como um bloco sólido, uma tarefa para amanhã, ou o tempo que for necessário para fazer isso corretamente, como Carter o faria, para dar ao velho e azarado sujeito o que lhe é devido.

Enquanto isso, Ahmed e os homens foram mandados para casa para realizar uma série de tarefas cruciais enquanto durmo montando guarda sob o céu de Atum-hadu. Gostaria de poder imitar os reis antigos e cortar fora as línguas dos homens, e depois contar com o provável analfabetismo deles, mas as tarefas precisam ser executadas, e não posso fazê-las todas sozinho. Amanhã eles voltarão com cordas e equipamentos, cilindros de metal para rolar a porta para fora, um carrinho com almofadas e uma lona para levar tudo de volta para a minha *villa* sem sermos vistos.

Sob o protocolo tradicional, eu agora entraria em contato com o Serviço de Antiguidades para que um inspetor fosse enviado para participar e supervisionar os procedimentos corretos de abertura, escavação, limpeza e catalogação da tumba localizada dentro da área especificada por minha concessão. Entretanto, devido aos meus constantes desentendimentos com Lacau, estou me sentindo um tanto perdido, e não vejo outra maneira senão continuar por conta própria por enquanto, até saber de que tipo de ajuda da parte deles vou realmente precisar. Quando a hora chegar, voltarei ao Cairo e lhes direi pessoalmente que tesouros encontrei. Preencherei a papelada deles, pagarei pequenas multas, entrarei no jogo e deixarei que eles se riam e me deem um tapinha delicado na mão, vê-los-ei lamber os beiços para ouvir onde está a tumba, e ouvirei de perto o som cortante da concessão de Winlock sendo podada para acomodar as necessidades laboratoriais e de transporte da Expedição Trilipush.

Amanhã iremos abrir nossa tumba!

CABOGRAMA. LUXOR PARA C. C. FINNERAN, BOSTON, 11/11/22, 17H58.
SENHOR DA FARTURA. VITÓRIA! O BRILHO DA DESCOBERTA É MEU E SEU. GARANTA CRÉDITO PARA O DIA 22. ATRASOS POR CAUSA DE CENTAVOS COMPROMETEM MONTANHAS DE OURO. RMT.

Verdade seja dita? Eu estava comprando presentes para sua tia. Aquela coisa de sempre. Tudo na conta, claro, já que ela era uma fonte-chave de informação. E ela aceitou todos os meus presentes, sabia? Sem nenhuma hesitação; eu não era idiota. E chegou o dia em que decidi forçar a barra, me declarar um pouquinho. Naquela mesma manhã, antes que eu pudesse sequer decidir que técnica usaria, fui convocado para a Corte real, pois Finneran tinha notícias do Egito. "Veja isto, Ferrell", ele diz para mim, empurrando-me para uma cadeira. "Parece que estávamos ambos errados a respeito do meu rapaz, e isto é ótimo." Ele me mostrou um cabograma de Trilipush: o demônio havia encontrado sua tumba, ou pelo menos era o que ele dizia, e sua equipe a estava abrindo, montanhas de ouro reluzentes. "Você devia ter visto a cara de Maggie quando eu mostrei isto a ela", disse Finneran, sacudindo a folha do cabograma, empolgado demais para se sentar, andando de um lado para o outro em seu estúdio, oferecendo-me uma bebida que estava debaixo de sua mesa. Ele nunca compartilhara comigo nenhuma de suas preocupações com Margaret — nenhuma menção a Oxford — e me implorou — não, ele me ordenou, e você sabe que velho desgraçado ele era quando realmente tinha certeza de alguma coisa —, ordenou-me que lhe obedecesse, agora que sua decisão estava "sacramentada".

Finneran estava tão encantado que ia voltar a enviar o fornecimento de dinheiro que havia interrompido quando chegaram as notícias de Oxford. "Tem certeza de que isso é prudente?", perguntei. "Se Trilipush for um mentiroso, e tivermos alguma razão para pensar assim, certamente este cabograma nada prova." Você acha que a culpa é minha, Macy? Ele me pediu para cuidar da filha dele. E eu realmente falei não por interesse próprio, mas só porque era meu conselho honesto. Erro meu. Comprovei minha primeira opinião sobre o apetite de Finneran: conselhos honestos não eram seu prato predileto. Ele parou no meio do ato de acender seu charuto e se virou para mim. A coisa veio absolutamente do nada: Finneran exibiu um temperamento que eu ainda não tinha visto, embora devesse ter imaginado que estava ali o tempo todo, e saí desembestado de seu estúdio e da casa, feliz da vida se nunca mais o visse ou à sua filha viciada em ópio. Aquele cliente era uma causa perdida. Eu iria imediatamente para o Egito.

Estas são as resoluções de homens tolos quando se apaixonam, Macy, até mesmo detetives cuja experiência devia lhes dar mais juízo. Quando ela apareceu no meu hotel naquela mesma noite, rindo de sua fuga fácil da casa e de sua cadela de guarda dinamarquesa, eu a escoltei ansiosamente de jazz club em jazz club, indo a recantos de Boston onde éramos os únicos rostos brancos num oceano de rostos negros, e depois fomos até um bairro que não tinha ninguém a não ser chineses por ruas e mais ruas, e finalmente voltamos ao clube do JP, onde ela fez todos os brindes ao triunfo de seu noivo. Ah, sim, ela estava animada naquela noite, nem tocou no ópio, não parou em nenhum momento de entoar loas a Trilipush. Obviamente, eu não havia lhe provocado a menor impressão. Ela bebeu e eu paguei (ou o imortal espólio do sr. Davies pagou, para sermos justos). No meu bolso, eu guardava um colar.

Esta também foi a noite em que conheci o misterioso J. P. O'Toole, se bem me lembro. Tenho certeza de que você já ouviu o nome de O'Toole, Macy, um tanto infame depois dos tiroteios de gangues no final dos anos 1920. Naquela época, ele administrava aquele clube entre outros antros, dava ópio para sua tia e era um dos investidores da expedição ao Egito. Quando ele desceu até nosso sofá (provavelmente para ver por que Margaret não subia para tomar sua droga naquela noite), me deu dois dedos de sua mão para apertar, afetou uma espécie de atitude da realeza francesa para qualquer um que ousasse falar com ele, embora a Margaret ele tivesse posto no colo, balançando-a nos joelhos, chamando-a de afilhadinha traquinas, uma liberdade que fez meu sangue ferver. Mesmo assim, não vou dizer que ele fosse um sujeito mau, já que ele aparece novamente como um de nossos clientes um pouco mais adiante nesta história, Macy.

Naquela manhã, logo antes do amanhecer, eu a ajudei a voltar para casa. Paramos nos jardins públicos em frente à casa dela, e eu estava pronto para lhe contar tudo. Eu ia dizer a ela que Trilipush a havia usado por causa de seu dinheiro, que ele jamais frequentara Oxford, embora muitos de seus amigos pervertidos o tivessem feito e haviam forjado os diplomas que ele possuía. Eu só estava decidindo por onde começar toda essa história: o cavalheiro inglês dissipador, o sodomita, assassino de seu amante e de um inocente escavador australiano. Eu ia contar a verdade a ela, sabia? E esperava — eu sabia — que, quando lhe contasse a verdade, ela ficaria grata, me agradeceria, finalmente me veria sob uma nova luz, uma luz que eu não havia conseguido ligar sozinho porque ela estava cega pelas mentiras de Trilipush. Ela disse: "Boa noite, Harry." Eu não falei. Ela se virou na direção do portão de sua casa, sem se importar se ia ser flagrada entrando ou não. Então ela se virou, olhou para mim e disse: "Dá pra acreditar? Meu herói encontrou o tesouro dele! Não é demais?" E foi embora. E então eu chamei seu nome, mas muito baixo, e o portão se fechou. Ainda posso ouvir aquele som. Existe um portão aqui na casa de repouso, entre o que chamam de jardim e o lugar onde as latas de lixo ficam em uma espécie de barracão do lado de fora, esperando a coleta, e quando os funcionários levam coisas para lá e a janela fica aberta em um determinado clima e quando há um certo cheiro no ar, a trava desse portão faz um pequenino tinido, e eu me lembro de sua tia com tanta clareza que sinto vontade de chorar. É claro que ela falou sobre isso para você.

Domingo, 12 de novembro de 1922

<u>*Anotações para o livro*</u>: Ontem foi o Dia do Armistício, um momento para nos lembrarmos de nossos irmãos caídos na Grande Guerra, e de darmos graças pelas bênçãos da paz de que o resto de nós hoje desfruta,

eternamente, assim esperamos. Incluir aqui alguma coisa sobre Marlowe e eu dizendo adeus antes de minha partida para a Turquia, Marlowe prometendo conservar o Fragmento C até minha volta, lembrando naquele momento nossos verdes e felizes dias em Oxford, ele me abençoando antes da batalha, meu otimismo com relação à nossa eterna parceria quando parti, minha tristeza quando retornei da Turquia etc.

Diário: É um novo Ahmed hoje, todo sorrisos e mesuras, e os homens seguem sua liderança. Muito gratificante. Eles chegaram ao amanhecer, cabogramas enviados e gatos alimentados, e com uma série impressionante de novos equipamentos, embora antes do final desta aventura eu ainda precise ir ao Cairo para obter alguns dos equipamentos científicos mais importantes. Além disso, esta noite preciso mandar que ele vá buscar mosquiteiros se eu quiser voltar a dormir do lado de fora: meus braços estão parecendo um dos mapas em alto-relevo que meu pai tinha do Himalaia.

Começamos na mesma hora, enfiando cunhas por baixo da porta, escavando enquanto forçávamos o topo e as laterais. O trabalho é incrivelmente minucioso, e na hora do almoço nós havíamos cavado um espaço ao redor do perímetro da porta com cerca de 30 centímetros de profundidade, mas ainda não havíamos conseguido soltá-la. Concluímos que nossa única chance é passar cordas atrás dela e ao seu redor e depois, com todos os nossos 12 braços, controlar sua descida por sua face externa, sobre almofadas para proteger quaisquer inscrições microscópicas invisíveis às minhas lentes, sobre rolos que podemos amarrar diretamente aos arreios dos burros. De volta ao trabalho.

5h — Agora consigo discernir uma fenda onde a superfície do topo da porta se projeta um pouco, provavelmente o teto que encerra o espaço atrás da porta. Consigo colocar as primeiras cunhas nessa fenda, martelando barras dentro do finíssimo espaço resultante, e afastando suavemente o bloco da porta para longe de sua moldura até uma das primeiras cunhas cair e desaparecer de nossas vistas, atrás da fenda, e todos nós segurarmos a respiração quando a ouvimos bater com um clique contra a pedra. Estamos quase lá. Introduzo uma vareta de teste no espaço onde a cunha cai (um espaço dentro do qual nós já estaríamos, maldito seja o Metropolitan Museum de Nova York, se tivéssemos homens suficientes e não fôssemos forçados a nos esgueirar nas sombras como criminosos).

Faço um teste com uma vela para garantir que nenhum gás venenoso esteja vazando da fenda. Não há espaço suficiente para ver lá dentro ou para inserir uma tocha, então, como estou muito ansioso para olhar, dou uma folga para os homens descansarem. Eles mastigam balas, não dizem nada, sorriem para mim sempre que veem que eu os estou olhando.

7h30 — Uma hora de trabalho desgastante dando puxões antes de conseguir o primeiro movimento e que eu seja capaz de inserir uma pequena vela dentro da tumba e encostar bem o olho para ver o espaço. No começo, minha vista não consegue se ajustar à escuridão, ao halo do cone de luz do pavio, imperturbado por qualquer ar que se mova, e tampouco consigo ver o que espero ver (sombras, metais reluzentes), e por um longo momento para todos nós, há apenas uma antecipação e o fôlego preso. "O que você vê, diabos?", Ahmed pergunta murmurando em inglês. "Imortalidade!", respondo (mudar a epígrafe de Abdullah para Ahmed, embora o idiota não mereça ter seu nome mencionado).

Por fim, um espaço se ilumina, paredes de um branco empoeirado, uma seção de um piso semelhante, mas pouco além disso. Ao cair da noite nós conseguimos apenas limpar a porta e afastá-la o bastante de sua moldura para que sejamos capazes de amanhã, com músculos descansados e uma noite de sono, ter sucesso em baixá-la. Autorizo Ahmed a voltar no dia seguinte com mais pessoal e mando os homens para casa.

Segunda, 13 de novembro de 1922

11h — Ahmed, atrasado mas com seis homens hoje, chegou às 8h30. Paguei cinco salários até a presente data, e os dois novos homens somente por hoje. Acabamos de colocar a porta sobre seu transporte almofadado, quase imediatamente esmagando os cilindros de transporte. A porta deve pesar, concordamos todos, quase uma tonelada, e os homens penaram para tirarem-na com segurança, e os dois novos homens saíram cambaleantes, curvados e com fortes dores nas costas, mas o trabalho foi feito e eu imediatamente desci um único degrau e entrei em minha câmara com uma lanterna elétrica. O ar — quente, espesso, parado por 3.500 anos — era delicioso. A porta ficava no centro da parede de uma câmara quadrada, com aproximadamente 5 metros de largura, talvez 2,5 metros de altura. Cada superfície era uma pedra uniforme, lisa, branco-amarelada. De objetos, decoração de parede, estatuária, pegadas, deuses guardiães, inscrições nas paredes, um inventário posterior seria talvez capaz de revelar o que eu até agora não consigo ver, sozinho e com minha única lanterna. Mas eu diria, a título de tentativa, que dessas coisas, por ora, eu teria de dizer que parece que provavelmente há muito pouca coisa e provavelmente nada para se dizer até o momento.

Em pé, escrevo o que por ora sou forçado a chamar de "Câmara Vazia" da tumba de Atum-hadu. Um mapa teria, portanto, o seguinte aspecto:

(FIG. C: A CÂMARA VAZIA)

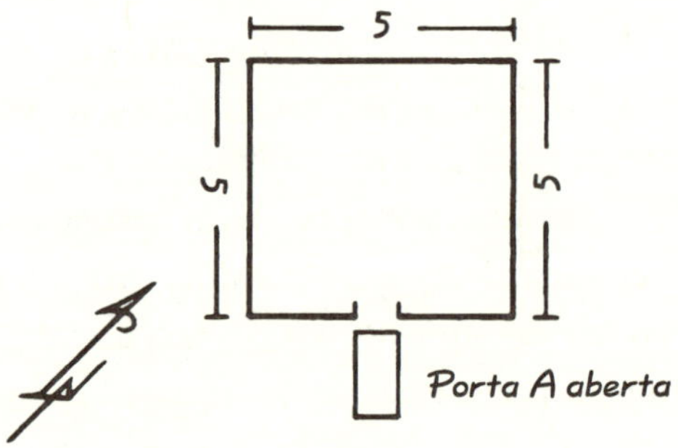

Apesar de minhas ordens explícitas, encontrei Ahmed entrando na Câmara Vazia. "Fora!", gritei. "Este espaço não pode tolerar amadores." Ele não se moveu nem prestou atenção em mim, apenas passou sua tocha ao redor das paredes, e percebi erros de interpretação contaminando sua mente minúscula. Ele deu um suspiro e se afastou. Que diferença isso pode fazer para ele? Ele é pago por seu tempo, certamente, quanto mais devagar, melhor, para homens assalariados. "Mande os homens para casa por hoje", gritei para ele. "Você e quatro homens, amanhã, ao amanhecer." Pois eu precisava do resto do dia de hoje para pensar e executar uma cuidadosa análise daquele aposento.

Agora a noite cai. Não julgo a reação de Ahmed com dureza. Eu também poderia entrar em desespero e escrever a palavra *decepção* em vez de *sucesso* aqui, se não estivesse mais bem informado. Agora, observe: é precisamente a ignorância de Ahmed e sua frustração infantilmente previsível que são as questões-chave aqui, a melhor defesa que o arquiteto da tumba de Atum-hadu poderia conceber. À luz bruxuleante do lampião aqui na Câmara Vazia, deito-me em minha cama e entendo precisamente o que um aposento desses significa. Imagine um ladrão de tumbas nos dias de outrora. Embora saibamos hoje que esta tumba nunca teve ladrões, definitivamente nenhum, os arquitetos precisavam fazer planos para eles. Então, imagine o arquiteto se preparando para esse ladrão. Para o ladrão, imagine um homem como Ahmed, que, juntamente com alguns companheiros acanalhados, exerceu grande esforço para passar pela porta maciça que encontraram por acaso ou astúcia. Por fim, esgueirando-se a fim de não serem vistos por quaisquer autoridades que se interessassem no momento, eles tropeçam no ponto de trânsito do último Senhor do Nilo e encontram na forma desse aposento vazio um sorridente pedido de desculpas: "Não há nada a ser encontrado aqui, meu velho, vá saquear outro lugar." Pois ninguém a não ser uma alma de olhos aguçados irá reparar na tênue linha contornando a parede dos fundos, nada menos que outra porta, quase invisível por motivos óbvios mas indubitavelmente ali. E até mesmo R. M. Trilipush, o descobridor do rei por direito, não reparou nela até as 20 horas, depois que seus homens já haviam ido embora, e seu próprio espírito estava um pouco perturbado.

(FIG. D: A CÂMARA VAZIA, CORRIGIDA)

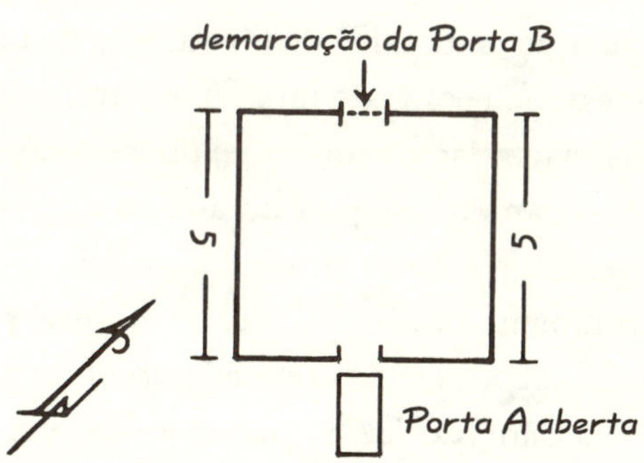

Uma suave aplicação do formão, espanar um pouco a poeira, algumas cunhas marteladas, e não há mais dúvidas a respeito. Amanhã prosseguiremos mais fundo neste notável labirinto que foi montado para nós por nosso senhor Atum-hadu, este quebra-cabeça que é também, por sua vez, uma solução para o diferente enigma apresentado ao próprio rei, a solução mais brilhante para o mais terrivelmente complexo Paradoxo da Tumba na história desta terra extraordinária.

Considere a Quadra 78 (ABC, de *Desejo e desengano no Antigo Egito*, Harvard University Press, 1923):

Nenhum falcão nos espionará, nenhum cão saluki renomado pela visão
Verá quando eu tomar Ísis com força, sua boca e seu traseiro.
Quando o beijo molhado de Ma'at estiver à minha esquerda e o seio de
Sekhmet à minha direita
Inimigos mortais, ladrões, traidores irão todos vagar sobre nós
Cegos em uma tempestade no deserto.

A sinopse mais bonita tanto do Paradoxo da Tumba quanto dos prazeres do além-mundo que alguém poderia encontrar. E, para algum antigo sortudo o bastante para encontrar a entrada de Atum-hadu, do lado de dentro havia apenas um aposento que não incentivava a nada, aparentemente já saqueado. Vamos formular uma hipótese quanto a como o Paradoxo da Tumba poderia ser honrado aqui: podemos imaginar que Atum-hadu fez preparativos para que o homem que selasse a segunda porta interna (Porta B) fosse morto pelo homem que mais tarde selasse a Porta A, que por sua vez estava marcado para o subsequente assassinato por um terceiro homem, que nada sabia da localização da tumba, ou do propósito por trás de seu contrato fatal. A morte de Atum-hadu é seguida por duas outras, não relacionadas, inexplicáveis até mesmo para seus perpetradores e praticamente sequer notada no crepúsculo permanente que havia tomado o Egito de assalto no fim.

Amanhã penetraremos na tumba de nosso rei, interromperemos seu ávido intercurso sexual com suas eternas parceiras de cama. Esta noite, dormindo em sua Câmara Vazia, quase posso ouvi-lo, a respiração forte, saciado, sabendo que seus assassinatos camuflados foram executados conforme suas instruções, que suas mulheres lhe darão prazer para sempre, que ele era mais inteligente do que nossa mãe ressentida, o Tempo.

Terça-feira, 14 de novembro, 1922

Ahmed retorna, envergonhado, encantado com a Porta B. "Milorde Trilipush, seu olho de falcão, nariz de perdigueiro e coração indômito são um modelo para nós todos e um símbolo de todos os presentes que os ingleses oferecem ao Egito."

Recomeçamos o mesmo processo minucioso, mas agora à luz bruxuleante das tochas e num calor de encharcar nossas camisas, enquanto delineamos o posicionamento da segunda porta. Checamos duas ou três vezes a porta à procura de selos, inscrições, marcas de qualquer espécie, e fico feliz por não encontrar nenhuma, confirmando, além de qualquer dúvida, minha hipótese quanto ao funcionamento da Câmara Vazia. Dou a cada um dos homens uma chance de usar a lente de aumento, e nós seis concordamos: nada.

Agora, dois deles montam guarda do lado de fora, dois trabalham como carregadores para buscar água e ferramentas conforme solicitado, enquanto eu lapido com cuidado e precisão, e Ahmed segura a lanterna — em grande parte para ficar impedido de andar de um lado para o outro como uma velha.

O traçado da porta rapidamente se aprofundou e se tornou mais claro, como se a parede branco-amarelada fosse uma camuflagem muito superficial e nós estivéssemos agora na poeira mais escura da cumplicidade com nosso rei, que nos aguardava. Está claro que diversos pés-de-cabra serão necessários, e como há uma ligeira inclinação para a Câmara Vazia — que desce do caminho da encosta até a segunda porta — provavelmente isso exigirá uma maca com rodas, e das fortes, para mover a segunda porta para fora da tumba, e ela terá de ser afixada em um transporte precariamente colocado de lado para caber no espaço deixado pela Porta A, a menos que o Serviço de Antiguidades decida deixar a Porta B entreaberta, *in situ*, para um *frisson* purista na temporada de turistas.

Dadas todas essas complexidades e a impossibilidade de ladrões abrindo caminho com uma barreira desse tipo, deixo os homens montando guarda e dormindo na Câmara Vazia debaixo dos lençóis de abutre-naja-esfinge-Hórus-consome, e volto à cidade. Fico me perguntando que vida familiar têm esses homens, que não são esperados em casa e podem dormir no deserto sem avisar nada.

No correio, uma carta de minha noiva, datada de 24 dias atrás (uma vida inteira atrás, antes de nossa descoberta), e há um cabograma de meu Senhor da Fartura, provando ser digno de qualquer um que já tenha tido esse título: MUITO BEM! MANDE DETALHES. CRÉDITO A CAMINHO. Comprei pés-de-cabra, comida etc.

E agora, desta distância, crepúsculo no meu terraço da Villa Trilipush, coquetel antimalária na mão, Maggie ronronando no meu colo, o gramofone cantando, imagino o que me aguarda atrás da Porta B, as sombras lançadas contra as paredes brancas pela luz da lanterna, os pés-de-cabra caindo ao chão de espanto. Amanhã.

21 out.

Ei, Ralphie!

Enquanto você está aí caçando garotas de pele escura ao redor da casbá (ah, sim, senhor, eu fui ao cinematógrafo outra noite e agora sei exatamente o que levou você ao Egito e à Arábia, meu sheik *traquinas), não vou ficar apenas sentada ouvindo Inge falar dos invernos frios da Islândia, moço.*

Até que consegui passar algumas noites bem felizes no clube do JP, que, eu sei, você simplesmente não aprova. *Me pergunto o que será que você não aprova: o clube do JP ou o fato de que eu me divirta. Honestamente, do jeito que sou tratada por aqui fica a impressão de que sou uma criminosa condenada.*

Talvez seja de seu interesse saber que JP me apresentou a um amigo dele, agora, vamos ver, qual era mesmo o nome dele, está na pontinha da língua, ah, sim, lembrei: Cornelius Macy. Bem, eu diria que Cornelius ficou bem impressionado comigo, e é um dançarino muito bom. Por quatro noites seguidas ele esteve lá, já que me conheceu na terça. JP estava dizendo que esse tal de Corny vale barris e mais barris de dinheiro. Ele certamente se veste como um magnata. Até que barris e mais barris de dinheiro me cairiam bem, ah, sim, cairiam sim, senhor Trilipush!

Fique calmo, inglesinho. Ele não quer dizer nada para mim, você é meu único verdadeiro Herói explorador.

Aquele detetive xereta também está sendo bonzinho comigo. Não sei o que pensar disso. Ele não me diz nada em termos de aparência, isso eu lhe digo de graça. Uns dois dias depois de conhecê-lo, eu estava saindo para uma festinha de que tinha ouvido falar com algumas amigas, como nos velhos tempos, mas quando saí da casa lá estava ele esperando, o xereta, e ele disse: "Vamos lá, vou levar você para tomar um drinque." Uma garota não precisa ouvir isso duas vezes.

O que é que você vai trazer para sua Rainha? Eu sei, eu sei: a tumba estará repleta de joias de um milhão de anos de idade. E é verdade que essas coisas egípcias estão muito na moda hoje, e isso será bom. Mas será que esses negócios não estarão velhos e gastos? Uma garota não gosta de usar uma peça de museu *no pescoço, sabia, Ralphie?*

Não, esse xereta não é nada. Tem um cabelinho cor de cenoura e é todo desajeitado. Mas ele é tímido quando está perto de mim, não consegue me olhar nos olhos. Este é um sinal de que eles estão ficando maL das pernas, é batata. Você foi a exceção à regra, meu Herói, olhando para mim com coragem, recitando seus poemas indecentes. Mas aquele ali, ele me leva para o JP quando tenho vontade, quando estou entediada e preciso de uma noite fora, e ele é feito um cachorrinho. Mas uma coisa eu posso lhe dizer: ele diz que está procurando o coitado do garoto australiano, mas tem uma verdadeira curiosidade a seu respeito. Acho que parte disso é que ele quer saber se tenho espaço no meu coração para um novo sujeito. Ah, não se preocupe, Ralphie, é só voltar logo para casa! Estou provocando você terrivelmente, não estou? Mas estou vendo isso daqui do meu lugar. Você é que está vivendo todas as aventuras. Eu sou tratada como uma presidiária só porque não estou passando muito bem agora.

Será que você já encontrou o tesouro? Como você acha que são as paredes da tumba de Atum-hadu? Quando penso na poesia dele, nossa, rapaz, é de se pensar que a tumba dele vai ser um espetáculo e tanto. Mas não vá ter nenhuma ideia, moço, pelo menos nada que você não possa segurar até voltar. Eu estou esperando, você sabe, pura como a neve para você, Herói.

Claro que você está muito longe agora, não está? E eu não tenho ouvido um pio de você desde que você pulou naquele navio, acenando para mim com o chapéu. Guardo seu livro ao lado da minha cama, e sua foto também, aquela de você em seus trajes de explorador. Adormeço imaginando você lendo para mim os poemas de seu rei faminto e indecente. Às vezes acordo e vejo Inge lendo seu livro. Não me surpreendo.

Quanto tempo mais você acha que vai demorar? Aqui está um tédio, e a culpa é sua. Eu nunca me senti aborrecida com você, nem mesmo quando estávamos fazendo coisas entediantes como ficar olhando a cadeira velha e quebrada de outro faraó num museu. Mas agora vamos logo com isso, Ralphie. Eu mereço o que você me prometeu. Não gosto mais de ficar aqui. Não gosto de Inge nem mesmo de Papai agora.

Então é isso!

m.

Quarta-feira, 15 de novembro de 1922, Villa Trilipush

Levanto-me antes do amanhecer.

Volto ao sítio logo depois do nascer do sol, trazendo comida, água, mais duas lanternas elétricas. Levantei com chutes gentis meus homens que se acotovelavam na Câmara Vazia.

E mais uma vez, a fenda! Colocando cunhas, usando pés-de-cabra, tentando enfiar ganchos, dando jeito nas costas, colocando cilindros mais fortes na base do chute, enquanto os homens começam a reclamar num tom de voz cada vez mais alto sobre as bolhas estourando nas palmas das mãos por causa das cordas escorregadias (esqueci de comprar luvas para eles), puxando para a esquerda, puxando para a direita.

Almoço. Preciso de equipamento pesado que ainda não tenho condições de adquirir ou de trazer abertamente para meu sítio. É uma questão de superar essa angulação difícil, o que faz a porta parecer ainda mais pesada. Ou, então, preciso me comportar com menos responsabilidade para com minha descoberta e simplesmente esmagar a porta em pedaços. Isso eu não farei, apesar da empolgação. Cavamos, para preservar.

Nosso progresso é excruciante, quase imperceptível em nossas dores, escoriações e bolhas grudentas que estouram. Ao cair do sol, mando os homens para casa e desabo numa cama de campanha dentro das correntes de ar estranhas e do calor pegajoso da Câmara Vazia.

Quinta-feira, 16 de novembro de 1922

Margaret: 3h30 e escrevo à luz do lampião, o sono prematuramente interrompido pelas dores em meu corpo. Não consigo dormir por mais de quatro horas por noite, e mesmo assim mal. Fico pensando em você, horrivelmente longe justo agora, minha coisa mais doce e confiável, apesar de todas as suas vicissitudes, do mundo estranho que o dinheiro de seu pai construiu ao seu redor, da névoa dos medicamentos, das mudanças de humor preocupantes, desse pato estranho Ferrell tentando arrancar você do meu afeto, a companhia tediosa de Inge, que, concordo, é possível, pode ter caído nas garras de seu pai.

Diário: Tarde. Com mais horas de trabalho, a porta deslizou ligeiramente em nossa direção, arrastando um grão de areia de cada vez, e no início da tarde sou capaz de dar uma espiada através de uma fresta: ouro, sem dúvida, praticamente meu próprio olho assustado refletido de volta para mim. Dei aos homens um pequeno descanso para que se preparassem para o esforço final. "Por que não uma marreta?", pergunta Ahmed em inglês, e fico surpreso ao perceber que ele está falando sério. É incrível para mim como essa gente entende pouco do que estamos tentando fazer por eles. Começo a explicar os fundamentos da arqueologia, mas preciso preservar minhas forças e vejo que ele não está assim tão interessado.

Quinta, sexta, sábado, 16, 17, 18 de novembro, escrito no sábado, 18 de novembro de 1922

Diário: Vitórias e atrasos menores e temporários. Dor excruciante.

No dia 16, mais uma hora de trabalho pesado com pés-de-cabra e cordas resultou numa vitória de Pirro: nós havíamos atingido a posição descrita acima, e Ahmed foi um capataz sério e de grande ajuda; ele viu sinais de certeza em meu rosto, e agora eu tinha sua atenção. Após o intervalo, partimos para nosso trabalho com fúria. Eu forcei muito nosso trabalho, vejo agora, minha própria culpa. Dois homens de cada lado da porta, lançando toda a sua força contra as barras, e Ahmed e eu na frente com cordas, puxando até que nossas luvas ficaram quentes como fogo — e então, para minha vergonha, aconteceu: primeiro foi um som, um som horrível, o desenrolar rápido dos eventos sobrepujando o controle científico. Para um ouvido supersticioso (como alguns daqueles na câmara certamente eram), um grito retumbante do passado acompanhado por uma rajada de ar quente (talvez eles achassem se tratar do hálito furibundo de Atum-hadu sobre nós) e os gritos em inglês de minha frustração, e em seguida o estilhaço da porta maciça quando caiu para a frente e explodiu contra o chão duro, um milhão de bolas de gude cinzentas voando em todas as direções como estilhaços de granada, e em seguida os gritos — de um dos homens, que sofreu um corte muito leve no supercílio provocado por uma pedra — e depois apenas a dor, a dor excruciante quando percebi que meu próprio pé estava dentro do perímetro em que a porta havia caído e explodido. Mancando, sangrando, os dedos do pé esmagados, a parte lateral da minha bota estourada, aconteceu, o que se há de fazer, não importa — entrei na câmara seguinte num segundo, minha lanterna elétrica iluminando um caminho aqui, ali, subindo e descendo cada parede, invadindo cada canto enquanto a dor elétrica de meu pé relampejava em meus olhos.

Os xingamentos em árabe foram radicais, os que consegui entender, e no começo pensei que deviam estar vindo do homem ferido, mas caíam da boca de Ahmed, que amaldiçoava o destino, o Ocidente e o Egito (pois, em sua cegueira, ele viu apenas mais uma sala vazia). Sua fome de ouro alimenta suas frustrações; ele não tem o temperamento de um cientista. O que Carter, Marlowe e eu compartilharmos simplesmente não é uma característica egípcia.

Ordenei que Ahmed e dois outros levassem o homem ferido de volta à cidade, e que retornassem em 24 horas, e mantive um homem comigo para o minucioso trabalho que tínhamos pela frente e para me ajudar com meus próprios ferimentos.

Meu trabalhador tirou minha bota, e quase mordi a língua de tanta dor. Alguns lençóis do hotel e um pouco de água foram sacrificados para lavar e enrolar meu pé ensanguentado, que ficou com um aspecto tenebroso. No fim da tarde do dia 16, finalmente consegui andar mancando e colocar lanternas na nova segunda câmara. A infeliz Porta B é uma perda particularmente terrível se considerarmos sua inscrição, que podia ser lida em excelentes hieróglifos:

> ATUM-HADU, SENHOR DO NILO, COSPE EM SEUS PERSEGUIDORES, QUE TARDE DEMAIS O PERTURBAM, E QUE PAGARÃO UM PREÇO TERRÍVEL POR SÙA INTRUSÃO.

A inscrição era uma prova esplêndida, caso existisse alguém nesta data tardia que questionasse nossas premissas ou realizações. Espero que sejamos capazes de reconstruí-la a partir das peças da porta estilhaçada, mas receio que ela esteja perdida. A culpa é minha, e os idiotas do Serviço de Antiguidades que me mantêm preso a esta posição e agora extraíam de meu pé a libra de carne que lhes cabe.

Meu pé, que inchava a olhos vistos, me forçou a adiar a exploração da nova câmara, e passei a noite trocando sem parar as bandagens encharcadas — era de fato uma ferida muito feia, mas, naturalmente, um preço pequeno a pagar por nossa descoberta. Mandei o homem embora para que ele próprio pudesse descansar, e buscar um pouco mais de água e uma bengala, mas eu não podia voltar em sã consciência à minha *villa* ou ver um médico até ter mapeado a nova câmara da tumba. Dormir era quase impossível.

E chegou o dia 17 de novembro, um relance de luz, e como meu trabalhador ainda não havia voltado, mais uma vez lavei e enrolei meu pé com mais uma tira de lençol e o restante da minha água potável. Descobri um grande problema na penumbra do amanhecer: os dois dedinhos estavam certamente quebrados, assim como, a julgar pelo inchaço roxo, um osso, ou dois, ou três, do pé propriamente dito. Os cortes eram em sua maioria superficiais, pois minha bota havia servido de armadura, mas a pele estava rachada em alguns pontos e o lençol estava marrom. Terminei meu tratamento e sai cambaleando para explorar o que chamaremos temporariamente de "Câmara da Confusão".

Esta segunda câmara está tão superficialmente vazia quanto a primeira. E, portanto, devemos concluir que Atum-hadu e seu arquiteto anônimo de tumba decidiram que qualquer ladrão que invadisse a Câmara Vazia, descobrisse a maldição tétrica escrita na Porta B, e ainda assim fosse forte o bastante para seguir em frente, só poderia ser dissuadido pela total frustração, pois nem o medo nem obstáculos o haviam detido até então, e assim o rei e seu construtor provavelmente decidiram não se incomodar com mais maldições ou obstruções, mas meramente tentar convencer um ladrão em potencial de que ele estava perdendo completamente seu tempo. Assim, outro aposento vazio. Naturalmente, nenhum observador jamais chegara até ali, então, enquanto eu admirava a inteligência de Atum-hadu, isso era, em retrospecto, um tanto supérfluo.

De qualquer maneira, minha tumba está disposta agora da seguinte maneira:

(FIG. E: MAPA DA TUMBA DE ATUM-HADU
NO DIA 17 DE NOV. DE 1922)

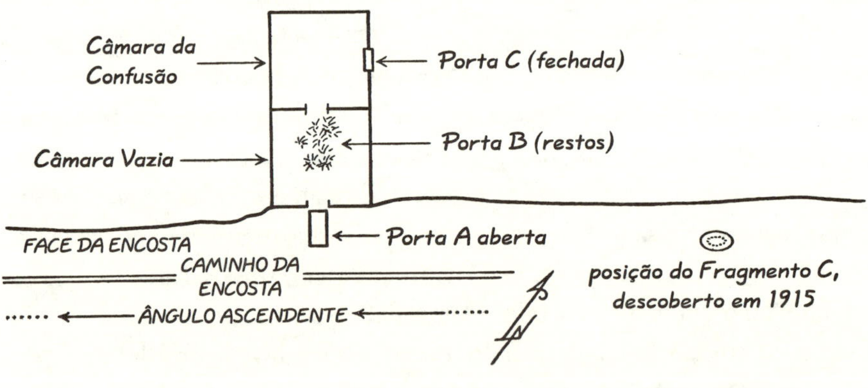

Não fosse pela inscrição (perdida) na Porta B e a canção sedutora da Porta C, minha própria confusão e desespero poderiam a esta altura ter sido idênticos aos do hipotético ladrão de tumbas.

O fim da manhã do dia 17 chegou antes que meu trabalhador voltasse com bandagens, água, comida e uma bengala, de uma madeira escura e forte, e curvada no topo como um cetro real. Material para foto de capa: "Você sabia que ele teve um pé esmagado na escavação e então, com a maior naturalidade, simplesmente mandou trazer uma bengala e continuou seu trabalho? A bengala está em exposição no Museu dos Exploradores no Cairo."

A bengala foi de grande ajuda, pois, a cada passo que eu dava, meu pé latejava um eco perpétuo do impacto da porta caída. Eu comi, bebi e terminei minha inspeção com lupas da Câmara da Confusão, confirmando seu brilhante design tipo "esconde-esconde", a não ser pelo traçado muito suave mas inconfundível da Porta C, totalmente em branco.

Com a ajuda de meu único homem (Ahmed e os outros três estavam demorando para retornar), comecei a cinzelar e tirar o pó ao redor da Porta C, o mesmo trabalho lento de cinzel, pincel, malho, cunha, pincel, cinzel, pincel, malho, cunha, pincel. Eu estava me sentindo terrivelmente cansado, talvez estivesse mesmo um pouco febril, sem dúvida de empolgação com o que estava atrás daquela última porta notável. E, por duas ou três vezes, saí cambaleante da câmara, onde passei ligeiramente mal. Também por duas vezes, pelo menos, fiquei tão exausto que dormi com dificuldade sobre uma das camas de campanha na Câmara Vazia, tentando compensar muitas horas perdidas. A noite caiu no dia 17 e eu havia dormido a maior parte do dia, e acordei — como era meu hábito infeliz, e também o de Atum-hadu — nas primeiras horas do dia. O dia 18. Eu conseguia ouvir mas não ver meu único homem leal dormindo num canto escuro, mas os outros ainda não haviam retornado. Quis sair para ver as estrelas sobre Deir el Bahari.

Não vou dizer que fiquei feliz com aquela vigília noturna.

O amanhecer do dia 18 finalmente chegou, e a luz pálida revelou que eu estava sozinho; eu havia, evidentemente, entendido mal os ecos de minha própria respiração como a de um trabalhador leal que não estava lá. Reparei que Ahmed e os outros estavam agora 18 horas atrasados. A possibilidade de traição me ocorreu, a covardia e a avareza da força de trabalho local, uma ameaça constante. Sem nenhuma gratificação imediata para encher os olhos deles, o abandono era uma explicação provável. Então, que fosse. Decidi que continuaria sozinho para preparar a Porta C, apesar de meu ferimento, da fome, da sede e da fúria justificada. Depois, eu cobriria a parte da frente da tumba com uma pilha de rochas e de lama, voltaria para Luxor, apresentaria minha descoberta ao inspetor do Serviço de Antiguidades Local, e aceitaria minha reprimenda, bem como os homens e o apoio técnico que me dariam como resultado de minha descoberta. Em particular, levar cabos para transmissão de luzes elétricas para dentro da tumba seria de grande ajuda, livrando o espaço da fumaça das tochas e lamparinas e aumentando enormemente o número de horas seguidas nas quais o trabalho poderia ser conduzido sem a necessidade de sair para respirar ar puro.

No fim da tarde do dia 18, hoje, Ahmed retornou, com três dos homens. Pediram muitíssimas desculpas, e ficaram encantados em ver o contorno da Porta C. O homem ferido havia exigido cuidados, Ahmed ficara na *villa* esperando que os gatos chegassem e se alimentassem, traziam ferramentas que julgaram eficientes em "nossa tarefa conjunta". Veja só a inteligência: duas imensas marretas. Fiquei comovido com os esforços deles, mas não consegui evitar e ri da cara deles quando lhes fiz a pergunta elementar: o que aconteceria com os tesouros que estavam logo ali do *outro* lado da Porta C se usássemos a técnica de demolição de portas deles?

E assim deixei Ahmed e outro dos homens montando guarda durante a noite enquanto confiava nos outros dois para me ajudar a voltar à Villa Trilipush, torcendo, a cada passo lancinante e devastador da mula cruel, que eu em breve pudesse viajar para meu sítio abertamente em plena luz do dia, abençoado pelos bufões no comando, os hicsos dos tempos modernos, que levam os homens a enganos tão necessários.

A Villa Trilipush, pelo menos, não decepcionou: um banho quente, uma ou duas bebidas, novas bandagens em um pé que agora está grande demais para caber em uma bota, e atualizo este diário.

Mais tarde. Meu homem retornou do correio, onde uma carta e um cabograma me aguardavam. Cabograma: CCF me manda os parabéns, me alerta que autorizou a transferência de crédito e solicita que eu lhe envie imediatamente um catálogo das descobertas, "esp. itens de interesse privado e pessoal". A carta era do Banco de Luxor, confirmando o cabograma de CCF: um crédito para minha conta havia sido efetuado dos EUA dois dias antes, na quinta-feira 16 — uma quantia de apenas um oitavo, até a última desastrosa piastra, do esperado e minuciosamente combinado pagamento mensal sob um Orçamento Preliminar de Equipe, e com 25 dias de atraso, ainda por cima. Após minhas recentes despesas e promessas estendidas, o ínfimo depósito de CCF mal dá para o cheiro em termos de fundos.

É uma traição surpreendente. Eu gostaria de dar a ele o benefício de alguma espécie de lógica, algum motivo, mas naturalmente ele não tem nenhum. Será que ele pretende compensar a diferença no próximo cabograma agendado, no dia 22 de novembro? Passei horas de ansiedade tentando deslindar os pensamentos dele, que foram, talvez — isso precisa ser pelo menos levado em conta —, corrompidos pelo sinistro Farrell. CCF está obviamente sob o jugo de uma influência maligna. Eu tenho meios de forçar a cooperação dele, claro, mas não é assim que eu gostaria que esta parceria funcionasse. Por que ele está fazendo isso comigo? Procuro em vão um motivo que explique por que meu desgraçado e doentio Senhor da Fartura não foi fiel às suas limitadas exigências, e em vez disso, provavelmente, se esgueirou até algum palácio de gim de Boston para torrar as finanças necessárias de Atum-hadu em álcool contrabandeado e raparigas na companhia de seus amigos vagabundos e sua concubina escandinava.

Meu homem leal ainda está lá fora, aguardando minhas ordens. Mando-o de volta ao correio com minha resposta a CCF: ABRI SEGUNDA GLORIOSA CÂMARA APESAR DE MISÉRIA VERGONHOSA. AGORA NÃO É HORA DE MESQUINHARIA, COM SUA COLEÇÃO DE ESPECIALISTA EM JOGO. Preciso muito de repouso. Vou dormir como os mortos, e amanhã torno a entrar em batalha, com as armas que me restarem. Não serei detido.

Domingo, 19 de novembro de 1922

3h55 — Escrevi cedo demais. Não dormi, mas o pé está positivamente dormente, o que é uma bênção bem-vinda.

A noite é negra. A solução de Atum-hadu para o Paradoxo da Tumba — a solução que até agora me fez engasgar com poeira e me custou um pé — é tão elegante e no entanto ainda está fora de meu alcance. Portas ocultas. Becos sem saída falsos para despistar ladrões. Existe mais alguma coisa, algo que não consigo ver. O que será que ele decidiu sob estas estrelas? É preciso que eu me coloque no lugar dele.

Ele caminha pelos salões iluminados, em grande parte abandonados, de seu palácio em Tebas, mergulhado em grande agitação, indo do trono dourado ao divã esculpido. Será que Meu Senhor deseja ver acrobatas? Não. Por um acaso a encarnação de Osíris procura companhia? Não. E será que o amante celestial de Ma'at deseja montar num camelo, alimentar um tigre, esfolar vivo um prisioneiro, se balançar por entre as barras, tocar no tronco de um elefante, acariciar a girafa? Não. Estou tomado por preocupações reais nesta noite, que me negam o sono. Depois de alguns minutos levando meu problema em consideração, Hórus extrai seu tributo com mais crueldade que o normal. É um anagrama na linguagem de meu amigo futuro: Hórus exige horas, horas passadas apertando minha barriga que dói, queimando de vergonha e de solidão feroz, inatingível, horas preciosas de meu tempo mortal que se vai esvaindo, pois como meu protetor com cabeça de falcão irá me pagar agora? Como minha jornada final será feita? Ela está chegando em breve, não há dúvida, enviada por flechas dos hicsos ou pela lâmina envenenada de um dos cada vez mais numerosos traidores em minha corte arruinada ou por este crocodilo que cresce a cada dia dentro de minha barriga, que acabará por comer meu estômago se eu não o aprisionar em alguma jarra subterrânea a tempo.

Agora acordei com o crepúsculo; perdi, para meu ferimento e para a exaustão, mais um dia inteiro. Meu pé pesa 30 quilos. Minha cabeça está presa entre os punhos de um gigante. Meu estômago ruge de fúria, e apesar de eu me dedicar a ele por minutos, não basta para aplacar sua raiva.

Escurece antes que um de meus leais idiotas pense em ver como estou. Eles passaram o dia sentados na Câmara Vazia de conversa fiada. Um dia se passou, eles foram pagos e não acharam minha ausência estranha. Mandei o homem de volta para garantir que seja montada guarda na tumba de Atum-hadu a noite toda, e para preparar os homens amanhã ao amanhecer para um último esforço no sentido de abrir a câmara que falta e obter nossa justa recompensa. Ele também tem uma carta que apanhou em minha posta restante. De minha noiva, com data de 2 de novembro. O cruzamento de cartas no correio é um jogo particularmente cruel.

2 nov.

Meu querido Ralph,

Eu serei breve. Preciso de uma carta sua rápido. Estou preocupada com as coisas aqui, e preciso ouvir você me dizendo que tudo vai ficar bem e explicando tudo.

O xereta ainda está por aqui. Por um tempo, pensei que ele fosse inofensivo e até um pouco engraçado. Ele não dança mal e me fez companhia. E sei que ele tem uma quedinha por mim, e até que isso é um pouco divertido neste tempo nublado. Com sujeitos como ele eu sei lidar. Mas há um problema. Ele andou contando a papai coisas que eu já tinha ouvido, e me contou coisas também. Ele faz isso soar como se fosse só conversa fiada, mas eu sei que ele está tentando me dizer algo a seu respeito. Ele me perguntou sobre Oxford, e eu disse tranquilamente umas cem vezes para ele que você estudou lá com Marlowe e saiu para lutar pela Democracia depois de seu mestrado, mas antes de seu doutorado, e Oxford disse tudo bem. Ferrell pediu um retrato seu e de Marlowe juntos, e eu lhe mostrei aquele que você me deu, de vocês, rapazes, vestidos com seus trajes de escavação, com o braço ao redor do ombro dele, você sorrindo e Marlowe fingindo parecer todo sério e superior a tudo, mas este Ferrell simplesmente disse: "É claro." Ele é um canalha, se você quer saber o que eu acho. Espero que você não fique zangado com essa história do retrato.

Não estou me sentindo muito bem ultimamente, Ralphie. Não quero que você se preocupe, é só que não me sinto muito bem, sinto que as coisas estão ganhando de mim novamente. Sempre penso em você como aquele que me faz sentir saudável, e isso é verdade, só que você está fora há muito tempo, e por isso é difícil. Sinto muito sua falta, mas em certos dias você parece tão distante, parece que não pode me ajudar, então eu sinto que vou adoecer. Então não se preocupe, não é nada, é só isso, é só, eu sinto saudades de você.

Ferrell entrou para falar com papai no escritório dele uma ou duas vezes, e tentei escutar, por você, mas não consigo xeretar muito. E quando perguntei a papai do que se tratava aquilo tudo, ele disse apenas "Vamos ver". E quando vamos ao JP, Ferrell não bebe muito, por isso não fala, e aí eu fico entediada de ser sua garota-detetive porque, afinal, não é justo me obrigar a fazer isso, não é? É um saco.

Será que você pode dizer novamente a papai que você frequentou Oxford? E este xereta, Harry, não pára de olhar para mim com cara de lobo, e fica dizendo coisas do tipo "Bom, nunca se sabe" e "As coisas nem sempre são o que parecem, especialmente quando se trata de pomposos". Pomposos é a palavra que ele usa para chamar os ingleses. Ele tem ciúmes. Eu o odeio porque não respeita você como eu respeito. Eu amo você, Ralph, porque tudo em você é real, muito embora seja excitante, e tudo nele é mentira, muito embora seja chato, e é por isso que ele o odeia e faz intriga para o papai como se existissem coisas em você que não fossem verdadeiras.

Não se preocupe. Inge vai me curar de meus probleminhas e estou ficando melhor a cada dia, e tudo será como prometi: no dia de nosso casamento, tudo estará curado. Mas preciso de você por perto para me ajudar a fazer isso, ok? Você é meu melhor médico. Com você para me manter ocupada e feliz consigo ficar melhor, por isso volte agora para casa, por favor. Estar entediada me faz mal, me faz muito mal mesmo.

Se há alguma coisa que você queira me dizer, eu estou aqui para ouvir, você sabe disso. Qualquer coisa que você me diga está ótima. Desde que você me ame, não importa o que tenha ouvido falar a meu respeito, certo? Não quero saber mais nada a respeito, apenas vamos colocar tudo de volta do jeito que era. Assim que você puder.

Vou ficar saudável e boa para você, só para você. Mas você precisa voltar para casa agora.

Sua garota.

m.

(Domingo, 19 de novembro de 1922, continuação)

O que é isso tudo? Se eu já sabia disso? Será que meu cabograma dizendo a você que ele era um mentiroso e um estranho lhe dá algum conforto depois disso? Se isso tudo nada mais é além de mal-entendidos exacerbados por cartas que se cruzaram, então mais cartas só irão distorcer mais ainda as coisas, cada uma passando pela próxima, transformando-se em absurdos sem sentido enquanto passam flutuando cegamente umas pelas outras. O que está acontecendo aí agora, exatamente neste momento? Estou lendo sobre eventos de muito tempo atrás, de estrelas que se extinguiram. Não consigo entender quem é Ferrell, ou como ele conseguiu penetrar no seio de minha família.

Você vai ficar bem, você vai ficar bem, você vai ficar bem. Eu desejo isso. Jamais duvidei, jamais me preocupei. Apenas uma vez. No museu, naquele dia chuvoso em junho, eu me preocupei. Eu jamais lhe contei isso.

Eu a escoltei até o Museu de Belas-Artes, Inge ainda uma valquíria muda, nos assombrando, embora naquele momento eu tivesse notado no rosto dela as expressões de um deboche incurável, particularmente quando passamos pela magnífica tanga de Maiherpri (e eu tentei em vão fazer com que você se interessasse em como Carter havia tropeçado nela em 1902).

Enquanto olhávamos para a estátua do deus-com-cabeça-de-carneiro Herishef, eu contei a você como, quando criança, eu havia sonhado em abrir tumbas, e antes mesmo de saber o que esses sonhos queriam dizer, antes mesmo de eu conhecer a palavra *tumba* ou mesmo ter lido qualquer coisa sobre escavações. Antes mesmo que eu tivesse o vocabulário para explicar isso, minha imaginação produzia as coisas mais maravilhosas durante o sono: cavernas confortáveis repletas de luzes, calor e corpos adormecidos em camas macias, animais, amigos, comida e felicidade, sempre em um lugar seguro e fechado, distante do perigo. Eu tinha provavelmente 3 ou 4 anos de idade, e minha claustrofilia havia começado.

E eu explicava a você as vitrines de exposição pelas quais passávamos, mesmo reparando que você estava precisando descansar com mais frequência. Descrevi Harvard e sua fé conservadora nos velhos escavadores usando velhos métodos. Há pouco tempo, em 1915, eu lhe dizia, Lyman Story ainda queria usar TNT para sua expedição para este mesmo museu! "Harvard não está preparada para Atum-hadu ou para mim", eu disse. "Mas um dia eles estarão." Virei-me para você, e você tremia: por solidariedade às minhas provações, ou pela beleza das relíquias? "Não há com que se preocupar, senhor", disse Inge num tom impessoal, já levando você para o toalete das senhoras. Vinte minutos se arrastaram lentamente, mas então você saiu, totalmente refrescada, adorável, pronta para um dia de compras e comida. Você nunca tinha estado tão adorável e fresca, mas não parecia se lembrar de *nada* que havia acontecido na última hora, incluindo as histórias de minha infância. Ah, meu amor, seu pai me disse que você vai ficar bem. Os médicos me disseram que você vai ficar bem. Eu sei que você vai ficar bem. Você precisa ter fé nisso, e precisa ter fé em mim. À noite, sozinha, é difícil ter fé, eu sei. Mas você precisa. Ferrell não é nada.

E eu farei o que você de modo tão adorável chama de minha "Descoberta", não importam os obstáculos, não importam os mal-entendidos ou traições explícitas, a neblina amarela das cartas que se cruzam e não se encontram. Seu pai está confuso com relação a mim, ou estava, mas isto passará, se é que já não passou, e não precisamos mais dizer uma palavra sequer a esse respeito. No dia 19 de novembro, seu Ralph estava pensando em você com amor, não importam quais as preocupações de seu pai, não importa a maldição de Ferrell que você está sofrendo por minha causa. Você lerá isto quando eu chegar em casa, e nós iremos comparar notas, e rir das distorções do tempo, da distância e da postagem.

Desde a descoberta de Trilipush eu, subitamente, achei Boston mais fria. Ali não havia dinheiro nem amor. Eu tinha apenas aquela reprimenda que havia recebido de Finneran e a renovada insistência de Margaret de que Trilipush e somente Trilipush era tudo para ela. Dias se passavam e eu não tive notícias de Margaret, nem fui mais à casa deles. Eu estava pronto para lavar minhas mãos em relação aos malditos Finneran. Se Trilipush tivesse encontrado seu ouro sujo, ele voltaria para casa, ou não, e você sabe em qual das opções eu estava apostando. Isso não fazia diferença para mim, porque se ele tivesse matado Paul Caldwell, eu iria ao Egito para provar, gritar tempo suficiente para que até mesmo os teimosos Finneran ouvissem isso do outro lado do mundo.

Passei dias lentos e vazios verificando minhas transcrições, rascunhando anotações novamente, enviando meus relatórios e despesas para Londres, entrevistando outro dos alunos de Trilipush, ou explicando à sede por que minha busca por Paul Davies havia exigido tanto tempo em Boston. Acho que eles não estavam ligando muito para isso. Escrevi para meus outros clientes, contando meu progresso a Tommy Caldwell, Emma Hoyt, Ronald Barry e aos Marlowe.

Eu ficava sentado no meu hotel, fazendo esse serviço, esperando pelo dia em que iria a Nova York, esperando que Margaret viesse me procurar uma última vez, ou que, com raiva, eu finalmente visse que isso era improvável, eu estava apenas esperando notícias, qualquer notícia. Eu sentia que alguma coisa clara e esclarecedora estava para acontecer; chegaria um momento em que ficaria óbvio que havia chegado a hora de eu me mudar para o Egito, ou, em vez disso, ficar perto de Margaret, protegê-la, apanhá-la no meio da tempestade que certamente estava por vir. Eu era um jovem, Macy. Alguma coisa poderia ter mudado com ela. A vida poderia ter dado uma série de viradas, sabia? E, assim, se eu, às vezes, ficava parado do lado de fora da casa dela, com raiva, no escuro, sei que você, como um homem do mundo, entende isso.

E eu a vi mais algumas noites: um dia ela apareceu, e durante a noite toda não mencionou uma vez sequer o nome dele, simplesmente adormeceu no sofá do JP's com a cabeça no meu colo e sua mão na minha, abusando cruelmente de mim, e eu fiquei vendo-a respirar por horas e horas. Ela apareceu no meu hotel nessas últimas noites, e a cada uma dessas vezes caía nos meus braços e eu a salvava. Mas a hora nunca era a hora certa. Ela agia com maldade, me chamava de bebê chorão ou de tedioso se eu parasse de fazê-la rir ou se me recusasse a dançar. No caminho para o clube, me falava das notícias mais recentes de Trilipush (sempre boas, sempre vagas), e assim que entrávamos no JP's ela subia as escadas procurando pelo homem em pessoa e sua droga. Eu ficava ali sentado fazendo carinho na sua cabeça, e então, quando ela podia, eu a levava até sua casa, lutando, na luz baça do amanhecer, pelas palavras, até mesmo pela oportunidade de palavras. Mais uma vez jurei pôr um fim a isso.

Segunda-feira, 20 de novembro de 1922

Fiz o pagamento dos homens, embora a conta sofresse um abalo sério com esse desembolso. Mas não importa, eu ficarei sem dinheiro para que eles não fiquem sem o deles; jamais abandonarei meus homens. E estou de partida para o sítio.

Cheguei na hora exata de impedir um cataclismo: descobri os desgraçados golpeando a Porta C com uma marreta. Isso me afetou como se eles estivessem batendo em mim. Ahmed estava sentado ali, fumando um dos charutos de CCF, supervisionando a demolição. Gritei para que eles parassem, mas pelo menos mais um som de algo se esmigalhando se fez ouvir antes que o barulho todo terminasse. Ficamos olhando uns para os outros com incompreensão mútua.

Eu os havia obviamente deixado sozinhos por tempo demais, havia contado com a capacidade deles em seguir ordens, ainda que não com respeito pela precisão e pela paixão de meu trabalho. Minhas punições financeiras disciplinares foram finalmente compreendidas. Distribuí o pagamento deles reduzido, conforme o combinado. Agora eu reparei que o homem machucado nunca retornou. E Ahmed era uma fera silenciosa, o que estava estampado em seu rosto.

Só então me aproximei mancando e examinei o estrago que eles haviam feito à minha Porta C. Minha culpa. Eu jamais deveria tê-los deixado de guarda por tanto tempo perto da riqueza hipnotizante oculta por trás daquele último trecho de rocha. A perda da inscrição da Porta C é simplesmente trágica, e o Serviço de Antiguidades terá razão se me punir por não ter trazido um inspetor, embora agora isso venha a ser muito difícil, com a evidência de que esta é a tumba de Atum-hadu novamente jazendo sobre uma camada de poeira fina aos meus pés. Eu devia ter marcado a inscrição no dia 17, mas meu ferimento me impediu de fazer isso na época. Como é que eu poderia saber o que iria acontecer? Eu devia ter imaginado. Agora preciso recriar a inscrição de memória:

> ATUM-HADU, ÚLTIMO REI DA TERRA NEGRA, AUTOR DAS GLORIOSAS ADVERTÊNCIAS, NAVEGA PARA O MUNDO INFERIOR, ACOMPANHADO SOMENTE PELA RIQUEZA DE SUA TERRA JÁ TÃO VIOLENTADA.

Explico aos homens que a brutalidade deles atrasou nossa descoberta, ao invés de apressá-la, e que as montanhas de ouro do outro lado daquela porta devem agora esperar, porque não posso me arriscar a abrir a Porta C sem primeiro estabilizar as fissuras provocadas pelas marretadas selvagens deles, ou perderei as obras de arte que certamente encontrarei do outro lado da porta. O que quer dizer que será necessário o uso de gesso. (Isto também me dará a oportunidade curatorial de reinscrever na porta restaurada um fac-símile dos hieróglifos perdidos por causa das marteladas idiotas, simplesmente para dar uma sensação do tamanho e do posicionamento exatos da inscrição original.) Envio dois homens para buscar gesso, água, formões; Ahmed vai até o sítito de Carter para ver como ele está passando seus dias agora; e um terceiro homem vai para a extremidade de Winlock em Deir el Bahari. Relatórios de inatividade ali serão úteis para renegociar uma concessão.

O relatório do acampamento de Winlock: nada de interesse, escavações aleatórias, escovação de coisas que eles haviam desenterrado desde o ano passado. No acampamento de Carter, eles estão avançando desesperadamente ao sul e a oeste, escavando febrilmente em busca de suas reputações enterradas, embora o próprio Carter tenha voado para o Cairo. Seis horas depois, eles são definitivamente uns idiotas: o gesso está todo errado. Apesar de horas de diferentes misturas tentando me virar com o que me trouxeram, tudo o que consigo fazer é pincelar a Porta C com água branca. Mando-os de volta à cidade para comprar um gesso adequado.

Quando tento de novo, já está anoitecendo. Preencho as fissuras principais e espero que elas sequem, e é o que acontece. Lentamente.

Terça-feira, 21 de novembro de 1922

Esta manhã descubro que a primeira camada de gesso secou bem nas fissuras da porta, mas também no balde. Quando meus homens finalmente se dignam a aparecer, mando-os de volta à cidade para mais gesso e um balde novo. Quando eles chegam, já anoiteceu, desta vez sem água, que um deles finalmente traz depois do cair da noite, perto das 22 horas. O tempo escoa como uma hemorragia, e provavelmente meu apoio em Boston sofre a mesma coisa. Estou tentado a dormir na Villa Trilipush esta noite, mas meu pé está em chamas, e não confio mais nesses macacos marteladores para deixá-los montando guarda.

Margaret: Você irá ignorar Ferrell e manter seu pai na linha, não irá? É o que você já está fazendo, estou certo disso. Você é minha protetora e inspiração, enquanto olho sua fotografia à luz do lampião e das estrelas do deserto lá fora, do lado de fora da tumba de Sua Majestade. Posso vê-la do outro lado de um continente desértico e de um oceano enquanto você se prepara para dormir bem acima da neve lunar do Jardim.

Nesta foto, a luz estava atrás de você, fazendo de você uma silhueta contra o branco, um perfil quase perfeito, curvando-se para a frente para olhar alguma coisa sobre a mesa (se bem me lembro, era o colar com o camafeu que lhe dei), e sua beleza se reproduz nos mínimos detalhes: suas pestanas se projetando sobre o perfil de seu nariz, criando uma asa negra de pássaro, a mais fina das linhas finas.

Lembro-me da noite em que você estava chorando suavemente nos meus braços, perturbada por sua doença e sua ansiedade pela minha partida, e toquei com meu dedo o canto de seu olho, apanhei uma lágrima fugitiva sob a ponta do meu dedo, puxei-a e a maquiagem do seu olho fez um risco até sua têmpora, apenas para secar suas lágrimas, mas com aquele gesto produzi a perfeita face da rainha de um faraó, a faixa de malaquita do olho de Hórus.

A filha de 23 anos do faraó da loja de departamentos tem um perfil nobre, sedutor em 60 graus, e avassalador de frente. O nariz fino com suas narinas expressivas, como se controladas por uma dezena de cordas dedicadas nas mãos de um titereiro com mil dedos, uma sensibilidade fora do comum e um orgulho altaneiro. O menor movimento de sua sobrancelha para cima e nós, plebeus, sabemos sua vontade e a atenderemos. O lábio inferior pesado e fazendo beicinho, sob a onda que se ergue do lábio superior, esculpido a partir da mais macia pedra alabastrina, a única marca amorosa do cinzel que esculpiu o vale celestial abaixo do nariz dela. O pescoço em arco, um quê de cisne, um pouco de vela inflada de uma *felucca* do Nilo. A curva majestosa de sua bela figura, seus tesouros, seus mistérios de linha e textura, aquele vestido com uma fenda diretamente no centro das costas, como se meramente a continuação de sua magnífica fenda, e ela dá as costas ao trono para dar atenção ao escravo que se ajoelha aos seus pés com sandálias e contas, e ela ergue a mão para golpear com a lâmina nua o mal-educado que lhe trouxe o vaso errado de bebida, quando seu rei aparece por trás dela e lhe detém a mão tensa.

Quarta-feira, 22 de novembro de 1922

Os homens voltam cedo, e eu estou finalmente equipado para cobrir com gesso a porta danificada, enquanto Ahmed fica sentado, silencioso como uma cobra, fumando um dos charutos de CCF e mastigando tâmaras frescas. Mas, ao fim da tarde, a porta ainda está úmida. O tempo está me matando. Não tenho escolha senão deixá-los de guarda com a palavra solene de Ahmed de que irá vigiá-los e fazer valer minha vontade, de modo que eu posso ir ao banco em busca de notícias da carta de crédito que espero para hoje, pois o cabograma do dia 16 foi pequeno demais para ser considerado como qualquer coisa além de um bônus do próprio CCF.

O funcionário do banco demonstra solicitude por meu ferimento, mas lamenta me informar que, até o momento etc. Volto ao sítio.

A noite começa antes que eu consiga reesculpir a inscrição perdida no gesso, e depois dar o sinal verde para começarem a colocar cunhas. Os homens se põem ao trabalho com toda a energia acumulada de jovens recuperados de uma longa doença, e o entusiasmo deles é contagiante. Cordas, cunhas, cilindros estão nos seus lugares à meia-noite, e todos prontamente concordam em passar a noite ali, se necessário.

O temperamento infantil deles não deveria me surpreender. Culpo a mim mesmo por quaisquer problemas que tenhamos encontrado, pois os homens não ganharão o que eu vou ganhar, e tampouco têm minha paixão. Eles precisam de uma mão firme e de uma voz que os oriente. Explico-me a eles, e voltamos a nos entender uns aos outros. Renovamos uma irmandade que só acontece em algumas experiências na vida de um homem.

Quinta-feira, 23 de novembro de 1922

Começo da madrugada. Escrevo à luz de lanterna agora enquanto os homens fazem uma refeição, esticam as pernas e as costas que doem antes de voltarmos a esta última porta, a Porta C. Atrás dela há uma tumba, um tesouro, uma história, um gênio que hoje jaz negro e em ruínas por baixo de suas bandagens de linho. O explorador precisa fazer uma pausa aqui, para reconhecer a responsabilidade, a vasta extensão de tempo prestes a ser cruzada.

Os homens estão prontos. É agora...

Mais tarde. O amanhecer surge em Deir el Bahari, mas o sol está fraco demais para iluminar um mistério diferente de tudo nesta terra envolta em mistérios. A Câmara dos Pilares se junta ao nosso mapa, e o humor de Atum-hadu se revela de modo inconfundível:

(FIG. F: AS PRIMEIRAS SEIS CÂMARAS,
23 DE NOVEMBRO DE 1922)

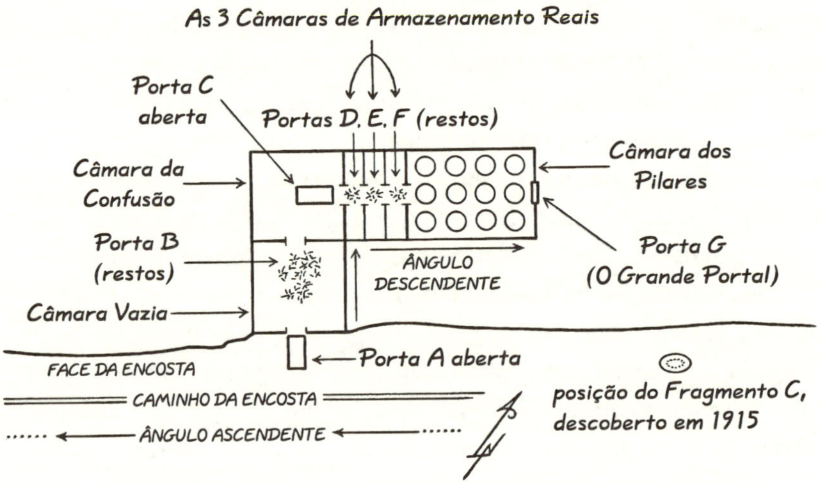

Como meu mapa desabrochou vivo na sonolenta luz do sol de 23 de novembro! A nova equipe chegará com Ahmed amanhã, e agora eu tenho o dia inteiro para descansar sozinho no sítio, fazer medições, anotações, limpar nosso entulho e preparar nosso ataque à Porta G, "o Grande Portal". Mal posso imaginar a cara de Carter ao ver essa descoberta. Ele iria cruzar os braços, fazer silêncio, nada revelar.

Mas, primeiro, preciso relatar os eventos das últimas oito horas, o horrível e o maravilhoso, as traições e os triunfos. Preciso me lembrar de dormir hoje.

A Porta C exigiu nossos músculos e nossos corações, mas ela finalmente cedeu para nós mais facilmente do que sua violenta predecessora. Conseguimos abaixá-la até um ponto em que posso providenciar seu transporte para fora da tumba até um laboratório para cuidadoso exame e preservação, antes de sua última jornada até um lar permanente numa galeria central do Museu do Cairo. À luz de nossas lanternas elétricas, a face interna da Porta C (que é agora sua superfície superior) parecia decepcionantemente em branco, e precisei bloquear a nova abertura e gritar com os homens para que parassem de reclamar sobre como eu os havia feito perder tempo quando a marreta teria servido perfeitamente. Mandei que todos saíssem. Entrei na sala seguinte sozinho, o coração acelerado, meu pé e meu tornozelo confortavelmente dormentes. O que encontrei, devo admitir, me deixou intrigado: um nicho estreito, vazio ao primeiro olhar (uma investigação mais completa terá de aguardar — primeiro preciso colocar no papel minhas lembranças precisas da ordem dos acontecimentos). E não mais de 1 metro à minha frente, diretamente em frente à Porta C, outra das enlouquecedoras portas de Atum-hadu (Porta D). Um aposento vazio e pequeno — talvez um silo de armazenamento de grãos, pensei, embora sem os grãos. Uma sala para estátuas guardiãs da tumba? Mas, então, onde estariam as estátuas? Ouvi os homens lá na Câmara da Confusão, discutindo alguma coisa em seu dialeto. Continuei examinando a Porta D e as paredes daquele nicho, tentando compreender o senso bizarro de segurança mortuária de Atum-hadu, tentando ao mesmo tempo desenrolar seu Paradoxo da Tumba. Um lugar funerário para esposas? Servos? Animais? Depósito de armas? Ou de roupas que já viraram pó? Comida? Fico ali parado, em pé, pensando profundamente, não sei dizer por quanto tempo. Sinto alguém puxar a manga da minha camisa. "Lorde Trilipush", disse Ahmed. "Por favor, senhor, venha para fora. Deixa a gente partir o pão, pegar um pouco de ar. Deixa eu cuidar do pobre pé de Vossa Excelência enquanto Vossa Excelência determina nosso próximo passo." A gentileza de Ahmed, mais impressionante ainda por ser tão rara, diabos, me comoveu. Saí mancando da tumba enigmática, apoiando-me na bengala. Ele me fez descer pelo caminho da encosta na escuridão purpúrea e me ajudou a sentar sobre uma rocha, me trouxe uma refeição e café quente, me perguntou o que havíamos encontrado e o que isso significava. Trocou minhas bandagens com o toque de uma enfermeira, embora não precisasse ter se dado ao trabalho de ser gentil, pois o ferimento azul-enegrecido e de mau cheiro está inteiramente dormente. Ficamos batendo papo por meia hora, talvez mais, e os primeiros traços de pérola apareceram no Oriente. Aquilo era uma espécie de tutoria de faculdade para ele, e uma chance para que eu pudesse expor meus pensamentos contidos. Tentei diversas hipóteses, expliquei a ele a complexidade de cada Paradoxo da Tumba, e as complicações diabólicas daquele ali em particular. Ele compreendeu, e fiquei feliz em ver alguma inteligência nos olhos dele. Mas, depois daquele intervalo, eu estava ansioso para trabalhar. Mas Ahmed tinha fome de saber, e suas perguntas sobre escavações e preservação, sobre minha tentativa de restaurar a inscrição na frente da Porta C por propósitos curatoriais, sobre a riqueza provável de uma tumba de fim de dinastia, foram todas inteligentes. Continuamos conversando.

Foi apenas quando eles reapareceram que percebi que eu não tinha visto os três outros homens já havia algum tempo. Eles desceram o caminho em nossa direção, aparecendo tremeluzentes na luz da penumbra, brancos de pó, cuspindo, e atiraram seus martelos bestiais ao chão. "Nada!", eles gritaram para Ahmed num árabe subitamente compreensível. "Nada. Pilares e mais nada." E montaram em três dos burros e saíram trotando na direção do sol nascente, sem nem se importar com o caminho em que seguiam.

"O que foi que aqueles porcos fizeram?", gritei e saí mancando de volta à tumba. Ah, e o que foi que eles não haviam feito? O pó e o entulho eram testemunhas sombrias e pétreas: meus homens haviam ficado possuídos pela ganância. Haviam destruído a Porta D, revelando um segundo aposento estreito e a Porta E, a qual destruíram, revelando um terceiro aposento estreito e a Porta F, a qual destruíram, revelando a assustadora Câmara dos Pilares.

A fúria que senti é difícil de descrever. Não tenho nada em minha vida comparável a isso. Mesmo enquanto escrevo aqui, horas mais tarde, meus olhos se enchem de lágrimas, minha caneta treme. Só consigo me perguntar, e não sem escárnio, por que fiquei surpreso? Quando em minha vida as pessoas não provaram ser precisamente assim? Não se pode confiar em ninguém, a não ser naquelas pessoas raras a quem amamos: as esposas e os pais.

A traição a mim, à ciência, à própria herança deles, a Ahmed, o homem que os havia honrado com este trabalho! Ele ficou em pé ao meu lado, balançando a cabeça, e sua raiva era evidente. Pois observe: não sei dizer quais informações foram esmagadas e transformadas em pó. Não sei dizer que pequenos tesouros foram erguidos do chão e enrolados nas bandagens de cabeça dos ladrões ou em suas túnicas quando eles partiram, protestando alto demais num árabe muito claro que não haviam encontrado "nada". Quando a hora chegar, vejo agora, não terei escolha senão contar ao inspetor de Antiguidades que as Portas D, E e F jamais existiram. Minhas mãos estão atadas. O crime deles me forçou a isso.

Mandei Ahmed embora, ainda que aquele homem leal desejasse ficar ao meu lado, explorar o dano e os novos aposentos junto comigo. Mas as ordens que eu havia lhe dado eram claras: demitir aqueles homens, contratar substitutos honestos que seriam pagos ao final de cada três semanas, e não semanalmente. E lá foi ele, resmungando por conta da decepção que compartilhávamos.

Voltei para minha tumba, uivando de raiva por sua violação, mas ainda assim era um triunfo. As três "Câmaras de Armazenamento Reais" — idênticas, simétricas, do design mais brilhante em sua simplicidade e solidez, suas elegantes proporções e pureza mística — foram, sem dúvida, projetadas para conter a parafernália especificamente necessária para a viagem do rei ao mundo inferior. E, sem a menor dúvida, as três câmaras continham, nesta ordem: comida (há muito decomposta); incenso (aceso na época do enterro e agora vaporizado, embora o cheiro selado nela há 3.500 anos ainda fosse leve porém inconfundivelmente presente e incrivelmente parecido com um dos perfumes de Margaret, aquele do jarrinho de contas em forma de ânfora antiga) e moedas de ouro ou pequenas joias, alguma coisa brilhante, de valor médio, mas pequenas o suficiente para serem agarradas por ingratos ladrões de burros cujos nomes eu sequer sabia.

Mas, ah! A Câmara dos Pilares! Aqui Atum-hadu nos deixou um enigma para nos provocar um pouquinho mais antes que tudo seja revelado atrás da Porta G (que os vândalos aparentemente não viram em suas nuvens de poeira, ansiosos demais para sair irritados com seus resmungos e protestos exagerados de desapontamento).

Acabei de passar várias horas da tarde e do começo da noite ansiosamente, medindo e realizando uma inspeção centímetro por centímetro de cada superfície da Câmara dos Pilares. A Câmara dos Pilares tem aproximadamente 7,5m de comprimento e contém 12 pilares idênticos que vão do chão ao teto, cilíndricos, de um branco brilhante e sem marcas, a perfeita forma, uma realização matemática de tamanha significação interna que qualquer ornamentação adicional no aposento teria sido vulgar ou talvez até mesmo contraproducente para as exigências pias de Atum-hadu. A distância entre os pilares é regular, quatro fileiras de três — cada pilar tem cerca de 3,5m de circunferência —, nunca fui muito bom em matemática — de modo que isso significa cerca de 90cm de diâmetro — o posicionamento deles torna difícil caminhar rapidamente pelo aposento, de modo que qualquer ladrão de tumbas antigas teria tido dificuldade para entrar ou sair com rapidez: as proporções do local são, com quase toda a certeza, matematicamente precisas e significativas, e se pegarmos a proporção do espaço total no aposento, como em 7,5 x 4,5 metros = 34 metros quadrados, dos quais 12 pilares x πr^2 onde r = 0,45

```
   0,45
   0,45   x
 ----------
   225
   180    +
 ----------
   0,2025
   3,14   x
 ----------
   810000
   2025   +
 ----------
   6075
   0,63585
   12     x
 ----------
   1271700
   63585  +
 ----------
   7,6302
```

de modo que então 7,6302 metros quadrados do aposento são pilares, o que significa uma proporção aproximada de 7,6302/34, ou a proporção utilizada em — Existiram, claro, 12 dinastias antes da de Atum-hadu, então os pilares representam, sem dúvida, as 12 preciosas dinastias, que ele via como se protegessem, simbolicamente, seu enterro — zodiacalmente, o posicionamento dos pilares representa o posicionamento astronômico da constelação de Sirius, que os egípcios consideravam a encarnação celestial de Ísis, e para agradecer a ela pela ajuda que deu orientando Atum-hadu para — precisamos seriamente levar em conta a probabilidade de que os pilares contenham material valioso oculto dentro de suas formas ocas, e que devem, de algum modo, ser estabilizados e abertos — os ladrões antigos a quem Atum-hadu temia mais do que qualquer outra coisa teriam encontrado seu progresso através da tumba obstruído por finos fios correndo entre todos os 12 pilares, tornando a Câmara dos Pilares nada menos que uma teia de aranha mortal aprisionando as moscas gordas em filamentos envoltos em um veneno mortal conhecido apenas pelos mágicos ancestrais de — 12 tribos de Israel 12 meses do ano 12 províncias do Canadá 12 dias do Natal — o que Carter veria num aposento destes? Ele iria olhar e medir, e pouco diria, apenas balançaria a cabeça positivamente, e seguraria suas cartas mais perto do peito. "É cedo demais para dizer", seriam suas palavras, mas seus modos demonstrariam que ele sabia bem mais, aquele brilho de arrogância envolto num humilde silêncio.

Sexta-feira, 24 de novembro de 1922

Meio-dia. Trabalhei até a exaustão mental na noite passada. A tensão pela traição dos homens, a empolgação com as novas câmaras. E hoje é meu aniversário e minha data-alvo original para o sucesso. Minhas primeiras esperanças para este dia certamente foram excedidas.

O significado da Câmara dos Pilares me escapa a esta altura, embora, claro, um especialista possa facilmente produzir miríades de hipóteses, uma das quais pode muito bem ser verdadeira. Devemos simplesmente manter nossa discrição por ora, e aguardar mais dados. Podemos, entretanto, esperar razoavelmente que, o que quer que nos esteja aguardando atrás da Porta G (o sepulcro, o tesouro), também explique a geometria e a função da Câmara dos Pilares, situando este exemplo majestoso de arquitetura tumular egípcia antiga e pensamento místico em seu contexto adequado. [RMT — A Porta G deve ser agora a Porta D. Voltar, redesenhar os mapas afetados e editar as referências. Porta B confessamente destruída, Porta C estabilizada (mal) com gesso, nenhuma porta antes da D (anteriormente G).]

(FIG. F: AS PRIMEIRAS SEIS CÂMARAS, 23 DE NOVEMBRO DE 1922)

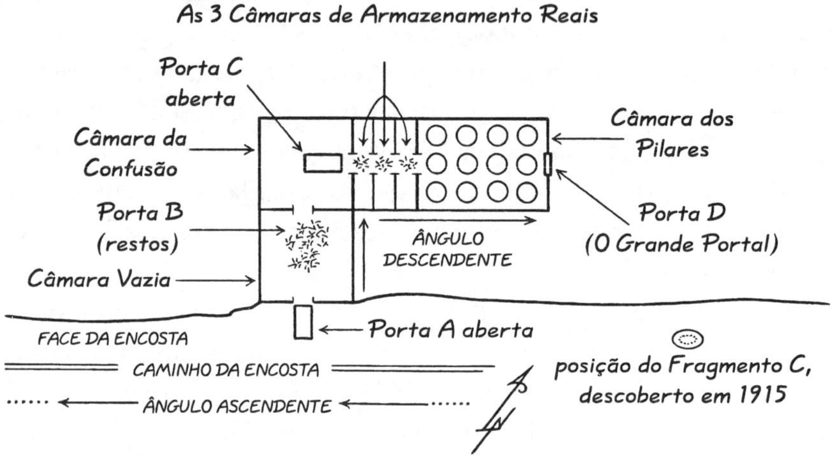

É um trabalho minucioso, e nenhum sinal de Ahmed e da nova equipe. Limpo o entulho da Câmara Vazia e das três Câmaras de Armazenamento Reais, varrendo tudo para dentro de sacolas de lona, levando tudo para fora até o caminho da encosta. Tornei-me a faxineira manca de Atum-hadu. Deixo as sacolas do lado de fora da tumba, pois suspeito de que precisarei selar minha descoberta para voltar à cidade.

O trabalho vai até o cair da noite. Termino a comida. Preparo-me para dormir novamente na Câmara dos Pilares, onde desmaiei na noite passada. Será que ela pode ter sido projetada como uma espécie de jogo? A simulação de uma câmara no palácio de Atum-hadu em Tebas? É cedo demais para dizer, devo manter minha discrição a esta altura; especulações infrutíferas são o vinho que embriaga diletantes inconfidentes. Sinto pontadas e agulhadas um pouco acima do tornozelo. Vou precisar voltar para a Villa Trilipush para colocar bandagens, pois os fluidos parecem ter retornado.

Percebo aqui, nesta noite, relendo cartas de casa e uma cópia já avariada de *Desejo e desengano* à luz bruxuleante de meu lampião fumegante na Câmara dos Pilares: sei mais sobre Atum-hadu, seus impulsos e propósitos, do que sobre minha noiva ou meu mecenas. Isto apesar de ter beijado a primeira e me engajado em negócios igualmente íntimos com o segundo. Há mais clareza em Atum-hadu, destilada pelos milênios até o essencial: sessenta versos. Cada verso traz à luz mais uma faceta cristalina e objetiva de seu eu imutável. Mas, a quem ela ama? Cada um dos seus humores mutáveis dita uma visão inteiramente nova de sua pessoa e novos futuros para nós dois. Será que devo ter pena da *doente*, ou amar a *amorosa*? Temer a *furiosa*, corrigir a *mimada*, ignorar a *provocadora*? Resgatar a *oprimida*? Admoestar a *boba*? E quanto ao meu Senhor da Fartura, brutal e covarde, amoroso e perverso: o que se pode achar de tão equívoca figura? Olho para eles, e, no entanto, mal consigo vê-los, como se a fumaça neste próprio aposento fosse espessa demais, como se meus olhos estivessem cobertos por uma faixa de linho translúcido.

Sábado, 25 de novembro de 1922

Sonhos estranhos, como era de se esperar, dormindo num aposento destes. Passei a manhã tapando a abertura da tumba com tábuas de madeira, e depois colocando rochas na frente delas, espalhando o gesso restante para segurar tudo no lugar. Um trabalho frustrante, mas uma camuflagem necessária. Ao meio-dia, uma tela precária cobre o buraco que um dia abrigou a Porta A, e embora isso não possa impedir um intruso dedicado, pelo menos atrairá menos atenção do que a boca aberta de uma caverna.

E nesse momento Ahmed retorna, implorando meu perdão por ter contratado cães tão indignos e também filhos de cães, esperando em nome de Alá e do meu próprio Deus que eles não tivessem provocado nenhum dano sério à minha grande obra, e será que eu havia descoberto algum tesouro em meu progresso posterior? Declinei de responder e não concedi meu perdão. Será que Vossa Excelência ainda tem esperanças para o resto da tumba? Não seria, na opinião de Vossa Excelência, comum para os velhos reis colocarem todo o seu ouro no último aposento e deixarem a tumba vazia na frente? Será que o leal Ahmed não deveria trazer muitos, muitos outros homens, que trabalhem por quase nada, ele tem primos ansiosos para participar, homens que adoram os ingleses?

Confesso que por um momento hesitei. Para não-cientistas, a tumba até hoje provavelmente não tem um brilho em sua superfície que os ajude a ver o sucesso ainda vaporoso, sem dúvida, por trás da Porta D, e o entusiasmo de Ahmed (embora sua fonte seja óbvia) não é desencorajador: ele também suspeita de que exista algo de grandioso ainda à espreita. Eu lhe dirijo um mero aceno com a cabeça, incentivo sua paciência e a fé no meu conhecimento. "Seremos todos justamente recompensados, como o seu Corão promete", digo a ele. "Tem certeza?", ele pergunta. "Tenho certeza, Ahmed." E tenho mesmo.

Ele me ajuda a montar no burro que trouxe, e lhe ordeno que contrate um carpinteiro para construir um portão que cubra a entrada da tumba, compre um cadeado para esse portão, contrate dois de seus primos mais confiáveis e me encontre de volta aqui com portão, carpinteiro e homens (tudo pela rota discreta) em três dias. Preciso desse interlúdio para dar a CCF a chance de devolver o pleno poder à minha expedição.

Pego a barca e atravesso de volta o Nilo. Banco. Correio: cabograma urgente para CCF: SEIS APOSENTOS, DESCOBERTA MAJESTOSA. ONDE ESTÁ O APOIO VINDO DE VOCÊ? PENSE EM SUA COLEÇÃO. Volto lenta e dolorosamente para a Villa Trilipush. Coloco novas bandagens no pé.

Mas ainda existe lealdade neste mundo. Maggie e os Ramsés me aguardam. Eles têm prazer em comer seu jantar, mas têm ainda mais prazer em minha companhia.

Domingo, 26 de novembro de 1922

Ahmed me acorda. "Já é terça-feira?", pergunto grogue. "Não", ele responde. "Que dia é hoje?" Ele diz: "Quieto. Você não achou nada, não é mesmo?" "Nada, na terça voltaremos para instalar o portão que você vai arrumar e começaremos o trabalho na próxima porta." "Não", Ahmed diz. "Não?" "Não." Ele diz que todos os seus primos foram trabalhar para Carter, que agora está contratando tantos homens quantos consegue encontrar, e está pagando bem. Ahmed também vai trabalhar para Carter, e só veio hoje para receber o dinheiro que devo a ele e a seus primos. "Não estou entendendo. Carter não encontrou nada, voltou para o Cairo", digo.

Ahmed me corrige enquanto os gatos fogem (mais espertos que eu, sentindo o perigo diante de mim): Carter só estava esperando a chegada de Carnarvon da Inglaterra antes de dar prosseguimento à sua descoberta. Carnarvon chegou agora, e eles reabriram a escada. Encontraram uma porta com os selos de Tut-ankh-Amen. Encontraram caixas e potes, e há muito *baksheesh*. Está tudo nos jornais. Estão pagando bem. Vão encontrar riquezas. Dinheiro não falta. E agora Ahmed exige que eu lhe pague imediatamente. "Você é um trapaceiro e um ladrão", digo a ele, mas, ainda deitado, praticamente nu, meu pé doente sobre os travesseiros, minha posição é precária.

"Eu sou um ladrão? Eu cavo a terra para roubar o ouro enterrado dos antigos e não informo as autoridades? Eu me escondo no deserto como um criminoso?"

"Não vou corrigir seus erros conceituais infantis, Ahmed. Você está despedido. Não quero mais ver sua cara."

Ahmed esvazia minha carteira, conta meu dinheiro mas diz que eu lhe devo ainda mais. "Amanhã vou voltar para buscar meu dinheiro. E você vai pagar a mim a aos meus primos. E eu espero um pagamento também para me impedir de informar aos inspetores que você cava sem permissão."

"Você é um porco execrável", digo a ele, recusando-me a explicar os erros sobre os quais ele baseou sua chantagem desesperada. Mas então ele já tinha apertado meu pé ferido, com uma força surpreendente.

Ocorreu-me que posso ter cometido um erro com relação a Ahmed, talvez entendido errado o árabe desmazelado do comissário de bordo no navio, me aproximado do homem errado no burburinho, deixado um lutador de honra para trás.

Minha missão: preciso de homens para a Porta D e preciso pagar Ahmed pelo seu trabalho da semana passada, e não estou em posição de chamar as autoridades agora, mas vou me vingar dos seus crimes quando estiver mais forte.

Meu pé está dormente, mas agora minha canela e minha panturrilha queimam.

Será que Carter pode realmente ter encontrado alguma coisa? Ter enterrado suas descobertas por semanas enquanto aguardava pacientemente a volta de seu mecenas? É difícil imaginar isso. E agora ele seduz meus homens e os afasta de mim? É claro: meus homens são treinados, endurecidos. Carter, naturalmente, procuraria esse tipo de homem, sem se importar se isso me deixaria à míngua.

Visto-me em trajes nativos e vou mancando até a barca, depois alugo um burro para ir até o Vale. Pergunto em árabe a um dos trabalhadores se é verdade que estão contratando ali, e ele responde em inglês — não sei dizer por quê, talvez seja a política do sítio (e uma política pra lá de boa, pensando bem). Pergunto a ele quais são as novidades, e a resposta dele é reconfortante: sim, no final das escadas eles encontraram uma porta coberta com os selos de Tut-ankh-Amen, mas agora aquela porta foi posta abaixo, e atrás dela há apenas um corredor bloqueado, inteiramente coberto de lixo. A tumba foi saqueada há alguns milhares de anos.

Não posso deixar de me solidarizar com Carter, mesmo com toda sua agressão e provocações. Ele encontrou um túnel de rochas, com o mundo inteiro observando e seu mecenas chamado de volta especialmente da Inglaterra para ver isso.

Segunda-feira, 27 de novembro de 1922

Cabograma de CCF: JORNAIS CHEIOS DE DESCOBERTAS EGÍPCIAS! MARAVILHOSO. NUNCA DUVIDEI DE VOCÊ. PARCERIA IRÁ ENVIAR NOVA SOMA EM BREVE — MANDE DETALHES.

Tenho problemas para acreditar nisto. Cobertura de jornais americanos? Os Nordquist, suponho, podem ter dito alguma coisa a algum repórter, ou quem sabe Margaret e J. P. O'Toole. Garota esperta. O mais provável é que seja o resultado do erro ruidoso de Carter, a imprensa aproveitando a oportunidade para escrever sobre todas as escavações em curso. Espero que isto não traga muitos observadores indesejados cá para cima, mas a publicidade também me protege: o Serviço de Antiguidades dificilmente conseguirá cancelar uma expedição que já atraiu a atenção do mundo, não importa que não tenha sido intencionalmente.

Sou ora uma vítima, ora um beneficiário da distância. Não consigo controlar daqui o que CCF ouve ou pensa, e por isso agora, graças à imprensa, ele decidiu que tudo está bem novamente. Envio um cabograma tranquilizando meu nervoso Senhor da Fartura: QUE BOM TÊ-LO DE VOLTA. NOSSA DESCOBERTA HUMILHARÁ A DE CARTER, A DE WINLOCK, E DE OUTROS. MANDE DINHEIRO JÁ.

De qualquer maneira, o retorno do entusiasmo dele renova minha confiança; já posso colocar Ahmed atrás de mim. Encontro minha parede falsa em boas condições, intocada. Substituo algumas das pedras caídas, equilibro-as nos cantos, mas é um jogo frustrante de pega-varetas. Fico tentado a derrubar tudo, entrar correndo e terminar meu trabalho, mas sem uma nova equipe, sem melhores ferramentas, antes que o dinheiro chegue, ainda é cedo demais. A paciência leva a melhor.

Noite, de volta à Villa T. Acabou sendo bastante difícil subir a escadaria de Carter hoje. Disse um de seus homens: "A eletricidade está sendo instalada em todos os lugares." Todo os lugares? Sim, de fato: ontem, Carter, lorde Carnarvon e a filha de milorde, lady Sei-lá-o-quê, e um inspetor do Serviço de Antiguidades escavaram até o final de seu túnel de entulho e encontraram outra porta, atrás da qual (maldita seja a velocidade deles — devem estar derrubando impiedosamente a marretadas as coisas) é uma cena e tanto, evidentemente, embora os nativos estejam por demais satisfeitos pelo fato de tomarem conhecimento de algo para revelá-lo com facilidade. Se é que se pode confiar nos negros, o pequeno rei Tut-ankh-Amen, que andou desaparecido por estes 3.200 anos, apareceu trazendo estátuas, ouro, carruagens, joias, vasos, tronos, sofás, roupas, manequins — tesouros sem fim, diz um dos trabalhadores mais conversadores. Imagine, eu digo a ele, levando-o pelos ombros, que rei verdadeiramente *significativo* no *final* de uma dinastia carregando *tudo* consigo para sua tumba poderia revelar! Ele fica compreensivelmente atônito com essa perspectiva, assim como o mundo inteiro ficará.

É claro que, com um lorde Carnarvon bancando você, em vez do príncipe idiota dos lojistas americanos, os eventos se lubrificam por conta própria, mas como um sujeito infeliz que eu conheci um dia costumava dizer *ad nauseam*: "Os ricos sempre facilitam tudo para os ricos; o trabalhador que quiser conseguir algo precisa pelejar."

Quando achei Carter naquele carnaval, ele estava trancando uma grade de madeira na base de sua escadaria e escoltava seus convidados — ricos e maleáveis pai e filha — até o topo dos 16 degraus sagrados. Sua gravata e paletó, seu bigode aparado — sempre *guapo*, nosso Carter. Vejam só como ele se porta neste momento, quando fecha e tranca a tumba que até agora — *até agora* — brilhou mais do que a minha. Vejam só o estilo dele enquanto guia seus mecenas imbecis para longe do que eles mal compreendem. Ele os deixa vislumbrar seus ganhos, mas não estraga o trabalho. Vejam só o tranquilo domínio, sem esforço, de seu sítio, seus homens, seus mecenas, até mesmo sua própria animação. Certamente ele descobriu mais do que a maioria dos homens descobre em toda uma carreira, e mesmo quando me cumprimenta, nem se vangloria nem se esconde, parece não implicar em nada mesmo. "Ah, Trilipush", ele diz quando chega ao topo da escadaria. "Trilipush, sim, claro."

"Carter! Quais são as novas, meu velho?"

"Lorde Carnarvon, lady Evelyn, permitam-me apresentar o professor Trilipush. Ele é o tradutor do putativo [*sic*] rei Atum-hadu, meio que um estudioso egípcio, e atualmente em visita ao país, vendo as paisagens de Tebas."

Em seguida, dois apertos de mão moles. O conde é um inglesinho da espécie mais frouxa, bem-humorada e imbecil, grande demais para ser um cãozinho, idiota demais para ser um ornamento de jardim. Ele anda e fala com um manquitolar e um gaguejar, produtos de um acidente de veículo motorizado. "Excelente, excelente", ele diz. "Preciso ler sua obra. Fascinantes, esses documentos apócrifos."

"Não são muito adequados para lady Evelyn", Carter observa.

Carter usa um chapéu mole de feltro e anda com uma bengala, não muito diferente da minha. O bigode deve exigir um certo esforço: pentear, encerar, o diabo. "Então, grandes maravilhas lá embaixo?", pergunto. "Será que eu poderia dar uma olhada profissional?"

"Ah, você é um colega. Bem pode imaginar como as coisas estão instáveis lá embaixo neste momento."

"Estão falando em maldição", resmunga Sua Gagueirência, assim do nada, enquanto Carter nos conduz a marchar até o perímetro do sítio. "Os nativos estão todos agitados, murmuando entre si rumores de magias e maldições, coisas maravilhosas. Todos malucos falando em Tut, que estaria protegido por uma magia maligna. Maravilhoso, não concorda, viver com uma crença tão poderosa? Faz-nos pensar que nos falta algo..." Mas a esta altura alguém estava chamando Carter e ele não conseguia conversar, o que entendo bem, um colega naquele primeiro momento de empolgação, longe de mim me meter no caminho dele.

O banco ainda não tem notícias de nenhuma carta de crédito nova.

Posta restante está transbordante de cartas. O aluguel precisa ser pago na Villa Trilipush em 1° de dezembro. Recibos do Hotel da Esfinge para uma suíte durante novembro, bem como para lençóis, toalhas, roupões que me emprestaram.

Voltei à *villa* para a tediosa porém necessária tarefa de examinar os livros contábeis e orçamentos, talvez cortar algumas despesas. Estranho, mas essa dificuldade que Finneran apresenta para se desincumbir de uma simples tarefa (e o fracasso de Margaret em pressioná-lo) resultaram em que *eu* acabasse por me parecer com *ele*, obcecado por dinheiro, que um cavalheiro, claro, sabe ignorar como um elemento que faz parte da vida, como os encanamentos. Mas isto, como meu pai costumava dizer, é invarivavelmente o que acontece quando o sangue bom se casa com o ruim: uma contra-ação.

Aluguel, salários dos homens da última semana sobre os quais Ahmed foi tão eloquente. Também vou precisar contratar uma nova equipe. Trabalho até tarde, elaborando planos, verificando novamente as contas, rascunhando mais uma vez os orçamentos. O dinheiro não chegou. É extraordinário que Carter tenha tido tanta sorte *agora*, depois de todos aqueles anos perambulando sem destino.

Ele aparece na minha *villa* logo antes de eu ir dormir. Pede desculpas pela intrusão, todo cheio de sorrisos e pedidos de desculpas, parece um pouco envergonhado, não aceita uma bebida. "Vim apenas para lhe dizer o quanto admiro seu trabalho", ele diz. "Suas brilhantes traduções e análises. Não poderia ter orgulho maior do que chamar você de irmão. Minha tumbinha é um tributo a você e sua persistência. Um alvo como Tut é coisa fácil, nada além de sinais apontando o caminho o tempo todo, a tumba praticamente se descobriu sozinha, mas, Ralph — posso chamá-lo de Ralph? —, você está em terra muito incógnita, muito misteriosa e profunda, não sei dizer se eu próprio conseguiria fazer isso. Além disso, ah, sim, também queria lhe dizer que lady Evelyn perguntou sobre você com muita curiosidade ao nos despedirmos esta noite. Disse a ela que você estava noivo e se casaria com uma herdeira nos Estados Unidos, e a cara dela simplesmente caiu no chão, meu velho, uma coisa triste de se ver. É uma pena também: a garota vale todo o chá da China, e o pai dela, bem, o conde é um bom sujeito para se ter do lado, tem cerca de 36 mil acres. Você deveria se apaixonar por lady Evelyn, se quer minha opinião."

"Se amar fosse assim tão fácil", grito na direção dele enquanto ele desaparece na noite.

Terça-feira, 28 de novembro de 1922

Cabograma de CCF: CARTER NÃO ESTÁ NA SUA EQUIPE? OS JORNAIS SÓ FALAM DELE — ELE NÃO É SEU? CATALOGUE JÁ NOSSA DESCOBERTA. CARTER ESTÁ ACEITANDO INVESTIMENTOS? ACONSELHE.

Há um instante de perturbação em que você entrega ao rapaz a folha de resposta do cabograma e instintivamente espera que ele o responda, quando, claro, ele é apenas um portador mudo. É como gritar no meio de um vento ensurdecedor. E mesmo assim você consegue ouvir um eco distante, ler alguma coisa no rosto vazio do garoto: CCF está de saco cheio de mim. No fim, confiar nos outros sempre leva a isto, sempre. Mesmo assim você sempre se surpreende com aqueles que correm atrás somente do seu repugnante interesse pessoal e gastam qualquer coisa por ele, perdem o amor, abandonam você a qualquer risco se isso lhes poupar um instante de problemas.

Sobre a dificuldade de confiar nos apoiadores financeiros: "Professor Trilipush", lembro-me dele dizendo, logo depois que os outros investidores haviam saído de nossa reunião de junho, "se o senhor tiver mais um instante para mim, eu apreciaria muito." Lembro-me da súbita gentileza dele, porque, não importa o que você acha de Chester Crawford Finneran, a palavra *cavalheiro* não vem facilmente à cabeça. "Estou me perguntando se o senhor poderia me dar sua opinião sobre minha coleção particular." Seus olhos minúsculos de ágata vagaram para um ponto acima de meu ombro, e a ponta de seu charuto se acendeu e se desvaneceu. "Eu sei que haverá pilhas de ouro no túmulo de nosso faraó, múmias e tudo mais, como você o descreveu de modo tão elegante agora há pouco para nossos camaradas. Mas eu gostaria de mostrar a você outros aspectos, essas belas artes, artes plásticas, esculturais e gráficas, embora talvez isso seja menos provável de aparecer em coleções de museus devido a debates sobre interpretação. Seriam mais de interesse de um colecionador particular, como sei que você sabe. É mais funcional." E esse monólogo continuou, e eu fui assentindo sem me comprometer. "De todos os homens, você, de todos os acadêmicos, certamente compreenderá." Finneran retirou um fio invisível de tecido da camisa, na altura da cintura.

Ele me levou até seu estúdio e ficou em pé em frente à estante de livros atrás de sua mesa, a qual ele repetidas vezes tocava e tornava a deixar um volume, balançando-o na borda inferior de sua lombada como se não fosse capaz de decidir se queria tirá-lo ou não. Deixando-o, suspirando com um desconforto cada vez maior, virou-se para mim e cruzou os braços. "É simplesmente uma questão, sabe, de seu, seu, hum..." Estendeu a mão para cofiar seu bigode e suas costeletas bastas, mas estas só existiam ainda no retrato dele que pendia da parede de seu escritório. Ele acompanhou meu olhar até o quadro. "Você sempre teve o rosto barbeado? Não consigo me acostumar." Colocou de lado seu charuto fumegante, brilhando torto como um tronco de árvore assustado por um raio, em um cinzeiro, e voltou a puxar e empurrar aquele mesmo livro na prateleira. Ele chamou por Jesus para que realizasse uma ação específica naquele carpinteiro irlandês de Boston em particular. Puxava e empurrava o livro com energia frenética, vezes sem conta, xingando.

"Qual é o livro, CCF?"

"Pelas tetas da mãe de Cristo, vou cozinhar esse sujeito vivo", ele resmungava, empurrando o livro para frente e para trás com violência.

"Oi, papai. Sua reunião já acabou?" Ela aparecera sem ser ouvida atrás de nós. "Olá, Ralphie. Como está se saindo com os plutocratas de Boston?"

"Minha querida", eu disse. "Você é uma visão de beleza inimaginável."

"Estamos ocupados. Desapareça", resfolega o sempre alerta senhor da casa, agachando-se e mostrando seu traseiro de gorila para nosso deleite, pois quando me voltei para ele encontrei CCF de quatro, cabeça baixa, perscrutando uma prateleira baixa, bem abaixo do livro que estava massageando quando ela interrompeu.

"Uma rosa da mais fina cor", continuei, "a fragrância ambulante da primavera." E ela era tudo isso naquele dia, diabos, e cheia de saúde também. Eu devia ter me virado, ignorado meu monstruoso mecenas e suas necessidades prementes, e simplesmente a tomado ali mesmo. Eu poderia tê-la arrebatado ali, terminado aquilo tudo onde mais importava, esquecido todo o resto e simplesmente a conquistado como minha esposa. Não, não, ela jamais teria deixado que eu fizesse isso, não então, não sem uma vitória. Mas ela estava limpa e lúcida naquele dia. Ela ainda estará, se de algum modo eu ganhar a chance de voltar para ela, de algum modo com sucesso.

"Lamento pela interrupção, 'fessor", diz Finneran, e chama Inge para tirar Margaret do aposento e levá-la para tomar um pouco de ar fresco no jardim. No momento em que a porta de carvalho de seu antro se fecha, ele volta a ficar de pé e torna a bombear furiosamente aquele primeiro livro para cima e para baixo. Um instante depois, escutou-se um som de arranhão na porta trancada, que provocou em Finneran uma espécie de espasmo em suas costas e no seu rosto. "Pelos rins e fígado de Cristo!", ele gritou, ou alguma outra dessas bobajadas céltico-católicas, e quase me atropelou para abrir a porta, mas era apenas um dos *spaniels* de Margaret, que pagou caro pela interrupção.

"Até que enfim!", ele urrou, depois de retornar à sua tarefa hipnótica, quando a estante emitiu um clique audível e se moveu uma fração de polegada, deslocada por algum mecanismo de mola embaixo daquele livro preguiçoso. Finneran encaixou o ombro numa borda da estante e girou a estrutura de seis prateleiras inteira em seu eixo central, abrindo-a o suficiente para passar seu corpanzil por ela. Fez um gesto para que eu o acompanhasse. Com o portal fechado novamente atrás de nós (aparentemente confiando naquela mesma mola não-confiável para nos soltar um dia), ele acendeu uma fileira de lâmpadas elétricas.

"Professor, a Coleção Finneran de Belas-Artes", ele entoou, acenando com um gesto grandiloquente para as estantes de vidro e prateleiras de portfólios no cercado alinhado de tijolos no qual nos encontrávamos. "Professor, grandes civilizações têm, como certamente o senhor sabe..." e continuou a conversa mole, cujo texto não preciso escrever aqui, já que varia tão pouco de um a outro membro de sua patética comunidade. Os espólios de Finneran não eram ruins, quanto aos tipos, e um tanto variados, embora ele tivesse cometido uma gafe quando supôs que meu trabalho com Atum-hadu tinha qualquer relação com essa maçada. Ele ajustou o foco das pequenas lâmpadas elétricas que se acendiam sobre as seis ou oito vitrines de exposição de vidro, cada qual contendo oito ou dez peças: crocodilos incas de pedra sorrindo enquanto se deitavam sobre virgens guatemaltecas; urnas da dinastia Ming, azul sobre branco, o imperador nu agachado sobre concubinas, ortolanos executando funções de preenchimento não-culinárias; deusas indianas de bronze de vários braços engordadas, engajadas, entrelaçadas; uma placa do que parecia ser marfim ou madeira descolorada atulhada de imagens esculpidas de cães siberianos, focas, rostos com colarinhos de pelo sorrindo de olhos fechados, embevecidos. "Inuit. O povo esquimó da Groenlândia", comentou o curador louco. "Em osso de baleia." E então estávamos examinando os portfólios de couro, tendo cada um gravadas em sua capa, Deus abençoe seu coração labiríntico, as palavras COLEÇÃO FINNERAN. "Obras em papel", ele declarou enquanto delicadamente revelava seus tesouros: primeiro uma série de entalhes georgianos de homens carrancudos de rostos de rosbife e emperucados examinando a criadagem da cozinha à procura de doenças íntimas; depois: "Japoneses. Xilogravuras", e seus olhos negros como tinteiros me examinaram enquanto ele folheava lentamente uma série de impressões ornamentadas que contavam a história de um samurai e as mulheres da aldeia que o serviam, muitas espadas sendo embainhadas e desembainhadas, muitos coques sendo agarrados etc. "E obras de arte contemporâneas também, é claro", ele sussurrou, ganhando mais velocidade e confiança. "Eu não sou, você sabe, um conservador radical, não sou um, não sou um..." Mas ele não conseguia pensar na coisa que não era, tão ansioso que estava para desamarrar os laços dos portfólios de fotografias: nada de tão surpreendente, nada que você não pudesse ver no Exército ou nos fundos dos bazares do mundo todo, até mesmo em Boston. Nada tão incomum, a não ser pela predominância da enfermeira de seu pai como modelo. "Inge possui uma rara compreensão da arte da forma humana."

"Bastante impressionante, Chester."

"Obrigado, Ralph. Eu sabia que você compreenderia, sendo um estudioso. Embora, como você pode ver, eu, infelizmente, nada tenha de proveniência egípcia. E, pelo que leio e ouço de outros colecionadores, existem peças guardadas no porão do Louvre e de seu próprio Museu Britânico que sustentam a tese de que seu Antigo Egito é uma sociedade artística muito madura." Finneran olhou para seu escritório por um buraco na parede, depois abriu a porta e me guiou rapidamente de volta para lá, passando por sua estante. Sentou-se à sua mesa, enxugou a testa com um lenço, cruzou as mãos e chegou ao ponto previsível. "Me parece, Ralph, que..." E subitamente uma perfeita sinfonia de sinos de igreja e carrilhões de relógio começou a cascatear, começando pela mesa dele e indo até o relógio da parede, passando por pêndulos em toda a casa, e depois para as performances do meio-dia de campanários de lado a outro do Boston Common. Deve ter sido alguma espécie de dia festivo para os habitantes do local, pois pelo menos dois minutos se passaram enquanto homens de campanário bêbados e corcundas inteligentes de todos os cantos da cidade massacravam nossos ouvidos com composições de tinidos e ribombos, todas terminando com 12 tiros de canhão tonitruantes, mas consecutivas (como se cada igreja estivesse em sua própria zona de tempo, ligeiramente diferente das demais) de modo que pelo menos sessenta explosões seguidas de perto umas das outras aconteceram antes que Finneran conseguisse reunir a coragem para murmurar sua conclusão: "(...) sua especialização particular e meus gostos culturais e artísticos se cruzam neste ponto." Mais um desses homens tristes que não sabem a distinção (vasta, elementar) entre o que estudo e respeito, e o que eles consomem, cobiçam, consomem, cobiçam. "E, assim, se você encontrasse, como certamente encontrará, qualquer exemplo de(...)" Fiquei imaginando se a filha dele conhecia seu segredo. "É claro", ele interrompeu a si mesmo para responder a meu pensamento não pronunciado, "que uma única palavra a respeito desta transação colateral a qualquer pessoa significaria o término instantâneo de nossos pequenos arranjos financeiros, não se engane."

Este é o homem que, por motivos misteriosos — por *nenhum* motivo — me abandonou no meio da expedição. O fato de ele ter feito isso comigo, me deixado nesta sinuca, parece história de pescador. Um pornógrafo *nouveau riche* que queria fazer do noivo de sua filha um pesquisador de imundícies. Ele e aqueles seus camaradas vagabundos. O silencioso O'Toole, o cleptomaníaco que meteu no bolso uma das cigarreiras de prata de CCF na frente dele na reunião dos investidores. Kovacs e seus olhos perpetuamente úmidos, como se sua consciência estivesse tão encharcada com seus crimes que ele enxuga nos próprios olhos as lágrimas de seus inimigos.

Toda a cidade está falando da descoberta de Carter. Os rumores eram deliciosamente implausíveis, e com razão, já que só a imaginação do egípcio desempregado e fumador de *chicha* poderia conceber tamanhas maravilhas como os contos de fadas que ouvi hoje. E os rumores corriam com grande velocidade. Por exemplo, mencionei de passagem a um vendedor de frutas que, se eu fosse Carnarvon, simplesmente faria pousar um pequeno avião no Vale e levaria meus espólios por via aérea para o Museu Britânico, sem dar aos egípcios um tiquinho de nada. Tiro e queda: quando cheguei ao próximo bairro, onde finalmente encontrei um estofador que me vendeu um chapéu de feltro de aba mole, um cliente egípcio bem vestido e de barba bem aparada me disse que lorde Carnarvon havia feito pousar na noite anterior três aviões no Vale, e estava realizando uma série de voos todas as noites, levando tesouros egípcios para fora do país, para suas propriedades na Inglaterra, onde (informei ao asno barbudo) lorde Carnarvon tinha escravos, uma exigência da nobreza britânica. Ele assentiu, sem demonstrar surpresa.

Finalmente encontro um penteador de bigodes. Adquiri este último artigo das mãos de um barbeiro, um muçulmano musculoso de força tão maciça que é por graça de Alá que ele ainda não esmagou sem querer a cabeça de algum cliente. Perguntei a ele, levando em conta sua força, se ele não estaria interessado em trabalhar numa escavação de um dos mais famosos reis ancestrais. Ele declinou: "Lamento muito, sr. Carter." Um erro risível, e não inteiramente elogioso. Ele continuou: "Mas ouvi falar das maravilhas que o senhor encontrou. Será que eu poderia enviar meu primo para o senhor?" Concordei, passei-lhe o endereço e agora posso finalmente começar a reconstruir minha equipe.

Voltei ao sítio de Carter, pois eu agora estava preparado para executar um plano brilhante para resolver a crise financeira de minha expedição. Lá, na areia, encontrei o conde de Carnarvon e dois nativos em pé, ao lado de lady Evelyn, que estava brincando com uma escova e uma pazinha pequena, coisa de mulherzinha. Com um risinho espantado, ela se levantou, segurando uma lasca de cerâmica. Com toda a franqueza, basta se abaixar e afastar um pouco de terra nessa região para achar alguma coisa.

Deixei-os se divertindo. A tenda de comando de Carter era uma visão interessante, ainda que um tanto vistosa, um efeito bonito, suponho, se você de repente passou a achar que era César. O belo caderno de diário Lett's #46 parece ser o calendário/diário preferido dele, e amanhã parece ser a abertura oficial da tumba de Tut. Uma lista de convidados e tanto, incluindo eu, é claro.

De volta ao lado de fora, comecei a conversar com um dos muitos jornalistas que vagavam pelo sítio, confusos. Fiquei com ele em pé ao lado da balaustrada diretamente acima do poço (quanta vaidade! Balaustradas para afastar turistas!), e fiquei tentando ajudá-lo a compreender o que ele estava vendo, os procedimentos, e a situar a descoberta de Carter no contexto histórico para seu artigo de jornal — as escavações do passado cujo brilho superou o dele, as que ainda eram esperadas, a relativa obscuridade de Tut e sua falta de importância na história do Egito. O modo de integridade jornalística que ele afetava era tratar tudo o que lhe diziam como se fosse mentira. Enquanto ajudava o analfabeto com sua ortografia, acabei ouvindo logo abaixo de mim uma conversa entre Carter, Carnarvon e algum outro inglês. Carter dizia: "À luz da descoberta e de sua magnitude, e à luz do compromisso magnânimo de lorde Carnarvon e de sua família ao longo dos anos, acredito que o Governo deva considerar a possibilidade de recompensá-lo por (...)"

"Tut é um rei menor? Por que todo o ouro e tesouros então?", quer saber o jornalista infantilóide, exigindo minha atenção.

Mas a mensagem era clara: em retribuição por seis anos de pagamento de salário para o trabalho lento de Carter, lorde Carnarvon vai procurar reinvestir em uma nova expedição. Tive a confirmação das premissas de meu plano. Agora, sim, tirarei as finanças de minha expedição do estado lastimável em que se encontram, e ao mesmo tempo — não desejando queimar nenhuma ponte com meu futuro sogro — forçar CCF a ver o valor do trabalho que ele está colocando em risco com a miséria que seu coração de chacal me impõe.

Da necessidade da emoção humana na pesquisa científica: Esta é uma história simples, e se eu decidir contá-la no livro finalizado, será com a aprovação generosa e condescendente de lorde Carnarvon, e a diversão envergonhada e retrospectiva de CCF, sem dúvida. Todos ficarão com uma boa estampa, a não ser talvez Carter, que está se tornando insuportável desde seu pequeno quê de sorte.

Quando Carnarvon ficou sozinho, uma xícara de chá nas mãos, tentando parecer envolvido ou educado, examinando distraído o lintel no final das escadas, pedi desculpas ao garoto da imprensa com suas mãos sujas de tinta e chamei o lorde. Ele subiu até a galeria dos espectadores com seu habitual manquitolar. "Eu realmente não deveria dar entrevistas, esta é uma realização do sr. Carter, pura e simples", ele começou, de modo ameno, fazendo uma careta digna de um palhaço de circo.

Lembrei a Vossa Manquitude que havíamos nos conhecido na véspera. Ele é de fato um exemplo maravilhoso da nobreza britânica.

"É claro, é claro, o sujeito do rei safado. Ora, gostei do chapéu, cavalheiro", diz ele. "Era mais casual no meu tempo, quando eu usava. Vocês, escavadores, se vestem na estica hoje em dia."

"Sim, o velho chapéu mole de feltro. Dá um exemplo de compostura para os nativos."

"O senhor é o banqueiro?", interrompe o jornalista que eu havia deixado para trás, apontando para Carnarvon com sua pena.

"Ora, devo dizer que esta para mim é nova", ri o lorde feliz, depois de repetir seu pequeno lema de que o show é de Carter; não obstante, ele acaba por dar uma entrevista enorme enquanto eu aguardo com o máximo de paciência possível.

Por fim, o repórter, todo cheio de mesuras a um nobre inglês — agora Carnarvon já não afeta nenhum ar de dúvida, ah, não —, vagueia para não interpretar mal ou exagerar mais alguma coisa.

"Lorde Carnarvon, se eu puder ainda dar uma palavrinha com o senhor... Tenho um pequeno símbolo de minha estima." Apresentei a ele uma das raras primeiras edições de 1920 de *Desejo e desengano*, com a dedicatória "Para o conde de Carnarvon — Patrono, Explorador, Amigo do Egito, um verdadeiro Senhor da Fartura, de seu colega e admirador R. M. Trilipush."

"Presente adorável, muito gentil", diz o milionário gago.

"Bem, Excelência..."

"Por favor, me chame de Porchy."

"Muito bem. Porchy, você pode não saber, mas estou bem perto de um..."

"De onde você é, meu velho?"

"Kent, milorde. Família de militares e exploradores, pequenas posses de família por lá, uma modesta mansarda."

"É mesmo? Preciso fazer uma visitinha. Adoro aquela parte do país."

"Bem, Porchy, ficaremos encantados em recebê-lo. Agora, como Carter pode ter lhe dito, estou muito, muito próximo de fazer uma descoberta surpreendente, a tumba do rei Atum-hadu, uma descoberta que, com todo o devido respeito, bem poderá superar em brilho o que quer que Howard esteja escavando debaixo da terra agora. Com seu apoio, e minha reputação — bem, não estou falando de seis anos aqui — eu seria capaz de compensar o dinheiro gasto por nosso amigo Carter — e com isso quero dizer *seu* dinheiro, é claro. Estou falando de talvez um mês do começo ao fim, e nos vejo atingindo..."

"Meu Deus, homem, o que você fez com seu pé?"

"Ah, não é nada. Praticamente não dói."

"É melhor tomar cuidado com isso, num clima destes." (Muito solícito, o conde, mas de uma capacidade de distração quase patológica.)

"Obrigado, mas Atum-hadu, sabe, foi provavelmente o último rei tebano da XIII Dinastia, quando os invasores hicsos devastaram o..."

"Rei mesmo, ele era? Histórico? Carter diz que ele era uma figura de fantasia, apócrifa, uma espécie de rei Arthur imaginado pelo marquês de Sade. Um produto de poetas de um período posterior, ou coisa do gênero, a velha nostalgia egípcia, traquinagens artísticas."

"Arthur e Sade? Um brincalhão, nosso Carter."

"Sou mesmo?" E, obviamente, o homem ciumento havia se esgueirado em nossa conversa particular, havia aprendido de algum modo a se aproximar em total silêncio, como um assassino. E antes que eu pudesse dizer mais uma palavra, ele levou Carnarvon para longe dali, para inspecionar alguma relíquia tutiana qualquer. "Vamos nos falar de novo em breve, Porchy", gritei, supondo que o pobre homem conseguisse se esquivar da "criadinha" que não desgrudava dele. Na verdade, Carter parecia conspiratoriamente motivado a me afastar de lorde *Grana*von, muito embora ele caminhasse tranquilamente por ali com sua costumeira arrogância, que sabia excluir todos ao redor sem esforço; mas agora essa arrogância se revelava como verdadeiramente era: uma atitude que esconde medo e inveja. Fico ali parado, na poeira e no calor, com meu chapéu, paletó e gravata, meu bigode penteado e minha bengala, e lá se vai Carter, vestido como eu, mas ainda em posse de meu próximo mecenas, como se Carter nunca tivesse pedido dinheiro na vida, como se ele tivesse feito meramente um gesto positivo com a cabeça quando o conde se ajoelhara a seus pés implorando que permitisse encher-lhe os bolsos de dinheiro. Talvez tenha acontecido assim.

É interessante, também, a assiduidade com que Carter procurou diminuir a importância do meu trabalho pelas minhas costas, aliás, não só do meu trabalho, mas da História propriamente dita. Com que rapidez ele mentiria para Porchy dizendo que Atum-hadu não existiu. Contido, silencioso, matreiro e, agora, desonesto.

Seu tipo, o jeito como essas pessoas fazem a gente se sentir, como se fôssemos incapazes de contar os dedos da nossa mão, ou até mesmo de ter certeza de que eles são dedos. Até mesmo agora, sentado no penhasco, anotando os acontecimentos do dia, é como se eu não estivesse segurando uma caneta. Como se eu não tivesse publicado uma obra de Egiptologia. Como se tudo o que eu realizei tivesse sido realizado num quarto escuro, sozinho. Como se Carter, Carnarvon e ter Breuggen soubessem de alguma coisa que não falam em voz alta, mas sabem que eu não sei e nunca saberei. Como se eles rissem uma gargalhada silenciosa e inexpressiva transmitida de modo invisível de um para o outro, e apenas por um instante, antes de retornarem para suas tarefas celestiais, tarefas as quais apenas *acredito* que compreendo. Como se eu apenas *acreditasse* que isto é uma caneta fazendo anotações numa Lett's #46. Como se eu apenas acreditasse que existo e faço meu trabalho relevante. Como se eu simplesmente acreditasse que sou capaz de julgar o que se passa ao meu redor ou dentro de mim. "Mas não." Eles sorriem sem mexer os lábios. "Você não é capaz." A crítica presunçosa que Lars Philip-Thurm fez de *Desejo e desengano* está bem aqui na minha carteira: "Trilipush cava, mas não vou chamá-lo de arqueólogo. Ele escreve, mas não posso chamá-lo de acadêmico. Não sei como chamar a isso, mas não pertence ao campo em que trabalho."

Leitor, Leitor, a questão de minha discussão com Porchy é apenas a seguinte: isto tudo é uma aplicação necessária de psicologia e emoção humana ao problema. Eu sei que CCF é suscetível à pressão porque ele usa pressão em seus negócios cotidianos, e ele compreende, como homem de negócios, que o valor aumenta no calor da competição. Eu lhe contarei a verdade, não porque deseje trocá-lo por Carnarvon (eu certamente não quero uma coisa dessas; prefiro um financista lá longe em Boston do que um que fica rodeando o sítio), mas porque ele devia saber que eu não preciso mendigar centavos americanos quando podia estar gastando a rodo o dinheiro do lorde. Especialmente agora, quando meu trabalho está parado para que eu possa reorganizar homens e dinheiro. Finneran me forçou a aceitar seu dinheiro, o que fiz como gesto de consideração para com minha noiva, então lhe farei a gentileza de continuar a aceitá-lo antes de aceitar o de Carnarvon. Estas são complicações humanas que, Leitor, invariavelmente se intrometem no que deveria ser ciência pura. Envio um cabograma para CCF como de costume, e retorno à Villa Trilipush.

Acabei de voltar do correio, e como meu barbeiro é homem de palavra, encontro agachado do lado de fora de minha porta da frente o primo dele, Amr, meu novo segundo-em-comando. Um garoto de 16 anos, Amr será um excelente capataz, embora tenha muito que aprender. "Lorde Carter", ele me diz, "espero ser digno." Veremos, jovem Amr. [Corrigir epígrafe de abertura e dedicatória para "Amr".] Disse a ele que não me chamasse assim, e contei-lhe que os antigos egípcios valorizavam a discrição enormemente, assim como eu, mas que os reis antigos também lidavam com a indiscrição com o mesmo indizível rigor. Combinamos de nos encontrarmos amanhã, e como um *baksheesh* simbólico preliminar, dou-lhe uma encantadora múmia Jack-in-the-box.

No dia 29 de novembro, antes de partir para o Egito para pegar o assassino de Paul Caldwell, treinei meu melhor discurso e fui até a casa para me despedir da mulher que estava partindo meu coração por esporte. Mas Finneran atendeu à porta. "Ótimo", ele disse para minha grande surpresa. "Até que um ouvido me seria útil agora." Não vi Margaret em parte alguma; o pai dela me conduziu pelo hall, me empurrou para dentro de seu estúdio e pediu desculpas de modo atabalhoado pelo nosso encontro anterior, quando estava nervoso e gritou comigo.

"Agora me dê seu conselho, Ferrell. Será que você não viu mais do que eu?", ele perguntou, estalando os dedos, uma espécie de confissão, pedido de desculpas e convite para dizer tudo, você admitirá. Quatro dias antes, ao que parecia, Finneran havia recebido um cabograma de Trilipush: as descobertas na tumba eram extraordinárias, além dos sonhos mais loucos, aposentos e mais aposentos, e Trilipush precisava de dinheiro para completar seu trabalho e pagar sua equipe, mas fora isso a vitória era deles. Até aquele cabograma, Finneran *ainda* estava segurando os pagamentos, exceto, admitiu, por uma pequena soma que enviara em um arroubo de esperança. Mas com aquele cabograma do dia 25 ele estava pronto para renovar o dinheiro definitivamente e com a soma total. E, para falar a verdade, Finneran disse que no dia 26 os jornais noticiaram nas manchetes uma incrível descoberta no Egito. Isso você mesmo pode verificar, Macy: a imprensa não parava de falar no rei Tutancâmon e num inglês de nome Howard Carter, que era o chefe daquela expedição; ela não tinha *nada* a ver com Trilipush, mas a coincidência era tão grande (o cabograma de Trilipush havia chegado na véspera), e Finneran (conforme fiquei sabendo depois) estava em apuros tão grandes que pateticamente supôs e esperava que Tutancâmon estivesse de algum modo relacionado a seu investimento e que Howard Carter fosse um dos homens de Trilipush, algum subcapataz. "Honestamente", disse Finneran, "os nomes de todos esses faraós são parecidos mesmo, não são?" Finneran enviou um cabograma no dia 26 parabenizando Trilipush e informando a ele que o envio de dinheiro começaria novamente. Ele também informou aos outros investidores que tudo estava andando nos trilhos, e que eles haviam feito um investimento espetacular. Ele estava decidido: Trilipush prosperava, Oxford havia sido um mal-entendido, nem valia a pena falar a respeito. Margaret estava satisfeita, e por isso Finneran estava planejando liberar os pagamentos mensais dos investidores, fundos que ele estivera retendo em suas próprias contas. Mas no dia 27 Finneran percebeu seu erro — Carter e Trilipush trabalhavam em diferentes projetos — e ele hesitou mais uma vez. No dia 28 ele recebeu outro cabograma de seu homem. Finneran jogou-o para mim. Ele dizia: NÃO ME MANDE MAIS DINHEIRO, ENCONTREI NOVO APOIO, CONFIÁVEL. OS APOIADORES DE CARTER IMPLORARAM PARA QUE EU ACEITASSE O INVESTIMENTO DELES. Não posso dizer que não estava surpreso com isso: Trilipush havia usado Finneran para encontrar seu deserto cheio de ouro, e agora, depois de tê-lo encontrado, por que continuaria precisando dos Finneran? Ele havia subido no mundo e chegado a um tipo melhor de pessoas, cortando seus laços com a gente de Boston. Eu disse isso a Finneran na cara dura. Ele olhou para mim com os olhos arregalados. "Você acha que ele não vai voltar? Mas eu precisava daquele dinheiro", ele gaguejou. Quanto ele havia enviado? Não muito, apenas um pequeno crédito, pois a proteção original para os investidores havia sido que Trilipush concordara em gastar seu próprio dinheiro nas primeiras semanas, como prova de sua confiança. "Então, qual é o problema?", perguntei. "Você praticamente não perdeu nenhum centavo." Não, ele não estava zangado com o dinheiro que havia *gasto*, Macy, ele na verdade estava preocupado com sua fração do suposto *tesouro*, se é que eu o havia entendido corretamente, e que ele agora iria perder. "O que é que eu vou dizer...", ele começou, mas eu o interrompi, disse que relaxasse, disse que eu contaria a Margaret, para que ele não se preocupasse. Ele olhou bestificado para mim. "Seu idiota. O'Toole e Kovacs, O'Toole e Kovacs: o que é que eu vou dizer a *eles*?"

Olhei para a cara de Finneran, e agora, Macy, agora eu finalmente entendia. Eu já tinha visto aquela cara antes e a vi também depois, a boca contorcida do homem que percebe que não será capaz de pagar a seus perigosos credores.

"Isso eu não sei, Finneran, mas de uma coisa eu sei: mande um cabograma para Trilipush com a assinatura de Margaret, rompendo o noivado. Trilipush está se livrando de você, então salve Margaret primeiro. Faça isso para manter o bom nome dela o mais rápido possível: ela precisa romper com ele antes que ele o faça. Você deve isso a ela. E *se* ele tiver algum sentimento por ela, o que duvido, ela é sua única esperança de manter algum controle sobre ele, agora que não precisa mais do seu bolso."

A campainha da porta tocou. Julius Padraig O'Toole entrou e acenou friamente para mim com a cabeça. Fui dispensado enquanto Finneran recebia O'Toole no escritório com uma demonstração digna de um lambe-botas especializado. Fiquei aguardando no saguão. Não houve gritos nem tiros. A porta do escritório se abriu uns 15 minutos depois, e O'Toole saiu calmamente pelo hall e se retirou da casa. Finneran estava sentado à sua mesa, batucando no seu humidor com as pontas dos dedos. Perguntei a ele o que O'Toole desejava. "Feche esta porta, diabos", ele respondeu. Não se viu Margaret em parte alguma nem naquele momento nem naquela noite.

Sr. Trilish. Estou precisando de dinheiro para o aluguel dos próximos seis meses, agora mesmo, e certamente isso é uma necessidade menor para o senhor. Rápido, rápido! E aqui também um assunto de suma importância. Pois se é diferente, sim, do que discutimos por meio do agente, isto é necessário agora para aumentar cinco vezes a quantia para cada mês de aluguel da casa. E isto é óbvio, sim, por causa do interesse nas coisas de Tut. Tantas pessoas todas chegando! Circunstâncias felizes! Obrigado, heroico sr. Carter! E com uma casa bonita como esta! Isso sim! Então pelo menos dez pessoas perguntaram ao agente se minha casa está disponível, e está, a menos que o aluguel seja pago pelo senhor agora por mais seis meses de uma vez, neste novo preço. Muito seriamente seu, sr. Gamil.

Quarta-feira, 29 de novembro de 1922

Diário: Durante a noite, passaram por baixo da minha porta uma mensagem que coloca as finanças da expedição em risco novamente. Concentração heroica das questões do momento é agora a chave. Dar de comer aos gatos e partir na direção da aurora, para *trabalhar*.

Amr me encontra na margem oeste do Nilo com gesso, e com o sol nascendo atrás de nós eu mostro a ele a rota correta até o sítio. Ele tem seu próprio burro, o que é excelente. Ele me segue até a tumba e não diz uma só palavra. Mando que retire a proteção improvisada da entrada da tumba, e permito que ele entre nela atrás de mim. Ele ficou devidamente impressionado. Devo a este garoto uma instrução em troca de seus músculos, e pretendo compensá-lo bem. "Arqueologia, Amr, não é só cavar, mas uma abordagem do que nos cerca e de nossos trabalhadores (você, por ora) que expressa nossa apreciação desinteressada e desavergonhada do entorno histórico do qual somos os herdeiros."

Ele é um rapaz corajoso, um exemplo orgulhoso do egípcio moderno, que compreende as coisas com rapidez. Mando-o começar a pregar tábuas e passar gesso sobre elas formando um branco uniforme para criar uma proteção melhor para a abertura da tumba.

Nesse meio tempo, volto a entrar na minha tumba e me reoriento para o trabalho que faltou ser feito nesse vasto e extraordinário espaço, cujo mapa agora é

(FIG. F: AS PRIMEIRAS SEIS CÂMARAS, 29 DE NOVEMBRO DE 1922)

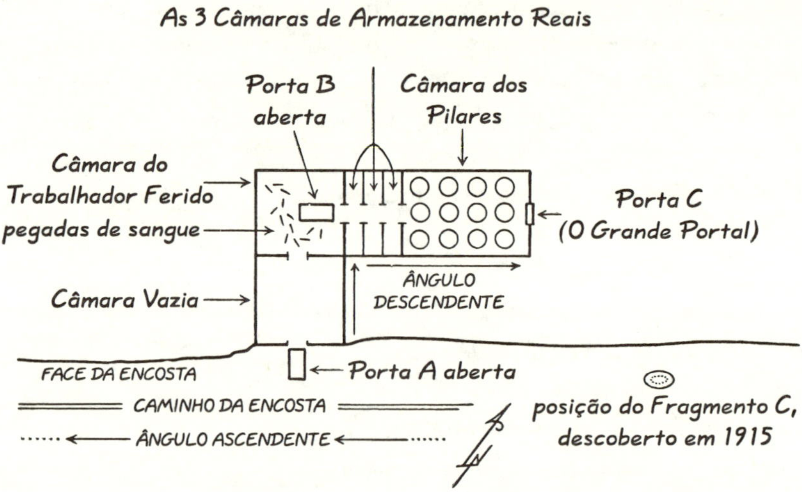

Obviamente, os tesouros até agora não são tão materiais, mas históricos, as pistas de que estamos no caminho certo, levando-nos tentadoramente até as descobertas mais palpáveis, que em breve aparecerão e deixarão todas as demais descobertas desta estação no chinelo. Como exemplo dos prêmios históricos a que me refiro, as inconfundíveis pegadas ensanguentadas por toda a Câmara do Trabalhador Ferido devem merecer uma breve anotação, pois são únicas na história da Egiptologia. A explicação provável — e prontamente admitimos que por ora isso é meramente uma hipótese — é que um trabalhador se feriu, provavelmente na hora de fechar e selar a Porta B.

Enfio cunhas a marretadas e vou desbastando com cinzel os contornos do Grande Portal. Começo a tentar encaixar um pé-de-cabra nos espaços, mas é absurdo achar que o garoto e eu podemos fazer isso sozinhos. Eu poderia esperar até que a decisão de lorde Carnarvon abra esta e um incontável número de outras portas para mim. Eu poderia esperar que Margaret finalmente se esforce a ponto de fazer com que seu pai e os apaniguados dele entrem na linha. Eu poderia pedir ao meu barbeiro para me dar uma força com seus músculos. Carter abriu caminho por dentro de sua tumba com muita rapidez, e se aplicar golpes de marreta é o método lá embaixo, então que ninguém me recrimine se eu não preservar cada rocha sem inscrições que aparecer no meu caminho. *O que estará atrás da Porta C?*, é o que não paro de me perguntar. Provas mais definitivas da existência de Atum-hadu, bem como, afinal, o tesouro? Quão próximo estou e quão abandonado, quão completamente aturdido?

Tenho muito trabalho a fazer no sítio, e o tempo está se esgotando, se a força de vontade de CCF tiver se exaurido tanto quanto receio. Mas o sítio de Carter é magnético, e não desejo ofender o velho camarada estragando seu grande momento com as massas e com a imprensa hoje, então, ao meio-dia, mando Amr terminar seu trabalho de carpintaria e montar guarda até o fim da tarde, enquanto parto montado em seu burro até o Vale e a comemoração de Howard Carter nas areias.

Margaret: Minha querida. Estou sentado acima do Vale dos Reis, prestes a tomar parte de um banquete e da abertura oficial das tumbas de um dos meus colegas. Estou num aperto aqui, pois a teimosia de seu pai me deixou de pés e mãos atados. Pelo menos fico feliz de saber que não existe solvente mais forte do que seu amor. Sei que você, neste momento mesmo em que escrevo, está conduzindo seu pai de volta ao caminho certo.

Meu amor, já está ficando um pouquinho tarde e voltei a este mesmo ponto afastado para anotar meus pensamentos do que acabei de ver, antes de voltar para Deir el Bahari e meu próprio trabalho, que urge, embora meu ferimento faça com que eu me mova devagar. É importante observar esses eventos simplesmente a fim de mostrar a você, um dia, quando tudo isso for esclarecido, o tipo de pessoa que tanto confundiu a lealdade e o julgamento de seu pai. Nada! Não há nada nesta descoberta de Carter que deva dar a um homem um minuto que seja de inveja ou de confusão. A preocupação de seu pai é positivamente cômica agora que vi o "esplendor" de Tut-ankh-Amen.

Além de Merton, do *Times*, e de outros jornalistas se estapeando por uma refeição grátis, lá estavam Carter, o conde e sua filha, uma procissão de paxás, lady Allenby, Engelbach, do Serviço de Antiguidades, o comandante da polícia local, Effendi, o inspetor de Antiguidades de Luxor e um verdadeiro catálogo de esnobes ingleses e suas esposas, uma das quais, uma tal de lady Prattlemuddle, pelo menos foi esse o nome que achei ter ouvido, trouxe seu *yorkshire terrier* consigo ao evento (uma coisinha doce porém incontrolável, sedosa, com uma coleira de couro preta) e depois começou a berrar feito uma cabrita quando o cão inevitavelmente disparou para algum lugar, sem dúvida para encontrar um almoço mais apetitoso do que aquele que nos ofereciam nas mesas compridas na cabeceira do Vale.

O burburinho no almoço era insuportável: todas as moças desafiavam umas as outras pelo domínio sobre os turistas. Por trás de seus broches de escaravelho feitos de diamente e ônix e sob suas tiaras de palha, elas cuspiam nomes de escavações umas nas outras, travando uma verdadeira batalha pela supremacia com histórias de visões autênticas de beleza intocada, testemunhadas apenas nas circunstâncias mais privilegiadas.

"Ora, é *claro* que você já viu o buraco de Ramsés VI, e as acomodações não são ruins se você tiver que morrer no Egito", uma dama admoesta outra, que ousara admitir que estava impressionada com a tumba de R6. "Mas os colossos de Ramsés II lá em Abu Simbel são imensamente superiores, se você quiser se dar ao incômodo de fazer a viagem até lá para ver arte de verdade."

"Não é mau, concordo", suspira uma terceira. "Dei uma olhadela neles. Ele era um sujeito atrevido, para se fazer retratar naquele tamanho imenso. E o escultor era lá um Michelangelo razoável. Mas existe algo de especial em ver apenas as obras-primas reconhecidas por especialistas, você deve concordar, que amortece o palato. Certamente, a *descoberta* de uma nova peça com seus próprios olhos e paladar é tão importante quanto a mera apreciação passiva, não? Certamente, é por isso que estamos aqui, os primeiros a ver este tal de Tut, embora eu cá duvide de que possamos esperar algo tão mágico quanto a primeira vez em que *tropecei*, sério, nos trabalhos em Tuna el-Gebel, as esculturas em vidro..."

"Feitas por um estudante ansioso demais. As obras-primas ocultas estão em Nuri e El-Kurru."

"*Maestrosidades*, é como que eu chamaria aquelas coisas. Sério, você precisa ir ao Sudão, mas vai precisar conhecer as pessoas certas para poder ser admitida. Posso mandar uma recomendação para você..."

"... aquele sítio onde o rei — como era mesmo o nome dele? — simplesmente lascou seu cartucho nos monumentos do camarada que veio antes dele? Não tinha o menor *fair play*..."

"... uma viagem de seis dias para chegar, mas o amanhecer de lá é diferente de qualquer outro..."

"... amanhecer? Astronomia não é *arte*, minha cara."

"Você devia ver o que estão encontrando na tumba de Atum-hadu", alguém acrescentou, e todo mundo ficou bastante curioso, como sempre fica quando o nome do grande rei é mencionado.

Por fim Carter resmungou seus comentários, e em seguida fomos todos escoltados numa procissão, três de cada vez, descendo os 16 degraus mágicos e entrando no buraquinho do Tut, onde andamos curvados por um corredor vazio e tivemos um vislumbre precioso de um depósito todo bagunçado, com uma série de coisas jogadas pelos cantos. Ouvi uma comparação daquele lugar com o depósito de uma ópera antiga, e por um momento me ocorreu o pensamento de que talvez o fraco rei Tut tivesse saqueado alguma tumba pré-existente, apagado o nome de Atum-hadu e escrito o seu próprio sobre ele. Era algo que se fazia com frequência.

"Mas que aroma pavoroso é esse?", pergunta a esposa de um funcionário público, e Carter tenta explicar que o ar da tumba tem 3.200 anos de idade, mas também percebo que minhas bandagens necessitam ser trocadas, e posso fazer isso sem nenhum alarde. Saio.

Margaret, o coitado do Carter fez tolamente suas descobertas aos olhos do público e agora deve pagar o preço: um carnaval de chatinhos incomodando-o por todos os lados enquanto ele trabalha. Ele passa seus dias conduzindo amadores a uma tumba onde cada passo que você dá precisa ser considerado cuidadosamente, onde cada respiração que você exala adiciona uma umidade mortal ao ar, polui o gesso delicado de uma caixa pintada ou a inscrição em uma parede, onde a manga solta de alguma grande dama pode raspar num item que, até que os conservantes sejam aplicados, pode literalmente se desintegrar ao toque, e uma dessas senhoras hoje estava até mesmo usando um colar de prata e safira, que balançava para um lado e para o outro e poderia ter caído ou raspado em alguma coisa quando ela se curvou para examinar mais de perto um detalhe daquele depósito do Tut. Excursões de fãs desajeitados, desinformados, fascinados! Coitado do Carter!

A câmara de armazenamento, esta tumba de Tut, a gente acaba se cansando de tanto ouvir falar nela. Vê-la, depois de toda a conversa dos nativos e dos jornais, não foi impressionante. Sim, a imprensa disse a verdade nos *substantivos*, mas não nos *adjetivos*. Ouvi o *Times* chamar as rodas de carruagem de "assombrosas" e o ouro "estonteante" e as estátuas "magníficas" e a tumba propriamente dita "diferente de qualquer coisa jamais vista nesta terra". Não é verdade, simplesmente *não é verdade*, Margaret, é apenas um aposento atulhado sem lógica ou história, apenas um aposento cheio de bugigangas que saltam aos olhos, e, naturalmente, o turista sem treinamento faz *ohs e ahs* e praticamente deixa cair suas próprias joias ao ver essas relíquias semipreciosas, mas, a não ser para o olho do especialista, eu realmente sinto uma certa pena de Carter e uma sensação generalizada de *nojo*, como se eu tivesse sido forçado a comer doces e mais doces e mais doces no calor mais abrasador. Havia uma peça em particular, uma cama enorme com cabeças de leão esculpidas nos pés, e eu podia até mesmo ouvir a voz do meu caro Hugo Marlowe rachando de rir com a cafonice da coisa. O trono com um espaldar em baixo-relevo de ouro, aquelas jarras de calcita e alabastro esculpidos naquela androginia neurótica, exagerada, decadente e obesa da XVIII Dinastia. É claro que eu fui gentil para com o pobre Carter, cumprimentando-o, mas vi em seu olhar uma sensação que lhe era nova: meu amigo estava sentindo uma ligeira vergonha por toda aquela produção, sentindo que havia atraído a atenção do público pelos motivos errados.

Estou de partida para meu próprio sítio agora, Margaret, minha obra, meu enigma, minha descoberta gloriosa. Tudo por você, meu amor.

Diário: Atingir suas realizações *apesar* de suas condições, não graças a elas, eis a questão. Atum-hadu entendia isso, e é aí que a questão se torna mais cômica do que trágica, onde o caráter indelével do homem movido pelo seu próprio poder é muito mais forte do que qualquer desafio que o Destino lhe possa lançar, e onde se torna animador e engraçado vê-lo superar tudo isso.

A título de humor: Amr havia partido quando voltei do "espetáculo" de Carter, embora o rapaz tivesse feito um belo trabalho em minha porta temporária. Chamei por ele, mas de dentro da tumba emergiu, em vez dele, um furioso Ahmed. Ele havia mandado Amr para casa, me disse que não esperasse o retorno dele, por isso posso apenas imaginar as ameaças que esse bruto deve ter feito ao pobre rapaz. Ainda restava aquela questão dos salários atrasados para Ahmed, pelo qual tenho uma certa simpatia, e por isso perdi meu valioso tempo de trabalho tentando explicar a situação, lembrando-o gentilmente de seus fracassos em nossa barganha, e da dificuldade de pagar todo o dinheiro hoje.

Ahmed se jactou de sua paciência. Ahmed se enfureceu, Ahmed ameaçou. Mas não havia dinheiro, portanto ameaças de nada valiam. Então Ahmed

ofereceu outra solução: ele me deu uma marreta. Eu teria feito qualquer coisa para fugir disso, teria pago qualquer quantia para ele, mas não tive escolha. Forçado pela insistência dele, abri a Porta C, e cada marretada vibrava impiedosamente pela minha perna abaixo e pela minha cabeça acima, passando pelo meu coração partido. Ahmed correu à
minha frente — não consigo crer que estou pondo no papel este acontecimento lamentável. Ele emergiu balançando a cabeça. Jamais esquecerei: "Minha decepção é profunda, Inglês." Não satisfeito, ele exprimiu sua fúria da forma costumeira para o homem primitivo. A maior parte de seu ataque consistiu de chutes em minha perna ferida, mas também de socos na cara, e chutes nas minhas costas quando caí no chão. Mas ele não prosseguiu em sua destruição, graças a Deus, além daquela porta. A ganância cega, você sabe, e por isso ele não se deu ao incômodo de abrir o Grande Portal, que ainda aguarda minha atenção e meu amor, e que irá recompensar meus sacrifícios.

Então, que seja. Lavo meus ferimentos da melhor maneira que posso, coloco bandagens onde necessário. O porco roubou um dos meus gramofones quando foi embora — o Columbia Favorite.

Colocando as circunstâncias de lado, hoje abri a sétima câmara da tumba de Atum-hadu.

(FIG. G: AS PRIMEIRAS SETE CÂMARAS, 29 NOV., 1922)

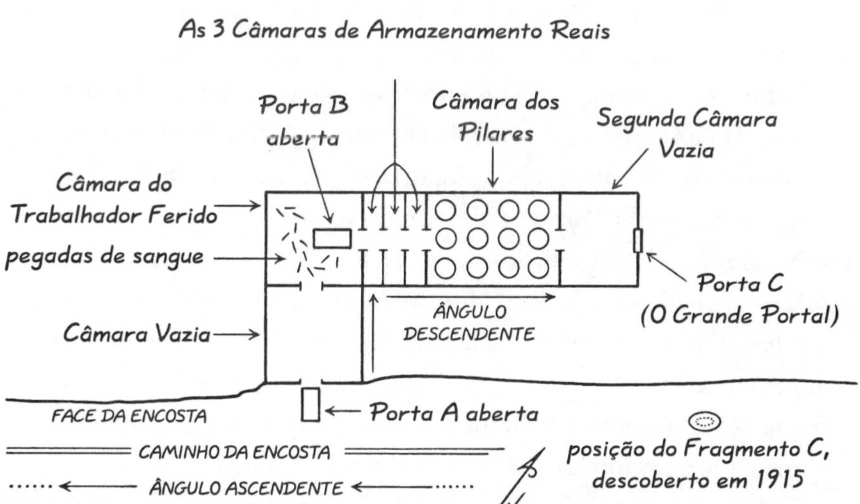

O resto precisa esperar até amanhã, a descrição desta nova câmara, que é notável de uma dezena de maneiras diferentes. Coloquei uma cunha para fixar a porta que Amr pôs no buraco da frente.

O banco me decepciona. O correio me entrega um cabograma incompreensível, como uma piada. É uma piada, ou, no mínimo, um trote para pegar trouxas.

CABOGRAMA. BOSTON PARA RALPH TRILIPUSH, LUXOR, 29/11/22, 10H27. COMPROMISSO CANCELADO, SUAS MENTIRAS REVELADAS. NÃO ENTRE EM CONTATO COMIGO NUNCA MAIS. M.

Eu podia responder, mas quem estou respondendo, o autor deste "cabograma de Margaret"? Minha cabeça dá voltas e mais voltas quando penso nos crimes e traição dele. Ele merece um castigo digno da imaginação do grande rei.

Meus gatos lambem as feridas provocadas por Ahmed e Finneran. Por que o Destino insiste em nos escalar em papéis tão pouco originais, tão medíocres, quando tanto mais seria possível? Minha própria autoescalação teria sido — ainda poderia ser — bem mais interessante, mas, não, preciso ser tomado pelo que quer que o finório Finneran possa pintar em figuras de palitinhos e cores vivas. Ele não pode se dar ao luxo de cobrir uma expedição ao Egito que não produza instantaneamente tesouros e barris de safadezas para suas necessidades, e assim precisa me trair e inventar histórias a meu respeito para envenenar o amor de sua pobre filha, mantendo-a semiconsciente e abobalhada enquanto ele se satisfaz com sua guardiã nórdica. Ó, juízes do Mundo Inferior, pesai meu coração em vossas balanças, lede cada segredo seu inscrito em fibras escarlates e vasos cinzentos inchados, cada pensamento oculto que jamais tive. Vós não podeis ler ali que eu a amava, a amava, *apesar* do dinheiro do pai dela? Tenho certeza de que um usuário cínico de pessoas como Finneran diria que Margaret não produziu para mim o que eu dela esperava, não veio equipada com uma fortuna sem fim para colocar à minha disposição. Suponho que essas pessoas diriam que eu deveria esquecê-la agora, revelar que meu amor por ela era somente uma fraude. E é verdade, de onde estou, que Margaret merece uma parcela da culpa por meu calvário. Conforme se descobriu depois, ela não lubrificou as rodas financeiras dessa grande escavação, nem tampouco estamos inteiramente garantidos de que a fidelidade dela manteve seu vigor durante minha ausência.

Se eu estava "dando o golpe do baú" quando me interessei por ela, ou ela fez isso? Não vou negar que a primeira coisa em que pensei foi na riqueza dela. Não, eu *preciso* negar isso: não poderia ter sido meu primeiro pensamento, já que eu não sabia da fortuna da qual ela era herdeira até muito depois. E, assim, a primeira coisa em que pensei foi em sua beleza. Não, isso também não foi verdade, pois, por muitos padrões, Inge é mais adorável. Meu primeiro pensamento, conhecendo-me, foi de piedade: uma jovem carregando um fardo de alguma espécie de exaustão física, envergonhada de sua condição, em uma palestra pública sobre um tema notório, não conseguindo ocultar sua enfermidade, indo até o palco para se apresentar e cumprimentar o palestrante, afirmando ser uma estudiosa amadora do Egito e... não. Não, não consigo dizer que tivesse sequer reparado na enfermidade dela. Não desejava o dinheiro dela, nem sua beleza, nem sua fraqueza. Ela me fazia rir.

Eu pegaria um navio e iria até ela hoje mesmo, provaria meus sentimentos por ela, mas não posso deixar este lugar até que meu trabalho esteja feito, minha descoberta completa e reconhecida. Ela, certamente, não voltará para mim se eu chegar quebrado e de mãos abanando; se eu não for seu explorador inglês, então nada serei para ela. Nada e ninguém espera por mim em Boston sem Atum-hadu enrolado e nobre em lençóis dourados, as últimas câmaras da tumba.

Eles foram deuses por uma boa razão, esses gatos que pagam a lealdade e a compreensão. Maggie, a beleza laranja, é toda gentileza, assim como sua xará, que não quis dizer o que aquele cabograma dizia. Ela não escreveu aquele cabograma, ela nem sequer viu aquele cabograma.

15 nov.

Meu, todo meu, querido Ralph,

Ontem recebi sua carta de 19 de outubro. E ela me fez ficar tão triste! Sinto tanta saudade de você! E, é claro, há apenas quatro dias o cabograma me trouxe a grande notícia de sua Descoberta. Papai mostrou-a para mim, e tive tanto orgulho de você. Ambos tivemos, claro.

Li sua carta novamente agorinha mesmo. Não sei o que escrever e estou muito triste. Estou chorando enquanto leio sua carta adorável, cheia de preocupação comigo, o que, receio, eu não mereço. Isto é muito absurdo *da minha parte agora que tudo está indo bem, não é?*

Papai, finalmente, perdeu a paciência e mostrou ao xereta a porta da rua outro dia. Eu não ouvi como foi, e quando perguntei a papai o que aconteceu, ele só me disse para ir embora, e não foi muito gentil. Papai está sob uma pressão terrível, sabia? Ele nunca me conta uma palavra sequer a respeito, não quer que eu me preocupe, mas você precisa perdoá-lo se ele, às vezes, fica zangado ou ouve mentirosos como o xereta ou aquele professor, seu chefe, o alemão. Ele veio até a casa no mês passado para falar com papai sobre dinastias e fragmentos, você, Oxford e o diabo. (E, além disso, será que devemos confiar nos alemães agora? Eu não, meu querido, não depois de tudo o que você passou na Guerra.) Ralph, você sabe que eu nunca ouço essa gente. Eu sei exatamente quem você é, e eu o amo do alto de sua cabeça até a ponta das suas botas empoeiradas, e sempre vou amar. Você sabia disso? Você simplesmente precisa acreditar em mim, você precisa. Sem você eu estaria tão perdida! Eu guardo seu cabograma que diz que Ferrell é mentiroso debaixo do travesseiro.

Mas você provavelmente já ficou sabendo que o Magazine Fino do Finneran está passando por certos problemas. Eu já percebi, e papai anda muito preocupado ultimamente, e J. P. O'Toole me conta algumas coisas. Então seu maravilhoso sucesso é ainda mais importante para todos aqui, e eles estão ainda mais orgulhosos de você, quase tão orgulhosos de você quanto sua Rainha. Espero que esta notícia não seja alarmante para você, nem mude nada sobre a maneira como você vê papai, ou nós. Mas eu sei que você não é desses. E não é tão sério assim.

Você é tão bom e gentil por ficar preocupado com Inge e minha medicação e me ver saudável para o dia do nosso casamento. Por favor, não se preocupe. Tudo vai dar certo. Só saber o quanto eu significo para você e o quanto é importante que eu esteja saudável é o bastante para fazer com que eu fique saudável e me manteenha assim. Eu simplesmente vou me manter bem por amor a você, e assim você não vai precisar se preocupar nem mais um instante comigo. Já posso sentir isso acontecendo. Eu posso fazer isso por você. Qualquer pessoa poderia fazê-lo por um homem como você.

Você está vindo para casa, e aí eu não ficarei tão aborrecida, e é isso o que normalmente me faz pensar em sair para a cidade. Está decidido: não vou sair nem sequer uma vezinha mais.

Penso em você sempre que estou acordada e consciente. Você sempre disse que é guiado pela ciência e pela dedução, não pela paixão. Lembra-se de ter dito isso quando caminhávamos à beira do rio? Mas todas as evidências dizem que você não deveria me amar, seu arqueólogo. Mas você ama. Então, juro que ficarei melhor para você, merecerei você e farei com que se sinta recompensado. Vou ficar melhor a partir de agora. Pronto!

Volte a me escrever em breve, e sobre nosso casamento, fale-me sobre nosso casamento e todos os anéis e coroas de ouro que você está encontrando nas areias, fale-me de Trilipush Hall em Kent e de quando iremos conhecer o rei da Inglaterra — um rei vivo, sabe como é, é melhor do que um rei mumificado, no fim das contas.

Sua eterna rainha,

m.

Terça-feira, 30 de novembro de 1922

Margaret: Margaret, meu amor, um dia você vai querer saber tudo sobre isto, a ordem dos acontecimentos da forma mais precisa que pudermos reconstruir. Portanto, a primeira coisa, nesta manhã, o dia depois do qual você "rompeu" comigo, eu saí cambaleante do correio. E, naturalmente, a correspondência de hoje traz uma carta sua, com data de 15 de novembro, e me faz rir, é a coisa mais doce. Enviei-lhe um cabograma na mesma hora, minha querida, graças a Deus que os cabogramas existem para esclarecer desentendimentos completa e definitivamente do outro lado do oceano. Agora tudo está claro. Nosso amor permanece inabalado. É claro: seu pai está em dificuldades financeiras e não consegue admitir isso para mim, o pobre coitado! É claro! É claro que isso o deixaria envergonhado e preocupado com a integridade daqueles que o cercam, e ele me testaria enviando-me aquele falso cabograma. E o que foi que aprendemos? Eu amo você não importa o que aconteça, não importa.

Isso explica tudo, e só sinto pena de seu pai hoje. É pensando no melhor, meu amor, que meu relacionamento com seu pai seja separado da questão de financiar a expedição, especialmente agora, quando ele está sob pressão. Fui presenteado com um provável novo mecenas aqui, então tudo está acontecendo da melhor maneira possível. Você fez muito bem ao seu pai quando nos apresentou, e eu retribuirei liberando-o de suas dívidas para comigo. Nós encontraremos uma solução para isso tudo, desde que eu e você continuemos juntos. Estou tão aliviado, meu amor. A noite passada foi insuportável.

Vou voltar ao sítio amanhã, mas hoje preciso refletir sobre tudo o que descobri até agora. Carnarvon vai precisar compreender meu sucesso antes que possamos prosseguir como sócios. Preciso concentrar minhas energias depauperadas em deixar meu trabalho até o momento mais claro e organizado possível para meu potencial novo financiador. Margaret, não posso lhe oferecer prova maior de amor do que esta: lorde Carnarvon irá assumir a responsabilidade de financiar a expedição para a tumba de Atum-hadu, e *você* ainda será minha esposa. Você e CCF não podem mais ter nenhuma dúvida depois de ouvirem isso. Hoje são 30 de novembro de 1922, 11h15, e meu amor por você é uma rocha indestrutível.

Diário: Algumas horas de consideração e planejamento, lá fora ao sol, tomando chá adoçado. Após o almoço, agora me sinto capaz de voltar a pensar no estado do intrigante legado de Atum-hadu. Uma apresentação teatral acabou de começar, uma imitação modesta de cabaré que vi no Cairo há muito tempo. As garotas acenam com a cabeça enquanto moedas caem aos seus pés calçados em sandálias, os tambores soam e flautas esquisitas tocam, e os véus caem como folhas balançadas por uma suave brisa de outono.

Lição de historiografia: Compreender o relacionamento entre uma vida (complicada) e um relato posterior (simplificado) desta vida, usando o caso de Atum-hadu. Podemos imaginar nosso próprio futuro arqueólogo fazendo uma grande confusão com isso. Tentando explicar isso, ele enche e preenche onde precisa, e todas as suas nuances e detalhes — o que é precisamente que fazem de você o que você é — estão perdidos ou imaginados, substituídos pela nuance de seu cronista. Seu comportamento virtuoso, sua generosidade, bravura ou atos de gratidão humilde — se não houver registro disso, não aconteceu. E se, em vez disso, houver um registro de alguma outra coisa — um lapso momentâneo, mentiras bem registradas de um rival persistente, uma coleção unilateral de cartas de uma amante zangada, a confiante e errônea impreensão de um detetive sobre um dossiê manchado —, o que seu infeliz escavador dirá a seu respeito?

E é por isso que se deve tomar cuidado ao deixar a própria verdade para trás, honesta porém sem ambiguidade, as pontas soltas cortadas: as *Advertências* de Atum-hadu, por exemplo, ou este mesmo caderno de notas, seja qual for o resultado de meu trabalho.

Quando nosso escavador, nosso biógrafo esclarecedor, vier nos buscar — como certamente esperamos que ele venha —, quando ele registrar a crônica de nossa vida e simplificá-la o bastante para que o leitor menos atilado apreenda e se lembre para sempre, como podemos fazer para ajudá-lo antecipadamente? Como podemos fazer para ajudá-lo a saber quando parar de escavar e começar a escrever? Onde fica o centro de nossa vida, o núcleo de nosso caráter, com todos os detalhes extemporâneos erodidos? Debaixo de uma camada existe outra e mais outra, cada qual debaixo de véus e mais véus de seda, de poeira e mais poeira, atrás de uma porta e de outra, e depois um sepulcro e um sarcófago externo e um interno, a cartonagem e a máscara de ouro da cabeça, as bandagens de linho e depois... um esqueleto negro recoberto por pele repuxada e quebradiça, intacto, mas sem cérebro, fígado, pulmões, intestinos, estômago. É *esta* a verdade? Ou será que nós, em nossa pressa para chegar a esta "resposta", passamos direto pela verdade humilde, a derrubamos e a cobrimos com a poeira de nossas escavações apressadas?

Penso que, antes de mais escavações, que são lentas e custam caro, a tumba, conforme se encontra agora, merece um exame mais cuidadoso, um inventário detalhado de meu progresso apressado até o momento.

Eu subestimei a quantidade de tinta e papel de que vou precisar para copiar as ilustrações mais extensas da tumba, a escada de que vou precisar para ler e copiar as fileiras mais altas de inscrições hieroglíficas. Então, estou saindo agora para buscar os suprimentos mais recentes, com os meus recursos quase chegando ao fim, e depois vou dormir com os gatos reais.

Esta é a minha última noite em uma cama macia por um bom tempo, pois, com esta próxima fase da escavação, faz sentido que eu durma no sítio. Amanhã me mudarei da *villa*; ela é um fardo agora. Preciso pensar num plano para tomar conta dos gatos.

No dia seguinte, 30, as coisas haviam ido de péssimas para terríveis em pouquíssimo tempo. Seu tio-avô não estava bem: alternava subitamente momentos de fúria e gritos com períodos de silêncio que eram tudo menos calmos. Eu raramente o vira beber antes, mas agora ele estava na maior água. Obviamente, não havia dormido. Eu já tinha visto homens na situação dele antes, Macy, e é interessante como todos se parecem. A pressão faz coisas previsíveis com os homens, foi isso o que aprendi. Só existem realmente duas ou talvez três reações humanas a uma grande pressão. Eu já vi todas.

Na noite anterior, Finneran fez como eu o aconselhara e enviou o cabograma rompendo com o noivado de Margaret e Trilipush. Hoje, Trilipush havia respondido, e de modo acalorado. Isso me intrigou, tenho de dizer, pois eu não achava que Trilipush ainda se importasse com isso a esta altura, já que ele havia conseguido o que queria da família e portanto Margaret não poderia mais constituir interesse para ele, e eu estava pronto para segurá-la quando ela caísse, mas os planos de Trilipush eram evidentemente mais profundos do que eu conseguia ver, e ele não se comportava de forma alguma como se estivesse gostando de perder a noiva. Não, em resposta, ele enviou um cabograma nem para Finneran nem para Margaret, mas para *O'Toole*, e o irlandês enviou, sombrio, esse cabograma para Finneran ler e suar. O cabograma de Trilipush dizia assim: O'TOOLE. PARABÉNS POR NOSSA BOA SORTE MÚTUA. SUPONHO QUE FINNERAN TENHA LHE DADO AS ESTIMATIVAS DO RETORNO FINANCEIRO FINAL. UM EXCELENTE LUCRO PARA NÓS TODOS. O'Toole havia rabiscado no final do cabograma, a lápis: "É de fato uma boa notícia, CC. Apareça aqui e traga a contabilidade."

Trilipush sabia exatamente onde atirar. "Ele está tentando me matar", Finneran gemeu, mostrando-me o terrível cabograma. "Eu havia acabado de dar a O'Toole ontem a notícia de que a expedição havia sido um fracasso." Mas Trilipush ainda não havia terminado: uma hora antes, um repórter de um desses tablóides de escândalos tocou a campainha de Finneran. "Você pode imaginar?", Finneran gritou enquanto me contava a história. "Um escrevinhador do *Boston Mercury* apareceu aqui porque receberam um cabograma anônimo dizendo que sou um colecionador de arte pornográfica e que eu queria falar sobre isso para a imprensa. Ele está brincando com a minha reputação, em minha cidade. Eu vou estrangular esse sujeito", ele rugiu, derramando sua bebida na mesa. "E o escritório do cardeal ligou. O cardeal. De Boston. Meu cardeal. Um príncipe da Igreja. Seu escritório havia recebido um *cabograma perturbador*, eles disseram, provavelmente uma piada de péssimo gosto, eles disseram!"

Eu ouvi tudo com educação; ataques desse tipo não são nada para mim, Macy. Eu sou um profissional e já vi isso tudo antes. Mas, neste caso, eu também estava envolvido. "Será que alguém já contou isso para Margaret?", perguntei, voltando aos assuntos importantes. A raiva de Finneran se dissipou, e ele desabou em sua poltrona. "Ela está um trapo. Eu disse a ela que ele a usou, que ele nos usou, brincou com ela pelo meu dinheiro. Ela ficou fora a noite toda. Inge está com ela lá em cima agora. O que é que eu vou fazer?", resmungou ele, passando as mãos pelos cabelos, puxando o colarinho. Eu não senti muita pena dele, Macy. Ele fora avisado muitas vezes, mas não quis ouvir. Ele queria posição social e dinheiro fácil para pagar as dívidas que tinha com homens muito maus, mas em vez disso arrumou foi um vigarista, perdeu sua reputação e a felicidade de sua filha nessa barganha. Eu não podia fazer nada por ele.

Ele olhou o relógio de pulso, pegou caneta e papel para escrever, fez um gesto para que eu me retirasse da sala. Deixei-o mastigando a ponta da caneta, balançando a cabeça, ainda no estágio em que um homem condenado espera que tudo isso não passe de um sonho.

Subi para o segundo andar da mansão Finneran pela primeira vez. Conversar com Margaret era impossível; Inge colocou-a para dormir. "Ela estava histérica", disse a *viking*. "Ela está se ajustando a uma medicação nova." Inge me deixou entrar no quarto para vê-la, mas não era possível acordar Margaret. Não posso sequer imaginar o que Inge tinha dado a ela. Os demônios que administram o Crepúsculo Sobre a Baía também dão coisas fortes para os mais difíceis aqui, um tranquilizante para cavalos, acho eu, quando os velhos idiotas percebem com muita clareza que foram deixados aqui para morrer e fazem um fuzuê por causa disso, ou quando os pancadas começam a gritar coisas do tipo "Estão invadindo a Turquia novamente". Deve ter sido uma coisa forte assim no caso de sua pobre tia, porque ela mal conseguia respirar.

Fiquei sentado à cabeceira da cama dela, esperando que ela despertasse, seus *rrrraros spaniels* tibetanos cochilando empilhados num sofazinho verde e branco do outro lado da cama. As horas se passaram, e o sol do fim de novembro se pôs cedo. Desci para ver como o homem da casa estava, mas, incrível: ele havia saído, nem se importou em me deixar no *boudoir* da filha quando a pele *dele* estava em perigo. Lá se ia a fachada do pai preocupado. Ele havia deixado cartas e outros papéis em sua mesa, incluindo uma carta para Margaret que encontrei, na qual ele pedia perdão por tudo, não era muito claro o que ele queria dizer com isso, disse que ia consertar tudo e que ficaria fora por um tempo, em breve entraria em contato com ela, que não se preocupasse, confiasse em Inge para tudo nesse meio tempo. Eu tinha minhas suspeitas de para onde ele havia ido, e eu estava certo: descobri que ele havia apanhado o trem noturno para Nova York naquela mesma noite. Um navio para Alexandria partiria no dia seguinte, 1° de dezembro. Eu conhecia bem a tabela de horários: havia reservado um lugar nesse navio diversas vezes em minha longa e hesitante permanência em Boston. Fiquei vagando pela casa dos Finneran, e Inge saiu uma ou duas horas mais tarde, provavelmente supondo que eu havia ficado por ali para vigiar a Bela Adormecida (ou guardar a prisioneira, dependendo do ponto de vista).

Algumas horas mais tarde, sua tia estava sentada, acordada, como se tivesse apenas tirado um cochilo rápido, e não um sono quase de morte à base de drogas. "Ah, é você", ela disse emburrada e me deu as costas para olhar pela janela. Ela me pediu o casaco, mas não olhou para mim quando eu o entreguei. Ela o vasculhou, ao mesmo tempo furiosa e grogue, arranhando os bolsos mas em seguida adormecendo por alguns segundos de cada vez. "Posso ajudar você a encontrar alguma coisa?", perguntei. "Cale a boca", ela disse, e finalmente descobriu o que estava procurando, uma coisa bastante pequena para segurar na mão fechada. "Deus o abençoe, JP", ela disse.

Macy, eu acabei de reler esta carta tão comprida. Levei todo este maldito dia para escrever sobre meu tempo em Boston, o que para mim está bem, melhor escrever esta história difícil do que participar da alegria forçada de

Natal que os desgraçados tentam nos empurrar esta época do ano. Especialmente porque, nesta noite, não é sequer a gangue de malfeitores costumeiros que dirige este lugar, mas os monstros raros que têm prazer em trabalhar no Natal, que não têm nada melhor pra fazer do que limpar a sujeira dos velhos, doentes e loucos e brincar conosco um pouco só por diversão.

Acho que mencionei em alguma parte aqui os três tipos de humor de sua tia. Bem, como chamar o terceiro? Talvez fosse uma parte verdadeira dela, ou, quem sabe, apenas um produto do ópio, ou, quem sabe, era alguma coisa a respeito dela, uma coisa que somente eu provocava nela. Fosse o que fosse, não era bonito. "Saia de perto de mim, você", ela gritou quando tentei lhe entregar um copo com água. "O que foi que você fez, Harry? O que foi que você fez? Saia de perto de mim, seu horrível... Me deixe em paz. Vou até o JP's." Mas ela não se moveu. Nem olhou para mim.

"Há coisas que você não compreende, que eu preciso lhe dizer."

"Ah, cale a boca. Nada é tão importante assim. Você já fez seu trabalho sujo."

"Isso não é justo." Tentei desesperadamente fazer com que ela me ouvisse, que visse que eu era um mensageiro contra minha vontade, e não a causa de seus problemas. Contei a ela que Trilipush havia traído sua família, havia apenas fingido que a amava, havia gasto o dinheiro de seu pai para conseguir o dinheiro dos outros, e agora ele estava fugindo com o ouro antigo que havia desenterrado, sem sequer pensar nela. "Ele usou você, ele não vai voltar para cá. Eu sei que na verdade você não se importa com ele, e seu pai forçou vocês dois a se relacionarem, por isso não importa."

Ela não encarou isso do jeito que eu havia esperado. Eu comecei a pensar — não sei o que eu havia começado a pensar. "Você não sabe de nada! Você não sabe de nada! Eu odeio você, você me dá nojo." E então ela começou a gritar pelo pai e por sua enfermeira, mas eu sabia que nós estávamos sozinhos na casa, e ninguém iria nos interromper. Ela sentiu a necessidade de me humilhar. Estava me chamando de alguns nomes realmente horríveis, empurrando as cobertas de lado como se elas a estivessem sufocando, insultando tudo em mim que lhe dava raiva. Eu tentei fazer com que ela ficasse quieta, por sua saúde, tentei impedir que ela se ferisse e jogasse coisas em mim, tentei dizer a ela como eu me sentia, que eu a amava e que ela estaria segura comigo, que ela havia escapado por pouco de Trilipush, e eu era um homem honesto que poderia lhe oferecer uma felicidade adequada.

Bem, alguns de nós não são feitos para o amor, é o que eu sei depois de uma longa vida, Macy, e ela — me dói admitir isso mesmo anos depois —, ela não parou e olhou para mim com espanto e gratidão, nada disso. Não, ela riu de mim, um som muito feio. Ela me espezinhou, e eu desviei o olhar, olhei para os dois cachorrinhos sentados no sofá branco com a padronagem verde de cenas campestres francesas: a leiteira e seu namorado de mãos dadas na floresta. Olhei para aqueles cães que me olhavam, curiosos, nos olhos, enquanto ela simplesmente não parava: eu não era nada se comparado a Ralph, eu não sabia nada, eu era um idiota, um monstro e um desgraçado, uma piada, perto de um homem como Ralph. Eu não era digno de pronunciar o nome de Ralph, não entendia nada. Eu era menos que uma piada, eu era patético e nojento e assim por diante. "Um australiano idiota é o que você é, Harry, seu burro horrível. Você é quem está espalhando essas mentiras. Você fez papai fazer isso. Mas suas mentiras não podem jamais atingir um homem como Ralph." E assim por diante, chorando e gritando, jogando travesseiros, bonecas e coisas de vidro em mim, repetindo que homem maravilhoso era seu assassino inglês, como ele era leal, verdadeiro, inglês e nobre, ao passo que eu era um pigmeu ruivo do mato que merecia que todos me cuspissem na cara. "E *você* me ama? Você me enoja, Harry."

Depois de algum tempo, eu me enchi e saí porta afora, e nunca mais vi sua família, sr. Macy. Aqueles cães ainda estavam sentados no sofá pintado, ainda olhando bem para mim quando saí, jamais afastaram seus olhinhos de juízes de mim. Dizem que todo herói tem um ponto fraco, então você viu o meu aí. Só fiz o que qualquer homem em minha posição teria feito, tentando conquistar o coração dela, sabe, uma garota daquele jeito. Eu fui um idiota, mas isso não é crime.

Vou colocar isso na caixa de correio para você agora e espero conseguir dormir um pouco. Você está recebendo estas cartas, não? Acho que me mataria se elas se perdessem no correio, ou se ficassem em uma pilha em sua mesa sem serem lidas. Eu me jogaria do telhado deste lugar, se achasse que você não está me ouvindo.

Feliz Natal, Macy.
HF

Sexta-Feira, 1º de dezembro de 1922

Diário: Passei a manhã mudando minha base da *villa* para a tumba de Atum-hadu, à medida que um trabalho mais intenso se aproxima. O corretor me ajuda a guardar determinados itens em um galpão. Detesto me separar de Maggie e dos gatos, mas vou tentar alimentá-los o máximo que puder quando for de minha conveniência atravessar o rio. É tentador levá-los comigo até a margem oeste, mas eles têm seus terrenos de caça aqui, tenho certeza disso, e não gostaria de desorientá-los.

Trabalhei para aprimorar a porta que Amr fez. Usei adesivos para cobrir a frente com pedras e areia, e cortei-a até que ela se encaixasse de modo preciso e invisível na abertura da tumba. Uma proteção eficiente e barata! Além disso, a antiga Porta A, que repousa em seus cilindros esmagados, infelizmente tinha grandes chances de atrair ladrões de tumbas, turistas, outra atração indesejada, e então deveria ser sacrificada; não era uma perda significativa.

Resumo de nossas descobertas na Câmara Histórica: As coberturas de ornamentação do teto ao chão das paredes e pilares da Câmara Histórica estão preservadas numa condição surpreendente. Cada superfície imaginável está coberta de textos e ilustrações. O texto é de hieróglifos da mais alta qualidade, todos escritos — para o meu olho treinado — pela mesma mão. Se me é permitido especular mais além, eu diria que esta mão pertenceu a um escriba de inteligência impecável, mas talvez não um escriba que veio por intermédio do preparo acadêmico reconhecido da época.

Os hieróglifos da parede incluem passagens das *Advertências*, extinguindo qualquer dúvida remanescente de que (a) Atum-hadu existiu e reinou; (b) ele é o autor das *Advertências*; (c) esta é sua tumba, ou como tal foi planejada. Uma tríplice coroa, que certamente levará Carnarvon a tomar rapidamente a decisão de financiar mais explorações neste sítio, ou outros sítios prováveis por perto.

E se as ilustrações que os acompanham não são da mais alta realização artística, se a composição delas é hesitante, se as faces não são tão icônicas quanto seria de se esperar das pinturas de tumbas do Egito Antigo, se os animais não são facilmente distinguíveis dos mobiliários, se aqui e ali a tinta parece ter manchado ou escorrido pelas paredes impiedosas da tumba, se o artista aparentemente não foi sequer treinado como artista, bem, só podemos dizer que os últimos dias da dinâmica XIII Dinastia foram duros, não foram os dias fáceis e tranquilos da flácida XVIII, e talvez a corte de Atum-hadu tivesse atributos mais vitais do que a pitoresca tranquilidade das dinastias *faux*-raônicas embriagadas de paz que serviram de epílogo para o grande drama de meu rei.

Por ora, espero levar, no mínimo, vários dias para completar uma cópia e tradução inteiras dos hieróglifos, e fazer anotações descritivas das pinturas. Depois que a câmara estiver inteiramente catalogada, convidarei lorde Carnarvon a examinar nossas descobertas até o momento antes de prosseguir pela Porta C adentro, o chamado Grande Portal, e entrar no provável tesouro da tumba, seu sepulcro e outras câmaras ou, quem sabe, Carnarvon e eu continuemos as escavações em outros locais, se no final encontrarmos esta tumba desocupada, com apenas a Câmara Histórica para identificá-la (como se tal descoberta por si só já não fosse notável o bastante).

(FIG. H: CÂMARA 6, A CÂMARA HISTÓRICA, ABERTA EM 23/11/22, MOSTRANDO A DISPOSIÇÃO DAS ILUSTRAÇÕES E DOS TEXTOS)

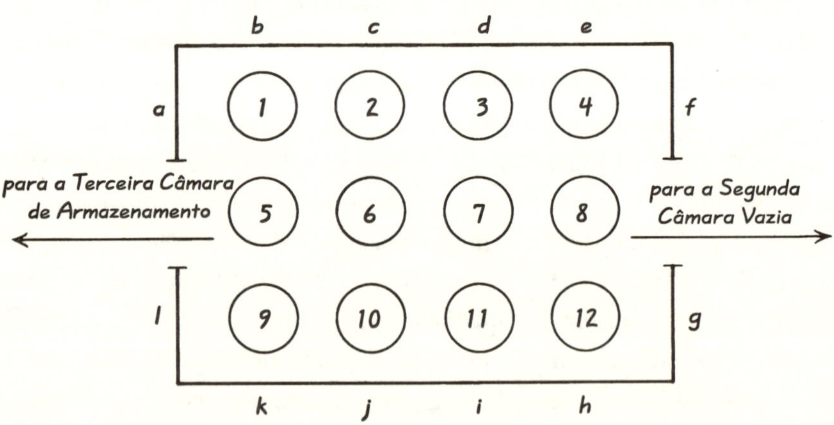

Cada um dos 12 pilares descreve um evento principal de cada ano do reino de 12 anos de Atum-hadu, uma extensão de tempo que agora foi concretamente determinada, graças a esses 12 pilares, e provavelmente ocorreram entre 1642 e 1630 a.C. Mais abrangentes que os pilares, cada uma das 12 pinturas nas paredes, com texto e imagem, uma parte da vida de Atum-hadu, desde sua concepção, passando pelo seu reinado, até o fim de sua vida terrena.

PAINEL DE PAREDE A: "O NASCIMENTO DE ATUM-HADU, ÚLTIMO REI DA TERRA NEGRA"

Texto hieroglífico: O título do grande rei era composto e será para sempre Hórus — Filho de Osíris e Set; o Homem das Duas Mulheres — Restaurador do Reino Perdido; Hórus de Ouro — o Amante Feroz de Ma'at; Aquele do Junco e da Abelha — Mão de Escriba, Touro Vitorioso, Peixe de um Deus; Filho de Rá — Atum-Está-Excitado. Mas o rei nasceu com seu nome oculto.

Ele nasce longe da capital, próximo às águas. A mãe [dele] é escolhida por sua graça, beleza e inteligência especiais para receber a semente de Set [deus da confusão e da desordem — RMT]. Com o verão no seu zênite, Set se disfarçou de pescador e se deitou com essa mulher. No momento em que despejou sua semente, Set revelou sua verdade, e a mulher viu sua cabeça de burro e ficou apavorada. Set partiu, e ela ia matar a vida que existia em seu ventre. Set deteve sua mão. Set fez os dedos dela se tornarem a pata de um animal. Set retirou da ingrata sua beleza, e ela se tornou uma idiota e seu nome foi em toda parte esquecido.

A mulher lavava roupas e bebia cerveja. Ela estava cheia de filhos de tantos homens quanto as estrelas no céu. Seu primogênito lhe perguntou quem era seu pai. Ela apontou para um pescador que lembrava Set quando este havia se disfarçado. "Este filho da vulva de uma prostituta é o seu pai." O pescador disse que não, que ela havia copulado com um burro e que seus filhos eram todos filhos de um burro.

Set viu o garoto crescer e o visitou. Set explicou tudo, e o garoto compreendeu. O garoto não fora feito por pessoas, mas por deuses e por ele próprio. Ele criou a si mesmo. O deus com quem ele mais se parecia não era Set, mas Atum, o grande criador de tudo, no momento em que o deus gerou a criação. Ele chamou a si mesmo de Atum-Está-Excitado, e Set foi até Atum-Está-Excitado e o louvou. Com um relâmpago cegante do disco solar, Set fez o garoto esquecer seu falso nome de nascimento de uma vez por todas, para sempre.

Naquela época, o sacerdote do templo de Amon era ciumento. Seus apetites o dominavam, e ele, muitas vezes, chicoteava o garoto como uma vitela a ser sacrificada, e todo o corpo do garoto ardia e ele jurou que o sacerdote veria seu próprio coração pulsar em uma fogueira alimentada por estrume de camelo enquanto Atum-Está-Excitado se deitaria com as irmãs e sobrinhas do sacerdote perante seus olhos ensanguentados.

Ilustração: Ilustrações extraordinárias: aqui vemos Set copulando com uma bela mulher sob o sol do meio do verão, sua cabeça no meio da transformação — metade burro, metade homem — no exato instante em que engravidava a mãe de Atum-hadu. E aqui nós a vemos com uma criança dourada em seu ventre transparente. Aqui vemos sua tentativa de socar a própria barriga com os punhos, e a punição de Set por esse crime, transformando-a em uma lavadeira feia e sem nenhum charme. Aqui vemos o garoto — lindo, de pele dourada — cercado por incontáveis outras crianças — baixinhas e morenas — enquanto sua mãe jaz bêbada. Aqui vemos o garoto tomado brutalmente ("sendo queimado") pelo sacerdote do templo. Aqui vemos o garoto ser visitado por Set. Aqui vemos o garoto aprendendo sozinho a ler e escrever, a caçar e pescar. Aqui o vemos se afastando da aldeia de pescadores e de sua família, e o garoto olha na direção do disco solar, onde Hórus e Rá o admiram em retribuição.

As ilustrações não são de uma precisão impressionante, pelos padrões de crítica de arte ocidentais, nem são típicas da arte egípcia, mas, ainda assim, como nos afetam!

Análise: Apesar de minha infância tranquila, os homens a quem mais admiro neste mundo são homens que venceram por si mesmos, uma descrição que parece se adequar ao rei.

Quando digo *que venceram por si mesmos* não quero dizer pobres que ficaram ricos. Falo dos homens que reuniram os fragmentos que apareceram para eles quando eram crianças abandonadas ou desvalidas e, então, com a força pulsante e criativa de suas próprias mentes, forjaram personalidades marcadas pela força e, o mais importante, pelo estilo. Esses homens criam personas que não trazem nenhum traço de suas heranças negras, nenhum traço de pais idiotas ou cidades poeirentas da infância, ou dos crimes cometidos contra eles, nenhum vestígio das privações (de dinheiro, de afeto, de alimentação, de amizade), nenhum vestígio de qualquer material fonte, mas, em vez disso, uma criação estética e prática, semelhante à de um deus em sua simplicidade e em sua completude. Simplicidade: tudo vem de dentro da cabeça dele, sem influência de pais, sem tradição de aldeia, nada que não venha da mente autocriadora propriamente dita. Completude: tudo deve ser criado, cada atitude, cada maneirismo, cada crença, valor e gesto estilístico. Nada herdado pode ser tolerado de um passado intolerável.

E no entanto — que grande ironia é nosso mundo — tais homens, frequentemente, não são honrados, ao passo que homens como *eu* — nascidos com amor, orientação, cada vantagem —, são. Eu admiro, talvez mais do que todos os versos, sua Quadra 24 (Fragmentos B & C):

Atum-hadu olha para trás e se deleita com a altura.
Atum-hadu olha para tudo o que superou com grande prazer.
Atum-hadu nada deve, ele não tem dívida para com nenhum homem,
E, portanto, agirá como nenhum outro homem pode agir.

Podemos facilmente imaginar o jovem compondo este verso pouco depois de descobrir que havia se tornado o rei do Egito.

Sobre o nome de Atum-hadu: Por baixo da mitologia tipicamente egípcia da história, encontramos dois detalhes de crucial importância histórica: Atum-hadu veio do nada e Atum-hadu deu seu nome a si próprio. A lenda não permite outra explicação. Ele não era de berço real, mas de berço camponês; no caos que marcou o fim da dinastia, uma ascensão como essa era possível. O título completo de cinco nomes do rei — que abre o texto e termina com o nome de "Filho de Rá" Atum-hadu (Atum-Está-Excitado) — é dado aqui pela primeira vez. Normalmente, o nome de "Filho de Rá" era o nome de nascimento do rei e era, não surpreendentemente, de tom real, que se dava a um nascido na realeza. Mas parece que, nesse caso, essa mente extraordinária que se elevou de um início humilde teve outro nome ao nascer.

Tem-se pena dele quando garoto, claro, contando a si mesmo histórias para dormir, criando esse sonho de um pai celestial. Uma análise de Atum-hadu obviamente se beneficiaria da moderna sociologia: nesses terríveis casos modernos de que se ouve falar, pesquisas revelam que existe tipicamente um momento crítico, a idade em que a criança percebe pela primeira vez a situação difícil em que se encontra, finalmente compreende seu relacionamento com sua mãe, por exemplo, e, logo, com o mundo inteiro. Esse momento é facilmente demais banhado em um sentimentalismo retrospectivo, como o de que fui vítima agora mesmo, anticlímax, mas na verdade não é preciso ter pena dessas crianças. Pelo contrário, veja os aspectos belos e heroicos: um garoto de 8 anos corre pela última vez para sua casa de pau-a-pique (pois deve ter havido uma *última* vez, soubesse ele ou não naquele instante), e ele grita com orgulho sobre alguma realização, ainda esperando (com os vestígios de seus instintos infantis de amor) receber elogios da dona da casa. Ele grita com orgulho que aprendeu a fazer isto ou aquilo, alguma coisa intelectual ou atlética. E recebe como marca da definitiva indiferença dela para com ele um tabefe ou um generoso xingamento marinado em álcool ou um mero silêncio de narizes escorrendo e vômito, enquanto novos meios-irmãos choramingam e defecam por todo o aposento. Como se um momento desses, na mente florescente de uma criança, fosse necessariamente trágico! Nem um pouco: por que supor que um momento desses representa uma porta se fechando e não o som igualmente barulhento de uma porta se abrindo? Como pode o ouvido não treinado perceber a diferença? Feche os olhos, e se, depois desse gemido de ranger os dentes, você sentir um sopro de inspiração ou de oportunidade, então você sabe. Como Atum-hadu aparentemente soube. Alguma coisa havia se aberto para ele, que ele escolheu recordar como uma visita noturna de Set.

A sociologia moderna mostra que as crianças mais brilhantes compreendem a significação desse momento, e sua adaptação a ele só pode ser denominada um *segundo nascimento*: um nascimento para a independência total, livre de quaisquer laços com ilusões, livre de qualquer ilusão de laços. Um nascimento no qual a criança se torna ambos os pais. Ela sozinha se recriará a partir daquele dia. Não pode haver a menor dúvida do que passou pela cabeça do grande rei quando ele escolheu o nome pelo qual o mundo mais tarde o conheceria: *o maior ato de criação irá começar agora, a criação de mim mesmo.*

E, naturalmente, é apenas através desse segundo nascimento superficialmente torturante que a pessoa é capaz de aspirar até ao *terceiro nascimento*, o que escapa à maioria dos homens, até mesmo homens que se fizeram a si mesmos (que não haja dúvidas das chances monstruosas em jogo aqui). O terceiro nascimento é o da *imortalidade*, no qual, após uma vida produtiva orientada unicamente pelos próprios instintos paternos da pessoa, seu nome é lembrado e amado para sempre, em um além-vida ou simplesmente em celebração de glória. Mas, se você for incapaz de achar o caminho de saída das desilusões infantis, se você continuar cometendo erros, fiando-se no amor de uma mãe, a merecida confiança do sacerdote ou do professor ou do empregador ou do amante ou do policial, a preocupação benevolente do rico pelo pobre, a alegre camaradagem e a lealdade para todos os momentos de companheiros de confiança, bem, então você está condenado a uma vida de infância. Você não terá uma verdadeira vida adulta, e nenhuma esperança de fazer uma realização digna de nota permanente.

Tudo isso torna Atum-hadu um modelo digno de estudo. Pois, se uma coisa está clara na Quadra 80 (somente no Fragmento C), é como a vida do grande rei ilustra tão de perto os princípios que acabei de ressaltar:

O coração da mãe se fecha para seu filho.
Ela não pode dar presente maior do que esse, embora ele chore e gema,
Assim como nós choramos em nosso leito de morte como uma donzela deflorada,
Mas é quando a porta de nossa tumba é fechada que nossa alma prevalece.

O deus Set, de cabeça de asno — sexualmente agressivo, trapaceiro, sedento de poder —, é retratado nessas paredes também como simpático e protetor, quase um cão de família, em vez de um burro. A mãe sem nome, o sacerdote, os vizinhos, são todos — até mesmo nos perfis restritos e exigências formais da arte egípcia, mesmo quando são pouco mais do que figuras de palitos vacilantes — visivelmente depravados e perversos.

Casa de Repouso Crepúsculo Sobre a Baía
Sidney, Austrália
5 de janeiro de 1955

Macy,

Tenho andado doente mais uma vez, não quero ser chato, velhos ficam doentes mesmo, e quem se importa? Além disso, eu esperava ter tido alguma notícia sua a esta altura, uma resposta à minha primeira carta, mas agora olho para o novo calendário que pregaram aqui, fotos do maldito oceano, e percebo que estou ficando impaciente. Mesmo que considerasse as melhores circunstâncias, eu ainda não poderia esperar ter notícias suas por mais alguns dias, suponho. De qualquer maneira, uma notícia qualquer, informando que você teve alguma sorte com editores ou pessoal de cinema, bem, isso ajudaria bastante na minha recuperação, parceiro. Estou me sentindo mais cansado que doente, não gostei muito de remexer em todas aquelas lembranças de Boston, eu já as tinha posto de lado há alguns anos, foi um banho de água fria no meu rosto e no meu peito depois de todo aquele tempo. Quando penso em sua pobre tia, encontrando a felicidade novamente depois daquele infortúnio, bem, isso alegra o coração, alegra mesmo. Mas saber que ela já faleceu, ainda jovem, faz com que eu me sinta velho. Não tive muitas amizades em minha vida, é um risco do ofício, você sabe, uma coisa para você tomar cuidado antes de se aventurar a entrar no jogo da detecção, Macy, um conselho que lhe dou de graça. Ela era uma ótima mulher, sua tia, e eu ainda espero ver uma cópia de seu histórico familiar quando isso acabar.

Vejamos. Eu desci. Eu tinha um trabalho a fazer, para ela e para outras pessoas. Sobre a mesa de Finneran estavam as anotações para ela e a enfermeira que eu já havia descrito, creio eu, bem como uma pilha de outras correspondências de entrada e saída, e um cabograma de Trilipush para Margaret, ainda tentando consertar as coisas, só para ganhar um pouco mais de tempo. Deixei tudo como estava.

A anotação de Finneran para Margaret mencionava que ele ficaria um tempo fora da cidade, e só levei metade de um dia (o 1º de dezembro) para confirmar que ele estava no vapor que partiria naquele mesmo dia de Nova York, a fim de chegar a Alexandria no dia 14. Nada havia para me manter em Boston por mais um dia agora, por isso passei o resto do dia 1º fazendo meus próprios arranjos de viagem, voltei ao meu hotel para fazer as malas. Eu estava um pouco para baixo, mais ou menos como me sinto agora, esperando voltar a ficar bem quando estivesse distante do inverno cada vez pior de Boston, perseguindo o caso na terra quente, mais caseira e australianada, do Egito. O fim estava próximo.

Bem, aí batem à porta do meu quarto: é J. P. O'Toole olhando de cima para mim, e ao seu lado um homenzinho perfeitamente redondo que reconheci de fotos de jornais como Heinz Kovacs, embora O'Toole não nos tivesse apresentado, e ele mal falou durante toda a nossa reunião. (Lembra do que aconteceu a Kovacs, acho que no final dos anos 1930? Chegou até a sair nos jornais da Austrália. Jesus, aquilo foi nojento.) Eles entraram sem a menor cerimônia, como se fossem donos do lugar, se sentaram nas cadeiras perto da janela, e O'Toole falou comigo em seu sotaque irlandês: "Você é um detetive, não é? Então temos um servicinho de detetive para você fazer."

Nós tínhamos novos clientes, Macy, e a primeira coisa que fiquei sabendo com eles foi o que levou Finneran a brincar de Sagrada Família e se escafeder para o Egito na escuridão da noite. Nos 18 meses anteriores, o homem havia passado para além da bancarrota, agora eu posso lhe dizer isso, vendo que a notícia certamente chega 30 anos tarde demais para impedir seu tio de se casar com minha Margaret! Sim, Finneran estava totalmente sem dinheiro, suas lojas estavam correndo risco de fechar, e, conforme eu havia deduzido, ele havia procurado O'Toole e companhia em busca de vultosas somas em diversas ocasiões, em termos bastante duros. Da última vez, ele os vendera para Trilipush e sua escavação egípcia à prova de falhas como uma forma de levantar dinheiro para pagar sua dívida. O'Toole e Kovacs haviam entrado no jogo, e chegaram até mesmo a *emprestar* mais dinheiro para que ele pagasse sua parte da expedição, quando seu crédito já devia há muito tempo ter acabado. E mais: "Nós colocamos dinheiro dos nossos bolsos nesse empreendimento", disse O'Toole. Mas agora, para "grande decepção" deles, o sr. Finneran havia partido para local desconhecido, deixando somente uma mensagem muito vaga de que pagaria tudo assim que voltasse, numa data muito vaga. Até ali eu havia entendido tudo, e estava esperando que fosse um simples serviço de rastreamento para nós, Macy: eles iam nos pedir que encontrássemos o endereço de um Finneran desaparecido, apavorado e de mãos abanando. O devedor furioso havia partido numa esperança desesperada de encontrar o desgraçado de seu futuro genro, de algum modo espremendo dinheiro das rochas, e agora atrás dele seguiriam os credores irritados, na pessoa da Tailor Inquiries Worldwide, filial de Sidney. Não era uma história nova, era um caso como outros com os quais eu havia lidado centenas de vezes antes, embora os detalhes deste especificamente me intrigassem. Era uma tarefa até bastante simples, já que meu itinerário iria para o Egito de qualquer maneira, e eu estava gostando de ter vários clientes pagando as despesas.

Tudo estava certo, mas eu havia perdido um porém. "O homem abandona sua própria casa e filha", O'Toole murmura, "para fugir e gastar sozinho seus ganhos escusamente adquiridos. É uma coisa desastrosa de se fazer, você há de concordar comigo."

"Ganhos escusamente adquiridos?" Ele deve ter me achado meio burro.

"Com certeza. Ele nos deve a maior parte do que o professor encontrou, está tudo legalizado, por escrito, não há nada de misterioso a respeito."

"Está tudo na letra da lei, diabos!", grita Kovacs, cuspindo saliva para toda parte, as únicas sete palavras que ele pronunciou ao longo de toda a reunião.

"Primeiro, sr. Ferrell", continua O'Toole, sem se abalar, "você vai descobrir com precisão o quanto nosso amigo, o sr. Finneran, já recebeu por conta dos procedimentos da escavação do professor, e você irá reportar isso para mim discretamente. Você me informará via cabograma onde o sr. Finneran está, e onde está o ouro, e vai aguardar minhas instruções, que serão explícitas."

Por esta eu não esperava, quase havia esquecido a possibilidade: O'Toole e Kovacs estavam inteiramente convencidos pelos cabogramas de Trilipush relatando grandes descobertas e a parte que eles levariam nisso. Eles tinham certeza de que havia *realmente* um tesouro, e Finneran já havia embolsado seus dividendos, os quais deveria ter utilizado para pagar suas dívidas, isso para não mencionar os dividendos de O'Toole e Kovacs. Mas, em vez disso, Finneran havia fugido para roubar tudo para si, é o que eles achavam. Até aquele momento, eu não havia me decidido quanto à existência de um tesouro de verdade: ou Trilipush o havia encontrado e estava planejando fugir com ele, ou jamais o encontrara e havia simplesmente apanhado o dinheiro de Finneran para melhorar sua aparência a fim de encontrar alguma nova vítima para roubar mais dinheiro, por sua vez, para compensar suas privações e suas propriedades inglesas. A questão de um tesouro *de verdade* pouco importava no meu caso de assassinato, mas O'Toole e Kovacs acreditavam piamente. Será que eles achavam que Trilipush estava mancomunado com Finneran, e os dois iriam roubar o ouro juntos? "Não seja idiota", disse O'Toole. "Para que Trilipush entraria em contato conosco se quisesse nos tapear? Não, o professor é que está nos dando a volta." O'Toole e Kovacs temiam algo pior que isso: que Finneran já tivesse recebido dinheiro a que não tinha direito e agora havia sumido para sempre ou que tenha ido ao Egito para roubar ainda mais dos lucros de O'Toole e Kovacs, matando Trilipush e levando tudo. "Nós não damos a mínima para o que acontecer ao inglês", admitiu O'Toole. "No entanto, se ele vier a sofrer algum infortúnio, então o número de sócios será reduzido a um, e nossa percentagem do produto final crescerá de acordo. Mas, para dar ao nosso Chester o benefício da dúvida, ele pode estar indo lá para garantir todo o bolo de algum modo que não ofenda a nós, sócios silenciosos. Eu até que posso entender isso, nesta situação, e que seja, já que isso significa que ele poderia se desincumbir mais de suas responsabilidades para conosco. E se esta é a honrosa intenção do homem, então tudo isto é louvável e está muito bom para nós, e ele pode voltar para casa em perfeita segurança. Diga a ele que eu disse isso, detetive."

Tivemos uma reunião peculiar, Macy, e as coisas que não foram ditas ficaram pendendo ali, no ar, densas como fumaça.

Segui para Nova York no dia 3 e peguei o vapor para Alexandria no dia 12. Senti-me renovado e mais forte a cada dia que passava. Deixar os EUA era exatamente o que eu precisava, e lembro-me de ficar em pé no convés, apesar da neve que caía no porto de Nova York, olhando mar adentro e sabendo que agora estávamos chegando ao fim, o fim da ambiguidade, o fim das mentiras e das verdades ocultas, da riqueza protegendo o mal.

Finneran havia pegado o dinheiro de seus sócios e colocado em sua própria conta para enviar ao Egito. O que havia acontecido com ele? Ele me disse que nunca o enviara. Será que ele mentiu? Ou ele havia enviado aquele dinheiro para Trilipush ou não. Enquanto isso, ou Trilipush havia encontrado seu tesouro ou não. Se havia, ou Finneran iria roubá-lo ou Trilipush já o havia feito, e Finneran estava tentando impedi-lo. Fosse como fosse, Trilipush estava em perigo imediato de ser morto por ninguém menos que Finneran e, ironicamente, eu era a melhor esperança para proteção de Trilipush. Finneran queria vingança, tesouro ou ambos — isso eu havia visto com bastante clareza. Mas eu não queria mais mortes no deserto, Macy, não eu. Sua tia merecia coisa melhor, e, além disso, os assassinatos de Hugo Marlowe e Paul Caldwell, assassinatos dos quais eu não tinha a menor dúvida, ainda tinham de ser solucionados, e eu não seria tapeado. A justiça e a verdade na pessoa de um detetive australiano e de seu jovem assistente americano estavam se aproximando do malfeitor. Será que eles chegariam antes que a mesquinhez da vingança e da ganância (na pessoa de um homem de negócios de Boston) se revelassem em todo o seu esplendor antigo e imortal?

Sábado, 2 de dezembro de 1922

PAINEL DE PAREDE B: "A ASCENSÃO MAGNÍFICA AO PODER DE ATUM-HADU, ÚLTIMO SENHOR DOS DOIS REINOS"

Texto: Atum-hadu — possa ele viver misturado com o corpo do deus e na companhia de Ísis por um milhão de anos — era forte e bravo. Ele fez de si mesmo um soldado no exército do velho rei Djedneferre Dudimose, que havia visto o Reino Baixo ser consumido por inimigos como os filhotes de uma tartaruga são ingeridos por um crocodilo extremamente preguiçoso. Estrangeiros do norte e do leste saqueavam. Homenzinhos perto da boca do Nilo se vestiam como reis do mesmo modo que crianças, mas matavam os que não brincavam com eles. As poucas vitórias nesse tempo vinham das pontas das flechas de Atum-hadu. Todos os que o viam sabiam que Montu [o deus da guerra — RMT] o favorecia.

Quando finalmente o general Atum-hadu parecia ter detido o milhão de inimigos, o velho rei convocou esse filho de Set. Atum-hadu foi a Tebas. A corte estava cheia de animais e acrobatas, mas não havia comida. As pessoas estavam prostradas, e não tinham desejos. Apenas medo.

Atum-hadu [penetrou] no palácio. Ele era belo, forte, e estava coberto de sangue da batalha. Foi untado com óleos, deram-lhe comida e bebida, e ele tomou uma jovem cujos braços e pernas lhe agradaram, e ninguém sabia se deveria lhe dizer que ela era a mais nova rainha do velho rei. Por trás de uma cortina, ela mostrou a Atum-hadu a cor de suas pernas, e ele ficou satisfeito. Um mensageiro levou Atum-hadu até o rei.

Ilustração: Os animais não estão maus, deve-se admitir, e mostram um certo aprimoramento no estilo em relação ao Painel A. As imensas ilustrações devem ter levado horas, se não dias, para serem finalizadas, e as habilidades do artista progrediram ao longo da extensão da parede; ele controla seus materiais melhor, respingando menos tinta. Eu atrairia o olho do turista para o retrato do jovem Atum-hadu, abraçando uma mulher com a fome de um guerreiro, e depois dando tâmaras para uma girafa. Eu apontaria para o carinho exibido em seu óbvio amor pelos animais da coleção particular do rei moribundo. A corte de Djedneferre Dudimose é retratada com grande cuidado, e a sucessão de estátuas, mobiliários, pilares com guirlandas de flores e outros enfeites do poder real é elegantemente conseguida. O divã com os pés de cabeça de leão esculpidos, no qual Atum-hadu toma a rainha vigente (com seu notável sinal de nascença), é uma maravilha de artes decorativas, como pintura propriamente dita e também como um dia deve ter sido em seu aspecto original (e talvez ainda seja assim em uma câmara que não foi aberta, ou em um anexo da tumba em alguma parte de Deir el Bahari). Os grandes colares de lápis-lazúli das mulheres da corte são descrições de joalheria da primeira ordem.

Análise: Temos confirmação do contexto histórico de Atum-hadu, pois ele vem depois de Djedneferre Dudimose, até agora reconhecido como o último rei da XIII Dinastia.

Diário: Cansado de minha tradução e transcrição. Coloco minha porta no lugar com a cunha e sigo cambaleante até a balsa. Correio, nada. Banco fechado — uma pena, pois estou esperando que O'Toole e os outros sócios possam assumir as responsabilidades de que CCF até agora descuidou. Alimento os gatos, embora agora eu precise me aproximar da *villa* com tanta discrição quanto a de que me valho para chegar à tumba. Volto ao trabalho depois de um triste e prolongado adeus a Maggie e aos Ramsés.

PAINEL DE PAREDE C: "ATUM-HADU É ESCOLHIDO PELO REI MORIBUNDO DJEDNEFERRE DUDIMOSE"

Texto: O velho rei, Hórus, residente no palácio, não podia se levantar. Ele disse: "General Atum-hadu, eu vivi 110 anos. Ao meu redor estão aqueles que anseiam por ser o rei, mas eu não sei dizer por quê, pois jamais haverá novamente alegria na terra negra. Não tenho medo da morte, Atum-hadu, mas temo que tudo o que recebemos seja perdido. Deve-se preservar a orientação para aqueles que poderão um dia restaurar nossa terra. Rezo para que haja tempo para que os escribas escrevam a glória de nosso passado e escondam os textos. Isto é tudo o que se pode esperar que o próximo rei realize, e até mesmo para isso se fará necessário o uso da força. Nenhum homem inteligente desejaria ser rei, mas somente um homem inteligente poderá ser bem-sucedido. Meus ministros não são inteligentes, e por isso eles armam esquemas para conseguir o trono. Atum-hadu, você tomará a filha da minha neta? Tome essa garota e nossos dois reinos e nosso palácio e nossa terra e toda a gente da terra." E Atum-hadu disse: "Eu os terei, rei, embora o senhor ainda venha por muito tempo a governar com saúde e vida." E Djedneferre Dudimose disse: "Ah, sim, claro, e crocodilos têm asas. Mas agora, falando sério, você irá derrotar os sacerdotes e ministros que desejam vê-lo cair?" "Eu os derrotarei." "E você, com sua força, irá preservar o que puder ser preservado da história de nossa terra antes que a noite caia?" "Eu o farei." "E você esquecerá todas as outras tarefas e prazeres para preservar e ocultar nossas glórias?" "Eu o farei. Farei tudo isso e mais, rei. Eu afastarei os invasores. Eu derrotarei os rebeldes no Delta. Eu tornarei os dois reinos inteiros e fortes no mar. Farei com que os deuses sejam venerados corretamente, como não são há muitos anos. Eu lhe darei muitos descendentes, e me certificarei de que seu nome seja cantado por todos." E Djedneferre Dudimose disse: "Não se esgote antes de ter ensinado meus macacos de estimação a atirar com arco e flecha. Agora pare de falar. Você foi cercado por inimigos desde que entrou em minha câmara. A não ser por sua futura rainha e meu Senhor da Fartura, que o apoiarão. Esqueça a glória, é tarde demais. Apenas lute para preservar a memória de nossa grande terra." E o rei foi tomado pela maldição da morte.

Atum-hadu convocou a corte. "O rei foi tomado pela maldição da morte", disse ele. "E olhai, perante vós, Hórus residente no palácio." E matou os ministros traidores. Ordenou que trouxessem papiros, e escreveu um verso, e disse aos escribas que eles deveriam escrever sobre toda a terra, mas somente Atum-hadu escreveria sobre Atum-hadu. Então o Senhor da Fartura caiu de joelhos e jurou lealdade. Então Atum-hadu tomou como sua rainha a filha da filha da filha do rei morto, e se atracou a ela e explorou sua gruta, e ficou satisfeito.

Setenta dias se passaram, e os Guardiães dos Segredos terminaram de preparar a múmia do velho rei, o grande Djedneferre Dudimose. Atum-hadu mandou todos embora e com suas próprias mãos levou a múmia do rei a um lugar secreto, e o enterrou com seus livros, tesouros e comida, e selou a tumba sozinho.

Ilustração: Alguns pontos de destaque. Temos aqui nas respostas do velho rei o que é talvez o primeiro exemplo de sarcasmo na história registrada, e se esta parede fosse mais generosa ficaria claro que o artista pretendia descrever o velho rei revirando os olhos ao ouvir os planos arrogantes de Atum-hadu, como se dissesse: "Faça isso, Atum-hadu. E me conte tudo a respeito no além-túmulo." Poderíamos também ver o pânico e a frustração do velho rei ao perceber que o jovem mancebo não estava levando a missão do rei a sério, mas, em vez disso, estava se preparando para assumir o poder por razões convencionais, sem levar a sério a tarefa histórica do último-a-sair-apague-a-luz. Infelizmente, o artista foi forçado a pintar nessa pedra irregular e cheia de furos, particularmente cheia de ressaltos aqui no Painel da Parede C, o que dificultou bastante o simples ato de desenhar os hieróglifos, e estava, sem dúvida, depois de todas essas pinturas e composições, exausto, faminto, sujo, com sede, com dor e nadando em fumaça.

Análise: Obviamente, não sei que anônimos escriba e artista decoraram estas paredes, e o minucioso trabalho de copiar os hieróglifos e traduzir as vastas inscrições em meu bloco de notas, tudo isso enquanto cuidadosamente faço uma dupla verificação com meus textos de filologia e o dicionário Budge, leva muito tempo, então não sei dizer o que ainda está por vir. Mas uma coisa eu posso dizer: para aqueles que não são especialistas, permitam-me esclarecer o que descobri até agora: a clara determinação da sucessão real no anteriormente difuso fim da XIII Dinastia, uma explicação para a última tumba do anteriormente discutível Djedneferre Dudimose, mais detalhes da vida do inquestionavelmente verdadeiro Atum-hadu, e uma explicação claríssima de por que a única prova escrita do nome de Atum-hadu havia anteriormente sido encontrada nas *Advertências* escritas pelo próprio rei. Carnarvon há de ser o segundo homem a entrar nesta câmara em 3.500 anos, e eu me regozijarei com a empolgação que ele sentirá com o que tudo isso pode significar!

Domingo, 3 de dezembro de 1922

PAINEL DE PAREDE D: "OS PRIMEIROS ANOS DO REINADO DE ATUM-HADU, ÚLTIMO REI DAS DUAS TERRAS"

Texto: Por dez inundações do Nilo, Atum-hadu fez valer sua arrogância. Os hicsos foram detidos.

Onde Atum-hadu reinou, negócios foram realizados, safras colhidas, deuses venerados, e os escribas fizeram conforme o velho rei instruíra e a noite permanente foi mantida a distância, e o palácio foi aceso não pelo fogo da guerra, mas pelo coração de Atum-hadu, senhor de todas as coisas, a encarnação de Hórus, mas também de Atum, e com sua própria mão ele recriou o mundo, para o prazer de seu povo.

Atum-hadu trouxe os homens malvados de sua juventude para que vissem seu palácio. Ele lhes mostrou a vasta quantidade de comidas. Todos permaneceram ali, famintos com o que viam, mas não lhes foi permitido comer, ao passo que Atum-hadu mordeu uma ameixa embrulhada num mapa do céu da noite. O rei deu aos seus visitantes uma chance de pedirem desculpas pela rudeza com que tinham tratado o rei quando era um garoto. Ao jantar, o sacerdote de sua infância foi esfolado como uma vitela e colocado sobre o fogo, e Atum-hadu perguntou baixinho para o homenzarrão, que chorava em sua agonia como uma criancinha: "Você está arrependido?" "Estou, estou, mestre." "E você pensa que seu arrependimento basta?" "Não sei, mestre." "Não basta. Você roubou algo que era meu, e não tem o poder para devolvê-lo." "Dizei-me, grande rei e senhor, como posso servir-vos agora?" "Você está sofrendo?" "Estou." "Este é todo o serviço que preciso de você." E Atum-hadu chamou as primas, as irmãs e a mãe do sacerdote, e isto surpreendeu o sacerdote, e na frente do sacerdote moribundo o rei fornicou com as mulheres da família do sacerdote em diferentes combinações, às vezes com choro e violência. Depois, a sina da morte acometeu o sacerdote, e depois de ordenar que sua carne fosse cozida, Atum-hadu removeu-o, sozinho, do fogo e cortou pedaços da carne do homem, que deu de comer aos animais da corte. O coração do sacerdote, Atum-hadu deu para os cães reais favoritos, para que o nome e o *ka* daquele homem para sempre fossem esquecidos.

Ilustração: A parede parece ter sido mais generosa aqui, e este texto é acompanhado por uma ilustração que mais uma vez mostra o gradual aprimoramento técnico do artista. Na mais impressionante das dezenas de cenas, o sacerdote — nu, esfolado, cortado da maneira mais brutal, sua forma musculosa indefesa agora contra o rei crescido e vingativo — soluça. O rosto de Atum-hadu exibe uma expressão de alívio, como se este exercício desse ao rei alguma paz.

Análise: Esta é uma passagem notável por dois motivos. Primeiro, se historicamente precisa, ela nos permite um vislumbre do homem interior, um homem atormentado até mesmo no auge do poder real, por sua sede de vingar a infância. Seus soldados foram enviados para buscar seus inimigos, e suas sessões de vingança (aparentemente mais de uma) foram coreografadas para fornecer a ele o máximo de prazer e aos seus antigos torturadores o máximo de vergonha e de dor. Segundo, a história propriamente dita era de tal importância para o rei que foi incluída como elemento de sua biografia ilustrada para ser levada com ele para o mundo inferior.

Por imortalidade devemos observar que a destruição do coração do sacerdote significaria que ele jamais poderia ser admitido no Mundo Inferior, onde o coração de cada candidato é examinado e pesado contra uma pena, antes de ser admitido. E, por uma questão de justiça, Atum-hadu se certificou de que o próprio nome do sacerdote nunca mais fosse pronunciado neste mundo, outra garantia de que a imortalidade era impossível para o cozido e fétido homem.

Diário: Cambaleei até a barca, o correio, o banco, alimentei os gatos. Correio.

Margaret, não silencie agora, imploro-lhe. Você deveria enviar algum cabograma, escrever, de algum modo me dizer que tudo está bem novamente. Um dia eu lhe contarei sobre a ansiedade em meu estômago todo dia em que não ouço notícias suas, durante cada minuto de dezembro em que você silenciosamente brincou comigo, recusando-se a aliviar minha dor com uma palavra sequer. Por que está fazendo isso comigo?

PAINEL DE PAREDE E: "ATUM-HADU E A FILHA DO SENHOR DA FARTURA"

Texto: Após dez cheias do Nilo [1632 a.C.? — RMT], Atum-hadu viu a mais bela de todas as mulheres. Ela o enfeitiçou, e ele viu nela o espírito de Ma'at nas formas de Ísis, a gentileza da mais doce das mães envolta nos trajes brilhantes e reluzentes de Hathor [deusa da lua e do amor — RMT]. Ele perguntou qual era seu nome e ela lhe disse que era a filha do Senhor da Fartura. Ela se aproximou dele. Nada lhe pediu, mas em sua magia ela acalmou o rei, apaziguou seu ventre, o fez dormir, apesar dos hicsos e das lembranças de sacerdotes.

Ela encantou seus olhos de modo tal que ele não conseguia olhar para ninguém senão ela, e todas as suas outras rainhas e todas as mulheres da corte choraram com sua ausência das câmaras e das grutas delas. Essas mulheres de quem ele não mais precisava encontraram outros homens na corte, e juntos os homens e as mulheres que amavam Atum-hadu formaram um grupo para competir com os sacerdotes oficiais, e eles chamaram Atum seu único deus, e o prazer sua única prática.

Atum-hadu tomou a filha do Senhor da Fartura como sua principal rainha. Naquela noite, ele viu a cor das pernas dela, e quando seu momento chegou ela gritou o nome dele tão alto que em toda a corte se fez silêncio, e ela gritou seu nome novamente, e novamente, e novamente, e em pouco tempo todos aqueles que haviam ficado em silêncio deram o mesmo grito da nova rainha e os salões do palácio ecoaram com uma centena de gargantas gritando seu nome com a voz do prazer: Atum-hadu, Atum-hadu, Atum-hadu, até que as paredes do palácio tremeram, e os cães de caça uivaram em uníssono.

Segunda-feira, 4 de dezembro de 1922

PAINEL DE PAREDE F: "ATUM-HADU IGNORA OS AVISOS DE SET"

Texto: Enquanto Atum-hadu dormia, os problemas se multiplicavam. Os hicsos se aproximavam. O tempo não era infinito, tampouco o ouro real, e o Senhor da Fartura nada tinha a oferecer. Set apareceu e disse: "O pai dela não é um Senhor da Fartura, mas um Senhor da

Traição. Não existem outras mulheres que possam ser suas rainhas? Veja, elas existem aos montes, são mais numerosas do que moscas nos excrementos de um hipopótamo, certamente haverá outra pronta para se destacar, com a pele reluzente, o pescoço de um ganso e nádegas firmes. Majestade Perturbada, por que resiste?" Atum-hadu chorou com as palavras de Set. Ele devia destruir o amor que o prendia. Revirou-se em seu leito, levou uma faca ao pescoço branco dela, e ela dormia em paz, e ele olhou para o rosto dela, e embainhou sua faca. Não acreditava no maledicente Set.

Ilustração: O mais intrigante nesta seção da parede, no meio das cenas da vida conjugal retratadas com carinho, é a imagem recorrente do Senhor da Fartura, uma figura porcina sempre espreitando logo além do alcance da visão do rei. Enquanto Atum-hadu toma a mão de sua rainha, o pai dela se esconde por trás de uma cortina e os espiona, lambendo os lábios. Enquanto Atum-hadu leva sua rainha para a cama e a abraça, o pai dela se esconde debaixo dessa mesma cama com pés com cabeças de leão esculpidas, seus mantos abertos, e faz de si mesmo uma grotesca (e uma miniatura engraçada) imitação de Atum. Enquanto Atum-hadu soluça ao lado de sua rainha adormecida, a faca caída no chão aos seus pés, o pai dela conspira às costas dele, falando com uma figura não identificada porém sombria. Bem ao longe, os soldados hicsos se agrupam em massa.

Não foi sempre assim, claro, e a Quadra 45 (Fragmentos A & C) descreve a confiança de Atum-hadu em seu conselheiro em dias anteriores, mesmo quando a guerra com os hicsos era iminente:

Quando dois Egitos são separados à força,
Gêmeos arrancados do ventre já frio de uma mãe morta,
Atum-hadu soluça e se contorce com a dor em seu coração,
Mas seu Senhor permanece impávido na penumbra.

Diário: Correio, banco. Será que CCF desceu tão baixo a ponto de impedir os outros sócios de me financiar? Gatos, correio. Não tenho mais formulários de cabograma pré-pagos, e só tenho condições de pagar um cabograma extremamente breve para Margaret. O abandono temporário da *villa* não é grande perda, a não ser em dias como hoje, quando meu estômago luta raivoso contra o Destino e eu sou o transeunte inocente que é o que mais sofre.

CABOGRAMA. LUXOR PARA MARGARET FINNERAN, BOSTON, 04/12/22. 4H13. PFVRDQMEAMASRMT.

Margaret: Você está me matando com seu silêncio cheio de farpas. Hoje eu lhe enviei um cabograma simplesmente pedindo que você diga que me ama. Haverá de chegar um dia em que você e eu compararemos nossos diários contemporâneos e eu lerei para você que no dia 4 de dezembro eu temia que tivesse perdido você para sempre, e você rirá de minha tolice porque no dia 4 você estava simplesmente dormindo? Ou indo de trem para um lugar de clima mais quente? Ou houve um esforço combinado dos telegrafistas de Boston no sentido de provocar um caos em seu coração, todos eles insuflados por agitadores comunistas, que entregam por pura maldade meu cabograma para alguma velhinha enquanto você recebia pedidos de um milhão de quilos de chocolate?

Mas se você não estiver esperando por mim, não há nada para mim em Boston.

(NÃO ENVIADA, ENCONTRADA NOS PAPÉIS PARTICULARES DE MARGARET FINNERAN MACY APÓS SUA MORTE)

4 dez.

Querido Ralph,

Há coisas que preciso lhe contar. Papai me disse coisas a seu respeito, e ele me fez escrever a você para romper nosso noivado, e foi o que fiz. E depois adormeci. E depois Ferrell entrou em meu quarto, e estava bem contente por ter feito isso, por nos ter separado. E ele disse as coisas mais horríveis a seu respeito, disse que você matou esse rapaz Paul e seu amigo Marlowe, todas essas horríveis bobagens que eu sabia que não eram verdade, e foi aí que eu soube que nada daquilo era verdade: você roubar o dinheiro de papai e mentir a respeito de Oxford. Ah, Ralph, Ferrell mentiu a papai e a mim o tempo todo, e provocou todo esse problema entre você, eu e papai, e eu não sabia como fazer para consertar tudo novamente, todo o mal que ele havia provocado, e eu gritei com ele e disse o que pensava dele. Sabe, eu ainda estava adormecida, por causa do que Inge havia me dado para me acalmar depois que papai me contou que você apenas fingiu me amar por causa do dinheiro dele. Eu devia ter rido na cara dos dois, mas acreditei neles naquele momento. Eu lamento tanto!

Eu deveria ter dito a você o que me faz ficar doente, mas não disse. Não sou eu, é apenas máis forte do que eu neste momento, mas tive medo de que, se você soubesse

Querido Ralph,

você me amaria menos porque há coisas que são mais fortes do que eu?

Ferrell ficou furioso comigo no final, quando entrou no meu quarto e me sacudiu até eu acordar. Eu gostei de irritá-lo, me permitir fazer aquilo em que sou boa, que é irritar as pessoas e depois fazê-las rirem disso. Consigo fazer isso sempre que quero. Todos sempre dizem isso. Eu sempre conseguia consertar as coisas depois.

Ferrell estragou tudo, não foi? E eu não sei como consertar isso, especialmente agora que ele fez o que fez comigo. O que ele fez comigo, Ralph. O que você vai pensar de mim? Eu tentei fazê-lo parar, juro. Nós estávamos sozinhos na casa. Papai havia saído, e Inge também. Ele mandou Inge embora, Ralph, e depois subiu.

Não consigo encontrar todas as cartas que você me enviou. Acho que ele pegou algumas delas.

A culpa é minha. Eu o irritei e não consegui fazer com que ele parasse. A culpa é minha. Você não vai me querer agora.

Eu estava errada, e lamento tanto! Lamento ter um dia acreditado no que eles disseram a seu respeito. Se eu não tivesse acreditado nem sequer um pouco, isto não teria acontecido. Lamento muito. Ele disse coisas tão terríveis a seu respeito, e eu só queria dizer a ele que ele estava errado. Marco Antônio e Cleópatra estavam logo ali do outro lado, ficaram ali o tempo todo, não latiram nem tentaram me ajudar, ficaram só olhando, e então, quando ele foi embora, eles ficaram simplesmente olhando para mim, como se soubessem que a culpa era minha.

Querido Ralph, estou escrevendo a você porq

Querido Ralph, por favor me perdoe por

Terça-feira, 5 de dezembro de 1922

Silêncio no correio e no banco. Os gatos estão bem e tranquilos em nosso novo lugar de alimentação fora do alcance da *villa*. Tenho certeza de que eles não se interessam mais em visitar a *villa*, agora que os encontro aqui e não lá.

Tomei chá de menta numa *ahw,a* onde os garçons não me reconhecem, embora eu tenha estado lá uma dezena de vezes antes. De volta à minha labuta.

PAINEL DE PAREDE G: "A ANUNCIAÇÃO DO TERCEIRO NASCIMENTO DE ATUM-HADU"

Nota: O texto aqui parece relacionado de perto com — talvez uma expansão intencional da — Quadra 56 (Fragmentos A & B somente):

Um banquete, dança, e prazeres em profusão.
Podem eles distrair o rei das questões urgentes do Estado?
A agonia de suas feridas, a morte de um cão,
Esta maré de guerra que lambe seus pés e não vai embora.

Texto: No décimo primeiro ano de seu reinado o palácio de Atum-hadu reluziu com mais uma noite de banquete, uma beleza para ser levada para a eternidade. O salão principal foi aberto para o ar e coberto com tendas de linho. As tochas altas lançavam sua luz nas beiradas dos toldos, e o teto parecia queimar vermelho com um fogo que nunca se consumia. Pavões tostavam sobre colunas repletas de fogos de muitas cores. As colunas eram cobertas com símbolos mágicos contra os tormentos do estômago do rei, mas sem remédio. O cheiro das aves trazia gatos e cães até a corte. Entre eles estava a gata que Atum-hadu mais amava, e ela pulou em seu colo.

Atum-hadu se deitou atravessado no trono e ficou acariciando a gata. Com sua outra mão ele segurava uma lança longa, fina e flexível, usada apenas por mulheres em seus combates, onde elas lutavam e morriam quando Atum-hadu se cansava delas. Ele perfurou um pavão e arrancou de sua carne um jorro de fluidos. Furou um prisioneiro hicso amarrado e arrancou de sua carne os planos do comandante dos hicsos.

As perguntas de Atum-hadu, em tom de calma, disfarçavam sua fúria e a queimação em seu estômago. A ira de suas najas interiores era visível na superfície do abdômen do rei e no mapa das cataratas do Nilo em seu templo de bronze. Apesar das grandes recompensas que ele dera a magos de medicina, ele ainda sofria. Não havia motivo para a dor dele, e não havia remédio.

Até aquela noite. Ma'at apareceu em pessoa, reluzindo com o calor e o brilho do disco solar, de modo que ninguém na corte conseguia olhar para ela. Todos viraram os rostos para o chão, todos menos Atum-hadu, o amante feroz de Ma'at. Atum-hadu se ergueu de seu trono e seu estômago o libertou. Ma'at o abraçou com suavidade, e falou com ele na linguagem suave de uma naja, enquanto ela e Atum-hadu ascendiam ao céu e conversavam.

Disse Ma'at: "Ó, Atum-hadu, amado dos deuses e das pessoas, você sofre porque em seu ventre, apodrecendo e borbulhando, está seu passado mortal, sua primeira infância, cujo mero pensamento faz suas entranhas ferverem. Dentro de você também cresce o futuro que deve vir, assim como previu o velho rei. Grande filho de Atum, o fim da terra irá acompanhar o fim de sua segunda vida. Seu nascimento final se aproxima. Você deve limpar seu passado."

Ma'at beijou o rei e desapareceu. Atum-hadu desceu até seu trono; as dançarinas, os cozinheiros, os sacerdotes se levantaram. Os sons da corte retornaram: acrobatas gêmeos entoando louvores a Atum, mulheres acarinhando seus filhos, garotinhos exigindo que seus pais brincassem com eles, um velho acalmando seu filho trêmulo, soldados bebendo cerveja. O corpo do prisioneiro atraiu a atenção dos cães de Atum-hadu, e o gato, o amigo favorito do rei, lambia a poça de sangue hicso que se espalhava pelo chão como um mapa sendo constantemente redesenhado. Mesmo na morte, essa exibição de expansão hicsa não passou despercebida ao rei.

Soldados entraram trazendo outro espião hicso. "Atum-hadu gostaria que eles compreendessem", anunciou o rei, e mandou chamar o guardião do zoológico real para que trouxesse uma jovem serpente, sem veneno. Os soldados seguraram o rapaz, e Atum-hadu pegou uma faca e cortou um buraquinho no flanco do rapaz, abriu o intestino e inseriu a cobra na fenda, começando pela cauda. Mandou que os sacerdotes costurassem o buraco de modo que apenas a cabeça da serpente emergisse, e então instruiu seus soldados para que levassem o rapaz até onde seu próprio povo pudesse encontrá-lo, para que o deixassem com muita comida e bebida. "Ele precisa ser encontrado vivo com o sinal de Atum-hadu dentro dele", disse Atum-hadu.

Ilustração: Da ilustração extensa e maravilhosa que cobre toda a parede do chão ao teto à direita da abertura que leva para a Segunda Câmara Vazia, alguns elementos são particularmente dignos de nossos elogios imediatos. Assim como em toda parte, os animais estão brilhantemente retratados (o pavão tostado, o gato ronronante), bem como o mobiliário do que era certamente uma corte decorada ricamente mas não sem bom gosto, onde o destaque estava nos prazeres da cama e da mesa. As cenas da corte exibem jarras em forma de ovo e xícaras e cabaças de alabastro lotiformes, as peles de leopardo, o divã e as carruagens, as vestes diáfanas das mulheres, o saiote do rei, suas armas com ornamentações esculpidas e um trono magnífico, cuja parte posterior traz o que parece ser um baixo-relevo em ouro, mostrando o rei na forma de um leão, passando por cima de seus minúsculos inimigos.

Diário: Correio, banco, gatos.

Quarta-feira, 6 de dezembro de 1922

Diário: Correio, banco, gatos.

PAINEL DE PAREDE H: "OS HICSOS RENOVAM SUA OFENSIVA"

Texto: Apesar da visitação de Ma'at, feras malignas ainda dançavam na barriga do rei. O chefe dos hicsos era um homem quieto porém arrogante, vestido em ouro. Chegara ao chefe dos hicsos a notícia de que o grande Atum-hadu estava enfraquecido por sua enfermidade e que mais da metade do país estava agora novamente vulnerável após uma década de defesa corajosa. Os hicsos varreram o [Reino Superior]. As batalhas foram acirradas, e Atum-hadu liderou suas tropas quando pôde. Lutou como um leão, a não ser quando era, frequentemente, lancetado pela dor em sua barriga ou forçado a se virar de costas e se agachar.

Mesmo agora, Atum-hadu ainda poderia ter conquistado os hicsos. Mas, nesse momento de necessidade tão desesperada, o rei era incapaz de encontrar seu Senhor da Fartura, aquela vulva de uma prostituta. O inimigo do rei havia desaparecido, roubando a rainha, levando-a consigo.

E em breve a vitória dos hicsos estaria assegurada.

Ilustrações: O que mais afeta o espectador é a visão do Senhor da Fartura puxando a rainha pelos cabelos, aprisionando-a, enquanto Atum-hadu procura por ela em vão.

Diário: Tenho trabalhado na tradução e na transcrição das inscrições o dia inteiro novamente. É notável o que o dicionário canhestro de Budge não inclui, e lembrar que ele teve a empáfia de criticar minhas traduções em *Desejo e desengano*. Correio, banco, gatos.

Quinta-feira, 7 de dezembro de 1922

Diário: Correio, banco, gatos.

PAINEL DE PAREDE I: "O FIM DA TERRA NEGRA SE APROXIMA"

Texto: A capital estava silenciosa. As pessoas continuavam prostradas. Os desejos eram fracos. E ainda assim Atum-hadu exigia música, alegria, mulheres. Frequentemente ele retornava da batalha, a armadura pingando vermelha no chão, e ele entrava no palácio e pegava duas jovens escravas para si como outros homens pediriam um gole de água, e em seguida exigia uma pena para compor versos. Ele inspirava os da corte que haviam decidido levar o prazer às últimas consequências, e mais uma vez a corte cantava com felicidade desesperada. Espiões hicsos retornavam para seu reizinho e lhe diziam que o inimigo jamais se renderia. Se o Exército lutasse como sua corte amava, talvez isto viesse a ser verdade.

"O fim de tudo se aproxima", Atum-hadu lhes disse, e a notícia foi passada por toda a corte, e houve choro e medo e também o som de acrobatas, amantes e música. "O fim de tudo se aproxima."

Ilustração: O rei em batalha é uma visão magnífica. Ele está em pé sobre um carro de guerra. Como é típico em ilustrações egípcias, ele é retratado como sendo muito maior do que seus inimigos, que mal lhe chegam aos joelhos, ao passo que, no fundo, o guapo líder dos hicsos treme de medo e consternação. Como também é típico da arte de guerra egípcia, Atum-hadu é mostrado acompanhado em seu carro por seus antecessores, antigos reis do Egito, todos os quais (embora menores que ele) o incentivam a seguir em frente.

Diário: Gatos. Banco, correio: nada e nada.

Os amigos de meu pai eram todos militares, generais e altos oficiais, soldados reformados e na ativa. Quando garoto eu não sabia, claro, já que eu os conhecia meramente como Tio Bunny ou Velho Lloyd, e somente mais tarde eu ficaria sabendo que o Tio Bunny havia esmagado tal e tal Khan no combate no Afeganistão. Mas quando o conheci, ele era apenas um ótimo sujeito que vestia seu traje de caça de *tweed* e que não se incomodava nem um pouco em deixar que eu pintasse seu rosto todo de preto para que eu pudesse ser faraó e ele, meu inimigo africano. Biografias imortalizam todos esses velhos guerreiros como sendo gentis como cordeiros (apesar de terem se coberto de sangue nas guerras de Victoria por todo o globo, servindo como seus vice-reis implacáveis, mantendo os nativos quietos nos seus lugares com uma firme mão inglesa). Mas, em Trilipush Hall, as biografias eram precisas. Lembro-me de um ou outro herói do Império com tapa-olho ajoelhado comigo na lama, enrolando em bandagens a pata de um dos cães feridos em uma caçada. Era como se eu tivesse tido uma dezena de pais naqueles anos felizes.

Sexta-feira, 8 de dezembro de 1922

Diário: Gatos. Banco e correio fechados.

PAINEL DE PAREDE J: "ATUM-HADU CONSIDERA SUA IMORTALIDADE QUE SE APROXIMA"

Texto: Os hicsos haviam se tornado como um rio que transborda e que não é possível evitar que cubra as margens. Em um momento de descanso, Atum-hadu caminhou sozinho na noite, até o alto de uma encosta do outro lado do Nilo. Não haveria outro rei depois dele; Hórus não residiria no palácio. Como preservar os escritos registrados ao longo de 11 cheias, e os bens para estocar em seu barco? Onde está sua rainha? Onde está o Senhor da Fartura? Set apareceu, e 12 abutres levaram o rei encosta abaixo, até o chão. Com rajadas de fogo das bocas dos abutres, Set cortou a rocha. "Aqui, meu filho, você fará sua travessia em segurança, e esta terra será lembrada por um bilhão de anos."

Ilustrações: Em uma série de pinturas, Atum-hadu é mostrado em pé no alto de uma elevação de terra que é inconfundivelmente a parede de encosta que separa o que é hoje o Vale dos Reis de Deir el Bahari. O rei está só, é noite (a deusa Nut, coberta de estrelas, está em pé ao seu lado). Ele está perdido em pensamentos. Aqui ele olha para o Vale abaixo, lá em Deir el Bahari, como se debatesse onde começaria sua tumba e ocultaria sua imortalidade. A distância, a batalha prossegue furiosa. Set, seu pai mítico cuja cabeça misteriosa agora lembra a de um tamanduá, e 12 abutres mágicos aparecem para o rei e o levam para baixo, para o que parece ser o próprio caminho que leva para fora desta mesma tumba. E aqui, os abutres, cuspindo fogo, cortam uma abertura na rocha do próprio Egito. Set conduz Atum-hadu pela passagem, inconfundivelmente a Porta A e a Câmara Vazia. O último desenho mostra Atum-hadu em pé do lado de fora, um mapa do chão da tumba brilhando magicamente na face da encosta. É, até onde pudemos conferir ao abrirmos parte desta tumba, indubitavelmente um mapa do complexo no qual me encontro neste exato momento.

Análise: Devemos ver os fatos históricos além do mito. Num dia específico, a guerra era clara e indubitavelmente uma causa perdida. E naquele tempo de trágico destino palpável, mas ainda não consumado, o rei certamente percebeu que precisava de uma tumba construída em segredo. Eu teorizaria que ele — sem dúvida viajando sozinho e incógnito — tenha vasculhado áreas onde pudesse fazer uma passagem segura ao Mundo Inferior, com o mobiliário e a bagagem que pudesse transportar sozinho de modo eficiente. E embora isto seja pura especulação, parece possível que a história na parede deva ser lida como o "milagre" feliz de Atum-hadu tropeçando certa noite numa tumba aberta, construída e rejeitada alguns anos antes por alguma outra alma esquecida, ou, quem sabe, uma tumba que tenha sido saqueada e deixada vazia, talvez cavernas de armazenamento usadas pelos arquitetos ou operários de outra dinastia, talvez um eremitério ocupado somente por eremitas fáceis de chacinar. Existem várias possibilidades, mas parece bastante provável que Atum-hadu, quando mais precisou, tenha encontrado um espaço adequado que poderia rapidamente ser convertido conforme suas necessidades, sem o tempo, o trabalho e o risco [vide ensaio sobre o Paradoxo da Tumba] de arquitetos, operários ou trabalho à luz do dia. Posso facilmente imaginar Atum-hadu sentindo que uma descoberta tão afortunada só poderia ter acontecido com a ajuda benfazeja, na hora exata, de um deus-pai.

Diário: Assim que esta câmara for completamente transcrita para estes blocos de notas, os hieróglifos totalmente copiados e traduzidos, trarei o conde de Carnarvon para uma turnê particular, e o truque perfeito de trocar de cavalos no meio da cavalgada será executado com graça e precisão.

Os 12 pilares da Câmara Histórica também apoiam maravilhosas ilustrações, cobrindo cada pilar do chão ao teto em uma única descrição gigante de um evento separado, com um curto texto explicativo. Agora, observe: se os pilares foram executados pelo mesmo artista que fez os painéis das paredes, ele havia, obviamente, adquirido mais confiança em suas habilidades e materiais, pois eles são de uma dimensão e maestria bem maiores do que as histórias das paredes.

PILAR UM, TEXTO: O MENINO ATUM-HADU JOGA SEUS INIMIGOS UM CONTRA O OUTRO E FOGE PARA O EXÉRCITO.

Ilustração: Um soldado ataca um homem e uma mulher enquanto Atum-hadu (rindo? chorando?) foge para se alistar no exército de Djedneferre Dudimose.

Sábado, 9 de dezembro de 1922

D: Gatos. C.: nada. B.: fechado.

PILAR DOIS, TEXTO: ATUM-HADU ADENTRA A CORTE DE DJEDNEFERRE DUDIMOSE E É RECEBIDO CALOROSAMENTE.

Ilustração: Atum-hadu recebe uma forma particular de homenagem da esposa de Djedneferre Dudimose e de outros membros do sexo feminino da corte, ajoelhados, enquanto uma girafa de cílios compridos observa a cena, mastigando, e o próprio Atum-hadu olha para o céu e vê acrobatas voando, um jogando o outro alto, bem acima do chão do palácio.

PILAR TRÊS, TEXTO: O GUERREIRO DE ATUM DESTRÓI OS INIMIGOS DO REI.

Ilustração: Atum-hadu, na forma de um leão com cabeça de homem, passa por cima dos inimigos do Egito, que caem sob uma saraivada de flechas. Lá no alto, Hórus, Atum, Rá, Ísis, Osíris, Set, Montu, Hathor e Ma'at olham para baixo com nítida aprovação.

PILAR QUATRO, TEXTO: ATUM-HADU SE TORNA REI E POETA.

Ilustração: Ainda em pé sobre os corpos dos ministros traiçoeiros de Djedneferre Dudimose, Atum-hadu instrui sua corte. Ele repousa suavemente uma das mãos sobre a cabeça do falecido rei, e na outra ele segura uma folha de papiro. Mal conseguimos distinguir os hieróglifos escritos nesse papiro em um extraordinário toque de verossimilhança e detalhamento incomuns na arte egípcia. É nada menos que a Quadra 1. O detalhe dos minúsculos hieróglifos negros na folha marrom-claro de papiro deve ter consumido horas de aprimoramento para o artista. Considerando-se as condições nas quais ele provavelmente trabalhava (fumaça, calor, fome, pobreza, inimigos que se aproximavam), sua realização não é menos que genial.

D.: G. C.: nada ainda.

Domingo, 10 de dezembro de 1922

D.: Gatos, banco, correio. Nada.

PILAR CINCO, TEXTO: DIAS DE PAZ E PRAZER NA CORTE DE ATUM-HADU.

Ilustração: Este pilar merece um momento de análise. Era, provavelmente, apenas natural que a corte de Atum-hadu caísse vítima de impulsos nostálgicos, o louco desejo de olhar para trás para vislumbrar uma idade de ouro. Numa época de escuridão cada vez maior e de uma sensação de destino trágico, um instinto desses provavelmente era ainda mais forte. Isto posto, fica claro que Atum-hadu (mesmo enquanto seus escribas se dedicavam ao projeto nostálgico de preservação do rei anterior) se dedicava a fazer de sua era uma idade de ouro *por si mesma*, e, de sua corte, o centro de um Egito renascido. O projeto dele era um projeto simultaneamente *anti*nostálgico, particularmente difícil em tempos de derrota e desespero. Mas, com essa finalidade, este pilar mostra sua sorte como ele deve ter desejado que fosse lembrada no auge de sua glória. Músicos vestindo túnicas decoradas com losangos multicoloridos tocam enquanto uma mulher conduz vários cães em um desfile de truques. São muitos os celebrantes do culto de Atum em uma vasta fileira de combinações matemáticas, desde fileiras de adoradores solitários até complexos arranjos piramidais que exigiam multidões. Homens estão amarrados por correntes simbólicas tecidas com penas de pavão, e são chicoteados por mulheres nuas, e no centro de toda essa atividade o inconfundível rei em pessoa, nu, cercado por multidões adoradoras de beldades gentis, de dedos longos e olhos mortiços.

PILAR SEIS, TEXTO: OS FALSOS PAIS.

Ilustração: Este curioso pilar com seu título inexplicável descreve uma série de execuções e torturas, todas supervisionadas por Atum-hadu, cuja expressão é de uma austera necessidade. Um soldado é dado como alimento para um crocodilo. Um sacerdote é esfolado e tostado vivo (vide Painel da Parede D); um jovem operário (atacado no Pilar Um) é aqui perseguido por uma multidão do que parecem ser crianças armadas; um burro monta uma mulher — os dois já estavam representados no Pilar Um.

D: Correio, banco: nada. Gatos. Maggie é tão engraçada! Ela sabe que rota eu tomo agora para trazer sua comida, e lidera os Ramsés para me encontrarem lá, por isso nem preciso mais me aproximar da *villa*. Ela gosta de peixes, descobrimos esta noite uma pequena perca do Nilo, enquanto os machos preferem leite e pedaços de carne. Eu adoraria levar os três para o outro lado do rio comigo, mas não seria justo, nem para eles nem para a delicada obra que estou descobrindo.

Sr. Trilipush,

Será de seu interesse saber que, devido à aparente magnitude da descoberta do sr. Carter e de lorde Carnarvon na tumba de Tut-ankh-Amen, o que a torna sem dúvida uma das grandes descobertas em toda a história da Egiptologia, o sr. Carter irá precisar de vultosos recursos para completar a enorme tarefa à sua frente: catalogar, preservar e remover o conteúdo dessa tumba francamente "atulhada". Dadas essas tarefas, que certamente tomarão vários anos para o sr. Carter, o curador do New York Metropolitan Museum colocou à disposição do sr. Carter muitos dos recursos dessa instituição atualmente dedicados às próprias escavações do museu. Mais especificamente, o sr. Lythgoe ofereceu ao sr. Carter os serviços de fotógrafos, artistas, operários especializados, filólogos, especialistas em química e criminalística e outros. Como o senhor bem pode imaginar, isso reduz grandemente a provável produtividade do professor Winlock e a quantidade de área de superfície que ele pode examinar lucrativamente na região de Deir el Bahari, pelo menos durante a presente temporada e talvez por grande parte da próxima também. Portanto, o professor Winlock teve a gentileza de me informar que, se o Serviço de Antiguidades desejar emitir concessões temporárias para áreas que estejam fora de sua área atual de investigação, ele estaria disposto, no interesse da ciência, a levar em consideração o partilhamento temporário de sua concessão. Considerando seu interesse anterior, eu gostaria de oferecer ao senhor a oportunidade de apresentar novamente um pedido. Embora o Serviço de Antiguidades se reserve o direito de não emitir nenhuma concessão nova, qualquer projeto que mostre uma probabilidade de sucesso e administração profissional certamente será levado em conta. Com votos de felicidade, por favor, acredite que sou seu criado dedicado e inabalável,

Pierre Lacau, diretor-geral do
Serviço de Antiguidades

Segunda-feira, 11 de dezembro de 1922

Diário: Gatos, banco, correio: e lá uma mais que devida recompensa à minha paciência me aguarda na posta restante, honrando meu tempo na vastidão inóspita quando ninguém me dava apoio! Lacau me ofereceu finalmente minha concessão.

Diminuí meu ritmo e saboreei meus eventos! Corri para o sítio de Carter, sem sequer limpar os vestígios de meus dias e noites no campo. A dor na minha perna era excruciante enquanto eu partia para encontrar lorde Carnarvon. A maré finalmente virou, mas eu próprio me virei, retornei à tumba por um momento para marcar isso, porque na minha pressa quase esqueci de pegar uma cópia de *Desejo e desengano no Antigo Egito*. Acabei de escrever nele o seguinte: "Para lorde Carnarvon, mecenas do Egito, financista do conhecimento, Campeão de Atum-hadu, a mais criativa mão direita de Atum, de seu admirador e, ouso dizer, sócio, R. M.Trilipush, 11 de dezembro de 1922." E lá vou eu novamente!

Estou aqui me perguntando se Lacau não faz parte de alguma conspiração altamente elaborada para me decepcionar. Cheguei ao sítio de Carter mas não achei vestígio algum dele nem do conde, nenhuma multidão de turistas, nenhum paxá exigindo passar os olhos impuros em Tut. Em vez disso, a tumba estava coberta novamente. Perguntei a um dos numerosos guardas nativos onde estavam seus senhores. "Lorde Carnarvon retornou à Inglaterra com lady Evelyn. O sr. Carter foi levá-los até o Cairo para se despedir." Foi-se, meu lorde, foi-se ele para Londres no navio grande. Eu podia até ouvir o alívio de Carter, afastando Carnarvon de mim justo quando minha oportunidade amadureceu, para rapidamente apodrecer.

Banco. Apesar de minhas economias rígidas, estou quase sem dinheiro. Meus mecenas me abandonaram. Meus rivais estão determinados a me fazer fracassar. Correio: enviar *Desejo e desengano* e uma proposta detalhada para a propriedade de Carnarvon na Inglaterra, mas isso vai demorar demais. O que descobri até agora me daria simplesmente um novo patrocinador, tenho certeza. Ir para casa? Casar-me com Margaret sem nada para mostrar pelo meu tempo aqui, sem emprego lá, e com ela ainda sob a influência de Ferrell? E mesmo que eu pudesse recuperar as atenções dela, nós iríamos viver de quê? Sentar e esperar notícias de Carnarvon? Mostrar a ele a Câmara Histórica na próxima temporada?

Carter está no Cairo.

Dormi do lado de dentro pela primeira vez em 11 dias. Deixei a Victrola 50 lá embaixo, na tumba, infelizmente, porque gostaria de ter ajuda para adormecer, e aqui não há gramofone.

Terça-feira, 12 de dezembro de 1922

D: Após um bom desjejum, peguei a barca para ir até a margem oriental e ver os gatos. CB: nada e nada. Barca e voltar cambaleando para Deir el Bahari. Descanso com frequência. Vou terminar meu trabalho, apresentar minhas descobertas para Harvard quando voltar, pegar meu emprego de volta. Ou ir para um museu. Ou para outra universidade.

PILAR SETE, TEXTO: UMA QUADRA RECÉM-REVELADA EM ESTILO ATUMHADUANO CLÁSSICO ESTÁ ESCRITA NA BASE DO PILAR.

Meu Senhor da Fartura retorna de mãos vazias,
Alega doença, guerra, azar, escassez; suas desculpas estragam todos os meus planos.
Eu levarei sua filha à frente dele, farei pouco-caso de sua vergonha e de seu desejo,
E, então, quando terminar com ela, cortarei sua língua mentirosa e a jogarei por terra.

Ilustração: O Senhor da Fartura, corpulento e de olhos sorrateiros, se satisfaz sozinho na escuridão perante as estatuetas do templo, enquanto com a mão livre esconde o dinheiro do rei. Numa segunda cena, mais próxima ao teto, ele fala com um homem que podemos seguramente presumir ser o chefe dos invasores hicsos.

A óbvia fúria do rei, contrastada com a ilustração do Senhor da Fartura, bastante vivo e de língua bem afiada, traindo o rei, demonstra a frustração de Atum-hadu: traído por seu protetor, ele é incapaz de encontrá-lo e destruí-lo. O rei balbucia nervoso palavras sem sentido.

PILAR OITO, TEXTO: MAIS DUAS NOVAS QUADRAS:

Ele se satisfez com esta, não pediu mais,
Mas a traição dela provou que ela era uma prostituta.
Ele a substituiu em sua cama e Estado
Não por uma mulher, mas por oito.

Ela é um crocodilo maldito que destroça um rei,
E quando é castigada começa a cantar.
Pende do teto, e, de olhos tristes, homens traídos vêm de longe
Todos os dias, para se aliviarem vendo seu choro e suas cicatrizes.

Ilustração: Notável. Um único retrato, a rainha, em tamanho maior que o normal, em perfil três-quartos. Mesmo milênios depois, a beleza dela é inegável. A fúria nas quadras é desmentida por esse retrato sem esforço da graça e beleza dela, como se ela já fosse uma memória dolorosa em vez de uma presença viva. É uma pintura de amor lembrado, ou de um desejo por algum outro mundo onde eles pudessem estar juntos sem pressões de Estado ou de batalha. A segunda quadra parece ser mais fantasia do que realidade, pois não há menção nos painéis de parede de sua rainha sendo torturada e exibida para a satisfação emocional dos homens rejeitados do reino.

PILAR NOVE, TEXTO: ATUM-HADU ESPIONA SEUS INIMIGOS.

Ilustração: Enquanto o general dos hicsos conspira com o Senhor da Fartura de Atum-hadu, o próprio Atum-hadu é mostrado no acampamento do general, incógnito, e finalmente ele está em sua casa, deitado na cama, lendo seus planos mais secretos, incógnito.

PILAR DEZ, SEM TEXTO.

Ilustrações: Estudos, talvez, para o Pilar Oito. Ela é mostrada de 30 maneiras diferentes, e às vezes somente sua cabeça ou suas mãos. Só o seu sorriso é esboçado uma dezena de vezes. Ela é descrita dormindo e acordada, sentada e andando, numa variedade de roupas, com cães aos seus pés, linda e amada.

D: GCB. Nada. Volto à margem oeste. A cama é realmente uma mudança bem-vinda. Será que eu poderia abrigar os gatos aqui?

Quarta-feira, 13 de dezembro de 1922

D: GCB. Alguém (Carter? Finneran? Ferrell?) envenenou os caixas do banco contra mim, e eles encenam um pequeno drama, fazendo grande caso de minha ferida e questões de higiene, tomando medidas para executar as ordens ilegais de algum inimigo desconhecido, impedindo-me de fazer mais investigações diárias.

PILAR ONZE, TEXTO: O FIM ESTÁ PRÓXIMO.

Ilustração: Atum-hadu perturbado, sozinho, sentado em seu trono, curvado, segurando a barriga. No lado reverso (norte), ele é pintado com um crocodilo mordendo suas entranhas. As tropas hicsas são mostradas se aglomerando em uma centena de direções diferentes. O general hicso, guapo e arrogante, está em pé perto dali, de aspecto sombrio, e ri de Atum-hadu, que se contorce, o que talvez implique que é sua magia que provoca os tormentos do rei.

PILAR DOZE, TEXTO: O FIM DOS DIAS.

Ilustração: É noite. Atum-hadu, morto, é levado sobre os ombros de um único amigo, não identificado. O amigo o carrega na direção da milagrosa tumba reluzente, onde Set e os abutres aguardam. Enquanto isso, os hicsos estupram, queimam e defecam na invasão do palácio. Não reparam no aliado que escapa carregando o rei morto.

Isso merece uma análise, pois, historicamente, ainda nos falta explicar a solução de Atum-hadu para o Paradoxo da Tumba. Certamente, Atum-hadu descobriu este espaço, e decidiu fazer dele sua tumba. Provavelmente, ele o mobiliou por conta própria em segredo, talvez ao longo do espaço de um ano ou mais. Por fim, abandonado por seus ministros, exército, sacerdotes, Senhor, rainha, ele ainda deve ter tido um único amigo de confiança. Esse amigo é anônimo, talvez alguém da infância, talvez alguém recém-encontrado e levado para a proteção real. Deve ter sido alguém com habilidades artísticas e sem laços terrenos. Vamos formular a hipótese de um artista da corte cuja família tenha sido morta pelos hicsos e que, em sua angústia, tenha aceitado um estranho pedido de trabalho de seu amo e senhor: em troca de (a) pintar as paredes da tumba do rei (quase certamente enquanto o rei ainda estava vivo e ditando as imagens ao artista) e (b) certificando-se de que o rei fosse levado para lá em segredo imediatamente após sua morte, o artista humilde recebeu... o quê? O que ele prezaria? Ouro? Uma rota de fuga dos hicsos, escoltada por militares? Alguma proteção mágica? Precisamos continuar a pensar nisso.

D: GC. Estou voltando a me acostumar às camas, um descanso esquecido depois da fumaça e da umidade da tumba.

Quinta-feira, 14 de dezembro de 1922

D: Forçado a levantar e sair correndo, nada de camas macias por enquanto. Tive aquela terrível sensação de ter esquecido alguma coisa, mas isso não é incomum e nem sempre é verdade. Acalmei-me com um chá de menta em minha *ahwa* favorita.

Correio: nada. Então, vou-me para os gatos.

Margaret, o dia de hoje me traz mais uma crueldade que não posso nem começar, não consigo controlar minha tristeza. Estou gemendo feito uma criança, não consigo sequer escrever sobre isso, não consigo acreditar nisso.

Sexta-feira, 15 de dezembro de 1922

Como ele reconheceria *o* momento em que o fim havia chegado? Será que ele simplesmente lutou até cair em batalha? Ou será que ele já sabia, sentia isso em alguma perda específica, alguma coisa que ele viu destruída que se tornou naquele momento o símbolo de tudo certo para ser destruído depois?

Sábado, 16 de dezembro de 1922

Trabalho. Intestinos miseráveis.

Domingo, 17 de dezembro de 1922

(FIG. G: AS PRIMEIRAS SETE CÂMARAS, TERMINANDO COM O TEMPLO DE BASTET, 17 DEZ. 1922)

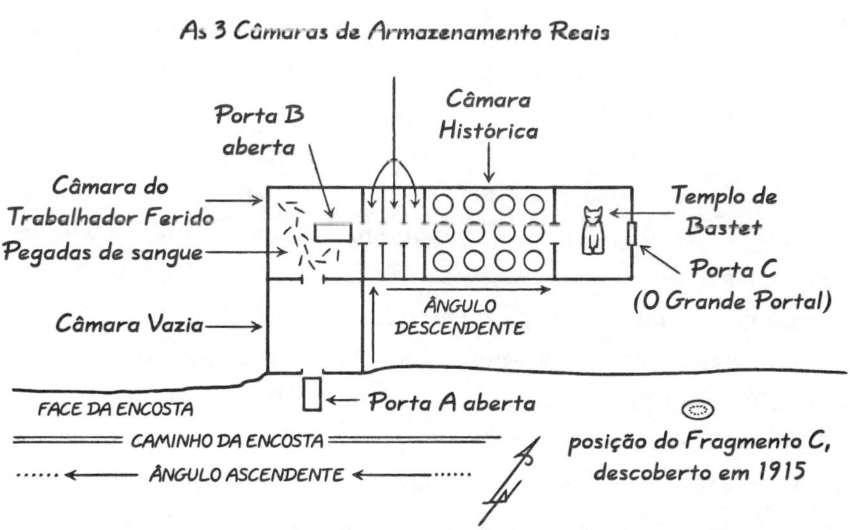

Bastet era, claro, a deusa de cabeça felina do Antigo Egito, e embora não exista menção a ela nas *Advertências*, toda uma câmara da tumba de Atum-hadu é dedicada a seu culto. O aposento é, assim como o resto da tumba, brilhantemente decorado a partir de um ponto de vista historiográfico, embora com menos sucesso de um ponto de vista de crítica de arte. No centro do aposento, uma união simbólica com Bastet é indicada na forma de uma gata mumificada. A gata parece ter sido preservada da maneira tradicional, enrolada em bandagens de linho (com motivos decorativos de esfinges, abutres e najas, bem como hieróglifos avisando da ira cardiofágica de Hórus contra qualquer ladrão de tumbas louco o bastante para perturbar o templo), e posta para descansar diretamente sobre o piso nu da tumba, um registro, quem sabe, da dominação de Atum-hadu sobre os elementos felinos na religião tradicional? Uma escassez de mobiliário nos últimos momentos apressados, selando o rei enquanto macacos hicsos gritavam no meio do caminho?

O único ornamento na múmia da gata é um belo colar em excelentes condições, de couro preto com um pingente de prata e safira, centrado no peito enrolado do pobre animal. Um tributo à deusa Bastet, sim, mas talvez também um desejo muito humano, muito terreno de demonstrar a um animal fiel que ele foi amado, que sua presença, sua dignidade e seu afeto foram apreciados, agradecer pelo serviço que prestou neste mundo e no próximo. Fazer com que ele saiba que significou alguma coisa, que lágrimas foram derramadas por ele.

Os antigos acreditavam que, no momento em que a tumba era selada, ela se tornava um turbilhão de atividades. Estátuas grandes e minúsculas ganhavam vida, imagens nas paredes se tornavam reais e tridimensionais, ilustrações simbólicas se expandiam para realizar seus significados, e múmias (a do rei, o que era mais importante) despertavam de seu sono temporário, reconcebidas e renascidas para sua jornada à imortalidade. Estátuas de guerreiros (como aquelas nas quais Carter tropeçou) voltariam à vida para proteger o rei. Imagens de dinheiro, comida, armas, jovens servas, celebrações, concubinas: tudo isso teria servido ao rei. E, sendo assim, sacrifício humano ou animal, embora não fosse algo desconhecido, normalmente era desnecessário e, portanto, muito raro no Egito. Dado isso, a presença daquela gata muito real provavelmente significava que um gato de verdade morrera, mais provavelmente um gato que Atum-hadu teria conhecido e amado. Era provavelmente a própria gata dele, descrita na Câmara Histórica. Sabendo o que fazer, podemos especular que ele teria insistido em que esse ser, que ele adorava e que o adorava, deveria, naturalmente, sentar-se em seu colo, ronronando por toda a eternidade. Ele a elevou à imortalidade, promoveu-a de gata a gata-deusa.

É tarde. Estou cansado.

Segunda-feira, 18 de dezembro de 1922

PAINEL DE PAREDE K: "ATUM-HADU SE RETIRA DA CORTE."

<u>Texto</u>: Derrota atrás de derrota. Atum-hadu se preparou. Sob a proteção de Nut, ele levou bens de seu palácio para o outro lado do Nilo, e um amigo ilustrou sua vida nestas paredes. Ele retornou à corte. O palácio estava animado, as pessoas fornicavam e bebiam. "Fujam!", ordenou Atum-hadu, mas eles riram. "Vocês sabem o que está chegando?", ele perguntou. "Sabemos, e é assim que aguardaremos", eles responderam, e ele os amou. O mestre dos músicos se curvou para ele. "Aqui tudo é mágico." Atum-hadu amou aquele homem gentil. Abraçou-o num adeus de irmão.

Atum-hadu encontrou uma de suas gatas sufocada por uma espinha de peixe. A tristeza do rei o devorou, como se ele fosse uma velha. O rei chorou pelo inimigo implacável que havia escolhido Atum-hadu no nascimento, chorou como uma criança até que o sono veio.

<u>Diário</u>: Quando Carnarvon vislumbrar as vinte câmaras que ainda virão neste vasto complexo subterrâneo — ainda que elas não contenham mais obras de arte ou tesouros —, um labirinto misterioso desses por si só já justifica uma segunda expedição, inteiramente financiada, de volta a Deir el Bahari. Marlowe e eu estávamos inquestionavelmente corretos: a tumba está aqui ou perto daqui, muito

perto, talvez a apenas uma colina de distância deste templo da história, ou estou duvidando demais, e a tumba inteira está *mesmo* aqui, atrás de mais uma porta. Chega.

Pego a marreta e bato com ela na Porta C, embora eu mal consiga me manter de pé sobre minha perna que queima, e meu estômago está cheio de fogo e fumaça. Meus braços estão patéticos. Duas horas de marreta e tudo o que eu tenho é pó e pedregulhos espalhados por todo o Templo de Bastet, enchendo de pó a deusa-gata. Acabei de adormecer. Vou tentar a porta novamente.

Noite, acredito. E agora tenho isto:

(FIG. I – AS PRIMEIRAS OITO CÂMARAS, 18 DEZ., 1922)

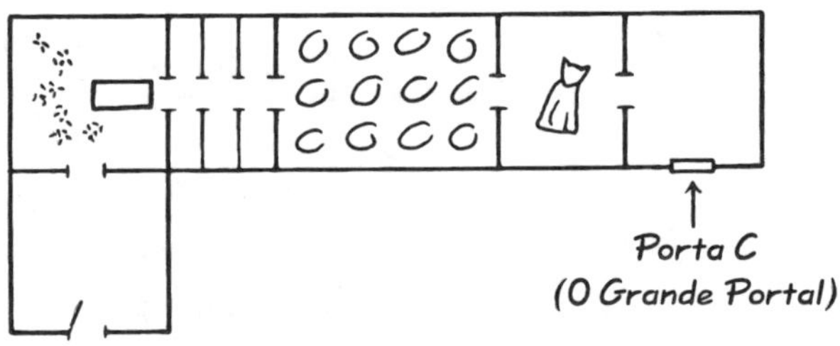

Extraordinária descoberta, além dos sonhos mais loucos. A Câmara _____, a Sala de _____. A Câmara dos Mistérios. A Sala dos Mágicos. A

Terça-feira, 19 de dezembro de 1922

Diário: Adormeci noite passada no chão, exausto do trabalho, e esta manhã estou com o pescoço e as pernas duros. Somente depois de uma série de chamados vindos de fora percebi que havia sido despertado por Carter, veja você. Mal consegui alcançar a Porta A antes que ele entrasse na tumba sem ser convidado. Ele não deveria ter feito isso, velho idiota. Manquei até o lado de fora para saudar o grande lorde que havia se dado ao trabalho de sair de seu poço todo enfeitado para visitar o trabalhador. Ele me pegou em desvantagem em seus esforços para se esgueirar até ali e passar por mim, pois eu estava piscando com a luz do sol, quase cego.

"Foi difícil encontrar você aqui. Então, é verdade o que Carnarvon disse? Descobriu alguma coisa rapidinho, não foi?", ele perguntou. "Meu Deus, homem, você está bem?" Carter estava, como sempre, artificialmente obcecado com minha saúde.

"Você me acordou de um sono profundo, meu velho, é só isso."

"Bem, meus parabéns, Trilipush. Os deuses parecem estar sorrindo para nós todos nesta temporada."

"É verdade."

"Percebi que você notificou Lacau para uma visita de um inspetor. O que acha que tem aí dentro?"

"Tudo a seu tempo, Carter."

Ele olhou para a abertura da Porta A com aquele seu jeito sem-vergonha, nem elogioso nem crítico, apenas um Olho tranquilo e desinteressado flutuando desincorporado, julgando. "Sabe, eu achei mais buracos secos em meu tempo do que gosto de me lembrar."

"Até mesmo os poderosos erram, Carter!" Não consegui deixar de rir de suas especulações nervosas. "É só esperar, meu velho. Você fará uma excursão aqui com o resto da gente de bem."

"Claro. Bem, mande mesmo vir o inspetor, Trilipush. Fico feliz em saber onde encontrá-lo caso precisemos de você. Mantenha-me informado se eu puder ser de alguma ajuda." Virou as costas e depois voltou subitamente, enfiando a mão no bolso; suspeitei que fosse uma arma, e me amaldiçoei por ter deixado minha Webley lá dentro. "Quase esqueci por que vim. Isto chegou ao meu acampamento, misturado com nossa correspondência." Ele me entregou uma carta de minha noiva e saiu com seu ar de superioridade, sem olhar para trás para ver se suas flechas haviam atingido o alvo. Só Deus sabe há quanto tempo ele vem interceptando minha correspondência, quantas cartas ele tem guardado.

29 nov.

Então tudo está claro para mim agora. Papai acabou de explicar e me pediu para enviar um cabograma e lhe escrever uma carta. Então aqui está: eu deixo você livre. Devo ser uma brincadeira para você, Ralph. Acho que lhe causo nojo, apenas uma menina rica, burra demais para ver o que está acontecendo. Então agora você está livre. Preciso até mesmo agradecer-lhe, para ser justa, porque durante todo esse tempo acreditei que você me amava. Eu estava feliz. E mesmo que papai me diga agora que não era verdade, que seu único interesse por mim era o dinheiro, isso ainda não é tão terrível, porque por um tempo eu iria me casar com um lorde inglês explorador. Eu odeio você. Odeio você e não sei por que nunca havia odiado você antes. Ferrell, você e papai são todos odiosos. Espero que você aproveite nosso dinheiro e seu precioso tesouro, e para o diabo vocês todos!

Margaret Finneran

(Terça-feira, 19 de dezembro de 1922, continuação)

O pequeno míssil de Carter não era nada, apenas uma versão expandida de seu cabograma do dia 29, e também uma falsificação, embora pareça ser sua caligrafia. Eles devem ter medicado você completamente antes de prepararem essa farsa. Mas agora o melhor antídoto para esse veneno é o trabalho.

As marretadas bem poderiam ter sido desferidas diretamente na minha perna, que urrava, Margaret. Atravessei correndo a nona câmara e marretei a porta seguinte até aparecer uma rachadura, e olhei, e depois chorei, acho, por horas. Confesso a você. Tanto quanto eu não fazia desde que era um garotinho, antes de aprender que as lágrimas são o líquido mais inútil e insosso que existe.

Uma réstia de luar é o suficiente para evocar você, me confessar a você.

O que eu ainda poderia conseguir, se começasse novamente, de volta ao lar. Lar? Será que eu conseguiria convencê-la a voltar para mim? Você precisa de sucesso. Seu pai também. Sem isso, eu a deixaria entediada. Um dia, acho, eu era uma figura esfuziante para você. O cabograma forjado se tornará real depois do fato. Um belo truque, esse.

O que ela sentiria se eu fosse outra coisa? Eu tenho um grande número de possibilidades dentro de mim. Ela se sentiria mal se eu fosse outra pessoa? Claro que sim: nós respeitamos os bem-nascidos, conquistadores de berço de ouro. Eu.

Não importa. Eu sou quem eu sou e você ama esse homem, e, portanto, ele voltará para casa, para você. Vou começar de novo, levar você comigo, para longe de seu pai e de tudo o que a envenena. Vou queimar todos esses papéis, e vamos começar novamente do nada, bem longe. Agora vou dormir, e quando acordar vou jogar tudo pelos ares. Uma expedição fracassada não é o fim de tudo, nem sequer prova que estou errado. A tumba verdadeira pode estar escondida a poucos metros daqui. Eu posso voltar, com Carnarvon ou algum outro homem rico. Margaret, você não me dará as costas simplesmente por eu ser o homem que era quando fui embora, e por *ainda* não ter me tornado ainda mais. Chega. Só preciso ganhar algum dinheiro para pagar minha passagem de volta para casa e começaremos novamente. Amanhã, dia 20, começamos novamente, decidi. Estamos de acordo? Amanhã eu deixarei isto tudo para trás e partirei ao amanhecer, viajando para casa, para você, assim como um dia viajei da Turquia até o Egito. Vou enviar-lhe um cabograma avisando que estou voltando para casa, implorarei a você apenas que espere, espere, não tome decisões precipitadas. Você é corajosa? Seja corajosa, minha doce garota, por mim. Vamos dormir agora, sua estatueta ganha vida ao meu lado. Feche seus olhos, assim como vou fechar os meus agora, mal consigo manter mes olhs amanh

Quarta-feira, 20 de dezembro de 1922

Bom dia, querida! E que maravilhosas, alucinantes, *loucas* aventuras estamos vivendo aqui! Minha descoberta da fabulosa tumba de Atum-hadu se tornou uma maravilhosa farsa cômica, bastante empolgante! Por onde devo começar esta história atribulada?

Meia hora de sono foi tudo o que me foi concedido noite passada, depois de escrever-lhe e imediatamente sonhar com você, e um piscar de olhos depois olhei para meu relógio antes de entender o que havia me despertado, um homem gritando meu nome, passos ficando cada vez mais altos enquanto pisoteavam a rica e sagrada tumba de Atum-hadu. Meus olhos pesados mal se mantinham abertos, mas cada frase zangada me feria e me deixava mais desperto: "Meu bom Jesus! Onde estão minhas 'montanhas de ouro'? Que diabo é isto tudo? Foi uma criança quem pintou isto aqui?" (Preciso ensinar ao seu pai a se desfazer dessa mania típica dos filisteus: culpar o artista quando a arte não está a seu gosto!) Cambaleei até a Câmara Histórica, e lá estava nosso CCF, mordendo seu charuto apagado, balançando a lanterna elétrica para um lado e para o outro, uma espada de pó amarelo que ele brandiu em frente ao meu rosto. "Você aí", ele berrou. "O senhor Carter disse que eu encontraria Trilipush aqui. Cadê o Trilipush, hein? Você fala inglês? Fale logo, garoto!" Muito gozado, não, M.? Ele achou que eu fosse um nativo, no cômodo escuro, com minha barba e a roupa com a qual eu estava trabalhando! Eu poderia ter segurado minha língua, balançado a cabeça, mas isso não teria provocado nenhuma compreensão, que era do que seu pai e eu mais precisávamos, do que desfrutamos agora, uma renovação de nossa parceria, mais forte do que nunca depois de nossas provações.

Quando CCF partiu de Boston há algumas semanas — e isto é engraçado para nós neste momento, ele e eu, estamos os dois rindo, ele está olhando por sobre meu ombro para garantir que eu registre isso tudo no meu diário exatamente do jeito que aconteceu —, ele provavelmente ficou zangado comigo, e você teria ficado sabendo disso, não teria?

Claro que eu preferiria (assim como CCF) não mencionar nada disso, mas existe uma necessidade (CCF concorda) de esclarecer para qualquer um que possa tê-lo trazido aqui, ou que sabia que ele estava vindo. Sim, antes que pudéssemos renovar nossa amizade, essa cena ridícula porém purificadora teve de ser representada, e é possível que alguém tenha ouvido e entendido mal, pois CCF recebeu orientações de Carter para procurar por mim aqui, então farei o melhor que puder para reconstruir esse mal-entendido um tanto amalucado, precisamente como uma daquelas comédias de cinema de que você tanto gosta!

"Finneran? Como foi que você me encontrou?"

"Pelas lágrimas de Santa Maria! Você? O que aconteceu com você?"

"Todo tipo de coisa boa."

"Deus do céu, aquele Carter. Eu devia era ter investido *nele*."

"Teria sido um erro terrível, Chester. Ele não realizou uma fração do que você e eu realizamos aqui com muito menos."

"Que cheiro infernal é esse?"

"Bem, a perna, sabe, não foi lá um grande ferimento, mas..."

"Com todos os demônios, mas que diabo é..." A lanterna de seu pai saiu de cima do meu rosto e se dirigiu para trás de mim. Ele passou por mim direto, seguindo o feixe de luz até o Templo de Bastet. "O que fizeram com esse gato?", ele gritou, alma sensível.

"São questões complexas, Chester. Sabe, o respeito que os antigos tinham por felinos era religioso e..."

"Seu vermezinho. Seu moleque traiçoeiro e ganancioso. Aqueles cabogramas venenosos..."

"Cabogramas?" Eu fiquei pasmo. Ele estava, para ser historicamente preciso — e ele concorda comigo, meio envergonhado, enquanto escrevo estas linhas, ele estava simplesmente cedendo às pressões sob as quais se havia colocado. Aparentemente, Margaret, ele tem alguns problemas financeiros. Talvez você soubesse disso, mas talvez não da extensão deles. E você deveria ter me contado isso muito antes. De qualquer maneira, essas pressões podem fazer um homem acreditar em qualquer coisa, se assustar com sombras, ver conspirações cristalinas onde só existem coincidências vagas, e foi isso o que aconteceu com seu pobre pai: ele começou a contar uma história absurda de cabogramas canalhas enviados de Luxor. Chegou até mesmo a jogá-los no chão, um de cada vez, com grande dramaticidade, e ao examiná-los novamente com ele agora é claro que eu fico tão horrorizado quanto qualquer um. Só os menciono porque provavelmente você já ouviu falar neles em Boston, coisas terríveis, notas anônimas para a Igreja, a imprensa, a polícia e para nossos próprios sócios. CCF e eu vamos queimar essas coisas terríveis agora, acabar com elas, embora haja bons motivos para crer — CCF e eu concordamos — que esse tiros foram disparados por alguém aqui tentando acabar com nosso sucesso simultaneamente atacando CCF em Boston e eu no sítio. CCF e eu concordamos totalmente que Carter é o principal suspeito, com Ferrell atuando como seu agente secreto no exterior.

Seu pai estava zangado, como sei que você sabe, mas ele havia vindo para cá na verdade — independentemente de seu orgulho lhe permitir que o confessasse — para ver nossa descoberta *in situ*, e para acrescentar músculos físicos dos quais muito se precisava atrás de sua musculatura financeira para fazer dessa escavação um triunfo de família. "Mas que gênio! Sua fadinha inglesa, eu devia ter ficado longe de você, mas Margaret disse que você era exatamente o que ela queria, seu faroleiro, e aí você faz isto comigo?"

"Foi por isso que você a forçou a romper comigo?"

"Forcei? Você está louco? Nem precisei. Ela tem pretendentes às pencas. Cristo, até mesmo aquele detetivezinho quer ficar com ela, ela não tem sossego com tanto rapaz atrás dela, e você acha que desistir de você foi algum sacrifício?" Claro que seu pai estava apenas tentando me enfurecer, uma reação natural para o pobre sujeito, tamanha a pressão que ele sofria, e com as mentiras de Ferrell e de ter Breuggen que o confundiam completamente. "Ah, que diabos, por favor, não escreva essa parte, Pushy!", ele acabou de me dizer, o diabo velho tentando adocicar os registros oficiais! Ele está pedindo desculpas a você agora por ter dito aquilo tudo a seu respeito, e exige que eu escreva isso também agora.

"Você não achou nada para a minha coleção?", perguntou ele. "Eu esperava que você pelo menos tivesse conseguido isso! E isto aqui", ele gritou, acenando com o feixe de luz atrás de mim, novamente para a Câmara Histórica, empurrando-me contra uma parede, provocando danos incalculáveis às obras de arte antigas, "foi algum macaco bêbado quem pintou isso? *Isto aqui* por acaso se parece com alguma orgia?" Acredito que ele estava se referindo ao Pilar Cinco. "Não me faça rir: por que ele estaria acariciando uma girafa quando poderia ter estas duas garotas aqui? Santa Mãe, estas paredes estão *molhadas*? Meu Deus, elas estão pingando! O que foi que você fez com meu dinheiro? Pintou paredes de um porão? Você está louco?" Agora, se alguém havia levado Finneran até ali e ainda estivesse do lado de fora e tivesse ouvido *aquilo*! Qualquer ouvinte teria ficado muito intrigado, para dizer o mínimo. Mas é a coisa mais simples do mundo, e CCF estava tendo uma lição sobre preservação de tumbas da maneira mais difícil. Sabe, as pinturas ficam lustrosas, claro, por causa dos sprays de celuloide conservante que apliquei nelas, e os conservantes modernos e frescos sob a luz da lanterna elétrica de CCF fizeram com que as pinturas antigas parecessem úmidas, um efeito adorável, porém falso.

E CCF, em sua confusão quanto ao que pensava que estava vendo, esticou a mão para *tocar* as pinturas frágeis e antigas na superfície de um dos pilares, e eu suavemente, muito suavemente, empurrei sua mão para longe com minha bengala, quase nem encostei, bem de leve, apenas o bastante para impedir que ele tocasse a superfície, que, por estar ressecada e ter 3.500 anos de idade, teria se desintegrado ao menor toque, pois embora eu estivesse copiando em meu bloco de notas o trabalho magnífico da tumba, ainda não tivera a oportunidade de completar os métodos científicos de preservação que chegariam a permitir até mesmo um sopro de ar quente em cima daquelas obras de arte, quanto mais o manuseio de uma pata gigante, o que me lembra: CCF e eu já deveríamos ter saído para pegar mais materiais de preservação hoje.

Dormi um pouco para me recuperar, porém, não foi possível dormir mais porque ainda havia um pouco de arrumação a fazer, nos pisos e nas paredes e que tais, e falar com seu pai foi um prazer muito grande, pois já fazia algum tempo que eu não tinha companhia. Como algumas das pinturas haviam sido ligeiramente danificadas pela falta de jeito dele, ele e eu concordamos em restaurá-las e lidar com as questões de preservação em seguida. Ele está ansioso para compreender a tumba e me ajudar a completar nosso trabalho. Há muito para ensinar a ele, óbvio, e ele é um aluno notavelmente apto para a arqueologia.

Nós finalmente adormecemos depois de toda aquela arrumação, e acordamos tarde esta manhã, ele, exausto de suas viagens, eu, do trabalho, e nós acordamos ainda rindo de nosso estranho encontro ontem, e comemorando a renovação do apoio dele (financeiro, moral e material) à nossa grande expedição. Nós certamente trabalhamos duro até tarde da noite. "Certo, meu rapaz, mas o trabalho duro nos faz bem!", exclamou meu Senhor da Fartura, e me enviou para a cidade com trocados para comprar comida e água, e verificar a posta restante.

CABOGRAMA. BOSTON PARA RALPH TRILIPUSH, LUXOR, 19/12/22, 9H02. FIQUEI SABENDO POR JP QUE PAPAI ESTÁ INDO VÊ-LO. ELE PODE ESTAR ZANGADO. POR FAVOR PERDOE SUA MF.

Ali, claro, descobri seu cabograma de ontem. Que engraçado! Ah, minha querida, se você tivesse se adiantado apenas alguns dias, eu não teria tido uma surpresa tão grande ontem à noite. Eu tinha razão: você achou que ele ainda estaria zangado.

Bem, pode ficar descansada. Ele e eu voltaremos juntos para Boston no final desta expedição, a menos que ele faça alguma outra viagem por conta própria, ou que decida permanecer no Egito para fazer um pouco de turismo, ou que encontre alguma moça, ou deseje ver alguns lugares. Não, claro, ele e eu deveremos voltar juntos para casa, você está esperando os dois, agora que estamos aqui juntos. E você pede meu perdão, minha querida.

CABOGRAMA. LUXOR PARA MARGARET FINNERAN, BOSTON, 20/12/22, 11H17.

SEU PAI CHEGOU EM SEGURANÇA. ESTAMOS BEM E AMBOS MANDAMOS TODO NOSSO AMOR. ELE FICOU SURPRESO COM NOSSA DESCOBERTA, VAI FICAR PARA ME AJUDAR POR UM TEMPO. ELE PEDE QUE VOCÊ NÃO SE PREOCUPE. SEU AMOROSO RALPH AMA VOCÊ MAIS QUE TUDO.

CABOGRAMA. LUXOR PARA MARGARET FINNERAN, BOSTON, 20/12/22, 11H21.
ENCONTREI SEU RALPH. TODAS AS CONFUSÕES RESOLVIDAS. POR FAVOR, NÃO SE PREOCUPE, ELE É UM BOM SUJEITO. VOU FICAR UM POUCO PARA TRABALHAR NA EXPEDIÇÃO SOB A MAGNÍFICA ORIENTAÇÃO DELE. SEU PAI, CCF.

PAINEL DE PAREDE K, CONTINUAÇÃO: "A TRAIÇÃO DE ATUM-HADU"

Texto: "Você me traiu", disse o rei Atum-hadu, calmo, apesar da raiva e da dor, enfrentando finalmente o Senhor da Fartura no Palácio Real. "Sou abandonado por você, em quem confiei. Você voltou a rainha contra seu amo e senhor, desviou o coração dela do caminho justo. Você enfraqueceu minha força e meus exércitos até não podermos lutar." O rei hesitou. Sua piedade, seu amor e sua natureza mansa restringiam sua violência justificada.

Mas o Senhor da Fartura se enfureceu, revelou ambições, o poder que cobiçava, a inveja que sentia de Atum-hadu. Ele gritou, revelando maldade, verdades encobertas e falsidade. O Senhor da Fartura se revelou não um segundo pai para o rei, mas uma áspide traiçoeira no leito de uma criança inocente.

E em sua loucura o Senhor da Fartura mostrou os punhos cerrados para o rei e retirou uma tocha flamejante da parede, e a balançou com fogo e fumaça no rosto da encarnação terrena de Atum. "Pare, tolo!", gritou Atum-hadu, recuando para as sombras do palácio vazio. Ainda assim o rei não queria violência contra seu ex-amigo e conselheiro. "Você não compreende o mal que está fazendo. Você não tem ideia do que está arriscando. Ainda há tempo de salvar tudo isto", o rei gritava, das sombras. Mas, ainda assim, o Senhor da Fartura o procurava e o atacava como um leão ferido, e por isso Atum-hadu não teve escolha, apesar de suas feridas da luta contra os hicsos, apesar do ninho de cobras que morde suas entranhas, cuspindo veneno quente às suas costas.

Ele não tinha escolha. Este, que era o maior de todos os reis, levantou seu martelo de guerra, e o Senhor da Fartura bateu contra um pilar, e a chama de sua tocha falhou; o rei desceu sua arma apenas uma vez sobre a cabeça de seu inimigo, sem fazer muita força, e o Senhor da Fartura, mais alto e mais corpulento do que ele, ficou parado, surpreso, quando o sangue quente e vermelho começou a escorrer de sua têmpora gorda e careca. O rei oferecia paz, mas o vilão partiu para cima de seu rei, e por isso Atum-hadu desferiu seu martelo de guerra, mais uma vez, contra o Senhor da Fartura, que deixou cair a tocha; e Atum-hadu apanhou-a e começou a golpear o vilão, alternando martelo e tocha, e o calor da tocha queimou a pele do vilão e em seguida o martelo caiu; e o sangue quente borbulhou no calor, e os golpes começaram a chover na cabeça cada vez mais mole do traidor, um seguido ao outro na cabeça aberta, nos membros espalhados e nas roupas encharcadas. Atum-hadu se sentou na barriga do homem caído, uma perna de cada lado, como uma mulher que se senta sobre seu amante, como uma galinha. Atum-hadu desferiu golpes por vários minutos até que seus braços falharam e seus olhos se fecharam, grudados por tanto sangue. E então Atum-hadu viu que estava totalmente sozinho e seu estômago ferveu com uma dor que até então ele não conhecera.

Subitamente, Atum-hadu compreendeu que o fim de tudo havia chegado. Nada que ele amava sobreviveria. Tudo seria esquecido ou compreendido erroneamente.

Ele correu para fora, para a luz do pátio do palácio, viu o sangue em suas roupas, no martelo e na tocha, e caiu no chão, socando a terra e chorando pelo destino de todas as coisas.

Ilustração: O longo texto, que começa no teto, não deixa muito espaço para ilustrações. Copiar e traduzir esse texto para essas notas me tomou a maior parte do dia. Explicar o sistema hieroglífico e sua gramática para CCF me atrasou, mas o esforço foi recompensado quando ele começou a entender a profundidade de nossa descoberta.

Então Chester e eu limpamos um pouco a bagunça da tumba. Eu trabalhei no Painel de Parede K e me apressei para restaurar parte das ilustrações ou dos textos danificados, manchados ou borrados que haviam sofrido com a estupidez de Chester na noite passada. Desci uma parte do caminho para tentar aliviar minha barriga latejante por cerca de meia hora sem esperança, meus pensamentos vagando, tantas tarefas exigindo prioridade. Volto à tumba. Queimo algumas coisas na primeira câmara, vejo a fumaça ser sugada pela porta da frente e sair para o céu negro. CCF está muito intrigado com a maneira como tudo isso é feito. Ele é de grande ajuda. Ele é muito paternal. Não dormi mais do que meia hora das últimas 48. Agora preciso mesmo dormir, por mais atormentado que me encontre, porque esqueci que deixei alguma coisa por fazz. CCF, estou esqueceno alguma cois? Não, vá dormir. Ótimo. Eu me deito mas me levanto de novo porque ouço vozes na câmara da frente, mas não é nad

Quinta-feira, 21 de dezembro de 1922

Diário: Leitor, o pai de minha noiva chegou ao Egito para ajudar na expedição no sítio, e esta manhã eu lhe dei tarefas simples que, posso confiar, ele executará corretamente dentro da tumba de Atum-hadu enquanto resolvo negócios em outro lugar.

Descubro que o sítio de Carter tem novas facetas. A expedição do Metropolitan manteve a palavra: deu-lhe tudo de que ele precisa. Quilômetros de bandagens, caliça e chumaços de algodão para enrolar suas descobertas à medida que elas emergem de sob a terra. Um automóvel. Ele está nadando em atenção e ajuda, trabalhadores nativos, admiradores e amigos (embora possamos nos perguntar como ele consegue distinguir os sicofantas dos sinceros). E lá está a massa de turistas novamente, até mesmo os caros Len e Sonia Nordquist, bem ali na primeira fila, tenho vergonha de escrever, bajulando e tirando fotografias lado a lado com o grande homem em pessoa. Carter está até o pescoço nas armadilhas de um sucesso desmedido, mas ele próprio praticamente não mudou nada. Ele ainda ostenta acima de nossas cabeças aquele jeito de Carter, aquele conhecimento secreto especial que turva nossos olhos quando você tenta olhar diretamente para ele. Fala árabe com sotaque local, sem a poeira ou o mofo da academia. E, mesmo numa língua estrangeira, seus modos não mudaram. Como ele sabe lidar bem com este sucesso! "Você aí. Vá correndo perguntar ao sr. Lucas se ele tem tudo de que precisa", ordena a mim em árabe, no momento em que enfio minha cabeça em sua tenda de comando para dizer olá. Curvo-me e faço o que ele manda: o que mais eu poderia fazer? Encontro Lucas facilmente. Ele é o químico especialista emprestado do governo egípcio, mais um especialista se curvando diante do grande líder, alimentando a fornalha insaciável do ego de Carter. "Sim, obrigado, está tudo resolvido", responde Lucas quando o encontro montando seus laboratórios a algumas centenas de metros de distância, na Tumba 15, esvaziada para comodidade do rei Howard. E ali, mais excessos: a parafina e os sprays de conservante em latas vermelhas rotuladas e numeradas, adesivos e solventes, os nomes intermináveis e cheios de hifens de produtos químicos, incompreensíveis em suas diversas combinações, caveiras em rótulos como se Lucas fosse um mágico ou um

Guardião dos Segredos, a cera, o excesso, o terrível excesso em todas as coisas: fileira após fileira dos produtos mais simples, uma ferramenta numerada duplicada atrás da outra, peças extras de reposição em todas as direções, um vômito de glutoneria, como se, simplesmente fechando os olhos e imaginando seu desejo, Carter pudesse ser atendido por algum gênio da lâmpada. "Cuidado para não encostar aquilo ali na sua pele, garoto", Lucas diz num árabe ruim, entregando-me vidros para que eu os leve de volta ao seu senhor. Até mesmo os asseclas de Carter têm isso, sabe, esse conhecimento interior de que ele não pode ser incomodado a ponto de compartilhar, pois ele sabe que você jamais seria capaz de compreender a complexidade disso. Quanto mais cedo ele puder parar de pensar em você, melhor, mais rápido pode voltar à sua altitude, onde seus pensamentos giram em padrões que você jamais conseguirá assimilar.

Sexta-feira, 22 de dezembro de 1922

Dormi na encosta a céu aberto e deixei CCF ficar com a cama de campanha. Preferi lhe dar um pouco de privacidade. O acampamento é apertado demais para dividir.

Hoje Carter abriu seu maldito buraco para a imprensa, e eu não sei por que faço isso comigo mesmo, a visão dos turistas boquiabertos, o som de tudo o que trombeteia para um rei menor. Eu deveria simplesmente ter ido embora, mas essa coisa age sobre mim como o canto mortal de uma sereia, e acabei entrando para dar mais uma olhada na tumba de Carter, escoltando um jornalista americano sarcástico que me chamava de Mohammed. É realmente uma coisa horrível: Tut exibe o mesmo excesso que seu pequeno e esperto acólito. E ver os Nordquist, novamente de volta para mais excessos açucarados, exibindo expressões de impressionados por uma questão de educação, eu não consegui sequer me estimular a ir falar com eles, e aquele aposento, aquela câmara de armazenamento da tumba do pequeno alpinista social, é uma exibição grotesca, aquela pilha de detritos, os mantos de pele de leopardo, roupas com cequins de ouro incrustados, estátuas, sandálias de junco e papiro, aquele divã com as pranchas esculpidas para repousar os pés, bumerangues, lancheiras esculpidas para lembrar patos recheados, jarros de perfume, mesas de toalete, cestos e mais cestos de roupas de baixo não usadas, candelabros em forma de pessoas minúsculas em forma de *ankh*, objetos decorados aqui, objetos oviformes acolá, outros lotiformes, não-sei-mais-o-quê de ouro, manguais, cajados e cetros, mobiliário representando o rei em forma de um leão esmagando seus inimigos, ou dirigindo uma carruagem com seus próprios ancestrais, milhares de contas num colar, apenas *um* desses itens teria justificado todos os anos de Carter, o dinheiro de Carnarvon, quanto mais o do fragoroso Finneran. Tudo isso para um *ninguém*, é o suficiente para fazer uma pessoa ficar literalmente doente, a confusão toda, é o bastante para fazer com que uma pessoa se sinta esmagada sob todo esse peso, como se pudéssemos imaginar toda essa riqueza e mobília simplesmente empilhada fazendo peso no topo das bandagens de uma múmia, esmagada como uma pelota de argila sob as rodas daquele terrível carro de guerra, uma coisa nauseabunda. O jornalista americano concordou.

Sábado, 23 de dezembro de 1922

Carter é realmente um megalomaníaco, nisto CCF e eu concordamos. Ah, não, ele simplesmente não vai ficar satisfeito até que todos o admirem e trabalhem para ele e ele faça de tudo um drama. Você pode imaginar minha surpresa ao encontrar um oficial de polícia subindo o caminho que leva à minha tumba quando eu descia de meu leito do alto da encosta nesta manhã. O sr. Carter o havia enviado para "garantir que estava tudo bem aqui em cima". Sim, obrigado, como se eu precisasse de Carter para manter minha tumba direita. "O sr. Carter sofreu alguns furtos e gostaria de saber se o senhor os sofreu também." Claro! Carter é desajeitado e perde tudo em seu inventário bizarro, e a polícia precisa ser chamada sob a suposição de que algum ladrão matreiro esteja perturbando todos os demais arqueólogos racionais do Egito também. Dei uma gargalhada e dispensei o oficial com um aceno, mas ele queria me contar tudo sobre um ladrão na casa de Carter e falar sobre esta e aquela coisa que estavam faltando, e manchas nos lençóis de Carter.

"Está tudo certo aqui, senhor?" Ah, pelo amor de Deus, é claro que está, meu caro. "Posso dar uma olhada na sua escavação? Eu também sou um tipo de arqueólogo amador." Não consegui barrar o caminho do grande idiota que se dirigiu à Porta A levantando poeira a cada passo. "O senhor está machucado? Há alguma coisa que queira me contar?" e outras perguntas estúpidas do novato policial egípcio atuando como espião de Carter.

Finalmente despacho o pequeno agente de meu rival, e CCF e eu discutimos sobre qual da nossa miríade de tarefas executar em seguida; ainda há muito trabalho a ser feito para estabilizar o interior da tumba, mapear corretamente seu interior e seus objetos, aplicar os conservantes às pinturas não tratadas, finalizar a transcrição das paredes. CCF está sendo uma ajuda maravilhosa.

Desembarquei em Alexandria no final do dia 24, Macy, e fui para o Cairo de trem no dia seguinte, Natal, embora mal dê para se notar isso no Egito. Trabalhei rápido: nosso homem havia de fato estado no Hotel da Esfinge e o havia deixado no dia 26 de outubro, reservando a suíte para seu retorno, portanto seus relatórios para Boston haviam sido verdadeiros pelo menos até aquela data. O funcionário do balcão disse ainda que Finneran havia estado no hotel também, passara uma noite ali nove dias antes de mim. Eu, por minha vez, passei a noite do dia 25 numa pousada. Mas não vi nenhum burro falante.

Domingo, 24 de dezembro de 1922

Trabalho. Intestinos miseráveis. O gramofone não ajuda. O trabalho é duro. Faz a gente pensar na imortalidade. Para o homem médio, suponho, o conceito egípcio de imortalidade é a superstição mais tola. Mas isso só ocorre porque a ideia que temos da vida eterna mudou, sejamos cristãos ou não. Embora concordemos com nossos ancestrais do

Nilo que a imortalidade ainda é a realização mais importante do homem (mais importante que o amor, ou uma leve reputação de virtude, de longe mais importante do que a amizade), não somos tão loucos a ponto de pensar que nossos *corpos* sejam transportados para um além-vida. Utilizamos um vocabulário diferente, *salvação de almas, fama duradoura*. Chame do que quiser, mas fazer com que um nome continue ecoando depois que os nomes de seus inferiores e carrascos tiverem sido esquecidos é algo com que todos nós ainda sonhamos. (E, o mais delicioso de tudo, que isso aconteça antes que suas vidas físicas terminem, para que eles possam sentir os últimos vestígios de seus nomes desaparecerem enquanto eles ainda respiram e para que saibam — *saibam*, ter Breuggen — que, enquanto as carcaças deles mofadas forem descobertas e jogadas à terra, elas já serão pele e cabelos anônimos no feliz caminho para se tornarem cinzas de carbono anônimas, ao passo que outros de nós se tornarão estrelas e sóis.) Não sei de ninguém que não aspire a essa permanência, ainda que afirme que não. O mundo está atulhado com arcos de triunfo e coisas menores do gênero, os artistas nervosos para saber se suas obras irão durar, poetas cometendo suicídio para assegurar a fama, últimos desejos e testamentos tentando controlar herdeiros, nomes lidos anualmente em igrejas e sinagogas, lápides tumulares ornamentadas e eu-te-amos de leito de morte, solicitações e doações assinadas, dinheiro deixado para partidos políticos e organizações de caridade. Ainda somos todos muito egípcios, isto não se pode discutir.

Não sou idiota. Quando chegar a hora, eu sei que estarei *morto*. Não vou virar um anjo tocando harpa, nem mesmo (como eu havia planejado quando garoto) saborear os deleites quentes e carnais de um Mundo Inferior cheio de palmeiras, protegido por Anúbis e auxiliado por Ísis. Falo de algo mais leve, mais fino, mais intelectual e espiritualmente inatacável e inexaurível. A imortalidade para nós, por menos carnal que seja, não é sem consciência: a consciência no preciso momento do fim de nossos corpos que nosso nome continuará levando.

CCF concorda.

Segunda-feira, 25 de dezembro de 1922

Diário: O estômago protesta como se eu tivesse engolido facas afiadas, mas CCF e eu continuamos nosso trabalho até o fim da tarde. Depois limpamos o lixo, esvaziamos baldes, queimamos isto e aquilo.

Margaret: Acabei de receber um visitante. Já faz um tempo razoável desde a última vez em que conversei com alguém. Além da matraca do seu pai, quero dizer.

Ela veio me ver, a doce e velha garota. Eu havia acabado de esvaziar os baldes. Ela me pegou um tanto cansado, já bem no fim das minhas forças, sentado do lado de fora da tumba, massageando minha coxa dolorida.

"Meu caro rapaz, me disseram que eu o encontraria aqui."

Achei talvez que estivesse tendo alucinações — o aparecimento súbito de uma das pessoas que eu mais gostaria de ver. Ela foi tão gentil comigo no navio! Ela protegeu os olhos do brilho do sol e subiu os últimos degraus, levantando seu vestido antiquado para pular sobre uma rocha com uma facilidade surpreendente.

"Caro Ralph, você não parece bem. O que lhe aconteceu aqui em cima?"

"Nada. Estou fazendo uma busca. Trabalho duro. Fiz uma descoberta sensacional."

Ela se sentou ao meu lado sobre a rocha, recuperou o fôlego, pegou minha mão. Se ela fosse você, eu teria caído nos braços dela. "Coitado, olhe só para você. Você está muito mais magro."

"Mas me conte de você, Sonia. Me fale do que viu na viagem de sua vida. As tumbas de Ramsés? Aquele circo montado por Carter?"

"Ah, meu caro, você está com inveja, não? Não há motivo, acredite em mim. Estou vendo essas coisas com tanta clareza. Não importa."

"O que não importa?"

"Tudo isto. Já vi mais do que queria deste país. Tudo aqui é duro e frio." E então foi *ela* quem começou a chorar nos meus braços, tremendo, e depois, com a mesma rapidez, parou e se sentou ereta, enxugando o rosto. "Sabe, perdi meu Len, há apenas dois dias. As coisas aqui são muito rápidas." Ela olhou para oeste, para as dunas que iam ficando cada vez mais indistintas e se transformavam em deserto aberto. "Aqui as pessoas parecem muito temporárias, todo este espaço e história. Vou levá-lo para casa amanhã. Você está com uma cara igual à minha. Ele gostava de você, sabia? Ah, gostava muito. Ele disse isso naquela primeira noite no navio. Espero que aqueles espíritos não o tenham encaminhado para a direção errada. Você não deve levá-los a sério demais. Eles gostam de se divertir, sabia? Eles já foram humanos um dia, e morrer não os torna mais inteligentes, é o que eu acho. Nem honestos. Nem sequer interessantes, agora que paro para pensar nas conversas chatas que Len e eu costumávamos ter com eles. Para mim nada mais de fantasmas agora."

"Pobre Len. Pobre Sonia."

"Você poderia voltar comigo, sabia? Eu até que preciso de uma certa ajuda. Tantas dificuldades que vou enfrentar agora... Meus filhos moram longe demais, são muito ocupados." Ajuda? "Para levar Len para casa. Você poderia ver nossa casa, e nossa casa de verão no lago. É muito tranquilo lá. Sabe, no inverno, é tanta neve que se precisa tirar com a pá da frente da casa. Len costumava fazer isso, mas não posso pedir às crianças que o façam. Ah, querido Ralph, me salve disso tudo. Vamos tratar de deixá-lo limpo no meu hotel, arrumar algumas roupas, chamar um médico para olhar essa perna, e em seguida você irá resgatar esta velha mulher que tanto precisa de você."

Margaret. Há poucos dias, eu teria ido, apenas alguns dias antes. E eu poderia ter enviado um cabograma chamando você para se encontrar conosco. Você e eu cuidaríamos dela em sua casa desarrumada, verões no lago, jardinagem. Os caseiros lá embaixo na outra casa, indo ao mercado, cozinhando. Consertando isto ou aquilo. Teríamos muito tempo para ler, jogar tênis, levar você para passear no veleiro dela. Isso teria respondido tudo.

"Estou muito perto de acabar, Sonia, minha descoberta. Terrivelmente perto."

"Claro. Claro, meu caro rapaz."

"Quem sabe eu poderia me encontrar com você depois, assim que acabar aqui."

"Isso seria ótimo. Eu gostaria muito. Se você não pensar melhor e simplesmente vier agora, agora mesmo, simplesmente voltar comigo..."

Ela desceu pelo caminho rochoso. Fiquei sentado à frente da porta de minha tumba, exausto demais para me levantar. Ela se virou e acenou durante a descida do caminho tortuoso. Quando pedras mais altas a esconderam, pude imaginar que ela pensava que havia me visto pela última vez, mas então o caminho dava uma volta e ela apareceu novamente, menor, e surpresa por ainda me ter em seu campo de visão, acenou, ainda. Ela parou só mais uma vez, bem pequena, acenou com seu lenço branco, uma figura minúscula bem abaixo de mim. Retirando neve com a pá.

Terça-feira, 26 de dezembro de 1922

CCF e eu passamos o dia limpando, analisando a Câmara 8, lendo inscrições e ilustrações nas paredes. Fizemos medições de mobílias etc.

Quarta-feira, 27 de dezembro de 1922

Hoje Carter começou a trazer à luz o que até o momento apenas os poucos escolhidos haviam visto no subterrâneo, mas está levando tudo para as multidões e as câmeras que o aguardam da maneira mais repugnante, como se tivesse se tornado o príncipe da morte. As macas, as bandagens enroladas: é uma visão da própria guerra. Suspeito, pela forma, que a figura enrolada agora se erguendo sob o comando de Carter é a estátua de lanceiro que eu havia visto lá embaixo, mas toda recoberta por bandagens, como se os pulmões do antigo soldado estivessem borbulhando com gás mostarda e seus olhos chorassem aquelas lágrimas marrons e cheias de cascalho. A exibição exagerada: as menores caixas emergem carregadas por três homens em uma marcha até a caverna de Lucas, cada sandália enfeitada com contas recebe um borrifo de spray e cola e é restaurada nesta imensa fábrica de antiguidades, o monumento à vaidade de um homem, esta violação das últimas esperanças de paz de um pobre rei menino.

Partimos para o sul num navio no dia seguinte, chegando a Luxor no dia 27. A propósito, Macy, sinta-se livre para acrescentar qualquer cor local que você achar que possa ajudar: tempo quente, camelos, nativos, esse negócio todo. Por mim, não tenho vontade alguma de descrever isso, mas acho que atrai uma certa classe de leitores, além de que o pessoal do cinema engole isso na hora.

No dia 27, parti para o endereço no subúrbio que Trilipush dera ao seu hotel no Cairo para envio de mensagens. Em vez de Trilipush, dois jornalistas americanos dividiam o aluguel daquela *villa*, quartel-general deles para envio de matérias sobre a escavação do rei Tut. Eles a haviam ocupado no dia 10 de dezembro. E será que eles já haviam ouvido falar num arqueólogo de nome Trilipush? Um deles riu, sarcástico: "Sujeito popular." Outro cavalheiro havia aparecido na semana passada fazendo a mesma pergunta. E o que foi que eles lhe disseram? "Dissemos que se ele é um arqueólogo, então Howard Carter o conheceria, mas eu nunca ouvi falar no seu rapaz, chefe." Eles me disseram como localizar o sítio de Carter, e aceitaram algum dinheiro com o maior prazer: se vissem a sombra de Trilipush ou Finneran novamente, entrariam em contato comigo imediatamente no meu hotel em Luxor. "Sim senhor, mas é claro!"

E lá fui eu para o grande show: a turba de trabalhadores e turistas que marcava a escavação da tumba do rei Tutancâmon. Agora, um dos grandes benefícios de minha carreira, Macy, é a ampla variedade de seres humanos fascinantes que tive o grande prazer de encontrar. Howard Carter era um sujeito de seus 50 anos quando o conheci, e era admirável. Sabe alguma coisa a respeito dele? Ele não era um esnobe, não nasceu em berço de ouro como Trilipush e Marlowe, não era sequer rico. Não, Carter era neto de um couteiro que havia trabalhado muito, estudado muito, ensinado a si mesmo o que precisava para ser um luminar na sua área e, por intermédio da inteligência, da persistência e da sorte, havia feito aquela descoberta campeã que o mundo inteiro conhece hoje em dia, e com toda justiça. Agora, todo aquele negócio de vodu das múmias, dos móveis quebrados, dos colares e que tais, bem, essas coisas não me interessam muito, e o pouco que Carter me mostrou naquele dia foi bom, mas já foi um tanto demais. Não, o que me interessava era o próprio Carter. Ele era o meu tipo de homem, um homem honesto, que subiu na vida sozinho. E era inglês, mas não do tipo que não conseguia perdoar você por não ser inglês. Dava para ver o respeito que os seus egípcios tinham por ele. Isso para não mencionar as turbas de jornalistas, fotógrafos, turistas, pretensos assistentes e admiradores, embora nenhum deles o distraísse. Enquanto eu lhe fazia minhas perguntas sobre seu trabalho e sobre Trilipush, não pude deixar de pensar: eis aqui um pobre rapaz que venceu na vida, não um criminoso filhinho-de-papai, e é uma pena que o escândalo que está para estourar por aqui vá desviar a atenção do mundo da obra do sr. Carter e colocá-la sobre a minha pessoa.

Bem, Carter havia de fato se encontrado com Trilipush diversas vezes e, na verdade, Trilipush trabalhava duro em alguma coisa, trabalhava com um orçamento muito restrito, mas logo ali, do outro lado daquelas encostas, disse Carter, apontando para uma parede monstruosa daquele vale infernal. Então, uma parte ainda maior da história de Trilipush era verdade. E, diz Carter, cerca de uma semana antes, outro sujeito, um americano, andara procurando por Trilipush, e Carter lhe dissera aonde ir também, e lá se fora ele. Quando o próprio Carter havia visto Trilipush pela última vez? Naquela manhã, uma carta para Trilipush havia inadvertidamente sido incluída na correspondência que um dos rapazes de Carter havia apanhado, e, como estava curioso para ver o que Trilipush havia encontrado, Carter levara pessoalmente a carta até Deir el Bahari. E? E Trilipush estava sujo, mancando por causa de uma ferida na perna, um pouco doente talvez, mas "incrivelmente empolgado quanto à sua descoberta". Não deixou de modo algum que Carter espiasse lá dentro, e foi só. Carter voltou ao seu acampamento e algumas horas depois foi encontrado por um americano, o sr. Finneran, que perguntou por Trilipush. "Comecei a me sentir como o secretário particular do sujeito e, afinal, eu estou um tanto ocupado aqui com meu próprio trabalho."

Compreendi a indireta, aceitei-a com elegância, apertei a mão do grande homem e lhe agradeci sinceramente por seu tempo, pedi desculpas por tê-lo incomodado. Dirigi-me de volta à cidade para contratar um guia que me ajudasse a encontrar o sítio de Trilipush.

Agora, Macy, o que exatamente nós achávamos *naquele momento*? Eu estava errado. Agora eu admito isso, assim como admiti então: Trilipush dissera a verdade, com honestidade: definitivamente, existia um tesouro, e ele estava tão próximo dele, uma semana antes, que sequer deixara o grande Carter ver o sítio arqueológico. Naquele mesmo dia, Finneran deve tê-lo encontrado. Eu estava atrasado exatamente uma semana em relação a eles, e uma parte de mim entrou em desespero, pois eu não sabia onde qualquer um deles estivesse. Agora, eu não dei trela para a idéia de O'Toole de que Finneran havia ido até lá para matar Trilipush e roubar o ouro, embora a gente nunca possa ter cem por cento de certeza quando se trata de homens sob pressão. O mais provável era que, com a riqueza bem ali reluzindo na frente deles, os dois provavelmente se entendessem, consertassem a situação, com Finneran aliviado para esquecer tudo que eu tão pacientemente o ajudara a ver, e agora o assassino e seu seriamente crédulo futuro sogro já estavam uma semana à minha frente a caminho de Boston, onde Finneran pagaria suas dívidas com ouro do Egito, e Trilipush, levando consigo riqueza e fama, tomaria a mão de Margaret como sua esposa, embora este viesse a ser um tipo triste de casamento, ele a usando para disfarçar suas tendências antinaturais. E ele provavelmente conseguiria de volta seu emprego em Harvard pela importância de sua descoberta. Eu provavelmente já os havia perdido, e agora teria de voltar de navio da mesma maneira como acabara de chegar, para interromper o êxtase familiar mais uma vez, para fazer minhas incômodas perguntas em nome dos pobres assassinados Caldwell-Davies e Marlowe. Eu não estava feliz com essa possibilidade, Macy. Não ligo muito para Boston, e não queria voltar. Já havia passado tempo suficiente navegando pelo oceano Atlântico, e confesso que poderia até ter desistido então, encerrado o caso ali mesmo, se aqueles dois já estivessem a caminho de Boston com Trilipush consolidando suas mentiras. Eu teria feito tudo para manter as investigações perto da cena dos assassinatos.

Precisei ficar mais uma noite para conseguir respostas, e meus temores aumentaram na manhã seguinte, quando finalmente consegui contratar um garoto nativo e dois burros, e saímos trotando por sobre as rochas, passando por outro sítio arqueológico administrado por um americano, passando por um templo gigante recortado no interior da lateral da encosta, passando por uma entediante paisagem árida e marrom, não muito diferente de certas partes selvagens da Austrália. E, então, depois de um tempo em silêncio, por nenhum motivo em particular que eu conseguisse ver, o garoto parou e disse: "Aqui." "Aqui? Tem certeza?" Não havia absolutamente nada de diferente a respeito daquele trecho de caminho de burro no lado da encosta do que qualquer coisa que já havíamos visto em mais de uma hora. Estávamos em uma inclinação no meio de algumas pequenas colinas, depois de onde o Judas perdeu as botas, e me perguntei se aquele menino egípcio não estaria me aprontando uma emboscada. "Aqui?", perguntei novamente, e o garoto deu de ombros. Amarrei meu burro, dei uma volta pela região e não encontrei nada de interessante, nenhum sinal de vida. "Como é que você sabe que não é mais acima?", perguntei. O garoto foi incisivo, ele conhecia aquelas colinas, e aquilo era o que eu tinha dito a ele que Carter me dissera. Nós aguardamos. Fiz uma busca naquele calor todo por duas horas, andando para cima e para baixo, mas não encontrei nada, nem ninguém. Nada de ouro reluzente, nada de Finneran fugitivo, nada de Trilipush traiçoeiro, nada de cadáver de Caldwell, nada de Marlowe morto.

Eu estava preocupado, sério. Não tinha outro endereço de Trilipush, e agora parecia que ele havia encerrado suas escavações na semana anterior, e apagado seus vestígios. Pelo menos eu ainda tinha o correio. Aqueles cabogramas e cartas de Margaret haviam vindo de algum lugar. Voltei à cidade e fui de agência em agência dos correios distribuindo o dinheiro de O'Toole até ouvir a resposta certa: paguei ao egípcio atrás do balcão para que abrisse sua boca: "Sim, o sr. Trilipush vem com muita frequência para checar a posta restante, e sim, ele envia cabogramas daqui, e a última vez que ele veio foi há provavelmente duas horas" — e então, na minha euforia, paguei ao egípcio atrás do balcão para que ficasse de boca fechada, e para fazer um sinal ao meu garoto ali na esquina na próxima vez que Trilipush aparecesse, e então haveria outro pagamento.

Deixei meu pequeno assistente ali (um de uma equipe rotativa de oito que escolhi naquela tarde pela discrição, instruí-os nos fundamentos da vigilância secreta, e contava com eles por conhecerem as ruas e se misturarem com a multidão). Posicionei o garoto discretamente no correio, esperando o rato, 28 de dezembro, no fim da tarde. Então fui até o escritório das barcas e desembolsei mais pagamentos, na conta do Caso Davies, do Caso O'Toole, do Caso Marlowe, de todos: mas o escritório não tinha reservas feitas em suas barcas para Trilipush nem para Finneran em seus registros, e ninguém com aqueles nomes havia viajado para o Cairo naquele dia. Deixei meu nome e um dinheiro: qualquer reserva feita naqueles nomes, por favor entrem em contato comigo no meu hotel. Fui ao maior número de hotéis de Luxor que consegui encontrar: nenhum Finneran nem Trilipush em lugar algum, e deixei um rastro de dinheiro de meus clientes atrás de mim: caso aqueles nomes aparecessem em um registro, eu deveria ser contactado em meu hotel imediatamente. Tudo bem, eu estava ocupado, mas não tinha nada: Trilipush e Finneran não haviam partido e não estavam ali: o que poderia ser mais claro que isso? "Paciência, Macy", pedi. "Agora, mais do que nunca." Eu havia colocado as únicas armadilhas que tinha à minha disposição. Continuei meu circuito: até a *villa*, até o sítio de escavação, até o correio para checar meus rapazes locais. Dia 28. Dia 29 (correio fechado). Dia 30.

Quinta-feira, 28 de dezembro de 1922

Nesta manhã, CCF e eu saíamos para tomar ar e vimos um homem a cerca de 200 metros caminho acima. Fiquei observando-o por horas, detrás das rochas. De cabelos alaranjados, até mesmo daquela distância, com um garoto nativo preguiçoso. Ele andava um pouco, se sentava, saía vagando mais um pouco e tornava a se sentar. Você o conhece, CCF? "Ah, mas é claro, Ralph, meu rapaz, conheço sim. Ele tem fome de se meter, destruir, confundir. Ele devora o que outros homens constroem. Ele é um devorador de vidas e sobrevive de migalhas."

Está certamente na hora de nos apressarmos com nosso trabalho. CCF me manda para a cidade para comprar comida e verificar o correio. Nenhuma notícia sua, M. Não há necessidade de continuar fingindo, minha querida. Nossa "separação" já foi esquecida.

Passamos a tarde limpando e analisando as Câmaras 8 e 9, copiando ilustrações e textos.

Sexta-feira, 29 de dezembro de 1922

Em qualquer esforço acadêmico, existe uma certa quantidade de trabalho especulativo, um esclarecimento de ideias que só são alcançadas por intermédio do ato físico de escrever. Por definição, um primeiro rascunho é, ao mesmo tempo, impreciso e necessário. Utiliza-se a caneta para cortar impossibilidades. Agora posso jogar fora muito do que veio antes, e preparar o texto com uma análise mais precisa.

Com esse propósito, CCF e eu trabalhamos na medição da Câmara 9, compreendendo os itens em relação uns aos outros. Preciso copiar rapidamente as últimas traduções, o Painel de Parede L da Câmara Histórica e as paredes das Câmaras 8 e 9.

A descoberta mais extraordinária, claro, é a cópia completa das *Advertências* de Atum-hadu. Passei horas lendo-a.

Percebi também que entendi errado o Pilar 12: não é um aliado carregando o morto Atum-hadu; é Atum-hadu carregando o falecido Senhor da Fartura. CCF apontou isso para mim. Brilhante insight da parte dele.

PAINEL DE PAREDE L: AS ÚLTIMAS HORAS DO EGITO

Atum-hadu fora abandonado. Ele deixou Tebas, atravessou o Nilo que dá a vida e saiu caminhando. Sozinho, ele levou seus pertences, suas *Advertências*, tinta, junco, pincéis, sua gata. E levou o Senhor da Fartura.

Sábado, 30 de dezembro de 1922

Diário: CCF e eu discutimos os próximos passos, e estamos decididos. Vamos voltar a este lugar de nossa glória, mas depois. Agora é hora de irmos para casa, recuperar nossas forças, nosso dinheiro e nossa saúde, enviar novas solicitações para as autoridades de direito etc.

Tenho mais algumas anotações a fazer neste diário antes que CCF e eu voltemos para casa, na segunda-feira. Tudo resolvido, é a coisa mais simples do mundo: vou colocar no correio estas anotações para a minha noiva, para garantir que sejam publicadas caso alguma coisa aconteça a CCF e a mim em nossa longa travessia até Boston. Senão, minha extraordinária obra correrá um risco terrível, à mercê dos elementos em um navio. Finneran e eu viajaremos de navio até o Cairo, passaremos a noite no Hotel da Esfinge (CCF está animado e pronto para acertar minhas contas de outubro para cá), pegaremos o trem para Alexandria e embarcaremos no *Cristoforo Colombo* para um aprazível cruzeiro para casa.

Vou me casar com Margaret. CCF está cem por cento engajado nessa ideia novamente, irá me ajudar a curá-la de seus problemas. Teremos filhos. Seremos felizes. Depois retornarei ao Egito para realizar uma investigação mais completa de minha grande descoberta aqui. Minha obra será estudada para sempre. *Desejo e desengano no Antigo Egito: As Advertências completas do rei Atum-hadu* (2ª edição, revista e ampliada, Yale University Press, 1923). *A descoberta da tumba de Atum-hadu*, por Ralph M. Trilipush (Yale University Press, 1923).

Finneran fornece o dinheiro para lidar com esses últimos detalhes em Luxor, mas prefere ficar perto da tumba. "Achei este lugar encantador demais para ir embora agora", ele diz, cochilando numa cama de campanha na Câmara 8. Eu fui até a cidade para providenciar passagens em vários navios até a volta para casa, reservas de hotel ao longo do caminho.

Mas aquele sujeito ruivo está se esgueirando por aqui novamente, e CCF e eu montamos guarda até que ele perde o interesse, novamente a cerca de 200 metros descendo o caminho a partir do ponto onde estamos. Ele é o tipo mais estranho de perseguidor: ineficiente, sem propósito, mas ainda capaz de ameaçar, mesmo de modo desajeitado, meu trabalho. Ele não está relacionado a qualquer coisa importante, mas parece profundamente dedicado à intenção de se meter no meu caminho. Por fim, ele acaba indo embora, e CCF me manda executar nossas tarefas.

Na tarde do dia 30 nossa paciência é finalmente recompensada, Macy! Estou de volta ao meu hotel depois de mais uma vez ficar de campana no sítio de escavação do outro lado do rio, sem sucesso. E agora, de uma vez, Trilipush passa de invisível a onipresente. O escritório das barcas liga: acabaram de fazer reservas para Trilipush e Finneran no barco para o Cairo segunda-feira, 1º de janeiro. Recebo um telegrama do Cairo: receberam notícias no Hotel da Esfinge para esperar os senhores F. e T. na noite de 2 de janeiro. E em seguida batem à porta: um dos meus bandidinhos de Luxor, com a mão estendida. "*Bock Sheesh*", ele diz a saudação local. "*Bock Sheesh*", respondo. "Quais são as novidades?" A palma de sua mão permanece estendida. É claro: assim que sua mão recebeu o peso adequado do dinheiro, seu sistema de roldanas conectado faz com que a boca dele se abra: Trilipush havia passado no correio uma hora antes, não havia recebido nem enviado nada, e estava agora sentado a menos de 10 metros do meu próprio hotel!

Desci as escadas correndo atrás do garoto, saí para o sol que parecia cegar e atravessei a rua. Escondi-me atrás de uma palmeira. Meu coração batia acelerado. A qualquer momento eu finalmente conheceria o demônio que havia chacinado o rapaz australiano e o oficial inglês, o porco que havia partido o coração daquela garota maravilhosa, sua tia. Lembrei-me de uma foto dele que ela havia me mostrado, seu braço ao redor dos ombros de Marlowe. Trilipush parecia um homem comum, com cabelos louros, mas com algo de ganancioso e imoral ao redor da boca e dos olhos. Olhei para onde o garoto apontava, mas não vi nenhum Trilipush. "Ali, ele está ali." O garoto tornou a apontar para um homem barbudo em trajes nativos, olhando para uma bebida numa mesa de café sob um toldo. "Você tem certeza?" "Certeza, sim. O homem do correio disse. Eu o segui até aqui. Ele pegou a bebida, eu fui ao senhor."

E ali estávamos nós, Macy, depois de todo esse tempo, correndo tantos milhares de quilômetros ao redor do mundo, sondando acontecimentos de anos antes, perseguindo os sonhos e os pesadelos de tantos clientes, muitas vezes sem saber que aquele ali era o homem que eu estava procurando, *aquele* era o homem cujos crimes se tornariam famosos apenas três décadas mais tarde graças a você e eu neste exato instante.

"Sr. Trilipush, eu presumo?", pus-me diante dele, com o sol às minhas costas, um método antigo e certeiro para desorientar um interrogado.

Ele levantou a cabeça.

"Ah, o obstinado sr. Ferrell. Sou um homem ocupado. Só tenho alguns minutos para um drinque. Junte-se a mim se quiser, mas seja breve." O efeito foi estonteante, Macy, confesso. O brilhantismo dos criminosos nunca deve ser negado, caso contrário é o orgulho do detetive que leva a melhor, sabia? E ele foi inteligente *mesmo:* ele me reconhecera, um total estrangeiro, com uma olhada, Deus sabe como, e não havia mostrado a menor surpresa de que eu estivesse em pé à sua frente no meio do Egito, e eu o havia reconhecido, levando em conta tudo.

Pois ele tinha um aspecto terrível. Seja lá o que ele tivesse sido — na primavera do caso fraudulento dele, quando cortejara Margaret com fumaça e espelhos —, ela jamais teria desejado essa coisa suja, isto é certo. Ele estava vestido com um traje rasgado, com manchas de sujeira e respingos de sangue, amarrado com pedaços de corda juntos com nós, e calçava uma única bota rachada, seu outro pé apenas uma massa de bandagens amareladas e incrustadas de sujeira. Seus cabelos e sua barba estavam embaraçados, e seu rosto tinha um bronzeado irregular, e o resto estava simplesmente coberto de terra, e um de seus olhos estava roxo e inchado, e a testa e a face machucadas e com cortes muito feios. Quase tive pena dele, Macy, mas aí me lembrei da casa suja onde um jovem e promissor australiano havia crescido, o mesmo garoto assassinado por aquele pomposo homem sentado à minha frente. E minha pena desapareceu.

Meu Deus, como ele fedia. Ele fedia a podridão, a tumbas, à sua própria sujeira, nem sei. Provavelmente, por causa de sua horrenda perna sem bota. No fim de nossa conversa, quando ele se levantou e saiu manquitolando, era praticamente um perneta. Mesmo assim, apesar de todo aquele horror, o mais enlouquecedor de tudo, que mais certamente eliminaria qualquer vestígio de pena que eu poderia ter sentido por ele, ele ainda falava como se estivesse completamente inconsciente de sua aparência, com todo o esnobismo louco e injustificável das classes altas britânicas, todo aquele desgosto por gente de verdade, as gerações de ódio congelado com o qual nascera em seu sangue, que o faziam se sentir superior ao resto de nós. Você podia ouvir o que aquele criminoso fedorento pensava de nós, australianos: aquela voz bastarda pomposa que faz os habitantes da colônia agirem como serviçais e serviçais agirem como negros e negros pegarem rifles e se revoltarem. E, naturalmente, havia absolutamente aquele algo a mais em seus modos: o peculiar jeito cantado de falar dos invertidos, embora estivesse grandemente abafado, sem dúvida por causa do hábito de ocultar sua natureza.

As perguntas enchiam minha cabeça, e precisei de um momento para organizar os pensamentos, então lhe solicitei que me pedisse uma cerveja, o que ele fez no jargão nativo. E então mergulhei fundo, fazendo perguntas à medida que elas me ocorriam, todos os interesses de meus clientes misturados, e o criminoso respondia a cada uma tão rapidamente que eu sabia que ele estava preparado para mim há tempos. Finneran havia me traído com aquela ruína suja, sem dúvida. Eles devem ter pilhas de ouro, isso era certo.

Pense em minha posição enquanto eu cercava Trilipush: não poderia esperar que ele rapidamente confessasse seus assassinatos, revelasse os paradeiros dos corpos. Quatro anos depois, ele estava enredado demais em suas mentiras, confiando na passagem do tempo, a fraqueza da evidência física cada vez pressionando mais. Não, em vez disso, eu tinha de provocá-lo, como um touro, até que em sua fúria ele escrevesse os crimes na própria face. Armadilhas precisavam ser preparadas, e em minhas palavras (transcritas apenas algumas horas depois, por isso não duvido nem por um instante da exatidão delas), você verá essas armadilhas se estreitando ao redor de nosso coelho: você precisa ver nelas como ele se debatia ao redor do gancho que se enfiava mais fundo em sua boca. Você precisa compreender, como um homem das ciências investigativas, que eu extraía meus próprios sentimentos dos procedimentos, permitia que ele atirasse em sombras. Uma boa lição para você, Macy: o detetive usa sua própria forma esvaziada como isca, faz de si mesmo uma armadilha contra a qual o criminoso se atira em fúria, deixando-se apanhar no processo.

"Que coisa estranha, sr. Trilipush. Estou tentando entender a história da sua vida, o que ouvi de seus amigos e admiradores. Não consigo entender. Continuo somando dois e dois e o resultado teima em dar sempre cinco. Como é que o senhor explica isso?"

"Talvez seu tutor de matemática passasse tempo demais de seu tempo de estudo assediando você, meu caro."

"Muito bom, e uma escolha interessante de verbo, pelo que ouvi falar de você."

"Estamos chegando ao fim, sr. Ferrell?"

"O sr. Finneran o encontrou na semana passada?"

"Encontrou. Como soube que ele esteve aqui?"

"Onde está o sr. Finneran hoje?"

"Vamos nos encontrar mais tarde. Ele está fazendo os preparativos para nossa partida na segunda-feira. Dividimos as tarefas."

"Partindo do Egito? Para um paradeiro desconhecido?"

"Se você acha que Boston é um lugar desconhecido."

"Está voltando a Boston? E as incríveis dívidas do sr. Finneran?"

"Tudo o que o sr. Finneran faz é incrível, e neste caso ele investiu sabiamente, assim como seus sócios."

"Ah, então meus parabéns. Teve sorte em suas escavações?"

"Sem paralelo. Você lerá tudo a respeito disso um dia e contará a seus netos que me conheceu, e eles irão ficar maravilhados. Pode até ser que amem você por causa disso."

"Onde está o tesouro agora?"

"'Tesouro'? É um termo encantador, seu colono imbecil. *Artefatos, obzhaydarr, mobiliário, manuscritos e múmias* estão na tumba, em processo de preservação."

"Será que eu poderia dar uma olhada na tumba?"

"Poderá sim, assim que ela for aberta ao público."

Para afastá-lo de sua posição defensiva, provoquei-o com uma mentira, embora muito próxima da verdade: "Beverly Quint diz que você e Marlowe eram amantes."

Ele me encarou por um instante, e depois prosseguiu, sem se abalar. "Não conheço a srta. Quint, embora ela pareça encantadora, por isso não posso imaginar o que a motivaria a fazer uma declaração dessas. Começo a ter a impressão de que o senhor está me confundindo com outra pessoa, sr. Ferrell. Já estamos terminando?"

Sem se abalar, sim, mas você há de admitir que essa resposta foi peculiar: ele finge não conhecer seu velho amiguinho Quint, quando não há motivo para esconder isso. Não deixe que isso abale você: esse tipo de confusão costuma aparecer com frequência em interrogatórios climáticos com mentirosos compulsivos. Eles vão ficando cada vez mais confusos, não conseguem se lembrar de quais mentiras disseram a quais pessoas, e então, como crianças, começam a atirar poeira para todo lado. Aqui é crucial que o detetive se agarre ao que sabe que é verdade. Com as mentiras de Trilipush mordendo suas próprias caudas, pressionei ainda mais: "Por que não há menção ao seu nome em Oxford, professor?"

"Não faço ideia. Só posso presumir que você, assim como um bom número de pessoas primitivas facilmente impressionáveis, fareje grandes conspirações em erros tipográficos."

"Sei. Claro. Então o senhor pode explicar para este primitivo por que os pais do capitão Marlowe, a família do seu amigo mais querido, dizem que nunca o conheceram?"

E finalmente ele ficou em silêncio. "Eles disseram isso?"

"Disseram, sr. Trilipush. O senhor sabe os nomes deles?"

"Claro. Priapo e Safo. Os velhos estão bem?"

"Sim. Não. Os nomes deles são Hector e Regina."

"É mesmo? Que estranho."

"Por que o Ministério da Guerra britânico não tem registros de sua carreira militar?"

"Não tem? Mas que distraídos."

"Nem um pouco, Trilipush. Eu creio que o seu registro militar tenha sido expurgado pelas autoridades, desesperadas para cobrir outro crime inglês do tempo da Guerra."

"Crime?"

Ele era irritante até mesmo naquele seu estado reduzido e depauperado, tudo o que é desprezado pelos ingleses. Ele estava tão visivelmente horrorizado pela minha presença quanto o pai de Marlowe estivera; ele me espezinhou com sua voz e seu sotaque de modo tão fácil quanto Quint; ele estava tão desinteressado no mal que fizera em sua vida quanto o velho Barnabas Davies. Eu queria esmagá-lo, agarrá-lo pelo pescoço. Eu deveria me impressionar com *ele*? Um mendigo fedorento e constrangido de uma bota só? Eles são apenas homens, Macy: assassinos, ingleses, os ricos: são apenas homens.

Abordei a questão por um ângulo diferente: "Quem é Paul Caldwell?"

"Nunca ouvi falar."

"Ele era um soldado australiano que se perdeu com o capitão Marlowe."

"Nunca entendi a tendência que os policiais têm para fazer perguntas só para respondê-las em seguida."

E então, Macy, tirei meu ás da manga. Mostrei a ele, simplesmente para dar um incentivo à conversa, a transcrição do relatório do QG da Tailor dos registros militares britânicos (acho que já lhe enviei uma cópia, mas reproduzo-a novamente para nossos leitores):

> O capitão Hugo St. John Marlowe deixou o acampamento da base no Cairo em 12 de novembro de 1918, numa licença de quatro dias. Não retornou em 16 de novembro. As buscas iniciadas em 18 de novembro nada revelaram. Entrevistas com oficiais, homens, não revelaram nada de significativo. Em março de 1919, nativos apareceram pedindo recompensa, pois haviam encontrado os discos de identidade do cap. Marlowe e do cabo P. B. Caldwell

(AIF), bem como um rifle Lee-Enfield 303 da AIF. Os nativos relataram ter encontrado esses objetos próximo a Deir el Bahari. Novas entrevistas não revelaram conhecimento de qualquer relacionamento entre o capitão Marlowe e o cabo Caldwell, embora os registros da AIF mostrem que por duas vezes o cap. Marlowe fez uma recomendação incomum de promoção para Caldwell para o cap. T. J. Leahy (AIF), comandante da companhia de Caldwell.

Ele levantou a cabeça e me devolveu a folha de papel. "E...?"

"O que aconteceu com esses dois homens, professor?"

E eu o vi avançando para morder a isca, Macy: "Ah, pelo amor de Deus, Ferrell, veja se me ouve de uma vez por todas: eu não voltei ao Egito — e certamente, certamente você sabe disso, homenzinho esperto — antes de dezembro de 1918. E você quer que eu explique esse seu documento? Como poderia? Mas ótimo. Você diz ser um detetive, então use a cabeça, Ferrell. Posso pensar em mil explicações diferentes para uma coisa tão vaga quanto esta sem fazer o menor esforço."

"Mil? É mesmo? Não consigo acreditar, professor." Eu podia ouvir o orgulho dele, o orgulho do criminoso criativo, e isso — eu senti — seria o que o faria cair.

"É a coisa mais simples do mundo. Um. o capitão e o cabo partem, como você colocou pura e simplesmente, para um *romântico* feriado de quatro dias no deserto, comemorando o Armistício com um refúgio de amantes. Eles fazem uma requisição para uma motocicleta e um sidecar, e partem ligeiros para o sul, onde começam a preparar um piquenique, tocam violão, recitam Shelley, comem uvas. Entretanto, apenas poucas horas se passaram desde o Armistício e algumas tropas inimigas não ouviram as boas-novas, ou alguns bandidos não dão a mínima para isso. Capitão e cabo se descobrem não num abraço amoroso, mas cercados por inimigos, e o capitão saca sua pistola Webley. Manda seu amante correr. O cabo corre até a motocicleta, ouve três disparos em rápida sucessão, volta-se para ver a multidão de árabes loucos de sangue fazendo o capitão em pedaços e, em seu medo, não consegue dar partida na moto. Os demônios o derrubam também, arrastam-no para longe a fim de torturá-lo. Seus discos de identidade e seu rifle ficam para trás. Isso se encaixa nos seus fatos, pois não? Mais uma vez? Ótimo. Número 2: o capitão está apaixonado por uma moça árabe, decide jogar tudo para o alto por ela — família, país, carreira, a Igreja da Inglaterra — para se tornar o marido árabe dela. Ele leva seu mais querido amigo, esse recruta neozelandês..."

"Cabo australiano."

"...esse cabo australiano para ser seu serviçal. Eles armam os próprios 'desaparecimentos' e hoje todos vivem juntos a menos de 5 quilômetros daqui, marido, mulher, três filhos e um serviçal australiano. Você vai poder encontrá-los agora mesmo, se for inteligente o bastante para rastreá-los. Eles deixaram provas falsas de morte a céu aberto e torceram para que algum idiota presumisse que eles estavam mortos. E esse idiota é você. Mais uma vez? Muito bem, número 3, e esta aqui é mais de acordo com o seu gosto: o empobrecido cabo australiano estava chantageando o capitão inglês, que era um sodomita. O capitão inglês decidiu acabar com sua posição comprometida assassinando seu torturador. Então, ele convidou o cabo australiano para o deserto, a fim de lhe mostrar e compartilhar com ele alguma descoberta arqueológica valiosa. Depois de colinas sem fim, ele o levou até um ponto isolado. "É aqui que eu fiquei sabendo que devemos cavar", ele diz. Quando o inocente garoto australiano vira as costas e puxa uma ferramenta de escavação do alforje da motocicleta, o capitão saca sua Webley. O cabo viu de relance esse gesto refletido no tanque de gasolina da motocicleta, que, tocantemente, ele havia polido para impressionar o inglês. Ali, o reflexo distorcido do capitão fazia com que ele lembrasse um inseto com um tórax enorme, bracinhos minúsculos, e um revólver. O cabo, que era apenas um inofensivo candidato a arqueólogo, puxou secretamente sua faca de combate e se virou. Rindo, o capitão disse ao pobre rapaz que iria matá-lo para acabar com a chantagem e depois desenterraria a prometida descoberta arqueológica sozinho. O capitão chegou mesmo a ter a audácia de dizer ao rapaz para não levar aquilo para o lado pessoal, sugeriu ao pobre sujeito que seria gentil o bastante para relatar a morte como heroica para que o cabo recebesse condecorações póstumas e pensões para sua família miserável na Austrália. Isto quase convenceu o cabo, na verdade, mas no fim ele não acreditou que o capitão fosse cumprir mesmo essa promessa, então pulou em cima do outro numa autodefesa preventiva. Na luta, o capitão baleou o cabo e o cabo esfaqueou o capitão, e ambos caíram, praticamente mortos. Bandidos roubaram seus uniformes, a motocicleta e os demais pertences. Você está anotando isso tudo? Devo falar mais devagar? Chacais arrastaram os corpos até uma caverna e os devoraram. Foi isso mesmo que você ouviu, *devoraram*. Os discos de identidade de metal não são comestíveis nem valiosos, e foram deixados no deserto. Quer mais, Ferrell, meu macaquinho anão de pelo vermelho? Número 4: o capitão, em seu trabalho de contraespionagem, descobriu que o cabo passava informações secretas para os turcos. Ao confrontar o cabo com essa descoberta chocante, o capitão se aproximou dele para prendê-lo, quando subitamente um avião britânico passou lá no alto, confundindo a briga com um..."

E ele continuou matraqueando sem parar, contando pelo menos mais seis histórias exageradas. Eu tentei interromper, mas ele não permitia que nada perturbasse sua performance: "Espere um instante, detetive, estou só começando. Sabe, todas essas possibilidades, nenhuma delas verificável ou impossível de comprovar, se encaixam em seu documentozinho, e eu só estou começando a fazer meu aquecimento. Evidências textuais podem conter uma grande quantidade de lapsos e distorções, como um disco de gramofone deixado ao sol. Dificilmente existe um relatório escrito sobre *qualquer* acontecimento passado que consiga explicar *tudo*. Não sabemos nada a respeito do passado, não verdadeiramente, de *nenhum* documento, mas você viajou pelo mundo, Ferrell, sem nada aprender, violando minha reputação em certos cantos, e tentando roubar minha noiva, baseado *nesse pedaço de papel*!?" Mas, Macy! Ele havia cometido seu erro fatal. Você viu? Se ele realmente não soubesse nada a respeito dos homens desaparecidos, se ele tivesse verdadeiramente voltado ao acampamento um mês depois do desaparecimento deles, então como é que ele — em sua série de hipóteses que obscurecem a verdade — adivinhou que Paul Caldwell era "*um candidato a arqueólogo*"? Nada nos registros militares teria mostrado isso; eu só fiquei sabendo disso por intermédio de minhas entrevistas na Austrália. Ah, sim, nosso sr. Trilipush foi apanhado. Eu pulei, e nós tivemos nosso momento ao sol, Macy, para fazer nossas declarações dramáticas e ver a muralha de mentiras desabar.

"A verdade, Trilipush, em minha experiência, é muito simples e está frequentemente escondida à vista de todos, marcada pelos sinais costumeiros de motivação: luxúria, ganância, ódio, inveja. Então sugiro que se acalme agora e ouça o que eu sei. O que eu *sei*, professor, não o que eu posso imaginar. No começo de *novembro* de 1918, talvez antes, o amante invertido de Marlowe e seu sócio de caça ao tesouro, o cavalheiro de classe baixa capitão Trilipush, retorna ao Egito de uma batalha na Turquia, na qual fora dado como morto. Ele não se apresenta a seus superiores, mas meramente fica espreitando por perto, deixando o comando britânico achar que ele está morto. Em sua espreita, ele descobre que, durante sua ausência na Turquia, seu namoradinho pegou um jovem cabo australiano para ser seu assistente de pesquisa arqueológica, e *como foi* que o senhor adivinhou *isso*, professor? Bem, o incomodado e irritado Trilipush supõe, erradamente, que Marlowe e Caldwell também são amantes, e ele secretamente segue os dois homens para o deserto ao sul, onde tiram uma licença de quatro dias para procurar tesouros arqueológicos, orientados pelo misterioso Fragmento C. Ah, sim, eu sei tudo sobre o seu mapa do tesouro, professor, não me interrompa. Os dois homens inocentes chegam, sem desconfiar, ao local perto do tesouro que procuram, mas antes mesmo que possam começar a cavar, quem é que aparece? O fantasmagórico Trilipush! 'O quê? Você está aqui?', gagueja Marlowe ao ver o retorno surpreendente. 'Silêncio, seu miserável infiel!', Trilipush solta um gritinho, gemendo e choramingando, enlouquecido de ciúme, ganância e tristeza. Usando sua própria Webley, ele mata ambos, capitão e cabo, o ex-amante e o inocente rapaz australiano. Queima os corpos mas acidentalmente deixa cair os discos de identidade dos dois e o rifle do australiano, e depois simplesmente parte na motocicleta deles, roubando o mapa do tesouro, esse tal Fragmento C que lhe diria aonde voltar depois que as buscas tivessem terminado e ele pudesse retornar em segurança para desenterrar o saque. Alguns meses depois, ele aparece nos EUA, derramando lágrimas de crocodilo pela perda de seu grande amigo, fingindo nada saber de Caldwell, e faz seu nome como estudioso do próprio rei cuja tumba repleta de tesouros Marlowe e Caldwell estavam procurando no dia em que você os chacinou a sangue-frio. Você estava tão certo de sua hedionda vitória que até mesmo fez troça da família de uma das vítimas, enviando aos pobres parentes chorosos uma cópia de sua obra pornográfica, grotescamente dedicada a seu amante assassinado, chamando-os pelos apelidos particulares e pervertidos que você e o filho *invertido* deles haviam inventado. Em Boston, conseguindo trabalho por intermédio de falsos documentos acadêmicos e um financiador por meio de fingimentos românticos igualmente falsos..."

"Espere um instante: você acredita que eu matei Paul Caldwell?", ele perguntou, enfurecendo-me, pois estava vários minutos atrasado em relação ao fluxo do meu discurso.

"Não interrompa, Trilipush. Você conseguiu um emprego em Harvard afirmando ter frequentado Oxford, coisa que não fez. Ah, você esteve lá, eu sei, um socialite sodomita no pequeno e obscuro submundo de Oxford, uma influência escandalosa no círculo de jovens *invertidos* que continuam a entoar loas a você até hoje, e você estava vivendo do dinheiro de Marlowe, pago para que você fosse seu camareiro, mas você não era estudante, não recebeu qualquer diploma, não tinha direito algum a uma posição em Harvard. Ao chegar a Boston, procurando um alvo fácil, você fingiu se apaixonar por Margaret Finneran, mas apenas para conseguir o dinheiro do pai dela. Com esse dinheiro, você partiu para o Egito, sem ter a intenção de jamais retornar a Boston depois de encontrar o tesouro, e começou a cavar no exato ponto onde Paul Caldwell e Hugo Marlowe desapareceram, uma coincidência notável, você há de concordar. Bem, pouco depois disso, o mesmo sogro em potencial, percebendo seu erro de julgamento, concorda com a sábia e independente decisão de sua filha de romper o noivado. Enlouquecido por esse deslize no seu orgulho criminoso, suspeitando de que Finneran havia entendido seu plano, e pretendendo tornar impossível para ele perseguir você e o ouro, você tenta arruinar a reputação de Finneran com uma série de cabogramas mentirosos. Em vez disso, ele corajosamente sai no seu encalço, encontra você em sua escavação, onde vocês dois fazem uma barganha corrupta: dividem seus ganhos escusamente adquiridos em duas grandes pilhagens. Finneran pretende esconder a maior parte da pilha dele em bancos malteses a caminho de casa no *Cristoforo Colombo*, contritamente levando de volta a Boston apenas o bastante para pagar suas dívidas, mas não o suficiente para repartir os *verdadeiros* dividendos com seus sócios tapeados. Em troca de seu silêncio pela traição dele, e em grande parte para seu alívio sodomita, ele permitirá que você navegue para um paradeiro desconhecido com uma fatia maior do ouro do que você realmente merece, e ele dirá a Margaret que esqueça você, que você se apaixonou por uma garota egípcia. Na verdade, você já terá desaparecido, provavelmente para remobiliar a dilapidada Mansão Trilipush com seu tesouro egípcio sujo de sangue, roubado, por sua vez, de Marlowe, Caldwell e, agora, de J. P. O'Toole.

Ah, não, eu não creio nem por um momento que você retornará a Boston, Trilipush. Nem você nem Finneran poderiam permitir-se isso."

O efeito foi extraordinário, Macy. Ele ficou ali sentado, quieto com o choque, olhando para mim com olhar de peixe morto, como se eu tivesse lhe dado um soco. É assim que a verdade é para um mentiroso, Macy. Eu entendi tudo naquele momento, entendi tudo o que havia para saber de nosso sr. Trilipush.

Mas ali estava nossa única fraqueza: sem os corpos, que prova concreta eu tinha? Nenhuma. Por isso rapidamente retomei minha posição de força e fiz meu movimento: se Trilipush se recusasse a vir comigo *imediatamente* para fazer sua confissão ao cônsul britânico ou ao australiano, eu não teria escolha senão deixar que a polícia local usasse cães para escavar toda aquela região a fim de encontrar os corpos de Caldwell e de Marlowe. Isto o alarmou, e, embora ele tivesse gaguejado algumas palavras a respeito do dano que isso provocaria às tumbas antigas e sei lá mais o quê, estava claro que o medo dele era mais do que acadêmico. Eu o havia apanhado. Eu sabia e ele sabia. Só restava a jogada final. "Nada dura para sempre, Trilipush", concluí, inclinando-me em sua direção. "Sua jogada, parceiro."

Ele decidiu interromper o jogo. Insultou-me, tornou a afirmar inocência, disse que estava armado. Por fim, acabou negociando: prometeu que estaria no navio para o Cairo na segunda-feira, eu poderia confirmar a reserva naquele instante. E ele forçaria Finneran a se juntar a ele e responder a quaisquer perguntas que eu quisesse na frente de qualquer magistrado que eu escolhesse quando eles chegassem ao Cairo. Eu poderia até mesmo conduzi-lo para fora do navio algemado, se desejasse. "Mas, por ora, sr. Ferrell, minha maravilhosa nêmese, tenho preparativos a fazer para a grande viagem." E saiu mancando, deixando que eu pagasse sua bebida. Eu não estava preocupado, pois imediatamente fiz um sinal aos meus vigilantes egípcios para que o seguissem, e lá se foram eles prontamente numa bem orquestrada ação, espalhando-se, misturando-se, manobrando conforme eu lhes havia ensinado. Fui imediatamente reservar uma passagem em seu navio para o Cairo, e de lá fui direto até a delegacia de polícia. A perspectiva da polícia e dos cães o havia visivelmente apavorado, e eu queria continuar mantendo suas barbas de molho. Eu não tinha a menor intenção de deixá-lo escapar nas próximas 48 horas.

(Sábado, 30 de dezembro de 1922, continuação)

Voltei de minhas tarefas na cidade, minha Margaret, e, juro-lhe, não consigo compreender por que você e CCF não mostraram a porta da rua para esse lunático de uma vez por todas. Graças às investigações dele, que confundiram as coisas, faz-se necessário um esclarecimento imediato.

A coisa aconteceu assim: fui mancando até o correio, onde nada me aguardava, mas, quando saí, pelo menos meia dúzia de garotinhos começaram a me seguir, e o número aumentava à medida que eu descia a rua. Alguns deles fingiam se esconder e me seguir em segredo, mas não eram esforços lá muito sérios. Sempre que eu dava uma olhadela para trás, para vê-los, eles davam risinhos e se punham a olhar para o céu ou para os próprios pés. Fiquei vagando sem destino durante algum tempo, e nunca com menos de seis ou oito dos macaquinhos nos meus rastros. (Eles tentaram me seguir de volta à tumba esta noite, agorinha mesmo, mas eu simplesmente dei a eles um pouco do dinheiro de seu pai para que fossem embora, *imshee igaree*, o que eles fizeram alegremente, acenando um adeusinho para mim quando entrei na barca. Mas contratei um deles para que volte amanhã e faça algumas tarefas de última hora para mim e seu pai antes de nossa partida: colocar meus documentos no correio para que você os guarde em local seguro e levar algumas coisas de que não precisamos mais.)

Finalmente, parei para descansar e tomar um chá na minha *ahwa*. As crianças recuaram para o outro lado da rua, e alguns minutos mais tarde fui atacado finalmente pelo grande detetive Ferrell. Até que foi um certo alívio ver o idiota pessoalmente, para colocar um fim nesse fantasma que paira e deixa um ectoplasma gosmento de mentiras por onde passa flutuando. Você o conhece: um homenzinho alaranjado, peculiarmente empolgado, incapaz de ficar quieto quando senta, escrevinhando febrilmente cada palavra que digo, embora eu possa ler de cabeça para baixo, e frequentemente fale devagar para ele quando ele se perde. Na verdade, eu tentei ajudá-lo com suas diversas tarefas. Como você sabe, ele está à procura de um soldado australiano desaparecido, aquele arqueólogo amador que você mencionou, e ele também tinha alguns negócios vagos com seu pai. Tentei da melhor forma que pude acalmá-lo e ajudá-lo. Disse a ele que CCF e eu o encontraremos na barca na segunda-feira. E repeti várias vezes para ele que jamais conheci esse garoto australiano. Mas ele continuava onde estava, me provocando, mordiscando seus lábios toscos, vermelhos, e na maior parte das vezes sendo desagradável.

Ele está obcecado com as coisas mais estranhas, sem ligação umas com as outras, eventos que nada têm a ver com Atum-hadu, ou sequer comigo, como se, neste grande momento da Egiptologia, quando estou à beira de revelar meu trabalho para o mundo, subitamente eu recebesse o fardo de uma criança enlouquecida e balbuciante que vive lançando perguntas sem sentido: *Onde está Marlowe?* Desaparecido, presumivelmente morto. *Onde está Paul Caldwell?* A mesma coisa, embora eu não conhecesse esse nome antes. *Onde você estava quando eles desapareceram em Deir el Bahari?* Voltando cambaleante da Turquia para o Egito. E ele não parava de voltar a esses fatos simples. Era um chato, de uma falta de imaginação profunda, assim como a maioria dos críticos. Pois não se engane, ele é um crítico do projeto trilipushiano, ideal para ser ignorado. É quase uma ordem vinda do céu: ignore esse homem, Margaret, para que ele não confunda você, para que não nos confunda a todos, para que não nos desvie da grande realização que nos foi concedida aqui no deserto. Será que não podemos simplesmente concordar uns com os outros, como pessoas racionais, em ignorá-lo?

Sabe, Margaret, Ferrell havia ficado confuso com três documentos: dois que faltavam e um que estava incompleto. Isso acontece com frequência com pessoas que começam a interpretar textos. Elas levam qualquer documento a sério demais, quando, é claro, nada pode ser compreendido a partir daquele único papel. Quando se trata de história incompleta, é preciso cercar a verdade, não sair pulando atrás dela como um canguru apaixonado. Mas, para homens como Ferrell, se a primeira coisa que eles calham de ver diz *x*, eles acreditam que é *x* para sempre, e se um segundo documento disser o oposto, eles vão ficando cada vez mais confusos e começam a gritar: "Conspiração!" Quando não conseguem encontrar nada, supõem que é porque nunca existiu. Por que não existe registro algum de minha carreira em Oxford?, ele exigiu saber, como se a resposta não estivesse patentemente óbvia: porque alguém soletrou meu nome errado ou colocou a pasta com meu arquivo no lugar errado. Por isso, um detetive navegou pelo mundo inteiro e eu perdi meu emprego, meu dinheiro e talvez até mesmo o seu amor? Não importa, não mais: terei minha descoberta.

Um pequeno conjunto de palavras rascunhadas pode provocar tantas interpretações quanto for o número de intérpretes. Tentei explicar isso para ele. Ele está numa linha de trabalho que não difere muito da minha, exceto pelo fato de que é incompetente. Ele tem um pedaço de "papiro", uma anotação de um escriba oficial — em seu caso, uma pequena sinopse de registros do Exército britânico, contando a história comida de traças do desaparecimento de Marlowe, uma coleção rendilhada de pontas soltas e confissões descaradas de ignorância. Terreno fértil, em outras palavras, para as suposições de idiotas, para o anúncio de inanidades. Como expliquei ao desatinado detetive, em face de um conhecimento tão espúrio, quantas imagens vêm à mente de um arqueólogo criativo? Uma dezena ou mais. E com uma dezena de imagens em ação, uma centena de explicações possíveis, um milhar de possibilidades.

Esta é uma valiosa lição em veracidade textual para todos nós, cortesia do detetive desesperado. Apenas alguns anos se passaram desde a morte trágica de meu amigo e já é muito difícil dizer o que aconteceu. Agora, lancemos nossa visão a 3.500 anos no passado, e a partir de alguns poucos documentos vamos determinar com total certeza o que estava acontecendo em Tebas, no meio de um povo que mal compreendemos e cujo idioma permanece tão misterioso que nem sequer sabemos como pronunciá-lo. (Gramofones! Se os antigos tivessem possuído gramofones — essas grandes garantias de imortalidade para incontáveis cantores hoje —, então poderíamos tê-los ouvido falar para nós, e saberíamos de tudo. De certa maneira, teria sido um escândalo: o gramofone rearranjou a natureza da imortalidade em nossos tempos degradados: pode ser que jamais saibamos de fato como pronunciar *Atum-hadu*, mas o mundo se lembrará para sempre dos nomes de Daisy Montgomery, Victor Edwards and His Tuxedoed Chums, Will Wrentham and the Wellington Warblers.)

Inevitavelmente, aterrados por brutos como Ferrell, nos perguntamos sobre nossos próprios arqueólogos, que certamente serão atraídos como moscas para nossa fama póstuma. E se fosse eu a ser procurado, agora ou daqui a mil anos, por um touro numa loja de louças como Ferrell? O que será desconstruído ou simplesmente perdido no registro que terei deixado para trás, propositalmente ou não? Que os deuses nos protejam a todos de escavadores como o sr. Ferrell! Talvez, assim como ele, meu futuro cronista ache *significativo* o fato de que o Ministério da Guerra, em sua infinita falta de jeito, tenha perdido meu dossiê e carimbado *devolvido* em cima de *desaparecido*. É assim que vidas falsas são empilhadas sobre os alicerces em ruínas de vidas verdadeiras.

E você, minha querida? Onde estaríamos nós se eu acreditasse em tudo o que ouvi hoje sobre você do sr. Ferrell? Você precisa de toda essa cena patética? A coisa foi assim, da melhor maneira que consigo reconstruir, embora eu sinta vontade de rir ou de chorar, não sei bem dizer o quê: "Você e Finneran vão voltar para Boston? É mesmo?" O detetive demoníaco parecia não acreditar nessa possibilidade. Ele não conseguia suportar pensar em mim voltando para você, e tentou diversas táticas para me dissuadir.

"É claro", eu disse. "Por que não?"

"Mas ela abandonou você. Rejeitou-o você."

"Não, não, de jeito nenhum. Você está confuso."

"Ela me disse para jogar isso na sua cara." Ferrell me mostrou o último cabograma que enviei a você, pedindo que permanecesse calma, dizendo que eu não acreditava que o rompimento entre nós fosse por sua vontade. Ele tinha diversas cartas que eu havia escrito para você. Por que as deu para ele, Margaret?

CABOGRAMA. LUXOR PARA MARGARET FINNERAN, BOSTON, 30/11/22, 9H33. RECEBI SUA CARTA DE 15 NOV. VOU DESCONSIDERAR FALSO CABOGRAMA DE 29 NOV. FERRELL MENTE. TUDO VAI FICAR BEM. ETERNAMENTE SEU EM TODA E QUALQUER CIRCUNSTÂNCIA, NÃO IMPORTA O QUE ACONTEÇA.
SEU RMT.

"Ela é uma mulher maravilhosa", ele devaneou, babou, deu a entender um conhecimento íntimo de você. "Mas a doença dela é trágica."

"Curável", eu disse, enojado com a intrusão dele em nossa vida.

"Curável. Não sei. Ópio é um fardo difícil de abandonar, e da última vez em que a vi, ela..."

"Ópio?", admito que ele me surpreendeu com a vasta enormidade de algumas de suas mentiras, e por isso insistiu nessa mentira específica. "Não me faça rir, Trilipush. Conheço homens como você. Estou surpreso em ouvir que você vai voltar e prosseguir com essa história de casamento. Para que se dar ao trabalho? Você tem seu tesouro, conseguiu que Finneran e seus amigos pagassem seu caminho até aqui, você está feito. Por que se casar com ela agora? Ou é algo de que você precisa? Você gosta dela zonza de ópio, tenho certeza, uma camuflagem fácil para ocultar sua depravação. Pena. Ela é uma bela mulher. Deixei-a suspirando meu nome na cama dela, sabia?, e posso lhe dizer que é um desperdício drogá-la e transformá-la em camuflagem para você e seus rapazes. Sabe, Trilipush, você parece estar com ciúmes. Mas por que isso, eu me pergunto? Achou que as drogas por si sós a manteriam satisfeita? Mas é claro que você não entende muito de mulher."

Margaret, ele descreveu vocês como amantes, abraçados no seu quarto na Commonwealth Avenue, descreveu-a com grandes detalhes, seus gemidos e suspiros, suas formas, a cor de seus braços e suas pernas. Prefiro não acreditar nessa história — e como eu poderia? Não faz sentido para mim, mesmo que, como ele insistiu, você esteja prisioneira dos narcóticos. Isso também não faz sentido para mim. Não, eu conheço o bastante sobre policiais e seus métodos. Se eles pensam que está escondendo alguma coisa, cobrem você com mentiras dolorosas até que você revele o que eles procuram. "Harry, você é meu primeiro e único homem bonito."

Mantive minha dignidade, embora, se eu estivesse em melhores condições de saúde, o teria surrado por você. Eu poderia tê-lo matado a tiros, suponho, mas estávamos em local público, e não disparo minha Webley há anos. Mesmo assim, a perspectiva de meu retorno a Boston — para você — fez com que ele revelasse o demônio que trazia guardado dentro de si: "Posso mandar matar você, Trilipush. Se eu contar a O'Toole que você roubou o dinheiro dele, sua vida acaba. Fique longe dela e eu o deixo viver." E ele tentou me subornar: "Pena, Trilipush. Caldwell tem uma grande soma em dinheiro para receber. Se você me disser como encontrar os restos mortais dele, podemos dividi-lo."

E assim devemos deixar Ferrell para trás. Ele está ameaçando aparecer no meu sítio de trabalho com policiais e cães, por motivos que escapam a qualquer lógica. Não importa. Lamento que ele a tenha incomodado, que tenha tentado poluir a límpida verdade de nossas vidas. Não pensarei nem mais um momento no que ele disse a seu respeito. Imploro que você o dispense com um gesto de sua linda mão.

Mas por que ele estava com aquele cabograma? Você realmente o deu para ele, rejeitando-o com uma gargalhada, como ele afirma que aconteceu? Você deu a ele minhas cartas? Isso praticamente não interessa mais. Esqueça, meu amor. Esqueça as pegadas lamacentas de Ferrell. Este diário é a única carta minha de que você precisa.

Pois observe: depois de toda a confusão que ele aprontou, o que esse empoeirado arqueólogo de separações e fraudes em seguros queria de mim? Minha confirmação de contos de fadas de homens assassinados e seu pai fugindo de dívidas. Tudo loucura, fantasias do fabulista Ferrell. Ele deve ser ignorado, minha querida, ou tudo será manchado: a verdade, a tumba, minha realização imortal.

No fim disso tudo, meu pequeno *tête-à-tête* com o detetive quase me fez feliz. Depois de ter esperado tanto pela chegada dele com uma certa ansiedade, e depois de descobrir no fim que estamos sendo perseguidos por não termos absolutamente *nada* a ver com as coisas, é um alívio. Era de preocupar que tudo isso fosse por causa de algo real, mas claro que não era. "Espere um momento: você acredita que eu matei Paul Caldwell?", perguntei, absolutamente incomodado quando as acusações enlouquecidas dele finalmente chegaram à sua conclusão lunática.

Mas, ironicamente, aconteceu que esse foi o único prazer que tive na companhia repelente do detetive, o único elemento de interesse na história maluca dele: a história do rapaz desaparecido. Ouvi muita coisa de Ferrell, e essa história toda surpreendentemente me comoveu, a história desse rapaz maravilhoso e de seu padre Rowley. Só estou repetindo o que ouvi de Ferrell, mas há uma coisa que quero lhe perguntar.

Eu sei que você me ama. Eu sei que nossos desentendimentos serão esclarecidos. Eu sei disso tudo. Mas e se eu não fosse tudo aquilo com que você sonhou? Tenho uma confissão: eu nasci para este papel. Não precisei lutar para consegui-lo. E confesso: tenho vergonha disso.

Pois, pelo que me disseram (talvez Ferrell tenha lhe dito o mesmo), esse rapaz cavou seu caminho para fugir da pobreza e dos maus-tratos.

Sem amor, sem dinheiro, nem uma simples gentileza ou incentivo. Ele nasceu sem nada, e mesmo assim, desse nada, ele se recriou. Se você jogasse Hugo Marlowe ou Ralph Trilipush ou algum outro sujeito rico, bem-nascido e bem-educado, na juventude de Paul Caldwell, o que eles fariam? Iriam jogá-los nos cortiços de Sidney, e com certeza tirariam todo o dinheiro deles. Arrancariam as boas maneiras deles. Negariam a eles tudo o que não estivesse em suas cabeças e seus corações no dia em que nasceram, e o que eles se tornariam? Receio que, sem os dons que receberam, a luta interna deles não seria o suficiente. Homens assim (como *eu*, é um fato vergonhoso) não podem saber jamais com certeza que partes deles próprios são verdadeiramente deles. Ficam confusos suas vidas inteiras, iludidos pelo que herdaram. Quando conseguem realizar alguma coisa (um título acadêmico, um emprego, uma esposa), não sabem realmente se *conseguiram* fazer isso sozinhos, se não foi o resultado do exemplo dos pais deles, do conselho das mães, dos dedicados ensinamentos de seus professores, todos os pedaços não digeridos de outras pessoas que o homem rico chama de sua personalidade. Mas Paul Caldwell foi autodidata, não tinha família, tirou vantagem das minúsculas oportunidades pouco dignas do nome, que mais ninguém conseguia sequer identificar como tal, e o que foi que ele fez com isso? Transformou tudo numa vantagem maior do que você poderia imaginar, sou levado a compreender, uma história de autocriação digna de Atum-hadu.

"O que aconteceu com Paul Caldwell?", Ferrell exigia saber. Eu não sei, mas se ele não fora morto na Guerra, o que ele *poderia* ter se tornado? Em circunstâncias melhores, um sujeito assim poderia ter ascendido e se tornado meu assistente. Será que o mundo lhe teria permitido brilhar em sua própria glória, e ser admirado por isso? Ou o mundo exigiria que ele se cobrisse, para que seus inferiores não fossem cegados e confundidos pelo brilho que jamais poderiam produzir?

Certamente ele teria feito qualquer coisa para impressionar uma bela e sofisticada mulher. E você teria se impressionado com ele como ele teria se impressionado com você? Você poderia ter amado alguém como ele, Margaret? Ou será que você também exigiria alguém mais como eu: polido, comprovado, aprovado? É o que eu desejo saber de você.

Ferrell me disse que o rapaz descobriu o Egito numa biblioteca. Será que sentimos o mesmo, ele e eu, quando garotos, apaixonados por esta terra? Lembro-me da ansiedade que sentia quando esperava novos livros ou a próxima edição de *Crônicas da Egiptologia* e *Anais da moderna Egiptologia* e *Arqueologia* chegarem a Trilipush Hall. A empolgação era insuportável em certos dias, imaginando as capas, esperando ver fotos, sentir o papel transparente sobre as gravuras do frontispício.

Pelos dados frios de Ferrell, o pensador inspirado pode investir a história de calor: no começo de 1917, Caldwell chega ao Egito, a terra que o chamava desde que ele era um garoto de 8 anos. Ele é incansável em seus esforços para ver tudo. Aprende árabe, visita as pirâmides, faz excursões sempre que consegue passes. Depois de algum tempo, consegue se esgueirar para fora da base quando não recebe licença, pois o Egito é poderoso demais para ele, real demais quando comparado à irrealidade de seu serviço em um exército colonial, fazendo sua parte em uma guerra que não lhe diz absolutamente nada. Imagine ele, Margaret, tão obcecado por esta terra que perde todo o interesse em castigos possíveis. Ele conhece a pena por suas ausências ilícitas repetidas, mas esta guerra parece menos real a cada dia. Talvez em uma trincheira lamacenta em Luxemburgo ele tivesse sido mais atento (ou morto). Mas na presença de seu deserto, das cáfilas dos camelos para alugar, cada qual deles chamando-o para trotar para a escuridão e tocar a beleza sem nariz da Esfinge, sentar-se ao pé da grande pirâmide de Quéops e considerar onde, neste vasto deserto, ele encontraria seu destino — teria sido impossível para ele temer algum sargento lento de movimentos e de raciocínio (que perdia no jogo de paciência vezes sem conta sob o cone de luz da lâmpada da guarita).

E então, um dia, quando eu estava ferido e perdido na Turquia, Paul Caldwell provavelmente ficara sabendo que um oficial britânico em visita ao acampamento australiano é, na vida civil, um especialista em Egiptologia, com a carreira em ascensão, e já começa a realizar expedições quando a Guerra lhe permite. Eu conhecia os modos de Hugo Marlowe até bem demais. Não tenho dúvida de que Caldwell se aproximou dele várias vezes, tentando em vão conseguir sua atenção. E, quando isso fracassou, bem posso imaginar que ele simplesmente tenha começado a seguir Marlowe (observando a 80 quilômetros de distância) por pura fascinação com o trabalho dele, mas também porque Marlowe sabia *tudo*. Caldwell deve por fim ter conquistado a atenção e a confiança de Marlowe, isso não importa agora. Posso imaginar Marlowe pegando o garoto e o colocando sob sua proteção, e a emoção com a qual Caldwell ouvia detalhes, métodos de estudo e exploração, as pesquisas mais recentes, e qual tópico mais interessante do que o último pensamento a respeito de Atum-hadu?

Mas é claro. É claro que Marlowe teria discutido Atum-hadu com Caldwell. Marlowe tinha o Fragmento C em sua tenda, esperando por meu retorno. Ele teria contado a Caldwell tudo sobre Atum-hadu, e tudo nessa história teria feito um sentido impressionante para o pobre garoto: uma civilização em que um homem de gênio podia se criar e se recriar todos os dias até ser rei. Quem sabe Harriman já tivesse feito parte da leitura de infância de Paul, e o fogo de Atum-hadu, fraco como era naquela versão, já o havia chamuscado. E agora Marlowe os apresentava.

Se ele tivesse sobrevivido à Guerra, teriam permitido que se tornasse, quem sabe, um bibliotecário, quem sabe um professor em uma escola de garotos na província. Ele poderia ter sido tão inteligente quanto eu, tão charmoso quanto eu, tão bem-proporcionado quanto eu, mas sem credenciais, riqueza e todo o resto, ele teria sido uma esquisitice, uma aberração circense, um pobre rapaz que de modo *tão divertido* conhecia algumas curiosidades sobre o Egito por motivos inescrutáveis próprios. Você me amaria se eu fosse isso, se fosse eu? Não, como poderia? Ninguém irá se lembrar de Paul Caldwell, e ninguém deveria.

Os últimos dias do Egito. Deve ter existido um dia assim, o último dia. A última hora. O momento final. Em todo cataclismo existia precisamente um único e último momento, é incrível porém verdadeiro: uma última baixa na Grande Guerra, uma última vítima arrasada pela Peste Negra, um último Neandertal a dar à luz um primeiro *Homo Sapiens*. E deve ter havido um último homem a venerar Atum e, ao morrer, levar consigo todos os mistérios de seu culto. Existiu um último homem que sabia como pronunciar o egípcio antigo; todo um idioma morreu com ele e tudo o que podemos fazer hoje é pelejar para ouvir seus ecos encostando nossos ouvidos muito perto de livros e desejando isso com todas as forças.

E para Atum-hadu houve um dia em que tudo estava indiscutivelmente perdido, quando não restava nenhuma saída, caminhando em um palácio vazio, passando por cima de um homem cujo rosto havia levado pancadas até virar pudim. Como será que o rei estava se sentindo naquela tarde? Com sono, terrivelmente cansado. Desejando que pudesse ser de outro jeito. Com saudades de sua rainha e de um lugar tranquilo onde pudessem repousar juntos.

Esse dia existiu; esse dia passou e então terminou, levando consigo todo o universo. Houve um último pôr-do-sol, sobre hordas reunidas com cara de porcos nos portais sob o comando de estrangeiros, e os templos queimaram, e as histórias todas queimaram, e as maneiras e as palavras e as histórias, as aspirações e a certeza de um futuro sem fim, no qual as honras e o amor são devidos — meramente porque você vive em um tempo de paz —, tudo desapareceu. Em vez disso, havia este último dia, e Atum-hadu parou por um instante, olhou ao seu redor e disse adeus, mas ninguém o ouviu. Ele estava preso por circunstâncias além do controle de qualquer homem, até mesmo da encarnação de Atum, o grande criador. Sem servos, sem armas, sem soldados, sem mulheres, sem dinheiro, sem tempo.

O "fim de tudo". Este é o bicho-papão dos adultos, o único fantasma que sobrevive ao berçário e se ergue perante nós de tempos em tempos para nos dar calafrios. Isto é mais do que o medo da morte, pois quando uma pessoa morre, resta o consolo de que pelo menos alguma coisa sobreviverá para que nos represente ou que seja importante para nós, que de algum modo nos preserve, ainda que seja apenas saber que as coisas e as pessoas que amamos sobreviverão a nós e permanecerão. *As vidas de nossos filhos continuam, então nossa vida na verdade não termina*: este é o patético resquício da imortalidade egípcia que resta para o homem moderno. Uns, é claro, irão se agarrar ao seu submisso céu cristão ou ao paraíso rigidamente orgiástico de Alá, mas para muitos existe uma coisa mais simples esperando nos bastidores: filhos, netos, a questão da família, o trabalho de uma vida, ou simplesmente os detalhes dos assuntos pendentes: o pub e a rua continuam, o clube de futebol, o governo, a Constituição e o velho regimento. Se a pessoa não está deprimida por essas instituições que nos sugam impiedosamente, celestialmente inamovível pela morte, então, ao contrário, fica emocionada, e se torna como os desenhos de alimentos em uma parede de tumba faraônica. Ah, sim, o homem médio se agarra à imortalidade com seu último suspiro, e a encontra: em seus herdeiros, seu trabalho, sua cidade, sua cultura.

Mas o fim de *tudo*! Quanta destruição devem o homem ou a natureza provocar antes que sua morte se torne intoleravelmente mesquinha, verdadeiramente mortal? Você precisa de uma era glacial ou de um sol inchado incinerando a Terra? Ou menos que isso seria o suficiente para acabar com suas fantasias de permanência? Seus herdeiros chacinados perante seus olhos moribundos? Seu negócio falindo, seu lar e suas obras de arte em cinzas? Digamos que sua Igreja e todos os seus sacerdotes e toda menção escrita ou gráfica ao seu deus sejam destruídos, pisados por demônios de garras afiadas que servem a algum outro deus, mais jovem e mais cruel. Digamos que a cidade que resistiu a todos os invasores por milhares de anos, a cidade na qual sua família viveu por tanto tempo quanto você consegue se lembrar, essa pérola do mar ou das areias, essa verde e agradável Inglaterra, essa Roma eterna, essa Jerusalém rosada ou a sagrada Meca, esse seu lar é desmantelado, cada último tijolo, a última bomba arrasando a última casa logo antes que as últimas gotas cuspidas de sangue se esvaiam de seu coração hesitante. Veneza afunda. Paris queima. Londres uiva. Nova York se esboroa e Atenas é reduzida a cinzas. Ainda não é o fim de tudo para você? Todos os exemplares de todas as obras de todos os autores da literatura do mundo se incendeiam perante os olhos vigilantes de analfabetos insaciavelmente piromaníacos. A última cópia do último livro de história do seu país ou de qualquer outro se transforma em fumaça negra, e tudo o que você pode esperar com seu último suspiro é aquela fatia ínfima de imortalidade: quem sabe, daqui a algumas gerações, um boca-a-boca de algum ator genial de longa memória para seu herdeiro e de seu herdeiro para seu herdeiro irá resultar em um bravo esforço para recordar *Hamlet* e escrevê-lo mais uma vez... e o que acontece no fim? Hamlet se envenena? Dá uma porretada na cabeça de Polônio num aposento escuro? Veste-se como um coveiro e foge discretamente?

Os itens a seguir serão irrecuperavelmente perdidos algum dia muito em breve: as obras de Beethoven. A sua cerveja preferida. Todos os registros de seus ancestrais. O lugar onde você beijou uma garota pela primeira vez. Toffee. Café. A paisagem que você associava a paz e liberdade. Qualquer evidência de sua infância, real ou apenas lembrada com carinho. A sensação de que tudo o que está à sua frente e à frente de seus entes amados é uma série de aspirações, realizações, recuos, refeições, cerimônias, amores, corações partidos, recuperações, os próximos atos.

Será que você vai se lembrar de mim, Margaret? Será que você vai ver o que eu realizei aqui, e você esclarecerá tudo para o mundo? Não tenho mais ninguém em quem confiar, sabia? Se você algum dia me amou, ou apenas à ideia que fazia de mim, por favor, por favor, livre-se de sua doença e faça com que meu trabalho permaneça vivo.

CCF está dormindo. Tenho muito o que finalizar, especialmente se aquele louco do Ferrell estiver vindo para cá com a polícia e os cachorros.

6 de janeiro de 1955

Nós gostávamos de ter razão, Macy. E de ter razão pelas razões certas, isso também é bom. Nesta manhã, quando olho para trás e vejo o que escrevi ontem, tenho a sensação desagradável, quase vergonhosa, de que talvez eu estivesse, às vezes, certo pelas razões erradas. Hoje, ao ler isto, ainda não está muito claro para mim exatamente onde e de que maneira peguei Trilipush na mentira. E, no entanto, eu me lembro da sensação — uma sensação, Macy, tão simples e verdadeira quanto o gosto de chocolate, do vento no seu rosto — de que ele estava mentindo. E eu certamente escrevi na época, em minhas anotações, que eu *sabia* que ele estava mentindo. Mas, ao reler tudo agora, a certeza parece um tanto desvanecida. Eu poderia ter falado a Margaret sobre o interesse de Caldwell em arqueologia, e ela poderia ter escrito para Trilipush por sua vez, suponho. Não importa: se não foi isso, foi alguma outra coisa. É tentador demais dizer que ver as coisas em retorspecto traz clareza. É mais provável que a passagem do tempo deixe a verdade indefinida. Não questiono a correção de minha certeza então, somente minha capacidade de expressá-la agora. Não sou homem de cartas, Macy, essa é sua função nesta parceria. Então esclareça como foi que eu peguei Trilipush.

E, além disso, suponho que a culpa seja minha, por eu ter sido incapaz de convencer a polícia a olhar para isto de maneira direta. O desaparecimento de um inglês e de um australiano, quatro anos antes, durante uma guerra, não pareceu ao comissário de serviço ter a menor relevância com a questão. Ele me disse para relatar isso ao Consulado britânico, e se eles ordenassem uma investigação, ele a faria. Eu não podia forçar a barra, e vi seu orgulho nativo em dizer *não* para mim, como se eu fosse o rei da Inglaterra, e não, na verdade, mais um dos humilhados colonos dos ingleses. Isso foi no dia 30, sábado.

Voltei ao hotel para esperar alguma notícia de meus vigilantes. Eles não apareceram. Continuei acordado até a meia-noite. Nada. Desci até a rua, procurando por alguém. Achei ter visto um deles, mas quando cheguei perto, ele não falava inglês, e não consegui, no fim das contas, ter certeza se ele fazia parte da minha equipe ou não. A verdade é que os garotos egípcios não são assim tão diferentes uns dos outros. Comecei a temer pelo pior. Em seu desespero, Trilipush havia feito algum sério mal a meus pobres garotos.

Domingo, 31 de dezembro de 1922

Sonhei que estava sentado atrás de você, minha mão na sua mão e na sua coxa. Estávamos sentados lado a lado num espaço seguro e íntimo. Eu estava sussurrando em seu ouvido. Estava segurando sua outra mão, usando seu dedo para apontar os símbolos no papiro, derramando em sua orelha macia os segredos ocultos daquelas imagens.

O sol já se levantou, e há atividade do outro lado da parede da encosta. Primeiro me sentei em um penhasco, e depois me aproximei, na varanda construída sobre a entrada no buraco dos tesouros de Tut, e fiquei observando o fotógrafo tirar retratos do grande homem. É tudo demais: o equipamento, os quilômetros de morim e linho, os jarros de fluidos de conservação, os tanques de fixadores fotográficos, as incontáveis peneiras, barris, pás e carrinhos, o trem construído especialmente para ele, trilho a trilho saindo do Vale, as dezenas de admiradores, os jornalistas implorando por uma palavra. Tudo isso deveria ser o bastante. Mas não, agora precisamos desse puf atrás de puf, flash de magnésio e flash azul, clique atrás de clique, e "Venha cá, sr. Carter, olhe nesta direção, por favor, senhor", o Olho impiscável do mundo devorando-o sem jamais reduzi-lo. Ele era incansável: clique, clique, clique, puf, puf, puf — alimentando o mundo com sua imagem. O grande homem em sua tenda. Na frente de seu buraco. Com seus apaniguados. Fingindo supervisionar alguma coisa. Retirando algum tesouro, trazendo-o para o sol do conhecimento e da fama. Fazendo consultas com este ou com aquele. Pensando. Sua é a tumba da Restauração, a evidência de que nada desaparece para sempre, tudo acaba voltando em sua glória. E aqui estão as fotografias tênues e temporárias para provar isso.

E ali, a 200 metros descendo o caminho quando retorno, está Ferrell, aquele roedor detestável, bisbilhotando pela face da encosta.

No dia seguinte, 31, domingo, em meu pânico, tornei a visitar os lugares que conhecia: a antiga *villa* de Trilipush, o sítio lotado de Carter, onde o vi posando para fotógrafos, e a extensão branca de deserto que um dia fora o sítio de Trilipush. Em toda parte, nada. Retornei ao meu hotel, rezando para que meu pequeno exército de informantes aparecesse. Nada. Consolei-me com o pensamento de que talvez eles o tivessem seguido para algum lugar, e lá ele tinha ficado, e, portanto, também eles. Mas minha posição parecia preocupante. Fui até a agência de viagens, e me confirmaram que Trilipush e Finneran ainda tinham reservas para viajar de barco no dia seguinte, as passagens já haviam sido pagas. Contratei um novo garoto para ficar observando a estação ferroviária à procura de qualquer um que tivesse a inconfundível aparência de Trilipush ou Finneran. Ele, pelo menos, me fez um relato depois do último trem do dia: eles não haviam deixado Luxor por trem. Preparei meu próximo movimento: enviei por cabograma os detalhes de nossa chegada para o cônsul britânico no Cairo, disse a ele que iria levar para ele um suspeito do assassinato, em 1918, do capitão Marlowe para nosso interrogatório conjunto, e que se preparasse. Veja aqui: eu estava utilizando cada instrumento de que dispunha para solucionar crimes que ninguém mais estava sequer disposto a investigar, Macy.

Naquela noite, 31, para me certificar de que eu havia feito tudo o que podia, atravessei o rio uma última vez para caminhar até o sítio de Trilipush, mas desta vez, quando desembarquei na margem oeste do Nilo, a multidão aguardando para embarcar no retorno da barca incluía um garoto nativo que eu teria jurado que era um dos contratados do meu exército desaparecido de vigilantes. O garoto carregava um pacote enorme. Quando tentei chamar sua atenção, entretanto, ele me ignorou, simplesmente entrou na barca e não consegui alcançá-lo. Perdi-o de vista. Abri caminho a empurrões até a frente do cais e vi a barca partir, mas não consegui vê-lo até que, enquanto a barca seguia resfolegando até a corrente, avistei-o subitamente, olhando para mim do convés, como se estivesse estado lá o tempo todo, e eu poderia jurar, mesmo àquela distância, que ele estava rindo.

Naturalmente, mais uma vez eu nada encontrei no sítio de Trilipush, e conheço o suficiente de psicologia humana em momentos de estresse para não levar a sério demais essas sensações de apreensão que me assomavam na última luz do sol, a suspeita de que eu estava sendo observado. Até mesmo a risada do garotinho era provavelmente mais um sinal de meus nervos alterados do que de qualquer coisa real.

(Domingo, 31 de dezembro, continuação)

Atum-hadu enfrentou o exemplo mais aterrador do Paradoxo da Tumba de toda a história egípcia. É, à décima vista, um enigma sem solução. Para assegurar sua imortalidade, seu nome precisa sobreviver para sempre na superfície, e seu corpo, abaixo dela, preservado, mumificado, e selado em uma tumba minimamente equipada. Sem restar ninguém para contar a história. Enquanto o mundo lá em cima se derrete ao sol do deserto: seu nome não estava em qualquer lista de reis. A XIII Dinastia estava rapidamente se tornando um purê empelotado de fatos e lendas, lacunas borbulhando de satisfação como areia movediça onde um dia os reis haviam caminhado.

PAINEL DE PAREDE L: AS ÚLTIMAS HORAS DO EGITO

Texto: Atum-hadu foi abandonado. Ele deixou Tebas e atravessou o Nilo doador da vida e caminhou sozinho; levava consigo seus bens, suas *Advertências*, tinta, penas, pincéis, sua gata. As najas dentro de seu estômago haviam morrido. Atravessando o poderoso Nilo, ele queimou o pequeno barco que havia capitaneado e viu os relâmpagos prateados do fogo contra o céu. A leste, os invasores saqueavam seu palácio, e ele podia ouvir os gritos de suas mulheres. Ele estava vazio deste mundo. Levou seus bens para dentro da tumba que Seth tinha lhe dado.

Análise: Os últimos minutos de seu reinado. Os últimos minutos do Egito. Inimagináveis tristezas, arrependimentos, mas não sem uma certa beleza, o fim dos dias. Cercado de sangue, o perigo se aproximando rapidamente. Não era um perigo para esta vida, mas para o além-vida. Ele foi abandonado por todos. Mas agora está tudo claro: o enigma — que tem atormentado mentes menores por milênios, saqueadores hicsos enfurecidos e os antigos ladrões de tumbas e Harriman, Vassal e todos aqueles que duvidaram da existência de Atum-hadu — se desvela para nós, Leitor. Agora podemos mapear, câmara por câmara, o trabalho que ele desempenhou, tanto naquele último dia quanto nos eventos e dias que levaram até ali.

Nós iremos compreender por que não havia selos nem inscrições nas portas.

Nós iremos compreender os corpos e a colocação deles, as pegadas ensanguentadas.

Nós iremos compreender as ilustrações amadoras e o texto especializado.

Nós iremos compreender como um homem sozinho conquistou sua imortalidade, preencheu e escondeu sua tumba de todos.

Para reiterar, então, temos a Figura 1 — A Tumba de Atum-hadu detalhes excluídos:

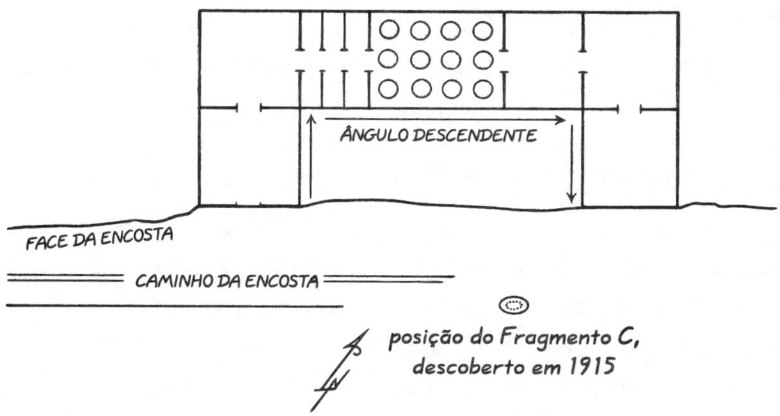

A espessura fina e a luminosidade da Porta A camuflada agora têm explicação. Não se poderia esperar nem mesmo de um homem com a potência de Atum-hadu que ele erguesse e pusesse sozinho uma porta pesada de pedra no lugar e a selasse por conta própria. Então especulemos que ele tivesse construído essa tela sutil porém suficiente, madeira disfarçada de pedra, cimentada atrás dele quando ele tinha tudo de que precisava ali dentro. Com a porta fechada atrás de si, ele se pôs a trabalhar em algo que deve ter lembrado a paz.

FIGURA 2 – A CÂMARA DAS MULHERES DE ATUM-HADU

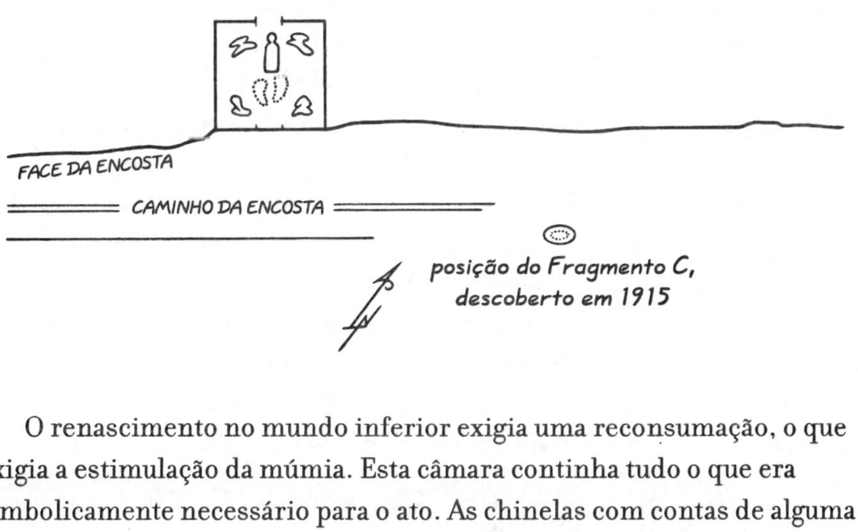

O renascimento no mundo inferior exigia uma reconsumação, o que exigia a estimulação da múmia. Esta câmara continha tudo o que era simbolicamente necessário para o ato. As chinelas com contas de alguma concubina amada, os véus finíssimos, multicores, espalhados, das dançarinas favoritas, e as extraordinárias pinturas que cobriam as paredes: todas as formas e variedades possíveis de mulheres, em atividades e posições que as *Advertências* têm descrito de modo tão eloquente como as preferências Atum-haduanas. No instante da morte de Atum-hadu, essas roupas seriam subitamente preenchidas pelas adoráveis parceiras que o rei havia mantido por toda a sua vida. As pinturas nas paredes inchariam e assumiriam três dimensões bem proporcionadas, e então pulariam para o chão, com risinhos e suspiros ecoando pelas câmaras sobrenaturalmente brilhantes dos apartamentos de Atum-hadu em viagem.

Quem pintou essas figuras? Ora, observe: a mesma mão que havia decorado a Câmara Histórica em dias anteriores. Selado em sua própria tumba enquanto ainda tinha bastante vida, ele criou com sua própria mão atúmica suas próprias acompanhantes para o mundo inferior, confiou em seu próprio talento não-treinado para decorar as paredes inexoráveis, a tinta manchando seus dedos, rosto e roupas. Nesta primeira câmara ele iria brincar, assim que tivesse completado o negócio de se desfazer de sua vida e, com o toque das senhoras para ajudá-lo a recriar a si mesmo, renascer como seu próprio filho.

E quem, mais do que ninguém, domina estas paredes? Examine a pequena e excelentemente preservada figura situada entre as chinelas em pedaços e atrás delas. Esta linda mulher envolta apenas por um manto, os olhos brilhando, mesmo em escultura, seu sorriso de desprezo, um convite e uma revolta — ela está reproduzida ao longo de toda esta câmara, santificada pela sua presença, sua mão delicada, cada dedo longo e esbelto articulado no arco gracioso de narcisos de beira-rio, em seu langor bêbado, em toda sorte de posturas: retratos de corpo inteiro feitos a partir da memória do rei em lágrimas, esboços apressados e detalhes pensados com preocupação por horas enquanto ele lutava para capturar em uma parede tudo o que amava: seus rompantes de energia e de inteligência, seus momentos de tristeza e de cansaço, o reluzir furioso de seus olhos quando seus desejos lhe eram negados, a satisfação que ela tinha, no começo, meramente por estar com seu rei e saber que ele a amava. Para onde quer que ela tivesse escapado para passar seus últimos anos mortais, passaria a eternidade ao lado dele.

FIGURA 3 — A CÂMARA DAQUELE QUE RESPONDE

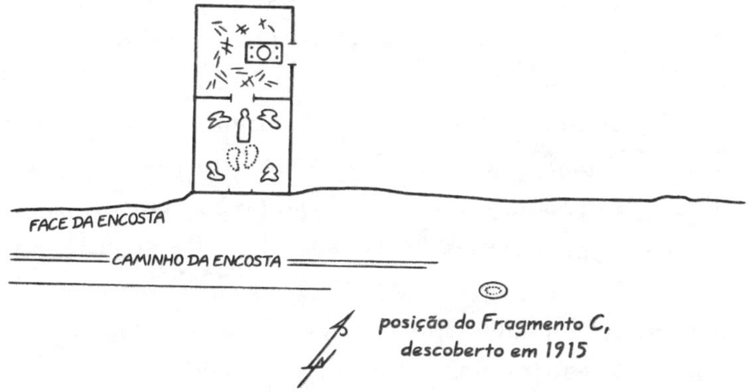

As pegadas ensanguentadas e o pedestal retangular simples e bonito são as peças centrais da Câmara Daquele que Responde. Aqui o *shawabti*, ou "aquele que responde", tinha seu posto. A pequena figura, feita à semelhança de Atum-hadu, com seu inconfundível sorriso irreverente, está em pé bem no centro do pedestal de pedra comprido e pesado, e respondia para o rei em sua viagem para o mundo inferior, combatia batalhas no lugar dele (com a ajuda dos soldados cobertos de sangue simbolicamente enfileirados, representados por pegadas ensanguentadas). Cercando o *shawabti*, quatro bolas de esterco petrificado (presumivelmente de camelo ou de elefante) montadas por escaravelhos esculpidos, símbolos de renascimento para os egípcios.

FIGURA 4 — AS TRÊS ANTECÂMARAS REAIS

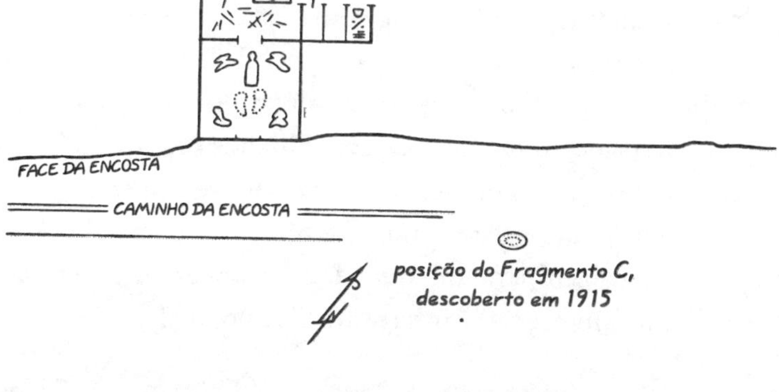

Nas Três Antecâmaras Reais, Atum-hadu dispôs itens simbólicos de seu poder temporal, e os instrumentos com os quais ele garantia a imortalidade. As paredes estão cobertas por cenas de banquetes, caçadas, guerras, imagens de riqueza, de tesouros, de roupas. Com quase toda certeza, eu diria que aquelas pinturas, as mais fracas da tumba, foram completadas por último, quando o rei estava em processo terminal de exaustão. Todos os itens pintados se tornariam reais após a morte do rei. Além disso, magníficos itens tangíveis estão dispostos no chão:

- O cetro esculpido, um cajado de madeira curvado, tendo na lateral uma inscrição com os cinco nomes do título de Atum-hadu, e sua ponta superior formando a face de um deus, talvez o próprio Atum.
- Um lindo cofre de madeira com incrustações em ébano contendo uma cópia completa das *Advertências*, todos os oitenta versos em uma série de papiros menores que os 48 versos do Fragmento C (que eu trouxe comigo para a expedição e levarei comigo amanhã quando voltar ao Cairo com CCF) mas escrito em ambos os lados, 48 no anverso (os mesmos 48 que no Fragmento C), 32 no verso.
- Um manto salpicado de sangue, provavelmente o próprio traje que o rei usava ao preparar a tumba.
- As penas, os pincéis, os potes de tinta e as ferramentas de corte que ele utilizou para preparar as paredes e o mobiliário da tumba.

O texto completo das *Advertências* é uma descoberta particularmente significativa, deslocando a importância de meu trabalho inicial dedicado sobre esse texto e o reinado de Atum-hadu. Se, nos sessenta versos descobertos anteriormente, vemos Atum-hadu como um homem forte motivado pelos seus apetites, então vemos outro lado dele nos últimos vinte. Nestes, ele está mais duramente consciente de seus sofrimentos e das complexas questões que lhe são apresentadas pelo futuro. Ele escreve com um interesse mais definido em suas dificuldades digestivas (como nas Quadras 38-41) e o sofrimento provocado por mulheres que não retribuíram seu amor (como nas 62 e 69). De interesse particular, eu chamaria a atenção do leitor para: 68, que identifica marcas únicas no corpo de Atum-hadu com precisão intrigante; 34, no qual o rei-poeta anseia por um "descobridor" que levará seu nome a grandes alturas em um mundo restaurado (Osíris seria a interpretação tradicional para este caso, mas não consigo deixar de sentir um cumprimento feito a mim pelo meu rei fraterno); 63, que em palavras simples e sem rima esclarece a ordem dos reis na falecida XIII Dinastia, terminando com Atum-hadu; 43, 64 e 67, que aparecem nos Pilares sete e oito; e 14, que aparece na Parede G da Câmara Histórica.

FIGURA 5 – A CÂMARA HISTÓRICA E O ALTAR PARA BASTET

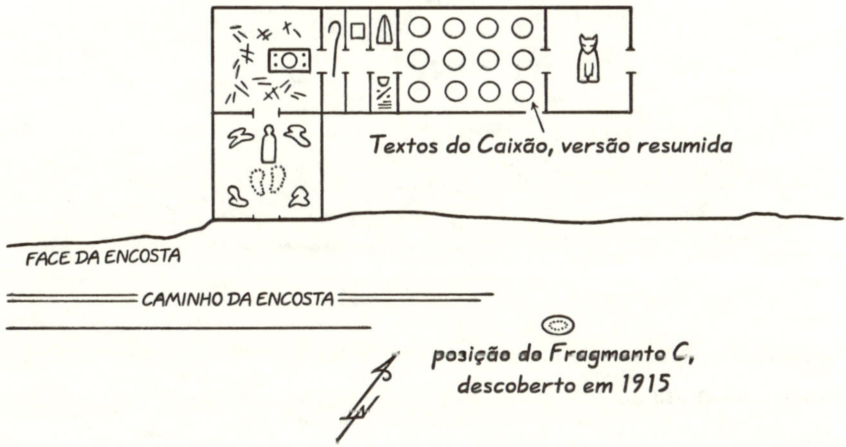

Depois de decorar a Câmara Histórica com a crônica de sua vida e reinado, e uma versão abreviada dos Textos do Caixão (o guia obrigatório para o Mundo Inferior, que parece que o coitado se lembrou de reproduzir no último instante, confiando na memória, e quando não havia muito espaço para isso), o rei devia estar exausto e todo coberto de tinta. Mas ele precisava seguir em frente, sem dúvida com uma tristeza temperada somente pelo conhecimento de que em breve essa tristeza passaria. Ainda assim, nas horas em que preparou o altar para Bastet, Atum-hadu certamente deve ter sofrido. Não é difícil imaginar que o animal adorado, depois de engasgar com alguma antiga espinha de peixe, tenha dado seu último suspiro em seus braços enquanto ele chorava e fazia apelos a uma divindade surda.

Mas agora uma tarefa ainda mais difícil o aguardava. Provavelmente, ele começara aquilo dias antes, provavelmente, havia sido forçado a levar em conta suas opções no momento em que deu consigo mesmo passando por cima dos restos esmagados de seu Senhor da Fartura.

FIGURA 6 — A CÂMARA DO SENHOR DA FARTURA

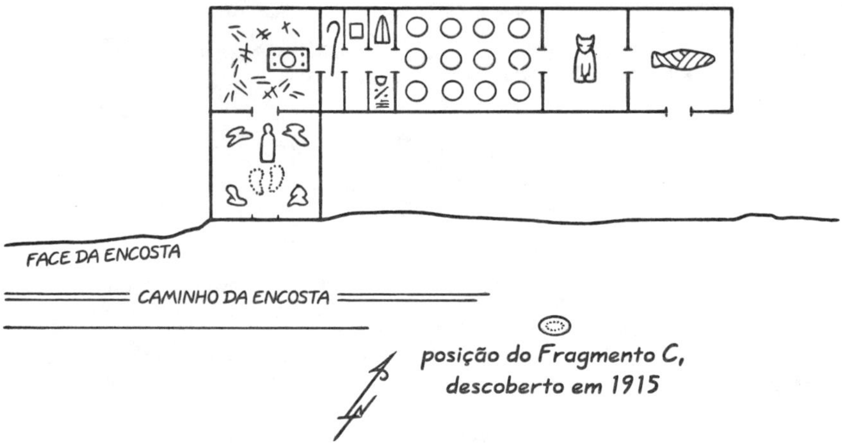

Vejo agora que resta uma maior elucidação, e o texto que aparece nas paredes da Câmara do Senhor da Fartura conta a história:

Doze dias antes do fim, quando Atum-hadu havia destruído tão relutantemente seu Senhor da Fartura, quando ele começou a queimar as roupas do Senhor como um primeiro passo na direção de impedi-lo de conquistar a imortalidade, o rei parou (para pensar).

O grande rei decidiu fazer uso do Senhor por toda a eternidade. O Senhor se desculparia com Atum-hadu por um milhão de anos.

Atum-hadu havia visto os Guardiães dos Segredos em ação. Embora conhecesse a magia deles, não tinha os setenta dias necessários.
Estava sendo perseguido pelos hicsos, que sabiam que ele havia
fugido. Estava sendo perseguido por inimigos de toda espécie. Ele não tinha tempo. Prosseguiu com pressa, mas de acordo com as leis e as práticas.

Sofreu enormemente.

Quando sua tarefa chegou ao fim, ele desenhou sobre o linho o rosto de um homem arrependido, servil e contido.

Análise: As horríveis (embora ainda amadoras) pinturas ao lado deste texto notável são incríveis, pois mostram o rei abatido por sua tarefa. Vale a pena esclarecer exatamente o que o rei quis dizer com suas palavras enigmáticas.

Após ter matado o Senhor, defendendo-se do feroz ataque descrito no Painel da Parede K, o rei aparentemente chegou a diversas conclusões rapidamente. Naquele instante ele deve ter decidido todas as ações que acabou efetuando nos 12 dias seguintes. Em vez de destruir todos os vestígios do Senhor e seu corpo ("impedindo-o de conquistar a imortalidade"), o rei percebeu que seu traiçoeiro Senhor da Fartura forneceria companhia e financiamento para a jornada do rei; sua simples presença muda seria o suficiente para representar uma vasta riqueza.

Os Guardiães dos Segredos eram os sacerdotes treinados na mumificação de corpos, o que significa que Atum-hadu sabia o bastante (ou achava que sabia) sobre mumificação para executar o ritual sozinho. O processo, conforme o compreendemos, não é agradável, e devemos imaginar com compaixão um homem — até mesmo um homem endurecido pela guerra e pelo sofrimento — executando esse procedimento em um membro de sua própria família — mesmo um membro odiado.

O torso nu é cortado ao longo do lado esquerdo e seu conteúdo esvaziado. Quatro órgãos são preservados em uma substância química cuja natureza exata ainda nos é desconhecida. Então eles são envoltos em linho e colocados dentro dos jarros canópicos, decorados com esculturas intricadas das cabeças dos quatro filhos de Hórus: os intestinos com Qebehsenuf, de cabeça de falcão, o estômago com Duamutef, de cabeça de chacal, os pulmões com Hapy, de cabeça de babuíno, e o fígado com Imsety, de cabeça humana. Isto dito, é interessante observar que não há jarros canópicos na Câmara do Senhor da Fartura, uma aberração que será explicada mais tarde neste resumo preliminar de nossas descobertas.

O cérebro — irrelevante na anatomia e na religião egípcias — era geralmente retirado do crânio por um gancho ou um canudo e descartado. No caso do Senhor, as ilustrações de parede indicavam que seu crânio havia sido esmagado na hora da morte, e a cefalectomia foi, portanto, muito mais rápida e menos limpa.

O corpo era lavado e preenchido com alguma espécie de conservante químico. E o mistério dessa substância, que até hoje nos intriga, não é explicado pela tumba de Atum-hadu. Ao final de setenta dias, o corpo era considerado pronto para ser enrolado. Agora, observe: se a múmia do Senhor da Fartura não está precisamente nas mesmas condições que outras encontradas sob as areias, sejamos claros: Atum-hadu não tinha tempo suficiente para fazer o trabalho de modo adequado, e jamais havia realizado esse ritual complexo e misterioso antes, a não ser em sua gata. Além disso, ele era o único homem a executar a tarefa, doente, ferido, desesperado, e sendo caçado. Ele tinha instrumentos limitados e talvez somente uma suspeita amadorística das substâncias químicas necessárias para aquela terrível tarefa. E, assim, se a múmia do Senhor parece ligeiramente heterodoxa, ou se se decompôs de maneira diferente, bem, isto é apenas mais uma prova da natureza única desta descoberta.

O furo no corpo era costurado. É estranho, se considerarmos o que o rei trágico já havia passado para esse processo, mas pelas pinturas de parede parece que esta é a tarefa que afetou mais profundamente o estômago delicado de Atum-hadu. Um grupo das ilustrações narrativas exibe essas horas pavorosas: o rosto do rei crispado de horror quando ele começa a costurar. Ele deixa cair agulha e linha, foge da tumba, fica do lado de fora, fala com o que parece ser uma gentil camponesa que lhe oferece abrigo em sua casa, e ele fica bastante tentado, mas sabe que não pode. Sua garganta arranha, e ele rejeita em silêncio a gentileza dela. Quando ela vai embora, ele cai no chão e chora. Então, abalado, volta à sua tarefa.

Na mumificação tradicional, a ferida costurada é então remendada com um selo na forma do olho de Hórus. Ouro, joias, amuletos são depositados em cima do corpo. Os dedos das mãos e dos pés recebem pequenas capas de ouro. Embora eu não tenha certeza quanto a isso, creio que é seguro supor que essa múmia provavelmente não tem esses acompanhamentos luxuosos.

Normalmente, cada dedo da mão e do pé é enrolado separadamente no linho. Em seguida, braços e pernas. Depois o corpo e a cabeça, vinte camadas de espessura. Uma espécie de cola de resina é então usada para selar todo esse trabalho maciço de linho, e uma máscara de múmia cobre a cabeça. Tudo isso é uma tarefa para vários homens, não para um só.

Podemos apenas imaginar seu esforço, as arestas dos procedimentos cortadas pelo monarca apressado. A perna do rei foi terrivelmente ferida numa das últimas batalhas da guerra contra os hicsos, e ele precisou reunir todas as suas últimas forças para enrolar o corpo pesado com cinco camadas de linho e em seguida enrolá-lo, centralizando a múmia de seu antigo aliado no chão da câmara funerária.

Depois de finalizar o embrulhamento, o rei utilizou alguns produtos químicos antigos ou bandagens, cujo mistério me intriga, e colocou no peito do cadáver o símbolo do reinado de Atum-hadu: o abutre, a esfinge e a naja, junto com a inscrição HÓRUS CONSOME OS CORAÇÕES DOS MAUS.

Pela falta de uma máscara para a múmia, o rei pintou um rosto diretamente sobre a cabeça envolta em bandagens, recriando o Senhor como um homem que atenderia os pedidos de seu rei sem discussão ou traição. Bandagens de linho não são, de modo algum, superfícies fáceis de decorar, quanto mais para transmitir arrependimento, servilismo e contenção. Mas, com pinceladas simples e emocionadas, o rei executou um ato de perdão monumental que beirava o divino, transformando seu acompanhante ganancioso e nada confiável em um homem completamente diferente, criando um companheiro e pai no qual pudesse confiar.

O texto na parede da Câmara do Senhor da Fartura termina assim:

"Você é jovem novamente, você vive novamente. Você é jovem novamente, você vive novamente." O rei repetiu as palavras rituais no ouvido de seu amigo e pai terreno, que havia amado o rei como um filho enquanto caminhara no mundo.

Seja qual for o significado do meu nervosismo ao ver aquele garoto na balsa do Nilo, é fato inegável que alguma coisa maligna estava *realmente* sendo feita, pois, no começo do dia seguinte, 1° de janeiro, quando cheguei com minha bagagem no cais e fiquei aguardando subir a bordo do vapor que iria para o Cairo, Trilipush e Finneran jamais apareceram. Fiquei parado ali no cais, encarando cada passageiro que subia pela prancha com pernas trêmulas. Aguardei até o último chamado de partida. Pedi a ele que checasse sua lista: "Sim, senhor, Finneran e Trilipush fizeram reserva e pagaram, mas não se encontram a bordo." Não consigo me lembrar se fiquei empolgado ou preocupado. Isso eu deixo por sua conta, Macy, para descrever. Mas deixei o barco partir sem mim, entreguei a bagagem a um caregador e voltei frenético ao meu trabalho.

Contratei um garoto para ficar de olho no cais e mandei outro para a estação ferroviária, e então corri até a polícia, onde agora consegui chamar a atenção de um inspetor com o *fato* inegável de duas pessoas desaparecidas, não em 1918, mas naquele mesmo dia, um americano e um inglês, arqueólogos, convidados do Egito, e agora oficialmente desaparecidos. (A tensão produzida pelo suave exagero da verdade às vezes é o suficiente para impulsionar objetos que de outra forma continuariam imóveis.)

Estou anexando um recorte bem pequeno de jornal do *Luxor Times* de 11 de fevereiro de 1923: "Detetive australiano ajuda a polícia de Kena." Esse jornal, muito sério e de ilibada reputação, era publicado, se não me engano, a cada três dias naquela época. É um artigo pequeno, mas ele descreve bem a conclusão desses acontecimentos, e o pequeno desenho faz justiça ao Harold Ferrell de 1923.

Eu levei o policial até a *villa* de Trilipush (os jornalistas residentes nos cumprimentaram mas não haviam visto nada) e depois atravessamos o rio, usando uma motocicleta da polícia na outra margem. Desta vez, 400 metros depois do sítio de escavação de Trilipush, o policial e eu encontramos um gramofone com o nome dele inscrito na tampa. Uma visão estranha: o dispositivo estava simplesmente no caminho, um gramofone solitário no meio do deserto. Um disco ainda repousava sobre o prato, e gravei o título: *I'm on the Back Swing, Sit Down, Dear**. A algumas centenas de metros de distância, havia evidências de uma fogueira, incluindo restos de roupas queimadas. Alguma coisa não estava cheirando bem, não mesmo. Guiei o inspetor de volta, rodeando a face da encosta, e entrando no Vale dos Reis até o sítio de Carter, e lá eu perguntei a Carter se ele havia visto Trilipush ou Finneran desde que eu e ele nos falamos. Não. Pedi que o inspetor perguntasse se algum dos homens de Carter tinha algum conhecimento de Trilipush, por menor que fosse. A pergunta foi passada entre os homens, e em pouco tempo um deles — um nativo — admitiu que havia chegado a *trabalhar* para o inglês no mês de novembro, e o que mais? Levamos o homem para um can-

---

*Estou no balanço da varanda, sente-se, querida.

to. Esse egípcio desconfiado e na defensiva — um sujeito careca e de compleição forte de cerca de 30 ou 35 anos — descreveu ter abandonado a expedição de Trilipush no final de novembro, pois ela havia evidentemente fracassado, e ele afirmava que não via o inglês desde 25 de novembro, o dia em que foi trabalhar para Carter. Ele negou saber qualquer coisa a respeito de Finneran, nem mesmo seu nome. Nós pegamos o nome e endereço dele e o observamos voltar ao seu trabalho de escavação.

Os acontecimentos se desenrolaram muito rapidamente então, Macy, portanto preste atenção. Eu tinha duas hipóteses, para as quais não tinha escolha senão perseguir simultaneamente, pois o tempo estava passando extremamente rápido: (a) Trilipush e Finneran haviam ficado assustados pelas minhas descobertas e fugiram em segredo, Finneran para Boston, com seu ouro, Trilipush para o mais longe possível de minha investigação dos assassinatos Marlowe-Caldwell, OU (b) eles haviam sido apanhados por alguém que sabia da descoberta de ouro deles, e algum golpe sujo estava para acontecer. Eu tinha de seguir ambas as possibilidades, mas não precisava ter me incomodado com a hipótese A, pois foi o que aconteceu. Mesmo assim, eu já havia mandado vigiarem as linhas ferroviárias, e telegrafei ao hotel no Cairo para me alertar caso aparecesse qualquer pista dos meus suspeitos por lá. Além do mais, ao retornarmos à delegacia de polícia, o inspetor mandou seus homens ficarem de olho vivo em qualquer pessoa com as descrições de Trilipush e de Finneran, que provavelmente estariam se movimentando com uma grande quantidade de bagagem, e que não estariam muito dispostos a se abrir para um policial investigador. Se eles fossem vistos, deveriam, era preciso frisar, ser considerados muito perigosos.

Mas, como eu disse, esses passos não foram necessários, pois ao efetuá-los o inspetor então descobriu em seus arquivos que aquele mesmo negro do sítio de Carter que havia trabalhado para Trilipush tinha se envolvido em um violento incidente em seu emprego anterior na linha de vapores Cairo-Luxor! Por essa briga, ele havia sido preso e em seguida liberado, e também fora demitido de seu posto no barco. Isto havia acontecido no fim de outubro, depois do que ele deve ter ido trabalhar para Trilipush, que aparentemente ficou feliz em contratar um notório valentão — interessante, isso. O policial e eu saímos imediatamente da delegacia para investigar a casa do nativo. E, veja você! Chegamos apenas alguns minutos antes do homem: ele havia deixado o sítio de Carter no meio do dia de trabalho, logo depois que falamos com ele. Muito suspeito. Chegamos bem na hora, pois, no burburinho dos argumentos do nativo e de suas explicações mal dadas, dos gritos de sua esposa e do choro das crianças, encontrei debaixo da cama dele outro dos gramofones com o nome de Trilipush inscrito e, bem visível sobre uma mesa, um prato contendo no barato uma dúzia de charutos com anéis preto-e-prata com o monograma *CCF*. Fim da questão. Já tínhamos nosso suspeito em custódia na tarde da segunda-feira, 1º de janeiro de 1923. Os assassinatos haviam acontecido em algum ponto entre o momento em que Trilipush deixou nossa entrevista e aquela manhã. Você não se surpreenderá se eu lhe disser que os álibis de nosso nativo eram muito, muito fracos.

Culpei a mim mesmo então por uma parte do que havia acontecido, e ainda me culpo. Se eu não tivesse deixado Trilipush seguir seu caminho dois dias antes, ele ainda estaria vivo e enfrentando uma justiça mais apropriada do que assassinato pelas mãos de um ex-empregado. Se eu pudesse ter confiado no meu exército de vigilantes, se eu tivesse sido capaz de encontrar Finneran no sítio arqueológico, eu poderia ter... bem, não sei exatamente o que eu poderia ter feito. Trilipush era um assassino, afinal, e sabia que estava quase sendo apanhado, então não me via como seu protetor, embora ele devesse ter feito isso. A justiça nos protege tanto quanto nos pune, Macy. Trilipush poderia ter se salvado de seu fim duro e desnecessário, se tivesse me procurado, mas os orgulhosos nunca fazem isso, e frequentemente preferem morrer a ser apanhados.

Os interrogatórios que a polícia impôs ao egípcio (não consigo encontrar o nome dele nas minhas anotações — isso me frustra como historiador e é um lapso embaraçoso da minha parte como detetive, admito) foram os mais duros que a legislação permitia, e eu participei na medida em que minha especialização no caso e em psicologia criminalística podia ser útil. O suspeito negou qualquer conhecimento dos assassinatos, nenhuma surpresa nisso, afirmou que Trilipush havia lhe dado os charutos e o gramofone de presente em novembro. Não é impossível, disse um dos inspetores de polícia, mas depois, com o avanço dos interrogatórios, a história do árabe mudou, e a certa altura ele confessou ter *atacado* Trilipush violentamente (mais de uma vez, ele acrescentou depois) e roubado o gramofone, como se essas meias-verdades fossem melhorar sua situação. Tudo o que ele conseguiu com isso, entretanto, foi perder o apoio dos poucos que o ouviam e que ainda esperavam generosamente que ele pudesse ser inocente dos crimes. Mais tarde, ele retirou até mesmo essa confissão limitada de violência, até que suas histórias, compiladas, haviam se tornado um caldeirão de bobagens incompatíveis. Muito embora ele quase tivesse admitido as mortes (e se você soubesse como ouvir, a confissão estava clara), jamais revelou onde escondeu os corpos. Além disso, ele insistiu em uma questão com tenacidade inabalável, não importava o nível de dureza do interrogatório: sustentou que jamais existiu tesouro algum, que Trilipush nunca encontrou coisa alguma. Agora, essa afirmação era tão disparatada, tão distante dos fatos que tornou inacreditável cada palavra daquele homem desesperado. Mas ele se agarrou a esta mentira de maneira tão insana que ficou claro que simplesmente jamais iria revelar a qual primo havia confiado o tesouro ou em que esconderijo o havia deixado.

A polícia queria o tesouro, e você pode estar certo de que eles o pressionaram com dureza quanto a este ponto. Mas o egípcio não parava de dizer: "Vocês estiveram lá? Então sabem que lá está vazio." Ora, é claro que está vazio, Abdul: foi você quem o esvaziou. No fim, ele teimou e se recusou a assinar uma confissão de qualquer uma dessas coisas, o que, estou certo, resultou em uma sentença ainda mais dura do que se ele tivesse achado por bem cooperar.

Não precisei me esforçar muito para convencer as autoridades locais. O assassinato de dois ocidentais nas mãos de um nativo, naquele período de enorme interesse turístico no Egito (graças ao ótimo trabalho de Carter) — badernas não seriam toleradas, e o governo egípcio, bem como os cônsules inglês e americano, todos ficaram bastante satisfeitos com o julgamento justo e rápido e a sentença apropriada.

Quanto a mim, se fui incapaz de responder com certeza inabalável a *todas* as perguntas de meus clientes, se não localizei nenhum dos quatro corpos, que se tornara meu negócio encontrar, pelo menos neste caso eu fui essencial para identificar, apreender e escoltar o malfeitor até seu castigo. Os cônsules inglês e australiano também ficaram gratos por meu relato dos acontecimentos de 1918.

Como tudo estaria bem mais arrumado se tivéssemos encontrado os restos de Caldwell e Marlowe, se tivéssemos os corpos de Trilipush e Finneran e se tivéssemos estado presentes para testemunhar a fuga daquele egípcio, as mãos ainda pingando sangue! Contos da carochinha, Macy. Ah, não, meu colega, raro é o criminoso que não exige um pouquinho de pensamento da parte do detetive para completar a história. Mas não poderia haver dúvida do que havia acontecido, a história contada com detalhes no julgamento e no recorte de imprensa em anexo: um nativo notoriamente violento e vingativo (e não rico, para sermos justos), demitido por seu empregador na linha de barcas do rio por arrumar encrenca, preso a um arqueólogo ocidental, na esperança de estar presente quando fosse encontrado algo de valor. Quando a expedição fracassou, ele partiu para se juntar a outra. Quando soube depois, talvez tenha ouvido rumores no acampamento de Carter após este ter visitado o sítio de Trilipush, que a expedição fracassada que ele havia abandonado subitamente havia conseguido um grande sucesso, o assassino retornou e ficou espionando o saque guardado por dois homens, um dos quais foi ferido. Em algum ponto entre minha entrevista com Trilipush no dia 30 e a manhã do dia 1º, quando eles estavam para pegar o barco para o norte, aquele egípcio emboscou Finneran e Trilipush, assassinou-os, queimou suas roupas, sumiu com os corpos e escondeu o tesouro. Se ele não tivesse sido tão idiota a ponto de guardar um gramofone e os charutos, meros brinquedinhos se comparados ao seu saque escondido, poderia ter escapado à justiça. O fato de que ele precisou de compatriotas para seus crimes — especialmente para o transporte e o ocultamento de vastos tesouros — não pôde ser negado. Mas ele negou.

Mas por que o assassino negaria isso até o fim, mesmo quando uma sentença bem longa na prisão o aguardava? Bem, a história da Egiptologia, segundo aprendi com um sujeito em um clube lá no Cairo, está repleta de casos como este: o egípcio moderno, sem nenhum interesse verdadeiro no aspecto histórico do ouro subterrâneo, só se importa com o valor em dinheiro. As famílias nativas costumam fazer escavações clandestinas e vender aos poucos (às vezes ao longo de gerações) esses tesouros arqueológicos, que consideravam (levando-se em conta o que viam como sendo uma mania ocidental) como contas bancárias subterrâneas para serem sacadas quando necessário. O assassino de Trilipush foi para a cadeia de boa vontade para proteger amigos e familiares que faziam planos para se sustentarem ao longo dos anos, enviando lentamente para receptadores de confiança os vastos tesouros fúnebres do rei Atum-hadu.

E, no trem do Cairo para Alexandria, meu assistente Macy e eu discutimos outra questão: *quem* deveria ficar com o tesouro de Atum-hadu? Pertencia a Trilipush, que matou Paul Caldwell e Hugo Marlowe para ficar com ele? Ou a Chester Crawford Finneran, que pagou pela descoberta de Trilipush? Ou a Julius Padraig O'Toole, que havia emprestado aquele dinheiro a Finneran? Ou aos parentes de Paul Davies-Caldwell e Hugo Marlowe? Hector Marlowe e Emma Hoyt? Suponho que os herdeiros desse assassino egípcio tenham tanto direito quanto qualquer um neste negócio sujo, e eu não estava muito interessado em espicaçar as autoridades para persegui-los, tentando balançar a árvore até que os cúmplices caíssem no chão. Mas, novamente, uma simples soma em dinheiro havia deixado os homens loucos, como sempre faz, e, no fim, o custo foi de quatro mortos, uma jovem abandonada, um homem na cadeia e uma fileira de corações partidos que ia de Sidney a Boston, passando por Luxor e Londres. O dinheiro é um motivador que acelera, Macy, e quando começa a governar os homens, tende a levá-los direto em direção a um despenhadeiro.

Coletei com meus clientes meus honorários e o valor de minhas despesas, naturalmente — o Espólio Davies, Tommy Caldwell, Ronald Barry, Emma Hoyt, os Marlowe, O'Toole — e relatei a eles o máximo que pude do que eles precisavam saber, e voltei para minha casa em Sidney no final de julho de 1923, pouco mais de um ano depois de ter partido. No fim, não houve muita cobertura jornalística do caso, apenas o *Luxor Times*. Não posso dizer que não tenha ficado decepcionado com essa curiosa indiferença da imprensa mundial.

Contudo, a justiça foi feita, a verdade foi exposta, e os pecadores foram castigados. Para mim, naturalmente, havia sido a aventura de uma vida, um dos casos mais notáveis de minha carreira, o fruto de todos os meus poderes de dedução e detecção em seu auge. Eu havia viajado o mundo, entrado nos lares dos ricos e poderosos, visto homens e mulheres de todas as classes motivados por aqueles impulsos universais que guiam cada um de nós, e eu nunca, quando refleti sobre o que vi, fiquei verdadeiramente surpreso, não de verdade. Quando você passa a compreender as pessoas, elas deixam de surpreender você, sabia? Os motivos delas nem sempre são claros, mas não são numerosos. As pessoas são livros abertos, uma vez que você tenha aprendido a lê-los. Isso é, ao mesmo tempo, uma maldição e uma delícia, mas é um resultado inevitável de ser um estudioso dedicado da natureza humana, o que todo bom detetive certamente é.

Espero ter preenchido os brancos e a lógica do caso com justiça suficiente para completar seu "histórico familiar" e também deixar que você o expanda para nossos leitores.

Entretanto, hoje olho novamente para isto tudo e fico um pouco perturbado com a quantidade de tempo que passei contando a você esta história. Sabe, já selecionei nosso próximo caso de meus arquivos, meu amigo, e se eu estivesse equipado com um gravador e um microfone, poderia simplesmente ditar a história. Acho que as despesas não seriam tão proibitivas. Isso, claro, poderia entrar na conta de nosso acordo de parceria, se você pudesse enviar a soma adiantado. Espero ansioso seus pensamentos a este respeito. Espero notícias. Estou pronto para começar assim que souber de novidades. Nossos leitores aguardam. O tempo urge.

Seu no limbo,
Ferrell

Srta. Margaret Finneran
2 Commonwealth Avenue
Boston

25 de janeiro de 1923

Minha cara srta. Finneran,

Como o vínculo empregatício do sr. Trilipush com Harvard foi concluído no final da sessão de outono, tomo a liberdade de lhe enviar a correspondência acumulada no escritório dele durante suas perambulações constantes no Egito, a saber: seis diários de egiptologia e arqueologia; um pacote pessoal da Inglaterra; duas cartas de museus; e algumas anotações de alunos (não seladas). Se a senhora fizer a gentileza de entregar esta correspondência ao sr. Trilipush quando ele retornar do Egito, isto nos pouparia uma grande dose de problemas e de constrangimento.

Com os melhores votos de felicidades por suas núpcias com o grande homem,

C. ter Breuggen
Diretor, Egiptologia

PESSOAL para o professor R. M. Trilipush
Aos cuidados do Departamento de Estudos Egípcios
Universidade de Harvard
Cambridge, Estados Unidos da América

29 de setembro de 1922

Meu queridíssimo Ralph,

Posso chamá-lo de Ralph? Não nos conhecemos pessoalmente — tampouco é o que desejo, fique sossegado —, mas eu o conheço muito bem, e é por isso que envio em anexo um pequeno presente.

Acabei de passar uma tarde positivamente detestável (e isto num dos raros dias ensolarados que nosso temperamental, para não dizer caprichoso, Pai Celestial nos tem dado ultimamente). Fui forçado a passar uma ou duas exaustivas horas com um sujeitinho australiano, todo cheio de pintas e cor de laranja, com uma cabeça coberta dos pelos mais ridículos. No exato instante em que ele foi embora, pus-me a escrever para você, pois ele foi gentil o bastante para me dar seu endereço na querida e adorável Harvard. Harvard! Mas que grandeza! Naturalmente, para velhos homens de Balliol como você e eu, talvez um tantinho provinciana, não? Será que não me lembro de Marlowe chamando-a de alguns nomes bastante engraçados? "O último refúgio dos inempregáveis?"

Bem, vejo que disse um exagero: não, não me pus a escrever no exato instante em que ele foi embora, querido. Aguardei até ele estar real e inteiramente fora do edifício e seguindo seu caminho, e depois fiz que solucei um pouco. Não sou mais dado a dramas, Ralph, há muito tempo que não, mas o desgraçado desse sr. Ferrell, detetive da mais desprezível espécie, me confirmou uma notícia muito ruim. Nada de que eu já não suspeitasse há muitos anos, mas uma coisa é saber de algo e outra coisa é *saber*, se você entende o que digo. Quando vi seu adorável livro autografado para os pais de Hugo, bem, então percebi o que você naturalmente já sabia há anos, o que eu temia diariamente, mas tentava em vão não acreditar.

Calminha aí, meu caro, já posso imaginá-lo correndo freneticamente para um lado e para o outro. Tenho minhas tristezas para chorar, mas não tenho nenhuma reclamação verdadeira a lhe fazer, considerando os acontecimentos com justiça. Rasgar minhas roupas enquanto reclamo na delegacia e com a família pavorosa de Hugo certamente não dá apelo algum. Você é livre, até onde sei. Desde que eu não encontre você pessoalmente, posso imaginar o rosto dele sobre o seu e me dizer que ele continua vivendo em você, mas existem certas coisas que você deveria saber, antes de cometer mais algum erro fatal. Eu detestaria ver a criação de Hugo encontrar seu criador divino cedo demais. Para começar, os insuportáveis pais de Hugo se chamam Hector e Regina, e as afirmativas persistentes de nosso Hugo em contrário não contam. Sente-se, meu anjo, a história vai ficar ainda mais surpreendente.

Eu meio dei uma leve exagerada nos fatos para Ferrell agora há pouco, mas ele estava pedindo isso. Normalmente eu ofereço aos meus visitantes mais conservadores uma atmosfera mais moderada e inofensiva, mas esse sujeito, esse fazendeirozinho australiano vil, não perdeu tempo para soltar suas referências a Wilde e fazer gracejos intoleráveis e assegurar seu gosto por damas. Se eu não tivesse tanta curiosidade para ouvir o que ele sabia a respeito de nosso Hugo e de você, eu o teria espancado até ele ficar inconsciente, colocado uma saia nele e o exposto no meio da rua. Mas, do jeito que foi, fiz uma performance um tanto dramática para ele. O rosto do homenzinho quando eu — me preparando para puxar um cordão de veludo que não levava a nada a não ser uma cortina — perguntei-lhe se não gostaria de "saborear um garoto árabe junto com seu café" foi a maior diversão que tive em semanas.

Além do mais, ando um pouquinho triste porque segurei as páginas em anexo por anos, apesar de investigações da parte da família de Hugo e nosso vulgar detetive antípoda. Mas de que me valem elas agora? Você foi quem saiu do Egito, não ele.

Eu me tornei um chato impossível nestes últimos anos. Eu deveria ser um herói para a juventude de Londres, e tudo o que faço é ficar sentado em meus aposentos, envelhecendo a cada dia. Outro dia recebi uma visita de um camarada de Balliol, e ele com toda razão me repreendeu por me tornar uma velhota saída de um romance de Balzac. Você já leu Balzac? Hugo descreveu você como um tanto maníaco para sua área, mas não muito para outras coisas. Há mais coisas na vida do que... ah, olhe só para mim, como se eu tivesse algum direito de expandir seus horizontes, quando os meus encolheram para um punhado de cartas de um soldado morto.

Estou anexando cinco. Elas explicam tudo o que você precisa saber, exceto, suponho, onde tudo começou. Originalmente, em Oxford, ele era motivo de piadas, sabe? Era apenas uma camuflagem fácil, um nome mutuamente corroborado, um sujeito que nós todos podíamos usar quando nos correspondíamos com as *maters* e os *paters*. Isso havia se tornado um dogma, sabe, em nossos círculos, o fato de que não tínhamos cura, embora ainda existissem alguns sujeitos amargos entre nós que tentavam resistir, ou amaldiçoar nossas naturezas, ou fazer como os pais envelhecidos exigiam de nós e falar com algum horrendo especialista em Londres, na Harley Street, que prescrevia psicanálise, duchas, viagens, boxe. ("E luta greco-romana, meu amor?", perguntei a ele.) Como *todos* os pais pareciam saber a mesma coisa, eu não sei. De qualquer maneira, o mais ousado de nós — Hugo, naturalmente — simplesmente disse, um dia, quando o clubinho estava jantando em nossos apartamentos: "O que é que há com vocês, garotas? Vocês se submetem a isso? Eu recuso tratamento. Por que é que *eles* não vão se tratar?" Delicioso: pensar em nossos pais desconfortáveis procurando uma cura para sua persistente ginofilia com algum médico delicado de nossa escolha. Nós todos amávamos o Hugo, sabia? Eu nunca pude tê-lo completamente para mim, nem mesmo naquela época. Mas ele era tanto o que eu ansiava ser! As mulheres nunca olhavam para ele, naturalmente; ele não era talhado para elas, e as bestas-feras podiam farejar isso a quilômetros de distância, ao passo que o meu aparecimento sempre as confundia e fazia com que elas deixassem cair seus romances de Jane Austen perto de mim com olhares significativos.

"Bem, eu me recuso", disse o nosso Hugo. Mas alguns dos homens mais novos não foram tão corajosos, então Hugo sugeriu que todos nós disséssemos às nossas famílias que já estávamos curados, estávamos nos sentindo muito melhor, obrigado, e pensando seriamente em propor casamento a alguma jovem de boa família que havíamos conhecido recentemente em alguma festa. Qual deveria ser o nome dela? Estranho, agora não consigo lembrar de nada que não Gwendolyn, mas não era este nome. E, o melhor de tudo, Mãe e Pai, nós conhecemos o sujeito mais maravilhoso, nosso maior amigo, o tipo de sujeito que a gente vai para Oxford esperando encontrar, ele provavelmente será meu padrinho assim que eu tiver coragem de dizer a essa garota adorável como a acho sensacional, e ele, bem, ele era flexível, esse era seu charme; ele era o que você achava que seus pais queriam ouvir. Se eles ou aquela sanguessuga da Harley Street tivessem tido a audácia de desencorajar você de seu círculo atual de amigos, bastava reassegurar-lhes que você estava agora passando seus momentos livres na companhia de um grande sujeito, um camarada tremendamente confiável de boa cepa que estava remando como Odisseu naquela temporada, que corria como Hermes, que certamente seria o primeiro da classe em Egiptologia (nisto, Hugo insistia, por uma questão de uniformidade), que era noivo de lady Blablablá, que ia retornar a Kent e remobiliar a casa da família para que retomasse sua condição anterior, e assumiria as propriedades, mostraria aos criados locais o que era um cavalheiro fazendeiro do século XX etc. etc., ao gosto das pessoas, ao gosto dos pais, para ser exato. Tenho certeza de que você já soube disso tudo, caríssimo. Hugo forneceu uma biografia extensa para os sujeitos que não eram terrivelmente criativos, chegou até a conseguir que alguns dos rapazes tirassem uma fotografia em trajes esportivos com um sujeito da região que se encaixasse no perfil. Nós íamos procurar Hugo em busca de conselhos: "Mamãe quer conhecer *o tal* no mês que vem. O que vamos fazer?" Hugo cuidava de tudo, acalmava nossos nervos, providenciava o roteiro da história de que precisávamos, e nossos pais respiravam aliviados. Nosso preocupante defeito adquirido na escola havia desaparecido na universidade.

Ainda não sei precisamente o que aconteceu naquele dia de novembro no deserto. Eu sei o que Hugo tencionava fazer, querido Ralph. Espero que você o tenha perdoado por aquilo, meu velho. Você pode mesmo culpá-lo? Não, não mais do que eu posso culpar você pelo resultado. (Ou culpar a mim mesmo: Hugo entendeu muito mal meu conselho.) Mas você poderia me escrever e relembrar os acontecimentos? Acho que você me deve esse fiozinho de paz.

Você o amava, nem que fosse um pouquinho? Preciso achar que sim. Caso contrário, como poderia ter sido? Como ele poderia não inspirar amor? Especialmente em alguém cujo coração está um pouquinho aberto, você que não ousa dizer seu nome. Você o conheceu por último. Você poderia me escrever sobre Hugo na Guerra, descrever seus dias.

Agora, então, com um pacote de cartas, você está muito bem informado. Mas não pare de ser você mesmo! Isso seria, sem dúvida, a moral errada desta história! Não, eu não quero desencorajar você, Ralph, assim como também não quero caçá-lo, nem pedir à polícia para que revolva a lama de nossas vidas. Estou simplesmente lhe entregando o conhecimento de que precisa para seguir em frente, pois, afinal de contas, você é o trabalho do nosso amor, querido, e não pode se perder: a continuação de seu sucesso nos homenageia. Você é a expressão viva de Hugo, o Adão que continua a viver depois que seu criador se foi, mas ainda se comporta da maneira como ele o construiu. Ah, por favor, continue de qualquer maneira, velho Ralph, seu Criador tinha orgulho de você, ainda que num momento de fraqueza ele tenha tentado destruí-lo. Deuses podem ser assim. E quando ouvir falar de seus triunfos (como este seu livrinho indecente, que Hugo teria sinceramente admirado), cantarei para mim mesmo que em você Hugo ainda caminha sobre a terra, tão vivo como quando o abracei pela última vez.

Ele construiu você a partir de peças de vestuário e estofamento de crina, só para me fazer rir, sabia? O que quer que você fosse para ele, o que quer que ele tenha deixado de me contar, não é nada comparado ao que nós éramos e que presente ele me fez de você, seu *Guignol*, cujo palco está em todo lugar e cujos fios vão até lá no alto, até algum paraíso *louche* de muito bom gosto. Posso certamente imaginá-lo hoje, rapaz sem nome, conversando de um modo tão parecido com Hugo quanto consegue. Você se ajeita e pronuncia "bom dia" como "bm diiiia"? Você chama os sujeitos de Sven quando não consegue se lembrar dos seus nomes? Você pega os ginófilos em armadilhas e os chama de *patos*? Claro que sim, patinho.

Só peço que, como um favor a este acólito, você pense de vez em quando no que deixou morrer num deserto distante. Espero que você não seja cruel quanto a isso.

Seu admirador,
B. Quint

16 de janeiro de 1918

Caríssimo Bevvy,

Se você está procurando algo de animador para colorir seus dias tediosos na velha e cinzenta Inglaterra, então eu tenho uma história para diverti-lo sem erro: estou sendo — ah-ah! Será que não deve haver aí um ou dois censores espiando por cima do seu ombro? Bem, deixe pra lá. Sou um oficial, e passarei esta para você discretamente de algum jeito. Conheço um sujeito ferido que está indo para casa e que pode levar consigo um envelope. Confie em seu Go-go.

Então vamos lá: estou sendo *chantageado*, e isso é delicioso, devo admitir. Isso abrilhantou minha existência medíocre e empoeirada aqui que nem lhe conto. Achei que iria enlouquecer se tivesse que interrogar mais uma dessas velhas nativas suspeitas de um ou outro contato com o feroz Inimigo, como se os egípcios não estivessem completa e simplesmente *encantados* por serem nossos aliados e grandes camaradas, de cada pequenino recém-nascido até cada velho trabalhador enrugado. Mas não é tão ruim assim. Graças ao trabalho, meu árabe ficou muito bom, ainda que um tanto peculiar, pois quando sou o único interrogador do aposento fico à vontade para experimentar frases mais *recherchés* com os mais novos traidores, e que ficam tremendo todinhos.

Mas a minha história.

Você não tem motivo para saber disso, mas aqui em nosso pequeno lar longe da higiene estamos a cerca de 60 quilômetros de um subúrbio chamado Tel el Kebir, uma colônia antípoda, um festival de alegres e dançantes matildes e caipiras, os remanescentes que não foram enviados para lavar suas entranhas no Bósforo por, não tenho a menor dúvida, considerações estratégicas inconfundivelmente brilhantes. Na maioria das vezes as pessoas os evitam, claro, embora alguns dos oficiais deles não sejam ovinófilos absolutos e de vez em quando seja necessário nos consultarmos com eles nos terríveis conselhos de guerra, para planejar golpes diabolicamente inteligentes para estontear as cabeças-de-fez de nosso maligno Inimigo. Eu fui até mesmo forçado a passar uma semana acantonado entre esses estranhos marsupiais, *confraternizando*, como dizemos, embora o digamos no sentido mais sem-graça possível dessa palavra para o Exército. A questão: um desses sujeitos nojentos me encontrou em circunstância que merece esclarecimento.

Algumas semanas após meu retorno do acampamento dos escavadores, eu já os havia esquecido. Então, certa noite — uma daquelas noites que fazem toda essa coisa valer a pena, quase fazem você agradecer ao rei por arrumar um tempo na sua agenda para se meter nesta confusão com um primo —, deixei a base para um *rendez-vous* que eu havia arranjado entre as minhas adoradas pirâmides de Gizé, uma viagem longa a partir daqui, mas prazerosa de se fazer de motocicleta à noite.

Por favor, comporte-se, Bev: o cume da pirâmide de Quéops penetrava o disco prateado da lua, charmosa como uma cabeça na ponta de uma lança. As sombras negras atenuadas das três pirâmides caíam para trás de seus eus branco-amarelados, fazendo do deserto um tabuleiro de gamão, e eu desliguei o motor da moto. Caminhei na direção das pirâmides, exaltado naquela noite negra e prateada como se me atraíssem absolutamente para o encontro amoroso. Mas para o meu convidado esperado, eu era, acho eu, o único homem no deserto antigo, e aquelas três beldades orgulhosas, juntamente com seu cafetão sem nariz, me chamaram para a areia, onde poderíamos todos ficar a sós e juntos. Pouco depois, meu esperado chegou, um filho da terra que eu havia interrogado naquele dia, um sujeito bastante inocente preso por razões conhecidas somente por um ou outro Emma Pip. Como eu era o único que falava árabe no interrogatório, aproveitei a oportunidade para lhe dizer que a melhor maneira de evitar futuros problemas com seus senhores ingleses todo-poderosos era me encontrar para uma visita às pirâmides após a meia-noite. “Sua Excelência me deixa muito honrado”, respondeu o coquete. “O que foi que ele disse?”, perguntou o sargento. “Ele diz que é um súdito submisso.” “Uma história provável, o bastardinho escuro”, resmunga o velho sarja, e eu lhe assegurei que guardaria o nome do rapaz no arquivo e faria com que minha legendária rede de espiões o vigiasse constantemente.

Bem, nós havíamos nos colocado à sombra da grande pirâmide, eu e meu interrogado, fazendo nós próprios uma grande pirâmide, quando ouvi outro motor de motocicleta, mas ela parecia estar se dirigindo para o outro lado (malditos ecos). Alguns minutos depois e eu reparei que não estava mais em pé na sombra (maldita lua que se move) mas na areia inundada de luar, e um instante depois ouvi um pigarro, e da escuridão sai um recrutinha (um outro pequeno recruta permanecera escondido).

Um conselho de graça que lhe dou, Bev, caso algum dia você se encontre exatamente numa situação destas: não é a hora certa para entrar em pânico ou demonstrar fraqueza. Meus quadris continuaram impávidos seus movimentos noturnos, embora meu nativo estivesse agora de olhos arregalados e gemendo, e seus braços de apoio fraquejaram quando ele deveria estar apoiando-os na lateral da pirâmide. Gritei algumas palavras convincentes em árabe para o intruso, mandando-o correr, fazendo-o pensar que ele havia interrompido um cavalheiro egípcio fortemente armado em seus afazeres cotidianos da noite: "Diga seu nome, maldito comedor de porco."

Ele respondeu num inglês tranquilo com sotaque australiano: "General Allenby."

"Está bem", o maldito Marlowe enuncia em inglês. "É melhor você ter licença para deixar a base a esta hora, soldado, e ter uma permissão assinada para essa motocicleta que eu ouvi." Você teria ficado orgulhoso de meu jeito durão de sargento, Bev, e pelo fato de que me recusei a quebrar meus ritmos marciais. "Nome." Ele bateu continência de um modo espertinho e respondeu. "Isto ainda não acabou. Ordeno que você retorne à base imediatamente."

"Sim, senhor, capitão Marlowe, agora mesmo, senhor." O pronto uso de *meu* nome me deixou um pouco desacorçoado, como você bem pode imaginar, e se eu tivesse um pouco mais de tirocínio ou confiança poderia realmente tê-lo golpeado com meu maldito brinquedo, teria apanhado minha Webley, dado um tiro no escavador, terminado meu serviço em paz e encontrado uma explicação mais tarde. Mas o que aconteceu foi que ouvi a motocicleta dele se afastando, levei meu nativo de volta para a sombra e tentei não pensar mais naquilo.

No dia seguinte, admito que eu estava um pouquinho preocupado com as repercussões, mas meu carrasco não me manteve em sofrimento por muito tempo. Antes que meu serviçal tivesse sequer acabado de me dizer que um ANZAC esperava do lado de fora a *meu* pedido, esse mesmo canguru da noite passada entrou na minha tenda sem pedir licença. "A meu pedido?", repeti bruto, dispensei o serviçal e comecei a me preparar para o que estava por vir.

"Eu tive a impressão de que o senhor ficou muito descontente comigo a noite passada, senhor."

"De forma alguma, de forma alguma. Todos vocês, australianos, provaram ser excelentes soldados. Não estou nem um pouco descontente. Mais alguma coisa?"

"Se me permite perguntar, senhor, o que nos combatentes australianos mais impressiona o senhor, senhor?"

Acabei de enrolar minhas perneiras, sentei-me na minha cama de campanha e fiquei olhando o merdinha, embora ele mantivesse um olhar militar a meio caminho, onde tenho certeza de que ele podia ver o universo se descortinando muito bem para ele.

"Suponho que seria a discrição nativa da Austrália, não?"

"Nossa vigilância, senhor."

"Evidentemente."

"Se me permite dizer, senhor, isto é interessante: os antigos egípcios respeitavam tanto esta característica particular discrição —, acima de todas as demais, que concediam promoções militares simplesmente por isso."

"Engraçado, não me lembro de ter lido nada a esse respeito."

"Não, senhor? Bem, a educação do Estado lá embaixo é terrivelmente fraca, o senhor sabe, senhor, por isso eu me impus o estudo independente."

"Percebo. Sim, você pode estar certo, no fim das contas, as culturas antigas podem ter vários tipos de interpretação, não é? Vou olhar esse pedido, talvez entrar em contato com um velho amigo. Mais alguma coisa hoje, Recruta?"

"Devo escrever meu nome para o senhor, senhor?"

"Acredito que não seja necessário."

"Muito bem, senhor, estou à sua disposição, senhor."

Ele havia me apanhado, Bev. Engoli minha dignidade, e alguns dias depois tornei a ter serviço na base australiana de Tel el Kebir. Ali, mencionei para o comandante da companhia adequada da FIA que um de seus membros, que sabia um pouco de árabe, havia sido de particular utilidade em uma série de interrogatórios de contrainteligência que eu estava conduzindo, e certamente não era meu lugar, claro, mas o sujeito bem que merecia um empurrãozinho para promoção se tivessem uma abertura naqueles postos altaneiros. O preço? Tive de ouvir as histórias mais excruciantes sobre a noiva desse capitão lá em Melbourne e achar bonitinha uma fotografia da mulher mais indizivelmente odiosa da história daquele sexo, se é que não era um ualabi de saias e rosto escanhoado.

Assim terminou minha excitante aventura, B. Achei que tudo estaria resolvido, e que não ouviria mais falar daquele meu sujo Sven lá dos confins da terra. Naturalmente, eu não deveria ter ficado surpreso se ele aparecesse esperando algumas piastras em troca de sua discrição constante, mas ele também deveria saber que eu posso tornar a vida dele bastante miserável aqui, mandar detê-lo por alguma coisa incomodamente desagradável, se não absolutamente fatal.

Em outra empolgante notícia da cena do maior esforço da humanidade em prol da paz mundial, encontrei uma coisa um tanto extraordinária no bazar semana passada, embora seja difícil acreditar que não se trata de uma fraude. Comprei pela força de sua aparência convincente, melhor do que as falsificações absurdas de costume. Ainda não acabei de decifrar, mas parece ser alguma coisa de interesse potencial em uma questão obscura de Egiptologia. Naturalmente, apesar de vagar de volta ao bazar, não consegui achar o sujeito que me vendeu a peça, mas será que você não poderia me fazer um servicinho, Bev? Você não poderia perguntar ao querido e decrépito Clem Wexler qual a melhor maneira de preservação e envio para ele de um "documento envelhecido" específico? Seja um bom menino e me responda imediatamente assim que ele responder, é da mais alta prioridade. Além disso, Bev, embora eu acredite que possa passar cartas para você sem que elas sejam lidas, não acredito que as suas cartas para mim venham a ser tratadas com o mesmo respeito. Escreva com sabedoria, caríssimo amigo.

Descaradamente,
Go-go

23 de abril de 1918

Bev, seu antrófilo asinino,

Não tente dar uma de garotinha impossível sobre o que eu faço e não inclua isso em minhas cartas para você. Não me passe sermões sobre nenhuma de suas mais novas virtudes, nenhuma das quais me convence sequer remotamente. Vou continuar a escrever o que me diverte e o que, acredito, irá divertir você, meu mais querido amigo. Meu método de realizar operações de contrainteligência é tão bom quanto qualquer outro que eu já tenha visto. Nenhum dos meus jovens agentes nativos conspirou com o Inimigo, isto é certo; eu os mantenho por demais saciados, uma técnica preventiva que todo serviço de segurança deveria utilizar. Então não me censurarei para você, tampouco protegerei o que você denomina de modo tão pouco convincente como suas *sensibilidades*. Você pensa que eu escrevo as mesmas histórias para o pequeno Theo Grahame ou qualquer outro de nossos velhos companheiros de jantar? Claro que não. Você é meu primeiro e único verdadeiro *correspondente*. Nunca lhe pedi para viver como um frade dominicano por minha causa (e mesmo eles, acho eu, se divertem mais do que você, relaxando com freiras e garotos camponeses ignorantes e gente do gênero, ameaçando-os com o fogo do inferno se eles falarem).

Mas e Wexler, diabos? Você estava com tanta pressa de reclamar (e com tanta indiscrição) que esqueceu de fazer a coisa mais simples que lhe pedi, seu homem desprezível. Agora saia correndo pela cidade antes que Wexler finalmente morra e se desintegre e a faxineira varra para fora as cinzas que restarem. Diga a ele as seguintes palavras: "Hugo encontrou uma p. que parece confirmar Harriman e Vassal e quer enviá-la para você em segurança. Como?" Assegure-se de pronunciar a interrogação, ou ele vai supor que você está fazendo alguma proposta indecorosa e vai enxotá-lo do quarto.

Quanto ao meu outro pequeno assunto, ele deu uma virada e se tornou excessivamente tedioso. Conforme me lembro, mexi os pauzinhos para conseguir uma promoção para minha matilde e então fiquei esperando o inevitável pedido de fundos da parte dele. Que nunca veio. Comecei a torcer para que estivéssemos satisfeitos com nossa promoção, que estivéssemos muito orgulhosos para mostrar nossas novas divisas de cabo lanceiro e administrar um pouco de castigos àqueles que parecessem merecer ou pelo menos gostar disso, mas não: certa manhã, recebi uma mensagem absurda de um sargento australiano, o sujeito animado encarregado dos detalhes da guarda do portão da frente de seu acampamento. Ele solicitou educadamente que, já que eu estava despachando nosso novo cabo com tanta regularidade em missões de contrainteligência a qualquer hora do dia e da noite sem, compreensivelmente, ter tempo para emitir passes individuais todas as vezes, seria possível que eu pelo menos preenchesse uma ordem permanente para que a guarda rotativa pudesse usar como referência? Ora, ali estava um enigma. Enviei meu ordenança para fazer uma investigação e caçar meu australianinho de estimação, naquela mesma noite. Desde o nosso último encontro, explica o jovem Sven sorridente, ele adotou o hábito de deixar o acampamento quando quer, dando o *meu* nome como seu passe: "Missão de inteligência para o capitão Marlowe", ele diz aos guardas, entrando e saindo ligeiro em uma motocicleta requisitada com as mesmas palavras. "Procure o capitão Marlowe para documentos de autorização." Uma ousada exibição da cara-de-pau, você há de concordar. E o que ele estava fazendo em suas missões? Houris?* Brigando? Nada disso: usando o meu bom nome, ele havia saído meia dúzia de vezes para... veja só, Bev... *explorar os monumentos*! Andou por sítios arqueológicos, tentando encontrar os poucos escavadores que ainda trabalhavam apesar das perturbações explosivas desta guerra moderna. "Posso falar francamente, senhor?", ele grita. Claro que pode, pato, mas fale baixo. Prepare-se, Bev: parece que nosso pequeno australiano simplesmente *ama* o Egito e estudos egípcios, é maluco por isso. Ele não quer mais *nada* de mim, sério, pela alma de seu coala favorito, ele só quer conversar comigo sobre o Antigo Egito. "Como é que eu iria saber alguma coisa sobre isso?", pergunto. Ué, ora, ele sabe tudo a meu respeito, você vai ficar tão alarmado quanto eu quando soube disso. Ele sabe não só que eu li os faraós na Universidade de Oxford mas que eu em breve vou "voltar e finalizar o trabalho" e me tornar "um professor universitário", ele diz com um brilho estrelar nos olhos. Ele confessou com timidez que, ao saber disso, algum tempo antes, havia se aproximado de mim *antes* de nosso primeiro encontro no deserto, quando eu havia passado aquela semana

*Na crença de alguns muçulmanos, virgens de olhos negros que esperam no Paraíso para d[illegible] prazer aos homens, principalmente os mártires. (*N. da E.*)

em Tel el Kebir, embora não tenha a menor lembrança dele. Quando eu compreensivelmente não prestei atenção a ele lá, ele começou a me seguir sempre que podia, e chegou até mesmo a fugir do acampamento, indo até nossa base naquela fatídica noite, apenas para se apresentar novamente. Mas ele me viu saindo e imaginou que eu estava partindo num "passeio para admirar a beleza sem igual das pirâmides de Gizé", e lá foi ele atrás de mim. Ele me contou tudo isso como se eu fosse ficar feliz de ouvir.

Uma história melosa, mas o que diabos ele quer de mim *agora*? Ora, justo o que qualquer chantagista ordinário quer: ele quer aulas de egípcio médio. Tremendo na hora de exibir suas profundezas ocultas para mim, ele pega pena e papel de minha mesa para provar que já sabe escrever hieróglifos, hierático e demótico. Ele afirma que aprendeu sozinho (ouça esta sentado, Bev) com livros em uma biblioteca na Austrália e que era administrada pelo primeiro amor dele, uma mulher que morreu tragicamente, deu o último suspiro em seus braços. E agora ele simplesmente quer discutir a história dos reis comigo. Resumindo, Bev, estou sendo chantageado para servir de tutor para um pretenso egiptólogo antípoda, autodidata, viúvo e com tendências criminosas. Certamente você conhece o tipo, é uma velha história. Diga-me se estou aborrecendo você, coração.

Meu pupilo é um completo *naïf*, mas tem conhecimentos profundos, estranhos e distantes lagos de experiência em Egito separados por vastas praias de ignorância. Ele tem ciência disso e quer que a terra seja alagada por igual. Enquanto isso, ele também gostaria de aprender árabe, que já começou a assassinar por conta própria.

Desde então ele já entrou na minha tenda três vezes — é uma viagem de mais de 60 quilômetros, Bev! Quanta dedicação! Ele me trata com absoluto respeito. As histórias de Oxford o hipnotizam, como uma naja de olhos vesgos subindo ao som da flauta de um hindu. Eu murmuro a palavra "Balliol" bem baixinho e ele começa a agir como quem vai desmaiar, embora não a ponto de eu ser capaz de iniciar as instruções no método pedagógico que considero mais agradável. Tentei isso uma ou duas vezes (a gente perde a conta dessas coisas), achando que seria divertido e também libertaria o domínio desagradável que esse jovem estudioso tem sobre mim. Mas eu estava tentando plantar minha semente em terra desértica, tenho certeza de que você ficou aliviado em saber, Bev: "É muito gentil da sua parte, capitão, mas não quero que o senhor perca seu tempo, deveríamos tentar discutir apenas questões sérias." O animal. Se eu tivesse a mesma aparência que ele, naturalmente, já teríamos feito um belo progresso a esta altura.

Veja se me escreve mesmo sobre o que estou perdendo na minha terra. Fale-me das temporadas. Diga-me se meu nome ainda aparece nas conversas. Conte-me se ainda há um lugar para mim por aí. E, pelo amor de Deus, me diga o que Wexler diz.

Seu sombrio príncipe do Egito,
Go-go

29 de julho de 1918

Querido Bevvy,

Honestamente, é de cortar o coração. Obrigado pelos seus esforços, e obrigado por me transmitir a notícia. Não que ela tivesse grande consideração por mim, mas diga à pobre viúva que envio minhas condolências mais sentidas, e que o marido dela significava tudo para mim. Diga isso de um jeito melhor, diga do jeito que você próprio diria. Não estou brincando: ele era mesmo importante para mim, tirando a dipsomania e a senilidade. Ele era pedante, claro, e seu objetivo ao lecionar era produzir, antes que sua alma se esvaísse do corpo, o maior número possível de acadêmicos que pensassem e falassem precisamente como ele. Acho que ele provavelmente conseguiu: antes de deixar Oxford, eu havia reparado numa meia dúzia dos rapazes mais novos começando a puxar os lóbulos das orelhas e dizer "Quem sabe, quem sabe, mas duvido muito", quando queriam calar a boca de alguém. Coitado do velho Clem. Eu realmente queria o conselho dele sobre este papiro, diabos. Diabos.

Mas, Bev, continue lendo! Eu havia acabado de ler sua carta quando meu pequeno órfão chegou para sua lição. (Ah, sim, ele é órfão também; a história é extraordinária, e não sem um certo anticlímax — você, certamente, estaria chorando agora.) Ele viu na hora que eu havia recebido uma má notícia, e fiquei comovido com um quê de nostalgia para discutir Wexler com ele, o jeito que ele ensinava, os apelidos que eu havia inventado para ele (O Íbis Ibid, Du-Vi-De-o-Dó, O Sic Bastard), certos métodos, temas e debates que tínhamos, incluindo as fascinantes questões do particular caso histórico que cercava aquele item que eu posso ter encontrado. É claro que o garoto ficou quedado de espanto, boquiaberto e louco para saber as histórias do *Junior common.** Depois de alguns minutos, eu me recobrei e me preparei para nosso tópico do dia (cultos religiosos dos reis de Tebas), mas ele me interrompeu e perguntou simplesmente como poderia fazer para ser *admitido em Balliol.* Ele é uma pândega, cheio de surpresas. "Bem, então, vejamos", respondi todo sério. "Você completou sua educação na Austrália, ou simplesmente a obteve na biblioteca pública?" Ele ficou em silêncio. "Bem, isso torna as coisas meio difíceis, não é, pato?" Isso para não mencionar aquele cheiro de ovelha úmida que eles todos têm.

Iniciamos nosso ensino (que consiste em grande parte de um sumário feito por mim sobre certos acontecimento ou temas, com listas de livros para ele ler caso algum dia retornasse à civilização, alguns dos quais ele surpreendentemente já havia lido, a maioria dos quais não e que tentei então resumir). Hoje, entretanto, depois de apenas alguns minutos, a conversa voltou às glórias de Oxford. Isso foi culpa inteirinha dele, e embora no começo eu tivesse lhe permitido esse prazer, e para mim mesmo, a coisa começou a se tornar um tanto irritante, e então eu disse que discutir Oxford ainda era algo muito doloroso para mim, pois invariavelmente me trazia lembranças do (quase um reflexo agora para puxar seu nome quando é necessário mentir) pobre Trilipush, meu maior amigo lá, órfão como você, pato, mas que agora está desaparecido nesses muitos meses na campanha do Bósforo. (Desculpe lhe dar a notícia assim tão subitamente, Bev. Eu não havia mencionado? Ah, sim, Ralph se ofereceu como voluntário, não sabia?, para liderar um destacamento de marujos bronzeados e espadaúdos visando uma aproximação de Istambul por mar, nadando de verdade, pois Ralph, preferindo não ter ostentação nenhuma, recusou um navio. Nenhuma palavra dele em meses. Reze por nosso camarada.)

O colono, ansioso por qualquer relíquia sagrada de minha santa existência na terra prometida de Oxford, implora por detalhes.

"Ele era meu amigo mais querido em Balliol, meu parceiro inseparável, o garoto de ouro, a esperança da Egiptologia, o filho órfão de nobres de Kent,

---

*Parte do *campus* onde ficam os alunos de 1º e 2º anos em Oxford. (*N. do T.*)

renomado esportista, acadêmico e em pouco tempo um cavalheiro fazendeiro. Ele e eu nos alistamos juntos para o bom combate, o orgulho dos homens do Egito de Balliol, serviu aqui comigo lado a lado no começo, mas ele simplesmente tinha de insistir em combater, não tinha?, e lá se foi ele para ajudar seus compatriotas a derrubar o império dos homens de fez, nosso adorável garoto perdido." Eu realmente exagerei um pouquinho, certo de que meu pupilo tinha entendido a piada, e fui em frente, lembrando de nossos triunfos e palhaçadas nos dias de universidade, Ralph e eu, isto e aquilo sobre a infância e a carreira maravilhosamente coloridas de Ralph, realmente qualquer coisa que vinha à minha cabeça para evitar nossa aulinha esfarrapada, mas, à medida que eu prosseguia, via que o idiota não tinha a menor ideia. E naturalmente isso me deixou curioso para ver até que ponto as coisas poderiam ir, e lá fui eu, um tanto exagerado aqui e ali sobre aquilo tudo, promovendo ao nível da realidade algumas coisas de que você e eu teríamos gostado, Bev, reconstruindo Oxford à nossa imagem para ele. Eu só pensava em você, em algumas das minhas audições, em particular nos serviçais anões, escolhidos numa feroz competição por seu servilismo, discrição, fluência em idiomas estrangeiros e uma pequenez perfeitamente dimensionada.

Ele tem uma sede inesgotável de detalhes, nosso órfão chantagista, e eu era incansável. O que comíamos lá? Como era saber que éramos da "afortunada nobreza escolhida"? Deus é testemunha, Bev, ele me perguntou isso. Como eram meus pais, e que tipos de coisas os agradavam quando eu era garoto, e de que métodos eu me servia para "determinar quando eles iam me bater"? Essa foi difícil, devo dizer. Você conhece o patrão: pode imaginar o fraco e mudo Priapo "batendo" em alguém? E, apesar de todo o seu autodidatismo e conhecimento Hugo-enriquecido do Egito, ele realmente não faz a menor ideia de como o mundo do século XX opera ou de quem reside nele. Perguntei a ele por que estava acontecendo a Guerra, por que estávamos lutando contra os alemães e os turcos. Confesso que também não entendo o porquê disso, mas ele não faz ideia *mesmo*, murmurou alguma coisa sobre os banqueiros e capitalistas internacionais, mas sem qualquer convicção. Será que ele sabe como o Parlamento é eleito ou o nome do presidente dos Estados Unidos ou que idioma eles falam na Áustria-Hungria ou as regras do críquete? Não sabe.

Agora decidi que estou gostando da minha chantagem, um passatempo agradável com esse adorável beócio. Acho que você também gostaria, Bev.

"Até a próxima, então, senhor", ele diz com um aceno alegre, recolhendo suas anotações e hipotéticas listas de leitura, uma última piscadela adoradora para seu tutor particular de Oxford. "Até a próxima vez já terei aprendido tudo isto, sem dúvida." Que bom pra você, pato. Isso virá a calhar quando você voltar para casa para criar cangurus.

Parabéns para você também, BQ, por completar seus estudos. Será que você parou para pensar na nossa existência no pós-Guerra, que deve se tornar uma realidade algum dia? Finalmente os cavalheiros encarregados ficarão sem jovens chacináveis e as Potências Beligerantes terão de tirar um descanso para produzir mais alguns. E nesse intervalo, eu, claro, estarei de volta aos meus estudos, com um olho na cadeira de Clem Wexler para algum dia esquentá-la. Vou precisar de uma arrumadeira que seja companheira, e faço questão de que seja alguém com alto nível em francês, se você conhecer alguém que se interesse pelo cargo, tendo em mente, claro, meu temperamento feroz e minhas exigências bizantinas.

Educando as massas,
Go-go

15 de agosto de 1918

Estimado BQ,

Estou meio enrolado aqui. Qualquer conselho sábio que você pudesse me dar seria muito bem-vindo.

Você já ouviu falar nessas histórias melosas, suponho, que vêm lá de Luxemburgo ou de algum lugar parecido, onde, na véspera de Natal, são feitas tréguas na linha de frente e nossos homens e os boches* param de atirar à noite, bebem juntos, trocam presentes e dançam um pouquinho antes de voltar, no dia seguinte, à labuta diária de enfiar baionetas nas barrigas

*Cabeça-de-porco, cabeça-dura. Gíria usada pelos franceses e ingleses para designar os soldados alemães durante a Primeira Guerra Mundial. (*N. da E.*)

uns dos outros? Ótimo, digo eu, e nisso não há crime algum. Bem, da mesma forma, em um subúrbio do Cairo, que de outro modo passaria despercebido, existe um estabelecimento para cavalheiros de gosto refinado, cujo posto avançado civilizado eu visitava de tempos em tempos, quando os interrogados trazidos para questionamento tendiam a ser velhas e velhos do vilarejo. A gerência desse estabelecimento, inspirada, sem dúvida, pelo admirável humanismo exibido naquelas trincheiras no Natal, não faz discriminação de clientela de nenhuma nacionalidade ou crença política. Ninguém acha isso inadequado, considerando as pavorosas condições dos tempos de guerra às quais estamos todos nos submetendo. E, claro, pensando bem, que excelente local para um trabalho de contrainteligência em potencial, um objetivo ao qual certamente agora colocarei aquela instalação, e provavelmente já coloquei em minhas visitas anteriores, pensando melhor.

"Não estou mais com vontade de dar essas aulinhas de complementação escolar", eu disse ao meu pupilo australiano num surto de honestidade e irritação por estar à disposição dele, quando ele apareceu outra noite, murmurando perguntas sobre Akh-en-Aten e o quarto onde eu dormia quando criança.

"O senhor não está gostando?", ele pergunta e faz uma cara como se eu tivesse partido seu coração em pedaços.

"Não, querida Matilde."

"Sei. Bem, acho que o senhor não tem muita escolha", ele retruca, muito agressivo.

"É mesmo?", pergunto. "Você acha que sua posição é assim tão forte?"

E quando eu disse isso, com um sorriso tranquilo, ele simplesmente recitou o endereço daquele estabelecimento que descrevi acima, o bruto incansável. Ao ver a expressão no meu rosto, ele mencionou quanto tempo havia se passado desde que ele fora promovido, apesar de seus ousados e incansáveis esforços em prol da contrainteligência aliada. E, além do mais, com um pigarro, e mostrando uma hesitação momentânea rara nesse porco magnificamente convincente, ele solicitou — prepare-se para isso, Bev — que nossas aulas deixassem a formalidade do estudo na tenda e que eu o levasse para examinar os monumentos *in situ*, o apresentasse a arqueólogos como meu colega de Oxford, um formando recente, e lhes desse minhas recomendações para que o contratassem após a Guerra. Bev, estou lhe dizendo. "Não farei tal coisa", receio ter respondido. "E ninguém me levaria a sério se eu fizesse isso, seu ridículo filho de prisioneiro colono."

"Sei." Num minuto ele estava em silêncio, sorrindo, fazendo exigências presunçosas. No outro ele tem precisamente o semblante que jovens em Londres às vezes têm quando você explica que eles não podem se mudar para viver com você para sempre mesmo que vocês tenham tido uma ótima noite juntos. É um rosto de alerta perigoso, disso eu sei. E por isso pedi desculpas por meu pavio curto, pedi desculpas murmurando alguma coisa sobre estar com saudades do pobre Trilipush, de quem eu ainda não havia recebido notícias, turcos malditos. Não quis ofender, eu disse, e estarei melhor em alguns dias, se ele pudesse me dar esse tempo para chorar e me recompor. "Claro", ele diz, imediatamente tornando a se animar. "Nós andamos trabalhando muito, e você perdeu um parceiro. Todo mundo precisa desabafar de vez em quando. Vamos nos encontrar daqui a alguns dias. Eu não queria sobrecarregá-lo. Apenas acho que deveríamos começar a pensar em nossa situação como uma *parceria*." Sim, Bev, já posso ouvir você me enchendo o saco pedindo detalhes e precisão, mas essa foi exatamente a palavra que ele usou; tomei cuidado de apresentar todos esses encontros sem exagero. "Uma parceria para a qual você esteve me preparando, de modo que depois desta guerra podemos pensar em trabalhar juntos como uma *equipe*." Ótimo. O bom humor dele estava restaurado, e ele foi embora.

Então, Bev, um conselho tranquilo seu me viria bem a calhar agora, se é que você me entende.

HM

11 de novembro de 1918

Bev, Bev, Bev!

Bem, hoje é um grande dia, sem dúvida. Você já deve ter ouvido a notícia a esta hora, claro. O futuro começa novamente! Vamos perder um pouco de tempo antes da desmobilização, mas acho que devo chegar em casa bem antes do verão. E aí, de volta aos meus estudos, e depois de volta para cá, para o querido Egito, em circunstâncias mais felizes para me aplicar às perseguições cavalheirescas de dessacralização de tumbas e exumação dos mortos. E onde será que Bev está?, pergunto-me insone.

Quanto àquele meu probleminha, acredito que você encontrou uma solução elegante; seu conselho foi enunciado de forma sutil porém sabiamente concebido: "Quando a Guerra terminar, as coisas se resolverão por si próprias. Seja paciente e pelo menos finja ser gentil com o garoto." Confie em Bev para ver o *xis* do problema!

Assim, ontem, realizei minhas instruções em um estado de animação não inteiramente fingida. Disse-lhe que tinha uma coisa para mostrar, notícias estonteantes. Fiz com que ele jurasse segredo, um juramento que ele fez com uma sinceridade australiana de olhos molhados de lágrimas, e depois permiti que ele tivesse um vislumbre daquele papiro sobre o qual você não conseguiu falar com Wexler, documento que, você irá se recordar, encontrei num bazar, mas que eu disse a ele que havia desenterrado antes de ter o prazer de conhecê-lo, e havia me apegado a ele desde então, esperando pela doce Paz, quando eu poderia levá-lo de volta à Inglaterra. Deus abençoe a brilhante cabeça de presidiário que ele tem: para dar a ele (e a mim, como seu tutor) algum crédito, ele leu a relíquia com cuidado, e imediatamente chegou à mesma conclusão que eu. "Isto é o que eu estou pensando que é?", ele perguntou encantado. "Sem dúvida nenhuma", declarei, embora a verdade seja um pouco mais nebulosa; a coisa poderia ser perfeitamente uma falsificação, e mesmo que seja real, ainda assim é dificilmente conclusivo... bem, deixa pra lá, você não poderia se importar menos, e o que quero dizer com minha história é outra coisa, bem aqui no adorável e pacífico ano de Nosso Senhor de 1918. Seja como for, o resto de minha intriga se desenrolou em sua lógica impecável. "Onde foi que você encontrou isso?" Ele salivava. Eu lhe disse que o querido e velho Trilipush (é claro) e eu o havíamos desenterrado em um de nossos muitos passeios no começo de 1915, antes que o pobre Ralph partisse para seu trágico fim turco. Eu estava um pouco bêbado de meu potencial criativo: eu disse a ele que nós o havíamos desenterrado sob fogo inimigo. "Você voltou ao sítio depois?", ele perguntou, explodindo de animação. "Se isto estava lá, talvez existam mais coisas! Será que, será que a tumba dele não poderia estar perto de onde isto foi desenterrado?", ele disse todo atrapalhado.

"Querido rapaz, eu acho que sim. Acredito absolutamente que exista uma tumba esperando por nós lá embaixo, e acho que sei onde. Agora escute: a Guerra está quase acabando."

"Está? Como é que você sabe?", pergunta o meu mais perfeito torturador idiota, cerca de 24 horas depois da assinatura do Armistício.

"Pelo amor de Deus, escute. Eu terei de voltar para Oxford para terminar meus estudos antes de poder voltar para cá para realizar qualquer escavação de larga escala, mas pretendo aproveitar a oportunidade que tivermos entre agora e o momento em que formos enviados para casa para fazermos um pouco mais de escavação de superfície, para tentar nossa gloriosa *parceria* no campo, em uma expedição preliminar."

Honestamente, Bev, eu achei que ele fosse chorar. Ele me abraçou com alegria, um garotinho na manhã de Natal que acabou de ganhar um trenzinho novo e reluzente. Senti a tentação de lhe dar um abraço mais másculo, mas não ousei estragar o adorável *tableau* que havia se formado.

"Enviados para casa?", ele perguntou subitamente, totalmente arrebatado de preocupação. "Será que eles podem nos forçar a voltar para casa? Não podemos ficar aqui?" Aparentemente, a Austrália não exerce apelo maior para ele do que para mim ou para você. Pelo menos isso ele aprendeu sob minha tutela.

Bem, a esta altura você deveria ver como seu conselho surpreendentemente sábio está fazendo efeito, Bev. Amanhã ele e eu partiremos para uma licença de quatro dias. Mostrei a ele a papelada, já preenchida, e ele olhou para seu querido papai com um encantamento de criança. Amanhã ele e eu estaremos indo para o sul, para o coração da arqueologia nesta louca e linda terra. Carter e Carnarvon estão fazendo um trabalho interessante no Vale dos Reis, e acho que faria um pouco de bem à minha carreira conhecer sujeitos como eles agora, se eu puder. Meu órfão está praticamente molhando as calças de ansiedade para conhecê-los também, mas isso, é claro, não vai acontecer.

Pois lá embaixo, longe daqui, na luz mágica do crepúsculo do deserto, a colinas e colinas de distância de tudo e de todos, questões complexas se resolverão de modo muito simples, conforme você previu que aconteceria, e eu voltarei à vida normal, livre de quaisquer pesos desnecessários na minha cabeça.

Você realmente se apaixonou pela vida em Londres, Bev? Estou morto de curiosidade para saber mais sobre seu cantinho, claro, simplesmente mal posso esperar para vê-lo, mas espero que você não o ache confortável demais, nada permanente. Por favor, não me dispense nessa questão, estou sendo profundamente sincero, pense bem: Oxford, você sabe, é onde eu simplesmente preciso ficar, e depois voltarei para cá e de lá pra cá, de cá pra lá, lecionando, escavando, escrevendo e lecionando, escavando, escrevendo. Essa vida não tem nenhum apelo para você, nem um pouquinho? Metade de sua vida no apartamento de uma sumidade na Longwall Street e metade numa tenda no Egito, um país maduro e tolerante, afinal. Será que não devemos manter os amigos que mais amamos por perto numa vida assim?

Deverei escrever novamente no dia 16, livre e solto.

Eternamente,
H.

(Domingo, 31 de dezembro de 1922, continuação)

Não existe texto nem ilustração que explique a nona e última câmara da tumba, mas isto não deveria nos surpreender. A esta altura, tudo está claro. É pedir demais querer que esclarecimentos mais explícitos nos sejam dados.

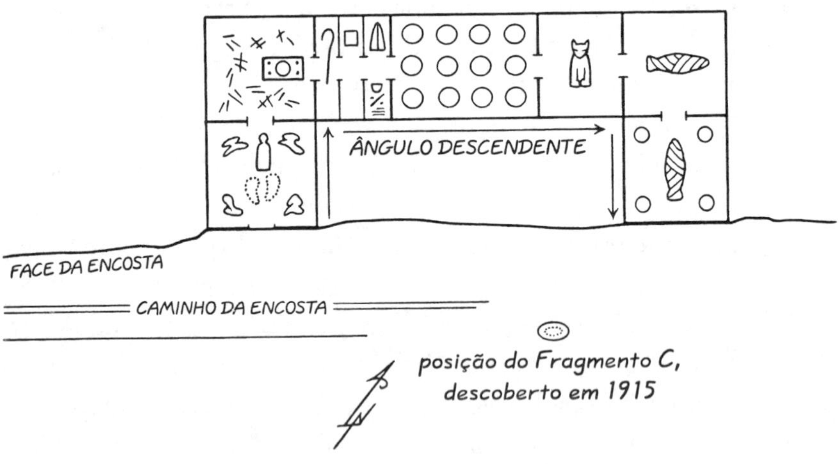

Ele preparou seu próprio sepulcro, colocou os órgãos doados do Mestre em jarros de argila necessariamente simples nos cantos de sua própria câmara. Ele não era escultor: a tampa de cada jarro trazia como inscrição o nome do deus apropriado e um esforço para desenhar suas formas complicadas — babuíno, falcão, chacal, homem. Ele terminou de copiar suas *Advertências* e, para preservar seu nome na terra, correu de volta para o lado de fora, enterrou uma cópia em um jarro cilíndrico (Fragmento C, descoberto em 1915), outro em um tecido a alguns metros de distância (Fragmento A, 1856). Uma terceira cópia, em pedra calcária (Fragmento B, 1898), um mensageiro fora instruído a levar para terras distantes mas na verdade ele o enterrara não muito longe, ali na região. O texto original e completo das *Advertências* ele colocou num magnífico cofre na Segunda Antecâmara, uma garantia extra de imortalidade, pois todos os escritores merecem um além-vida de um milhão de anos.

E então, com as forças que lhe restavam, ele se virou para encarar a luz da tocha que começava a se apagar, e entrou uma última vez nos aposentos nos quais aguardaria sua admissão à imortalidade.

Como serão os últimos momentos?, é o que se pergunta o último rei do Egito quando parte para essa última tarefa restante. Qual será o sabor de seu último hálito, e o primeiro depois dele?

Suas mãos tremem de medo tolo e de fome. Alguns de seus dedos estão esmagados, inchados, quebrados em batalha por causa de sua obra sobre o Mestre. Seus dedos estão manchados de tinta, e ainda fedem a substâncias de conservação e às entranhas de seu sogro.

O tratamento químico de seus pés e de suas pernas será excruciante, mas com o efeito anestesiante dos venenos de ação lenta que ele já terá consumido, e com o conhecimento mais reconfortante de que a imortalidade está se aproximando e de que ele venceu seus inimigos para todo o sempre, será capaz de enrolar as bandagens com força em seus pés e pernas. Ele irá se dar conta de como foi longe nesta vida, de como começou baixo e terminou alto, e como ele subirá ainda mais no próximo mundo, onde seu nome ecoará eternamente. O tratamento de conservação de seu baixo-ventre e de seu tronco será de uma dor quase insuportável. Mas ele suportará essa dor, e se enrolará até a cintura. Os fluidos de embalsamamento em suas faces queimam como gelo, e os vapores em seu nariz queimam seu cérebro. As gotas que caem sobre seus lábios e língua secos como pergaminho o fazem engasgar. Seus olhos se anuviam e queimam, mas ele não para. Não há tempo para parar, pois em breve os venenos completarão seu trabalho, e ele precisa completar seu próprio trabalho antes de partir. Ele enrola com força o rosto e a cabeça.

Ele ensaiou a solução para seu último e difícil problema, praticou-o inúmeras vezes em sua solidão, e embora nenhuma solução seja infalível, isto é o melhor que o Destino lhe permitiu: as longas e medidas faixas de linho jazem sobre o chão. No instante em que as ferroadas da substância de conservação ferem com mais crueldade, ele agarra o pedaço de linho e fecha o punho. Deitado no chão da tumba, ele rola, recolhendo as bandagens da melhor maneira ao redor de seus braços e seu tronco enquanto faz isso, finalizando a tarefa, e assim ele espera, no centro exato da câmara, no momento exato de sua partida.

Escuridão. As últimas dores do rei começam a diminuir. Sua respiração para por um momento, a extensão de tempo não pode mais ser medida. Ele fica vagando em silêncio. E então acorda com música. O primeiro rosto que vê é o de seu pai, que já se levantou e está em pé ao seu lado, arrependido, servil, contido, amoroso. Tão amoroso que abriu com seus próprios dedos gentis os olhos de seu filho, despertando-o. E agora as mulheres entram no aposento, seus olhos amendoados com *kohl* de malaquita, os corpos cor de cobre vestidos com túnicas frouxas e finas. Elas se aproximam e o acariciam com doçura. Elas o amam muito. Elas o desenrolam e o untam com óleo. E quando terminam de prepará-lo, levam-no para dentro, finalmente: lá dentro, flutuando, está sua rainha, as mãos de dedos longos estendidos em sua direção. Ela está saudável, nova, e é só dele. A comida desce das paredes e preenche longas mesas. Surge uma música inimaginável, que vai ficando cada vez mais alta, e sua esposa o leva para longe da dor e da solidão da vida. Bem abaixo dele, homens comuns falarão todos os dias sobre ele, com temor, as exalações adocicadas do nome dele em suas bocas formando nuvens que o levantarão acima das massas de rivais e pedantes, acima da pobreza e da maldade, acima de esnobes e vilões, a salvo de inimigos, dúvidas e traições. Seus mistérios e enigmas permanecerão insolúveis por milênios sobre milênios, até que outro o encontre, o abrace, se misture e se funda com ele, desapareça dentro dele, e vença, tanto para o descobridor quanto para o rei, o amor eterno que é devido a um nome imortal, Atum-hadu e Trilipush, Trilipush e Atum-hadu, Trilipush, Trilipush, Trilipush.

ARTHUR PHILLIPS AGRADECE COM SATISFAÇÃO O AUXÍLIO GRACIOSO DE:

Departamento do Antigo Egito e Sudão do Museu Britânico (em particular, a Marcel Marée), Jim Forte, Norman Fruman, Daniel Goldner, a Biblioteca Pública do Condado de Hennepin, Catherine Keenan, Peter Larson, Jaromir Malek e o Griffith Institute, Ross Mallett, Moreno-Bormann Circus de Paris, Anthony Palliser, Stephen Quirke, Michael Rice, Kelley Ross, Chris Tyrer, Kristen Vagliardo, Kent Weeks e o Theban Mapping Project, e o exemplo inestimável da srta. Vivian Darkbloom;

E TEM UMA PROFUNDA DÍVIDA DE GRATIDÃO PARA COM:

o editor *superstar* Lee Boudreaux, Julia Bucknall, Tony Denninger, Peter Magyar, Mike Mattison, ASP, DSP, FMP, MMP, a incomparável agente Marly Rusoff, Toby Tompkins, Daniel Zelman e, claro, Jan.

SEGREDOS DA CRIPTA

Escreva sobre aquilo que você conhece!

O TIRÂNICO PROVÉRBIO DE HEMINGWAY assombra aulas de escritores e perturba o sono do solitário romancista potencial, que em sonhos impiedosos e na realidade deprimente sente-se como se afogasse nas bobagens quase-papais do titio Ernest. "Escrever sobre aquilo que eu conheço? O que eu conheço... Mas e se", reclama o autor, "eu não conheço nada?".

Neste caso, não se preocupe, pois sempre existe o Museu Britânico.

Se você decidir escrever um romance sobre um assunto sobre o qual não conheça quase nada, uma disciplina acadêmica que exige anos para ser dominada, se você se sente compelido a ambientar a história em uma terra que você mal visitou, durante uma era que você só pode evocar mal e mal de leituras da infância e recortes de jornal amarelados, se você seguiu sua imaginação hiperativa e petulante e se enfiou numa toca de coelho e lá ficou olhando as projeções brilhantes e mágicas de pirâmides invertidas e lunáticos com capacetes e faraós com apetites não-convencionais, mas não achou muita coisa por intermédio do conhecimento real, fique tranquilo, pois no Museu Britânico você fará um novo amigo: um especialista que não apenas sabe tudo, como também é solícito — sim, solícito — para responder todas as suas e-dúvidas, não importa quantas, o quão tolas, erradas, fantásticas ou simplesmente pornográficas.

Eu tive uma ideia para uma história. Tolamente, achei que só precisaria esclarecer uma ou duas dúvidas. Vagando pelos pântanos da web, desenterrei o site do Museu. "Como", perguntei ao curador encarregado de responder aos e-mails, "escrevo 'estar sexualmente excitado' em hieroglíficos?"

"Bem", foi a resposta rápida das ciberpilhas de livros, o erguer de uma cibersobrancelha quase audível no e-mail, "primeiro: *hieroglífico* é o adjetivo. Os *hieróglifos*, entretanto, você encontrará no arquivo anexo." E, no anexo: autênticos hieróglifos escritos à mão exibindo a solução bastante lógica no alfabeto antigo para a minha dúvida, se você pensar a respeito. Sim, se eu (ou um garoto de 12 anos) tivesse de desenhar uma figura para expressar essa ideia, esta seria a figura.

Eu estava zonzo, do jeito que um garoto de 12 anos ficaria. Eu também custei muito para perceber as profundas vastidões da minha ignorância. Eu não sabia nada de Egiptologia. Eu havia me comprometido a inventar uma especialização, mas isso ia ser complicado. "Ah, se eu pudesse...", devaneei. "Se eu tivesse algum gênio mágico que aparecesse e fosse solicitado a responder às minhas dúvidas..." (*Não precisa me agradecer, sr. Phillips. Responder às dúvidas do público faz parte de nossas atribuições.*) E com isso tive o meu toque de gênio.

EU PRECISAVA DE UM PERÍODO de tempo suficientemente envolto em caos para poder esconder um rei apócrifo (*A XIII Dinastia, sr. Phillips*). Precisava de um local que não fosse muito visível, mas que fosse próximo ao sítio de Carter (*Deir el Bahari, sr. Phillips*). Eu precisava de, ahn, um comoéquechamaaquelenegócio? (*um cartucho, sr. Phillips*). Quanto tempo levaria no lombo de burro até (*cerca de uma hora*) e é possível ver aquilo de lá (*não*) e era assim que se pronunciava isso em 1922 (*algumas pessoas pronunciavam assim*), e o que acontece aos órgãos canópicos no pós-vida (*eles são reimplantados no corpo ressuscitado, sr. Phillips*)?

Ao longo de vários meses, a trama cambeta do meu romance persistiu em me enfiar nas escuras e empoeiradas câmaras do desconhecido: porões úmidos onde eu não tinha contexto para minhas personagens, nenhuma compreensão de seus hábitos diários ou do mundo que eles habitavam, nenhum dos alicerces necessários de uma história. Mas nessa escuridão, sem falha, todas as vezes, eu fui resgatado pelo meu leal funcionário do Museu Britânico, de lanterna em punho, pronto e disposto (ainda que não exatamente encantado) a levar a mim e a meus personagens que proliferavam abrangendo 3.500 anos de volta aos salões bem iluminados da plausibilidade.

Dia após dia, esse mesmo homem (invisível, eletrônico) estava lá para responder à minha dúvida seguinte enquanto eu buscava esclarecimento sobre os esclarecimentos do dia anterior. Pouco e pouco, minhas personagens começaram a encontrar um terreno sobre o qual caminhar, uma história à qual reagir, e uma prática diária para mantê-los ocupados. Quanto mais eu conseguia descrever o que era real em 1922 d.C. e 1650 a.C., mais claramente eu conseguia ver os pequenos espaços onde minha história estrangeira poderia ter ocorrido. O que sabíamos da XIII Dinastia em 1922? Existem muito mais reentrâncias como a tumba não usada de Hat-shep-sut? E existe um nome para aquele hieróglifo final que você me enviou (*Prezado sr. Phillips, é um determinativo gramatical chamado* pênis ejaculando)?

Eu nunca estive no Museu Britânico, então, para mim, suas poltronas de couro ainda rangem sob o peso de velhos coronéis resmungões com bigodes do tamanho de guidões de motocicleta, poetas tuberculosos tossindo, vestidos com seus suéteres marrons esfarrapados, e Karl Marx. E, agora, juntando-se a eles no canto, um egiptólogo tranquilo, balançando a cabeça quando o nome peculiar do romancista aparecer na caixa de entrada de seus e-mails mais uma vez. E mais outra vez.

A imaginação é uma arqueóloga louca e desenfreada; para mim, escrever romances está começando a parecer nada menos do que uma escavação de tumba quando começa com grandes expectativas e informações limitadas. Uma câmara é aberta; fico empolgado com ela: é precisamente a câmara que eu esperava no começo, mas espere um pouco... descendo por este corredor, o que existe? Outra câmara, maior em sua totalidade (exigindo apenas um fato luminoso ou dois para claridade) e o que eu originalmente me propus a encontrar acaba não sendo nada senão uma pálida antecâmara, o saguão de entrada de um labirinto com o qual eu jamais havia sonhado, um palácio subterrâneo que eu jamais teria encontrado se tivesse insistido em explorar somente as regiões bem iluminadas do que eu *conheço*.

Um breve glossário de

O EGIPTÓLOGO

Atum: Na religião egípcia, o deus-criador que deu origem à geração seguinte de deuses masturbando-se sobre terreno fértil.

Atum-hadu: "Atum-Está-Excitado", o rei do Egito que deu a si mesmo o nome do momento imediatamente anterior à criação do universo (vide Atum).

Howard Carter e o conde de Carnarvon: Sócios (técnica e financeiramente) que em novembro de 1922 descobriram a tumba intacta e praticamente inalterada do rei Tutancâmon ("A Imagem Viva de Amun"). Foi uma das mais extraordinárias descobertas na história da Egiptologia.

Serviço de Antiguidades: A burocracia do governo egípcio responsável pela emissão de permissões para arqueólogos e pela distribuição de suas descobertas. Em 1922, o Serviço estava sob a direção de um francês, Pierre Lacau.

Hieroglífico, hieróglifo e demótico: Três versões escritas do mesmo idioma falado, o egípcio.

A XIII Dinastia: A última ou uma das últimas dinastias do "Reino Médio" do Egito, que terminou por volta de 1650 a.C., quando o reino desmoronou sob pressões internas e externas, uma época conhecida como o "Segundo Período Intermediário".

Advertências: Uma forma comum de literatura egípcia, em que um rei dá conselhos em moral e liderança a seu sucessor. No caso de Atum-hadu, as *Advertências* compreendiam 80 quadras que possivelmente rimavam; entretanto, como ninguém ao certo sabe como pronunciar palavras em egípcio, as rimas podem ser ilusórias.

AIF: Australian Imperial Force (Força Imperial Australiana), o corpo principal da força militar da Austrália na Primeira Guerra Mundial.

Deir el Bahari: Uma área a oeste do Nilo, a aproximadamente 800 quilômetros ao sul do Cairo. O templo da rainha Hat-shep-sut é a peça central dessa encosta de montanha dramática.

Gallipoli/O Bósforo: Uma ação militar da Primeira Guerra Mundial, entre 1915-16, na qual os australianos e neozelandeses (ANZACs) sofreram perdas terríveis em um esforço mal orientado de invasão da Turquia.

O Paradoxo da Tumba: O dilema que enfrentavam os reis egípcios que estavam para morrer e desejavam assegurar sua imortalidade. A imortalidade exigia que o rei construísse uma tumba significativa e com um bom estoque, o que atraía ladrões de tumbas que poderiam perturbar os restos físicos do falecido rei, impedindo assim que alcançasse a imortalidade. De outro modo, uma tumba secreta poderia significar que os vivos não continuariam a executar os rituais celebrando o falecido rei, também impedindo-o de alcançar a imortalidade.

Emma Pip: Gíria britânica para policiais militares.

Jarros canópicos: Um conjunto de quatro jarros de argila, incluídos no mobiliário da tumba, que continham os órgãos da pessoa enterrada.